사랑 없는 사람들의 사랑 이야기
vol.2

사랑 없는 사람들의 사랑 이야기 vol.2

발행일	2019년 5월 24일
지은이	NorthWind
펴낸이	유영학
펴낸곳	코핀 커뮤니케이션즈
출판등록	2019년 1월 4일 제 25100-2019-000007호
주소	서울시 구로구 디지털로31길 12, 본관2층 넥스트데이 11호
홈페이지	www.copin.co.kr
이메일	book@copin.co.kr
전화번호	02-6406-7479
팩스번호	02-853-3878
편집/디자인	(주)북랩
제작처	(주)북랩 www.book.co.kr
ISBN	979-11-966710-8-2 04810 (종이책)
	979-11-966710-6-8 04810 (세트)

이 도서의 국립중앙도서관 출판예정도서목록(CIP)은 서지정보유통지원시스템 홈페이지(http://seoji.nl.go.kr)와
국가자료공동목록시스템(http://www.nl.go.kr/kolisnet)에서 이용하실 수 있습니다.
(CIP제어번호: 2019019236)

사랑 없는
사람들의
사랑 이야기

vol.2

NorthWind
장편소설

몸과 마음이 다르게 원하는 욕구와
사랑에 뒤틀린 사람들의
숨겨진 이야기들

코핀북스

contents

침성

성현이는 여자들과 친했다. 고교 시절에는 내가 좋아한다는 소문이 나버려 다른 여자애들의 접근이 별로 없었는데도, 여자애들이랑 대화도 잘 나누고 금방 친해지는 편이었다. 대학에 와서 나라는 펜스가 사라져서인지 두루두루 친하게 지냈다.

그날 성현이와 있었던 일 이후로 좀 서먹해져서, 다른 여자애들과 잘 지내는 모습이 더 눈에 걸렸다. 유성현의 그런 모습이 어릴 때부터 친했던 송민아라는 여자애 때문이라는 생각이 싫었다. 딱히 진지한 사이로 보이는 여자애는 없었어도 유성현이 만나는 여자애들이 송민아로 겹쳐 보이곤 했다.

다른 여자애들과 나를 대하는 태도가 비교됐다. 가난한 데다 고아가 된 나랑 사귀지도 않으면서 할 뻔했다는 사이라는 건, 성현이가 나를 쉽게 대하긴 어려웠을 것이다. 나를 만나면 조심스러워하는 게 눈에 보였다.

또다시 시간이 해결해주길 기다려야 하는 상황이 싫었다. 시간이 세상은 바뀌도 사람은 변화시키지 못한다는 걸 이젠 안다. 길고 거대한 시간의 흐름에 인간의 일생은 찰나일 뿐이다. 시간은 우리에게 관심이 없다.

"민효정!"
"안녕하세요."

우리 과 학생회 선배가 또 말을 걸었다. 몇 번이나 말을 걸어와도 항상 바쁘다며 지나쳤는데, 끈질기게 친한 척을 했다.

"부탁 좀 하자!"

"네?"

"내일 우리 과 일일바자회 하는 거 알지?"

"아니요."

"…이제 알았잖아~ 참석 좀 해주라~ 응? 좋은 일 하는 거잖아~ 어려운 사람들도 돕자고 하는 일인데~ 솔직히 너 참석하면 다른 남자애들도 많이 참석할 거 같아서 하는 말이야. 너 한 명 시간 좀 내주면~ 더 많은 사람들을 도울 수 있지 않겠냐? 끝나고 회식은 투명하게 회비 걷어서 할 거야~. 바자회로 모인 돈은 전액 기부한다니까? 깔끔하잖아~."

"갈게요."

"응? 진짜?"

사실상 처음이다. 엄마가 돌아가실 때까지 그리고 그 이후로도 과 행사에 거의 참가하지 않았다. 성현이 이외의 사람들과는 거의 어울리지도 않았다.

시간이 나를 해결해주지 않으니, 나를 바꿔야 했다. 연락하면 꼬박꼬박 답장하던 유성현이 이제 하루가 지나도 답장이 없기도 했다.

스스로 변하지 않으면 시간은 아무것도 해결해주지 않는다는 걸 이제 안다.

바자회에서 유성현을 잠깐 만났다. 내가 그런 자리에 참석했다는 사실에 놀라워하는 것 같았는데, 인사만 나누고 금세 다른 사람들과 어울렸다. 그래도 조금 어색해하며 곧 내게 다가올 줄 알았다.

큰 키의 어떤 여자 선배와 잠시 얘기를 나누던 유성현의 표정이 변했다. 겉으로 보기에 냉랭한 분위기였지만, 어쩐지 연기 같았다. 유성현이 평소에 여자와 냉랭하게 대화하는 아이는 절대 아니었다. 저 여자가 조금 날카로운 인상이긴 했어도 그녀에게 차갑게 대할 남자는 별로 없을 외모였다.

그 여자 선배는 오래 머물지 않았다. 유성현과 몇 마디 나누고 다른 남자들과 대강 인사하며 떠났다. 유성현이 다시 내게 인사하며 다가왔다. 어쩌다 이런 곳에 끌려 나왔냐는 농담 비슷한 말을 건네다 말고 휴대폰 메시지를 확인했다.

곧 유성현도 나갔다.

유성현의 사정이 좋지 않다는 걸 조금 늦게 알았다. 성현이가 딱히 그런 내색을 하지도 않았고, 내 코가 석 자라 남의 형편을 생각하지 못했다. 즐거운 대학 생활 대신에 혼자 세상을 살아갈 준비를 하느라 그랬다.

"유성현. 너 저녁에 상하차 알바 다닌다며?"

"아~ 들었어? 내가 건강한 몸 빼면 시체잖아. 듣던 것보다 할 만해~."

"방도 옮겼다고?"

"응. 어차피 집에서 잠만 자는데~ 큰 방을 쓰면 뭐 하냐?"

성현이가 말한 작은 방이 고시원이라는 것도 늦게 알았다. 나도 한때 학교 근처의 고시원을 알아봤기 때문에 유성현이 사는 곳이 얼마나 저렴한 곳인지 알고 있다.

어떻게 살고 있는지 걱정이 되어 찾아갔다. 또 전화를 받지 않아 고시원 총무에게 유성현의 방을 물어봤다.

"유성현 학생 사는 방이 어디인지 알 수 있나요?"

"누구신데요?"

"아. 그냥 친구요."

"흠. 그럼 곤란한데요?"

"왜요?"

"뭐 대단한 건 아니고~ 지금 유성현 학생의 누나라는 사람이 와 있거든요? 괜찮겠어요?"

유성현에게 누나가 없다는 것쯤은 당연히 알고 있다. 사촌 누나 같은 사람이 있다는 얘기도 듣지 못했다. 누가 와 있다는 건지 알 것 같았다. 유성현의 누나라는 사람이 빨래를 해주고 있다고 해서 몰래 가봤다. 송민아가 유성현의 속옷을 빨고 있었다.

내게 가망이 있긴 할까.

고시원을 나오면서 총무에게 내가 다녀간 걸 비밀로 해달라고 했다. 총무가 어깨를 으쓱이며 걱정하지 말란다. 고시원을 나와 버스를 타고 집으로 향했다. 엄마랑 살던 집이며, 유성현이 하룻밤 머물었던 집이다.

엄마랑 살던 집이라서 떠나지 않은 건 아니다. 오히려 엄마가 자꾸 생각나서 떠나고 싶었다. 성현이가 하룻밤 머물렀던 흔적이 아쉬웠다. 내 몸에 남기지 못한 유성현의 흔적이 이 집에는 남아 있었다.

방의 불을 켰다가 다시 끄고 나왔다. 부동산중개소가 아직 문을 닫지 않았다. 방을 내놓겠다고 했다. 부동산 사장님이 우리 엄마를 알고 계셨다. 조심스럽게 위로의 말을 해주시며 저녁은 먹었냐고 했다.

"먹었어요."
"이사할 방은 구했고?"
"이제 구하려고요."
"그래. 차라도 마시고 갈래?"

당연히 괜찮다고 대답하고 나와야 할 텐데, 그냥 멍하니 앉아 있었다. 부동산 사장님이랑 내가 나눌 만한 대화가 있는 것도 아니고, 무슨 위로를 해주더라도 서로를 불편하게만 할 텐데 가만히 있었다.

부동산 사장님은 믹스 커피를 타서 내게 주시고 책상으로 돌아가 일을 보시는 것 같았다. 다행히 내게 무슨 말을 하지 않아서 좋았다. 부동산사무실의 적막도 마음에 들었다. 가끔 사장님이 마우스를 딸깍거리는 소리가 전부였다.

"커피 잘 마셨어요."

"밥 안 먹었지? 밥이나 먹고 가."

사장님이 일어나며 근처 국밥집이나 가자고 했다. 나는 대답하지 못했다. 먼저 걷는 사장님을 따라 국밥집으로 갔다. 국밥 한 그릇 사 먹을 돈이 부족한 것도 아니고, 딱히 배가 고프지도 않았다. 마음이 허전했다.

국밥이랑 소주를 시킨 사장님이 내게도 소주를 한잔 권해서 받았다.

"내가 무슨 말을 하기가 좀 어려워서 그래. 말을 하는 게 내 일이라서 그렇기도 하고~ 이해하지?"

"네…"

"마시자."

먹을 게 뱃속으로 들어가기 시작하니까, 식욕과 상관없이 잘 들어갔다. 사장님이 따라주는 소주도 사장님이 마실 때마다 같이 마셨다. 사장님이 소주를 한 병 더 주문하며 내게 말했다.

"편육 먹어?"

입안에 가득한 국밥을 씹느라 대답하지 못하고 고개만 끄덕였다. 어느새 국밥을 먹으며 소주 두 병을 비우고 다시 한 병을 더 시켰다. 지나다 얼굴은 마주쳤지만, 사실상 오늘 처음 알게 된 부동산 사장님과 소주를 세 병이나 마시게 되었다.

대화는 거의 하지 않았다. 부동산 사장님은 내 잔이 비면 술만 채워주시고 자신의 잔은 스스로 채웠다. 내가 따라 드리려고도 했는데, 됐다며 혼자 따라 드셨다. 사장님은 시선도 내게 두지 않았다. 벽에 달린 TV를 보며 소주를 마셨고, 난 거의 소주잔만 보고 있었다.

부동산 사장님이 담배 좀 피우고 오겠다며 가게를 나가자마자 취기가 확 올라왔다. 내가 지금 뭘 하고 있는 건지 이해하기 어려웠다. 담배를 피우고 가게로 돌아온 사장님이 미리 계산하고 자리에 앉았다.

서로의 빈 잔을 다시 채워 비우자마자 사장님이 말했다.

"괜찮아?"

"네…."

"어디 가서 더 마실래?"

"…아뇨."

더 마시고 싶었다. 더 마시면 힘들어질 걸 알아서 더 마시고 싶었다. 힘들어지고 싶어서 더 마시고 싶었는데, 아니라고 했다.

사장님이 한 번 더 물어봐 주거나, 그냥 또 앞장서서 어디 술집이라도 향하면 따라갔겠다. 국밥 한 그릇을 다 비우고 편육에 소주도 마셨는데 속이 허전하다. 부동산 사장님이 좋은 분 같아서 믿는다는 그런 순진한 생각을 하진 않았다. 오늘이라면, 오늘이 마지막이라면 누구의 품이라도 필요했다.

"힘들어도 친구들을 좀 만나고 그래."

"네."

터벅터벅 먼저 걸음을 옮기는 사장님을 따라가고 싶었지만, 나도 돌아서 집으로 향했다. TV를 켜두고 잠들었다.

오전에 강의가 없는 날이었는데, 학교에 일찍 갔다. 학교 근처의 호프집에서 알바자리를 구하고, 교내를 그냥 돌아다녔다. 몇몇 애들과 만나 잡담도 하고 유성현의 친구들과도 만나서 인사했다.

　"안녕? 유성현은?"
　"몰라~ 요즘 그 인간 바빠~ 수업 가?"
　"아니~ 그냥 심심해서 돌아다니고 있어."
　"워~ 민효정. 심심해? 우리랑 놀래?"
　"뭐 하고 놀아?"
　"그러게. 뭐 하지?"

　이 답답한 아이들과 교내 커피숍에 자릴 잡았다. 내가 이러는 게 신기하다
는 태도였어도 금방 자기들 얘기를 꺼내기 시작했다. 간신히 소개팅 했는데,
이젠 하지 않는 게 좋겠다는 얘기부터 시작하더니, 나보고 축구 좋아하냐고
물었다. 내가 봐도 이 아이들은 아직 여자를 만날 준비가 덜 된 것 같다.

　유성현이 내 이야기를 조금은 해준 모양이다. 같은 동아리였다는 정도는
알고 있었다. 우리 엄마가 돌아가신 이야기나 내 형편 같은 건 전혀 모르는
것 같아서 다행이었고, 히어로들이 한꺼번에 나오는 영화 얘길 나누거나 TV
예능프로에 대해 떠들었다.
　처음엔 억지로 친한 척하는 기분이 들었어도, 점점 대화 나누는 일에 익숙
해졌다. 아무 말이나 생각나는 걸 말하면 먼지처럼 흩어졌다. 그러고 있는데
유성현이 나타났다.

　"웅? 민효정 네가 왜 애들이랑 있어?"
　"심심해서."
　"와~ 이제 심심하다는 감정을 느낄 줄도 알게 된 거야?"
　"그런가? 더 심심해지면 나도 소개팅이라도 할까?"

유성현의 친구들이 거의 동시에 자기랑 일단 만나보자는 얘기를 꺼냈고, 유성현이 번호표를 준비하라 했다. 평소와 다른 내 태도에 유성현이 기뻐하는 것 같았다. 나를 자꾸 신기하다는 듯 쳐다보며 무슨 좋은 일이 있냐고 했다.

"지지리 궁상떠는 게 지겨워서~."
"아~ 그런 것도 질리는구나~ 야~ 다들 들었지? 너희들도 궁상떠는 거 이제 좀 그만둬야 하지 않겠냐?"

자기들은 궁상을 떨고 싶어서 떠는 게 아니라, 타의에 의한 것이라며 유성현에게 짜증을 냈다. 유성현이 왜 타의에 의한 것이냐며 거울 좀 보라고 하니까, 그럼 신이 자신들에게 궁상을 선물했다며 유성현의 목을 졸랐다.
유성현을 좀 편하게 대하려 노력했다. 일부러 유성현의 친구들과도 어울리고 다른 친구들도 사귀려 애썼다. 생각보다 어렵진 않았다. 남자들은 대체로 내게 친절했다.
사람은 변하기 힘들다는 걸 잘 알고 있지만, 상처와 고통은 인간을 진화하게 한다. 내가 변하기 힘들다면 진화하는 쪽을 택하기로 했다. 요즘 흔히 말하는 인싸가 되긴 힘들어도 겉돌지는 않겠다.

유성현이 고시원을 나와 방을 얻었다고 자랑을 했다. 주말에 친구들과 함께 나를 초대했었다. 나만 불러주면 좋겠다는 생각을 했어도 언젠가 기회가 올 줄 알았다. 적당히 지저분한 술자리를 가졌고 다른 여자애들도 있어서 다같이 나왔다.
내가 태도를 바꾸니, 유성현도 나와 어울리는 일에 부담을 느끼지 않는 것 같았다. 유성현이 알바 하다가 손을 다쳤을 때도 마치 훈장을 얻은 것처럼 자랑하며 설명했다. 난 무척 걱정되었지만, 유성현을 칠칠치 못하다고 나무랐다. 왠지 송민아라면 그랬을 거 같았다.

호프집 알바를 마치고 유성현에게 연락했는데 받지 않았다. 무슨 용기가 생겼는지 유성현이 사는 방으로 향했다. 손을 다친 유성현이 걱정되기도 했고, 알바를 나가지 못하면 생활은 어떻게 하는지 궁금하기도 했다.

유성현은 집에 없었다. 무작정 기다리다 다시 연락했는데도 받지 않았다.
다음날 만나서 물어봤다. 시험공부를 하느라 학교에 있다더니, 또 내 눈치를 보며 방을 옮겼다는 말을 얼버무렸다.

"알바 못 나가서 다시 고시원으로 간 거야?"
"아니. 그냥 혼자 사는 친구랑 잠깐 같이 좀 지내려고."
"누구?"
"있어. 그~ 아니, 참. 너 기말고사는 잘 보고 있어?"

오래 걸리지 않았다. 유성현이 송민아와 동거하기 시작했다는 걸 금방 알수 있었다. 손을 다친 주제에 평소보다 더 깔끔해진 유성현의 모습으로 확신했다. 제발 아니길 바라는 마음으로 몰래 따라간 유성현은 송민아와 같이살고 있었다.
처음엔 자포자기했으나, 그래도 내가 어떻게 여기까지 따라왔는데 확신을얻고 싶었다. 포기할 확신이 필요했다. 이젠 지치기도 했고, 솔직히 유성현과송민아가 사귄다는 증거를 발견할 수 있길 바랐다. 스스로에게 설명하고 납득할 정황이 필요했다.

일요일 아침부터 송민아의 집으로 향했다. 무작정 그 근처를 배회하며 송민아와 유성현이 살고 있을 방의 창문을 살폈다. 여름이라 이미 창문은 열려있었다.
창밖으로 침구류를 터는 송민아의 뒤에 유성현이 보였다. 유성현이 송민아의 등에 기대 장난을 치다 말고 사라졌다.

사랑하는 사람의 행복을 바라는 건, 그게 날 행복하게 하기 때문이다. 이제 난 유성현의 행복을 바라지 않는다.

　잊어야 한다.

❧ ⚜ ❧

　잠도 잘 자고 밥도 잘 먹는다는 건, 확실히 죽어가고 있다는 증거다. 세상을 보는 눈이 바뀌거나 보이는 세상이 달라지지 않았다. 어느 것에도 관심 없는 시간은 묵묵히 흐르고 난 살아가고 있다. 아니, 죽어가고 있다.
　살아있는 누구나 죽어가고 있다. 나만 그런 게 절대로 아니다. 살아있다고 부를 수 있는 모든 것은 쉬지 않고 죽어간다. 단지 지금 내가 그걸 느낄 뿐이다.

　후회나 아쉬움이 남지 않은 것도 아니다. 어차피 바꿀 수 없는 과거이며 또 그 시간으로 돌아가더라도 다른 선택을 했을 것이라는 확신이 서지 않았다. 사람이 사람을 사랑하는 이유를 설명할 수 있다면, 사랑하지 않을 이유도 설명할 수 있어야 했다.
　난 변하지 않았고, 세상이 변할 이유도 없다.
　이미 잘 알고 있으면서 모른 척했던 걸 찾았을 뿐이다. 유성현을 따라가느라 모른 척했던 나를 위로했다. 참아왔던 걸 해소하진 않았다. 그런 끔찍한 일은 차마 할 수 없었다.

　우연히 만난 남자가 휴가 중인 군인이라 편리했고, 유성현과 달리 서슴없는 태도가 마음에 들었다. 나와 달리 자신만만하고 뻔뻔한 방식이 좋았다.

　"으윽~ 너? 설마 처음이야?"
　"아으…. 그럴 리가."

"그런데 왜 이래?"

"오랜만이라 그래."

무척 오랜만이다. 내가 남자를 알았던 것은 무척 오래전이었다. 그래서 아팠다. 아니, 처음 하는 것 같았다. 아프다는 사실에 화가 났다. 화가 나서 허벅지로 그의 허릴 감싸고 두 팔로 그를 감싸 안았다.

내가 그래서 그랬는지, 오랜만이라 그렇게 느꼈던 것인지, 오래전 그 선생님이 달랐던 것인지, 모르지만 생각보다 그가 오래 견디지 못했다. 그가 곧 다시 시작할 수 있어서 다행이었다.

그가 나를 신경질적으로 대하는 게 마음에 들었다. 무슨 이유가 있는지 궁금하진 않았다. 그가 욕을 하기에 나도 욕을 했다. 내가 욕을 할수록 그는 더욱 거칠어졌고, 이제 아프다는 사실에 화가 나지 않았다. 고통은 인간을 진화하게 한다. 난 진화하고 있었다.

이름도 모른다. 휴가 나온 군인의 이름을 알 필요는 없었다. 난 충분히 만족했고, 덕분에 걷기 불편할 정도였다. 그걸로 충분했다.

잊어야 한다.

세상에 널린 게 발정 난 남자애들이겠지만, 내 삶을 망가뜨릴 순 없다. 학교 근처에서 일하던 호프집은 그만뒀다. 고교 시절 알바 했던 그 당구장을 찾아갔다. 학교 근처의 호프집보다 급여도 훨씬 좋았던 알바였다.

내 또래의 친구를 만날 일이 절대로 없는 당구장이다. 근처에 대학이 있지도 않았고, 어린애들이 당구를 치기엔 충분히 비싸다는 걸 이제 알았다. 단골보다 뜨내기가 훨씬 많은 당구장이라는 것도 마음에 들었다. 그 징그러웠던 유니폼도…

"어떻게 오셨어요?"

"어. 사장님은 안 계세요?"

"제가 여기 사장인데요."

"아~ 전에 여기서 알바 했거든요."

전에 있던 사장님보다 훨씬 젊은 남자가 반갑게 웃으며 그러냐고 했다. 잠깐 자리에 앉으라며 예전에도 앉았던 소파에 앉게 했다. 남자 알바생도 있었고, 이미 여자 알바도 있었다. 장사도 전보다 더 잘되는 것 같았다.

간단한 질문들이 오고 갔다. 유니폼에 대해서 먼저 물어보더니, 전에도 입어봤다고 하니까 좋아했다. 당장 오늘부터 일해도 좋다고 했는데, 급여가 전보다 적었다. 내가 전에 받았던 급여에 대해 듣고는, 같이 일을 해보고 급여를 올려주겠다고 했다.

호프집 알바보다는 많이 주니까 하기로 했다. 전과 달라진 것은, 내가 성인이 되었다는 것과 가슴이 왕창 파인 상의도 입게 되었다는 점이다. 다른 여자 알바가 입고 있는 걸 봤을 때보다 내가 입은 걸 보니까 조금 심각한 문제로 보였다.

나는 그러니까 좀 컸다.

교복을 입고 다니던 시절에도 나를 왕 가슴이나 젖소라고 부르는 애들이 있다는 걸 안다. 고등학교에 진학할 무렵부터는 별로 감출 생각이 들지도 않았고, 그게 되지도 않았다. 그렇다고 딱히 드러낼 생각도 하지 않았기에 보통은 상의를 넉넉하게 입는 편이었다.

유니폼을 입고 나왔더니, 모든 사람들이 내 가슴만 보고 있는 것 같았다. 불쾌하진 않았다.

사장인 줄 알았던 그 젊은 남자는 점장이었다. 원래 있던 사장님이 가게를 맡겨둔 매니저였다. 다행히 원래 사장님과 통화가 가능했다. 내 급여는 전에 받던 수준에서 시작하고 더 올려줄 수도 있다고 했다. 역시 원래 사장님은

통이 크신 분이었다.

솔직히 남자들의 시선과 더불어 접근해오는 누군가를 기대했다. 전에 우연히 만났던 그 휴가 나온 군인처럼 쉽게 만나고 지나칠 수 있는 남자를 생각했다.

학교 근처 호프집에서 일할 때는 흔히 있던 일이었다. 하루가 멀다 하고 남자애들의 전화번호를 받았다. 내가 원하기만 하면 언제라도 누군가 만날 수 있었다. 아는 친구들과 엮이고 싶지 않았고, 유성현이 아는 누군가를 만나는 게 싫었다.

장사가 잘되는 당구장에서 내게 전화번호를 건네는 사람은 없었다. 게다가 이렇게 가슴을 반쯤 드러내고 일하는 여자에게 쉽게 말을 거는 남자도 별로 없었다. 어쩌다 말을 거는 남자들은 부동산 사장님보다도 훨씬 나이가 많아 보이는 할아버지들이었다. 노골적으로 내 가슴골을 바라보며 곧 침이라도 흘릴 것 같은 징그러운 사람들과 만날 순 없었다.

같이 일하는 사람들과 친해지는 게 더 빨랐다.

"효정아~ 잠깐 앉아서 쉬다가 해. 한 10분이라도 앉아 있다가 음료 돌리자~."

"아니에요, 언니~. 언니가 먼저 쉬세요."

"다이 꼭 찼잖아~. 너 때문에 공들을 못 맞힌다. 아저씨들 당구 좀 치게 해줘~."

먼저 일하던 유정 언니는 인천에 있는 전문대를 다니다 휴학하고 이런저런 알바를 하는 중이라 했다. 처음부터 별 텃세도 부리지 않았고, 자기에게만 쏠리던 시선이 내게 향하는 걸 좋아하는 눈치였다. 약간 살집이 있는 편이라 허벅지가 멋진 언니였다.

"효정 씨. 사장님이 그러던데~ 전에 일할 때는 정해진 시간 없이 나오고 싶을 때 나와서 일했다며? 나랑 일할 때도 그렇게 해~. 아무 때나 나와서 출근 카드 찍고 일해~."

"낮에는 손님이 별로 없는데 괜찮아요?"

"괜찮아~ 생각해봐~ 아무리 손님이 없어도 다이 2, 3개는 항상 돌아가잖아? 효정 씨가 나와 있으면 소문나서 낮에도 손님 더 많이 올 걸?"

점장을 맡고 있는 상욱 오빠는 사장님과 알고 지낸 지 오래되었단다. 군대를 전역하고 사장님 밑에서 알바를 했는데, 그만두고 여기저기서 일하다가 다시 사장님과 같이 일하게 되었다고 했다. 키도 크고 호리호리한 체격에 꼼꼼하고 단골들을 잘 챙겼다.

"효정아. 8번 테이블에 음료 비었다."

"네."

먼저 일하고 있던 남자 알바는 나보다 한 살 많은 세현 오빠인데, 아무하고도 별로 말을 하지 않았다. 입대 전에 잠시 알바를 하는 거라는데, 손님들에게도 기계적으로 인사하고 별로 친근한 인상은 아니었다. 뚱뚱하다기보단 통통한 편인데, 인상 때문인지 푸근해 보이진 않았다.

청소는 거의 도맡아서 하는 오빠였다. 지저분한 일은 전부 하고 있었는데, 딱히 일에 불만이 있어 보이진 않았다. 단지 손님들보다 나를 보는 눈이 더 지저분했다. 나를 빤히 보는 건 아니었는데, 가끔 눈이 마주치면 조금 무서울 정도였다.

엄마가 돌아가시며 남긴 보험금도 있었고, 집을 빼 작은 방으로 옮겨서 돈이 많이 부족하진 않았다. 그래도 내가 직접 벌지 않으면 통장에서 돈이 빠져나가기만 하니까, 시간이 되면 일찍 출근해서 일했다.

가슴을 반쯤 드러내고 허릴 조금만 숙여도 속옷이 보일 옷을 입은 내 몸을 보여주는 일을 했다.

최근 일찍 나오던 것보다 더 일찍 가게에 나왔다. 번화가의 점심 무렵이었는데도 손님들이 당구를 치고 있었다.

낮에는 거의 점장 오빠 혼자 일하고 있었고, 가끔 유라 언니가 일찍 나와서 일을 했다. 세현이 오빠는 항상 늦게 나와서 제일 늦게까지 일한다고 했다. 점장 오빠가 일찍 나온 나를 보고 반가워하며 인사했다.

"일찍 왔네? 점심은?"
"먹고 왔어요."
"에이~ 이렇게 일찍 오려면 와서 같이 먹어."

점장 오빠가 점심을 시켜 먹는 동안 내가 손님들 음료도 가져다주고 당구공도 정리하니까, 점장 오빠가 나보고 소파에 앉아 좀 쉬고 있으랬다.

여기 당구장 여자 알바가 앉아서 쉴 수 있는 곳은 원래 카운터 옆에 높은 의자였다. 원래는 그렇지만, 소파에 앉아서 쉰다고 뭐라는 사람은 없었다. 이렇게 짧은 치마를 입고 낮은 소파에 앉는 게 더 불편하다.

손님들이야 애초에 틈틈이 내 다릴 훔쳐보고 있었지만, 짬뽕을 먹던 점장 오빠는 내가 앞에 앉으니까 눈을 둘 데가 없어 불편해 보였다. 나도 불편해서 다시 일어나려다 소파에 등을 기댔다. 손님이 많아지면 등을 기대고 쉴 시간은 없다.

소파에 등을 기대고 있는 나를 향한 시선들이 느껴졌다. 훤히 드러난 허벅지와 반쯤 드러난 가슴으로 향한 손님들의 시선과 점장 오빠의 시선이 나를 만지는 것 같았다.

유라 언니가 와서 일어났다. 유라 언니와 내가 일찍 나왔다며 인사하는 동안, 점장 오빠가 먹은 그릇들을 치우더니 유라 언니를 불렀다. 점장 오빠는 내게 카운터 좀 보라하고 유라 언니랑 할 말이 있다면서 창고로 들어갔다. 유라 언니가 좀 당혹스러워하는 것 같았다.

　카운터에 있으면 편하다. 손님들이야 내 다리를 볼 수 없어서 아쉽겠지만, 난 허벅지에 힘을 풀고 앉아 있을 수 있어 좋았다.

　손님들의 음료가 비어서 음료를 가져다줬다. 손님들이 음료를 조금 빨리 마시는 것 같았지만, 어차피 한순간이다. 대낮에 당구를 치러 올 정도의 손님들은 그래도 승부에 관심이 많았다.

　점장 오빠가 유라 언니랑 무슨 얘기를 하기에 이렇게 오래 걸리는지 궁금해졌다. 손님들에게 다시 음료를 가져다주고 창고에 가봤다. 애초에 문을 열어볼 생각도 없었지만, 절대로 문을 열 수는 없겠다.

　당구장의 음악 소리와 두꺼운 창고 문틈으로도 작은 소리가 새어 나오고 있었다. 유라 언니가 숨을 참는 소리가 섞인 고양이 울음소리 같았다.

　다시 카운터로 돌아와 앉았다. 잠시 멀리 걸려있는 TV를 보다 말고 당구공을 청소하는 기계의 코드를 발로 밟아서 뽑아버렸다. 스위치가 켜 있는 상태에서 코드가 뽑힌 기계가 조금 덜컹거리며 멈췄다.

　일어나 창고로 걸어가 문을 두드리며 말했다.

　"똑똑똑! 상욱 오빠! 여기 기계가 좀 이상해요!"
　"…알았어!"

　점장 오빠가 벌게진 얼굴로 나와서 신경질적으로 당구공 청소 기계를 살폈다. 곧 어이가 없다는 표정으로 말했다.

"아이~ 진짜 여기 발로 딛지 말라니까~ 이거 오래 되놔서 코드가 잘 빠진다고~ 보면 몰라? 코드가 빠졌잖아. 코드는 다시 꼽으면 되는 거고~"

"죄송해요. 기계를 잘 몰라서…."

"아니. 아무리 기계를 몰라도! 됐다. 에휴~"

전에 유라 언니가 카운터에 앉아 있을 때, 당구공 청소 기계가 요란한 소리를 내며 꺼졌던 적이 있었다. 유라 언니가 발로 딛었다가 그랬다는 걸 알고 있었고, 코드만 꼽고 다시 돌리면 된다는 것도 알고 있었다.

곧 유라 언니도 홍조 가득한 얼굴로 나왔다. 유라 언니도 굉장히 짜증이 난 것 같았지만, 내게 별말 없이 화장실로 향했다.

서로 좀 서먹하게 있다가, 또 점장 오빠가 유라 언니랑 창고에 들어갔다. 이번엔 물청소하는 양동이를 입구에 엎었다. 아주 와장창 소리가 크게 들리게 굴려버렸다. 점장 오빠가 창고에서 튀어나와 오늘 무슨 날이냐며 짜증을 냈다.

손님들이 들이닥치기 시작하며 바빠졌다. 세현 오빠도 출근해 일하기 시작했다. 점장 오빠는 평소보다 큐 관리에 더 신경 쓰는 것 같았다. 엄청 쾅쾅거리며 큐들을 정리했다. 남자들이 보기에 유라 언니는 별로 달라 보이지 않았겠지만, 내 눈에는 꽤 짜증이 가득한 표정이었다.

어느새 11시가 다가오며 내가 먼저 퇴근할 시간이 되었다. 보통은 유라 언니도 나랑 같이 퇴근하는데, 오늘은 좀 더 일하고 가겠다기에…

"손님들도 많은데, 오늘은 저도 더 일하고 갈게요."

"버스 끊기는데 괜찮아?"

"심야버스 시간에 맞추면 돼요. 뭐~ 아니면 상욱 오빠가 데려다줄래요?"

유라 언니가 그럼 먼저 가보겠다고 했다. 별로 짜증을 내거나 하진 않았다. 옷을 갈아입고 나오자마자 대강 인사하고 가버렸다.

손님들이 거의 다 나가고, 점장 오빠가 정산을 마무리할 때까지 기다렸다. 세현 오빠는 내게 이제 가도 괜찮겠다고 말해줬지만, 점장 오빠가 별말이 없어서 세현이 오빠의 청소를 도왔다.

점장 오빠가 퇴근할 때 술이나 사달라고 말해볼 생각이었다. 굉장히 많은 갈등을 했고 아직도 괜찮은지 고민 중이었는데, 점장 오빠가 전화를 받더니 급하게 나가며 세현이 오빠에게 마무리 잘 부탁한다고 했다. 점장 오빠가 내겐 인사도 안 했다.

세현이 오빠가 걱정스러운 목소리로 내게 물었다.

"너 심야버스 시간 괜찮은 거냐?"
"아…. 사실 상욱이 오빠가 데려다줄 줄 알았는데. 심야버스에서 내려도 우리 집은 멀거든요."
"난 차 없는 거 알지? 택시비 있어?"

택시비가 있긴 하지만, 내 예상과 다른 전개에 살짝 짜증 났다. 돌아보니 어처구니없었던 내 계획에 헛웃음이 나올 지경이었다. 세현이 오빠는 내게 택시비가 없는 줄 알고, 주섬주섬 주머니를 뒤지고 있었다.

"됐어요. 택시 타고 가기에 우리 집 너무 멀어요. 여기서 첫차가 몇 시에 있죠?"
"…하긴. 내일 아침에 뭐 할 일 없으면 그게 낫겠다."

세현이 오빠가 음료 창고를 청소하며 마지막으로 청소도구들을 정리했다. 여태 유니폼을 벗지 않았던 내가 창고로 들어가 말했다.

"돌아보면 안 돼요~ 저 옷 좀 갈아입을게요."
"뭐?"

뭐 돌아보란 말이나 마찬가지라는 걸 안다.

종일 흐르던 음악은 이미 꺼져 있었다. 세면대의 수도꼭지가 잘 잠기지 않았는지, 물 떨어지는 소리가 옅게 들렸다. 밤이 깊어지면 멀리 있던 소리들이 가까이 다가왔다. 건물 앞 큰 도로에 차들이 오고가는 소리들도 들린다.

세현 오빠의 숨소리도 들렸다.

난 돌아볼 수 없다. 아무렇지 않다는 듯 치마를 내리고 유니폼 상의를 들어 벗어버렸다. 이 작은 유니폼을 순식간에 벗어버리고 속옷 차림이 되었다. 평소라면 윗도리부터 입었겠지만, 옷걸이에 걸려있던 청바지를 엉성하게 빼다가 바닥에 떨어뜨리고, 다시 주워서 조금 털어 입다가 주춤거렸다. 상의를 입으며 가슴에 걸린 셔츠를 당겨 내렸다.

세현 오빠가 보고 있을지 궁금해 미치겠는데, 돌아보는 대신 돌아서 창고를 나갔다.

심장이 너무 빨리 뛰어서 미칠 지경이다. 내가 뭘 하고 있는지는 잘 알고 있었어도 막상 저지르고 나니까 두려웠다. 세현 오빠가 어떻게 반응할지 궁금하면서 겁도 나고 스스로의 정신 나간 행동이 만족스럽기도 했다.

다리에 힘이 풀려 소파에 앉아 있었다. 세현 오빠는 소파와 카운터 위에 등만 남기고 당구장의 등을 모두 껐다. 세현 오빠가 날 물끄러미 바라보더니 터벅터벅 걸어와 내 맞은편에 앉아 말했다.

"너 여기 있으면 나도 못 가는데?"

"…제가 문 잠그고 갈까요?"

"3시간. 아니다. 2시간이면 첫차 다니겠다. 뭐 먹을래?"

세현 오빠가 순댓국을 주문하고 찬장을 좀 뒤적이더니 소주를 꺼내 냉동실에 넣었다. 세현 오빠가 다시 소파에 앉아 말했다.

"민폐네. 다음부터 너 그냥 일찍 가라"

"아~ 그…. 상욱 오빠랑 유라 언니랑 사귀어요?"

"…너 좋은 대학 다닌다며?"

"…."

별로 대화하고 싶지 않은 것 같았다. 세현 오빠가 TV를 켰다. 채널을 이리저리 돌리더니 축구 중계를 보기 시작했다. 순댓국이 금방 도착했고, 세현 오빠가 냉동실에 넣어뒀던 소주를 꺼내 잔과 함께 가져왔다.

"어? 계산 안 해요?"

"나는 원래 마무리하고 밥 먹고 가. 계산은 나중에 사장님이 해줘. 소주 마시지?"

"아. 네."

소주를 한잔 마시고 순댓국을 먹었다. 몇 숟갈 먹다 말고 내가 소주병을 들어 세현 오빠의 잔에 따르고 내 잔에도 따랐다. 잔을 비운 세현 오빠가 말했다.

"지금 아마 상욱이 형이랑 유라 누나랑 같이 있겠지."

"둘이 사귀는 거 맞나 봐요?"

"사귄다고 말할 수 있는 건가? 별로 그렇게 보이지는 않는데~."

"이 시간에 둘이 같이 있을 거라면서요?"

"둘이 같이는 있는데~ 에라. 너도 알 거 다 알잖아? 그냥 둘이 그런 사이야."

"아~ 그런. 아아."

다시 서로의 잔을 채워 소주를 마셨다. 세현 오빠는 순댓국을 먹으며 TV를 봤다. 떡밥을 던지면 물고기가 알아서 달려들 줄 알았는데, 꼭 그런 건 아닌 모양이다. 세상의 많은 일들은 예상과 다르게 흐른다. 예상이라는 게 원래 그렇다. 예언이 아니라 예상이기 때문이다.

어느새 국밥을 비운 세현 오빠가 다시 소주잔을 채우며 말했다.

"너도 상욱이 형 같은 사람이 좋지?"

"예? 아니 뭐 딱히…."

"내가 유라 누나를 좋아했거든…."

이 정도라면 세상이 예상과 다르게 흐른다고 말하기보다, 세상은 예상 따위를 거부한다고 봐야겠다. 상상도 못 한 전개에 내가 말을 잃었다. 세현 오빠는 그런 내 표정을 살피며 피식 웃더니, 잔을 비우고 말했다.

"뭐 나 같은 사람이 누굴 사귀길 했겠냐? 평소처럼 그냥 혼자 좀 좋아하다 마는 거잖아. 유라 누나도 나한테 잘해주고 그러는 게 좋고~ 그냥 그뿐인데…."

내 눈치를 슬쩍 보더니, 자기가 이런 말을 해도 괜찮은지 모르겠다며 말했다. 사람들은 다들 자기가 해도 괜찮은지 모르는 말들을 한다.

"그날 좀 늦게까지 손님이 많아서, 정신없이 마무리하고 있었어. 상욱이 형이랑 유라 누나도 도와주고 있었거든. 내가 매장 걸레질을 끝내고 보니까, 두 사람이 없는 거야. 말도 안 하고 먼저 간 줄 알았거든? 그런데 둘이 화장실에서 같이 나오더라. 참나. 그래서 난 둘이 사귀는 줄 알았어. 아~ 나 몰래 사귀는구나~ 그랬지. 상욱이 형한테 슬쩍 물어봤거든. 유라 누나랑 사귀냐고~."

"뭐래요?"

"내가? 걔랑? 아니? 이러면서 완전 정색하더라고~. 그래서 난 또 내가 오해했나 생각했는데~ 며칠 지나지 않아서 둘이 창고에서 나오더라고~. 유라 누나는 얼굴 벌게져서~ 뭐 알지?"

"그래서요?"

"그래서요? 너 이해를 못 하냐? 둘이 사귀지도 않으면서 그냥 떡이나 치는 사이라고!"

"아~ 예."

세현 오빠가 조금 언성을 높였지만, 난 뭐 그러냐는 듯 대수롭지 않다는 표정으로 잔을 들었다. 세현 오빠는 처음엔 내가 이해를 못 했다는 표정이었는데, 내가 세현 오빠를 빤히 바라보며 소주를 마시니까 미간을 찌푸리며 소주를 마셨다.

난 이미 결정을 했다. 아니, 이 당구장에 다시 발을 들일 때부터 결정한 것이나 다름없긴 했다. 그래도 막상 내가 먼저 말을 꺼내긴 어려웠다.

세현 오빠도 좋아하는 사람이 다른 사람과 이어지는 걸 지켜본 건 나와 같았다. 물론 나만큼은 아니라는 생각이 지배적이긴 했어도 나를 설득하려면 필요한 양념이었다. 게다가 전에 만났던 휴가 나온 군인처럼 곧 군대를 가야 할 사람이다. 학교도 다르고 사는 곳도 다르다는 것도 좋은 양념이었고, 서로를 잘 모른다는 것 또한 괜찮았다.

"서로 좋아하지 않더라도 그럴 수 있잖아요."

"뭐?"

"세현 오빠는 자위 안 해요?"

"취했냐?"

취한 모습을 보여줬으면 나았겠다는 생각을 뒤늦게 했다. 그럼 차라리 덜 창피했겠다. 아니, 이미 늦었다. 이미 홀라당 벗고 물속에 발을 넣은 것과 같았다. 이제 와 발만 담그려 했다는 변명은 웃기지도 않을 것이다. 난 어차피 물에 들어갈 생각을 하고 있었다.

"저도 봤어요. 아까 오후에 창고에서 둘이 있더라고요."

"봤다고? 나오는 걸 본 게 아니라 창고에 있는걸?"

"아니구나. 소릴 들었어요. 창고 안에서 유라 언니가 내는 소리…"

세현 오빠가 자기 잔을 채워 소주를 마셨다. 아직도 이 남자는 눈앞의 나보다 유라 언니를 생각하는 모양이다. 유성현이 송민아와 같이 있던 수많은 장면이 스쳐 지났다. 세현 오빠를 비웃어 주는 대신 말했다.

"꼭 사귀어야 하는 건 아닌 거 같아요."

"뭐~ 그렇겠지."

"전 아까 짜증 나서 둘이 하는 걸 방해했어요. 일부러 상욱 오빠를 불러내고, 입구에 물 양동이도 쏟아 버리고~ 아무리 그래도 제가 있는데 그러는 게 짜증 나더라고요."

"대단하네. 그럼 지금 둘이 아주 달아있겠네. 아까 유라 누나 표정이 왜 그랬는지 이해가 된다."

"짜증 나는데 우리도 할래요?"

"뭐?"

답이 없다. 배를 뒤집어 까고 꼬릴 흔드는 강아지가 되었는데도 세현 오빠는 아직도 상황 파악을 못 하고 있었다. 솔직히 내가 꺼낸 말에 나도 실망할 만큼 어처구니없고 창피하기도 했다. 내가 꺼낼 말이 아니었다.

일부러 과장되게 웃으며 말했다.

"농담이에요. 놀래긴~ 조금만 있으면 첫차 다니겠네요. 저 잠깐만 눈 좀 붙일게요."

전혀 걱정되지 않는 인간이다. 세현 오빠는 자기도 좀 자야겠다며 TV를 껐다. 당연히 잠이 오진 않았다. 세현 오빠가 뭐라도 하길 바랐지만, 세현 오빠는 뭔가 하는 대신에 코를 골기 시작했다. 저 남자에게 이보다 더 좋은 기회가 오길 기도해주고 싶다.

물 밖으로 나왔다.

새벽 공기를 맡으니 정신이 들었다. 내가 하려던 것과 지금의 상황에 헛웃음이 나왔다. 첫차를 타고 집으로 향했다.

오후에 출근했더니 세현 오빠가 나를 보는 눈빛이 달라져 있긴 했다. 항상 무뚝뚝하던 태도도 변했다. 내게 좀 친절해지기도 했고, 말투도 전과는 달라졌다. 하지만 다시 스무고개를 시작할 생각은 없었다. 난 제2의 유성현을 고르는 게 아니다. 휴가 나온 두 번째 군인을 찾고 있었다.

이미 맛집으로 인정받은 치킨집이 근처에 있는데, 내가 닭을 튀길 필요는 없다.

유라 언니가 쉬는 날에 상욱 오빠에게 술을 사달라고 했다. 상욱 오빠랑 모텔에 가는 데 2시간도 걸리지 않았다. 상욱 오빠와 하는 도중에 유라 언니랑 관계를 알고 있다고 했다.

"뭐야. 그럼 지금 이 상황이 뭐냐?"

"하으~ 그러게 상관없잖아요?"

"상관없다고? 민효정. 너 좀 쩌는데?"

"티 내지 마요. 나도 오빠랑 사귈 생각은 없다는 말이니까."

그렇게 기뻐할 줄은 몰랐다. 남자에게 책임질 일이 없다는 걸 말해주는 일이 그토록 기쁜 일일까.

상욱 오빠에게는 유라 언니도 있으면서, 시도 때도 없이 졸라댔다. 아직 여러 남자를 만나본 건 아니었지만, 상욱 오빠는 잘하는 것 같았다. 그래도 수시로 조르는 건 귀찮기도 했고, 세현 오빠의 눈치도 보였다.

당구장 아르바이트를 그리 오래 하진 못했다. 자꾸 조르는 상욱 오빠 때문은 아니었다. 한수진 선생님이 학생 주임과 함께 당구장에 왔다.

처음엔 한수진 선생님인 줄 몰랐다. 짙은 화장에 짧은 치마를 입은 한수진 선생님은 학교에서 전혀 볼 수 없던 모습이었다. 특별히 노출이 심한 건 아니었어도 가슴을 반쯤 드러낸 유니폼을 입은 나보다 남자들의 시선을 끌었다. 게다가 그런 한수진 선생님과 함께 있는 인간이 학생 주임이었다.

학생 주임은 나를 못 알아본 게 확실했다. 포켓볼을 치는 일에는 관심이 없어 보였고, 그냥 짧은 치마를 입은 한수진 선생님이 당구를 치는 모습을 보고 싶었던 것 같다. 한수진 선생님은 나를 알아봤다. 학생 주임이 슬쩍 한수진 선생님의 엉덩이에 손을 올렸을 때, 나와 시선이 마주쳤다.

한수진 선생님이 내게 말을 걸거나 하진 않았다. 여전히 무표정했고, 다시 눈을 마주치지도 않았다.

다음날 출근하지 않았다. 상욱 오빠에게 전화하는 대신 사장님께 전화해서 그만두겠다고 했다. 사장님은 전처럼 무슨 일이 있었는지 걱정하는 말투였지만, 난 아무런 대답 없이 잠시 기다렸다가 힘없는 목소리로 죄송하다 말하고 끊었다.

상욱 오빠에게 전화가 오고 톡도 왔지만 무시했다. 한수진 선생님에게 연락이 올 줄 알았는데, 모르는 여자에게 전화가 왔다.

[누구세요?]
[민효정 씨? 잠깐 시간 있어요? 제가 근처로 갈게요.]
[저 아세요?]
[한수진 씨를 알았죠?]

한수진 선생님에게 전화를 걸었지만, 선생님이 받지 않았다. 대신 메시지가 왔다.

〈만나봐.〉
〈누군데요?〉
〈장사꾼.〉
〈무슨 말씀이세요?〉
〈시장 가판대에 있지 말고, 만나서 네 가격을 알아봐.〉

무슨 얘기인지 몰라서, 한수진 선생님이 보낸 메시지를 한참이나 보고 있었다. 휴대폰을 손에서 내려놓을 수 없었다. 몇 번이나 다시 메시지를 확인하고, 다시 물어볼까 고민하다 '장사꾼'이라는 여자에게 전화를 걸었다.

그 여자가 그랬다.

[나랑 만나서 손해 볼 것은 전혀 없어요.]

어차피 누굴 만나도 내가 손해 볼 게 있지도 않았다.

'장사꾼'이라는 여자의 첫인상은 드라마에서 보던 부잣집 사모님이었다. 어딘가 한수진 선생님의 인상과 닮아 있긴 했는데, 말투는 전혀 달랐다. 동네의 친절한 아줌마처럼 사소한 대화들을 나눴다. 딱히 내 이야기를 캐내려는 태도는 아니었지만, 어느새 내가 살아온 이야기들을 하게 했다.

그 여자는 날씨 얘기도 하고 요즘 세상이 돌아가고 있는 이야기들을 봄바람처럼 따뜻하게 흘렸는데, 난 어느새 피곤했던 학창시절을 얘기하고 유성현의 이야기까지 하게 되었다. 그 여자가 한수진 선생님에 대한 이야기는 한마디도 꺼내지 않았다는 걸 깨달았을 즈음에도 나는 엄마가 돌아가신 얘기를 했다.

나를 위로하거나 앞으로의 이야기를 꺼내지 않았다. 그 여자가 나를 인터뷰하지 않았다. 시간이 오래 걸리지도 않았다. 그 여자와 커피를 한잔 다 마시기도 전에, 난 그 여자에게 고해성사를 하고 있었다.

"아니~ 그럼 그 친구는 바로 옆에 당첨된 복권이 떨어져 있는 줄도 모르고, 복권은 사기라고 씩씩거리고 있었던 거야?"

"아뇨~ 주머니 속에 당첨된 복권이 있었는데 옷에 커피를 쏟았다고 짜증내면서 옷을 세탁한 거죠."

"에구~ 가여워라. 그럼 지금은 자기 주머니 속에 복권이 들어있었다는 것을 알까?"

"음~ 아마 모르지 않을까요? 나중에라도 후회했다면~ 저한테 무슨 시도라도 했어야 하는 거 아니에요? 같이 일하고 있는데~ 기회는 많잖아요. 아마 몰랐을 거예요. 자기가 복권을 샀는지도 모를걸요?"

"맞아. 세상엔 그런 남자들이 너무 많아."

"답답해요. 세상의 모든 일을 확률에 대입하는 꼴인데, 51%와 49%를 비슷하게 생각하는 거 같아요."

"그래~ 우린 알지. 우리는 가끔 51%보다 큰 49%가 있다는 걸 알지."

"으~ 그런 말을 남자들 앞에서 하면 무슨 소릴 떠들어 댈지 생각하면 소름 돋아요."

"대신 49%를 51%로 뒤집을 수 있는 게 남자들이라는 것도 알아야 해요."

"남자들이 언제 그러는지 알고 있어요."

"알고 있는 건 활용해야죠."

어쩌다 최근 당구장에서 생긴 일들을 떠들게 되었는지 모르겠는데, 이 여자는 어느새 나를 설득하고 있었다. 무엇을 위한 무엇에 대한 설득인지도 인지하지 못하고 '장사꾼'이라는 여자의 말에 동조하게 되었다.

소개팅을 제안받고 집으로 돌아오면서야 그 여자가 흔히 말하는 뚜쟁이라는 걸 알았다. 드라마나 영화가 만들어준 뚜쟁이의 이미지와 너무 달랐다. 그 여자는 좋은 언니 같았다.

그녀가 소개해준 남자는 나보다 11살 많은 평범한 직장인이었다. 그가 집을 두 채 가지고 있으며, 그의 부모는 의사들이라는 것을 나중에 알았다. 두 번째 만났을 때 이미 사귀기로 했으니까, 그의 대단한 조건은 내게 과할 뿐이었다. 알바는 이미 그만두고 용돈이라는 명목으로 알바비의 두 배쯤 되는 돈을 받았다.

네 번째 만났을 때, 그와 호텔에 갔다. 그는 못생겼지만 친절했고 여러모로 좋은 사람이었다. 두 달쯤 만났을 때는 결혼 이야기도 나왔다. 난 아직 대학교 1학년이었다.

한수진 선생님에게서 전화가 왔다.

[이제 좀 알겠어?]

[아직 궁금해요.]

[그래. 괜찮아. 그럼 된 거야. 사랑은 기호식품이야.]

그와 헤어지자마자 뚱쟁이 언니에게 전화가 왔다.

파티에 초대받았다. 뚱쟁이 언니가 사준 옷을 입고 파티에 나갔다. 평소 상상만 했던 사람들을 만났다. 처음엔 주눅 들었지만, 사람들은 친절하고 예의 있었다. 삶에 가난은 큰 문제가 아니라는 그들의 방식에 쉽게 동화되었다. 어느새 내 형편은 잊고 나도 그들과 비슷한 사람인 것 같았다.

그 누구도 노골적으로 추파를 던지지 않았고, 심심하면 밖에서 만나도 좋지 않겠냐는 정도였다. 파티에서 만난 남자는 나보다 14살 많은 의사였다. 잘생기고 쾌활한데 다 즐기는 게 인생의 최대 목표라고 했다.

그와는 만나면 했다. 언제나 만나면 어디론가 여행을 떠났고 내게 아직 비자가 없는 걸 아쉬워했다. 전국의 유명한 관광지들을 돌아다니며 즐기다 헤어졌다.

다시 파티에 초대되었다. 그를 또 만났지만, 그는 나를 처음 만났을 때와 별반 다르지 않았다. 두 번째 파티에선 남자와 함께 나오지 않았다.

뚱쟁이 언니는 또다시 나를 초대했고, 난 그 파티에서 괜찮은 알바 자리를 알아봤다. 내 그런 태도를 남자들이 신기해하면서도 좋은 제안들을 많이 받았다. 일본계 기업의 야간 서류 정리 알바 자리를 구해서 파티를 나왔다.

더 이상 파티에 초대받지 못했지만, 난 상당히 괜찮은 급여를 받으며 매우 편한 알바 자리를 구했다. 소개해준 남자는 30대 후반의 점잖은 사람이었다. 내게 특별히 요구하는 건 일에 관한 것들이었다. 사실 그와 자게 될 수도 있고, 어쩌면 사귀게 될지도 모른다는 생각을 했는데, 그는 내가 맡은 일만 잘

해주길 원했다.

　가끔 같이 식사를 하고 술을 마시기는 했다. 내가 원해서 그와 자고 나서야 그가 돌싱이라는 걸 알았다. 그는 다시 결혼하는 걸 원하지 않았고, 나에게도 상관없는 일이었다.

　유성현은 학교에서 계속 마주쳤다. 우리의 사이가 달라지지 않았다. 애초에 뭔가 나빠지거나 좋아질 수도 없는 관계였다. 다른 친구들과 어울리듯 마주치면 인사하고 지나쳤다.

　내가 두 번째 파티에 초대되었을 때 즈음에, 유성현이 송민아와 만나고 있지 않다는 걸 알았다.

　"유성현~ 송민아랑은 잘 지내?"
　"쏭? 나 걔랑 안 본 지 세 달이 넘었는데?"
　"왜? 항상 친했잖아. 아~ 송민아 걔가 그~ 전 남친 또다시 만나?"
　"모르겠다. 서로 연락 안 해."

　일 년쯤 전에 들었다면 좋았을 말이다. 우리는 어느새 2학년이 되어있었다. 유성현이 누굴 만나도 신경이 쓰이지 않는다는 건 거짓말이겠지만, 상관하진 않다. 유성현이 어떤 여자 후배와 만난다는 얘기를 애써 흘려들었다.

　학교 선배를 만났다. 이미 내게 5번인가 6번의 고백을 했던 선배였다. 그 선배는 이제 졸업반이었고, 이번이 마지막이라며 또 내게 고백을 했다.

　"이번이 몇 번째에요?"
　"정확히 10번째야. 이번에도 넘어가지 않으면 속담이 잘못된 걸로 이해해야겠어."

"7번째 아니었어요?"

"…두 번은 내가 생각해도 네가 잊을 줄 알았는데…. 10번째가 맞아."

선배랑 같이 저녁을 먹고, 다음날 다시 만나자고 먼저 전화했다. 그 선배는 나를 정말 소중하게 대했다. 손을 잡는 것도 내가 먼저 했고, 키스도 내가 먼저 해야 했다.

유성현은 내가 그 선배와 사귄다는 소식을 듣고 기뻐하는 것 같았다. 어쩐지 마음의 짐을 덜어 기쁜 것으로 보였지만, 나만의 착각이겠지. 유성현이 만난다는 후배 여자애와 우리 커플이 같이 술도 마셨다. 그날 밤 선배와 처음 잤다.

그 선배와 처음 자고 난 다음 날 선배는 어쩔 줄 몰라 했다. 나를 만나서 뭘 해야 하고 어떻게 해야 하는지 힘들어하는 것 같았다. 오후 강의가 끝나고 선배를 만나자마자 빈 강의실에서 키스했다.

한참 동안 키스를 하면서도 선배가 머뭇거렸다. 내가 먼저 선배의 바지 속으로 손을 넣을 수도 있겠지만, 끈질기게 기다렸다. 이제 노을이 보랏빛으로 변하기 시작할 무렵에야 선배가 입술을 떼고 말했다.

"여기서 해도 돼?"

"네."

나도 조금은 머뭇거렸어야 했다는 걸 알지만, 시간이 없었다. 저녁에는 서류 정리 알바를 가야 했다. 선배가 애무하는 걸로 시간을 빼앗길까 봐 스스로 벗고 엎드렸다. 다행히 오래 걸리진 않았는데, 선배가 내 얼굴을 보면서 한 번 더 하고 싶다고 했다. 선배를 의자에 앉으라 했다.

처음으로 서류 정리 알바에 조금 늦었다. 항상 점잖았고 친절했던 돌싱 아저씨가 약간 화를 내서 놀랐다. 조금 늦긴 했어도 정해진 시간에 입력하는 건 어렵지 않을 것 같았는데, 그분은 내가 하는 일을 돕기까지 했다.

넉넉히 일을 마칠 수 있었다. 그가 그의 사무실에서 잠깐 보자고 했다. 설마 오늘 처음 늦은 것 때문에 문책하려는 줄 알았다. 나를 사무실 소파에 앉으라고 한 그가 책상에 걸터앉아 뭔가 고민하는 것 같았다.

그러고 보니 그가 책상에 걸터앉은 모습도 처음 봤다. 이 좋은 알바를 잘리게 될지도 모른다는 걱정까지 하고 있었는데, 그가 한숨을 내쉬더니 창밖을 바라보며 내게 말했다.

"여기에서 할 수 있을까?"
"…"

이번엔 시간이 충분했다. 그래서 대답하지 않은 건 아니다. 전에 내가 원해서 했던 이후로 이 아저씨가 내게 원했던 적은 없었다. 나를 위해 고민을 해줬다는 게 좋았다. 그의 고민을 위로하기로 했다.

천천히 일어나 옷을 벗었다. 그는 사무실의 불을 꺼주는 대신 블라인드를 내리고 나를 기다렸다. 벗은 옷을 개어 탁자 위에 내려놓고 다음 옷을 벗었다. 마지막 속옷을 벗어 개어놓을 때까지 그는 책상 위에 걸터앉아 있었다.

가려지지 않는 가슴을 한쪽 팔로 가리고, 다른 손으로 가랑이를 가리고 섰다. 내가 먼저 다가갈 수도 있었지만, 그가 다가올 때까지 기다렸다.

그의 손이 내 몸에 닿을 즈음에야 오후에 선배와 있었던 일들이 떠올랐다. 아니, 떠올렸다.

아직도 외롭다.

곧 졸업할 선배와 가장 자주 만나던 장소는 도서관이었다. 나도 장학금을 계속 받을 학점을 유지하려면 꽤 많은 시간을 도서관에서 보내야 했다. 서류 정리 알바 때문이 아니라면 학교와 집을 오고 가는 게 전부였다.

처음엔 많이 조심스러웠던 선배가 이젠 도서관에서 나를 안아주기도 하고, 먼저 바람을 쐬고 싶다는 말도 했다. 해가 질 무렵에 교정의 분주함과 한적함이 뒤섞일 시간이면 우리는 산책을 했다. 하기 적당한 장소를 물색했다고 보는 게 맞겠다.

가끔은 다른 커플이 먼저 선점한 빈 강의실을 발견하게 될 정도로 교내에서 자주 했다. 다른 커플이 하는 걸 몰래 지켜보다 선배와 남자 화장실에 들어가서 하기도 했다.

내가 저녁에 알바를 가기 전에 선배가 자주 원했다. 그러다 보니 또 알바 시간에 조금 늦기도 했다. 돌싱 아저씨는 내가 늦을 때마다 약간 화가 난 것처럼 보였고, 그럴 때마다 내게 미안해하며 사무실에서 하길 원했다. 난 이유 없이 늦게 출근하기도 했지만, 대부분은 선배와 하느라 늦었던 날 그와도 했다.

선배와 만나면서부터 유성현이나 다른 친구들과 자주 어울리지 못했다. 그냥 지나치다 인사나 나누는 정도였다. 어쩌다 휴강이 생겨서 같이 커피를 마실 일이 생겼는데, 유성현의 표정이 심상치 않았다. 애들이랑 몇 마디 나누다 말고 유성현이 먼저 일어나보겠다고 했다.

"쟤 무슨 일 있어?"
"몰라? 헤어졌잖아~."
"아. 그래? 어쩌다?"
"우리의 인기남 유성현께서 바람을 피우다 걸렸단다. 아니~ 누군 연애 한번 하기도 힘든데 말이야~ 바람을 피우다 차이냐? 누가 위로해주기도 어려운 상황이잖아~ 그래서 혼자 저렇게 뿌루퉁해서 다니고 있어~ 참나. 부러운 자식!"
"대단하네. 누구하고 만났대?"

"몰라~ 말을 안 해줘."

송민아를 다시 만나는 걸까? 잠시 궁금했지만, 애들과 더 놀고 있는 대신에 선배를 만나러 도서관으로 갔다. 아직 좀 이른 시간이긴 해도 선배와 산책하고 싶었다.

"아~ 효정아 미안. 지금 졸업한 선배들이 취업설명회 하고 있는데, 늦었어. 끝나면 간단하게 회식도 할 거 같거든? 내일 만나자. 오늘도 알바 잘하고~ 응? 미안~."

제출할 리포트나 준비하려고 했는데, 도무지 진도가 나가질 않았다. 지금 알바를 출근하면 거의 1시간 이상 빨리 도착하게 되겠지만, 모처럼 일찍 출근하기로 했다. 일찍 가면 일도 일찍 끝낼 수 있겠지.

돌싱 아저씨가 엄청 반가워하고 또 고마워했다. 자기가 오늘 미팅이 있어서 서류 정리하고 입력하는 걸 감독하긴 어렵겠다고 했다. 충분히 혼자 할 수 있을 거 같으니까, 잘 부탁한다고 말하며 서둘러 사무실을 나갔다.

이젠 혼자 해도 아무런 무리가 없는 일이긴 했다. 그런 줄 알았는데 이상하게 자꾸 일이 꼬이고, 입력하다 빼먹기도 해서 다시 서류를 찾기도 했다. 가까스로 평소의 퇴근 시간까지 입력을 마치고 나오려는데 전화가 왔다. 유성현이다.

[뭐해?]
[왜.]
[아니. 아니다. 늦은 시간에 미안.]
[말해봐.]
[잠깐 볼래?]

유성현과 단둘이 만나는 게 얼마 만이더라.

선배에게서 톡이 왔다. 알바 잘 마치고 들어가느냐는 메시지였다. 나는 술 적당히 마시라는 톡을 보냈고, 선배가 자기 술 잘 못 마시는 거 알지 않느냐고 답장을 보내왔다. 그러니까 조금만 마시라는 톡을 보내려다 생각이 났다.

술을 잘 못 마시는 걸 내가 알았던가. 아니, 선배의 취미는 알고 있나? 집이 어딘지도 잘 모른다. 좋아하는 음식은 어떤 거였더라. 분명히 그런 종류의 대화를 나눈 기억은 있는데, 선배에 대한 그 어떤 것들도 별로 떠오르지 않는다.

굵지는 않지만 길다는 것만 알겠다.

성현이가 어디에서 보겠냐고 하기에 네 방으로 가겠다고 했다. 유성현이 조금 당황한 것 같았다. 밖에서 누구 아는 사람이라도 만나면 불편하겠다고 했다.

학교에서 마을버스로 세 정거장 거리에 성현이가 살고 있다. 걸어서도 갈 수 있다는 얘기지만, 밤이 늦어 마을버스를 탔다. 마을버스에서 내리자마자 보이는 편의점 옆길로 들어서면, 세탁소와 작은 술집 사이에 차가 들어갈 수 없는 골목이 있다.

전신주 아래에는 쓰레기봉투가 쌓여있고, 낮은 담 위에는 누군가의 화분이 있는 골목에 제각각 다른 모양의 대문들이 이어졌다. 그 길을 따라 조금 오르면 골목이 비좁아 보이는 단풍나무가 있고, 그 오른편의 주택 옥탑방에 유성현이 살고 있다.

최근 몇 년 동안은 잠긴 적이 없을 것 같은 허름한 대문을 열고 들어갔다. 왼편에 계단을 따라 올라가면 2층 위에 유성현의 옥탑방이 있다.

창살이 달린 유리창에는 불이 켜져 있었다. 문을 두드리거나 유성현을 부르는 대신 옥탑방의 드넓은 테라스에서 도심의 야경을 감상했다. 내가 예전에 엄마랑 같이 살던 곳보다는 괜찮아 보였다…. 뭐 비슷했다.

이런 수준의 거주 공간을 비교한다는 것 자체가 우스운 일이다. 어쨌든 빌딩들의 스카이라인을 내려다볼 수 있다는 점은 꽤 좋았다. 여기도 재개발을 위한 조합이 구성되고 있다는 전단을 봤다. 언젠가 세상의 모든 옥탑방들이 사라지겠지.

유성현과 따로 만나지는 않았어도 유성현의 집에는 와봤다. 지금 내려다보고 있는 야경도 잘 기억하고 있다. 저 멀리 보이는 빌딩의 꼭대기에 반짝이는 불빛도, 듬성듬성 보이는 붉은 십자가들도, 주택들 사이의 골목에 스며드는 가로등 불빛들도 이미 잘 알고 있다.

휴대폰이 울렸다. 유성현에게 톡이 왔다. 답장하는 대신 돌아서 문을 두드렸다.

"어? 민효정? 어떻게 잘 찾아왔네? 전화하지~ 내가 마중 나가려고 했는데."
"이 골목에 단풍나무는 저거 하나더라."
"워~ 그래도 이런 골목에서 집 찾는 게 쉬운 게 아닌데~ 눈썰미 좋네."
"이런 골목에 살았으니까."

이 방에는 처음 들어와 보는데, 어쩐지 자주 드나들었던 것처럼 익숙했다. 유성현이 치킨을 준비해 뒀다. 가방을 대강 내려놓고 내가 먼저 자리에 앉았다. 성현이가 냉장고 문을 열며 말했다.

"맥주? 소주?"
"배부를 거 같아. 소주."

유성현이 소주잔이 없다며 컵을 가져왔다. 유리잔도 아니고 머그컵이었다. 머그컵에 소주를 콸콸 따르고는 서로 알아서 마시자고 했다. 머그컵 두 잔에 소주를 나눠 따르니까, 각자 반병씩 따르게 되었다.

소주 반병이 담긴 머그잔을 잠시 바라보다 들어 마셨다. 금방 목구멍이 긁히는 기분이 들며 소름이 돋았지만 멈추지 않았다. 숨을 참고 소주 반병을 마셔버렸다. 취기가 오르는 데 오래 걸리지 않았다. 가슴이 뜨거워지는 기분이 들기 전에 치킨 무가 담긴 그릇을 들어 국물을 마셨다.

성현이 그런 나를 바라보며 머그잔을 내려놓기에 내가 말했다.

"너도 마셔."
"…"

유성현이 고개를 가로저으며 거부 의사를 보였다. 그런 유성현을 가만히 보고 있었다. 유성현도 내 눈을 피하지 않았다. 다시 마시라는 말을 하려다 그만뒀다.

일어나려다 조금 휘청거렸다. 소주 반병 정도는 문제없을 줄 알았는데, 아무래도 한 번에 마시는 건 무리였다. 내가 문 앞에 서서 신발을 신을 때까지도 유성현이 날 잡지 않았다. 문을 열고 나가려는데 유성현이 날 불렀다.

"야! 민효정! 왜 그러는데!"
"너는! 넌 왜!"

유성현이 대답하지 않았다. 나가려는데 발이 떨어지질 않는다. 짜증이 났다. 화도 났다. 유성현이 내게 다가와 손을 잡았다. 눈물이 날 것 같았지만 울진 않았다. 이를 악물고 유성현을 바라봤다.

다시 신발을 벗고 앉았던 자리로 돌아가 앉았다. 유성현도 다시 자리에 앉아 머그잔의 소주를 마셨다. 마시다 말고 한숨을 내쉰 유성현이 다시 마셔 잔을 비운 것 같다. 유성현도 나처럼 치킨 무 국물을 마시고 말했다.

"치킨 먹어."
"너나 먹어."

유성현이 TV를 틀어 채널을 넘겼다. 뮤직비디오가 나오는 채널에 멈추고는 유성현이 치킨 조각을 들어 먹기 시작했다. 유성현이 먹는 걸 보니까 나도 배고픈 것 같아 치킨을 먹었다.
치킨 한 조각을 다 먹고 더 먹으려는데, 유성현이 말했다.

"나 기말고사 끝나고 군대 가."
"…"
"미리 신청은 했는데, 이렇게 빨리 영장이 나올 줄은 몰랐어. 잘됐지 뭐. 다녀와서 복학하기도 좋을 거 같아."
"너 바람피우다 차였다며."
"…사귀긴 했는지 모르겠는데~ 뭐 오해가 있었어."
"넌 항상 그랬지."

유성현 잠깐 나를 보다 말고 일어나 냉장고에서 소주를 한 병 꺼내왔다. 나한테 따라주려는 걸 싫다고 했다. 유성현이 자기 잔을 채우는 걸 보며 일어났다. 다시 일어난 나를 올려다보는 유성현에게 말했다.

"할래?"
"뭐?"
"하고 싶어서 만나자고 한 거 아니야? 송민아는 이제 만나기 힘든 모양이지? 하고는 싶은데 편하게 만날 여자애가 없어서 나한테 연락한 거 아니야?"

"…너 남자친구 있잖아"

"아~ 그게 마음에 걸렸어? 그래서 송민아가 헤어졌을 때마다 만났어? 내가 지금 헤어지면 돼?"

대답 대신 유성현이 잔을 들어 소주를 마셨다. 난 욕실로 들어갔다. 욕실이 너무 비좁았다. 옷을 어디에 벗어둬도 물을 튀기지 않고 샤워를 하긴 어려워 보였다. 옷을 벗어 욕실 밖으로 대충 던지고 샤워를 했다.

했다. 유성현은 잘하는 거 같았다. 아침 해가 뜰 때까지 하고 또 했다.

하는 중에 유성현이 뭔가 말하긴 했는데, 별로 들리지 않았다. 내가 안전한 날이라고 했는데도 안에다 하진 않았다. 하게 될 줄 이미 알고 있었어도 막상 하는 건 달랐다.

난 유성현을 잘 안다. 잘 알고 있어서 앞으로 우리가 사귀지는 않을 거라는 걸 안다. 그러나 내 안의 유성현은 몰랐다. 유성현의 몸이 안을 긁고 유성현의 피부가 내 피부와 닿아 미끄러지며 유성현의 혀가 입천장을 스치는 느낌은 알지 못했다.

일 년이 좀 넘는 시간 동안 유성현이 달라졌다. 그날 밤에 하지 못하던 그 유성현이 아니었다. 하고 있는 그 순간만큼은 그 누구보다도 좋았다. 내가 아직 가지고 있는 유성현에 대한 마음 때문이거나 내게 아직 남은 그런 감정들 때문일지도 모른다.

내게 축구공을 던져주고, 편집실에서 서로의 어깨를 기대고, 함께 영화를 보다 말고 투덜거리던 유성현에 대한 기억들이 더 많은 것들을 느끼게 했다. 학교에서 일부러 유성현이 지나갈 길목을 오가다 반갑게 인사하고, 그날의 일 때문에 어색해하는 유성현에게 더 환하게 웃어 보이려던 추억들이 감각에 더해졌던 모양이다.

 옥탑방이긴 해도 언덕 위에 생긴 서향의 주택가에 아침은 갑자기 찾아온다. 어스름한 새벽의 중간에 갑자기 나타난 태양이 세상을 밝혔다.

 엎드린 채, 유성현이 휴지를 찾아 내 등위에 쏟아낸 것들을 닦는 걸 기다렸다. 조금 전까지 어두컴컴했던 유성현의 방안이 환해져있었다. 고개를 들려다 말고 다시 얼굴을 베개에 파묻었다.
 굉장한 피로가 몰려와 졸리지만, 잠을 잘 수 없다. 의식이 남아 있는 그 순간까지, 머리끝부터 발끝까지 전류가 흐르는 것 같은 이 기분을 놓치고 싶지 않았다. 곁에 누우며 엎드려있는 나를 안아주는 유성현의 품에 안겼다. 유성현의 턱 아래에 입 맞추고 유성현의 배를 쓰다듬었다. 천천히 쓰다듬으며 내려가던 내 손가락 끝에 닿은 것들을 부드럽게 만지작거렸다.
 더 내려가 쥐고 쓰다듬으며 손아귀 안에 느껴지는 모든 감촉을 외우듯 만졌다. 내 이마에 유성현의 한숨이 쏟아지며 손안의 것이 단단해졌다. 유성현의 남은 기운이 한자리에 모인 것 같다. 이번엔 내가 올라가 손에 쥔 걸 넣었다.
 너무 환해서 창피했지만, 견딜 수 있었다.

 발가벗은 채 잠들어있는 유성현의 몸 위에 이불을 덮어주고 나왔다. 온몸에 유성현의 흔적이 가득한 채로 유성현의 방에서 나왔다. 내게서 유성현의 냄새가 났다.

 집에 돌아와서도 한동안 그냥 있었다. 샤워는커녕 소변이 마려운 것도 참고 바닥에 누워있었다. 유성현에게 나는 어떤 여자애였을까. 유성현이 몇 번째 겪은 여자였을까. 유성현은 지금 나를 어떻게 생각하고 있을까.

한참을 참았다가 소변을 보니까 어지러웠다. 앉은 채로 빈혈이 왔다. 뒤처리를 하려다 오래 만지작거렸다. 뜨거워질 대로 뜨거워진 채로 일어나 샤워를 하고 나왔다.

선배에게 톡이 와 있었다.

어쩌면 졸업하기 전에 취직이 될 수도 있겠다고 했다. 비록 인턴 과정을 거쳐야겠어도 준 대기업이라며 기뻐하는 메시지였다. 아침 일찍 온 톡이었다. 내가 유성현의 위에 있을 즈음에 왔다.

휴대폰의 액정화면이 저절로 꺼질 때까지 선배에게서 온 메시지를 물끄러미 보고 있었는데, 화면이 다시 켜지며 톡이 왔다. 다시 선배였다.

〈아직 학교 안 왔어?〉
〈지금 가요.〉

답장을 보내고 학교에 갈 준비를 했다. 오후에만 강의가 있는 날이긴 했어도 난 항상 아침 일찍 학교에 갔다. 조금 늦더라도 도서관에서 선배를 만나 같이 점심을 먹었다. 어느새 점심을 먹을 시간이었다.

버스에서 졸다가 네 정거장이나 지나쳤다. 다시 버스를 갈아타고 학교로 오다가 또 졸았다. 선배는 점심을 먹지 않고 기다리고 있었다. 어제 알바 하는 곳에서 회식했다고 거짓말을 했다.

"어제는 그런 말 없었잖아."
"선배가 걱정할까 봐."
"에이~ 그래도 그런 얘기는 미리 해줘야지."
"미안해요. 갑자기 자기들 회식하는데 나도 같이 가자고 해서요."

선배와 점심을 먹고 강의에 들어가서는 내내 잤다. 친구들이 어제 뭘 하고 놀았기에 그렇게 잠만 잤냐고 놀렸고, 짓궂은 어떤 애는 선배가 밤새 괴롭혔냐며 놀렸다. 그랬더니 또 다른 애가 말했다.

"응? 그 선배 어제 졸업한 선배들이랑 같이 있던데? 효정이 너도 거기 있었어?"
"아니. 알바 하는 데서 회식이 있어서."
"오~ 이거 양다리네. 효정이 너 알바 하는데도 남자 있지?"

피곤해서 변명하기도 귀찮았다. 유성현의 친구들도 만났는데, 오늘 유성현이 학교에 오지 않았단다.

"그 자식 헤어진 게 생각보다 타격이 컸나 본데?"
"뭐야~ 바람피우다 헤어진 거라며~ 그래도 타격이 있나?"
"야~ 이 모태솔로야. 바람피우다 헤어지면 양쪽이랑 모두 헤어지는 거잖아. 그러니까 타격이 두 배 아니겠냐?"
"그런 거야?"

아무것도 모르면서 세상의 모든 일을 다 아는 것처럼 떠드는 아이들을 뒤로하고 선배를 만나러 도서관에 갔다. 선배는 도서관에서 나를 만나자마자 가방을 싸서 나왔다. 선배가 산책이나 하자며 으슥한 곳으로 나를 데려가기에 말했다.

"선배 나 오늘 많이 피곤해요."
"그래…. 그럼 잠깐만 어떻게 안 될까?"
"있잖아요. 선배…."
"…응."

"저랑 하고 싶어서 만나는 거예요?"

"아…. 미안해."

"아뇨. 이해는 하는데요. 그래도 선배….'

선배가 나를 안아주려는데 내가 몸을 빼며 다시 말했다.

"선배. 저 생각 많이 해봤는데요."

"효정아. 미안해."

"아뇨. 저 만지지 마요. 당분간 이러지 않았으면 좋겠어요."

무슨 말을 해야 할지 모르는 것 같은 표정의 선배에게 고개를 꾸벅여 인사했다. 선배가 다시 나를 붙잡으려다 그만두고 잘 들어가라 인사했다.

물론 마지막 인사는 아니겠지만, 이제 끝났다는 걸 선배가 알길 바랐다.

꙳ 🙟 ꙳

몸이 안 좋아서 알바를 못 가겠다고 했는데, 실제로 몸이 아파왔다. 처음엔 약간의 근육통 정도였지만, 나중엔 열도 나고 오한도 왔다. 몸살이 난 모양이다.

아프지 않았는데, 아프다고 했더니 정말 아파져서 짜증 났다. 신경질이 나면 날수록 점점 더 아파 왔다. 아픈데 유성현에게서 전혀 연락이 없어서 더 화가 났다. 유성현에게 연락이 오길 기다리면 기다릴수록 더 아파졌다.

집에 있던 진통제를 먹고 간신히 잠들었는데, 내가 흘린 식은땀에 축축해져 잠에서 깼다. 아직 새벽이었다.

이제 아프진 않지만, 머리도 멍하고 어지러웠다. 매트리스 위에 멍하니 앉아 있다가 휴대폰의 깜빡이는 불빛을 발견했다. 메시지가 잔뜩 와 있었다.

선배가 보낸 톡이었다. 뭐가 그리 많이도 미안했는지 구구절절 미안하다는 얘기들이 잔뜩 있었다. 자기가 연애 경험이 별로 없어서 미숙했다는 둥, 배려하지 못한 걸 용서하라는 둥, 앞으로 잘하겠다는 얘기들까지 다 읽기도 귀찮을 정도로 긴 메시지가 와 있었다.

유성현의 연락은 없었다.

학교에서 선배와 만났다. 선배는 무척 조심스럽게 나를 대했고, 난 지난밤 왔던 메시지들에 대한 얘기를 꺼내지 않았다. 나는 좀 아팠는데 지금은 괜찮아졌다고 했다. 선배가 아프면 연락을 좀 주지 그랬냐며 답답해하기에….

"가끔 그렇게 감기도 아닌데 이유 없이 아플 때가 있어요. 응급실에 갈 정도는 아닌 거 같아서 그냥 참았어요. 참으니까 지금은 좀 나아졌어요."

"그럼 병원에 가서 검사를 좀 받아봐야 하는 거 아니야?"

"지금은 괜찮아요."

전에 병원에 가서 검사를 받아보기도 했고, 특별한 문제가 없다는 결과를 받았다는 얘기를 떠들고 싶지 않았다. 같이 밥을 먹으면서도 별 대화를 나누지 않았다. 강의를 듣고 나오는데 선배에게 메시지가 왔다.

〈기말고사 끝나면 우리 같이 여행이라도 다녀올까?〉

〈네.〉

여행을 가고 싶다는 생각은 했어도 선배와 가고 싶지는 않았다. 단지 '아니요'라고 답했을 때 생길 피곤한 대화들이 싫었다. 선배는 내가 어디로 여행이 가고 싶은지, 또 어디가 괜찮은지 계속 톡을 보내왔다.

리포트 준비 때문에 바쁘다는 답장을 보내고 나서야 선배에게 오던 메시지들이 멈췄다. 선배에게 이러는 내가 미안한데, 내 미안한 마음보다 유성현에 대한 섭섭함이 더 컸다. 유성현이 내게 조금이라도 미안한 마음을 갖고 있을까? 차라리 아니길 바란다.

알바에 일찍 나갔다. 돌싱 아저씨는 이제 괜찮으냐며 나를 걱정했고, 나는 괜찮다며 서류를 정리했다. 꽤 일찍 출근한 데다 돌싱 아저씨가 서류 정리를 도와주기까지 해서 그리 늦게 끝나진 않았다.

입력을 마치고 퇴근하려는데, 돌싱 아저씨가 자기 사무실로 나를 불렀다. 그가 나를 사무실로 부르는 이유는 뻔히 알고 있었지만, 왜 불렀느냐는 표정으로 들어갔다. 그가 왜 책상 위에 앉아 머뭇거리는지도 잘 알고 있다.

"저 사실 아직 좀…."
"…아직 괜찮지 않은 거야?"
"네…. 그리고 우리 이러는 거 좀…."
"아. 미안. 사과할게."
"아니요. 제가 미안해요."
"아니지. 내가 잘못하고 있는 거니까…. 아무튼 미안해."

뭐가 어떻게 미안한 건지 말하지도 못하는 걸, 미안하다는 남자들. 이유는 잘 알고 있어도 마음에 들진 않는다. 어쩌면 내가 더 미안한 일일지 모르는데, 혹시라도 남은 기회마저 사라질까 봐 두려워하는 것 같다.

사무실을 나와 엘리베이터를 기다리고 섰는데, 돌싱 아저씨가 따라 나와서 같이 섰다. 아저씨가 헛기침을 조금 하더니 말했다.

"혹시…. 데려다줄까?"
"아니요. 괜찮아요."

"아. 오해하지 마. 정말로 그냥 데려다줘도 괜찮은지 물은 거야."

"네."

"…혹시 남자친구 생겼어?"

"…아뇨."

휴대폰이 울렸다. 유성현에게서 톡이 왔다. 메시지를 읽지도 않고 휴대폰을 다시 주머니에 넣었다. 엘리베이터가 도착해서 돌싱 아저씨와 같이 탔다. 난 일부러 아저씨의 조금 뒤쪽에 섰다. 그가 나를 잠깐 돌아보고는 앞만 보고 있어줬다.

1층에 도착해서 나는 내리고, 그는 지하 주차장으로 내려갔다. 꾸벅 인사했더니, 그가 가볍게 손을 들어 보이며 조심히 들어가라 말해줬다. 엘리베이터 문이 닫히고 나서야 유성현에게서 온 메시지를 확인했다.

〈알바 끝났어? 난 이제 알바 끝났어.〉

길지 않은 메시지였는데 한참을 보고 있었다. 답장은 보내지 않았다.

빌딩을 빠져나와 지하철역으로 향했다. 출근할 때는 복잡했던 거리가 내가 알바를 퇴근하는 시간에는 무척 한가하다 못해 스산하기까지 하다. 지하철역에는 사람들로 적당히 북적였지만, 적막하기는 마찬가지다.

분명히 누군가 대화를 나누고 있고, 구두 굽이 바닥을 때리는 소리가 끊이지 않고, 환기구 소리가 울리고 있는데도, 지하철이 도착하고 있다는 안내방송이 적막을 찢는 것 같다.

대낮처럼 환한 지하철에 올라도 마찬가지였다. 규칙적으로 울리는 덜컹거리는 소리를 지우는 건 안내방송뿐이었다. 취익 소리와 함께 문이 열리면 사람들이 타고 내리고 또 취익 소리와 함께 문이 닫히면 지하철이 출발했다.

지하철에서 내리면 각기 다른 속도로 걸으면서도 각자 적당한 순서를 지켜 역을 빠져나갔다. 그다지 좋은 공기가 아닐 게 분명한 대로변의 지하철역 주변이지만, 지하철역을 빠져나오면 약간의 상쾌함이 느껴졌다.

버스정류장에 내가 타야 할 버스가 도착하고 있었다. 천천히 걷고 있는 사람들을 피하며 달려가 버스를 탔다. 내가 달려오는 걸 보고 기다려준 기사님에게 꾸벅 인사하자마자 버스가 출발했다. 간신히 기둥을 잡고 버티며 버스카드를 찍었다.

내가 탄 버스는 대로에 오래 머물지 않았다. 출발하자마자 차선이 줄어드는 길목으로 들어갔고, 그 길에서도 곧 우회전하며 2차선 오르막길을 오르기 시작했다. 어쩐지 차선의 넓이가 사는 지역의 수준을 결정해주는 것 같다.

버스에서 내려 유치원에 딸린 놀이터를 끼고 골목에 들어서면, 작은 정자가 있는 공원이 있다. 그 공원에서 50m쯤 더 들어가면 내가 세 들어 살고 있는 집이 나온다. 공원의 가로등 밑에서 유성현에게 답장했다.

〈나도 이제 끝났어.〉

조금 기다렸다가 걷기 시작하니까 답장이 왔다.

〈피곤하겠다. 잘 자.〉
〈너도〉
〈내일 시간 있어?〉
〈시험공부 해야 해.〉
〈ㅇㅇ〉

집에 들어왔더니, 사무치는 외로움으로 가득한 수조에 빠진 기분이다.

주말 내내 집 밖으로 나가지 않았다. 기말고사 공부를 하긴 했는데, 그냥 누워 있거나 멍하니 앉아 휴대폰을 바라보던 시간이 더 길었다. 드문드문 선배가 안부 메시지를 보내오기도 했고 전화가 오기도 했지만, 통화를 오래 하지는 않았다.

월요일에 만난 유성현이 어색해 보이지는 않았다. 거의 평소처럼 행동하는 것 같았다. 어쩐지 어색한 건 나 같았다. 친구들에게 영장이 나온 걸 말하지 않은 것 같아서 나도 얘기하지 않았다.

유성현은 저녁에 알바도 나가지 않는 것 같다. 유성현은 저녁에도 도서관에 친구들과 같이 있었다. 난 시험 기간에도 알바를 나갔다. 돌싱 아저씨가 나를 보는 시선이 점점 끈적끈적해진다는 걸 느꼈지만, 기회가 될 때마다 시험 기간이라 피곤하다는 태도를 보였다.

기말고사는 장학금을 계속 받는 게 걱정될 정도로 망쳤다. 물론 친구들에게 망쳤다고 말하면 욕을 먹을 정도의 성적은 받을 것이다.

유성현의 마지막 시험은 오전에 있었고, 나는 오후에 있었다. 내가 마지막 시험을 끝내고 나왔더니, 유성현이 다른 친구들과 나를 기다리고 있었다.

"민효정! 들었어? 성현이 군대 간대~"

난 그냥 고개를 끄덕이는 거로 애매하게 대답했고, 유성현의 친구들이 함께 술을 마시러 가자고 했다. 몇몇 여자애들도 같이 마시자고 해서, 오랜만에 꽤 여럿이 모여 술을 마시게 되었다.
선배에게 기말고사 보느라고 수고했다는 메시지가 왔다. 난 친구들과 종강 파티를 하게 되었다고 답장을 했다. 선배가 자기가 가서 한잔 사도 되겠냐고 했지만, 동기들끼리 모이는 거라 좀 그렇지 않겠냐고 답장을 했다.

애들이 회비를 걷어 술집을 고르고 나서야 선배에게서 알았다는 톡이 왔다. 애들이 와자지껄 안주를 고르고, 시작부터 유성현을 위한 술을 말기 시작할 무렵에 선배에게 메시지를 보냈다.

〈선배도 근처에서 술 마실 건가요? 그럼 이따가 전화할게요.〉
〈그래? 기다릴게~.〉

군대를 모르는 사람들끼리 모여서 군대 얘기를 떠들고 있으니, 금방 군대 얘기는 식어버렸다. 남자애들은 곧 자신들의 불편한 미래가 될 이야기를 삼가는 편이었고, 여자애들은 어차피 관심이 없었다. 군대를 다녀와서 어떻게 살 것인지 떠들거나, TV 드라마나 스포츠를 얘기했다.

가끔 진지하게 현 정부를 비판하거나 세상을 걱정하는 얘기가 등장하기도 했으나, 떠들수록 답답해지는 이야기를 반기는 애들은 없었다. 대강 심심하지 않을 만한 이야기들을 떠들다가 이성에 대한 관심을 드러내는 게 보통이었다.

"와~ 그래도 우리 유성현은 연애도 하고 양다리도 걸치다가 차여도 보고~ 해볼 건 다 해보고 가는구나~. 나도 곧 군대 가야 하니까~. 나는 모쏠 기간이 자동 연장되겠네?"

"요즘은 모태솔로가 자랑이니? 아무도 창피하게 생각하지 않는 거 같아?"

"원활한 소개팅마저 공급받지 못하는 현실인데~ 이렇게 태어난 걸 창피해할 수는 없잖아? 설마 노~오력 따위의 말을 꺼내지는 않겠지? 네가 노력한다고 현빈 같은 남자를 만날 수 있는 건 아니잖아? 노력한다고 흙수저가 금수저가 되냐?"

"현빈은 내 취향 아닌데?"

"아무튼~ 에휴~ 그럼 뭐~ 이렇게까지 말하면 잔인하겠지만, 네가 의사나 판검사랑 만날 수 있겠냐?"

"와~ 헐. 짜증 나. 그래~ 뭐 그래도 내가 너 같은 애들을 만나진 않을 거야."

"이야~ 두 배는 잔인하네."

"잘해~ 나 같은 친구라도 만나보려면 좀 더 친절해야 하지 않겠니?"

"그게~ 문제야. 여자들은 나쁜 남자가 좋다면서, 나 같은 녀석에게는 친절하라는 거야~ 뭐야 이게? 나쁘게 친절해야 하나? 응? 야! 내가 너 리포트 대신 해 줄 테니까! 꺼져! 뭐 이래야 하나?"

"어? 괜찮은 거 같은데?"

"진짜? 야! 내가 너 술 대신 마셔줄 테니까! 꺼져!"

"에휴."

두 아이가 이렇게 떠들고는 있어도 둘 사이가 괜찮아 보였다. 어느새 두 아이는 옆자리에 앉아 티격태격했고, 몇몇 녀석들이 부러운 눈으로 남자애를 바라봤다. 유성현은 둘 사이가 심상치 않다며 놀리기 시작했고, 방해꾼을 자처한 아이들이 이러쿵저러쿵 끼어들며 훼방을 놨다.

모인 아이들이 점점 술에 푹 익어갈 무렵, 유성현은 내 옆자리에 있었다. 다들 술에 취해 있어도 유성현의 손을 잡거나 하는 건 위험했다. 다 같이 친구와 연인 사이에서 줄타기하는 와중에 남자애들이 내 행동을 놓칠 리가 없다.

유성현이 갑자기 내 어깨에 팔을 두르고 당당하게 술을 마셨다. 그 모습에 당황한 친구들이 고개를 갸웃거렸고, 한 녀석이 먼저 나섰다.

"뭐야. 유성현. 우리 민효정의 어깨에서 그 손 떼지 못해?"

"왜~ 우리 민효정이냐. 내 민효정이다. 너희들이 효정이 알고 지낸 시간보다 내가 알고 지낸 시간이 훨씬 길거든?"

"무슨 논리라고는 1도 없는 헛소리냐? 오래 알고 지냈다고? 효정이 남자친구 선배는?"

"여기 없잖아~ 지금 효정이랑 나의 우정을 의심하는 거야?"

"그게 뭔 소리야~ 우정이랑 안고 있는 거랑 무슨 상관이야~."

눈치 있는 여자애 하나가 유성현에게 시비 건 녀석에게 우정을 확인해보자며 안아주겠다고 했다. 분명 취해서 그런 거겠지만, 곧 우리는 아닌 거 같다며 녀석을 밀쳐버렸다. 다른 녀석들이 자기하고도 우정을 확인해보자고 나서는 통에 재밌어졌다.

그 틈에 유성현의 손을 잡았다. 오래 잡고 있진 못했다. 애들이 남은 회비로 노래방을 가자며 일어났다. 선배에게 노래방에 간다고 메시지를 보냈다.

다들 엄청 취했는지 알았는데, 노래방에 가자마자 살아났다. 마이크를 붙잡고 놓지 않는 녀석부터 반쯤 잠들어 있는 여자애에게 끈질기게 말을 거는 녀석들까지 분위기는 나쁘지 않았다. 기말고사의 쫑파티라는 점이 서로에게 용기를 준 것 같다. 게다가 남자애들은 곧 군대에 간다. 서로 부담이 없었다.

선배가 왔다. 갑자기 나타난 선배에게 어색하게 인사하느라 분위기가 깨졌다. 선배도 미안했는지 음료를 사서 돌렸다. 선배가 애들에게 떠밀려 노래를 한 곡 부르고, 나와 함께 방에서 나왔다.

노래방 복도에 아무도 지나지 않는 걸 확인한 선배가 갑자기 나를 안았다. 선배도 술을 좀 마셨는지 술 냄새가 확 풍겼다. 일단은 좀 가만히 있다가 말했다.

"답답해요."

"효정아 우리 그만 가자~."

"애들이랑 좀 더 놀게요."

"…진짜 이럴래?"

"선배. 당분간 이러지 말라고 했잖아요."

"…그래. 그렇구나. 나도 많이 생각해봤는데, 이건 아닌 거 같다."

"…."

"밖에서 기다릴 게. 아직 나 좋아하면 나와 줘."

찌질하다. 찌질하고 무모하다. 남자들이 여자의 가랑이 사이에 눈이 멀면 찌질해지고 무모해진다는 걸 안다. 이런 상황에서 따라 나갈 여자가 몇이나 될까. 그런 여자를 만날 가능성은 없으니, 부디 스스로 깨닫길 바랐다.

방으로 돌아왔더니, 이미 새로운 한 커플은 생긴 거 같다. 그리고 또 다른 한 커플이 만들어지기 직전이었고, 포기한 녀석들이 나가서 마이크를 붙잡고 서로의 랩으로 합을 맞추고 있었다. 따분해 하는 여자애들은 아직 희망의 끈을 놓지 못하며 갈등하고 있었다.

유성현을 데리고 노래방에서 나왔다. 내가 유성현을 데리고 나와도 아무도 신경 쓰지 않았다. 다들 아직 가능성 있는 친구의 동태를 살피느라 바빴다.

나는 유성현과 함께 복도 끝으로 걸어갔다. 사실 화장실에 가려고 했지만, 이미 화장실을 선점한 누군가 토하고 있었다. 토하고 있는 아이와 그 아이를 돌보는 친구가 보는 앞에서 유성현에게 키스했다.

잠깐 놀란 거 같았는데, 유성현도 내 입술을 물었다. 토하는 아이의 등을 두드려 주던 친구가 차라리 모텔을 가라는 둥 떠들 때까지 키스했다. 우리가 입술을 뗐을 때는 토하던 아이도 그의 친구도 없었다.

"나가자."

내가 말했는지, 유성현이 말했는지 모르겠다. 노래방을 나오면서 나는 유성현의 팔짱을 꼈다. 선배가 우릴 보고 있다는 걸 알았지만, 나는 시선을 주지 않았다.

　시원하다.

～❦～

　메마른 겨울의 가장 깊고 차가운 시기를 지나고 있었다.
　도시라는 거대한 기계의 부품처럼 움직이는 지하철은 오늘도 일정한 속도로 달리다 멈추기를 반복하고 사람들을 태우고 내려주며 도시의 생존을 유지하게 했다. 노곤한 아주머니의 한숨도, 무표정한 아저씨의 초점 없는 시선도, 근심 많은 아가씨의 깨물어진 입술도, 화가 난 사내의 미간에 생긴 주름도 강철의 지하철을 움직이게 하는 동력이 된다.

　개개인의 감정 따윈 아무래도 좋았다. 도시의 생존을 위해 지하철은 움직이고, 자동차들은 매연을 뿜어내고, 사람들은 웃고 떠들며 싸우고 울며 좌절하고 기뻐했다. 도시에게 그뿐이면 충분했다.
　문득 지하철이 상승하는 느낌과 함께 창밖에 겨울의 도심이 비쳤다. 한강을 건너려는 지하철이 터널을 빠져나와 다리에 올랐다. 빠르게 스치는 강철 프레임들 사이로 겨울의 드넓은 한강이 꿈틀거린다.

　유성현을 면회하러 간다. 오랜만의 여행이라 설레는 것인지, 유성현을 만나러 가느라 설레는지 모르겠다.

～❦～

　군에 입대하는 그날까지 유성현은 망설였다. 기말고사가 끝나고 며칠 남지 않았던 사회에서의 날들을 대부분 나와 보냈고, 대부분의 시간에 벗고 있었다. 대화는 별로 나누지 않았다. 우리가 가진 서로의 추억들은 꺼내기 불편한 것들뿐이다.

혹시라도 유성현이 내게 사귀자는 말을 꺼내면 어떨지 수십 수백 번 고민했지만, 그런 일은 일어나지 않았다. 유성현은 나와 관계의 끝에 미안함을 떨치지 못했고, 난 그런 유성현의 미안함을 지우려 몸부림쳤다.

아주 오래전 그 선생님과도, 원나잇을 했던 남자도, 최근의 선배나 돌싱 아저씨와도 이러지는 않았다. 어떤 남자에게도 보여주지 않았던 짐승 같은 모습으로 유성현에게 매달렸다.

"유성현. 여자를 그런 표정으로 보는 거 아니야."

"아. 미안. 조금 의외라서."

"미안해하지도 마! 뭐가 의외니? 우리가 이러는 모든 게 마찬가지 아니야? 네가 왜 미안해!"

"너한테 이런 면이 있는 줄은 몰랐어."

"그래? 이렇게 내가 화를 내면서도 네 걸 쥐고 만지작거리는 걸 말하는 거야? 그러면 좋아해야지. 왜 미안해하는 건데? 봐! 네 표정이랑 상관없이 얜 또 이렇게 단단해지잖아."

유성현이 기쁨에 몸서리치는 표정을 보고 싶었다. 유성현의 걸 쥐고 내 안으로 이끌었다. 이미 유성현의 흔적으로 잔뜩 축축해진 틈을 비집고 들어온 것이 나를 채웠다.

흘러넘치도록 유성현과 섞였어도 소용없었다. 난 송민아를 떠올렸고, 아마 유성현도 그랬을 것이다. 그래도 거기까진 괜찮았다. 내 허기를 채워줬으니 나쁘지 않았다. 유성현이 지금 내 곁에 있으니 무시할 수 있었다.

"내가 군대 다녀오면 지금과는 많이 달라져 있겠지?"

"지금도 충분히 달라졌잖아."

"아니. 나빴던 일들도 그냥 추억이라 생각할 수 있을 거 같아서."

"그럴 수 있을까?"

"몰라. 시간이 지나봐야 알겠지."

나빴던 일들이라니, 유성현과 나 사이에 나빴던 일들을 떠올리기 어렵다. 우리 엄마가 돌아가신 걸 말하는 것 같진 않았다. 유성현이 말할 수 있는 나빴던 일들은 죄다 송민아와 관계되었다.

유성현은 내 곁에서도 송민아와의 일들을 떠올리고 후회하느라 내게 미안했던 모양이다. 유성현이 군대에 가서 우리의 시간을 돌아보고 싶다고 했다. 그런 게 얼마나 있긴 했는지 궁금했지만, 물어볼 수는 없었다.

최소한 전역할 때까지는 나를 찾지 않을 것처럼 떠났다. 아니, 어쩌면 영영 볼 수 없을 것처럼 행동했다. 지금 나와 있었던 순간들은 기억하지 않을 것 같았다. 성현이가 입대하고 매일매일 내 마음에서 지우고 있었다. 이제 정말 미련을 버릴 때가 된 줄 알았는데….

면회를 와달라고 했다.

[휴가는?]

[아~ 동기가 너무 많아서 밀렸어. 보고 싶어~.]

조금 웃겼다. 이젠 볼 수 없을 줄 알았는데, 유성현이 나를 보고 싶다고까지 했다. 그걸로 충분했다.

유성현이 복무하는 부대는 강원도에 있었다. 서울을 빠져나온 버스가 신나게 달리기 시작할 무렵부터 좋았다. 유성현을 만나러 가는 게 좋은 건지, 오랜만에 시외를 나온 게 좋은 건지 모르겠다.

외박은커녕 외출도 나올 수 없는 신세라는 게 불쌍했다. 그런 유성현을 잠깐 만나러 왕복 8시간은 걸릴 곳으로 가는 나도 가여웠다. 점심 무렵에 도착하자마자 유성현이 면회실에 나왔다.
여태 유성현이 나를 이렇게 반겼던 기억이 없다.

내가 좀 일찍 온 편이었다. 다른 면회객들도 오기 시작했고, 유성현이 치킨 한 마리를 거의 해치울 무렵에도 계속 면회객들이 왔다. 우리와 차이가 있다면, 다들 오자마자 장병들과 함께 외출이나 외박을 나갔다. 면회실은 사실상 우리 둘이 차지하고 있었다.
유성현이 주변 눈치를 좀 보더니 말했다.

"나 화장실 좀…."
"응? 다녀와."
"아니, 같이 좀…."

면회실에도 화장실이 있지만, 뒤편에 야외 화장실이 있었다. 당연히 누구도 사용할 이유가 없는 곳이었다. 더구나 이렇게 추운 날씨라면 폐쇄하지 않은 게 이상할 정도였다.

껴입은 게 많아서 불편했다. 그다지 더럽지는 않았지만, 옷을 어디 걸어둘 곳은 없었다. 파카만 벗어서 문에 걸었다. 성현이 걸 입에 물고 시작하자마자 터져버렸다. 너무 빨라서 조금 삼키기까지 하고 콜록거리며 뱉었다.
누가 화장실에 들어오기만 하면 걸릴 수밖에 없었다. 상의는 최대한 위로 올리고 바지와 속옷을 내리며 엎드렸다. 거칠게 움직이는 유성현을 이해는 하지만 힘들었다.

유성현은 메마른 겨울의 도시와 같았다. 지하철이 움직이고 자동차들이 매연을 뿜고 사람들이 웃고 우는 건 상관없었다. 내가 얼마나 기다렸고, 내 마음이 얼마나 아프고, 내가 얼마나 힘든지 상관없었다. 검고 거대한 한강은 아무것도 상관하지 않고 흐를 것이다. 시간이 항상 그러는 것처럼.

면회를 마치고 집으로 돌아오는 길에 마음에서 유성현을 지웠다.

선배는 내게 별로 매달리지 않았고, 졸업하며 볼 일이 없어졌다. 급여도 좋고 일도 편했던 서류 정리 알바는 내가 그만뒀다. 나라에서 지원하는 알바를 하기도 하고 학교사무실에서 괜찮은 알바를 구하기도 했다. 혼자 학교를 다니고 살아가는 데 돈이 많이 부족하진 않았다. 전혀 놀지 않았으니 그럴 수 있었다.

유성현에게서 오는 연락은 받지 않았다. 유성현이 휴가를 나왔다는 얘기도 다른 친구들을 통해 들었다. 학교의 친구들과도 거의 어울리지 않았다. 강의를 듣고 알바 하는 시간을 빼면 거의 도서관에만 있었다.

도서관에서 몇 번 쪽지를 받기도 하고, 대뜸 말을 거는 남자애들도 있었는데 무시했다. 특별히 하고 싶은 일은 떠올릴 수 없었지만, 딸 수 있는 자격증들을 수집하고 영어도 쉬지 않고 공부했다.
그냥 그랬을 뿐인데, 단순한 목표가 생겼다. 대기업에 들어가 많은 연봉을 받으며 살고 싶었다. 이 지긋지긋한 가난을 정당한 방법으로 끝내고 싶었다.
주변에서 내가 독하다는 말들이 오고 간다는 걸 알고 있었다. 3학년 때는 한 선배가 불러서 그랬다.

"목표가 뭔지 모르겠는데, 적당히 해야 할걸? 우리 대학에서 네 성적이면 어디든 못 가겠냐? 지금 성적에다 올 장학금은 오히려 마이너스야. 내가 듣기론 그랬어. 뭐 완벽한 성적도 좋겠지만, 너를 사용해야 할 사람들이 부담을 느껴서야 되겠냐?"

"세상에 저 같은 대학생이 저뿐이겠어요?"

"물론 그렇지는 않겠지. 그런데 말이야~ 보통 그런 애들은 공부를 더 하려는 애들이지. 교수가 되는 게 꿈이거나~ 세상을 바꾸려는 애들 말이야. 내가 듣기에 넌 아닌 거 같은데? 게다가 넌 흔한 동아리 활동도 안 하잖아. 나방이 될 생각도 없는 공부 벌레를 누가 좋아하겠냐?"

난 아니다. 평생 공부를 할 생각 따윈 없다. 공부도 가난만큼 지긋지긋했다. 그 선배의 말처럼 정말로 기업들이 완벽한 성적을 부담스러워할지는 모르겠어도, 최근 내 성적을 보고 있으면 피로감이 생기는 건 사실이었다. 1학년 때 성적에 B가 한두 개씩 보이는 게 마음에 들 정도였다.

문제는 놀고 싶어도 놀아줄 친구가 남아있질 않았고, 딱히 놀 줄도 몰랐다. 동아리 활동 같은 걸 전혀 하지 않은 게 문제가 될지도 모른다는 생각도 했다.

사람이 많다는 이유로 봉사활동 동아리에 가입했다. 꾸준히 많은 학생들이 가입과 탈퇴를 반복하는 곳이라는 점이 마음에 들긴 했다. 적당한 동아리 활동기록을 남길 생각이었는데, 반응은 적당하지 않았다.

엄청난 대접을 받았다.

"장난치는 거 아니죠? 그냥 가입 신청만 해놓고 나오지 않으면 안 되는 거 아시죠?"

"뭘 하면 되죠?"

"혹시… 협박을 받거나 그런 거 아니죠?"

"…아니요."

"우리 동아리에 가입해주셔서 영광입니다."

남자애들이 나를 여왕처럼 대접했다. 내가 동아리에 가입했다는 소문이 순식간에 퍼졌고, 그렇지 않아도 인원이 많았던 봉사활동 동아리에 신규 가입자가 폭증했다. 남자 후배들이 나를 누나라고 부르며 따르는 건 괜찮았는데, 여자애들의 상당한 시기도 받아야 했다.

다행히 여자애들의 시기는 익숙했다. 남자애들의 접근을 두루 무시했더니, 먼저 다가오는 여자애들도 있었다. 혼자 도서관에 있을 때보다 오히려 남자애들의 노골적인 접근은 덜했다. 남자애들에게 적당히 거리를 두니까 알아서 서로 눈치를 보느라 바빴다.

남자가 싫어진 건 아니다. 대부분의 남자들에게서 유성현을 찾을 수 있다는 게 싫었다. 어떤 남자애에게서는 유성현의 눈이 보였고, 어떤 남자한테는 유성현의 목소리가 들렸고, 또 다른 누구에게는 유성현의 몸짓이 느껴졌다.

"누나 밥 사줘요!"

"사 먹어."

"와~ 진짜 누나는 점심 안 먹어요?"

"먹어."

꽤 차가운 태도를 유지했기에, 남자애들이 그리 쉽게 다가오지 못하는 편이었다. 보통은 자존심 때문이라도 그랬는데, 한 아이는 자존심 따윈 없는 것 같았다. 하루가 멀다 하고 밥을 사달라고 조르는 건 기본에, 내가 단답으로 대답해도 자꾸 말을 걸었다.

점심시간에는 지하철을 타고 한두 정거장 나가서 혼자 밥을 먹었다. 학교 근처나 학교 식당에서 먹는 것뿐만 아니라, 도시락을 먹고 있어도 남자애들이 자꾸 말을 거는 게 귀찮아서 그랬다.

이상한 의심을 받기도 했다. 그래도 귀찮은 것보단 나아서 상관하지 않았다.

"그럼 누나 먹을 때 같이 옆에 있기만 하면 안 돼요?"

"싫어."

"누나 아직 점심 안 먹었죠? 밥 먹을 때까지 따라다녀야겠다!"

이게 더 귀찮겠다. 오랜만에 학교 식당에 가서 밥을 먹기로 했다. 이 아이가 자기 밥값을 계산하려는 걸 대신 계산해주며 말했다.

"밥 사줄 테니까. 이제 그만 졸라."

"에이~ 학식으로요?"

곱상하고 귀엽게 생긴 아이였다. 봉사동아리에서도 몇몇 여자애들이 관심을 보이는 것 같았지만, 두루 친하게 지낼 뿐 딱히 더 가깝게 지내는 여자애는 없어 보였다. 그런 태도나 보이는 모습이 유성현을 떠올리게 해서 싫었는데…

같이 밥도 먹고 커피도 마시게 되었다. 밥은 내가 샀으니까 커피를 사겠다며 내 손목을 덥석 잡았다. 처음엔 좀 놀랐는데, 얘는 유성현보다 더 여자들에게 거리낌이 없는 아이였다.

몇 번 같이 밥을 먹게 되면서 다른 남자애들도 자꾸 접근하니까, 얘가 나를 데리고 밖에서 밥을 먹자고 했다. 좀 비싼 데서 먹을 때면 꼭 자기가 계산하겠다고 했지만, 그래도 내가 선배라고 처음엔 내가 계속 계산했다.

어느새 내가 얘랑 사귀는 걸로 소문이 났다. 별로 나쁘진 않았다. 실제로 사귀는 것도 아닌데 사귄다는 소문이 나니까, 다른 남자애들의 접근이 줄어

편했다.

"누나 술은 안 마셔요?"

"너랑은 안 먹어."

"우리 사귄다는 소문 도는 거 알죠?"

"네가 알아서 수습해."

"왜요? 내 덕에 누나도 편하잖아~ 우리 진짜 사귀는 것처럼 술도 마셔요. 술은 남자인 제가 살게요!"

"너는 논리가 왜 그 모양이니?"

이 후배랑 술도 마셨다. 얘는 강남에 사는 아이였다. 딱히 부잣집 아들처럼 보이는 건 아니었어도 곱게 자란 티는 났다. 재수해서 우리 학교에 왔다는 것도 술을 마시면서 처음 알았다. 어려 보이는 외모와 동기들과 스스럼 없이 지내는 모습 때문에 전혀 몰랐다. 그래도 내가 누나인 건 마찬가지다.

술을 마시고 나오며 내 어깨에 팔을 올려서 쳐냈다.

"뭐해?"

"에이~ 우리 지금 학교 앞에서 술 마신 거잖아요~ 사귀는 사이처럼 보이려면 이 정도는 이해해줘야 하는 거 아니에요?"

"됐어."

"그럼~ 팔짱 껴줘요! 팔짱~ 그것도 싫어요? 치사해."

오랜만에 술도 좀 마셨고, 내가 화장실에 다녀오는 사이에 녀석이 계산도 했으니까…. 뭐 내가 생각해도 별로 타당한 이유는 아니었지만, 귀여운 후배랑 팔짱 정도 하는 게 대단한 일도 아니라고 생각하며 팔짱을 껴줬다.

"와~ 누나 가슴 진짜 크다."

한숨을 내쉬며 팔을 빼려는데, 후배가 내 손을 꼭 잡고 빠르게 걷기 시작했다.

나쁘지 않았다.

☙ ❦ ❧

김치가 떨어졌다. 인터넷으로 주문하면 좋겠지만, 내가 집에 있는 시간이 별로 없다. 김치 같은 걸 학교사무실로 주문하고 싶지도 않다. 집에서는 거의 밥을 먹지 않기에 장을 볼 일이 별로 없었다.

오랜만에 장을 보는 거라, 필요한 것들의 목록을 준비했다. 우리 동네는 3만 원 이상 주문하면 무료로 배송이 되는 마트가 있다. 꼭 필요한 것들만 사려다가 모처럼 간식거리도 고르고 있었다. 이미 3만 원은 훌쩍 넘었다.

"전 치토스요. 치토스 하나만 사줘요."

"뭐냐?"

갑자기 후배가 나타나서 깜짝 놀랐다. 순간 후배가 날 스토킹한다는 기분이 들어 화가 나려고 했는데, 후배는 내 그런 표정을 읽었는지 재빨리 말했다.

"어제 친구 자취방에서 술 마시고 먹을 것 좀 사러 나왔어요. 봐요. 저기~."

후배가 가리킨 방향에 다른 후배가 뭘 고르다 말고 내게 꾸벅 인사하며 웃었다. 그 사이 후배가 내 장바구니에 치토스를 넣었고, 난 다시 꺼내며 말했다.

"알았으니까. 가서 너희 볼일이나 봐~."

"누나는 주말에 뭐 해요? 이 근처에 살아요?"

"네 알 바 아니고~ 귀찮으니까 저리 좀 가 줄래?"

"누나 집에 놀러 가면 안 돼요?"

"뭐? 요게 귀여워해 주니까 아주~."

"농담이에요~ 농담~ 누나 집에는 안 갈 테니까~ 우리 영화 보러 가요~."

요 녀석이랑 이번 주 내내 붙어 다녔던 것 같다. 아니, 후배가 내게 붙어 있었다. 다음 주말에 봉사활동을 떠나기 전에 우리가 사귀는 사이라는 걸 확실히 보여줄 필요가 있단다. 그게 무슨 상관이냐고 따지기 귀찮아서 그냥 뒀다.

남자랑 만나고 싶은 생각이 없어서 후배랑 사귀는 행세를 하는 건데, 지금 내가 후배랑 지내는 모습은 사귀는 거나 마찬가지였다.

"내가 너랑 영화를 왜 보냐? 너 착각하는 거 같은데~ 너랑 사귀는 행세를 하는 거지~ 사귀는 게 아니야."

"알아요~ 그냥 영화나 한 편 보자는 건데 어려워요?"

이상하게 이 아이에게 싫다고 말하는 게 쉽지 않다. 아니, 자꾸 나를 설득하고 따라다니는 이 녀석에게 계속 대꾸하는 게 귀찮았다. 오랜만에 영화를 보는 것도 나쁘지 않을 것 같았고, 이 녀석이라면 내가 통제하는 게 가능할 것 같았다.

집으로 돌아와 배달이 오길 기다리며 옷을 골라 입었다. 평소처럼 청바지에 남방셔츠를 입으려다 치마를 골라 입었다. 무릎 위로 살짝 올라오는 치마였으니까 미니스커트까지는 아니다. 위에는 남방셔츠 대신 티셔츠를 입었지만, 역시 가슴이 너무 도드라져서 남방셔츠를 입어야겠다.

티셔츠를 다시 벗으려는데 배달이 왔다. 배달 온 물건들을 정리하는 중에 후배에게 전화가 왔다. 벌써 만나기로 약속한 시간이 다 되어서, 티셔츠 위에 남방셔츠를 걸치고 나갔다.

"와~ 누나 치마 입으니까 쩌네요!"
"시끄러워."

후배는 예쁘다는 칭찬을 지겹도록 했다. 보통은 좀 식상하기도 하고 부담스러운 편인데, 후배가 그러는 건 그냥 장난 같으면서도 즐거운 기분이 들었다.

오랜만의 주말 외출이라 그랬는지, 이렇게 입고 나오길 잘한 거 같았다. 지나는 남자들이 나를 힐끗거리는 시선들도 괜찮았다. 후배는 그런 나와 같이 다니는 게 뿌듯하다는 표정을 감추지 않았다. 또 팔짱을 끼려고 하는 걸 적당히 뿌리치고 영화를 보러 갔다.

영화는 미국 서부시대가 배경이었다. 노예가 주인들에게 복수하는 내용이었는데, 시간이 가는 줄 모를 정도로 재미있었다. 이런 영화에 전혀 관심이 없었는데 감독의 이름을 외우고 싶을 정도였다.

난 영화가 재미있었는데, 후배는 영화가 별로였던 모양이다. 끈질기게 내 손을 잡으려 했고, 난 영화 좀 편하게 보려고 그냥 잡든지 말든지 포기해버렸다. 손을 잡고 영화를 보다가 노예가 정체를 들키는 장면에서 나도 모르게 손을 당겼는데, 후배의 손도 같이 내 허벅지 위로 따라왔다.

후배를 착각하게 했던 모양이다. 이 녀석이 내 허벅지 위에 손을 올려놓은 채 회수하지 않았다. 내가 한숨을 내쉬며 녀석을 돌아봤는데도, 후배는 영화를 집중해서 보는 척했다. 후배의 손등을 찰싹 때려주니까, 그제야 나를 돌아보며 징그럽게 웃더니 손을 뺐다.

이제 다시 좀 영화에 집중하려는데, 후배가 또 슬금슬금 내 허벅지로 손을 올리려고 했다. 후배의 손등을 꼬집어 주니까 다시 손을 빼기에 이번엔 내가 손을 잡아줬다. 차라리 내가 잡고 있는 게 낫겠다.

영화가 끝나고 나와서 말했다.

"너 선배한테 손버릇 그게 뭐야? 또 그러면 죽는다?"
"누나 허벅지 진짜 부드럽더라? 누나 피부는 타고 난 거예요? 무슨 관리받
아요?"
"너 그냥 지금 죽어야겠다."
"밥! 밥부터 먹고요! 밥 먹이고 죽여요~"

애는 모든 게 장난스러웠다. 처음엔 유성현과 비슷한 후배인 줄 알았는데,
진지함이라고는 1도 없는 장난꾸러기였다. 후배가 까부는 모습에 웃어준 적
은 없지만, 귀엽다고 생각했다.

후배는 그냥 밥을 먹느니 중국집에서 탕수육에 술도 마시자고 했다. 자기
가 정말 맛있는 중국집을 안다면서 나를 데리고 갔다. 홀에 자리가 많아서
아무 데나 앉으려는데, 후배가 작은 룸으로 들어갔다. 천장은 뚫려 있지만,
칸막이로 룸이 만들어져 있었다.
탕수육이랑 술이 나올 때까지 영화에 대해 이야기했는데, 후배는 이미 봤
던 영화라고 했다. 너무 재미있어서 다시 보고 싶었단다. 그 영화의 감독에
대해서도 잘 알고 있었다.

"누나는 영화도 별로 안 보나 봐요? 이 감독은 영화 조금만 본 사람들도 거
의 아는데~"
"영화에 별로 취미 없어."
"취미가 있긴 해요? 공부가 취미라는 말은 하지 마요. 재미없으니까~"
"가끔 여행 다니는 건 좋아해."

여행을 다녀 본 적도 거의 없다. 별로 떠오르는 게 없어서 아무 말이나 꺼냈는데, 후배는 자기도 여행을 좋아한다며 언제 같이 꼭 가자고 했다. 나는 내가 왜 너랑 여행을 가느냐며 정색했지만, 후배는 아랑곳하지 않고 여행 가서 방금 본 영화의 감독이 만든 다른 영화들도 같이 보면 좋겠다고 했다.

주문한 탕수육이 나오자마자 테이블의 건너편에 앉아있던 후배가 갑자기 내 옆으로 와서 앉았다.

"뭐 해? 너 자리로 돌아가."

"여기가 내 자리잖아요~. 누나 남친 대행 중이니까 제 역할에 충실해야지~."

"무슨 소리야. 지금 여기서 누가 볼 수 있다고 남자친구인 척한다는 거야?"

"아무도 볼 수 없으니까~ 제가 옆에 앉아도 괜찮겠네요~. 그렇죠?"

논리라는 게 순전히 지 위주로 돌아가는 후배였다. 아니, 논리가 없다. 지 내키는 대로 행동하는데도 그다지 밉지가 않았다. 내 곁에 바짝 붙어 앉지는 않아서 그냥 뒀더니….

"아~ 해봐요."

"싫어! 그냥 내가 먹을 거야. 이게 뭐 하는 거야."

"남이 먹여주면 더 맛있다니까요. 진짜예요. 어릴 때 엄마가 먹여주고 나서 누가 먹여준 적 없어서 모르죠? 제가 먹여 줄 테니까 아~ 해봐요~ 네? 딱 한 번만!"

아무리 그래도 이렇게까지 까부는 건 피곤했다. 싫다며 얼굴을 피하는데도 후배가 자꾸 내 입에 탕수육을 넣어주려 했다. 후배가 젓가락으로 들고 있는 탕수육에서 소스가 자꾸 떨어지고 있어서 어쩔 수 없이 입을 벌려줬다.

확 때려줄 뻔했다. 후배는 내 입에 탕수육을 넣을 듯 말 듯 장난을 쳤다.

내 입가와 턱에도 소스를 묻히고 나서야 내 입안에 탕수육을 넣었다. 맛있긴 했다.

"맛있죠?"
"휴지나 줘! 너 진짜 죽을래?"
"먹여주니까 더 맛있잖아요~ 또 줄까요?"
"됐거든?"

입가와 턱에 묻은 탕수육 소스를 휴지로 닦고 있는데, 후배가 내 치마에도 소스가 묻었다며 닦아주려 했다.

"아이. 진짜. 내가 닦을게!"
"그냥 휴지로 닦으면 얼룩 생겨요. 기다려봐요."

후배가 서슴없이 내 치마에 묻은 소스를 닦겠다며 골반 근처를 만졌다. 뭔가 음흉한 손길은 아닌 거 같아서 그냥 뒀더니, 물티슈로 내 골반과 허벅지가 이어지는 부근을 박박 닦았다.

애는 스킨십이 너무 자연스러웠다. 같이 술을 마시다 말고 갑자기 내 팔등을 만지며 피부를 칭찬하기도 했고, 누나 허리가 어쩌면 그렇게 잘록하냐면서 내 허리를 슬쩍 만지기도 했다. 언제 한번 따끔하게 혼내줄 생각도 했었는데, 별로 그런 타이밍이 나오지 않을 정도로 후배는 자연스러웠다.
어쩌다 계단을 내가 앞서서 올라갈 적이 있었는데, 후배가 갑자기 내 엉덩이를 만져서 깜짝 놀랐다.

"야!"
"앗! 누나 죄송해요! 뒤에서 보니까 누나 엉덩이가 너무 예뻐서 나도 모르게 그랬어요!"

"너 진짜 죽을래?"

"악~ 살려줘요~."

따끔하게 혼내줄 타이밍이었는데, 후배가 후다닥 나를 지나쳐 먼저 올라가 버렸다. 그래도 혼내주려고 정색하며 자리에 앉았더니, 후배가 대뜸 무릎을 꿇고 손바닥을 빌며 한 번만 봐달랜다.

"됐어. 사람들 보잖아~ 일어나."

"그런데~ 누나 엉덩이 탄력 죽인다. 누나 운동도 안 하지 않아요?"

"에휴~ 너 다시 무릎 꿇어라."

그때 따끔하게 혼내야 했던 게 맞았다. 내가 대강 넘어가 줬더니, 후배의 스킨십이 점점 더 과감해졌다. 누가 보는 사람이 없으면 내 허벅지를 덥석 잡으며 예상외로 탄력이 끝내준다는 소리도 하고, 뒤에서 나를 안으며 어떻게 허리만 잘록할 수 있냐고 쫑알거렸다.

나중엔 내 허벅지를 쓰다듬기까지 했다.

"야. 어딜 만져!"

"뭐 어때요. 누나 피부가 너무 부드러워서 그래~ 조금만~."

내가 치마를 입지 않으면 치마 좀 입고 나오라고 조르기도 했고, 내가 치마를 입고 나오면 백 퍼센트 확률로 내 허벅지를 만졌다. 봉사활동을 떠나기 전날에는 아예 내 옆에 앉아서 허벅지를 만지다가 손등을 꼬집히고는 내 배를 만졌다.

"너 손 부러뜨려버린다?"

"와~ 누나 뱃살도 없어? 가슴이 이렇게 장난 아닌데 어떻게 이래요? 이거 뽕이지?"

"아니거든?"

"한 번만 만져 보면 안 되겠죠?"

"당연하지!"

"누나 뽕인지만 볼게~."

후배가 갑자기 브래지어 아랫부분을 살짝 만져보더니, 내가 밀쳐내기도 전에 손을 떼며 말했다.

"와~ 진짜 무게감이 느껴져! 누나 진짜구나?"

"내가 원래 좀 그랬거든?"

"뭐 그래도 진지하게 만져보는 거 아니면 모르지~."

"진지할 거 없이 그냥 봐도 알지 않아?"

"겉으로 봐서 어떻게 알아~."

"에휴~ 됐다!"

술을 좀 마시고 취기가 오르니까, 후배가 이젠 내 허벅지는 대수롭지 않게 만졌다. 그냥 둬도 후배가 더 뭔가 하려는 것 같지는 않았다. 그냥 좀 허벅지나 더듬다가 내 팔도 만지고 그랬다. 가끔 내 배나 허리를 만지려고 할 때만 간지러워서 제지했다.

내 허벅지를 만지며 술을 따라주는 후배를 혼내줄까 말까 고민하는데, 후배가 선수를 쳤다.

"누나 이젠 막지도 않네?"

"그 손 더 올라오면 정말 부러질 거야."

"웅~ 그럼?"

후배가 순식간에 내 가슴을 움켜쥐더니 재빨리 손을 떼고 도망가듯 떨어지며 말했다.

"와! 누나 진짜? 누나 대박이다?"
"야~ 이. 너 이리 안 와?"

후배는 손의 감촉이 믿기지 않는다는 표정으로, 나와 자기 손을 번갈아 돌아보며 눈을 깜빡거리고 있었다. 술도 좀 마셨고, 가슴 좀 한번 만진 걸로 후배에게 화를 내고 싶지 않았다. 뻔뻔하게 구는 후배에게 지고 싶지 않았던 것 같다.
나도 뻔뻔하게 말했다.

"이제 알았지?"
"와! 지금도 믿기지 않아요! 누나~ 한 번만 더?"
"너 오늘 죽어야겠다."

후배가 내 가슴을 장난처럼 주무르게 될 줄은 몰랐다.

어쩌다가?

알람이 울리기 전에 눈을 떴고, 딱히 고민 없이 잠자리에서 일어났다. 간혹 수압이 약해져서 물이 졸졸 나오던 샤워기가 오늘 아침에는 콸콸 뿜어냈다. 보통은 아침식사를 걸렀는데, 오늘따라 출출해서 간단히 식사도 했다. 아침마다 불안했던 장 건강도 오늘은 깔끔하게 비우며 시작했다.

오랜만에 반바지를 입고 넉넉한 사이즈의 셔츠를 걸쳤다. 햇볕이 따가울 거 같아, 후배가 사준 야구 모자를 써봤다. 그럭저럭 어려 보이는 모습에 만족하며 운동화를 신고 집을 나섰다.

눈부시게 파란 하늘에 작고 귀여운 뭉게구름이 전봇대 위를 지나고 있었다. 배차 간격이 제멋대로였던 마을버스가 정확한 시간에 도착해서 조금 놀랐다. 지하철을 갈아타고 한 정거장을 가기도 전에 내 앞에 앉아 있던 사람이 일어났다. 오랜만에 지하철 의자에 앉아봤다.

좋은 아침이었다.

학교에서 유성현을 만나기 전까지는 그랬다.

군복을 입은 유성현이 어떤 선배와 얘기하고 있었다. 아마도 휴가를 나온 것 같다. 유성현도 나를 발견하고 표정이 굳었다. 혹시라도 내게 인사할까 봐 걱정했는데, 그러진 않았다. 나도 유성현을 무시하고 봉사활동을 떠나는 인원들이 모인 장소로 향했다.

다른 애들도 이제 막 도착하고 있어서 어수선한 분위기였는데, 누가 갑자기 뒤에서 나를 안았다. 예전 같으면 비명을 질렀겠지만, 후배라는 걸 알기에 한숨을 내쉬었다.

"적당히 좀 해~."

"와~ 누나 이제 놀라지도 않네? 난 줄 알았어요?"

"너 말고 누가 이러겠냐."

"봉사활동 가면 다른 학교 애들하고도 막 섞인단 말이에요. 내 여자라고 딱 찍어놔야 파리들이 안 달라붙죠~."

"내가 왜 네 여자냐?"

"말이 그렇다는 거잖아요~. 저랑 사귀는 척해야 편한 거 아니에요?"

"지금 이게 편한 건지 모르겠거든? 좀 떨어지지?"

후배가 나를 뒤에서 안고, 팔뚝이긴 해도 가슴 위를 덮은 채 대화를 나누고 있었다. 후배는 장난스럽게 웃으며 떨어지는 듯싶더니 팔짱을 꼈다.

"야 좀! 더워~."

이 아이의 옆구리를 쿡 찔러서 밀어내려는데, 유성현과 다시 마주쳤다. 유성현은 분명히 내 쪽으로 걸어오고 있었다. 유성현이 나와 후배의 모습을 보고 다가오는 걸 멈췄다. 내가 후배를 밀어내고 다시 유성현을 찾았을 때, 유성현은 돌아서 걸어가고 있었다.

스스로 이제 아쉬움은 남지 않았다고 생각했다. 미련은 모두 버렸다고 생각했다. 내 마음에서 전부 지운 줄 알았는데, 유성현의 뒷모습을 보고 있으니 마음이 저렸다.

"누나. 저 군인 누구예요?"
"…전 남친."
"헉! 진짜요? 우와~ 그럼? 흠~ 저 지금 잘하고 있는 건가요?"
"…잘했어."

유성현을 내 남자친구라고 생각해본 적이 없었던 것 같은데, 애한테 내 전 남자친구라고 했다는 게 우스웠다. 다시 내 팔짱을 끼려는 후배를 그냥 내버려뒀다. 뿌리치는 것도 지친다.

어느새 인원을 점검하며 버스에 태우기 시작했다. 남자애들이 음료나 술 같은 걸 싣기 시작해서, 후배 녀석도 도우라고 떠밀었다. 우리 학교 이름과 내 이름이 적힌 명찰을 나눠주기에 물어봤다.

"다른 학교들도 같이 가나 봐요?"

"네~ 이번엔 세 학교가 같이 가요."

"저도 뭐 도울 거 없어요?"

"네? 아니요. 선배님은 그냥 계셔도 돼요. 1, 2학년 많은데요. 뭘~."

그제야 좀 둘러보니까, 여자 중에 3학년은 거의 없었다. 남자들은 그래도 복학생들도 있고 그랬는데, 여학생들은 거의 다 나보다 어렸다. 그나마 있는 3학년 여학생들은 죄다 동아리 집행부였다.

관광버스가 출발하자마자 한 명씩 앞으로 나와서 자기소개를 했다. 워낙 큰 동아리라 처음 본 학생들도 몇몇 있었다. 자기소개서에 넣을 한 줄 때문에 따라온 학생이 나뿐인 건 아니었다. 내 차례가 되어서 앞으로 나가는데, 후배가 따라 나와서 피곤하게 했다. 후배는 몇몇 남자애들의 실망스러운 눈빛들을 즐기고 있었다.

다시 자리로 돌아와 앉자마자 후배가 내 허벅지 위에 손을 떡하니 올려놓았다. 후배의 손등을 꼬집어 주며 조용히 속삭였다.

"다른 애들이 보잖아."

"뭐 어때요. 다들 우리가 사귀는 줄 아는데."

"그러니까 손 떼라고~ 이미 다들 알고 있는데 티 낼 필요 없잖아."

"그럼 그냥 가만히 있을게요."

"으휴."

가만히 있겠다는 게, 내 허벅지 위에 놓은 손을 가만히 있겠다는 거였다. 이젠 정말 나무라기도 지친다. 버스가 달리는 내내 후배의 손이 여기저기 만지작거렸다. 노골적으로 가슴이나 거기 근처를 만지지는 않았지만, 허벅지 안쪽을 쓰다듬다 말고 무릎을 만지작거리기도 하고, 내 허리를 감싸고 브래지어 아랫부분까지 만졌다.

그냥 뒀다. 후배랑 티격태격하는 모습이 더 눈에 띄겠다. 아침에 봤던 유성현을 잊는 데도 도움이 됐다. 다른 애들에게 들키지만 않는다면, 후배의 손이 내 몸에 닿는 게 기분 나쁘진 않았다.

우리가 도착한 곳은 전북 고창이라는 동네였다. 공기도 정말 좋고 경치도 좋은 곳이었지만, 놀러 온 건 아니다. 짐을 풀자마자 인원들을 정리해서 남자애들은 논일하러 트럭에 올랐고, 여학생들은 숙소로 정한 분교 근처의 밭일에 투입되었다.

후배는 나와 떨어지기 싫다며 밭일을 하고 싶다고 했지만, 집행부 인원들이 그 꼴을 봐줄 리 없었다. 여학생들은 일하기 편한 옷으로 갈아입고, 밭에서 주의해야 할 일들을 간단히 교육받았다.

같이 일하게 된 다른 학교 여학생들과 간단히 통성명하고 일을 시작하는데, 생각보다 너무 힘들었다. 다들 금방 지쳐서 허릴 펴고 일어났다가 다시 주저앉는 일이 잦아졌다. 일을 가르쳐주며 같이 일하시는 어르신이 잠시 쉬자고 하니까, 몇몇 여학생들은 박수까지 쳤다.

수분을 보충하며 좀 쉬고 있는데, 다른 학교 여자애가 말을 걸었다.

"안녕하세요? 아까 그 남학생이 남자친구예요?"

"네? 아~ 네. 왜요?"

"재수생 맞죠? 전에 어디서 한번 봤던 거 같아서요."

"네. 걔는 재수생 맞아요. 어디서 봤는데요?"

"아~ 클럽에서 본 거 같은데~ 괜찮죠?"

"놀랄 일도 아니네요."

"이따가 저녁에 제가 아는 척해도 괜찮아요? 그냥 반가워서 그런데."

"뭐 그러세요."

머리카락으로 얼굴의 반쯤을 덮고 있는 여자애가 이런 말을 하는 게 신기했다. 클럽이랑은 전혀 어울릴 것 같지 않은 여자애였다. 머리를 좀 묶으면 시원해 보일 것 같은데, 덥지도 않은지 땀도 별로 흘리지 않았다.

생각했던 것보다 일이 너무 힘들어서, 다른 여학생들과 함께 저녁을 준비하는데 손가락이 떨릴 지경이었다. 여학생들이 교대로 샤워를 하며 저녁식사 준비를 마칠 즈음에 남학생들을 태운 트럭이 분교운동장으로 들어왔다.

남학생들도 엄청 지쳐 보였다. 이래서 누가 저녁에 술을 마실 수 있을지나 모르겠다. 그래도 집행부를 도와 안주도 준비했다.

놀랍게도 후배 녀석은 전혀 지치지 않아 보였다. 나를 발견하자마자 활기차게 뛰어왔다. 애가 일을 하긴 했는지 모르겠다.

"넌 얼마나 뺀질거렸으면 그렇게 멀쩡하냐?"

"네? 와~ 저 지금 죽을 거 같거든요? 누나 보니까 반가워서 이러는 거 몰라요?"

"알았어. 진정해. 난 지금 힘들어 죽겠어."

남자애들의 회복하는 속도는 굉장했다. 그렇게 지쳐 보였던 남학생들이 저녁을 먹고 조금 쉬더니 술을 마시기 전에 족구를 하는 애들도 있었다. 여학생들도 생각보다 많은 인원이 술자리에 참석했다.

집행부 인원들이 오늘 수고했다는 얘기들과 또 몇 가지 주의사항들을 전달하고 건배사를 외치며 술자리가 시작했다. 많은 인원이 한데 모여 마시는 술자리들이 대체로 그런 것처럼, 정신없고 시끄럽고 소란스럽고 어수선했다.

"다른 사람들하고도 좀 놀고 그래라."

"왜요? 누나도 다른 사람들이랑 놀고 싶어요?"

아니다. 후배가 내 곁에 딱 달라붙어 있어서 꺼낸 말이다. 남학생들의 부러운 시선들이 자주 느껴졌다. 어떤 무모한 남학생은 후배가 내 곁에 있는데도 다가와 통성명을 나누며 술을 마시기도 했다. 그럴 때마다 후배는 내 허벅지에 손을 올리거나 어깨를 감싸 안기까지 했다.

여학생이 다가오는 경우는 없었는데….

"안녕하세요. 아까 인사했었죠? 낮에."

"네? 아. 죄송해요."

"못 알아보시는구나~ 이렇게 하면 알아보시려나?"

그 여학생이 뒤로 묶었던 머리카락을 풀어 내렸다. 머리카락이 얼굴의 반쯤 덮으니까 생각났다. 후배를 클럽에서 만났다던 여자애다. 나한테 볼일이 있는 게 아니니까 후배를 돌아봤더니, 후배가 꽤 당혹스러운 표정을 짓고 있었다.

뭔가 이 여자애에게 잘못한 게 있는 모양이다. 난 두 사람이 이야기하라는 태도로 일어났다. 화장실이나 다녀올 생각이었다.

"화장실 가시게요?"

"네?"

이 여자애가 후배와 대화하는 대신 나를 따라 나왔다. 어릴 때 친한 애들은 화장실을 같이 갔다. 뭐 커서도 술을 마시다 보면 같이 화장실 가는 여자애들이 있긴 했지만, 난 별로 그런 타입이 아니었다.

머리카락을 풀었던 여자애가 다시 뒤로 묶으며 따라 나왔다. 머리칼을 묶은 게 훨씬 나았다. 가만 보니까 꽤 인기가 있을 만한 얼굴이다. 후배랑 클럽에서 만났다는 것도 이제 이해가 됐다. 어딘가 얼굴에 야한 느낌이 있다.

설마 화장실까지 따라 들어올까 걱정했는데, 얘가 밖에서 기다리고 있다가 말했다.

"신입생 아니죠?"
"네."
"뭐~ 재수생이랑 만나는 거니까 상관없는 건가요?"

나랑 후배가 동갑이라고 생각하는 거 같은데, 굳이 내가 한 살 더 먹었다는 걸 얘기해주고 싶진 않다. 지금 이런 대화가 불편하기도 해서, 네가 나한테 할 말이 있으면 어서 하라는 표정으로 빤히 바라봤다. 내가 대답이 없으니까, 이 여자애가 조금 웃으며 말했다.

"아. 참~ 전 함지혜라고 해요."
"그런데요?"
"역시 그렇구나? 언니 걔랑 사귀는 거 아니죠?"
"무슨 상관이죠?"
"아~ 괜찮아요. 전 사실 걔보다 언니한테 더 관심이 있어요."
"…난 없어."
"…음~ 제가 걔를 다시 만나도 괜찮을까요?"
"해봐."
"아! 오늘은 아니에요. 걱정 마세요."
"까불지 마."

오랜만에 내 성격 나오게 하는 여자애다. 난 중학교 때 까불던 여자애의 입에 슬리퍼를 넣어주고 의자를 던져도 봤다. 누구도 건방을 떠는 꼴을 봐주지 못했다. 유성현을 만나기 전까지 그랬다.

이제 유성현을 지웠으니, 내가 내 본 모습을 찾는 걸까? 오늘 오전에 마주친 유성현이 또 떠오른다. 얘가 한마디만 더 까불면 뺨을 후려치겠다.

함지혜라는 여자애가 재수 없게 살짝 미소 지어 보이며 꾸벅 인사하고 돌아섰다. 입안에 침이 고여서 뱉었다. 짜증이 밀려오는데 뭘 어째야 할지 모르겠다.

다시 들어가 술이나 마시려고 돌아보니, 후배가 입구 근처에서 나를 기다리고 있었다.

"거기서 뭐 해?"
"아~ 그게. 전에 클럽에서 한번 만났던 앤데…."
"됐어. 듣고 싶지 않아."

후배를 데리고 자리로 돌아갔다. 함지혜라는 여자애는 어디에도 보이질 않았다. 술을 좀 마시려는데, 후배가 갑자기 조신해져서 재미없었다. 딱 달라붙어서 내 몸에서 손을 뗄 줄 모르던 녀석이 얌전해졌다.

우리 둘 사이에 다른 사람이 인사하며 앉았다가 갈 수 있을 정도로 떨어져 앉았다. 술도 쓰기만 하고 마시지 못하겠다. 후배를 데리고 밖으로 나왔다. 좀 걸어볼 생각을 했었는데 벌레가 많아서 다시 들어가 숙소로 쓰는 교실의 문을 열었다.

여자애들 숙소로 쓰는 교실이었다. 이미 자는 여자애들도 있었고, 휴대폰을 만지작거리는 애들이 있어서 문을 닫았다. 다른 교실은 남자애들의 숙소였다.

자고 있는 애들도 별로 없었지만, 깨어 있는 남자애는 단 한 명도 없는 것 같았다. 여자애들 숙소와 달리 칠흑처럼 깜깜한 것도 마음에 들었다. 빛이라고는 창에 비치는 달빛뿐이다.

적당한 구석 자리를 찾아 앉았다. 후배도 곁에 앉긴 했는데, 누가 깰까 봐 대화를 나누기도 무리였고, 딱히 할 것도 없었다. 그냥 가만히 앉아 있으니까, 후배가 속삭였다.

"누나 어깨 주물러 드려요?"

후배가 지금까지 내게 했던 말 중에 가장 쓸 만한 얘기다. 내가 고개를 끄덕이니, 후배가 내 뒤에 앉아 어깨를 주무르기 시작했다. 후배의 손길에는 이제 익숙해져 있었다. 어깨를 시원하게 주물러줬으면 좋겠는데….
고양이가 꾹꾹이를 해줘도 이것보단 낫겠다.

후배가 뒤에서 나를 안았다.

～✿～

비 내리는 여름의 도서관은 기괴한 기류가 흐른다. 미지근한 빗물에 젖은 세상이 에어컨으로 건조해진 도서관 실내와 전투를 벌이고 있었다. 그 전투의 중심은 정문이 되겠지만, 이슬 맺힌 창문이나 드나드는 학생들이 가져온 습기들하고도 산발적인 전투가 이어진다.
강력한 에어컨 바람에 사망한 습기들과 학생들의 젖은 가방이나 우산에 기생하며 버티는 습기들이 어우러져 이상한 냄새를 풍겼다. 꿉꿉하다는 말로는 부족한 그 뭔가 찝찝하면서 답답하고 또 불쾌한 공기가 에어컨 바람에 이리저리 소용돌이쳤다.
누구도 즐거울 수 없는 그 공간에, 벗어날 수 없는 학생들로 가득했다. 그래서 더 치열하고 끔찍하고 힘겹다.

단순히 오늘 해야 할 목표를 끝내기 전까지 엉덩이를 뗄 생각이 없는 학생들부터, 도서관에 앉아있지 않으면 불안 증세에 시달리는 학생들과 사회적 생존의 절실함이 어깨를 짓누르고 있는 학생들까지.

　비 내리는 여름 도서관의 불편한 공기에 한숨을 더하며 볼펜을 굴렸다.

　나는 단순히 오늘 계획한 목표를 마무리하려 앉아 있었다. 유성현을 만나 공부에 관심을 두기 시작한 이후로 언제나 지켜왔던 일이다. 계획한 공부를 끝낼 때까지 자리를 떠나지 않는 단순함이 지금의 나를 견디게 해줬다.

　그래, 또 유성현이다.

　"딱!"

　나도 모르게 볼펜으로 책상을 때리듯 내려놨다. 도서관 민폐에 대한 대가로, 물끄러미 바라보는 근처 학생들에게 꾸벅이며 사죄했다. 무거운 도서관의 공기가 내 뺨을 후려치는 것 같다.

　힘든 하루였다. 여름 방학 동안 알바 하기로 한 학교사무실 일이 오늘따라 피곤했다. 평소 친절했던 조교 선배가 쉬는 날이기도 했고, 원래 까칠했던 여사님이 비가 오는 날에는 정도가 심해졌다. 알바들의 일에 별 관심이 없어 보이던 행정직원이 오늘따라 간섭이 심했고, 지나다 우연히 마주친 동기 남자애는 유성현이 곧 전역하지 않겠냐는 쓸모없는 인사를 내게 했다.

　학식으로 저녁을 때우고 도서관에 자릴 잡자마자 힘들었어도 여태 버텼다. 내게 상을 줄 필요가 있겠다. 책과 노트를 정리하며 가방에 담기 시작하자마자, 건너편에 앉아있던 후배가 기쁜 표정으로 소설책을 가방에 넣었다.

　"너 공부는 안 해?"

　"누나. 있잖아요. 주변의 신입생 중에 저보다 도서관에 오래 앉아 있는 애가 있나 한 번 찾아봐요. 누나 때문에 도서관에 앉아 있느라 죽겠어요."

애한테 이럴 필요까지 있겠냐는 말은 의미가 없다. 이미 애가 나를 어떻게 생각하는지 충분히 알고 있었다. 남자를 만날 생각 따윈 없었던 것과는 상관이 없다. 어느새 애는 내 곁에 맴돌았고, 떨쳐 버리기엔 너무 늦었다.

곱게 자란 강남 날라리처럼 생긴 남자애가 나를 기다리겠다며 도서관에 죽치고 앉아 있었다. 처음엔 내가 나가는 시간에 맞춰서 도서관에 왔는데, 가끔 내가 예고 없이 도서관을 떠났더니 두어 시간은 일찍 도서관에 왔다.

나 스스로에게 주는 상에는 후배가 포함되었다. 후배는 스트레스를 풀어야 한다며 근처의 작은 술집이나 커피숍으로 나를 데려갔다. 처음엔 내가 계산했었는데, 언젠가부터 항상 후배가 내기 시작했다.

봉사활동을 다녀온 그날 이후부터였다.

"너 주무르는 게 좀 그렇지 않니?"
"누나 힘들잖아요. 힘들 때는 이렇게 해주는 게 제일 좋은 마사지에요."

틀린 말은 아니었다. 몸에 느껴지는 후배의 손길은 내 기분을 나아지게 했다. 후배는 다른 남자애들이 자고 있는 숙소에서 내 몸의 곳곳을 만졌다. 노골적으로 가슴이나 거기를 만지지만 않았을 뿐이지, 거의 애무를 하는 것처럼 주무르고 쓰다듬으며 마사지했다.

딱 거기까지였다. 혹시라도 다른 남학생이 들어올까 걱정되었고, 애도 내가 제지하기 전에 멈추며 다시 어깨를 주무르기도 했다. 약간의 술과 유성현에 대한 기억, 함지혜라는 여자애 때문에 날카로워진 신경들이 풀렸다. 후배의 손길이 더 닿으면 힘들어지겠다는 기분이 들 무렵에 멈췄다.

봉사활동이 끝날 때까지 함지혜라는 여자애는 눈에 띄지 않았다. 어쩌다 마주치면 그 애가 가볍게 인사했는데, 난 무시하며 지나쳤다.

후배도 별로 신경 쓰는 눈치는 아니었다. 아니, 오히려 함지혜라는 여자애를 피하는 것 같았다. 대신 후배는 밤이 되면 또 다른 사람들의 눈을 피해 나를 만져줬다. 그게 제일 잘 어울리는 표현이겠다. 마사지나 주물러주는 것과는 달랐다. 후배는 나를 만져줬다.

"시~ 원한 맥주 한잔해요~."

"맥주가 필요한 거야. 나를 만지고 싶은 거야?"

"에이~ 왜요. 누나도 싫진 않잖아요. 그냥 만지기만 하는 건데~."

"싫어."

말만 그랬다. 도서관을 빠져나오자마자 끈적끈적하게 덮치는 습기에 이미 내 마음은 녹아 있었다. 바득바득 우산을 같이 쓰자는 후배 때문에, 한 우산 아래서 닿는 후배의 피부는 벌써 나를 기대하게 했다.

손님이 별로 없는 작은 호프집의 구석 자리에 앉자마자, 후배가 내 곁으로 왔다. 나는 미간을 찌푸리며 조금 불편한 티를 냈지만, 마음은 전혀 달랐다. 시원한 맥주는 갈증을 풀어주며 동시에 나른하게 해줬다.

후배는 내 어깨를 감싸 안으며 쇄골 근처를 만지작거리고, 다른 손으로 허벅지를 주물렀다. 평소라면 마음에도 없는 약간의 불쾌감을 표현했는데, 오늘은 너무 피곤하기도 했고 많이 기대하기도 했다. 500cc 맥주잔의 반도 비우기 전에 내 치마의 경계 부근을 오르락내리락거리는 후배의 손을 거부하지 않았다.

"누나 오늘은 전혀 막지 않네?"

"뭐 이젠~ 막기도 지친다."

"그럼 모텔?"

"뭐?"

당연하다는 듯 모텔을 가자는데, 싫다는 말이 나오질 않았다. 남자랑 마지막으로 한 게 언제였더라. 또 유성현이다.

기억이 떠오른 유성현 때문에 남은 맥주를 한 번에 마신 거였는데, 후배는 그걸 다른 신호로 받아들인 것 같다. 후배가 일어나 계산을 하고 내 손목을 잡았다.

밖에는 여전히 비가 내리고 있었다. 내리는 빗속에서 이제야 후배를 뿌리치고 집에 가겠다는 말을 하기도 어려웠다. 물론 내게 하는 핑계다. 후배가 내 손목을 잡고 있지 않더라도 모텔에 따라갔을 것이다.

"그냥 만지기만 할게요. 술도 좀 사요."

술과 약간의 안줏거리는 내가 샀다. 동아리 방에 가는 것처럼 자연스럽게 후배와 모텔에 들어갔다. 솔직히 나는 하게 될 줄 알았다. 반쯤은 얘가 정말 만지기만 할 것이라는 걸 믿었지만, 그 반에는 내가 후배를 통제할 수 있다는 착각도 포함되어 있었다.

후배는 정말 만지기만 했다. 내 팔과 다리에 키스하고 간혹 배에도 키스하긴 했지만, 다른 걸 시도하지도 않았다. 어느새 내가 속옷 차림으로 후배의 스킨십을 즐기고 있었다.

"좋지?"

"왜 반말하니?"

"그러면서도 가만히 있는 건 뭐야?"

이렇게 반라로 스킨십을 하면서 존댓말을 썼다면 그게 더 이상했겠다. 내가 남자 경험이 없는 것도 아니고, 이런 스킨십이 처음도 아니다. 별로 특별할 게 없는 스킨십이었지만, 나보다 어린 남자애라는 사실과 어쩐지 통제가 가능하다는 착각이 뭔가 다르게 느껴졌다.

"와~ 예상은 했지만, 가슴 진짜 예쁘다."
"이제 알았어?"

그런 말을 하면서도 가슴을 직접 만지지는 않았다. 후배는 강아지처럼 내 목을 핥고 엉덩이를 주무르면서도 가슴이나 거긴 건들지 않았다. 게다가 나보고 만져달라는 말도 전혀 하지 않았다. 자연스럽게 내가 후배의 허리나 팔을 잡긴 했어도 만지지는 않았다.
한참을 만지다 말고 사온 술을 마시자더니, 또 조금 더 만지고 마치 키스할 것처럼 내 뺨에 자기 볼을 비비다가 일어나며 벗어뒀던 내 셔츠를 줬다.

"이제 가자~."
"응? 아. 그래."

뭔가 당혹스럽고 어이없었는데, 나도 마치 할 일을 다 한 것처럼 옷을 다시 입고 차림새를 살피며 일어났다. 이제 후배가 더 이상 내게 존대하지 않았다.

"데려다줄까?"
"됐어. 너나 잘 들어가."

그날 이후로 후배랑 나는 가끔 모텔에 가서 스킨십을 즐겼다. 즐긴 게 맞는 건지는 잘 모르겠다. 남자애가 그냥 그렇게 멈출 수 있다는 것도 신기하고, 나도 아쉬웠다.

대수롭지 않다는 듯 후배 앞에서 겉옷을 벗었다. 후배는 당연하다는 듯 내 몸을 만지며 키스했지만, 역시 가슴과 거기는 건들지 않았다.

"아니. 거기는 그만."

나도 모르게 그렇게 말을 하고 몇 번이나 후회했다. 후배는 내가 그만하라는 그 근처를 한동안 건들지 않았다. 점점 내가 먼저 어딜 만져달라는 요구까지 하게 되었고, 나중에는 스스로 브라를 풀었는데도 후배가 만지지 않았다.

그러던 어느 날 학교에서 유성현을 또 만났다. 하필 후배가 내 곁에 없었는데 유성현이 내게 인사했다. 우리 사이에 아무 일도 없었다는 것처럼 인사하는 유성현이 싫었지만, 나도 무심하게 인사하고 지나치려 했다.

"나 말년 휴가 나온 거야. 한 달쯤 있으면 전역해."
"아. 벌써 그렇게 됐구나."

대답하며 휴대폰을 주머니에서 꺼냈다. 전화가 오거나 무슨 메시지가 온 것도 아닌데, 그냥 휴대폰을 꺼내 뭘 확인하는 것처럼 유성현을 지나쳤다.
그날 저녁 후배의 손을 당겨 내 가슴을 만지게 했다. 그랬는데도 후배는 더 진도를 나가지 않았다. 내가 거기에서 뭘 더 해달라고 말할 수는 없었다. 돌이켜보면 그런 일들이 모두 후배가 나를 조련하는 과정이었던 것 같다.

오랜만에 반가운 비가 내렸다. 이제 여름은 끝났는데도 아직 차가운 비는 아니었다. 최근 들어 후배랑 스킨십을 하는 횟수가 줄고 있었다. 오늘은 내가 먼저 모텔에 가자고 했다.

"이젠 부끄럽지도 않나 봐?"

"비가 내리면 좀 그래."

모텔에 들어가자마자 내가 먼저 벗었다. 처음으로 전부 벗어버렸지만, 후배는 별로 놀라지 않았다. 후배는 평소처럼 내 몸을 구석구석 만지고 키스만 했다. 신음을 내고 후배의 손을 당겨 내 가슴을 만지게 해도 그뿐이었다.

후배의 바지를 벗기고 팬티를 내렸다. 내가 그러는 걸 후배는 지켜보기만 했다. 내가 무릎을 꿇고 있으며 후배가 내려다본다는 게 굴욕적이었지만, 후배의 걸 쥐고 올려다봤다. 잔뜩 기대하는 후배의 표정을 원했는데, 후배는 무표정하게 나를 내려다보고만 있었다.

입에 머금고 할 수 있는 걸 했다. 그렇게 길게 해본 적도 없었고 애써서 하는 것도 처음이었다. 언젠가 성인 영상에서 봤던 것처럼 해봤다. 그런데도 후배는 가만히 날 보고만 있었다. 내가 더 참지 못했다.

"해줘."
"뭘?"
"넣어줘."
"어디에?"

침대에 뒤로 누우며 다릴 벌렸다. 스스로 손을 가져가 거길 만졌다. 그랬는데도 후배는 내게 다가와 다시 내 몸을 훑으며 만지기만 했다. 달라진 건 여태 만지지 않았던 가슴을 빨며 거길 만졌을 뿐이었다.

후배의 목을 감싸 안고 매달리는데도 후배는 계속 스킨십만 하고 있었다. 신음을 참기 힘들었다. 신음을 삼키며 겨우 다시 말했다.

"하자."
"뭐를~?"

얄미웠다. 화가 날 것 같은데 화를 낼 수 없었다.

"넣어달라고~."
"어디에?"

결국 내가 그 부끄러운 말을 하고 나서야 후배가 알았다고 했다. 여기저기에서 보고 듣긴 했지만 단 한 번도 입 밖으로 꺼내 본 적이 없었던 말을 하고, 그 부위를 처음으로 내가 말해봤다. 정확히 알고 있던 단어였는데, 내 목소리로 들으니 생소했다.
　　상관없었다.

　　예상대로 후배는 잘했다.

～〰🙶〰～

지독하게 부끄러웠다. 관계를 한 이후에 이렇게 부끄러웠던 적이 없다. 부끄러워도 일부러 티를 내지 않았다. 담대한 태도를 보여야 할 것 같았다. 그러나 후배와의 관계는 미치도록 부끄러웠다.
　　후배는 끊임없이 내게 요구했다. 생각할 수 있는 저질스러운 말들을 계속하게 했다. 내 입으로 말하지 않으면 행위를 멈추고 나를 괴롭혔다. 나중엔 내가 소리까지 치며 애원할 정도였다.
　　이리저리 내 몸을 돌려가며 그동안 참아왔던 모든 걸 쏟아붓는 것 같았다. 나중엔 정신이 아득해지며 내가 뭘 지껄였는지도 모를 정도로 소리치고 신음하며 매달렸다.

　　모텔에서 나왔을 때는 비가 그쳐있었다. 차라리 비가 내렸으면 좋겠다. 후배의 얼굴도 보기 힘들 정도로 부끄러웠다.

"데려다줄게."

"됐어!"

싫다고 했는데도 후배가 나를 따라왔다. 전에는 내가 싫다는 티만 조금 내도 알아서 기던 후배가 아랑곳하지 않았다. 부끄러워서 후배에게 더 말도 못했다. 버스에서 내려 집으로 향하는 골목에서야 후배에게 말했다.

"됐어. 이제 가."

"나 들어가면 안 돼?"

"안 돼."

"그럼 여기서 기다릴게."

후배가 바닥에 주저앉았다. 내가 그냥 들어가 버렸어야 하는데, 그런 후배에게 다가가 말했다.

"우리 이런 사이 아니잖아."

"그럼 무슨 사인데?"

무슨 사이였을까. 후배가 일어나 내게 키스하려는 걸 막았다. 침대에서 애원하던 나는 잊고 싶었다. 후배 앞에서 당당하던 원래의 나로 돌아가고 싶다.

"실수였어."

"아~ 그래? 그럼 원래대로 돌아가는 거야?"

후배가 나를 안으려는 걸 다시 막았는데, 치마 속으로 손을 넣으며 말했다.

"그럼 만지기만 할게."

안 된다는 말을 하기도 전에 후배의 손가락이 이미 안으로 파고들었다. 주저앉으며 피하려고 했지만, 후배는 집요하게 손가락을 넣으며 다른 손으로 내 허릴 잡았다. 사람이 거의 다니지 않는 한밤중의 골목이라도 불안했다.

"아으~ 여기서 이러지 마."
"그럼 들어가자."
"안 돼. 좀 빼!"

나도 모르게 목소리를 높였다가 스스로 입을 막았다. 후배를 데리고 우리 집으로 향했다. 내 방으로 들어가진 않았다. 주인집과 내 방 사이의 2층으로 올라가는 계단 아래 멈춰 말했다.

"그냥 가."
"알았어. 들어가지 않을 테니까. 만지기만 할게."

다시 나를 만지는 후배를 막을 수 없었다. 좀 전의 관계 때문에 뜨거워진 상태라, 막을 힘이 남아있지도 않았고 익숙한 손길을 거부할 의지도 없었다. 이제는 후배가 나를 만지는 게 어제와 달랐다. 가슴과 거기만 집중적으로 만지는 후배 때문에 서 있지 못하고 주저앉았다.
간신히 신음을 참으며 말했다.

"누구 오면 어쩌려고 그래?"
"그럼 들어가자."
"안 된다니까."

싫었다. 내 가난함이 묻어있는 지저분한 방에 후배를 들이기 싫었다. 후배는 나를 데리고 계단을 올라갔다. 옥상에는 화분들과 주인집 장독들만 있었다. 비 내린 밤이라 빨랫줄에는 아무것도 걸려있지 않았다. 더 높은 다른 집들의 창문에서 내려다보일지도 모른다.

후배는 별로 상관없다는 듯 다시 치마 속으로 손을 넣으며 나를 안았다. 옷을 벗기는 데 오래 걸리지 않았다. 최대한 어두운 그늘로 숨으려는 나를 따라온 후배가 내 다리를 들고 넣었다. 높지 않은 옥상의 난간에 기대는 게 불안했다. 내가 자세를 바꿔 난간을 짚고 엎드렸다.

신음을 참느라 고생하는데, 후배는 자꾸 말을 시켰다. 좋으냐고 물어보는 건 차라리 괜찮았다. 맛있냐는 둥 정확히 어디가 좋으냐는 둥 물어보며 대답하게 했다. 다시 욕심을 채운 후배가 명랑한 목소리로 인사했다.

"갈게~."

어쩐지 잘 가라고 대답해줘야 할 것 같은 목소리였지만, 대답하지 못했다. 난 옥상에 주저앉아 멍하니 밤하늘을 바라봤다. 비가 갠 밤하늘에 옅은 달이 지나고 있었다. 한참을 보고 있어도 남은 여운이 쉽게 가시지 않았다.

후배와 자주 스킨십을 즐기면서부터 치마를 즐겨 입었었는데, 오늘은 바지를 입었다. 후배와의 관계를 고민하느라 잠을 뒤척이지는 않았다. 잠은 잘 잤는데, 아침에 눈을 뜨자마자 후배와 이제 어떻게 지내야 할지 걱정했다.

학교에 가자마자 후배와 언제 마주칠까 걱정하며 두리번거렸다. 비가 갠 다음 날의 아침답게 더할 나위 없이 좋은 날씨였지만, 내겐 지나치게 밝고 투명하게 느껴졌다. 너무 깨끗하면 어쩐지 불편한 그런 게 있다.

"누나! 안녕하세요! 어? 무슨 일 있어요? 왜 그렇게 놀라요?"

너무 놀라서 휘청거렸다. 갑자기 나타나 반갑게 인사하는 후배를 보니까, 온몸에 힘이 빠지는 것 같았다. 후배가 다른 애들 앞에서는 다시 존대했다.

나도 평소처럼 후배를 대했다.

"뭐야. 왜 갑자기 나타나?"
"누나 오는 거 여태 기다리고 있었어요."
"너 오늘 오전에 수업도 없잖아."
"누나는 있잖아요. 수업 끝나면 전화해요?"

보고 있으면, 어제 내가 후배랑 그랬다는 게 도무지 믿기지 않았다. 후배
는 내게 인사하고 다른 친구들과도 명랑하게 인사했다. 덕분에 나도 다른 후
배들에게 인사를 받았다. 다들 내가 후배랑 사귄다고 알았다.

후배는 어느새 동기 여자애들과 웃고 떠들고 있었다. 내가 지켜보고 있다
는 걸 느꼈는지, 갑자기 나를 돌아보며 크게 손을 흔들어 줬다. 나도 모르게
손을 들어 줬다가 급히 내리고 강의실에 들어갔다.

강의가 끝나고 나오니까, 후배가 기다리고 있었다. 애초에 내 전화 기다릴 생
각도 없었겠다. 후배는 나를 데리고 교내의 한적한 산책로를 걷기 시작했다.

"어제 내 생각하느라고 잠 못 잤지?"
"아~주 잘 잤거든?"
"내 덕에 잘 잔 거잖아? 그렇지? 그렇게 좋았어?"
"너 자꾸 헛소리 할래?"
"왜~ 나 보니까 반가웠잖아."

둘이 있으니까, 다시 반말하기 시작했다. 주변에 사람이 없는 걸 확인하더
니 갑자기 나를 안고 키스했다. 이건 아니라는 생각만 잠깐 했다. 전혀 저항
하지 않았다.

후배가 키스하며 내 바지의 버튼을 푸르고 지퍼를 내릴 때도, 후배의 손을
잠깐 잡았을 뿐이었다. 전혀 힘이 들어가지 않았고, 후배의 손가락이 아무

저항 없이 안으로 들어왔다. 그제야 입술을 떼며 안 된다고 말했는데, 소용없는 일이라는 걸 안다.

나를 비틀거리게 만든 후배가 다시 내 바지 지퍼를 채워줬다. 부끄러워하는 나를 보며 웃어 보이더니, 내 손을 잡고 빠르게 걷기 시작했다.

다들 점심을 먹으러 학생들이 쏟아져 나오고 있었는데, 후배는 나를 데리고 한적한 강의실 건물로 갔다. 전에 선배와 만날 때는 거의 해 질 무렵의 저녁이었다. 이렇게 대낮은 아니었다.

누가 올지도 모를 가능성이 정말 컸는데, 후배는 나를 실컷 만지다가 결국 했다.

"이제 바지 입지 마. 불편하잖아."
"누구 좋으라고?"
"누구겠어? 난 별로 상관없는데?"

내가 불편한 게 맞다. 난 다시 치마만 입기 시작했다. 후배는 그런 나를 빈 강의실 대신에 화장실로 데려가기도 했다. 빈 강의실이 있다고 해도 후배는 이러는 게 더 스릴 있지 않으냐고 했다. 사실이었다.

"말 잘 듣네? 있다가 우리 쇼핑하러 가자. 내가 옷 좀 선물하고 싶어."
"으~ 됐어. 빨리 끝내기나 해. 수업 있어."
"빨리 끝내라는 사람이 그렇게 수동적이어서 되겠어? 좀 더 적극적이어야지."

후배는 내게 이것저것 가르쳤다. 내가 경험이 적진 않아도 누가 내게 이런 걸 가르쳐주는 사람은 없었다. 거의 자연스럽게 터득하게 된 것들이었고, 가끔 성인 영상들을 참고하기도 했었다. 후배는 큰 거울이 달린 모텔에서 거울을 보라고 하며 이런저런 행위를 요구했다.

내 생활이나 다른 것들을 방해하진 않았다. 후배는 오로지 내 남는 모든 시간을 가지려 했고, 나도 거부하지 않았다.

후배가 선물한 옷들은 꽤 야했다. 등이 잔뜩 파인 옷이 가장 양호했다. 도무지 학교에는 입고 가기 어려울 가슴이 깊게 파인 옷이나, 몸매가 드러나는 민소매 원피스는 감당하기 어렵겠다.

"아무거나 골라서 입고 학교에 와봐~."
"이런 거를 입고 학교에 오라고?"
"왜? 어차피 남자들은 너한테 시선이 향할 수밖에 없어. 뭐가 달라질 거 같아? 상상해봐 꽤 흥분될 거야. 좀 더 당당해지라고~ 나중에는 입고 싶어도 입을 수 없잖아."

등이 잔뜩 파인 옷을 입어봤는데, 어울리는 치마가 없었다. 대신 바지를 입어봤더니 뭔가 어색했다. 가슴이 깊게 파인 옷은 너무 술집 여자 같았다. 몸매가 드러나는 민소매 원피스를 입고, 위에 카디건을 걸쳤다. 가만히 보고 있으니, 내 몸매를 빼고 생각하면 그다지 야한 옷 같지도 않았다.
내 몸이 문제였다. 집에 나오자마자 세상 모든 남자의 시선에 시달리는 기분이었다. 학교에 와서는 더 심각했다. 후배를 만나기도 전에 세 명의 남학생들에게 전화번호를 받았다.

"어때? 좋지? 나쁠 건 하나도 없잖아. 이제 나랑 있으니까~ 그 카디건 벗자~."
"춥거든?"
"그렇게 발개진 얼굴로 춥다고? 좀 있으면 땀도 흘리겠다."

사실이다. 온갖 남자들의 시선에 시달리느라 더웠다. 문제는 카디건을 벗었더니 더 더워졌다. 이젠 노골적으로 내게서 눈을 떼지 못하는 남학생들도 있었다.

"예쁘게 입었으니까~ 우리 오늘 클럽 가자~."
"나 저녁에 사무실 알바 하는 거 알잖아."
"와~ 진짜 클럽 한 번도 안 가봤구나? 사람들이 클럽을 몇 시에 간다고 생각하는 거야?"

클럽을 가보진 않았어도 그런 걸 몰랐던 게 아니다. 이런 차림으로 학교 사무실 알바를 어떻게 해야 할지 모르겠다. 집에 가서 옷을 갈아입을 생각을 했는데, 후배가 내 생각을 알아챘는지 절대로 그러지 말라고 신신당부했다.

엄청 걱정하며 알바를 하러 갔지만, 생각보다 기분은 나쁘지 않았다. 모든 남자 직원들이 내게 친절했던 것은 차치하고 까칠했던 여사님도 내게 친절했다. 물론 계속 입고 다닌다고 해서 신경이 쓰이지 않는 건 아니었다. 문득 누군가의 시선이 느껴질 때면, 최소 복수 이상의 남자들이 나를 보고 있었다.

덕분에 뭔가 굉장한 상태로 후배와 클럽에 갔다. 춤을 전혀 못 췄는데, 후배는 그냥 음악에 몸을 맡기면 된다고 했다. 자기를 따라 움직이는 내 모습이 재미있다고 놀리며 후배가 말했다.

"잠깐 내가 떨어져 있을 테니까, 혼자 그냥 흔들고 있어. 다른 여자들이 어쩌는지 봐~."
"야. 어디 가?"

아주 가까이서 얘기해도 잘 들리지 않는데, 후배는 이미 사람들 틈 사이로 지나가버렸다. 혼자 멍청히 서 있는 게 더 어색해서 다른 여자들이 흔드는 걸 따라 해 봤다. 그제야 느낀 거지만 남자가 너무 많다. 항상 주변에 남자가 많아서 늦게 알아차린 모양이다. 클럽에는 남자가 정말 많았다.

누군가 내 뒤에 다가와 춤을 추기에 후배인 줄 알았다. 잠깐 내가 보고 배운 춤을 추는 것처럼 엉덩이를 흔들었는데, 내 뒤에 남자는 후배가 아니었다. 내가 깜짝 놀라며 몸을 빼니까, 그 남자가 어깨를 으쓱이고는 돌아섰다.

그게 처음이었을 뿐이었다. 계속 다른 남자들이 다가왔고, 계속 거부하니까 후배가 나타났다.

"다른 남자들하고도 좀 놀아봐."

"뭐? 넌 뭐하고?"

"난 네가 그러는 거 보는 것도 흥분돼."

"그래?"

한없이 건방져지는 후배의 말투에 심술이 났다. 이젠 보란 듯이 다른 남자가 다가와도 같이 춤을 췄다. 잠깐 그랬을 뿐인데도 남자들은 혼자 왔냐는 둥, 몇 명이랑 같이 왔냐는 둥, 같이 나가자는 둥 떠들어댔다.

신경 쓰지 않았다. 어차피 후배가 날 지켜보고 있을 것이라 생각하고 대강 맞춰줬다. 너무 시끄러워서 누가 말을 걸려면 내 귓가에 대고 말할 수밖에 없었다. 남자들은 그럴 때마다 내 몸에 자기 몸을 밀착시키고 말을 걸었다.

어떤 남자가 꽤 끈질기게 말을 걸며 부비는 와중에 후배가 나를 데리고 나왔다. 우리는 곧바로 모텔로 향했고, 후배가 방에 들어가자마자 내게 요구했다.

"클럽에서처럼 춤춰봐."

"뭐?"

"아~ 음악? 내가 음악 틀어줄게~."

후배가 틀어준 음악은 소리가 너무 작았다. 후배는 눈을 감고 들으면 춤을 출 수 있을 것이라 했다. 나는 후배의 말을 들어줘야 내가 원하는 걸 얻겠다는 생각에 춤을 췄다. 지금 내겐 후배가 꼭 필요했다.

눈을 감고 몸을 흔드는데, 후배가 클럽에서처럼 내게 다가와 뒤에서 몸을 비비는 게 느껴졌다. 후배는 눈을 뜨지 말고 계속 춤을 추라고 했다. 그리고 내 원피스를 아래서부터 서서히 올렸다. 후배의 몸이 내 뒤에 밀착된 채, 후배는 내 몸의 곳곳을 만지면서 또 어깨끈을 당겨 내렸다.

"눈 떠."

살면서 내가 봤던 내 모습들 중에 가장 야했다. 위에는 가슴 아래까지 내려졌고, 아래는 허리춤까지 말려 올라간 원피스를 입은 내 모습이 거울에 비쳤다.

후배가 거울에 비친 나와 눈을 맞추며 내 가슴을 쥐고 속옷 안으로 손을 넣고 말했다.

"이야~ 혼자 보기 정말 아까운 모습이다."

그땐 그게 그냥 감탄산 줄 알았다.

시야에 닿는 세상의 모든 것들이 투명하고 뚜렷하다. 북풍이 불며 시작한 가을의 하늘은 눈이 시릴 정도로 푸르고 깨끗했다. 햇볕이 닿는 장소들은 반짝였고, 그 아래 드리운 그림자들마저도 뚜렷한 질감이 느껴지는 물감을 칠한 것 같았다.

풍경을 바라보기 좋은 시절이었지만, 모두가 나를 보고 있었다.

테니스 스커트치고도 짧은 치마에 등이 파인 셔츠를 입은 나를 보고 있다. 서울지하철 2호선이 지상을 지나는 동안은, 꽤 많은 사람이 바깥의 풍경을 잠시라도 보는 편이다. 보통은 그렇겠지만, 지금 내가 있는 칸의 거의 모든 남자는 나를 힐끗거리고 있었다.

점점 이런 옷을 입는 게 불편하지 않았을 뿐만 아니라, 남자들의 시선을 즐기게 되었다. 실용적인 면도 있었다. 아무리 붐비는 지하철에서도 남자들이 내 근처에 다가오는 걸 확실히 조심했다. 모두의 시선을 받고 있는 여자의 근처에서 오해를 받고 싶지 않는 것 같았다.

후배는 그런 내 변화를 칭찬했다.

"와~ 오늘따라 더 야한 거 같은데? 원래 이렇게 야한 여자였던 거지?"
"아니거든?"
"그래도 좋잖아? 그렇지? 사람은 누구나 변화에서 쾌감을 느끼는 거거든
~."

밖에서는 내가 아니라는 대답을 할 수 있었지만, 후배와 모텔에 가면 그럴수 없다. 난 후배에게 거부하지 않았다. 후배가 요구하는 야한 말들을 스스럼없이 내뱉기 시작했고, 정말 끔찍할 정도로 노골적인 말을 외치기까지 했다.

"맛있지? 후배 먹으니까 맛있지?"
"웅! 맛있어!"
"내 어디가 맛있어?"

이런 정도는 약과였다. 내가 머뭇거리기라도 하면 후배가 움직임을 멈추고 대답을 강요했다. 뒤로 하는 게 좋은지 앞으로 하는 게 좋은지 물어보고, 후

배가 원하는 대답이 나올 때까지 질문했다. 그래도 대부분 콘돔을 쓰거나 밖에다 하긴 했는데, 안전한 날에는 피임도 하지 않고 안에 했다. 그러는 건 처음이었는데 엄청 달랐다.

그는 내게 사귀자는 말을 하거나 사랑한다는 말은 단 한마디도 안 했다. 나도 그게 섭섭하진 않았다. 이런 걸 섹파라고 하는 걸까? 우리는 그저 시간이 나면 했다.

후배는 나를 클럽에 자주 데려갔다. 내가 클럽에서 다른 남자들과 춤을 추는 걸 보는 게 좋다고 했다. 나도 일부러 후배에게 보란 듯이 점점 더 과감해졌다. 어떤 남자들은 몸이 돌처럼 단단한 게 느껴지기도 했고, 어떤 남자는 치마 속으로 손을 넣으려고까지 했다.

그럴수록 후배는 모텔에서 더 흥분했다.

"모르는 남자가 만져주니까 좋냐?"
"그래! 좋아! 좋았어!"

내가 후배의 기분을 맞춰주려고 한 거짓말이 아니었다. 후배도 그걸 알았다.

"내가 아까 그 자식이라고 생각해 봐! 응? 어때?"

굉장했다.

주말에 또 클럽에 갔다. 이번엔 후배가 친구들을 데리고 나왔다. 동네 친구라는데 다들 하나같이 곱상한 아이들이었다. 후배의 친구들이 내 외모를 극찬하며 인사해서 기분은 좋았다.

애들이 룸까지 잡았지만, 후배가 나는 이제 룸에 들어오면 안 된단다. 다른 친구들이 여자를 데려올 수 있으니까, 나는 자기랑 평소처럼 밖에서 놀자고 했다. 뭐 별로 상관없긴 했는데, 이러려면 친구들이랑 왜 같이 왔는지 모르겠다.

평소처럼 모르는 남자들과 춤을 추며 후배를 자극하긴 어려웠다. 이제 그냥 흔드는 걸 즐길 줄도 알아서 춤을 추고 있는데, 같이 들어왔던 후배의 친구가 내게 다가왔다. 내가 후배의 눈치를 보니까 그냥 평소처럼 하란다. 후배 친구랑?

이건 아닌 거 같아서 내가 몸을 뺐다.

"아~ 누나 그냥 놀아요. 클럽이잖아요. 저 자식 눈치 볼 필요 있어요?"
"아니~ 그래도."
"둘이 사귀는 것도 아니라면서요."

그게 사실이긴 해도 후배의 친구와 몸을 비비며 춤을 추는 건 이상했다. 내가 돌아서려 하니까, 후배 친구가 내 허릴 붙잡더니 춤을 췄다. 여기서 내가 정색하는 게 더 이상할 거 같아 그냥 뒀다. 모르는 남자들과 춤을 추는 것처럼 적극적으로 움직이지는 않았다.

후배가 평소처럼 계속 나를 지켜보고 있었다면, 결국 내가 자릴 피했을지도 모르겠다. 내가 어색하게 흔드는 걸 지켜보던 후배가 다가와 말했다.

"오늘은 그냥 노는 거야!"

마치 내 뒤의 친구가 들으라는 듯 크게 외쳤다. 어차피 시끄러워서 입 모양으로나 알아들었을 것이다. 후배가 그렇게 말하며 내게 윙크하기에, 나도 고갤 끄덕여줬다.

그냥 노는 게 아니었다는 걸 아는 데 오래 걸리지 않았다. 후배와 후배의 친구 두 남자 사이에서 몸을 비벼지는 것도 이상했는데, 곧 다른 친구 두 명도 다가왔다. 오늘 물이 별로라며 내가 여기서 제일 킹카라는 둥 떠들어댔다.

이 녀석들 네 명이 돌아가며 내 곁에서 춤을 췄다. 말이 돌아가며 춤을 췄다는 거지, 돌아가며 비벼댔다는 게 맞겠다. 그뿐만 아니라 두 남자애 사이에서 샌드위치가 되는 게 보통이었다.

그다지 보기 좋은 상황은 아니라는 걸 알겠는데, 클럽이라는 공간의 분위기와 나보다 어린애들이라는 사실이 조금 더 버티게 했다. 아니, 내가 정색하기 어렵게 했다.

적당히 빠질 타이밍을 재고 있었는데, 딱히 그럴 기회가 생기지 않았다. 애들이 나를 터치하는 게 점점 과감해지며 나도 흥분하고 있었다. 클럽에서 몸을 비비는 춤은, 조금만 선을 넘으면 남자들의 상태를 그대로 전달했다. 얘들이 나와 몸을 스치며 꽤 흥분했다는 걸 알겠다.

당연히 적당히 하는 걸 모르는 애도 있었다. 네 명에게 둘러싸여 있으니, 누구의 손인지도 모르는 손이 내 가슴을 움켜쥐었다.

"뭐니?"

적당히 자릴 피했다. 아주 정색하진 못했다. 조금 인상을 쓰면서 몸을 뺐다. 뿌리치기보단 슬며시 밀어내며 빠져나왔다. 그래도 후배의 친구들인데 사납게 정색하고 싶진 않았다.

후배가 따라와 말했다.

"에이~ 뭘 그래? 내가 만졌다고 생각해."

"너 내 앞에 있었잖아."

"내가 사과하게 할게~. 그런데~ 나도 만지고 싶었다. 너 오늘 진짜 대박이야."

"에휴~ 됐다. 너희끼리 놀아야 여자도 만나겠지. 난 간다?"
"워~ 무슨 그런 말을~ 룸에 가서 맥주 한잔해!"

갔어야 했다. 후배는, 애들이 밖에서 노는 동안 우리가 룸을 지키자며 나를 데려갔다. 들어가자마자 내게 키스하는 것까지는 참을 수 있었다. 맥주를 조금 마시더니 나를 만지기 시작했다.

"애들 들어오면 어쩌려고."
"쟤들 지금 너 때문에 달아올라서 금방 못 와. 괜찮아."

나도 좀 전에 애들한테 둘러싸였던 일 때문에 상당히 흥분한 상태긴 했다. 그래도 후배가 치마 속으로 손을 넣어 속옷을 벗기는 건 막았어야 했다. 이미 늦기 시작한 반응들이 더해져 어느새 내가 후배의 허리 위에 올라가 있었다.
후배가 바지를 내리며 말했다.

"하자."
"여기서? 미쳤어?"
"치마 때문에 그냥 나한테 안겨 있는 줄 알 거야. 누구 들어와도 놀라지 말고 그냥 키스하면 돼."

테니스 스커트라 그렇게 보일 수도 있겠다는 생각을 하는 중에 이미 후배의 것이 들어왔다. 조명이 어둡다는 걸로 나 자신에게 변명하려 해도 이건 너무 어처구니없었다. 당장에 누가 들어올지도 모른다는 상황과 바로 문밖에는 수많은 사람들이 모여 있다는 사실이 더해져 머릿속이 끓는 것 같았다.
걱정이 현실 되었을 때, 후배와 키스하고 있긴 어려웠다. 난 허릴 흔들고 있었고 후배는 내 가슴에 얼굴을 파묻고 있었다. 그래도 멍청하게 몸에서 후배를 빼내며 일어나 자릴 옮기진 않았다. 모든 걸 멈추고 그냥 가만히 있었다.

"아! 뭐야! 둘이 재미 보고 있었어?"
"손님들 왔어! 적당히 끝내고 같이 좀 놀지?"

귓속에 이명이 길게 울렸다. 잠깐 나가주면 정리하고 일어날 생각이었는데, 후배의 친구들과 알 수 없는 여자애가 들어온 것 같다. 난 후배와 섞인 채 꼼짝하지 못했다. 당연히 돌아볼 생각 따윈 할 수 없었다.

후배가 나서주길 바랐는데, 내가 원하는 방식이 아니었다. 후배는 내 안의 걸 조금 움직이기까지 하며 말했다.

"아이~ 자식들. 형님이 즐기고 있으면 자릴 피해 주는 게 예의 아니냐?"
"웃기네? 그럼 나가서 모텔을 잡아~."

애들이 날 어떻게 생각할지 끔찍해졌다. 그보다 지금 견뎌야 할 창피함이 크겠는데, 여기에서 부끄러움에 사무치는 모습을 보이고 싶지 않았다. 나랑 섞인 채로 친구들과 쾌활하게 대활 나누는 후배에게도 그런 꼴을 보여주는 건 싫었다.

분명히 일부러 허릴 툭툭 쳐올리며 말을 하고 있는 후배에게 밀리고 싶지 않았다.

몸을 일으켜 후배를 내려다보니, 내가 어쩌는지 보고 싶다는 호기심 가득한 얼굴로 나를 보고 있었다. 이 건방진 후배의 앞에서 고양이 앞에 쥐고 되고 싶진 않다.

치마의 뒤를 누르며 다릴 들어 내 안에 있던 걸 빼고 후배의 옆에 앉는 것뿐인데, 그 시간이 무척 길게 느껴졌다. 짧은 테니스 스커트이긴 해도 이 조명 아래서 절대로 뭐가 보이진 않을 것이다. 하지만 모두가 숨죽이며 지켜보고 있을 그 침묵이 끔찍했다.

내겐 무척 긴 시간이었는데, 후배는 대수롭잖다는 듯 쿠션으로 자길 가리며 바지를 올렸다. 부끄러울 내 모습만 생각했다. 후배가 바지를 올려 입는 모습으로 모두가 알겠다.

"뭐야~ 진짜 하고 있었어? 이 누나 진짜 대박인데?"
"야~ 미안하다. 하고 있는 거라고 말을 하지 그랬냐? 에이~ 지금이라도 우리 다시 나갈까?"

이젠 부끄럽지 않았다. 여기서 더 창피할 일도 없겠다. 정신적으로 포기한 상태로, 애써 대단찮다는 표정을 유지하며 맥주를 들어 마셨다. 그제야 다른 애들과 같이 들어온 여자애가 눈에 들어왔다.

자세히 보면 귀엽게 생겼을 얼굴인데, 꽤 공들여 진한 화장을 한 것 같다. 어쩌면 미성년자라서 그랬을지도 모를 정도로 진하게 화장을 했는데, 어색하지는 않았다. 그 여자애가 나를 빤히 바라보고 있는 게 마음에 들지 않아서 나도 눈을 피하지 않았다. 전혀 놀란 표정은 아니었다.

그 여자애가 작게 미소 짓더니 말했다.

"역시 기억 못 하시네요?"
"저 알아요?"

혹시나 하며 후배를 돌아봤더니, 후배는 좀 곤란하다는 표정으로 시선을 피하고 있었다. 그 여자애가 다시 말했다.

"우리 봉사활동 같이 갔었잖아요. 저 함지혜라고 해요."
"와~ 아는 사이에요? 세상 정말 좁다. 이런 미녀들끼리 아는 사이였어?"

좀 전에 내가 후배와 했었던 일을 지워주니 고맙긴 했다. 애들은 소란스럽게 떠들며 우리가 어떻게 아는 사이냐며 또 후배에게도 아는 여자냐며 질문을 쏟아냈다. 후배의 친구들은 후배가 세상 미녀들은 죄다 만나고 다니는 거냐며 부러워했고, 그러는 사이 함지혜라는 여자애는 계속 나만 주시하고 있었다.

불편하다. 다시 맥주를 조금 마셨다. 후배와 나 사이에 있던 내 속옷을 가방에 넣고 일어났다. 다들 내가 가는 줄 알고 호들갑스럽게 일어나기에, 화장실에 간다고 거짓말을 했다. 사실 집에 갈 생각이다.
후배가 따라 나와 물었다.

"갈 거야?"
"너 쟤 알아? 함지혜? 아니, 어떻게 아는 사이야?"
"전에 잠깐 만났어."
"그런데?"
"쟤가 너 좋대."
"뭐?"
"아니~ 봉사활동 다녀와서 연락이 왔는데~ 지혜 쟤가 너랑 만나고 싶다더라고~ 쟤 양성애자거든."
"…뭐? 그게 뭐? 아니, 그럼 네가 함지혜 쟤도 부른 거야?"
"아니야! 정말 아니야. 난 무슨 소리냐고 됐다고 했어. 진짜 우연히 만난 거야."

이런 우연이 말이 되나? 아니, 그런데 후배 친구들은 정말 하나도 모르는 것 같았다. 상당히 시끄럽고 꽤 흥분도 했고 도무지 알 수 없는 일들로 가득한 오늘 밤 호기심이 나를 고양이로 만들었다. 쥐가 되는 건 싫었다.
고양이들은 호기심 때문에 죽는다는 사실은 잊고, 화장실에서 속옷을 입고 돌아왔다.

  룸에는 후배의 친구 하나와 함지혜만 있었다. 다른 두 녀석은 또 배회하고 있단다. 내가 들어가니 후배의 친구가 한잔하라며 잔을 내밀었다. 후배가 주는 작은 잔에 양주를 받아 마셨다. 독해서 마음에 들었다.
  함지혜는 여전히 나를 빤히 보고 있었다. 난 그런 함지혜가 보란 듯이 후배의 바지춤 위로 손을 가져가 덥석 잡았다. 후배의 친구가 박수까지 치며 다시 잔들에 술을 따랐다. 함지혜는 그런 내 모습을 보며 빙긋이 웃고는 후배친구의 바지 속으로 손을 넣었다.

  그럴래?

  꽃비가 내렸다. 분홍빛 하늘에서 꽃잎들이 흐트러져 내린다. 세상을 덮은 꽃잎들이 때론 솟아오르고 춤을 추듯 하늘거렸다. 나는 어린애처럼 세상을 뛰어다녔다. 꽃잎들은 나를 감싸고 보듬어주며 간질였다.
  쏟아져 내린 꽃잎들 사이로 누군가 다가왔다. 누군지 몰라도 반가웠고, 아름다울 게 틀림없어 보였다. 알록달록한 꽃잎들이 길을 열 듯 흐트러지며 다가오는 사람의 얼굴이 드러났다.
  함지혜.

  잠에서 깼다. 눈을 떴는데도 눈앞에 함지혜가 있다. 눈을 감았다가 다시 떠봤지만, 아직도 함지혜가 보인다. 왜 꿈에서 깨질 않는 걸까.

  "일어났어요?"

벌떡 일어나 앉았다. 내가 함지혜와 같은 침대에 있었다. 여전히 누워있는 함지혜는 차분한 얼굴로 나를 바라보고 있었다. 그제야 내가 발가벗고 있다는 걸 알고 이불을 당겨 가렸다.

"뭐…. 뭐야?"
"진정해요. 기억 안 나요?"

속옷 차림의 함지혜가 천천히 일어나 컵에 물을 따라 내게 건넸다. 내가 물을 받아 마시는 동안 함지혜는 창밖을 보고 있었다. 모텔이긴 한데 상당히 높은 층에 있는 모양이다. 창밖으로 꽤 멀리까지 보였다.

내가 물을 다 마시고 컵을 내려놓을 때까지도 함지혜가 내게 시선을 주지 않았다. 어제는 그렇게 나를 빤히 바라보더니…

기억이 난다.

함지혜가 후배 친구의 것을 쥐고 흔들었다. 나를 빤히 보면서 그랬다. 후배는 자기 바지 위에 있던 내 손을 잡고 함지혜처럼 해주길 바랐지만, 내가 손을 뺐다. 후배도 강요하진 않았다. 나와 후배는 함지혜가 하는 걸 지켜보고 있었다.

그러던 중에 나가 있었던 다른 두 명이 돌아왔다. 보인 광경에 놀란 듯 잠시 우리와 함지혜를 번갈아 보더니…

정신 나간 사람들처럼 소릴 지르며 소란스럽게 뭐라고 떠들어댔다. 누군가 술을 따라 함지혜에게 건넸고, 함지혜는 여전히 쥐고 있는 걸 흔들면서 술을 받아 마셨다. 나도 양주를 받아 마셨다. 술은 독했고 정신은 아득히 멀어져 갔다.

지저분한 일들이 있었다. 보고 있으면서도 믿기지 않는 일들이 눈앞에 펼쳐졌다. 함지혜가 쥐고 흔들어 준 건 한 남자애가 아니었다. 그런 광경을 보고 있자니 목이 탔고, 후배 친구들이 계속 건네는 술을 쉼 없이 마셔댔다.

함지혜가 하는 것들이 마치 내가 하는 것처럼 느껴져 부끄러웠다. 당장에 박차고 나가야 한다는 걸 떠올렸을 때는 이미 다리에 힘이 없었다. 어떻게 저럴 수 있겠냐는 생각은 나도 저럴 수 있을지에 대한 호기심이 되었다.

그런 날 만지작거리던 후배가, 내가 반응을 하지 않으니까 일어났다. 후배도 저 정신 나간 파티에 참여하려는 것 같았다. 그런 후배를 잡으려다 함지혜가 다른 녀석의 걸 입에 담는 걸 봤다. 후배를 잡는 대신 내가 직접 양주를 따라 마셨다. 술에서 아무것도 느껴지지 않았다.

"기억이 좀 나요?"
"…"

흐릿하지만 아예 기억이 없는 것은 아니다. 내가 토했다는 것은 확실히 기억난다. 간신히 쓰레기통을 찾아 게워냈고, 후배가 물수건으로 나를 닦아줬다. 아주 어수선했고 또 음란함으로 혼잡하며 혼란스러웠다. 누군가 다시 건네주는 술을 또 마셨다.

다툼이 있었던 것 같다. 남자애들끼리 싸운 걸까? 잘 기억이 나질 않는다. 그 혼란스러운 와중에도 함지혜의 눈빛이 반짝이고 있었던 것도 기억난다. 몇몇 애들이 나를 부축한다며 내 몸을 만지는데 함지혜가 다가왔다.

기억을 더듬으니 피로가 몰려왔다. 잘 떠오르지 않는 기억들을 헤집느라 머리가 아팠다. 쉬운 방법을 앞에 두고 있는데 쓸데없이…

"무슨 일이 있었던 거야."
"제가 언니를 구했죠."
"나를? 그런데 왜 내가 벗고 있지?"

"제가 고생한 보상이 필요했어요. 아니, 그건 좀 나중에 이야기하고, 그 후배와 사귀는 사이는 확실히 아니더군요."

"그래서."

"괜찮아요? 그런 식으로 학교 후배랑 놀아나는 게? 게다가 그 녀석 보통은 확실히 아닌 거 같은데요. 위험하잖아요."

네가 훨씬 위험해 보인다는 얘기는 하지 않았다. 아마 자신도 이미 알고 있을 것이다. 약탈자가 다른 약탈자를 위험하다며 충고하는 건, 더 많은 걸 빼앗기 위한 것이라는 걸 역사 시간에 배웠다.

다른 적에게서 보호해주겠다는 명목으로 더 끔찍한 요구를 해왔던 강대국들의 이야기는 역사 속에 흔했다. 함지혜는 내게서 뭘 얻을 게 있다고 이러는 걸까.

티 없이 맑고 깨끗한 눈동자다. 마치 끝이 보이질 않는 심연의 그것처럼 공포가 느껴질 정도로 짙고 깊은 함지혜의 눈이 먹잇감을 바라보는 것 같았다. 그걸 감추려는 듯 부드럽게 속눈썹을 내리깔고 있었지만, 저 도톰한 입술에 담긴 탐욕은 감춰지지 않았다.

나를 기다리는 함지혜에게 말했다.

"내게 원하는 게 뭐야?"

"제가요? 언니 부자예요? 아닌 거 같은데~ 제가 언니에게 원하는 게 있겠어요?"

"설명해 봐."

"와~ 이런 식으로 말하는 거 너무 좋아요. 자질구레한 이야기들은 필요하지 않다는 거잖아요? 그러니까 원하는 것도 없으면서 왜 구했는지~ 또 왜 접근했는지 설명하라는 거잖아요?"

"지금 넌 자질구레한 것들을 떠들고 있어."

"맞아요. 제가 그렇게 떠드는 편이라, 다른 사람들이 제게 그러는 게 싫었으니까요. 사람들은 자신이 갖지 못한 걸 동경하기 마련이잖아요. 전 사소한 것들도 설명해야 한다는 압박을 느끼며 살아요. 그러지 않으면 사람들은 자꾸 오해하고 잘못된 판단을 하거든요. 그런데 언니는 제가 얼마나 이해할지 믿고 확신에 찬 말투로 요구하고 있잖아요. 너무 좋아요."

"그럼 나 같은 사람들은 얘기가 길어지면 피곤해한다는 것도 잘 알겠네."

"아~ 어쩌죠? 제가 지금부터 떠들 이야기들은 무척 길어질지도 모른다는 생각이 드는데요. 그래도 다행이에요. 언니는 많은 얘기를 하지 않아도 괜찮으니까요. 듣고 판단하고 제게 원하는 질문을 해주시면 돼요. 피곤하고 지루하게 떠드는 건 제가 할게요."

"아니. 너도 간단히 얘기해주면 좋겠어."

"그럴 수 있을까요? 저도 언니처럼 그럴 수 있으면 좋겠어요. 하지만 저는 언니와 같은 직관이 별로 뛰어난 편이 아니에요. 아! 물론 사람을 알아보는 눈은 괜찮은 편이긴 하지만, 음~ 뭐랄까 누구라도 알아들을 수 있게 설명하지 못하면 내가 오해받을지도 모른다는 걱정이 되거든요. 뭐 아시겠지만, 저 같은 여자애는 상당한 오해를 받는 편이에요."

"…한 번에 하나씩. 질문에 대한 대답을 하면 돼."

"그래요. 그런데 제가 원한 건 언니에요. 그걸 그냥 이렇게 간단히 답해버리면 제가 뭘 얻을 수 있겠어요. 언니에게 거부감만 생기게 하잖아요. 그러니까 길게 설명해서라도 언니가 저를 이해할 수 있게 하고 싶거든요. 제 간절함이 조금 전달되나요?"

"많은 사기꾼이나 정치인이랑 비슷하네."

"와~ 신기해요. 정말 제가 사람 보는 눈은 확실한 거 같아요. 여자 중에 언니처럼 직관적인 판단이 가능한 사람은 정말 드물거든요. 꼭 나이 많은 남자가 말하는 거 같아요. 보통의 여자들은 이해나 공감. 아니면 거부하거나 의심하며 한꺼번에 복잡한 사고를 하잖아요. 언니는 이미 절 사기꾼이라 생각하고 그 증거를 찾고 있는 거죠?"

"그래. 그게 나를 원하는 이유야?"

"대단해요. 제가 이렇게 말하는 것들에서도 지금 언니는 남들과 자신이 다르다는 이유로 내가 언니를 원한다는 걸 알아낸 거죠? 언니만 가진 특별함에 내가 끌렸다는 걸 알아채신 거잖아요. 내가 더 설명할 게 있는지 모르겠어요."

"…알았어. 난 널 원하지 않아."

"저도 알아요. 그래도 아직 궁금하잖아요. 그래서 그렇게 아직 옷도 입지 않고 제 설명을 듣고 싶은 거잖아요? 당장 일어나 옷을 입고 나가 버리는 게 가장 확실한 답이 된다는 걸 이미 알고 계시면서도 아직 기다리고 있다는 건 호기심이 있다는 얘기죠."

"아니. 이제 듣고 싶은 건 어제 내가 기억하지 못하는 것들이야. 네가 계속 이렇게 대화를 질질 끌면, 그냥 나가겠어. 상대가 사기꾼이라는 걸 알아챘는데도 자릴 지키고 있는 건 멍청하다는 걸 알면서도 참고 있는 거야."

"아니요. 언니가 절 사기꾼이라고 생각했다면 이미 일어났을 거예요. 언니는 지금 제가 무섭잖아요. 제게 먹힐까 봐 걱정하고 있는 걸 알고 있어요. 제가 얼마나 어떤 걸 알고 있고 그걸로 어떻게 할지 궁금한 거예요. 어제 무슨 일들이 있었는지 알고 싶다고요? 언니는 지금 이미 자신이 물어 뜯겼는지 확인하고 싶은 거잖아요. 걱정하지 말아요. 언니라면 이해할 수 있을 거 같으니까. 직설적으로 말할게요. 전 맛만 봤어요. 그리고 언닐 삼킬 생각은 없어요. 언니는 쥐가 될 생각이 없잖아요. 언니는 고양이에요. 고양이들이 서로를 그루밍하는 이유를 알아요? 자신의 흔적을 지우는 거예요. 왜 흔적을 지울까요?"

숙취가 몰려온다. 지금 당장 게워내면 좋겠다. 이 아이는 내 얼굴을 보면서 내 뒤통수에 담긴 것들까지 꺼내서 읽고 있다. 함지혜의 진짜 나이가 궁금해질 지경이라, 내가 스무 살 때를 떠올렸다. 난 내가 갖고 싶은 것들을 위해 어떻게 했더라.

내가 유성현에게 얘처럼 이랬으면 어땠을까. 아니, 나도 얘만큼은 아니더라도 충분했다.

함지혜가 나를 삼키지는 않겠다는 걸 알겠다. 얘는 내게 원하는 걸 반드시 얻어 내리라는 것도 알겠다. 얘는 절대로 그루밍하는 고양이가 아니다. 고양이는 쥐를 잡는 데 다른 고양이가 필요하지 않다. 물소를 잡는 사자 무리가 되지는 얘긴까?

갑자기 말을 안 하니까, 침묵도 두렵다. 함지혜가 찬찬히 나를 보고 있는 게 마치 생각을 읽히는 기분이 들었다.

"난 고양이도 아니고, 너랑 어울릴 생각도 없어. 무슨 일들이 있었는지 말하지 않을 거라면 이제 그만해."

"어제 언니는 남자애들 네 명에게 당할 뻔했어요. 후배 놈이 어제 친구들을 부른 게 그냥 친구들이었을까요? 제가 걔들을 전혀 몰랐을까요? 걔들처럼 반반하게 생긴 애들이 클럽에서 룸까지 잡고 여자들을 만나는 일에 어려움을 겪는다는 게 이해가 돼요? 그 녀석들 강남에서 꽤 유명했던 날라리들이에요. 그냥 양아치가 아니라 진짜 날라리요."

"그런데 네가 날 구했다고?"

"네. 뭐 지금 언니랑 얘기해보니까, 어쩌면 그냥 뒀어도 언니가 크게 무너지지는 않았을 거라는 생각도 드네요. 하지만, 어제는 그걸 몰랐으니까요. 그 놈들은 여자를 어떻게 대해야 하는지 전혀 모르거든요. 지들 욕심만 채우는 목적에 충실하죠. 뭐 그게 그런 놈들의 장점이자 단점이겠지만, 혹시 모를 위험을 감수할 필요는 없었어요. 아까 말했잖아요. 제가 언니를 원하니까요. 그래서 제가 언니를 구했어요."

"어떻게?"

"힘들더군요. 넷이랑 하는 건."

침착하기 어려웠다. 여태 함지혜의 기에 눌리지 않으려 애썼는데, 이제는 힘들었다. 뭐라도 걸치고 있었다면 나았겠다. 발가벗은 채로 이런 얘길 듣는 게 견디기 어려웠다. 어떻게 저런 말을 이렇게 침착한 말투로 떠들 수 있을까.

마치 함지혜는 길 가다 꽃을 꺾은 걸 후회하는 말투였다. 게다가 다시 컵에 물을 따라 내게 내밀었다. 아까도 그랬지만, 얘가 내미는 걸 거부할 수 없었다. 앞으로도 그럴까.

"네가 가진 보상이라는 건 뭐야."

"설마 제가 언니를 강간했다고 생각하는 거예요? 너무하시네요. 아니에요. 아름다운 걸 보고 싶었어요. 더불어 간직하고 싶기도 했고요. 그래서 맛만 봤다고 한 거예요."

그렇게 말하며 함지혜가 자신의 휴대폰을 들어보였다. 저 휴대폰에 뭐가 저장되어 있을까. 아니 이미 전송해서 저장했겠지. 함지혜도 내가 자신의 휴대폰에 해코지를 하진 않을 걸 알았는지, 내 앞에 자신의 휴대폰을 내려놨다.

지난밤 네 명의 남자와 했다는 여자애가 저렇게나 밝은 얼굴로 명랑하게 말하는 게 가능할까. 함지혜는 확실히 제정신이 아니다. 난 지금 미친 사람과 한 방에 있다.

미친 여자애가 다시 웃으며 입을 열었다.

"제가 이걸 이용해먹고 그러진 않을 거예요. 그러지 않아도 되잖아요. 언니는 이미 절 충분히 이해하고 협조할 생각이잖아요? 그게 가장 현명하다는 것을 이미 알고 있죠."

"…"

"쥐를 잡는 건 이미 잘 알고 계시죠? 더 큰 걸 잡아보고 싶지 않아요?"

"아니."

"아니요. 언니는 그렇게 될 거예요."

내가 고양이라면, 함지혜는 미친 사자다.

사냥꾼들을 모아놓고 서로의 사냥에 대해 이야기하게 하면, 저마다 다른 노하우와 방식들에 대해 수많은 이야기들이 오고 간다. 어쩌면 서로 다른 정보에 따른 차이로 대립할 수 있고, 심각한 경우에는 서로를 사냥하려 들 정도의 갈등이 생길 수도 있다.

운이 좋다면 사냥의 세세하고 미묘한 부분까지 얻을 수 있겠지만, 단 한 명의 사냥꾼과 직접 사냥을 나가는 것에는 미치지 못한다.

노련한 사냥꾼을 한 명 불러서 사냥에 대해 질문하면, 아주 간단한 대답을 듣게 된다.

"목표를 정하고 기다려 잡아."

사냥감들을 모아놓고 서로의 잡힌 방식들을 이야기하게 할 수는 없다. 부활의 권능을 가지고 있는 게 아니라면, 사냥감들에게 최후의 순간을 듣지는 못한다.

이미 사냥당했다는 사실 확인 이외의 것을 할 수 없다. 사냥감이 마지막 순간까지 벗어나려 애썼다는 흔적 정도는 찾을 수 있겠지만, 결국 그뿐이다.

그뿐이었다.

함지혜는 내게 대단한 부탁을 하지 않았다. 아니, 부탁이 아니라 강요에 가까웠겠지만, 분명히 부탁으로 들릴 만큼 섬세했다. 딱히 강제당한다는 기분이 들진 않았는데, 어느새 난 함지혜가 준비해둔 올가미에 들어가 있었다.

여행을 가자고 했다.

"그냥 여행이에요. 제가 뭔가 꾸미고 있을 거라고 생각하시죠? 제가 하는 모든 걸 그렇게 의심할 필요는 없어요. 아~ 당연히 제가 다가온 방식이나 우리가 이렇게 가까워진 배경이 의심스럽다는 걸 부정하진 않겠어요. 그렇다고 해서 제 모든 걸 의심하면 피곤하잖아요. 저는 제 마음을 솔직히 보여주고 제가 생각보다는 괜찮은 사람이라는 걸 보여주고 싶은 거예요. 기회를 달라는 거죠. 설마 제가 진짜 무슨 일을 꾸미려면 여행을 가자고 했겠어요? 저 보기보다 가난한 편이에요. 다른 환경에서 제 이미지를 만회할 기회를 줬으면 해요."

"싫다면?"

"그러지 마요. 그렇게 말하면서도 결국 여행을 가게 될 것이라는 걸 이미 알고 계시니까 단호하게 싫다는 대답을 못 하는 거잖아요. 제가 얼마나 많은 설득을 시도할지 이미 알고 있죠? 벌써 피곤하다는 표정을 짓지 말아요. 그렇다고 해서 제가 얼마나 조를지 궁금한 것도 아니잖아요. 언니한테 잘 보이고 싶다고요."

"어디로 갈 생각이야?"

"우리가 같이 정해야 할 문제에요. 제가 언니에게 뭘 어쩌겠다는 의도가 아니라는 것도 확신시켜드릴 필요가 있겠고요. 여행이라는 게 준비하는 과정이 가장 즐겁다고들 하잖아요. 그걸 우리 둘이 같이했으면 좋겠어요."

그 시점에 이미 난 빠져나올 수 없었던 게 맞다. 우스운 일이지만, 실제로 함지혜와 여행을 준비하는 일이 즐거웠다. 쉴 새 없이 재잘재잘 떠드는 함지혜와 함께 있는 건 즐거운 일이었다.

내가 후배와 그렇게 쉽게 가까워졌던 이유가 스스로에게 설명되었다. 사람들과 관계를 거부해왔다고 했지만, 그럴수록 외로움에 사무쳤다. 후배는 그런 내게 어떻게 다가와야 할지 정확히 알고 있었고, 함지혜는 아는 걸 사용할 줄 아는 애였다.

여행 경비를 보태기까지 했다. 난 함지혜와 버스를 타고 강릉으로 떠났고, 함께 바닷가를 거닐고 맛있는 음식을 먹으며 서로의 이야기들을 나눴다.

"그럼 언니는 처음 경험했던 남자가 열 살도 더 차이 나는 거였네요? 으~ 좀 이상해요. 전 아직 그렇게 나이 많은 남자하고는 만나본 적이 없거든요. 아까 말한 것처럼 첫 경험이 두 살 많은 오빠였는데도 정말 별로였어요. 뭐 제가 그다지 좋아한 게 아니라 그게 궁금해서 만난 남자였으니까 그랬을지도 모르지만요. 솔직히 좀 더러웠어요."

"나도 그다지 좋았던 기억은 없어."

"그래요? 그런데도 그렇게 오래 만났어요? 아~ 아무래도 나이 차이가 있으니까 싫어도 쉽게 싫다는 말을 꺼내기 어려웠겠네요. 전 실망하자마자 차버리고 다른 남자애를 골라보려고 했는데, 아시잖아요? 여자애가 그러고 다니면 소문이 지저분해지는 거~ 제가 그 오빠랑 헤어지고 다른 남자애를 만나자마자 소문이 쫙~ 으. 진짜 그때 짜증 났어요."

"그래도 꽤 여럿을 만났다며?"

"그래서 방법을 찾았어요. 어떻게 하면 소문이 나질 않으면서 남자들을 만날 수 있을까? 뭐 그런 고민을 했던 거 같아요. 웃기죠? 언니는 남자를 알면서 공부를 열심히 하고 그렇게 좋은 대학에 갔는데, 전 그 시절에 남자를 어떻게 만날까 고민하다 이런 대학에 왔어요. 뭐 이젠 다른 방법들을 찾았으니까 괜찮지만, 그래도 편입을 생각하고 있긴 해요."

"그렇게 남자를 좋아하면서, 내가 좋다는 건 무슨 얘기야."

"에이~ 그런 이상한 얘기는 나중에 해요. 으~ 언니가 직접 그런 말을 꺼내니까 나까지 이상해지는 거 같잖아요. 우리 그냥 지금은 옛날얘기나 했으면 좋겠어요. 그럼 언니는 그 남자와 끝난 이후로 다른 남자를 만나진 않은 거예요? 대학에 올 때까지 공부만 쭉?"

"내가 좀 많이 가난했어."

"그랬구나. 남자를 만나는데 돈은 들지 않더라도 시간을 빼앗기니까? 가난을 벗어나려면 공부를 열심히 하는 것밖에 없다고 생각한 거예요? 정말 대단해요. 보통은 자기가 뭘 해야 바뀔 수 있을지 알아도 실천은 못 하잖아요. 실천해야 할 공부나 노력보다 좋은 게 있기 마련이니까요. 전 그걸 별로 참지못했거든요. 언니는 그럼 공부가 좋았어요?"

"나도 공부는 지겨워."

"와~ 다행이다. 솔직히 지금 언니가 공부가 좋다고 대답하면 무섭겠다고 걱정했어요. 세상에 그런 사람들이 있다는 건 알지만, 공부가 좋다는 사람과 친해지기엔~ 음. 아시죠? 피곤해요. 그런 종류의 사람들. 그럼 언니는 뭐가 좋았어요? 뭐가 좋았는데도 그걸 참고 공부할 수 있었을까요? 언니가 첫 남자와 헤어지고 대학에 와서 남자를 만날 때까지 시간이 너무 많이 비어요. 그 기나긴 시간 동안 공부만 했다고요? 스스로 지겹다는 공부를? 정답은 뭘까요? 헤헷. 남자가 있었죠? 그것도 찐하게 짝사랑한 남자?"

"별로 얘기하고 싶지 않아. 넌 그 첫 남자에게 실망하고 누굴 만났는데?"

"에이~ 언니가 얘기하지 않아도 나는 내 얘기를 하게 될 거라는 걸 아는구나? 그래도 조금만 해주면 안 돼요? 음~ 제가 학교에서 주변 남자애들 앞에서는 소심하고 조용해지려 애쓰기 시작한 게 그때 즈음이에요. 그 나이에 여자애가 남자애한테 먼저 접근했다는 소문만으로도 상당히 피곤해지는 거 알잖아요. 게다가 난 이미 다른 오빠랑 사귀기까지 했으니까. 그렇다고 언니처럼 조용히 공부만 하기엔 제 호기심이 너무 왕성했죠. 다니던 독서실에서 가장 조용하고 눈에 띄지 않는 남자애한테 말을 걸었어요."

"너보다 어린애였겠네."

"오! 말하지 않아도 눈치채는군요? 맞아요. 아~ 참 언니가 최근에 그 후배 놈을 만나준 이유하고도 조금은 비슷하겠네요. 헤~ 그래서 눈치챘구나. 물론 그 후배 놈처럼 모든 걸 아는 아이가 아니었으니까, 제 선택은 나쁘지 않았죠."

"내 선택은 나빴지."

"아~ 아니에요. 언니가 그 후배 놈을 만난 걸 비난하려는 게 아니었어요. 언니가 아니라 누구였더라도 그 후배 놈처럼 접근하면 만나지 않을 여자가 몇이나 되겠어요. 전 그런 게 아니었으니까요. 정말 아무것도 모르는 남자애였어요. 저처럼 호기심만 왕성한 그런 애였거든요. 뭐 그 나이의 남자애들이 전부 그렇겠지만, 아무튼 그래서 처음엔 상당히 쉬웠어요."

"어쨌는데?"

"응? 그게 궁금해요? 아~ 그렇죠. 뻔히 알고 있는 것들도 매번 새로운 것들이 있죠. 사람들이 매번 비슷한 동영상들을 보며 흥분하고, 또 비슷한 드라마에 열광하니까요. 관계도 그런 거 같아요. 결국 사람이 사람을 만나서 관계하는 건 다~ 비슷한데요. 또 매번 새롭죠. 아? 참 제가 어쨌냐고 했죠? 음. 뭐~ 흔한 얘기에요. 비밀을 지켜주면 우리 사이에 비밀을 만들 수 있다고 한 거예요. 남자애들은 비밀을 지키는 일에 목숨을 걸고, 여자애들은 비밀을 만드는 일이라면 환장하잖아요? 간단했어요. 내가 널 만지게 해주면 너도 날 만지게 해주겠다는 걸로 시작했어요. 그런데 얘가 얼마 만지지도 않았는데 싸버려서 제가 다 뒤집어썼죠. 으~ 얼마나 더럽던지. 음~ 더 얘기해요?"

"…"

"역시 언니도 이런 얘기 좋아할 줄 알았어요. 싫어하는 사람은 없죠. 싫다고 믿는 사람과 싫은 척하는 사람과 싫어해야 하는 줄 아는 사람들만 있죠. 음~ 언니 그렇게 쓸데없는 얘기는 그만했으면 좋겠다는 표정을 지을 필요는 없어요. 알았어요. 그러니까 그렇게 뒤집어쓰고 짜증이 나긴 했는데, 거기서 그냥 끝내버리면 걔가 얼마나 실망하고 창피하겠어요. 부끄러워서 나랑 다시 비밀을 만들지 않을까 봐 걱정됐어요. 뭐~ 지금은 남자애들이 그러지는 않으리라는 걸 알지만, 그때는 내가 아직 남자를 잘 모를 때였으니까요. 애써 참으며 진정하고 다시 만져줬죠. 그랬더니 자기도 제 가슴을 만지고 싶다더라고요. 뭐~ 그다음부터는 다 알죠? 에이~ 더 이야기하라는 그런 압박하는 눈빛 좋지 않아요. 언니 얘기도 좀 듣고 싶어요. 그 남자는 어떤 남자였기에 그렇게 언니가 노력하게 했어요?"

"그냥…. 평범한 애였어."

유성현은 평범했다. 유성현의 곁에 오랜 동네 친구인 송민아가 있었을 뿐이다. 친구들과 잘 어울리며 행운에 만족하고 자신의 노력에 실망할 줄 아는 남자애였다. 원대한 꿈을 갖지도 않았고 세상을 적당히 비난하며 흐르는 시간에 적당히 기댈 줄 아는 애였다.

내게만 특별했다. 단지 유성현에게 내가 특별하지 못했을 뿐이다. 세상의 모든 빗나간 짝사랑들처럼 그냥 그랬을 뿐이다. 난 이미 빗나간 화살에 매달려 있었다. 그것도 너무 오래.

함지혜에게는 내가 특별한 걸까. 아니면 함지혜가 독서실에서 만났다는 그 어린 남자애처럼 호기심의 대상일 뿐일까?

수평선이 노을을 삼킨 해변을 걷고 있었다. 함지혜와 나는 많은 대화를 나눴다. 함지혜는 평범한 직장인 부모를 가진 여자애였다. 부모님들이 너무 바빴다는 사실로 자신의 현재 모습을 변호할 생각은 없어 보였다. 자신의 행실로 발생 가능한 여러 가지 문제들을 충분히 파악하고, 바로잡을 기회가 있다면 언제라도 평범함을 되찾을 수 있는 여자애였다.

어느새 내가 지금은 고아라는 사실까지 얘기했다. 그저 담담하게 엄마와의 추억을 떠올리고 이별을 얘기했는데, 함지혜는 눈물까지 글썽였다.

바닷가의 파도 소리가 많은 것들을 이야기하게 했다. 어쩐지 파도는 우리의 이야기들을 담아 먼바다로 가져가 줄 것 같았다. 그런데도 근처의 게스트하우스에서 2인실을 구해서 같이 들어갈 때까지 유성현에 관한 이야기는 거의 하지 않았다.

함지혜가 술과 안줏거리를 사 오겠다며 나갔다.

이런 여행은 처음이다. 여행이라 부를 수 있는 사실상의 첫 외출이었다. 수학여행이나 MT 같은 것을 제외하면 내가 이렇게 멀리까지 나와 본 기억이 없다. 아니, 유성현을 면회 갔었다. 또 유성현이다.

바닷가를 오래 걸었던 덕분에 조금 찝찝해진 기분이 들어 샤워를 했다. 샤워하는 중에 함지혜가 돌아왔다는 걸 알았다. 처음 여행을 같이 올 때처럼 두렵거나 걱정이 되진 않았다. 샤워를 마치고 옷을 챙겨 입고 나왔다.
함지혜는 맥주와 과자들을 사 와서 나를 기다리고 있었다.

"벌써 다 씻었어요? 에이~ 언니랑 같이 씻고 싶었는데~."
"불편해."
"먼저 맥주 좀 마시고 있어요. 금방 씻고 나올게요."

안심하고 있었다. 여행이 가져다주는 자극에 취해 있던 모양이다. 샤워를 마친 함지혜가 아무것도 걸치지 않고 나왔을 때, 내가 이미 야수의 아가리 속에 있다는 걸 깨달았다.
축축하고 따뜻하며 답답했는데, 이젠 끝났다는 생각에 오히려 편안했다.

사냥감에게 최후의 순간에 대한 질문은 할 수 없겠지만, 스스로 먹힐 수 있다면 대답은 얻을 순 있다.
아무것도 할 수 없다.

난 처음으로 여자와 했다.

일반적으로 행복하기 위한 조건들이란, 건강과 적당한 부 그리고 불안하지 않는 미래 정도를 떠올리게 한다. 건강이야 어차피 조심하는 수밖에 없었고, 항상 가난했던 덕분에 미래를 걱정하지 않았던 날들이 별로 없었다.

행복과는 상관없는 삶을 살았다.

다른 사람들도 떠올릴 수 있는 행복한 순간들이 그리 많지 않다는 사실은 그다지 위로가 되지 않았다. 다들 그렇게 산다는 얘기로 내 불행을 합리화하긴 어려웠다. 그저 행복하지 못한 삶을 받아들여야 했다.

항상 그랬었는데, 지금 행복하다.

여전히 가난해서 알바와 학업을 병행하느라 시간에 치이지만, 지금은 행복했다. 두려웠던 미친 사자의 품은 아늑했고, 외부의 공포를 잊게 해줬다.

함지혜는 나를 정말 사랑했다. 살면서 그렇게 사랑받을 수 있다는 사실을 처음 깨달았다.

"언니 혈액형이 뭐야?"

"혈액형? 그건 왜?"

"B형이지? 내가 보기에 언니는 딱 B형 같은데, 맞지?"

내 혈액형은 O형으로 알고 있다. 상당수의 애들이 혈액형으로 성격을 구분하는 걸 알고 있었지만, 솔직히 난 믿지도 않았고 이상하게 생각했다. 그런데 함지혜 얘가 그러니까 귀여웠다. 항상 논리적으로 세상을 대하고 자신이 원하는 것이라면 치밀하게 준비하던 아이의 색다른 모습으로 보였다.

"어떻게 알았어?"

"그렇지? 내가 그럴 줄 알았어. 겉으로는 차가운 척해도 이렇게 뜨거운 사람은 B형이라니까?"

"내가 그런 사람이야?"

비슷한 얘기를 들었던 적이 있다. 편집부에 조금씩 적응하며 공부라는 걸 열심히 시작했을 때였다. 다른 편집부원들과 수준을 맞추려 했고, 유성현…. 또 유성현이다. 나보고 무표정한 얼굴로 열정적인 삶을 산다고 했다.

가난으로 인한 어둠이 얼굴에 드러나길 바라지 않았기에 무표정했고, 당신들과 비슷하게 살아보려면 열정적일 수밖에 없었다. 이제 내가 함지혜에게도 그런 사람이 된 모양이다. 물론 다른 방식의 다른 의미였겠지만, 지혜가 좋아하는 일이라면 나도 괜찮았다.

지금까지 남자들에게서는 느끼지 못했던 많은 것들을 지혜로부터 배웠다. 여태 내가 해왔던 관계들은 내 만족보다 상대의 쾌감이 더 중요했다. 가끔은 내게 고통이 가해져도 견디는 편이었고, 행위 그 자체의 가치보다 선후 관계가 우선시되었다.
내게 우산이 필요했거나 고통이 필요했다. 스스로에게 내리는 벌로 관계되기도 했고, 단순히 가려운 곳을 긁어주는 효자손 같은 관계만 있었다. 사랑하는 관계는 지혜가 처음이다.

"언니 원하는 걸 참지 않아도 괜찮아요. 어떻게 하면 즐거울지 몸은 알고 있잖아요. 왜 자꾸 이래도 괜찮을지 걱정해요?"
"내가 그러는 거 같아?"
"나를 만질 때마다 어떻게 해야 할지 고민하고 있잖아요. 이미 어떻게 해야 하는지 몸은 알고 있는데, 그래도 괜찮은지 모든 걸 걱정하고 있어요."
"난 걱정에 익숙하니까."
"언니만 그런 건 아니에요. 사람은 누구나 걱정에 익숙해요. 그런데 그렇게 걱정한다고 해서 미래가 바뀐 적이 있나요? 아니잖아요. 결국 우리는 같은 선택을 하게 되어있어요. 미래가 정해지지 않았다고 생각해요? 그래서 항상 노력하고 애쓰고 걱정하는 건가요?"

"미래가 정해져 있을 리가 없잖아."

"아니요. 상당히 많은 경우의 수로 이뤄진 미래 같지만, 사실 정해져 있어요. 걱정하지 않는다고 해서 언니가 나태함으로 인생을 망칠 수 있을 거 같아요? 걱정한다고 해서 언니의 미래에 일어날 사고를 막을 수 있을 거 같아요? 지금 내가 하는 말들이 제가 새로 만드는 미래 같아요? 아니에요. 이미 이런 이야기들을 하게 되리라는 게 정해져 있었을 거예요. 제가 언니를 만난 게 우연 같아요? 우리 사이가 인연 같아요? 인연은요. 사람들이 저마다 가진 계획들이 만나는 지점일 뿐이에요. 우리가 우연이라 믿는 것들은 사실 필연일 거라고요."

궤변이라는 걸 안다. 사람 사이에 발생할 수 있는 무궁무진한 관계들은 도무지 예측할 수 없는 방법으로 이뤄진다는 걸 알고 있지만, 지혜가 하는 말이니까 그럴듯했다. 얘는 정말 미래를 정해놓고 완성할 수 있을지 모른다는 생각이 든다.

그보다 좋은 건, 그리고 상관없었던 건, 지혜가 나를 만지는 따뜻한 손길이다. 도무지 겪어본 적 없었던 그 부드러움은, 여태 내가 알고 있었던 관계들의 끈적끈적하고 무거운 느낌과 달랐다. 촉촉하고 따스하게 감싸며 서로의 몸으로 스며들었다.

비싼 돈을 들여 왁싱도 했다.

지혜와 내가 많은 시간을 함께 보내진 못했다. 그래서 서로 더 애틋했겠고, 지혜는 만날 때마다 새로운 방법으로 서로를 기쁘게 할 방법들을 제안했다.

"그건 좀 무리겠는데."

"또~ 걱정부터 하지 말라니까요. 언니가 우리 학교에 와서 날 찾을 수 있을 거 같아요? 봉사활동에서 만났던 저랑 클럽에서 만났던 제가 같은 사람이라는 게 믿겨요? 혹시라도 누가 알아볼까 봐 걱정하는 거예요? 아니면, 무슨 험한 꼴을 당할까 봐 두려워요? 길가에 핀 들꽃을 꺾는 사람들은 있어도 화려한 분재에 손대는 사람들은 거의 없어요."

그렇긴 했다. 후배의 제안으로 야한 옷들을 입기 시작하면서 오히려 남자들이 나를 조심한다는 걸 알았다. 만원 지하철이나 버스에서 가끔 내 뒤에 서던 남자들이 완전히 사라져버렸었다.

그래도 이 하늘거리는 꽃무늬 원피스는 심했다. 꽃무늬가 없는 자리는 반투명하게 들여다보이는 재질인데, 내가 속옷을 전혀 입지 말고 이 옷을 입어주길 원했다. 왁싱을 해서 다행이라는 생각이 들 정도였다. 게다가 도드라진 가슴은…

지혜가 입은 속옷 같은 레깅스와 가슴이 깊게 파인 셔츠가 평범해 보일 지경이었다. 재킷을 하나씩 걸치는 걸로 타협점을 찾긴 했는데, 막상 밖에 나오니까 자꾸 손으로 앞을 가리고 싶어졌다. 평소와 다르게 헤어스타일도 바꾸고 화장도 화려하게 했지만, 창피한 건 가릴 수 없었다.

어떤 남자는 자기가 본 게 맞는지 갸우뚱거리기도 했고, 어떤 여자들은 나를 뚫어지게 바라보기도 했다. 그리 긴 외출은 아니었어도 나와 지혜가 뜨거워지기엔 충분했다. 그날은 밤이 너무 짧다는 기분이 들 정도였다.

우리에게 시간이 그리 많지 않았다. 나는 장학금에 필요한 학점을 유지해야 했고, 알바도 계속했다. 지혜도 편입을 준비하느라 나를 만나는 일에 많은 시간을 쓸 수 없었다. 그래서 우린 만날 때마다 한순간도 놓치지 않으려는 듯 서로를 탐했다.

"언니 우리 오늘은 오랜만에 남자를 만나볼까요?"

"남자?"

"왜요? 언니 레즈에요?"

정말 오랜만에 크게 웃었던 것 같다. 우리가 만날 때마다 서로의 몸에 남겼던 흔적들을 떠올리면 웃을 수밖에 없었다. 내가 지금까지 지혜의 사랑을 받으면서 느꼈던 감정들은 우리가 갖고 있는 성과 상관이 없는 일이었다. 지혜는 성별을 구분하여 우리의 관계를 만들지 않았다.

"어머. 언니 나한테 오해했구나. 설마 남자들에게 질투하려는 건 아니죠? 거리의 남자들에게서 느껴지는 시선에도 질투했어요? 아니잖아. 우리가 더 많은 걸 느낄 수 있다면 나는 외계인이라도 만나고 싶어요. 그런데 외계인이라고 뭐 별거 있겠어요? 가까이에서 쉽게 얻을 수 있는 남자들이 세상에 널렸잖아요."

"뭐 외계인까지 필요하진 않겠지."

외계인이 들었다면 섭섭했을 대화들을 나누며 농담처럼 여태 만난 남자들을 품평하고, 새로 만나게 될 남자들을 고르는 방식에 대해 의논했다.

"최소한 다시 만날 수 있는 사람들은 피해야죠. 언니는 너무 무모했어요. 학교 후배와 그런 식으로 만나다니, 뭐 다행인 건 차라리 그런 녀석이었다는 걸까요? 보통의 평범한 애들이었다면 큰 문제라고요."

"차라리 그런 녀석이었지. 내가 만나려고 했다기보다 걔가 다가왔어."

"당연히 그랬겠죠. 가만히 있어도 다가오게 되어있어요. 그런데 그러지 마요. 이제는 우리가 필요로 하는 애들을 골라서 사용해요."

"사용한다니. 너 그렇게 말할 때마다 좀 무서워."

"저도 이러는 제가 무서워요. 하지만 언니도 이제 공포를 어떻게 요리하느냐에 따라 맛이 달라진다는 걸 알잖아요?"

지혜를 만나면서 공포와 수치 두려움도 활용이 가능한 감정이라는 걸 배웠다. 처음에 공포 그 자체였던 지혜가 지금은 세상 그 어느 것보다 달콤했다.

나도 같이 미쳐가고 있는 게 아닐까 하던 의심도 내 은밀할 부위에 스치는 지혜의 입김에 녹아내렸다. 조금은 미쳐야 잘 살 수 있는 세상이라고 하지 않았던가. 이렇게 기쁠 수 있다면 약간은 미쳐도 괜찮겠다.

내게 선택을 권했지만, 실제로 고르는 건 지혜가 했다. 외모와 태도만 보고도 그 남자의 성향과 배경까지 추측해내는 지혜의 촉은 꽤 정확했다. 이런 애가 혈액형별 성격 구분을 믿는다는 게 믿기지 않을 정도였다.

"열심히 사는 사람을 고르는 거예요. 삶에 게으른 사람이 관계에는 부지런 하겠어요? 그게 무엇이 되었든 자신을 관리할 줄 아는 사람이 미련도 덜해요."

"그런 걸 알아볼 수 있어?"

"간단하잖아요? O형 같은 B형 남자가 제일 좋고요. AB형 같은 A형 남자도 괜찮죠."

"…혈액형을 물어봐?"

"에이~ 농담이에요. 제가 정말 혈액형별 성격을 믿는 거 같아요? 전 피 냄새를 맡아요."

가끔 지혜가 이렇게 말할 때면 어디까지가 농담인지 구분하기 어려웠다. 어쨌든 지혜가 고른 남자애들은 나쁘지 않았다. 그다지 촐싹이지도 않으면서 딱히 지루하지도 않았다. 문제는 파트너가 된 남자애보다 난 지혜가 필요했다는 것이다.

오랜만에 남자와 관계하는 것도 나쁘진 않았다. 단지 조금 부족했다.

내 곁에 잠든 남자의 이름이 떠오르지 않는다. 꽤 많은 대화를 나눈 것 같긴 한데, 몸으로 나눈 대화만 남았다. 잠이 오지 않아 먼저 갈 생각으로 일어났다. 샤워하려다 남자가 깰 것 같아 그냥 나오는데, 지혜에게 문자가 왔다.

지혜가 부족했던 부분을 완벽히 채워줬다. 아니, 평소보다 더 좋았던 것 같다.

"내 생각하고 있었죠?"
"응."
"그래서 더 좋다는 걸 알았으니, 이제 언니도 나랑 똑같아요."
"이러는 게 괜찮은 건지 모르겠어."
"문제 될 만한 것들을 떠올리지도 못하면서 걱정하는 거예요?"
"잘 모르는 것에 대한 두려움이라는 게 있잖아."
"그게 얼마나 좋은 건지도 알잖아요?"

그랬다. 잘 모르는 것에 대한 두려움에는, 호기심을 충족시키는 것과는 다른 특별함이 있었다. 바로 타락이다.

타락하는 것에 문제가 있다고는 다들 생각하지만, 왜 어떻게 문제가 되는지는 쉽게 설명하지 못한다. 사회적 규범을 어기지 않는 범위 안에서의 타락이라면 더더욱 문제 삼기 곤란해진다. 결국에 도덕과 윤리만 들먹이며 시시콜콜한 잔소리만 늘어놓게 된다.

다음에 만난 남자애들과는 방을 두 개 잡고 한 방에서 놀았다. 지혜는 내가 보는 앞에서 파트너를 눕히고 원하는 걸 넣었다. 내 파트너는 그런 지혜가 보는 앞에서 내 가슴을 쥐고 뺨에 키스했다. 그들에게 우린 대단한 행운이었던 모양이다.

서로의 파트너와 경쟁적으로 두 번씩 하고도 서로의 파트너를 바꿔서 다시 했다. 그들은 우리 앞에서 지친 모습을 보이기 창피해하는 것 같았는데, 그들 앞에서 관계를 갖는 우리의 모습에 다시 시작하는 것처럼 힘을 냈다.

다시 돌아올 수만 있다면, 어디까지 타락할 수 있을지 궁금해졌다.

유성현이 내게 진실을 묻기 전까지는 그랬다.

군대를 전역한 유성현이 학교에 복학했다는 소식은 이미 들었고, 지나다 몇 번 마주치기도 했지만, 애써 외면하는 내게 유성현이 다가오진 않았다. 우리의 관계가 완전히 끝났다는 걸 이해하는 눈치였고, 나도 그게 좋았다.

떠올리기만 해도 가슴이 답답해지는 유성현과 이제 관계되고 싶지 않았었다.

"민효정. 하나만 물을게. 후배 놈들이 너에 대해 떠들고 다니는 거 사실이 아니지?"

아니란 대답이 나오질 않는다. 뭐라고 떠들든 간에 사실보다 못할 것이다. 그런 것들보다 괴로운 건, 유성현의 저 분노한 눈빛이었다.

왜, 네가 내 일에 화를 내는 거야?

잊고 있었는데, 고교 시절 유성현은 내 수호천사였다. 양아치 같은 애들의 접근을 차단해주고, 중학 시절의 불편한 소문들을 잠재워줬었다. 수호천사를 사랑하는 바람에, 천사가 내게 주는 것들을 잊고 있었다.

그런데 이제 아니잖아.

그는 지금 나를 여기에 있게 만든 사람이다.

내가 이 대학에 오게 했고, 자신을 벌주고 싶게 했고, 타락에 호기심을 갖게 했다. 삶을 버티게도 해줬지만, 그 대가는 내가 치러야 했다.

유성현을 알고 지낸 7년의 피로가 한꺼번에 밀려왔다.

씩씩거리며 나를 노려보는 유성현의 얼굴을 찬찬히 바라봤다. 더 이상 천사의 얼굴을 갖고 있지 않았다. 눈가에는 핏대가 서 있고, 뒤틀린 입술에도 생채기가….

"너 얼굴이 왜 그래?"

"별거 아냐. 아무튼 아니라고 대답해줘. 맞아도 아닌 거야. 알겠어?"

"그게 무슨 말이야. 너 그 입술에 피야?"

유성현이 자기 입술을 만져보고 손가락을 확인했다. 그제야 유성현이 어디에서 싸웠거나 맞고 왔다는 걸 알겠다. 유성현은 자기 손가락에 묻은 핏자국을 보고 길바닥에 침을 뱉었다.

"유성현. 싸웠어?"

"별거 아니라고! 민효정 내 말 잘 들어. 사실이라도 아니라고 하는 거야. 그래야 해. 네게 나쁜 사실은 사실이 아닌 거야."

"무슨 얘긴지 몰라도, 소문이라면 사실일 거야. 사실인데 어떻게 아니라고 해."

"뭐? 그걸 말이라고 해? 네가 창녀야?"

뺨을 힘껏 후려쳤다. 사실상 생전 처음으로 남자의 뺨을 후려쳤는데, 한 치의 오차도 없이 정확히 유성현의 뺨을 때렸다. 엄청 큰 소리가 난 것 같지만, 난 듣지 못했다. 손바닥에 느껴지는 욱신거리는 느낌이 정말 충격적이었다.

내가 왜 유성현의 뺨을 때렸는지 이유가 떠오르지 않을 정도로 강렬했다. 유성현의 입술에 핏자국이 있었는데, 괜찮은지 걱정부터 됐다.

유성현은 웃고 있었다. 겨우 여자한테 한 대 맞고 미친 것은 아닐 텐데 웃고 있었다. 유성현이 내게 맞은 뺨을 움켜쥐고 웃으며 말했다.

"역시 아니지?"
"…네가 무슨 상관인데"
"우리 친구 아니었어?"
"…이제 아니잖아."

실망한 얼굴은 아니었다. 유성현은 알겠다는 표정과 만족스럽다는 표정이 뒤섞인 얼굴로 고개를 끄덕이더니 돌아서 가버렸다.

약간의 수소문으로 유성현이 내가 만났던 그 후배와 싸웠다는 얘기를 들을 수 있었다. 별다른 이유는 알 수 없었고, 술자리에서 시비가 붙었다는 것만 들었다. 어떤 이유일지 조금은 추측할 수 있었는데, 다른 게 궁금했다.

"누가 이겼어?"
"뭐? 아~ 하나도 모르는구나? 유성현한테 맞은 그 후배 놈 팔 부러졌다던데?"
"잘됐네."
"엥? 쌍방이라도 더 다친 쪽이 고소하면 골치 아파지는 거 몰라?"
"…그래서 잘됐다고~. 벌을 좀 받아야 함부로 주먹 휘두르지 않겠지."
"너 유성현이랑 친구 아니었어?"
"이제 아니야."

나와 유성현이 고교동창인 줄 알고 있던 아이는 내 반응이 신기하다는 눈치였다. 솔직히 유성현이 이긴 거 같아서 잘됐다는 얘기였다. 그 후배 놈이 고소하더라도 괜찮다는 생각도 들었다. 유성현이 벌을 받는 것도 잘됐다는 얘기가 맞다.

소문이 돌고 있다는 건 이미 알고 있었다. 입이 무거울 줄 알았던 그 후배 놈이 나를 함지혜에게 빼앗겼다고 생각하는 모양이다. 그래도 대부분의 친구는 그런 소문에 별로 신경 쓰지 않는 눈치였고, 흔하게 과장된 헛소문이라고 생각하는 것 같았다.

오랜만에 내가 먼저 함지혜에게 연락했다. 지혜는 내가 먼저 연락을 줬다는 사실에 꽤 즐거워하며 약속을 잡았다. 요즘 지혜를 만날 때면, 꽤 야하게 옷을 입고 나가는 편이었는데 오늘은 그러지 않았다.

함지혜는 평소만큼이나 많이 꾸미고 나왔다. 짧은 치마에 어깨와 가슴골이 훤히 드러나는 셔츠를 입고 나왔다. 그런 지혜가 내 차림새를 보고 말했다.

"무슨 일 있어요?"

"오늘은 그냥 우리끼리 있고 싶어서."

"그랬구나. 그럼 미리 얘기 좀 해주지~ 난 신경 쓰느라 고민 좀 했는데."

"미안. 사실 문제가 있었어."

"왜요? 무슨 일인지 말해 봐요. 제가 도울 수 있는 일이라면 뭐든 도울게요. 아니, 언니의 일이라면 뭐든 돕고 싶어요."

"그 후배가 내 소문을 내고 다니는 모양이야."

"정말요? 와~ 걔 그런 스타일 아닌 줄 알았는데 어이가 없네. 세상 무서운 걸 모르는 건가? 이건 제가 도울 수 있어요. 아니, 제가 해결할게요."

"네가? 어떻게?"

"제가 학교 다닐 때 이런 일로 상당히 고생했다고 했잖아요. 뭐 간단하게 말하긴 했어도 다시 제 이미지를 회복하는 게 쉽지는 않았거든요. 그런 비겁한 녀석들을 혼내주는 게 그다지 어려운 일은 아니에요. 아~ 물론 처음에는 어렵겠지만, 몇 번 그런 일들을 겪고 해결하다 보면 익숙해진다고 할까요? 아무튼 남자는 남자로 상대해주는 게 맞지 않아요? 우린 남자들을 사용할 줄 알고요. 제가 어떻게 할지 뭐~ 대강 상상이 돼요?"

"아. 잘 모르겠는데. 그러지 않아도 괜찮을 거 같아. 그 후배 지금 팔이 부러졌거든."

"그래요? 어쩌다가요? 설마 언니가 부러뜨렸어요?"

"아니. 내가."

"?!"

유성현이 갑자기 나타나 대답했다. 유성현은 나를 무시하는 태도로 함지혜만 바라보며 내 옆에 앉더니 팔을 괴고 다시 말했다.

"내가 그랬어. 혀를 뽑아주려고 했는데, 얼굴을 막기에 팔을 박살냈어."

"누구시죠? 아~ 그분이시겠군요?"

"그분? 와! 그런 호칭은 처음인데 듣기 좋네. 나를 알아?"

"…초면인데 우리 서로 존대했으면 좋겠어요. 한때 효정이 언니의 마음을 가졌던 그분이 맞는 거 같군요. 별로 듣지는 못했어도 좋은 분이라 생각했는데, 일단 예의는 별로 없군요?"

"아. 미안해요. 제가 지금 좀 흥분한 상태라 그랬는데, 그냥 계속 반말로 할게. 불편하다. 너 좀 어려 보이는 거 같은데 기분 나쁘면 너도 같이 반말해."

함지혜가 미간을 찌푸리며 고개를 가로젓더니 내게 말했다.

"언니가 부른 거 아니죠? 이 사람 좀 보내주시겠어요? 아니면 제가 잠시 자리를 비켜드릴까요?"

"아니. 난 너랑 할 말이 있으니까. 그냥 좀 있어."

이번에도 유성현이 대신 대답했다. 유성현은 여전히 나를 무시하는 태도였고, 함지혜는 그런 유성현을 무시하며 다시 내게 말했다.

"언니, 내가 이 사람이랑 별로 말하고 싶지 않아서 그런데요. 언니가 대신 좀 해결해주시겠어요?"

"신기하네. 한수진 쌤을 뒤집어 놓으면 너 같을 거 같아. 뭔가 말투가 비슷하면서도 완전 정반대 느낌이고, 눈빛도 어딘가 닮았는데 느낌은 반대란 말이야. 세상에 이런 사람이 또 있구나."

함지혜는 유성현을 무시하는 걸 포기하고 다시 바라봤다. 함지혜가 유성현을 노려보기 시작했고, 유성현도 그런 함지혜의 눈을 피하지 않았다. 두 사람의 눈싸움을 지켜보던 내가 유성현에게 말했다.

"어떻게 왔어."

"어떻게? 너 따라오는 게 어려웠겠어?"

난 어려웠는데, 난 유성현을 따라가는 게 어려웠는데, 유성현은 나를 따라오는 게 쉬웠다는 듯 대답했다. 아직도 내게 시선을 주진 않았다. 여전히 지혜를 바라보며 다시 지혜에게 말했다.

"난 유성현이야. 뭐 들었는지 모르겠지만, 효정이 친구야. 아~ 친구 아니랬지. 그럼 그냥 고등학교 동창이야. 넌 나쁜 친구지?"

함지혜가 유성현의 말을 비웃었다. 입술로만 쓰게 웃는 지혜에게 유성현이 다시 말했다.

"넌 나쁜 친구인 거 같으니까 하는 말인데, 내 동창 민효정에게서 떨어져. 뭐~ 그만 만나라는 얘기야. 그 말을 하고 싶었어. 그런데 직접 보니까 궁금해진 건데~. 너 혹시 악마야?"

유성현다운 말투였다. 학창 시절부터 익숙했던 말투였는데, 지금은 가시가 돋아 있다. 뭐가 진심이고 농담인지 구분하기 어렵게 하는 저 말투에 내가 힘들었다. 그러나 지금 유성현은 진심을 농담처럼 말하고 있을 뿐이다. 협박처럼 들렸다.

"악마에게 무슨 억하심정이라도 있나요?"

함지혜의 대답에 유성현이 입으로만 크게 웃으며 다시 말했다.

"다음에 또 만나면 재미있을 거야. 그런데, 너 진짜 악마야?"
"어떻게 알았어?"
"그냥 그런 거 같아. 너, 기억할게."

유성현이 자리에서 일어났다. 그제야 처음으로 나와 눈이 마주쳤지만, 유성현은 곧바로 눈을 피하며 나갔다. 다시 지혜를 봤다가 깜짝 놀랐다.

함지혜의 그런 얼굴은 처음 봤다. 얼굴이 분노로 터져나갈 것 같았다. 귀까지 새빨개져서 눈도 충혈되어 있었고, 손도 떨리고 있는지 깍지 낀 자신의 손을 바라보고 있었다. 어금니를 얼마나 세게 물고 있는지 관자놀이도 떨리는 것 같았다.

잠시 그런 함지혜가 진정될 때까지 기다렸다. 가까스로 침착해진 함지혜가 고갤 들며 말했는데, 무서웠다.

"뭐가 문제일까요?"
"…글쎄. 아마 나랑 오래 알고 지냈으니까. 걱정되는 거겠지."
"왜요? 아니. 뭐가 걱정된다는 거죠? 우리가 무슨 잘못을 했나요? 누굴 괴롭히길 했어요? 나쁜 짓을 했다는 건가요? 뭐가 나쁘다는 거죠? 100가지의 즐거움을 아는데, 50가지만 즐기고 나머지는 참으라는 얘기에요? 윤리와 도

덕에 대한 문제인가요? 윤리와 도덕은 우릴 가두려는 울타리잖아요. 울타리를 넘을 수 있는데 왜 그러지 말아야 하나요?"

"내가 한번 얘기해볼게."

"어떻게요? 접근하지 말라고 경찰에게 신고라도 할 건가요? 아니잖아요. 방금 언니의 태도는 그게 뭐였어요? 언니는 저를 어떻게 생각하는 거예요? 제가 그렇게 당하는 게 불쌍하지도 않았어요? 전 언니에게 가면을 선물했잖아요. 울타리를 넘을 수 있는 가면이요. 유성현? 언니가 그 남자를 아냈어야 하는 거 아니에요?"

"미안해."

"…언니. 미안해하지 마요. 그러면 제 마음이 아프잖아요. 제가 미안해요. 너무 흥분하는 바람에 그만. 아~ 진짜. 지금 좀 힘들어요. 우리는 서로 위로해줄 수 있어요. 그리고 극복할 수 있어요. 방금 그 남자는 제가 해결할게요."

"…어쩌려고"

"그 후배 놈은 이미 팔이 부러졌다면서요. 잘됐네요. 그럼 그 후배에게 하려던 걸 유성현이라는 남자에게 하면 되겠어요. 걱정 마세요. 쾌락을 위해서라면 입도 꿰맬 수 있는 남자들을 몇몇 알아요."

"뭐든 하지 마. 유성현 걔는 내가 알아서 할게."

"아뇨. 언니는 마음이 약해서 그럴 수 없어요. 언니가 그 남자와 대화하는 것도 원하지 않아요. 관계에 대한 필요가 아니라면 남자를 상대할 이유가 없어요. 남자의 쓸모는 사용의 목적에만 있는 거예요."

"그렇게 말하지 마. 무서워."

"제가요? 언니는 처음부터 절 두려워했었잖아요. 그리고 이젠 아니라는 걸 알잖아요. 제가 언니를 얼마나 사랑하는지 알잖아요."

"아니. 그냥… 아무것도 하지 마. 부탁할게."

"…아직. 아직 그 남자에 미련이 남았군요. 내가 그렇게 지워냈어도 사라지지 않았군요. 유성현에게 돌아가고 싶은 거예요?"

"아니야."

"그럼. 증명해줘요. 저를 데려가서 위로해줘요. 서로의 품으로 그럴 수 있을 때까지 사랑해줘요."

"…나. 오늘은 좀 힘들어. 미안한데 그냥 들어갈게."

자리에서 일어나 나오는데 다리가 떨려서 쓰러질 것 같았다. 간신히 버티며 집으로 돌아와 쓰러졌다. 그제야 온몸에 느껴지는 한기와 공포에 덜덜 떨기 시작했다.

함지혜에게 전화가 왔지만, 받는 대신 미안하다는 메시지를 보냈다. 다시 또 전화가 왔고, 또 걸려왔어도 받지 않았다. 지금 정신적으로 너무 힘들어서 좀 쉬고 싶다는 메시지를 보내고는, 더 이상 지혜의 전화를 받지도 메시지로 답하지도 않았다.

학교에서 유성현을 마주쳤는데, 내가 먼저 말을 걸지도 못했고 유성현도 내게 말을 걸지 않았다. 뭔가 의미를 전달하는 눈빛을 보내긴 했지만, 이해하지 못했다.

아르바이트를 마치고 집으로 돌아가는 길에 어떤 남자 둘이 길을 가로막고 말했다.

"민효정?"
"왜요?"

정신을 잃었다.

편집실에 가는 일이 즐거웠다. 교실이나 복도처럼 다른 학생들과 공유하는 게 아니라, 우리만의 공간이 있다는 게 좋았다. 나는 내 방이 따로 가진 적이 없어서 더 좋았다. 학교에서 공부만 하는 게 아니라, 다른 걸 한다는 점도 마음에 들었다. 게다가 유성현과 편하게 대화를 나눌 수 있다는 것도 좋았다.

학교 도서관과 함께 최상층에 있는 데다 엘리베이터도 없지만, 계단을 오르는 일이 힘들었던 기억은 별로 없다. 즐겁게 계단을 오르면 작은 창문이 달린 편집실 문이 보였다. 창문과 문틈으로 새어 나오는 빛을 보고 있으면, 어쩐지 다른 세계로 향하는 기분이 들기도 했다.

유성현과 한수진 선생님이 대화를 나누고 있었다. 편집실에 들어가려다 또 두 사람의 대화를 엿듣게 되었다.

"넌 요즘 어떻게 지내?"

"뭐 그냥 열심히 살고 있어요."

"딱히 특별한 목표가 생기거나 하진 않았고?"

"제가 뭘 잘하는 게 있어야죠. 그래도 나름 사람들 만나는 일에 부담이 없는 것 같으니까. 그런 쪽으로는 갈 만한 직장이 많잖아요. 저를 골라주기만 하면 취직해서 그냥 또 열심히 사는 거죠."

"괜찮네. 넌 잘할 거 같아. 네가 고른 일이라면 뭐든 잘 할 수 있을 거야."

"선생님한테 그런 말 들으면 기분이 좋아야 하는데, 이젠 별로 그렇지는 않네요."

"어른이 되어갈수록 칭찬을 듣고 감사하는 일에도 인색해지니까."

"그런가요. 선생님도 미인이라는 얘기를 듣는 일이 지겹나요?"

"그건 그냥 사실이잖아. 누구나 죽는다는 사실을 이야기하더라도 딱히 어떤 감정이 들거나 하진 않잖아."

무표정한 얼굴로 저런 말을 하는 한수진 쌤이 쌤답다는 생각이 들면서도, 또 한수진 쌤이 저런 말을 했다는 게 이상했다. 저건 분명히 농담이다. 한수진 쌤이 유성현에게 농담을 하고 있었다. 유성현이 희미하게 웃는 모습을 자세히 보고 싶은데, 주변이 너무 밝다.

　너무 어두운 것과 마찬가지로 너무 밝아도 잘 보이지 않긴 하지만, 몇 번이나 눈을 깜박여도 밝기에 적응이 힘들었다. 이제 문을 열고 들어가려 했는데, 손에 문고리가 잡히지 않았다.

　이상하게도 난 문 앞에 누워있었다. 내가 왜 편집실 문 앞에 누워있는지 의문을 갖기 시작하자마자 눈부심이 사라지기 시작했다. 순식간에 세월을 훌쩍 뛰어넘어 왔다. 편집실에서 유성현과 잡담을 나누던 내가 유성현을 따라 대학에 왔고, 그런 유성현이 송민아와 동거한다는 사실에 실망하며 남자들을 만났고, 또 함지혜와의 일들이 빠르게 스쳐 지나며 정신을 잃었다.

　다시 정신이 들었을 때는 내가 병원에 있다는 걸 알았다. 분명히 편집실의 문 앞은 아니었는데, 여전히 유성현과 한수진 쌤이 대화를 나누고 있었다.

　"꽤 힘들었겠네."
　"힘들었는지도 모르겠어요. 돌이켜보면 죄다 내 잘못인데, 시간을 되돌릴 수 있더라도 제가 다른 선택을 할 수 있겠다는 생각이 들진 않아요."
　"시간을 되돌릴 수 없다는 걸 네가 잘 알고 있어서 그런 거야. 앞으로 네가 선택하는 일들도 마찬가지야. 어차피 돌이킬 수 없는 일들이니까, 자신의 선택에 따른 대가도 받아들일 줄 알아야겠지. 그래서 이제 송민아는 만나지 못하는 거니?"
　"부모님들 때문이라도 우연히 마주칠 기회가 있겠는데, 민아는 이제 절 아예 보고 싶지 않은 거 같아요. 저도 사실 민아를 볼 용기가 생기지도 않고요."

"네가 그럴 의지가 없다는 게 가장 큰 이유라는 걸 스스로 알겠지. 알면서도 그런 생각을 한다는 건, 혹시라도 민아에게 먼저 연락이 오길 바라는 거구나. 정말 그런 거라면, 절대로 기대하지 않는 편이 낫겠다. 송민아도 너와 마찬가지일 테니까."

"그럴까요. 민아가 제게 연락이 오길 기다릴까요? 아닐 거 같은데요."

"수평선은 그렇게 그리는 거야. 하늘과 바다는 맞닿아 있는 거 같지만, 전혀 그렇지 않지."

"솔직히 이제는 돌이킬 수 없는 강을 건넌 거 같기도 해요. 각자 자기 삶을 찾아야죠. 우리가 너무 오래 엮여있었는지 몰라요."

"그럴 수 있을까. 지금 넌 효정이 곁에 있잖아."

"그건. 제가…"

"알아. 네 그런 마음을 이해할 수 있어. 그런데 정말 각자의 삶을 갈 수 있다면 지금 이런 상황도 그냥 시간에 맡길 수 있는 거야. 넌 그럴 수 없었잖아. 그리고 네 그런 면이 관계들을 이어지게도 하지만, 어지럽히기도 하는 거겠지. 그래서 내가 지금 너와 함께 있는 이유기도 하고."

"다시 한번 고마워요. 갑자기 도움을 요청할 사람이 떠오르지 않았어요."

"아니. 내게도 책임이 있어. 나도 너처럼 연락을 기다리고 있었는지도 모르니까. 네가 내게 연락을 하지 못하는 이유는 알고 있었어도, 나도 내게 그러는 게 옳지 않다고 생각했으니까."

"제가 선생님에게 연락 못 하는 이유가 뭔지 알아요?"

"단순하잖아. 나는 너랑 잤으니까. 너는 나를 다시 만나면 자게 되길 기대할 거잖아. 그런 게 죄책감이 되겠지. 나도 마찬가지고."

"…효정이는 언제 일어날까요."

"화제를 돌리는 걸 보니까, 여전히 나랑 자고 싶은 모양이구나. 건강하네."

다시 정신을 잃고 싶었지만, 이젠 완전히 돌아와 있었다.

구미호. 아니 한수진 쌤이 내게 다가오려는 것 같아 다시 눈을 감았다. 애초에 희미하게 뜨고 있던 눈을 최대한 들키지 않게 닫았다. 한수진 쌤이 내 뺨을 어루만지는 손길에 숨이 막혔다. 혹시 내가 깨어 있는 걸 들킨 걸까?

"이제 조금 알았으면 좋겠다."

속삭이는 목소리였다. 유성현이 얼마나 떨어져 있는지 몰라도, 내게도 너무 작게 들리는 목소리였다. 구미호. 아니, 한수진 쌤이 독백하듯 말했지만, 분명히 내게 전하는 말이었다.
곧이어 유성현의 목소리가 들렸다.

"여기서요?"
"효정이는 괜찮을 거야."

작은 병실의 화장실 문이 닫히는 소리가 들렸다.
나는 이제 여기가 어떤 병원의 작지만, 개인 병실이라는 것도 알 만큼 정신이 들어있었다. 조금 전 유성현과 한수진 쌤의 대화도 전부 알아들었고, 지금 두 사람이 화장실에 들어가서 뭘 하려는지도 안다.

오래 누워있었는지 일어나는 게 쉽지 않았다. 등이 조금 뻐근하고 현기증도 있었다. 내가 어딜 다치진 않은 것 같은데, 어쩌다 정신을 잃었는지 모르겠다. 그제야 팔에 수액 주사 바늘이 달려있다는 걸 알았다.
간신히 일어나 수액이 달린 기둥을 끌고 병실을 나갔다. 다행히 아직 화장실에는 어떤 소리도 새어 나오지 않았다.

"어? 일어났어요? 괜찮아요?"
"네."
"그런데 어디 가시려고요? 화장실도 안에 있는데? 다시 들어가시죠? 잠깐

혈압이랑 체온만 확인 좀 할게요."

"아뇨. 그냥 여기서 해요. 저 바람 좀 쐬고 싶어요."

"아~ 그러실래요? 참. 밑에 경찰관이 기다리고 있는데, 올라오라고 할까요?"

"제가 내려갈게요."

병실 문을 열고 나가자마자 어떤 간호사가 다가와 말을 걸었다. 난 병실 앞 복도의 의자에 앉아 간단한 검사를 받고, 간호사가 말리는데도 내려가 경찰을 만났다.

어떤 시민의 신고로 경찰이 출동했단다. 쓰러진 나를 두고 도망가던 남자 둘이 잡혔다는데, 그들이 어떤 폭력을 시도한 기억이 떠오르지 않았다. 의사도 내가 폭행 같은 충격으로 쓰러지진 않았다고 했단다. 어쨌든 체포된 남자들은 아직 조사 중이라며, 함지혜라는 여자를 아느냐고 했다.

"네. 알아요."

"무슨 관계죠?"

"…모르겠어요."

"음. 아무튼 잡힌 그 친구들이 말하는 건, 그 함지혜라는 분이 민효정 씨? 네. 민효정 씨를 겁 좀 주라고 했다더군요. 그랬는데, 그 친구들이 민효정 씨 이름을 부르자마자 쓰러졌다고요. 기억나세요?"

"네."

"어떤 위해를 가하거나 그러지는 않았다는 얘기죠?"

"네."

"홈~ 예. 알겠습니다. 일단 좀 쉬세요. 나머지는 저희가 더 알아보고 전해 드리겠습니다. 의사 선생님 말로는 스트레스에 영양실조가 더해졌다던데, 좀 회복하시고 나서 얘기하도록 하죠. 그런데~ 참. 보호자들은 어디에 있죠? 그~ 남자친구 분이랑 고등학교 시절 은사님이시라고?"

"모르겠어요."

"어디 가셨지? 좀 전까지 두 분 모두 병실에 같이 있었던 거 같은데? 아무튼 병실에 가서 좀 계세요. 곧 돌아오실 겁니다."

병실로 돌아가지 않았다. 병실 앞의 복도 의자에 앉아 기다렸다. 이대로 병원을 나가고 싶었지만, 내 지갑과 가방이 병실에 있는 거 같았다. 그렇다고 가방을 가지러 병실에 들어갈 수도 없다.

유성현과 한수진 쌤이 뭘 하고 있을지 알면서도 그렇게 기다리고 있으니까, 이상하게 자꾸 웃음이 났다. 처음엔 뭔가 역겹고 짜증 나는 기분이 들었는데, 가만히 앉아 있으니까 웃겼다. 아니 어떻게 유성현과 한수진 쌤이 저러고 있지?

재미있다. 뭐가 잘못된 일이고 어떤 게 문제가 되는 건지 구분이 모호해진다. 최근 내가 겪었던 남자들과의 관계나 함지혜와 있었던 일들은 왜? 잘못된 일이고, 유성현이 참을 수 없을 만큼 문제가 되었던 걸까.

웃겨서 조금 웃고 있는데, 병실 문이 열리며 유성현과 한수진 쌤이 나왔다. 유성현은 나를 보자마자 당황한 표정이었는데, 한수진 쌤은 침착하게 다가와 말했다.

"수평선은 하늘과 바다가 맞닿아 있는 곳이지. 하늘이 어디서부터 시작하느냐에 따라서 그럴 수 있잖아."

"참 자유로우시네요."

"여태 따라가기만 하니까 그런 거야. 바다가 하늘에 닿을 수는 없어도 하늘은 바다에 내려올 수 있어."

"시끄러워요."

"그래. 그렇게 하늘이 되는 거야."

난 함지혜의 처벌을 원하지 않는다는 의사를 전달했다. 유성현과는 더욱 서먹하게 멀어졌다. 그래도 유성현에게 고마운 마음이 들긴 했는데, 그뿐이었다.

다시 외톨이가 되진 않았다. 평범한 다른 애들처럼 친구들과 어울렸다. 가끔은 심심풀이로 남자애들을 만나기도 했지만, 그 후배 같은 녀석을 만나진 않았다. 전에 선배처럼 그저 주는 관계를 갖지도 않았다. 혹시 내가 다시 사랑할 수 있길 기대했었다.

별로 그러진 못했다. 남자들이 원하는 게 분명히 보이는 내 눈은 사랑을 고르기 어려웠다. 다행히 나만 그런 건 아니었다. 사랑을 기대하면서도 사랑하지 못하는 친구들은 널려 있었다. 다들 언젠가 찾아올 사랑을 기다리면서 살고 있었다.

나도 그랬다.

대학을 졸업하자마자 그럭저럭 적당한 회사에 취직했고, 관계를 복잡하게 만들 사람이 아니라면 쉽게 만나기도 했다. 함지혜 덕분에 소문을 피하는 방법도 대강은 알 수 있었다. 여전히 호기심과 호감 사이에서 나타나는 차이를 구분하긴 힘들었지만, 사랑이 아니라는 것은 쉽게 알아챌 수 있었다.

문제는 내게는 사랑이 아니더라도, 나를 향한 사랑이 있다는 것이다. 내가 유성현에게 그랬던 것처럼, 내게 그런 남자가 생겼다.

차 과장님이 그랬다.

함탁

우산을 펴기 애매하게 불편한 비가 내리는 날씨였다. 빗방울이 내린다기보다는 흩날린다는 게 어울리겠다. 앞장서 술집을 나와 민효정을 기다렸다. 혹시라도 민효정이 정말 취했다면 많은 갈등을 할 것이다.

함께 술을 마시며 슬며시 민효정의 허벅지에 손을 올려놨었다. 일부러 약간은 취한 것처럼 스치듯 그랬는데, 아무런 반응이 없었다. 조금이라도 거부한다면 실수인 척 손을 뺄 생각이었지만, 민효정도 취한 듯 술잔을 만지작거리기만 했다.

주무르거나 하진 않았다. 그저 테이블에 손을 올려놓는 대신 민효정의 허벅지에 손을 놓고 기다렸다. 민효정이 만지작거리던 술잔을 들어 마시는 걸 보고 안심했다. 민효정이 여기서 이러지 말고 나가자는 말을 먼저 꺼내긴 했어도….

민효정이 정말 취해서 비틀거리기라도 했다면, 그냥 집에 데려다줘야 한다는 갈등을 했겠다.

우산을 펴고 기다리는데, 민효정이 또렷이 구두 굽 소리를 내며 걸어 나왔다. 이제야 확신할 수 있었고, 민효정이 내가 편 우산 밑으로 들어오는 모습에 기뻐했다. 더 이상의 걸림돌은 없다는 확신이 섰다.

아니. 아직 남았다. 습기로 가득한 날씨라, 민효정의 화장품 냄새와 옅은 향수 냄새에 잠시 취했던 모양이다. 한 우산 아래 들어온 민효정의 어깨를 감싸주긴 했어도, 선택은 민효정의 것이어야 했다.

"어떻게~ 민효정 씨. 한잔 더 할래?"

민효정이 나를 올려다보며 살짝 고개를 가로저었다. 감정을 읽기 어려운 무표정한 얼굴이긴 했는데, 민효정은 확실히 선택했다는 의사를 표현했다.

거리는 우산을 펴고 걷는 사람들 때문에 복잡했지만, 빨리 걸을 수 없어서 더 좋았다. 지금부터 내가 하는 결정들이 관계에 얼마나 중요해지는지 잘 알고 있다. 게다가 한 우산 아래 민효정의 밀착한 몸은 더할 나위 없는 애피타이저였다.

근처의 모텔로 향하지 않았다. 민효정과 함께 택시를 잡아타고 우리 집으로 가자고 했다. 민효정은 술집을 나와서부터 아무런 말도 하지 않았고, 그것도 좋았다. 일부러 민효정을 뒷자리에 태우고 내가 조수석에 앉았다. 마지막까지 민효정의 선택을 강요하고 싶었다.

같은 직장의 같은 부서에 근무하는 부하 직원과의 관계라면 아무리 신중해도 모자라겠다.

택시에서 내려 뒷좌석의 문을 열려고 했다. 혹시 내리지 않는다면 택시기사에게 택시비를 전달하고 인사나 할 생각이었지만, 민효정이 먼저 문을 열고 내렸다. 이제 됐다.

"효정 씨. 들어가서 커피나 한잔할래?"

민효정은 여전히 말이 없었다. 고개를 끄덕이며 다시 내 우산 속으로 들어왔다. 이번엔 민효정의 어깨를 감싸지 않았다. 팔꿈치를 살짝 밀어 넣었더니, 가볍게 내 팔을 잡아줬다.

함께 엘리베이터에서 내려 현관문을 들어설 때까지 아무런 말이 없었던 민효정이, 구두를 벗으며 처음으로 입을 열었다.

"깨끗하네요."

"아, 고마워."

"삶이 지저분해질수록 자기 공간은 깨끗하게 하려는 심리가 있다더군요."

"그래? 사는 게 정말 힘들면 자기 공간을 치울 여력도 없지 않을까?"

"힘든 것과 지저분한 것은 많이 다를 거예요. 과장님."

"…아. 커피 어떻게 마셔? 아메리카노? 믹스?"

"커피는 됐고요. 혹시 집에 컵라면 있어요? 조금 출출한데."

여태 내가 알고 있던 민효정이 맞나 싶을 정도로 당돌했다. 사무실에서는 필요한 말만 하는 스타일이었다. 그다지 살가운 편이 아니긴 했지만, 원래 좀 예쁜 애들이 방어막을 형성하는 편이라 이해했다. 그런데도 다른 직원들과 관계가 나쁘진 않았다. 마치 모든 남자들과 밀당을 하는 것처럼 적절한 관계의 거리를 유지하고 있던 여자애였다.

뭐랄까. 자신이 겪을 수 있는 모든 일에 자신만의 규칙들을 정해놓고 대응한다는 의심이 들 정도였는데, 민효정은 내가 말을 꺼내기도 전에 소파에 털썩 기대며 앉았다. 정장에 가려진 민효정의 큰 가슴이 출렁이는 게 보일 정도로 편하게 앉았다.

"컵라면이…. 참깨랑 튀김우동 두 가지밖에 없는데 어떤 거로 할래?"

"음~ 오늘 저녁에 했던 선택들 중에 가장 선택하기 어렵네요."

"둘 다 좋다는 얘기지?"

"네. 처음으로 과장님이 선택하실 일이 생겼네요. 과장님이 골라주세요. 전 좀 씻어도 되겠어요? 비를 좀 맞았더니 불편해요."

여태 내가 강요했던 선택들을 모두 꿰뚫어 보고 있었다는 듯 말을 던진 민효정이 일어났다. 민효정이 정장 재킷을 벗어 소파팔걸이에 개어놓고는 나를 뚫어지게 바라봤다. 멍하니 그런 민효정을 바라보다가, 계속 지켜보겠냐는 표정이라는 걸 뒤늦게 알아챘다.

급하게 돌아서 컵라면들을 노려봤다. 뭔가 말리는 기분이 들었는데, 뒤에서 들리는 지퍼 내려가는 소리에 뇌가 활동을 멈춰버렸다.

들고 있던 컵라면 용기에 쓰인 성분들까지 읽으며 견디려 했지만, 결국 참지 못하고 뒤돌아보고 말았다. 속옷 차림의 민효정이 그럴 줄 알았다는 표정으로 입술로만 피식 웃으며 욕실에 들어갔다. 스쳐 지나간 민효정의 몸매는 예상대로 굉장했다.

여태 꽤 많은 여자를 만나왔고 경험했는데 이렇게 설 던 기억은 정말 오랜만이다. 욕실 안쪽에서 샤워기 물줄기 소리가 들리고 나서야, 컵라면을 골라야 한다는 게 떠올랐다.

이거 정말 고르기 어렵다.

물을 끓이며 나도 옷을 츄리닝 반바지와 티셔츠로 갈아입었다. 최대한 자연스럽게 보이고 싶은 마음에 TV도 틀었다. 채널을 이리저리 돌리다 한 번도 시청한 적 없었던 드라마에서 멈췄다.

엄청 가난하고 어려 보이는 여자가 꽤 곤란해졌다. 간병받아야 할 여자의 할머니가 돈 때문에 문제가 생겼고, 어리고 작은 여자가 할머니를 병원에서 빼내고 있었다. 병원 침대의 절반도 될 것 같지 않은 작은 여자가 병원 침대를 끌고 도망을 쳤다. 나도 모르게 드라마에 빠져들고 있는데 민효정이 타월을 두른 차림으로 욕실에서 나왔다. TV는 껐다.

"과장님. 물이 끓고 있어요."

"아! 미안. 오래 걸릴 것 같아서 라면이 불을까 봐."

"그렇겠네요. 과장님도 좀 씻으세요. 전 라면 좀 먹고 있을게요. 참. 남는 칫솔 있어요?"

민효정에게 새 칫솔을 꺼내주고 욕실에 들어갔다. 욕실 안은 민효정의 향기로 가득한 것 같았다. 게다가 민효정의 속옷이 세탁되어 타월 걸이에 걸려 있었다.

꽤 빠르게 양치와 샤워를 동시에 마치고 욕실에서 나왔는데, 민효정이 입에 칫솔을 물고 문 앞에서 기다리고 있었다. 벌써 컵라면을 다 먹은 모양이다. 주방 개수대에는 깨끗하게 씻은 라면 용기가 있었다.

다시 욕실에서 나온 민효정은 여전히 타월을 두른 차림이었다. 그저 보고만 있어도 설레는 미소가 나오는 모습이었지만, 민효정은 세상 그렇게 편한 태도가 아닐 수 없었다. 나는 소파에 앉아있어야 할지 침실에 들어가 있어야 할지 갈등하고 있었는데, 민효정은 자기 가방에서 작은 화장품을 꺼내 얼굴에 바르며 말했다.

"과장님 제가 몇 번째에요?"
"응? 뭐가?"
"회사에서 만난 여직원이 제가 처음은 아닐 거잖아요."
"아…. 아니. 집으로 데려온 직원은 효정 씨가 처음이야."
"그렇다고 해두죠. 어쨌든 다행이에요. 혹시라도 제가 처음이면 여러모로 불편하니까요."
"뭐가?"

민효정이 일어나 냉장고를 열고 한참 들여다보다가 말했다.

"샴페인이 있네요? 집에서 혼자 샴페인을 즐기시나 봐요?"
"아니. 그건 전에 선물로 받은 거야. 여자를 불러서 같이 마시려고 사다 놓은 건 아니야."
"괜찮아요. 우리 이거 마실래요?"

잔을 꺼냈다. 타월만 두른 차림의 민효정은 내가 다가가도 전혀 움츠리지 않았다. 호기심 가득한 눈빛으로 바라보며 내게 샴페인을 건넸다.

30대 중반의 나이에 20대 중반의 여자애에게 완전히 휘둘리고 있었다. 내가 왜 이러는 걸까. 나이를 먹으며 조금씩 찌질해지긴 했어도, 관계를 할 여자애들에게 휘둘리지는 않았다. 보통의 여자애들은 알아서 어색해하거나, 부끄러워하는 게 일반적이었다.

반전할 말을 꺼내보려 했다.

"효정 씨는 이런 상황이 익숙한가 봐?"

"굉장히 어색하고, 불편하고, 부끄럽지만, 애써 침착한 척 노력하느라 이런다고 말씀드리는 게 좋겠어요? 아니면 워낙에 많은 남자를 만나고 다녀서 이런 상황이 전혀 어렵지 않다고 말하는 게 듣기 좋을까요? 어느 쪽이든 솔직하지 못하거나 분위기를 불편하게만 하지 않을까요? 굳이 어른인 척 행동하실 필요는 없어요. 저는 계속 과장님으로 대접해드릴 생각이에요. 아무래도 그쪽이 좋지 않겠어요? 제가 갑자기 친구처럼 굴지는 않을게요."

그제야 비슷한 경험을 했던 걸 떠올렸다. 그때도 내가 어쩔 줄 몰라 했었고 그녀가 내게 상황을 설명하고 내 이해를 도왔다. 그녀는 이미 모든 걸 알고 있다는 듯 친절했다. 한수진이 그랬다.

내 잔에 담긴 샴페인을 단숨에 마시고 잔을 채우는데, 민효정이 다시 말했다.

"우리 전에 어디에서 본 적이 있었나요?"

"그런 질문은 보통 남자들이 하는 거 아닌가? 만약 우리가 만난 적이 있었다면 내가 기억하지 못할 리가 없어. 솔직히 나도 비슷한 느낌을 받긴 했는데, 그런 말을 하는 게 너무 유치하다고 생각해서 참았어. 아마~ 효정 씨가 미녀라서 그랬던 거 같아."

"아~ 그 말씀은 과장님이 잘생긴 편이라 어디에서 본 거 같은 얼굴이다?"

"에이~ 그게 아니라. 뭐. 직장인 아저씨들은 보통 다 비슷한 느낌이 들지 않아?"

"그럴지도 모르죠. 하긴 이런 익숙한 느낌을 과장님에게서만 받은 건 아닌 거 같네요. 가끔 어떤 남자들에게서는 비슷한 분위기가 있는 거 같아요."

비슷한 대화를 나눴다. 그것도 한수진이었다. 설마 하는 생각에 위장이 쓰려 오는 거 같은데, 민효정이 다시 말했다.

"과장님이 저랑 이렇게 같이 있는 게 상당히 큰 문제라는 걸 저는 잘 알고 있어요. 과장님도 모를 거라고 생각하진 않지만, 때론 남자들이 원하는 것들 때문에 위험을 무릅쓴다는 것도 알고 있어요. 우리가 위험해지지는 않았으면 좋겠어요."

"무슨 의미야?"

"지금의 상황으로 서로가 이런 사람이라는 판단은 하지 말자고요. 아니, 과장님은 저를 좀 헤프게 생각해도 괜찮아요. 하지만 우리가 진지한 관계가 될 것이라는 생각은 없었으면 좋겠어요. 저는 그럴 생각이 없다는 걸 분명히 하고 싶어요. 과장님도 제게 그랬으면 좋겠고요. 사무실로 돌아가면 제가 과장님께 평소보다 냉소적으로 보일지도 몰라요. 아마도 우리 사이에 지금 있을 일 때문이겠지요. 하지만 전 평소와 같이 행동하는 것이고 과장님과 다른 불편함을 겪고 싶지 않아요. 저도 과장님이 저를 어떻게 대하더라도 평소와 같다면 전혀 오해하지 않을게요."

"왜 꼭 그래야 하지?"

"이미 시작이 잘못되어 있잖아요. 전 지금의 일을 실수라고 생각하고 서로 부끄러워할 수 있다면 좋겠어요."

"전혀 실수로 보이지도 않고, 부끄러워하지도 않는 거 같은데?"
"과장님도 그런 거 같아서 하는 말이에요."

어쩌면 우리가 진지한 사이가 될 수 있지도 않겠냐는 생각을 떠올리고 있었다. 왜 그런 가능성을 말살하려는 것이냐며 항의하고 싶었다.

민효정이 일어나며 두르고 있던 타월을 내렸다. 눈부시게 아름다운 몸매가 드러나며 내 머릿속의 모든 생각은 지워졌다. 민효정이 조금 부끄러워하는 태도이긴 했어도, 저 크고 아름다운 가슴을 가리지는 않았다. 그저 조금 고개를 숙여 다른 방향을 바라보고 있었다.
내가 일어서니 민효정이 먼저 침실로 들어갔다.

이미 불편해졌다. 난 민효정을 사랑했다.

많은 사람이 이미 믿고 있겠지만, 세상에 천사와 악마가 존재한다는 건 사실이다. 용과 선녀에 대한 이야기들을 전설로만 알고 있겠는데, 마찬가지로 용과 선녀도 실존한다. 사실 지구는 둥글고 태양의 주위를 돌고 있는 데다 우주의 중심이 아니라는 것도 모두 사실이다.
믿기 어렵겠지만 반장 엄마와 담임 선생님 사이의 소문도 사실이다. 동네 약국에 미모의 약사 선생님과 길 건너편 PC방 유부남 사장과의 이야기는 이제 소문도 아니다. 유부녀 미용실 누나와 총각 태권도 부관장의 관계는 비밀이라 부르기도 민망하다.
때로는 서울의 교수와 태평양 건너 밴쿠버에 사는 학생이 서로의 관계로 갈등을 하는데, 남녀가 모인 곳에서라면 상상 이상의 일들도 일어나게 마련이다. 도무지 설명조차 하기 힘든 관계에서부터 상식적으로는 용납하기 어려운 관계들까지 우리 주변에 있다.

그런데도 용과 선녀의 존재를 믿지 못하고 지구가 우주의 중심이라 믿으며 설마 그와 그녀가 그렇겠어?라는 오해들이 가능한 이유는, 자신이 가진 상식의 범위와 충돌하기 때문이다.

용과 선녀를 본 적이 없고 우주의 중심을 볼 수 없으며 그와 그녀를 감시할 수 없는 데다, 용과 선녀가 스스로를 감추고 우주는 말이 없으며 그와 그녀의 비밀을 우리가 알 방법이 없다.

난 안전한 편이었다.

내가 가진 수많은 비밀 중에 몇 가지가 이미 소문으로 돌고 있다는 사실을 안다.

"차 과장님? 지난달에 왕십리에서 윤 대리랑 술 마셨어요?"

"지난달? 윤 대리? 어~ 뭐 그랬던 거 같기도 하고~ 아 맞다. 맞아~ 그랬어."

"오~ 윤 대리랑 진짜 친하시구나?"

"그럼~ 내 후배 동생이라니까. 그때 아마 내 친구랑 왕십리에서 놀다가 윤 대리 만났을걸? 윤 대리가 그 근처 살잖아? 만난 김에 한잔했지. 왜 부러워?"

"솔직히 부럽네요. 윤 대리는 내가 인사만 해도 바쁘다던데~."

"그거야~ 나는 그냥 편하게 만날 수 있어도, 너랑은 그럴 수 없잖아? 사람들 시선이 있는데~."

"차 과장님이랑 저랑 무슨 차이에요. 차 과장님도 미혼이니까, 다른 사람들 시선을 의식해야 하는 거 아닌가요?"

"에이~ 나이 차이가 있는데~ 게다가 난 평소 윤 대리랑 스스럼없잖아. 너랑은 다르지."

이제는 내가 윤 대리랑 만난다는 소문이 사실이 되어가고 있었다. 뭐 진작 사실이었긴 해도 굴뚝에 연기가 난다니까, 잔불을 정리하는 게 맞겠다. 멍청하게 물이 부어 한 번에 불을 끌 생각은 없었다. 그러면 연기가 더 많이 난다. 적당히 희미하게 타다가 재가 되도록 내버려 두는 쪽이 낫다.

애초에 밥을 하려거나 물을 끓인 것도 아니었다. 겨우 불장난 정도로 피웠던 불이니까, 많은 관심을 끌지는 못할 것이다. 그저 온돌이나 덥히려는 작은 군불에 달려드는 사람은, 윤 대리에게 진지하게 관심을 보내는 이 녀석과 차마 그러지도 못하고 얼어 죽을 변변치 않은 녀석들뿐이다.

난 안전했다.

평소에 내가 아궁이에 기름을 붓는 사람이라는 걸 보여주면 괜찮았다. 내게 좋아하는 사람이 생기면 화끈하게 접근한다는 걸 보여줬었다. 일부러 거래처의 혜주 씨와 만남을 사방팔방 소문을 냈다. 그저 불장난 정도로 만났으면서, 거래처 여사님과의 관계나 다른 거래처 직원들과의 관계는 아궁이에 기름을 부어버렸다. 그리고 마지막에는 물을 부어 화끈한 연기를 뿜어 올렸다.

또 그 이전에 한수진과의 결혼 계획과 맞물려, 나는 여자를 비밀스럽게 만나지 않는다는 이미지를 획득할 수 있었다.

덕분에 내가 만나고 다닌 여자들과의 관계가 조금 알려지더라도, 굴뚝에 연기가 조금 나더라도 내가 만나고 있다는 선언을 하지 않으면, 사람들은 내가 진지하게 만나거나 밥을 하려는 건 아니라고 생각했다.

그런데도 윤 대리와의 관계는 조금 위험했던 모양이다. 온돌이나 덥히려고 그렇게 자주 굴뚝에 연기를 내지는 않는 게 보통이다.

같은 직장에 근무하고 있는 미모의 여직원과 비밀스럽게 만난다는 사실이 가져다주는 스릴이 재미있었다. 게다가 다른 젊은 남직원들이 그녀를 사모하고 있다는 건, 정신적으로 상당한 쾌감을 더해줬다.

"윤 대리. 총무과 김 대리 알아?"

"김민철 대리요? 알죠. 제가 좋아하는 가수는 어떻게 알고 콘서트 표가 생겼다면서 갈 생각 없냐고 슬쩍 물어보더라고요."

"슬쩍 물어보는 건 뭐야?"

"그~ 있잖아요. 뻔히 저 기다리고 있었다는 거 알고 있는데, 우연히 지나가다 마주친 것처럼 인사하다 말고~ 참! 윤 대리 가수 누구 좋아하죠? 이런 식으로 물어보는 거요."

"이야~ 어렵네. 그런 거 다 눈치채고 있으면 남자들은 뭘 어째야 하는 거야?"

"에이~ 어차피 우리 나이쯤 되면 서로 다 알잖아요. 알면서도 부싯돌 튕기고 모르는 척 물 부어 버리고 그러는 거죠."

"부싯돌 튕기는 건 뭐고~ 물 부어 버리는 건 뭐야?"

"아으~ 윽! 천천히요. 알잖아요. 잔뜩 젖어서 절대로 불붙지 않는다는 걸 알면서도 남자들은 부싯돌 한번 튕겨보는 거고~ 바싹 말라서 작은 불꽃만 튕겨도 불붙는다는 걸 알면서도 마음에 들지 않으면 여자들을 물 부어 버리는 거잖아요."

"윤 대리는 그럼 내가 마음에 들어서 물 붓지 않은 거야?"

"흐응~ 아니요~ 과장님은 성냥을 제게 줬잖아요. 불을 붙이고 싶은데 억지로 그럴 생각은 없다. 성냥을 줄 테니까 네가 알아서 해라~ 그런 거죠~."

"내가 그랬어? 그래도 싫으면 성냥 버리면 되는 거 아니야?"

"아우~ 성냥이 너무 예쁘잖아요. 예쁜 성냥 보면 사용해보고 싶지 않아요? 어떤 불꽃이 피는지 궁금하잖아요~."

"내가 준 성냥이 예뻤어?"

"소문에만 파혼 두 번에 이런저런 소문들이 있긴 한데 실체는 없으니까요. 궁금하지 않겠어요? 하응~ 이제 말 좀 그만 시켜요~."

"윤 대리 그렇게 재잘거릴 때 전해지는 몸의 떨림이 너무 좋아. 내가 말할 때 윤 대리는 안 그래?"

"하윽~ 몰라요. 이제 제가 위에서 할게요."

"그럴래? 참. 그런데 내 불꽃은 어떤 거 같아?"

"불꽃이 다 똑같죠, 뭐."

불꽃은 사실 다 다르다. 적어도 남자들은 그렇게 믿고 있지만, 몇몇 여자들은 같다고들 한다. 나는 좀 달랐으면 좋겠는데, 나도 같단다.

상관없었다. 어쨌든 윤 대리는 나를 안에 넣고도 다른 남자들의 이야기를 재잘재잘 잘도 떠들었고, 남자친구까지 있었다. 내 위에서 허릴 흔들며, 남자친구는 지금도 함부로 자기 가슴도 못 만지게 한다는 얘기까지 하는 윤 대리와 하는 게 즐거웠다.

"뭐야. 둘이 가끔 한다며."

"그래도요. 남자애들은 그냥 하게 두면 함부로 군다고요. 적당히 못 하게도 해야 말도 잘 듣고 제 생각만 해주지 않겠어요?"

"에이~ 그러다 도망가 버리면 어쩌려고 그래."

"하아~ 그럼 어쩔 수 없죠. 걔가 그렇게 특별한 애도 아니라서요. 어차피 나 좋다는 애들도 널렸어요."

"뭐? 우리 윤 대리 너무하네~. 그런데 나한테는 왜 이리 잘 대줘?"

"아 응~. 뭐가요. 자주 만나자는 말도 안 하시면서~. 남자친구한테 참은 것도 좀 풀어야죠."

"무섭다. 무서워~ 이제 뒤로 좀 엎드려봐."

이젠 부끄러워하지도 않으며 엎드려 엉덩이를 드는 윤 대리와 이제 정리할 때가 되었다. 굴뚝에 연기가 잦아졌고 이러다 윤 대리가 밥솥을 엎게 될지도 모른다는 생각이 들었다.

게다가 다른 아궁이에 관심이 생겼다.

물론, 한 번에 한 여자만 만난 건 아니었다. 소문을 차단하려 일부러 두 여자를 동시에 만나기도 했고, 잠깐이지만 세 여자를 동시에 만난 적도 있었다. 조금은 피곤한 일이긴 해도 심리적으로 쫓기지 않으면서, 굴뚝의 연기만 관찰하는 못난이들을 방해하려면 필요한 일이었다.

윤 대리가 내게 매달릴 일도 없겠지만, 그래도 아궁이에 물을 붓는 건 위험했다. 천천히 연락을 줄이고 내가 순전히 재미로만 만난다는 걸 알려줘야 한다. 다른 여자를 만난다는 걸 홀리거나 관심이 줄었다는 기분이 들게 하는 건 좋지 않았다. 혹시라도 아궁이에 밥솥을 얹을 일은 절대로 없다는 사실을 가르쳐주는 것만으로도 알아서 불씨는 꺼질 것이다.

잦은 연기로 인한 소문도 문제긴 했지만, 민효정이 가장 큰 이유였다. 이미 불을 붙여 본 아궁이에 이렇게 많은 관심이 생긴 건 처음이었다. 한수진 씨의 경우에는 아궁이 자체에도 관심이 있었는데, 민효정은 이미 불을 한번 때고 나서 아궁이 뚜껑을 닫아버렸다.

"나 효정 씨랑 거래처 좀 같이 다녀올게."
"과장님이요? 왜요? 제가 할게요."
"됐어. 너 못 믿어서 그런 게 아니라, 내가 가르쳐 줄 수도 있는 게 따로 있잖아."
"아~ 예."

민효정의 사수라는 놈은 얼이 빠져서 민효정의 일거수일투족에만 관심을 두고 있었다. 내게도 배울 일들이 있을 것이고, 가끔은 내가 해야 할 일이기도 했고, 민효정과 단둘이 편하게 대화를 나눌 타이밍도 필요했다. 물론 마지막 이유가 가장 중요했다.

"효정 씨 운전할 수 있지?"

"네? 아 그렇긴 한데~ 아직 차가 없어서."

"괜찮아. 운전은 해야 느는 거야. 내가 있을 때 연습한다 생각하고 천천히 해봐."

일부러 민효정에게 운전을 시켰다. 전에 나와 하룻밤을 보낸 이후로 나를 사무적으로 대하는 민효정을 조금 곤란하게 해 줄 필요가 있었다. 그날 이후로 나는 몸이 달아있었는데, 민효정은 단 하루의 실수라고 치부하며 없던 일로 하자고 했다.

그렇다고 조르거나 질척거리는 게 더 나쁘다는 걸 너무나도 잘 알고 있었다. 참고 또 참으며 기회를 봤지만, 민효정에게는 어째 빈틈이 보이질 않았다. 사무실에서도 적당히 갈구며 상황을 내게 유리하게 가져올 방법이 보이지 않을 정도였다.

결국 의심 살 것을 무릅쓰고 민효정을 직접 데리고 거래처에 가는 선택을 했다. 언젠가 해야 할 일이긴 했어도, 지금 민효정을 데리고 나가는 건 오해의 여지가 있었다. 평소 일을 잘하고 있어서 조금 서둘렀다는 변명을 할 수는 있겠지만, 회사의 시스템이라는 걸 그런 식으로 건너뛰는 건 좋지 않았다.

내 이런 걱정들과 상관없이, 민효정이 더 잘 알고 있는 것 같았다.

"과장님. 거래처로 가는 건 맞죠?"

"왜? 어디 다른 데라도 갈까 봐?"

"아뇨. 다른 데에 가도 괜찮은데, 뒷수습은 생각해두셔야 해요."

"뭐? 무슨 말을 그렇게 해?"

"강요하신다면 과장님이 원하는 걸 얻을 수 있을지도 몰라요. 하지만 그럴수록 우리의 관계는 더 나빠진다는 것만 알아주셨으면 좋겠어요."

"그럼. 관계가 좋아질 수도 있다는 얘기야? 아니면 지금 순간만 넘기려고 그런 말을 꺼낸 거야?"

"그건 과장님이 판단하실 문제에요. 출발할까요?"

"출발해."

민효정이 차를 출발시키자마자 주차장 벽을 들이받고 긁히며 멈췄다.

"민효정! 아~ 후우~ 괜찮아?"

"네."

"너 일부러 그랬어?"

"아니요. 죄송해요. 초보라."

초보가 사고를 냈으면 손이라도 떨고 있던가, 놀란 얼굴이어야 했다. 민효정은 이제 어쩌느냐는 표정으로 담담하게 나를 봤다.

차는 범퍼만 좀 많이 긁혀있었다. 일단 보험회사를 부르고 회사 차를 신청했다. 회사 차 키를 받아서 나오자마자 다시 민효정에게 키를 건넸다.

"민효정. 거래처에 가는 거다. 운전해."

"괜찮겠어요?"

"선택이 가능하게 해봐."

이번에 민효정은 능숙하게 운전했다.

그럭저럭 많은 노력을 하며 살아왔다. 매일 아침 눈을 뜨자마자 그날의 할 일들을 정리하며 욕실에 들어가는 게 일상이 되었고, 잠들기 직전에 하루를 돌이켜보며 만족스럽게 잠들곤 했다. 많은 사람이 특별한 이유 없이 밤에 잠이 오지 않는 이유 중의 하나가, 그날이 만족스럽지 못하기 때문이란다. 아쉬움과 후회로 잠들지 못한다던데, 내게 그런 날들은 별로 없었다.

매주 월요일에는 그 주에 목표를 정하고 일요일에 자신을 검토했다. 초등학교 고학년에 올라가면서부터 20년 넘게 지켜오는 생활습관이다. 매년 정초에 정한 목표는 대부분 절반 이상 달성할 수 있었다. 애초에 목표를 정하는 사람들이 적다는 것을 생각하면, 목표를 절반 이상 달성한다는 게 얼마나 자랑할 만한 일인지 알 것이다. 간단하다고 생각하는 목표를 정해보기만 해도 알 수 있다.

그렇지만 그다지 훌륭한 사람이 되지는 못했다. 후회하지 않으려 해도 삶을 후회하지 않을 방법은 없다. 어릴 때 되고 싶었던 과학자가 되지도 못했고, 부모님이 바라던 의사가 될 수도 없었다. 그럭저럭 알만한 대학에 들어가 알 만한 사람은 아는 회사에 다니고 있다.

형을 이기고 싶었다. 언제나 대강대강 편하게 하는 것 같은데도 뭐든 나보다 잘하는 형을 이기고 싶었다. 체격이 비슷해졌을 때부터 지금까지도 형보다 잘하는 운동은 없는 것 같다. 공부도 필요한 만큼만 하는 수준이었는데, 원하는 대학에 가서 원하는 직업을 가졌다.

내가 공부라도 이기고 싶어서 그토록 노력했던 일들이 허무하게 형은 교사가 되었다. 애초에 내가 교사가 될 생각도 없었지만, 난 절대로 형을 넘을 수 없게 되었다. 교사는 그저 교사일 뿐이다.

그 정도로도 내가 형을 미워할 이유는 충분했는데, 형은 내가 좋아하던 여자와 결혼했다가 이혼하고 내가 결혼하려 했던 여자와 먼저 만났다.

오랜만에 담배를 샀다. 내년에 목표를 다시 정할 수 있겠다. 어렵게 끊었던 담배였는데, 아니 참고 있었던 담배였는데….

"어? 차 과장님 담배 피워요?"

"끊었지."

"그랬나요? 왜 다시 피워요?"

"넌 담배 왜 피우냐?"

"저야 뭐 그냥 습관적으로."

"습관적으로 짜증 나고 답답하고 그럴 때?"

"뭐 꼭 그럴 때만 피는 건 아니에요."

"그렇지? 나도 그래. 그냥 피우고 싶어졌어. 무슨 이유가 필요하겠냐. 담배 한 대 태우겠다는데."

무슨 이유가 필요하겠냐. 사람이 사람을 좋아한다는데. 오랜만에 피우는 담배인데도 무척 자연스럽게 폐부를 간질이는 그 느낌이 반가웠다. 담배 한 대 다시 피우는 건 이렇게 쉬운데, 민효정의 마음을 갖는 건 쉽지 않았다.

꽤 많은 계획을 세우고 노력도 했다.

처음에는 다른 여자들을 만나는 것처럼 시도했다. 이리저리 찔러보다 말고 포기한 모습을 보여줘서 안심하게 하고, 또 관심이 완전히 식은 것처럼 행동하다 말고 자극을 주는 걸 반복했다.

"조 대리. 이리 와봐. 너. 민효정이를 꽃으로 키울 생각이냐? 장난해? 네가 어떻게 가르쳤기에 신입사원이 이따위로 보고서를 쓰냐? 민효정이 직장 생활 한 10년 했어?"

"아. 저는 FM대로 가르치라고 하셔서. 계속 그렇게…."

"이게 FM이야? 너 신입 때 이렇게 했어? 내가 너 그렇게 가르쳤어?"

내가 그렇게 가르친 게 맞다. 조 대리가 신입 때 워낙 활달해서 조금 제어해 줄 필요가 있었다. 게다가 민효정의 보고서는 아무런 문제가 없었다. 단지 난 민효정이 보는 앞에서 자신의 사수를 나무라는 것으로 자극을 주고 싶었다.

똑똑한 조 대리가 나를 오해하지는 않을 것이다. 자신과는 다른 방식으로 가르쳐야 할 신입이라는 정도로 이해하기도 하겠지만, 가르치는 원칙을 바꾸지는 않을 것이다. 그런 녀석이라면 내가 이러지도 않았겠다.

문제는 민효정에게도 아무 영향을 주지 못했다는 것이다. 민효정도 내가 자신의 앞에서 오버하고 있다는 걸 눈치채고 있었다. 조용히 기다렸다가 조 대리에게 다가가 보고서를 수정하겠다고 했다. 신입사원 민효정은 정말 직장 생활 10년은 한 사람처럼 담담했다.

노골적으로 자주 불러내지는 않았어도, 틈틈이 기회가 될 때마다 민효정과 단둘이 있을 시간을 만들었다. 회식이 끝나고 내가 먼저 택시를 잡아타고 가다 말고 민효정에게 전화를 걸었다.

[민효정 씨. 택시 잡았어?]

[아뇨, 아직.]

[이거 어쩌지 주말에 좀 출근해야겠는데? 평택 기점 이전 사업 있잖아. 그거 수정안 월요일에 회의 있거든. 토요일이나 일요일 언제 시간 괜찮아?]

[아무 때나 괜찮아요. 조 대리님에게 전달할게요.]

[아니. 조 대리는 월요일에 광주 사업장에 출장 가잖아. 우리끼리 하자고. 내일 어때?]

[네. 택시 잡았어요. 내일 전화 드릴게요.]

회의는 화요일에 있었고, 수정안이라는 걸 신입과 준비하는 건 아니다. 하지만 토요일에 만난 민효정은 꽤 노력을 기울인 수정안을 가져왔다. 그래도 신입이라 미흡한 부분이 많았지만, 어제 회식까지 하고 오늘 만나는 건데, 이렇게 준비해오고도 피로한 기색도 없었다.

이왕 이렇게 된 거, 일이나 가르쳐줘야겠는데 내가 피곤하고 귀찮았다.

"잘 준비했네, 피곤할 텐데 커피나 한잔하고 올까?"
"어서 끝내고 집에 가서 쉬면 더 좋을 거 같아요."
"그렇겠지."

일부러 접근하려는 모습은 보이지 않았다. 이제 나는 매달리지 않겠다는 태도를 보이다 말고 친절하게 굴며 서서히 다가갈 생각이었는데, 그런 건 씨알도 먹히지 않겠다.

"됐어. 먼저 들어가. 내가 마무리할 테니까."
"감사합니다."

민효정은 정말 볼일 다 봤다는 태도로 돌아서 재킷과 가방을 챙겼다. 민효정이 사무실을 나가고 혼자 남아 생각해보니 내가 정말 멍청했다. 무슨 사춘기 청소년도 아니고 이렇게 어설프게 밀당을 시도하다니 한심했다.

그날의 그 일은 정말 민효정에게 실수였던 모양이다. 물론 누구나 무수한 실수들을 하지만, 그런 식으로 실수를 단 한 번의 실수로 덮어두고 영원히 지우는 게 가능한 일일까? 민효정이 따로 누군가 만나고 있는 것 같지도 않았다.
의자에 기대 천장을 바라보다 민효정에게 전화를 걸었다.

[네, 과장님.]
[아니. 민효정 씨. 그 있잖아.]
[말씀하세요. 다시 돌아갈까요?]
[아니야. 됐어. 전화로 물어보기 좀 그래서 그런데, 밖에서 잠깐 만날 수 있

을까?]

[과장님, 제가 분명히 말씀드렸던 것 같은데요.]

[알아. 아는데 진지하게 우리 만나보는 게 그렇게 끔찍해?]

[…]

[그날 이야기를 하려는 게 아니라. 남자 대 여자로 물어보고 싶은 거야.]

[어디로 갈까요?]

민효정에게 아무 데서나 내리라고 하고, 내가 민효정을 만나러 갔다. 커피숍에서 만난 민효정은 그제야 좀 피곤해 보였다.

"과장님이 제게 장난이 아니라는 것은 이제 알겠어요."

"그래? 그렇지? 그럴 줄 알았어. 역시 눈치가 빠르다니까. 그런데도 그렇게 내가 싫어?"

"우리 처음이 문제였어요. 제 실수였어요. 제가 그날… 아무튼 미안하게 생각해요. 직장 상사와 그래선 안 된다는 사실에 호기심이 생겼어요. 이해해요?"

"오~ 그래? 그럼 잘된 거잖아. 우연한 실수가 인연이 되고 그런 게 남녀관계 아니야?"

"그렇겠죠. 하지만 제 잘못도 있지만, 과장님에게도 문제가 있는 거잖아요. 어떻게 그런 남자와 진지한 미래를 생각한다는 거죠?"

"그렇게 생각한 거야? 그게 문제였어? 에이. 뭐야. 대단하게 생각할 거 없잖아. 그런 식으로 엮이는 남녀가 얼마나 많을 거 같아? 그들이 다들 자신들의 실수라 치부하며 없던 일로 생각하면~ 세상 참 척박하겠다."

"세상은 척박해요. 제가 남자들을 몇이나 만났을 거라고 생각해요? 과장님처럼 만난 호기심으로 만난 남자들 말이에요. 과장님은 저를 만나면서 그런 생각을 떠올리지 않겠어요? 그리고 저도 마찬가지에요. 과장님이 얼마나 많은 여직원들을 건들고 다녔을지 생각하지 않겠어요? 그날 과장님은 너무나도 쉽게 제게 접근했죠. 설마 그게 처음이라고 말하지는 마요. 저는 과장님께 호기심이라도 있었다고 쳐요. 과장님은요? 제게 뭐가 있었죠?"

"그야…. 효정 씨가 너무 예쁘고 또 그날 술도 마셨고…. 비도 내리고."

"웃기지 마요. 저랑 자고 싶었잖아요. 그뿐이죠. 자~ 그럼 이제 제가 그런 남자와 앞으로 어떻게 지내야 할지 말씀해보실래요?"

"나빴던 과거는 잊고 새롭고 즐거운 미래를 계획하자는 게 어려운 얘긴가? 아니다. 내가 말하면서도 어처구니가 없다. 그럼 천천히 서로의 진짜 모습을 알아보는 건 어때? 그러다 보면 좋은 점도 찾을 수 있겠고…."

"과장님. 저 감당할 수 있겠어요?"

감당하고 자시고의 문제가 아니다. 이미 그럴 각오가 되어있었다. 나도 내가 이럴 줄은 몰랐다. 한번 주고 나서 다시 안주는 여자에 대한 오기 같은 게 아니었다. 조금만 노력하면 쉽게 만날 수 있는 여자들도 많았다.

내가 대답이 없으니 민효정이 잠시 시선을 돌렸다가 다시 내게 돌아와 말했다.

"만약 그럴 수 있더라도 무척 오래 걸리겠지요. 힘들 거예요. 직장 상사잖아요. 일하다가 과장님이 제게 나무랄 수도 있어야 하는데, 그럴 수 있겠어요? 그럼 전 또 오해할 수밖에 없겠죠. 과장님도 마찬가지예요. 제가 잘한 것을 쉽게 칭찬할 수 있겠어요? 제게 잘 보이고 싶어서 그러는 것으로 보일까 봐 역시 자연스럽지 못하겠죠. 그런 관계가 가능하다고 생각하세요?"

"이미 한 달 넘게 기다렸는데, 한 일 년쯤 못 기다리겠어? 시간이 꽤 많은 것들을 해결해주기도 하잖아? 그러다 보면 서로의 진면목을 알아볼 수도 있겠지."

"시간을 믿어요? 전 믿지 않아요. 시간은 세상의 많은 것들을 죽게 하고, 죽은 것들을 썩게 하죠. 기다리고 기다리다 썩어 비틀어진 관계를 전 알아요."

"세상의 많은 썩은 것들이 다시 양분이 된다는 것도 알잖아? 새로운 시작을 준비하는 양분 말이야. 그런 걸 기대할 순 없을까?"

"우리가 영원히 살 수 있다면 그럴 수도 있겠네요."

나보다 열 살은 어린 민효정이 나와 이런 대화가 가능하다는 사실이 믿기지 않았다. 내가 아는 다른 여자애들도 이 정도의 대화가 가능했을까? 내가 그런 걸 모르고 그냥 자고만 싶어 했던 걸까? 어쩐지 나보다 훨씬 어른스럽기까지 했다.

민효정에게 가족이 없다는 것과 꽤 어렵게 살았다는 것은 이미 알고 있었다. 그렇다고 모두 어른스러운 것은 아니다. 민효정은 도대체 어떤 과거들을 가지고 있기에 이토록 비수 같은 마음을 가지게 된 걸까.

내가 어른처럼 구는 건, 민효정 앞에서 소용없는 일이겠다. 꽤 많은 여자애에게 통했던 방법인데, 이제 이별할 때가 되었거나 내가 정말 늙어서 감각을 잃었는지 모르겠다.

그냥 솔직하게 굴어야겠다.

"나, 너한테 잘 보이려고 만나던 여자들과 모두 헤어졌어. 아니 정리했다는 게 맞겠지. 사귄 건 아니었으니까. 이런 말이 우스울지 모르겠는데. 아니 우습겠다. 너랑 그랬던 그 날 이후로 너만 자꾸 생각난다. 진짜야."

"네. 진짜 같아요. 전 지난 주말에도 처음 만난 남자와 잤어요."

"괜찮아. 나랑 사귀기 전까지는 매일 그래도 상관하지 않아."

"그게 가능하다고 믿어요?"

가능했다. 난 정말 민효정을 기다리기로 마음먹었다. 민효정에게는 미안한 일이지만, 신입사원을 부서 이동까지 시켜달라고 위에 졸랐다. 다행히 다른 부서들에서도 민효정은 쌍수를 들고 반겨서 별로 문제가 없었다. 소문 만들기를 좋아하는 사람들은 내가 민효정에게 접근했다가 까였다는 걸로 이야기를 만들고 있었다.

　우리 팀의 조 대리가 너무나 아쉬워했지만, 우리 팀은 다시 남자 직원을 받아서 남자들만의 팀이 되었다. 난 정말 다른 여자들을 만나지 않았다. 대신 민효정에게만 매달 한 번씩 전화를 걸어 기다리고 있다는 사실을 확인시켜줬다.

　목표를 정하고 노력했다. 절반만 성공하더라도, 그게 무슨 의미가 있을지는 몰라도 나쁘진 않겠다는 생각으로 민효정을 기다리기로 했다.

　무려 반년이 넘는 시간이 지날 동안 맹세컨대 여자를 만나지 않았다. 다시 인사이동의 시절이 다가왔고, 신입사원을 받게 되었다. 조 대리가 그토록 원하는 여직원을 받을 수는 있었는데, 조 대리는 부서를 옮기게 되었다.

　새로운 신입사원은 민효정과 달리 활기찬 스타일이었다.

　"안녕하세요! 신입사원 송민아입니다."
　"알아요."

　기다리던 보람이 있었던 걸까. 민효정에게 처음으로 전화가 왔다.

　특정 회사들의 영업 관련 부서들에 인사이동이 잦은 이유는, 아이러니하게도 관리의 편의 때문이다. 보통 과장 이상 급의 팀장을 제외하면 사소한 이유를 들어 팀원을 교체하고 순환시키는 편이다. 명목상 평직원들의 능력을 향상하고 회사 내 다양한 업무 연계를 위한다고 하지만, 윗선에서 팀장급을 관리하고 끊임없이 능력을 시험하는 쪽에 가깝다.

　까불거나 욕심을 부리지 말라는 얘기다. 모험하며 성과를 차지하는 건, 위에서 가져가겠다는 말이다. 사적인 욕심을 차리는 일부터 야망 때문에 까불다가 일을 복잡하게 만들지 않길 원한다. 다소 불만이 있더라도 회사의 시스템이 지켜져야 경영자들이 목표를 효율적으로 진행할 수 있다.

장기를 두는 사람이 포나 마를 움직이기 전에 설명하지 않는다. 상대를 속이기 위해서는 나도 속을 수 있는 수여야 한다. 전쟁에서 장군은 미끼나 희생양이 될 소대나 중대 따위에 설명하지 않는다. 적을 속이려면 아군도 스스로 미끼인 줄은 몰라야 한다. 전쟁 자체를 끝낼 수 있다면 연대나 사단급도 미끼로 던질 수 있는 게 장군이다.

이런 사실을 이론적으로 알더라도 누구나 불만을 품는다. 마치 자신이 모든 걸 알고 있는 것처럼 시스템을 욕하기도 하고, 어이없는 명령이나 업무에 불평한다. 실제로 그런 불만을 가진 사람 중에 경영자가 될 수 있는 직원은 거의 없고, 실제로 경영진 수준에 오르더라도 시스템 전체를 파악했다고 말하는 건 오만한 발언이다.

오랜 시간 단단하고 안정적으로 구성된 단체의 시스템일수록 모든 정보를 개인에게 제공하지도 않을뿐더러 그럴 수도 없다. 모든 걸 알려는 사람이나 모든 걸 아는 사람은 스스로 시스템을 창조하게 되거나 시스템을 탈출할 것이다.

사람도 하나의 거대한 기업과 같은 시스템으로 움직인다.

뇌는 심장의 곤혹스러움은 염두에 두지 않고 흥분하게 하거나 분노하여 수명을 단축하고, 심장은 혈관들의 상태를 무시하고 뇌의 명령에 따라 피를 뿜어대며 피로를 가중한다. 잠시 쉬고 싶었던 위장은 또 처먹게 하는 뇌의 결정에 분노하고, 간이나 신장은 게으르거나 성능이 떨어진 위 때문에 곤혹스러워하게 된다.

'아니. 좀 무리하다 싶으면 그냥 배출하라고! 간이 무슨 무적의 필터야? 뇌에서는 뭘 하는 거야? 어제도 술을 마셨으면 오늘은 좀 참아야 하는 거 아니야? 아! 진짜 못 해 먹겠어!'

'장난해? 그럼 신장은? 무적의 정화조냐? 난 진짜 더러워서 못해 먹겠다!'

'야. 너희들 다 시끄럽거든? 위에서 뭘 하는지 몰라도 지금 여기 대장은 썩고 있어. 아니, 농담이 아니라 정말 썩고 있어. 와. 이 인간, 이래서 40년은 살겠냐?'

실제로 갑자기 거대한 기업이 무너지기도 하겠지만, 일정 수준 이상의 궤도에 오른 기업은 그렇게 쉽게 망가지지 않도록 시스템을 구축하고 있다. 사람도 어느 날 갑자기 세상을 떠날 수 있겠지만, 결국 평균 수명은 80세가 넘는다.

뇌는 간이나 신장 따위가 불평하는 일에 별 관심이 없다. 어제 신입사원을 환영한다며 3차까지 달렸지만, 오늘은 민효정이 만나서 술 한잔하자는데 거부할 수는 없는 노릇이다. 우리 회사랑 똑같다. 조 대리를 보내고 새로운 팀원을 주면서 신입사원까지 내게 떠맡겼다. 나보고 어쩌라는 거냐며 불평을 했더니, 여태 홍보실에 있던 직원을 하나 더 줬다. 이제 나름 대리라며 쓸모가 있을 거란다. 부장님의 멱살을 잡으려다 참았다.

"과장님이 참은 거 맞아요?"

"물론 정말 멱살을 잡았다가는 내가 분해되겠지."

"부장님 키가 180은 넘죠? 몸무게도 100킬로그램은 넘을 거 같은데요."

"효정 씨가 봐도 그렇지? 자기는 100킬로그램은 넘지 않는다는데, 그 나이에 그 근육을 유지하는 사람이 100킬로그램을 넘지 않을 가능성은 없어."

"부장님은 대머리라는 것만 빼면 자기 관리가 정말 대단한 사람이에요."

"대머리랑 자기 관리랑은 상관없잖아."

"아, 그렇죠? 대머리라는 사실이 그냥 좀 신경 쓰여서요. 그것만 아니라면 정말 멋진 분이라는 얘기죠."

"뭐야. 효정 씨. 우리 부장한테 관심 있어?"

"부장님 아들이 고등학생이라지 않았어요?"

"아. 관심은 있는데 유부남이라는 게 문제다?"

"아뇨. 그런 사실들이 전부 더해져서 더 호기심이 생긴다는 얘기죠."

"너무하네. 그런 얘기를 나한테 해야 해?"

"농담이에요."

농담하려면 조금 웃기라도 하던가, 내가 이렇게 소소한 이야기들을 꺼내놓으며 대화 분위기를 조성하는데도 여전히 무표정했다. 호기심은 전혀 없는 얼굴로 내게 질문하는 꼴을 그만 보기로 했다.

"그래서 어쩐 일로 만나자고 한 거야? 나랑 사귀자는 얘기는 아닌 거 같은데."

"글쎄요. 편하게 꺼내기가 어려운 말이라."

"술을 좀 마셔야겠다는 거야? 흠. 그러지 뭐. 어제도 많이 마셨지만, 내가 술 때문에 죽으면 효정 씨를 탓할 수 있겠네. 조금은 기대해도 되는 거야?"

"과장님은 조금만 마셔요. 제가 좀 마실게요."

"기대는 하지 말라는 얘기군."

민효정이 술을 마시는 걸 보며 나도 내 잔을 비웠다. 오늘은 도무지 술을 들어가지 않을 것 같았는데, 마시니까 또 마셔진다. 뇌의 술을 또 마시라는 어처구니없는 명령에 말단 손과 입은 묵묵히 따르겠지만, 내 몸을 조금씩은 파악하고 있는 내장기관들은 불만으로 아우성칠 것이다.

어쩐지 질려버린 간이 창백해지는 기분과 함께 흥분한 위장이 날뛰는 것도 느껴졌다. 식도를 긁는 음주의 쾌감을 잠시 감상하는데 민효정이 말했다.

"팀원이 모두 바뀐 거네요?"

"불필요한 이야기들을 안주 삼아 앞으로 할 이야기에 윤활유를 바르겠다는 거구나. 좋지, 뭐 처음도 아니니까. 괜찮아. 효정 씨도 대강은 알겠지만, 우리 부서는 원래 더 그런 편이야. 그래도 이렇게 신입사원을 넣으면서 한번에 다른 직원들까지 교체하는 건 아니라고 생각해. 내가 아직 총각이라는 사실 때문이겠지. 젊은 친구들이랑 더 잘 어울리면서 쉽게 팀을 만들 수 있을 거라고 생각하는 모양인데, 민효정 씨는 내가 그런 사람으로 보여?"

"잘하실 거 같은데요. 높은 분들도 과장님을 믿으니까 그런 결정을 내린 게 아닐까요."

"이제 일 년 차 직원이 과장에게 그런 말을 할 수 있다는 게 놀랍다."

"주제넘긴 하지만, 실제로 과장님이 그럴 수 있다고 생각하니까요. 회사의 누구하고도 문제가 없는 사람은 과장님이 아마 유일할걸요? 특별히 친한 직원은 하나도 없지만, 모두하고 아무런 갈등 없이 직장 생활을 하고 있잖아요. 회사에 인간적인 관계가 존재하긴 해요?"

손가락으로 눈앞의 민효정을 가리켰다. 민효정이 입술을 앙다물며 한숨을 내쉬고 다시 말했다.

"침대에서의 관계가 아니라는 거 아시잖아요?"

"내가 효정 씨랑 그런 관계만 원한다는 게 아니라는 것도 알잖아?"

"저도 침대 말고 다른 데서 관계도 좋아해요."

"어디서 해봤는데?"

"화장실, 강의실, 옥상, 4호선 동작역?"

"동작역은 뭐야?"

"그런 게 있어요."

"와~ 그거 알아? 나 반년 동안 여자랑 안 했어."

"…저도 두 달쯤 됐네요."

"오늘이 우리가 다시 하기 완벽한 날이네."

"오늘만 그렇겠어요."

"아니. 내가 어디서 봤는데, 통계적으로 말이야. 정기적으로 관계를 갖는 30세 미만의 남녀는 1 대 3의 비율로 성관계 횟수가 만들어진다더라고. 남자가 한 번을 하면, 여자가 세 번을 한다는 얘기지. 뭔가 좀 남자들에게 수치스러운 수치긴 해도, 수치라는 게 원래 수치스러워서 수치라던가? 아무튼 내가 여섯 달 동안 하지 않았고, 효정 씨가 두 달 동안 하지 않았다니까~ 딱 우리가 딱 인연이지 않아?"

"과장님 좀 변한 거 같네요. 꽤 이성적인 사람 아니었나요?"

"사랑이 사람을 변하게 하지."

민효정이 다시 한숨을 내쉬고 술잔을 비웠다. 내가 따라 주려는데, 민효정이 술병을 받아 직접 자기 잔을 채웠다. 민효정이 눈을 깜박이며 나를 바라보다 뭔가 말을 꺼내려는 걸 다시 멈췄다. 곧 다시 말을 하긴 했지만, 본론이 나오려면 아직도 기다려야 하는 모양이다.

"그런 통계가 존재하는지도 의심스럽지만, 믿을 수도 없는 통계라는 건 중학생도 알겠죠. 그래도 재미있는 건 그런 상상 속의 통계들도 생각보다 잘 맞는다는 거예요. 관상이나 풍수지리도 그렇고 혈액형도?"

"와~ 민효정 씨가 혈액형을 믿어?"

"생각해보니까 혈액형은 그래도 아니네요."

적당히 잡다하고 자극적인 이야기들로 술자리를 채웠다. 내가 민효정을 좋아한다는 사실을 빼고도 민효정은 대화 상대로 좋았다. 몇 번이나 잠자리를 같이했던 여자에게도 하기 힘든 이야기들을 아무렇게나 꺼내도 괜찮을 것 같았다.

어느새 나도 꽤 많은 술을 마시게 되었고, 어제의 숙취 때문에 이젠 힘들기 시작했다. 만약에 오늘 민효정이 나랑 자자고 해도 쉽지 않을 정도였다. 그런 나를 물끄러미 바라보다 창밖으로 시선을 옮긴 민효정이 나직이 말했다.

"새로 온 신입이요. 어때요?"

"아~ 우리 송민아 씨? 밝고 명랑하고 쾌활하고, 뭐 신입이 대강 그렇지."

"저랑 동갑인데, 이제 입사했더라고요."

"응? 아~ 뭐 흔한 일이잖아. 효정 씨가 오히려 특이하지. 송민아 씨는 호주로 워홀인가? 어학연수인가를 다녀왔다는 거 같은데 영어 점수가 그리 대단하진 않더라고, 그보다 면접에서 꽤 똘똘했다는 소문들이 있더라고."

"그렇군요. 저는 어땠나요?"

"솔직히 별로 기억이 안 나. 술에 취해서 그런 게 아니라. 그~ 알지? 다들 효정 씨 가슴 얘기만 하고 있었거든."

가슴 얘기에 민효정이 화가 난 줄 알았다. 여태 아무 얘기나 해도 잘 받아주던 사람이 정색했다. 내가 술에 취해서 파악이 늦은 모양이다. 민효정은 내 얘기에 화가 난 게 아니었다. 그러고 보니 민효정이 왜 송민아에 대해 물어보는 거지?

"저 송민아를 알아요."

"아~ 그래? 어떻게?"

"그건 중요한 게 아니고요. 혹시 부탁을 들어줄 수 있어요?"

"무슨 부탁인데 그래? 어려운 부탁일수록 대가가 큰 건 알고 있지?"

"…제 가슴이 그렇게 좋아요?"

"뭐든 말해 봐. 들어줄게."

"송민아가 과장님을 사랑하게 할 수 있어요?"

"나보고 송민아랑 자라는 거야?"

"아뇨. 송민아에게 사랑을 받아야 해요. 송민아가 과장님을 사랑하게 해줘요."

"그런 게 가능할 리가 없잖아. 사랑하는 것도 어려운데 사랑을 받으라고?"

"먼저 사랑하면 사랑받기 어렵다는 걸 알죠? 그렇다면 먼저 사랑받는다면 어떨까요? 여태 과장님이 여자들을 만나면서 해왔던 일과 다른가요?"

"다르지. 그냥 관계만 하려는 호감을 얻는 거라면 모르겠는데, 사랑을 받으라니. 상상하기도 어렵다."

"역시 그렇죠?"

민효정이 스스로가 어이없다는 표정으로 피식 웃더니 주변을 조금 살폈다. 그런 민효정이 갑자기 셔츠의 단추를 풀고 자신의 가슴을 내게 보여줬다. 여태 진지하던 태도는 어디로 가고 장난스럽게 그런 행동을 보인 민효정이 다시 가슴을 가렸다.

잠깐이지만, 그리고 처음 본 것도 아니지만 민효정의 가슴은 정말….

"과장님이 송민아의 사랑을 받으면, 제가 과장님을 사랑할게요."

"아니 무슨 그런. 왜 그러는 건데?"

"그냥…. 사소한 일이에요. 여자 사이에 있을 수 있는 사소한 복수."

복수라는 말을 꺼내면서 미소 짓는 민효정이 무서웠다. 그런데 또 그렇게 예쁠 수가 없었다. 어쩐지 슬픈 것 같으면서도 즐거워 보이는 민효정은, 또 장난스럽게 웃으며 셔츠를 열어 가슴을 다시 보여줬다.

뭐든 해야겠다.

사막에도 꽃은 피겠지만, 모든 일을 시작하기 전에는 가능성을 따져봐야한다. 1%의 확률에도 도전은 가능하겠고 로또를 구입하며 허황된 꿈도 꾸겠지만, 필요한 노력과 한정된 시간의 가치를 생각하지 않을 수 없다.

침대에 누우면 보이는 익숙한 천장의 무늬들을 바라보며 이런저런 생각들로 시간을 채웠다.

그럭저럭 직장 생활을 견디며 중간 관리자의 입장이 되면, 처리해야 할 일들을 입체적으로 구성하는 일에 익숙해진다. 페이퍼에 나열한 도식이나 그래프로는 도무지 설명하기 어려운 일들이 생기기 때문이다.

계획하는 일에 영향을 미치는 요소들을 평면에 나타낼 경우 생기는 오해를 최소화하고, 가치의 수준이나 방향 그리고 결과물에 대한 변수를 표현하려면 입체적인 게 좋다. 물론 컴퓨터로도 할 수 있는 일이지만, 타인에게 설명이 필요할 때나 사용하는 편이다. 시간을 효율적으로 사용하고 내가 내릴 결정을 위해서 내 머릿속에 저장해야 할 일이라면, 내 방 천장에 사고를 입체적으로 형상화하는 편이 낫다.

쉽게 해결이 가능한 일이나 좋은 아이디어는 천장에 쉽게 형상이 그려졌다.

필요한 형상을 만드는 대신, 천장의 격자무늬 사이사이에 체스 말을 옮기고 지우기를 반복하다가 작은 자동차들의 레이싱까지 했다. 가끔 떠오르는 민효정의 가슴까지 떠올리고는 침대에서 일어났다.

아무것도 떠올리지 못했다.

어느새 캄캄한 밤이었다. 일어나 방에 불을 켜려다 그냥 스탠드의 불만 켰다. 샤워를 하는 것도 좋겠지만, 그냥 간단히 세안만 하고 셔츠를 골랐다. 깃이 짧은 셔츠를 만지작거리다 깃이 긴 셔츠를 골랐다. 자주 입지 않는 날씬한 바지를 골라 입고, 약간의 포인트가 있어 조야해 보일 수 있는 벨트를 했다.

머리칼을 드라이하다 말고 왁스를 적당히 발라 넘겼다. 넥타이를 고르다 그만뒀다. 평소에는 차지도 않던 시계를 차고, 회사에는 입고 나갈 일이 없을 재질의 재킷을 걸쳤다.

잠시 거울을 바라보며 고개를 이리저리 돌리다가, 약간의 향수를 손목에 뿌려 목덜미에 스쳤다. 조금은 과하다는 기분이 들어 점잖은 스타일의 넥타이를 고르려다, 대신 도수가 없는 안경 중에 뿔테를 골랐다.

휴대폰의 충전 상태를 확인하고 모범 콜택시를 호출했다.

서랍에서 현금을 꺼내 지갑에 넣고 카드들을 확인하며 포켓에 넣었다. 재킷의 단추를 잠그고 마지막으로 담배와 라이터를 챙겼다. 라이터의 가스가 충분한지 튕겨보고 주머니에 넣었다.

엘리베이터를 타고 내려가니, 이미 콜택시가 도착해 있었다.

"기사님. 미터기 눌러주세요. 담배 한 대만 태우고 갈게요."
"예. 천천히 태우세요."

담배를 다 피우고 탔더니, 기사님이 여태 미터기를 누르지 않았다. 기사님이 출발시키자마자 몇 번 들렀던 클럽의 매니저에게 전화를 걸었다. 젊은 친구들이 드나드는 그런 클럽이 아니라, 가끔 필요한 VIP 거래처에 대한 영업용 클럽이다.

[아니. 부장님 주말에 어쩐 일이세요?]
[일 때문에 가는 게 아니라. 나 혼자 그냥 놀러 가는 거예요. 조용히 놀려고요.]
[아~ 힐링이 필요하시구나? 어떻게 시작하시겠어요? 대화? 카드? 식사부터 하실래요?]

[식사는 됐고, 소소한 놀이터 있어요?]

클럽 매니저는 나를 부장님으로 불렀다. 전에 부장님이 나를 차 부장이라고 소개했고, 나는 사실 과장이라는 얘기를 해줬는데도 그냥 부장님으로 부르고 있다. 매니저가 작은 놀이터는 없고 작은 공원이 하나 있다고 했다. 테마파크 급은 절대로 아니니까 안심하라는데, 직장인에게는 공원도 부담스러웠다.

일단 알았다고 곧 도착한다며 전화를 끊었다.

적당히 늦은 시간이라 길이 막히지 않았다. 요금이 만 원 정도밖에 나오지 않았지만, 현금으로 2만 원을 드리고 택시에서 내렸다. 소소한 시작이다. 마중 나온 매니저에게는 5만 원짜리 두 장을 팁으로 건넸다.

"택시 타고 오셨어요?"
"직장인 차로 이런 데 오긴 좀 부담스러워서"
"에이~ 다음부터는 미리 말씀해 주시면 차를 보내드려요."
"그래요? 그건 몰랐네요."
"공원 이용하시는 분들에게는 제공됩니다. 가실 때 말씀해 주세요."

매니저를 따라 들어간 방에는 여자 한 명과 남자 둘이 카드를 돌리고 있었다. 이곳의 룰에 따라 딱히 인사를 건네거나 할 필요는 없었다. 그저 조용히 내 자리에 앉아 순서를 기다리면 된다. 한 판에 내 월급이 왔다 갔다 하고 있었다.

이곳에 올 때마다 신기한 건데, 사람들이 줄담배를 피우고 있어도 방에 냄새도 고이질 않았다. 환기가 얼마나 잘되기에 이럴 수 있는지 신기했다. 그렇지만 시끄럽지도 않았다. 이 정도의 시설을 갖출 수 있다면 다른 건물들에서도 실내흡연이 가능하겠다.

가벼운 칵테일과 함께 내 몫의 칩이 도착했고, 내 앞에도 카드가 놓였다.

대화는 전혀 없었다. 카드가 돌고 배팅을 하고 칩이 오고 간다. 잔이 비면 누군가 다가와 술을 채웠다. 선글라스까지 쓰고 있는 중년의 여성은 담배를 꽤 자주 피웠고, 내 또래로 보이는 남자는 탁자에 자주 기대는 편이었다. 노년의 남자는 자신의 카드에 시선을 오래 두지 않았다. 어느새 내가 가져온 담배를 다 피웠고, 누군가 같은 담배를 조용히 가져다줬다.

내 또래로 보이는 키 작은 남자가 먼저 일어났다. 키가 작은 건 그가 일어나고 나서야 알았다. 얼마 지나지 않아 중년의 여성이 자리에서 일어났고, 노년의 남자가 처음으로 말했다.

"게임으로 갈까요?"
"신사분과 게임은 부담스러운데요. 손님을 받을까요?"
"그럼 저는 됐습니다. 젊은 분인데, 좀 즐기셔야죠."
"감사합니다."

이제부터 좀 잃어야겠다는 생각을 했는데, 노년의 남자가 먼저 일어났다. 그가 나가고 매니저가 들어와 칩을 회수하며 말했다.

"공원은 될 줄 알았는데, 그냥 좀 큰 놀이터였죠?"
"내가 월급쟁이라는 게 티가 나나? 신사분이 판돈을 늘리지 않더라고."
"아. 그분은 원래 그래요. 누가 덤벼야 좀 크게 만드시더군요."
"흠. 다들 소소하긴 했어요."

세 시간 만에 내 월급의 세 배쯤 벌었다. 이쪽으로 직업을 바꾸는 것도 괜찮겠다. 내가 도박에 재주가 있는 것 같은데, 이곳을 처음 가르쳐 준 부장님은 아니란다. 언제라도 멈출 생각을 하고 있는 데다 한계를 정해놓고 있기 때문이란다. 그게 얼마나 어려운 건지도 내가 모르니까 따는 거란다.

어쨌든 나도 그 위험을 알기 때문에 정말 그럴 생각은 없다. 일단은 돈을 벌었으니 좋은 곳에 쓰기로 했다.

매니저를 따라간 커다란 홀에는 사람들이 삼삼오오 모여 대화를 나누며 술을 마시고 있었다. 남자 중에 나보다 어려 보이는 사람은 거의 없었고, 여자들은 전부 젊었다. 아까 그 중년의 여성은 어디로 갔을까. 아마도 다른 층에 있겠지. 그 홀에는 젊은 남자들로 가득할까? 상상을 그만두기로 했다.

바에 앉아 술을 주문하고 기다리니, 젊은 여자가 다가와 옆에 앉아서 내가 먼저 인사했다.

"안녕하세요?"

"네. 뭐 안녕하세요."

"기분이 별로 좋아 보이진 않네요? 전 차준호."

"아. 예. 전 강보람. 뭐~ 본명 맞아요."

"저도 본명이에요."

내가 피식 웃으며 바텐더에게 술을 받아 마셨다. 강보람이라는 여자도 술을 받아 마시고는 나를 물끄러미 바라봤다. 입술을 오물거리는 게 무슨 할 말이 있는 것 같아서 기다렸다. 강보람은 뭔가 생각하는 것처럼 천장을 바라보다 내게 시선을 옮기며 말했다.

"여기 뭐 하는 곳이에요?"

"뭐 그냥 술 마시고 대화를 나누고 그런 곳이죠?"

"훙. 제가 여기서 노는 대가로 얼마나 받는지 알아요?"

"아~ 네 뭐. 저 같은 남자들이 어디서 젊은 여자 분들을 쉽게 만나지는 못하니까요. 네. 뭐 그런 곳이죠. 처음 나오신 거예요?"

"아뇨. 두 번째인데~ 사실 지금도 적응이 안 돼요. 뭐랄까~ 참. 그런데 오빠는. 아~ 오빠라고 불러도 돼요? 매니저는 누구누구 씨라고 부르라던데~ 어색해서."

"편하게 하세요."

"아니, 오빠는 이런데 오지 않아도 괜찮을 거 같은데요? 그냥 밖에서 오빠가 나 꼬셨어도 넘어갔겠는데."

"그런 말을 해주라는 교육도 받나요?"

"에이~ 진짠데~."

강보람이 주변의 눈치를 조금 보더니, 내게 속삭였다.

"아니. 진짜. 오늘 저랑 놀면 안 돼요? 제가 잘할게요. 아우~ 진짜 이런 말 하지 말라고 했는데, 지난번에 나왔을 때 완전 변태들한테 걸렸거든요."

"어떤 변태들에게 어떻게 당했는지 얘기해주면 그럴게요."

"헉. 오빠도 변태예요? 여긴 변태들만 와요?"

내가 웃으며 술을 마시니까, 강보람이 안심한다는 표정으로 입술을 쭉 내밀었다. 꽤 귀여우면서도 야한 얼굴이었다. 얼굴에 야하다고 쓰여 있는 것 같다. 크고 둥근 눈동자에 코가 조금 낮지만 그래서 더 귀여워 보이고, 입술은 적당히 도톰해서 야했다. 그보다 몸매가 대박이다.

지난번에 나와서 무슨 꼴을 당했는지 몰라도, 몸매를 상당히 감추려고 애쓴 흔적이 있었다. 그런데도 가슴이 상당하다는 게 드러날 정도였다. 민효정을 떠올리게 하는 가슴이다.

"보람 씨. 저 6개월 동안 여자랑 안 했어요."

"헉. 오빠 진짜 변태에요?"

"아뇨. 하고 싶지 않아서 안 했어요."

"와~ 어떻게 그래요? 어디 아파요?"

웃지 않으려고 했는데, 또 웃음이 나왔다. 웃으며 고개를 끄덕이고 말했다.

"네. 아파요. 마음이 아파서요."
"아~ 좋아하는 사람이 생겼구나? 그런데 그 사람이 안 해주는구나? 슬프네요."

이젠 그냥 소리 내서 웃기로 했다. 참으려 했더니 배가 아픈 것 같았다. 내가 큭큭 거리며 웃고 있으니까, 강보람도 피식 웃으며 다시 말했다.

"그럼 결국 포기하고 오늘 하고 싶어서 여기 온 거예요? 흠~ 이게 나한테 행운이야. 불행이야?"

숨이 막힐 것처럼 웃겼다. 웃음이라는 게 일단 터지기 시작하면, 별로 대단한 게 아니더라도 계속 웃게 되는 거긴 해도 지금은 정말 힘들 정도로 웃겼다. 좀 더 웃다가 간신히 진정하며 말했다.

"아뇨. 오늘도 할 생각은 없어요. 그냥 좀 생각이 복잡해져서 스트레스를 풀려고 왔어요."
"그래요~ 그럼 입으로 해줘요? 아~ 죄송해요. 너무 싸 보였죠? 하아~ 매니저가 그러지 말라고 했는데~ 오빠가 6개월이나 안 했다고 하니까요."

내가 너무 크게 웃었나 보다. 다른 사람들까지 우릴 보고 있었다. 좀 창피해서 내가 일어나니까 강보람도 같이 일어나며 말했다.

"지금 같이 올라가요?"

"그럴래요?"
"네! 잘해드릴게요. 아…. 또 너무 싸 보이죠?"

정말 얼마나 잘하는지 궁금했지만, 일단은 좀 더 웃어야 했다. 엘리베이터에서 기다리는 매니저에게 팁을 주고, 매니저에게 키를 받아 매니저가 눌러주는 층으로 올라갔다.

좋은 방이었다. 전망도 좋았고 벽에는 엄청 큰 TV가 달려 있었다. 강보람은 방에 들어오자마자 포도를 집어먹으며 말했다.

"먼저 씻어도 돼요? 아~ 안 한다고 하셨지."
"씻고 싶으면 씻어도 괜찮은데~ 그냥 여기 와서 좀 한잔하실래요?"

강보람이 와서 앉기에 내가 잔에 술을 따라 건네며 말했다.

"그~ 여자한테 사랑을 받으려면 어떻게 해야 할까요?"
"솔직해야죠."
"아~ 그렇군요. 그러네요. 그런 단순한 걸 떠올릴 생각도 못 했어요."
"솔직하게 말해요. 너 때문에 내가 6개월 동안 못했다고요! 그럼 감동할 거예요."

다시 웃기로 했다.

사랑해본 적 없는 사람이 있을까.
사랑받아본 적 없는 사람이 있을까.

사랑받는 일이 글자로도 하나 더 많다. 부모님의 사랑이나 신의 위대한 사랑도 마찬가지로 받기가 어렵다. 부모나 신을 사랑하는 일은 너무나 간단한데다, 이미 사랑하고 있다고 봐도 무방하지만, 부모나 신의 사랑을 받으려면 일단 탄생의 과정을 거쳐야 한다. 스스로의 탄생이 우연과 실수라 믿는 사람이 아니라면, 또 새 생명을 탄생시켜 본 사람이라면 얼마나 어려운 일인지 알 것이다.

사동과 피동의 문제는 차치하더라도 뭐든 받아내는 일이 어렵다. 간단히 금전 거래를 예로 들지 않더라도, 세상의 거래가 가능한 모든 긍정적인 것들은 받기가 더 어렵다. 신께서도 그걸 알아서 사랑받으라 하지 않았다. 서로 사랑하라 했다. 얼마나 위대한가. 서로 사랑하라는 좀 더 쉬운 선택을 제공하는 것으로 사랑받을 기회까지 만들어주셨다. 서로 사랑하다 보면 남는 사랑이 내게도 오겠지.

미움이나 증오 쓰레기처럼 받을 필요가 없는 부정적인 것들은 받기가 매우 쉽겠지만, 받고 싶은 사람의 존재 가능성에 의미가 없다. 의미는 필요에 따라 탄생한다.

이제 원론적인 사고들은 치워두고 오직 사랑에 대해서 고민해보자면, 사랑받기도 어렵겠지만 사랑하기도 어렵다는 사실에 좌절하게 된다.

사랑은 그냥 어렵다. 신은 인간에게 너무 어려운 걸 요구하신다.

사고하고 판단하는 데 가장 큰 적은 오만이다. 자신이 현명하며 올바르다 믿는 태도가 오만함을 가져온다. 그래서 끊임없이 스스로에 대한 의심을 멈추지 말아야 한다. 과연 내가 생각하는 게 옳은가.

"사랑하는 게 어려울까? 사랑받는 게 어려울까?"

"그게 어려워요?"

강보람이 내 품에 안겨 포도 씨를 뱉으며 대답했다. 난 강보람이 걸친 옷들 중에 그 어느 것도 벗기지 않았다. 우리는 커다란 TV 앞의 소파에 앉아있었지만, TV는 켜지 않았다. 내가 강보람을 안은 것도 아니다. 강보람이 포도가 담긴 그릇을 들고 스스로 내 품에 안겼다.

오늘 처음 만났지만 어쩐지 오래 알고 지낸 것 같은 여자였다. 뭐 유흥업소에 근무하는 상당수의 여자에게 그런 느낌을 받는 편이긴 해도, 강보람이 그런 류의 익숙함은 아니었다.

"그래. 뭐~ 사랑을 하는 건 쉽다고 해도 사랑을 받으려는 건 어렵잖아? 쉽다면 세상의 무수한 짝사랑들은 왜 있겠어?"
"에이~ 그건 겁쟁이들의 변명이죠~ 퉤~."

포도 씨를 뱉은 강보람이 다른 포도알을 입에 넣고 우물거렸다. 내가 설명해보라는 표정으로 자신을 보고 있다는 걸 발견하고서야 다시 입을 열었다.

"사랑은요~ 음. 사랑은 서로 해야 사랑이잖아요? 그렇죠?"
"짝사랑은 사랑이 아니라는 거야?"
"아뇨. 아~ 음. 그런 느낌 알아요? 뭔지 알겠는데 말로 설명하기 힘든 기분?"
"반대는 알아. 말로는 설명할 수 있는데 뭔지는 모르겠는 거."
"네? 그런 게 있어요? 어떻게 그래요?"
"난 양자역학을 설명할 수 있지만, 관심도 없고 의미도 모르겠어."
"…아. 네. 뭐~ 그게 세상이 뭐로 만들어졌는지 설명하는 그런 거 아니에요?"
"나보다 낫네. 그보다~ 짝사랑이 왜 겁쟁이들의 변명이야?"
"잠깐만요. 퉤~ 음. 짝사랑은 사랑한다는 얘기잖아요. 그럼 고백을 해서 사랑을 받을 건지 선택을 해야죠. 그냥 짝사랑하고 있다는 건~ 거절당할까 봐 두려워서 혼자 가지고 있다는 얘기 아닌가요? 고백하고 사랑을 받든가~ 사랑을 끝내든가~ 결정을 못 한다는 거잖아요."

"이미 거절당하고도 사랑할 수 있잖아."

"그러니까 겁쟁이죠. 싫다는 사람한테 왜 그래요? 어서 끝내고 새로운 사랑을 찾을 용기도 없다는 거 아니에요?"

"세상에 사랑할 사람이 딱 하나뿐이라고 생각할 수도 있는 거 아닌가? 이 사람이 아니라면 절대로 안 된다면? 내 마음이 그렇다면 어떻게 해?"

"뒈~ 아. 죄송해요. 포도 씨에요. 오빠 말에 그런 거 아니에요."

"알아. 계속해."

계속 말하라는 얘기였는데, 강보람은 포도 씨를 뱉고 다시 포도를 집어 먹었다. 다행히 그릇에 포도가 거의 다 사라져가고 있다.

"음~ 오빠는 포도가~ 아니, 사랑이 영원하다고 믿어요? 그런 사랑이 세상에 있다고 생각해요? 그 사람만 사랑해야 한다는 게 얼마나 이기적이에요? 이 세상에 수많은 다른 사람들은 사랑할 수 없다는 얘기에요? 뒈~ 포도 씨. 포도 씨요~."

"그래. 사랑은~ 흠. 사랑한다는 건 맞아. 다른 사랑을 찾으면 될 일이지. 사랑받고 싶다는 건…. 같은 건가?"

"뒈~ 역시 똑똑하시네요. 맞아요. 사랑받는 거랑 어떻게 사랑하는 거랑 나눠서 생각해요? 사랑을 받고 싶다고요? 사랑하면 되는 거 아니에요?"

스스로의 멍청함을 나무라야 하는지, 강보람의 명석함을 칭찬해야 할지 모르겠다. 내가 민효정의 사랑을 받으려고 송민아의 사랑을 받겠다고? 세상에 그런 멍청한 말이 있는 건지 모르겠다.

지구가 사실은 둥글다는 단순한 이론도 이해하려면 시간이 필요하다. 하물며 사랑이라니, 사랑하기와 사랑받기가 나눠질 수 없다는 이유를 받아들이는

데 시간이 필요했다. 잠시 생각을 정리하는데 강보람이 내 팔을 붙잡았다.

포도가 담겼던 그릇이 비었다. 강보람은 배고픈 고양이처럼 나를 물끄러미 올려다보고 있었다.

"왜? 아. 포도?"
"네. 포도가 너무 맛있어요."

인터폰을 찾으려다 그냥 매니저에게 전화를 걸었다. 포도가 필요하다고 했더니, 얼마나 필요하냐고 했다. 가슴 큰 포도 학살자를 잠시 바라보다가, 많이 필요하다는 대답을 하고 끊었다. 강보람이 즐거운 얼굴로 내게 말했다.

"포도 더 준대요?"
"응. 실컷 먹어. 그~ 그런데 말이야. 이건 조금 복잡한 문제일 수도 있겠는데~"
"우리 계속 그런 얘기만 하는 거예요? 푸하~"
"…그 술 많이 독할 텐데."
"우와~ 그러네요."

강보람이 잔에 담긴 술 대신 병을 들어 벌컥벌컥 마셨다. 달콤한 포도를 많이 먹었더니 술이 마시고 싶어졌단다. 술이 독하다면서 잔에 담긴 술로 입을 헹구기까지 했다.

사랑 이야기가 지겹다는 단순한 이유로 술에 취할 생각인 모양이다. 사랑이 지겨운 많은 사람이 술에 취하고, 술에 취한 많은 사람이 사랑 이야기를 떠든다는 사실은 잠시 접어두기로 했다.

"그~ 보람 씨는 어디 출신이야?"

"하핫? 무슨 그런 질문을 해요?"

"그러네. 뭐 갑자기 화제를 바꾸려다 보니까~."

"아! 네~ 괜찮아요. 음~ 춘천에서 태어나긴 했는데, 군산에서 살다가 수원에서도 살았고? 지금은 서울에 살아요."

"복잡하네. 아~ 그럼 부모님이 공무원?"

"군인이셨어요."

노크 소리가 들렸다. 매니저가 포도를 가져온 모양이다. 문을 열어주니, 포도가…. 포도를 매우 많이 가져왔다. 최소한 몇 박스는 될 것 같았다.

"죄송합니다. 지금 시간에 포도를 새로 주문하긴 어려워서요. 점잖은 분이시니까 가능하면 욕조에서만 사용해주시면 감사하겠습니다."

"아니, 너무 많은데~."

"아? 그 용도가 아니셨군요?"

"…먹으려고요."

강보람을 불렀다. 강보람이 그릇을 가져와 포도를 수북이 담았지만, 매니저가 가져온 포도들은 줄어든 티도 나지 않았다. 수고한 매니저에게 미안해서 포도알을 하나 먹으며 팁을 건넸다. 매니저가 멋쩍게 웃으며 말했다.

"아가씨가 포도를 무척 좋아하시나 보네요."

"포도를 사랑하는 것 같은데, 포도의 입장은 모르겠네요."

"네?"

"아~ 아닙니다."

매니저를 보내고 소파로 돌아오니, 강보람이 포도를 맛있게 먹고 있었다.

포도 씨를 다른 그릇에 뱉고 있긴 하지만, 저 씨 좀 뱉지 않을 수 없을까? 내가 보란 듯이 포도알을 몇 개 삼켰다. 물론 씨는 뱉지 않았다.

"보람 씨. 포도 씨는 작아서 삼켜도 괜찮지 않아?"
"뱉는 것도 재미있잖아요. 전 포도알만 삼키고 씨는 뱉는 게 재미있던데~ 퉤~."
"맛있는 것만 먹고 뱉는다?"

술을 따라 보람에게 건네고 내 잔을 들어 마셨다. 보람도 잔을 비우고 말했다.

"뭐 하는 분이세요? 뭐 교수님이나 그런 사람이에요?"
"그래 보여요?"
"아뇨~ 뭐 그러기엔 젊어 보이고~ 음. 퉤~ 모르겠어요."
"그냥 직장인이에요."
"와 얼마나 좋은 직장을 다니면 이런 데 올 수 있어요?"
"음~ 사랑 이야기를 더 하는 건 아무래도 지루하죠?"
"퉤~ 괜찮아요. 뭐 괜찮은데~ 저 취할 거 같아요. 정말 안 하실 거예요? 저 취했을 때 건들면 안 돼요. 저 그런 건 싫거든요."
"이리 와 봐요."

강보람이 다가와 다시 안겼다. 어쩔까 잠시 고민하다 안긴 강보람의 가슴을 옷 위로 쥐었다. 강보람이 그런 나를 올려다보다가 다시 포도알을 들어 먹었다. 말없이 보람의 가슴을 옷 위로 만지작거리다가 옷 안으로 손을 넣어 브라를 들췄더니, 내가 만지기 편하게 자세도 잡아줬다. 보람의 맨가슴을 살며시 쥐었다 놓고 있으니, 강보람이 말했다.

"제가 여기저기 이사 다니긴 했는데, 고향은 군산 같아요."

"…"

"군산에서 초등학교 고학년에서 중학교 입학할 때까지 지냈어요. 4년 정도 되나? 그렇게 오래 산 것도 아닌데, 그 시절이 제일 좋았어요. 친구들도 정말 친구들 같고, 서로 솔직하고 재미있었던 것 같아요. 이제 살기는 서울에서 제일 오래 살았는데, 서울은 여전히 어색한 거 같아요. 만나는 친구들도 다들 이상하고, 퉤~."

"사랑하거나 사랑받는 것처럼. 친구들도 그러면 되잖아. 이상하면 버리고 새로운 친구를 사귀어야지."

"그렇죠? 그런데~ 퉤~ 그런 게 마음대로 되는 게 아니잖아요."

엉망이다. 얘는 자기가 무슨 말을 하는지도 모르면서 그냥 생각나는 걸 떠들었을 뿐이다. 난 그걸 무슨 진리마냥 이해하려고 했을 뿐만 아니라, 내 사고방식마저 바꾸려고 했다.

사랑? 거기에 무슨 원리나 원칙이 존재하긴 할까? 아니다. 강보람의 가슴은 아무리 만지고 있어도 질릴 것 같지 않았다. 그러나 영원히 만지고 있으라면 결국 질리게 될 것이다. 뇌의 원초적인 감정이 지배하는 부분에 논리는 의미가 없다.

강보람의 젖꼭지를 살며시 쥐며 말했다.

"그럼 우리가 친구 할까?"

"흐응~ 그럴래요? 퉤~."

아이~ 빌어먹을 포도 씨.

민효정에게 사랑받기 위해서 송민아의 사랑을 받겠다고? 웃기는 일이다.

송민아에게 사랑받을 방법을 알 수 있다면, 민효정에게서도 그럴 수 있지 않을까? 쇠를 금으로 만들 수 있는데, 뭐 하러 중간에 은으로 만들었다가 다시 금으로 만든단 말인가.

게다가 연금술은 결국 실패했다. 차라리 금맥을 찾는 게 월등히 낫다. 물론 연금술이 과학에 기여한 공로를 생각하지 않을 수 없다. 내게도 마찬가지였다. 사랑받으려는 고민은 연금술처럼 꽤 쓸모가 있었다.

가질 수 있다. 이미 한번 손안에 들어왔던 금이다.

사랑? 생육하고 번성하기 위한 감정적 도구? 생존과 안전을 위한 최소한의 윤리적 보장? 난 민효정을 가질 수 있다. 금을 만들 필요는 없다. 금을 가지면 그만이다.

강보람의 입안에 포도알 대신 다른 걸 넣었다.

"빨아."

6개월이나 참았다. 난 바르지도 않고 원래 오만한 편이다.

팀원이 전부 교체되고 신입사원까지 받은 상황이라면, 상식적으로 중요한 업무를 주지는 않을 것이라 예상하지만, 영업에 관련된 팀에게 중요하지 않은 업무는 없고 되레 회사는 몰아붙이는 편이다.

회사의 입장에서나 팀의 입장에서도 그쪽이 낫다. 회사는 업무의 효율적인 정상화를 빨리 가져올 수 있는 데다 문제점을 찾아 보완할 기회가 생기고, 팀은 엉성한 인간관계 형성으로 인한 오해가 발생하기 전에 서로의 바닥까지 살필 기회를 얻는다.

팀 수준에서의 실패와 실수는 상당히 유용한 정보를 회사에 제공한다. 팀장과 팀원들의 능력뿐만 아니라, 상황에 따른 적절한 대응 법과 발생한 문제에 대한 가치까지도 측정이 가능해진다.

나는 예견하고 있었기에, 일을 잘 처리하려는 노력보다 실수를 줄이려는 노력에 집중했다. 더 잘할 수도 있겠지만, 더 잘하면 더 많은 걸 요구하게 마련이다. 직장 생활도 군대와 비슷해서 너무 잘하려다가는 고생만 하게 된다. 직장에서 원대한 꿈을 꾸고 더 높은 곳을 꿈꾸고 있다면, 일을 잘하려는 것보다 좋은 줄을 잘 잡고 인간관계에 신경 쓰는 편이 낫다.

어차피 때가 되면 겁나게 일 잘하던 부장도 잘리고, 시간만 때우던 부장도 잘린다. 각기 다른 부서의 다른 세 명의 부장을 모두를 상무로 만들어주는 회사는 없다. 아니 과장들이 차장이 되는 과정에서도 과반이 스스로 나가거나 잘린다.

바빠지고 정신없어지는 건, 내 쓸모를 증명할 좋은 기회이다. 어떤 팀원들로 구성되든 간에 해결할 수 있다는 사실만 보여주면 된다. 물론, 더 잘하고 말지를 결정하는 건 일이 아니라, 정치다.

"차 과장. 그거 3PL로 돌려도 괜찮겠어? 깨지면 어쩌려고?"

"이제 막 만들어진 인터넷 판매 건인데 매출 얼마나 나온다고 우리가 관리합니까. 계약 잘 걸어두면 하겠다는 업체들 널렸어요. 1년 보고 결정해도 됩니다. 온라인 소매 잡고 있어봤자 괜한 소리만 듣잖아요. 솔직히 깨지라고 준 거 아닙니까?"

"아니야~ 뭘 깨지라고 주나? 그러지 말고 잘 굴려. 그리고 평택필름 건은 확실히 해줘야 하는 거 알지? 몇 퍼 잡았어?"

"연 0.5니까 1로 잡고 다음 분기에 깎기로 하고 내년에 재계약으로 넣을게요."

"좀 센 거 아니야? 그런 건 살살 굴려. 오랫동안 서로 만져줬는데 상도는 지켜야지."

"제가 직접 갈 겁니다. 밥이나 한 끼 사야죠."

부장님도 우리 팀이 해야 할 일들이 어떤지 잘 알고 있고, 나도 대강은 알고 있다. 솔직히 내가 아는 척하는 건, 조금 때려잡은 거다. 잘 모르는 티를 냈다가는 괜한 불똥이 튈 수도 있으니까 통밥으로 아는 척했다.

위로는 어느 정도 대처가 가능하겠지만, 아래가 항상 문제다. 사람의 몸이 그런 것처럼 아래쪽에서는 잦은 문제들을 일으킨다. 물론 정말 큰 문제는 위에서 벌이는 편이겠는데, 어쨌든 아래쪽의 문제는 골치 아프다.

"박 대리. 자네 대리 맞아? 뭐 하는 거야? 그런 추이 자료 찾는 건 애들 시키고 방향을 잡아. 재계약할 거잖아? 그런데 왜 거기랑 우리랑 거래량을 살펴. 거기 매출변동이나 확인해."

"상준아. 2년 차잖아. 복사 같은 걸 네가 해야겠냐? 우리 신입은 화초야? 네가 붙어서 어루만져줘야 크나? 아주 물도 주지그래? 일을 시키고 가르치는 건 시간 남을 때 하자. 응?"

"송민아 씨. 잠깐 좀 봅시다."

일부러 송민아가 보는 앞에서 애들을 갈구고 송민아를 불렀다. 그런데도 많이 긴장한 표정은 아닌 것 같다. 내가 생각해도 신입사원인 송민아가 딱히 뭘 잘못하진 않았다.

송민아도 다른 예쁜 여직원들처럼 별로 사교적이진 않았다. 스스로 사교적이지 않아도 남자들이 접근한다는 걸 이미 살아오면서 충분히 배웠겠지. 일을 못 한다고 보기도 어려웠다. 그다지 어려운 일을 시키지도 않았지만, 요구하는 일의 목적을 알아채는 눈치가 좋았고 일의 우선순위를 정하는 일에도 능숙했다. 이렇게 따지고 보니 정말 잘하고 있는 거다.

물론, 일을 아무리 잘해도 갈굴 수 있어야 하고 논리적으로 견제할 수 있어야 좋은 상사다. 일 잘하는 부하 직원을 그냥 두는 건, 상사가 게으르기 때문이다. 더 잘할 수 있게 하도록 이끌어주기 귀찮은 데다 특히 여직원에게 그러는 건 더욱 불편하다.

나도 갈구는 건 귀찮다. 비어있는 소회의실로 송민아를 데려갔다. 나는 의자를 꺼내 앉았지만, 송민아는 잠시 세워두기로 했다.

고집 있어 보이는 눈매에 귀여운 콧날과 입술이 적당히 조화를 이루는 예쁜 얼굴이다. 얼핏 가녀려 보이는 어깨지만 잘록한 허리와 커다란 골반 때문에 되레 단단해 보인다. 민효정은 정장이 답답해 보인다면, 송민아는 정장뿐만 아니라 어떤 옷이라도 잘 어울릴 몸매다.

당연히 몸을 빤히 바라보거나 하진 않았다. 마치 고민하는 것처럼 혹은 갈등하는 태도를 연기하며 소회의실 탁자에 기댔다. 마지막으로 송민아의 눈을 빤히 바라보며 말했다.

"앉아 봐요."

송민아가 그제야 의자를 꺼내 앉았다. 다양한 이유를 버무리고 비꼬아 적당히 나무라려던 생각은 사라져버렸다. 송민아는 전혀 걱정하지도 긴장하지도 않고 있었다. 이런 친구에게 그러는 건 의미가 없다.

"좀 전에 민아 씨 사수들에게 그런 건, 민아 씨 때문이 아니에요. 남자들 사이에서 필요한 적당한 긴장감을 조성해주려고 그런 거니까, 오해하지 말았으면 좋겠고~ 음. 오자마자 좀 정신없죠?"

"다들 친절하셔서 괜찮습니다."

"편하게 말해요. 이제 좀 친해질 필요도 있잖아요?"

"아. 그게~ 그래도 괜찮아요? 교육받을 때 다들 이렇게 말하더라고요."

"이상하죠? 그렇다고 서로를 더 존중하게 되는 것도 아닌데, 관계에 긴장감을 조성해야 편해진다고 생각하는 거 같아요. 그렇죠?"

"그럼 과장님도 좀 편하게 말씀하셔도 좋을 거 같은데요."

"응. 그러려고~."

송민아가 가볍게 웃었다. 나도 조금 웃으며 테이블을 손가락으로 두드리다 다시 말했다.

"남자친구 있어?"

"네."

"그렇다더군."

"아니, 이미 아시면서 왜? 아~ 과장님이? 음. 없으세요?"

"…있다가도 없고 없다가도 있고 그렇지. 뭐."

"소개해 드릴게요."

"그럴래?"

똑똑한 아이다. 이미 박 대리와 상준이가 송민아에게 했던 질문을 나도 했을 뿐인데, 나는 소개팅을 해주겠다는 제안을 받았다. 물론 첫 질문에 사실은 남자친구가 없다는 대답을 했다면 더 좋았겠고, 두 번째 내 대답에 여자친구가 없는 걸 묻기보다 뜸을 들이며 오래 사귀었다든가 하는 대답을 해줬으면 더 좋았겠지만, 나쁜 시작은 아니다.

소개팅에 걸리는 시간과 누굴 소개받는지는, 소개해주는 사람이 나를 어떻게 생각하는지 판단할 수 있는 중요한 요소다. 일 때문에 바쁘고 정신없는 와중에도 송민아는 금방 소개팅 날짜를 잡아줬고, 전화번호를 받았다. 사진을 믿긴 어려워도 미인으로 보이는 데다 나이가 송민아와 동갑이었다.

실제 모습이 사진과는 달랐어도 귀여운 외모였다. 송민아보다 어려 보이기까지 했다. 평소 같았으면 적당히 대화를 나누다 술이나 마시자고 했을 것이다. 술을 마시며 조금씩 자극적인 대화들을 꺼내기도 했을 것이고, 반응이 괜찮다면 자려고 했겠지.

얌전히 저녁을 먹고 쓸데없는 과거 이야기들을 꺼냈다. 괜히 살아온 이야기들을 꺼내며 이 여자와 송민아의 관계를 좀 알아볼 생각이었다.

"알고 지낸 지 그리 오래된 건 아니었군요?"

"네. 뭐 그렇죠."

"호주 어학연수에서 만난 사이겠네요."

어떤 여자들은 어학연수나 워홀을 다녀올 걸 숨기기도 한다는 걸 알았다. 왜 그런지도 알고 있긴 했지만, 송민아는 별로 그렇지 않은 것 같았다.

이런저런 이야기들을 꺼내봤어도 별로 건질 만한 게 없었다. 어쩔 수 없이 술을 먹여보기로 했다. 혹시나 하며 맥주나 한잔하자고 했더니, 맥주보다 와인이 좋다고 했다. 역시 술을 먹이니까 그래도 괜찮은 대화가 가능해졌다. 뭔가 감추려는 걸 알겠고, 알아내는 일이 별로 어렵진 않았다. 게다가…

"차 과장님? 우리 한잔 더 하실래요?"

"에이~ 우리 회사 다니는 것도 아닌데, 과장님이 뭡니까? 오빠라고 해요."

"오빠? 푸흡! 차준호 씨? 으음~ 오빠가 낫네요. 헤헤."

"술 많이 먹었어요. 오늘은 이만하죠."

"힝~ 그래요. 그럼 집에 가요?"

"데려다드릴게요."

얼마 만이던가. 여자가 이미 신호를 줬는데, 내가 집에 데려다주겠다고 했다. 이 아가씨는 꽤 실망한 티까지 냈지만, 택시를 잡아 함께 탔다. 이 보 전진을 위한 일보 후퇴라고 해야 할까? 이 여자가 목표가 아니긴 했어도, 어쨌든 자신의 태도에 웃음이 나왔다.

한잔 더 마시자던 아가씨가 택시에 타자마자 내 어깨에 기대며 말했다.

"왜 웃어요?"

"네? 아~ 그야. 이런 미녀와 데이트했다는 생각에 즐거워서 그렇죠. 우리 오늘 좋았잖아요?"

지금 이 여자와 자는 건 패스트푸드 햄버거를 주문하는 일보다 쉬울 것이다. 그러나 더 중요한 목적을 위해서라면 참을 수 있어야 했다. 송민아에게 신사로 보이는 쪽이 나중에 뭘 하든 편하다는 생각에 참으려 했다.

내 어깨에 기댄 아가씨가 내 손을 살며시 잡더니 내 귓가에 속삭였다.

"민아한테는 비밀로 해요."

이미 술을 마시면서 몇 번 들었던 말이다. 영업을 다니며 거래처 관계자들에게도 많이 들었던 이야기였다. 우리끼리의 비밀로 하자는 그런 얘기들은, 더 많은 걸 원하고 있다는 의미며 내가 뭘 더 원하는지 알고 있다는 고백이자 제안이다.

기사님에게 가까운 호텔로 가자고 했다. 그러니 이 아가씨가 내 손가락에 깍지를 꼈다. 솔직히 내가 더 많은 것을 얻을 수 있을지는 모르겠다. 술을 좀 마셔서, 이 아가씨를 만족시킬 수 있을지도 모르겠다.

거래라는 것들이 항상 공평하고 서로를 만족시키기는 어려운 법이다. 적당히 만족했다면 양보도 해야 할 줄 알아야 하며, 조금 불만족스럽더라도 같이 밥 한 끼 정도는 먹을 수 있다.

"저 그런 애 아니에요."

"알아요."

나도 그런 사람 아니다. 원래의 나라면 이미 너와 하면서 송민아에 대한 질문들로 너를 자극했겠지, 어떻게든 질투를 유발해 사소하게 지저분한 것들까지도 떠들게 했겠지. 거래처의 약점을 붙잡고 비틀어 치사하게 구는 것처럼 그랬겠지.

그럴 필요가 없다는 걸, 너를 만나자마자 알고 있었다. 그 귀여운 눈가에 촉촉한 갈증을 담고도 순진하게 당당한 척 구는 너를 굳이 애무할 필요가 없었다. 당장 우리와 거래가 가장 중요하다는 걸 알고 있는 거래처를 들쑤셔 괴롭힐 필요가 없는 것처럼 그랬다.

호텔 방에 들어가자마자 이 아가씨를 침대에 엎드리게 하고 치마를 올렸다. 이미 충분히 젖어있는 곳에 깊숙이 넣었다. 이 아가씨가 침대에 머리를 기댄 채 말했다.

"흐윽~ 민아 좋아하죠?"

"아니. 지금 네가 좋아."

"아웅~. 그거 알아요? 민아 걔 엄청 쉬운 거? 지금 오빠랑 나랑 만나는 것도 후회하고 있을걸요?"

"그래?"

"하웅~. 걔 남자친구 있다는 말도 거짓말인 거 알죠?"

"알아."

이미 너와의 대화로 충분히 알고 있었다. 우리가 이럴 필요까지 없다는 것도 알고 있었다. 지금 우리는 완료된 거래를 축하하는 소소한 식사를 나누는 거다. 이미 네게 얻을 수 있는 건 모두 얻었다. 우린 그저 간단하게 밥 한

끼 먹는 거니까, 쓸데없는 소린 그만 지껄여도 좋다.

밥맛이 떨어지기 전에, 더 열심히 허릴 움직여보기로 했다.

내가 송민아에게 소개팅에 대한 연락을 하지 않았고, 송민아도 주말 내내 아무런 연락이 없었다. 월요일에 송민아를 만나서도 특별한 언급을 하진 않았다. 일단은 회사 일들에 신경 쓰며 송민아의 태도를 살폈다. 훌륭하게도 딱히 변화를 보이진 않았다.

송민아를 제외한 애들에게 모두 일거리를 만들어 사무실 밖으로 내보내고, 송민아를 불렀다. 송민아는 어렵게 돌아갈 필요가 없는 여자다.

"송민아. 결혼했더라고?"

"이혼했죠."

"남자친구는 없고?"

"남자인 친구는 여럿 있어요."

"괜찮네. 민효정을 알지?"

"과장님 팀원이었죠?"

"응. 내가 좋아하게 될 것 같아서 부서를 옮겼어. 사내연애는 불편하잖아."

"그럼 저도 옮겨야 하나요?"

웃었다. 요 귀여운 생명체가 마치 세상을 다 안다는 것처럼 당돌하게 구는 게 마음에 들었다. 민효정도 그랬지만, 민효정처럼 어둡고 신비로운 느낌은 없었다. 내가 웃고만 있으니 송민아가 다시 말했다.

"전 비밀로 할 수 있어요. 민효정을 회사에서 나가게만 할 수 있다면."

아~ 이 요망한 것들을 어떻게 요리하지?

사실상 경쟁 기업과의 계약이라, 상당히 지루하고 피곤한 갈등이 오갈 줄 알았다. 처음부터 깐깐하게 굴며 나오기에 우리 측의 자존심 때문이라도 적절한 대응을 해야 했다. 거래의 저울에 올려놓는다면 우리 쪽이 살짝 모자라겠지만, 애초에 거래라는 게 공평하게 시작할 수 없다.

허풍은 의미가 없었다. 이미 서로의 모든 걸 들여다보고 있는 수준이라, 거짓된 태도나 잔꾀는 통할 리가 없다. 묵직하게 밀고 나가면서도 거래를 성사시켜야만 한다는 걸 서로가 알고 있었다.

자존심을 지킬 수 있는 수준의 혜택을 제공하고, 동시에 거래처를 존중해 주며 이득을 가져올 방법을 찾아야 했다. 부장님 선에서 이뤄져야 할 계약이겠는데, 상대측에서 과장이 나왔다며 내가 나선 꼴이다. 차장님을 만나서 조언을 받고 다른 팀장들과 의견을 나누기까지 했다.

긴장했던 두 번째 만남에, 상대측 담당자가 계약서를 들고 나왔다. 내가 준비한 제안보다 월등히 좋은 계약 내용이었다. 믿기지 않아서 꼼꼼하게 서류를 확인하는 와중에 이미 사인을 하며 내게 웃었다.

"그냥 사인하셔도 좋을 거 같은데요?"
"아, 예. 잠시만요."

창피하게 두 번이나 확인하고 사인을 했다. 우리끼리의 사인으로 거래가 성사된 건 아니겠지만, 이 계약을 우리 측에서 반대할 이유가 없었다. 멋쩍게 웃으며 악수를 해야 했다.

가끔 그런 계약들이 있었다. 고민하고 걱정했던 것보다 훨씬 쉽게 성사되는 경우가 있다.

송민아도 내가 계약서를 준비하기도 전에 모든 권한을 위임하겠다는 태도였다. 평소 밝긴 했어도 사무적인 대화만 나누던 송민아가, 더 살갑게 굴었다.

"과장님! 저희 큰 산 하나 넘은 거 아니에요? 회식해야 하는 거 아닌가요?"
"…내 살아생전에 회식하자는 여자 신입사원은 처음 보는데."

박 대리를 불러서 신입사원이 먼저 회식을 제안해야겠냐며 괴롭혔다. 박 대리는 시정하겠다며 송민아를 불러 회식 제안도 자기를 거쳐야 한다는 걸 주지시켜서 우릴 웃겼다.
송민아는 일을 잘했다. 조금은 까분다는 느낌이 들긴 했어도 자기가 나서도 될 자리를 눈치껏 잘 찾아다녔다. 물론 남자 사원이 그랬다면 불려 나갔을 테지만, 자신의 외모를 사용하는 것도 능력이라면 능력이다.

"상준아. 네가 그 서류 마무리 빨리해 주면 우리가 회식을 빨리 갈 수 있거든? 회식을 제안한 송민아를 사용해! 막내가 회식을 제안하게 둔 박 대리를 사용해도 좋아!"

상준이가 머릴 긁적이며 박 대리에게 도움을 요청하기에 내가 다시 말했다.

"너 그쪽 취향이야? 내가 뭐 성소수자에 감정이 있는 건 아니지만, 설마 그걸 마무리하는 게 어려워서 박 대리에게 부탁하는 건 아니지?"

박 대리가 상준이의 어깰 두드리며 일어났고, 나도 같이 일어났다. 송민아는 스스럼없이 상준의 곁으로 다가가 일을 넘겨받기 시작했다. 나는 박 대리와 함께 담배나 피우려 했다. 물론, 돌아왔을 때는 박 대리를 투입해 일을 빨리 마무리하게 할 것이다.

사무실을 나오는데 민효정과 마주쳤다. 민효정이 우리 부서가 있는 층에 올 일은 거의 없고, 나와 우연히 마주칠 일은 더더욱 없다. 박 대리를 먼저 보냈다.

"좋아 보이시네요. 과장님."
"송민아는 꽤 괜찮은 애야."
"그렇겠죠."
"그 웃기는 제안을 잊은 것도 아니야."
"다행이네요."
"…그런 게 필요하고 그럴 수 있는 거야?"
"시간 있어요?"
"오늘은 송민아가 회식하자고 했어."
"…연락드릴게요."

박 대리는 커피를 뽑아 들고 나를 기다리고 있었다.

"먼저 피우고 있지?"
"같이 피워야 더 맛있죠. 방금 그 친구가 전 팀원 민효정이죠?"
"응. 알지?"
"우리 회사 남자 중에 민효정 모르는 사람도 있나요?"
"그런가?"
"만화책에서 튀어나온 거 같은 몸매인데 냉혈미녀라니 굉장하지 않습니까? 게다가 일도 잘한다면서요? 칭찬들이 자자하던데요."
"네가 남자니까. 여자들의 의견을 물으면 또 다를 걸?"
"제가 그 정도도 모르는 바보는 아닙니다. 과장님이 민효정의 부서 이동을 요청했다는 것도 알고 있습니다."
"왜? 아쉬워? 민효정과 같이 일했으면 좋았겠어? 송민아도 미인 아니야? 아니, 참 그것보다 네가 알 정도라면 나에 대한 소문이 좀 있겠네?"

"원래 삼십 대 중반의 총각 과장에게는 다양한 소문들이 생기는 편입니다. 더구나 과장님처럼 미남이시라면 당연하지 않겠습니까?"

"아. 고마워. 가장 지지받는 소문이랑, 가장 터무니없는 소문 좀 얘기해줄래?"

"음. 과장님이 민효정과 진지한 관계가 되면서 부서를 옮기게 했다는 소문이 가장 지지받는 편이고, 과장님이 민효정에게 까여서 보냈다는 소문이 가장 터무니없는 것 같습니다."

"반대겠네."

"네. 사람들은 보통 자신의 희망을 소문에 투영시키는 편이니까요."

"이제 좀 영업팀 대리답네. 잘 적응하고 있어. 네 생각은 어때?"

"솔직히 말해도 괜찮습니까?"

"그건 네가 할 선택이지. 내가 선택할 수 있는 게 아니야."

"좀 전에 마주친 모습을 보고 떠올린 겁니다만, 과장님이 먹고 버린 것 같습니다."

"너. 음. 박 대리. 네가 나보다 회사에서 오래 버틸 것 같다."

"과찬이십니다."

사무실에 돌아왔더니, 부장님이 계셨다. 우리가 오늘 회식하기로 했다는 걸 방금 들은 사람처럼 연기하며 금일봉을 주셨다. 부장님이 연기하시니까 나도 연기했다.

"부장님도 괜찮으시면 같이 가시죠?"

"그럴까?"

"농담입니다."

"나도."

"아니, 정말 같이 가셔도 괜찮습니다."

"시끄러워. 수고했어. 잘됐더라고?"

"운이 좋았습니다."
"알아."

맛집으로 소문난 곱창을 먹으러 갔다. 전에도 느꼈지만, 송민아는 민효정과 완전히 반대였다. 민효정은 조용히 회식 자리를 지키며 남들의 이야기를 듣는 편이었는데, 송민아는 나서서 대화를 주도하며 우리를 즐겁게 했다.

"박 대리님은 꼭 토끼 같아요."
"내가 토끼 같다는 얘기는 진심 처음 듣는다."
"물론~ 외모는 뭐. 네. 아무튼. 좀. 음~ 눈을 동그랗게 뜨고 끊임없이 주변을 살피고 일하는 모습이 마치 토끼가 먹이 먹는 것 같더라고요."
"내 외모에 대한 뜸을 너무 들여서 뒤에 뭐라고 했는지 모르겠어."

내가 낄낄거리며 송민아와 박 대리의 대화에 끼어들었다.

"토끼는 작은 똥을 끊임없이 싸잖아."
"과장님 설명은 듣지 않겠습니다."
"커다란 똥은 싸지 않는다는 얘기니까 칭찬 아니야?"
"그럼 이제 과장님은 어떤 동물 같은지 듣도록 하겠습니다. 민아 씨?"
"거부하겠다. 우리 상준이는 어때?"

송민아가 상준이를 보는 대신 눈동자를 굴리는 게 귀여웠다. 상준이도 송민아가 뭐라고 말하는지 별로 듣고 싶지 않다는 표정이었지만, 거부할 수 있는 위치는 아니다. 송민아가 피식 웃으며 말했다.

"상준 선배는 나비 같아요. 조용히 꽃을 찾아 이리저리 방황하는 나비요. 꽃에 앉아 있는 시간보다 날아다니는 시간이 더 긴 것 같아요."

상준이는 좌절했지만, 나와 박 대리는 폭소했다. 박 대리가 신나서 말했다.

"완전 정확한데? 상준이 얘는 일하는 시간보다 일을 찾는 데 더 많은 시간을 쓰잖아?"

"민아 씨가 사람 보는 눈이 있네. 박 대리 너는 토끼랬잖아. 혹시 다른 부분에서도 토끼로 보일 수 있다는 얘기가 아닐까?"

"자, 그럼 과장님을 어떻게 생각하는지 듣겠습니다."

"거절하겠다고 했다! 자~ 마시자. 토끼랑 나비도 잔 들어!"

잔은 나만 들었다. 박 대리와 상준이는 정말 궁금하다는 표정으로 송민아를 바라봤고, 송민아는 이미 눈동자를 굴리며 천장을 보고 있었다. 들고 있던 잔이 민망해서 혼자 술을 마셨다. 송민아가 나를 바라보고 빙긋 웃으며 말했다.

"어~ 과장님은 개 같아요. 아니~ 아니. 욕이 아니라요. 강아지. 강아지로 할게요."

"그만해. 더 이상해지잖아."

이미 박 대리와 상준이가 자지러질 듯 웃고 있었다. 솔직히 나도 웃겼는데, 위엄을 지키느라 참았다. 거울을 보며 웃는 꼴은 보이고 싶지 않았다. 송민아가 눈꺼풀을 빠르게 깜박이며 내게 어깨를 으쓱여 보였지만, 별로 위로가 되진 않았다.

박 대리와 상준이가 웃으면서도 내 눈치를 보느라 송민아에게 이유를 묻지 못했다. 아니, 그냥 내가 개 같아서 물어볼 필요가 없는지도 모르겠다. 뭐 상관없었다. 송민아가 알아서 설명했다.

"좀 떨어져서 보고 있으면 귀여운 것 같은데, 만지면 물 거 같아요."

"에이~ 민아 씨. 그건 너무 포장했다. 과장님이 정말 개 같은 이유를 말해
봐요."

"박 대리 그만~."

"강아지라잖아요. 강아지. 개의 아기. 캐생키가 무는 게 무섭나?"

"상준아. 취했냐?"

이것들이 내 말은 들리지 않는 모양이다. 셋이 깔깔거리며 내가 개 같은 다
양한 이유를 안주 삼아 술잔을 들었다. 박 대리가 개들이 별로 정조를 지키
는 편이 아니라고 했을 때는 참았는데, 상준이가 개는 커다란 똥을 싼다고
했을 때는 때릴 뻔했다.

개를 건들면 어떻게 되는지 가르쳐주기로 했다.

"으르릉."

아무라도 나를 쓰다듬기라도 하면 물어줄 생각이었는데, 송민아가 잘 익은
곱창을 젓가락으로 집어 내밀었다. 내가 그걸 덥석 받아먹으니 다들 좋아했
다. 엉성하게 무너지느니 바짝 엎드리기로 했다. 설마 팀장을 밟지는 않으리
라 생각했는데, 박 대리가 말했다.

"가장 좋은 비유를 받은 과장님은 우리 송민아 씨를 뭐에 비유해주시겠습
니까?"

"동의하진 않지만, 뭐~ 민아 씨는 음~ 꽃 같지? 예쁘잖아?"

"아니. 그건 무슨 개 풀 뜯어 먹는 말씀입니까?"

밟혔다. 밟혔으니 짖기로 했다.

"그래! 풀. 풀! 풀 같다. 됐냐? 나비도 풀 좋아하고 토끼도 풀 좋아하고 개

도 풀 좋아하나? 송민아 넌 이제 풀이다!"

"송민아 씨를 뜯어 먹겠다는 말씀이시군요. 민아 씨, 조심해요."

"왜? 개는 풀 뜯어 먹으면 안 되냐?"

개와 토끼와 나비와 풀이 함께 술을 마셨다. 평소의 회식처럼 1차에서 끝
내고 택시비나 넉넉하게 나눠줄 생각이었다. 송민아가 노래방에 가자고 하기
에 박 대리에게 말했다.

"박 대리. 요즘엔 막내가 노래방도 가자고 하나? 넌 도대체 뭐 하는 거야?"

박 대리가 한숨을 내쉬고, 노래방을 가자는 제안도 자신을 거쳐야 한다며
송민아에게 설명했다. 송민아가 다시 박 대리에게 노래방에 가자고 말하니
까, 내가 보는 앞에서 박 대리가 고개를 끄덕이더니 내게 말했다.

"차 과장님. 2차로 노래방을 갔으면 좋겠습니다."

"그래 좋아."

지켜보던 상준이가 나직이 '아~ 개 같다.'라고 했다. 좀 취한 거 같아서 패
주려고 했더니, 박 대리와 송민아가 나를 말렸다. 송민아는 내게 팔짱까지 꼈
고, 그 모습을 발견한 박 대리가 상준이를 데리고 앞장섰다.

팔짱을 푼 송민아와 함께 뒤따르고 있는데, 내 전화가 울렸다. 전화를 받
는 대신 화면만 보고 있으니, 송민아가 물었다.

"누군데요?"

"민효정."

송민아가 다시 내 팔짱을 꼈고, 난 전화를 받지도 않고 끊었다. 송민아가

작게 한숨을 내쉬더니 미소 지으며 말했다.

"풀 뜯어 먹을래요?"
"아니. 나 전화 좀 하고 갈게. 먼저 들어가 있어."

개 풀 뜯어 먹는 소리 같겠지만, 난 민효정이나 송민아와 놀아줄 생각은 없다. 정말 사랑을 받는다는 게 뭔지 알아야겠다.

사실 전화는 강보람에게서 왔다.

━━ ⁕ ━━

블라인드 사이로 스며든 햇볕이 사무실 이곳저곳에 빛살 자국을 만든다. 한가로이 전화를 받으며 볼펜을 이리저리 굴리는 김 과장의 이마에도, 이미 몇 번이나 확인했던 휴대폰의 메시지를 또 들여다보고 있는 이 대리의 어깨에도, 일하는 척하느라 모니터의 인터넷 창을 켰다가 끄기를 반복하는 최미영 씨의 손등에도 빛살 자국이 그려졌다.
가끔 찾아오는 사무실의 고요한 오후 시간이다. 다들 평화로운 이 시간을 만끽하고 있었다. 붉어진 얼굴로 콧바람을 일으키며 부장님이 나타나기 전까지는 그랬다.

"김 과장?"

전화를 받고 있던 김 과장을 턱짓으로 부른 부장님이 사무실을 나가자마자, 모든 평화는 중단되고 사무실에 스며들던 햇살마저 사라졌다. 어디서 먹구름이 몰려왔는지 실제로 어두워졌다. 김 과장이 급하게 전화를 끊으며 사무실을 나갔고, 이 대리는 휴대폰 대신 마우스를 잡았고, 최미영 씨는 서류

뭉치들을 들고 일어났다.

다른 팀에 무슨 일이 생겼는지 몰라도, 같은 사무실을 사용하는 우리 팀도 영향을 받는다. 칸막이 너머의 다른 팀원들도 마찬가지다. 부장이 과장을 따로 불러낼 만한 일이 뭐든 좋을 리가 없다.

오랜만에 평화롭게 일들을 마무리하고 정시에 퇴근하려는 꿈을 꾸던 직원들이 눈알들을 굴리기 시작했다. 누군가 나서서 사태를 확인하길 바라는 눈치였지만, 그리고 그 누군가가 나라는 걸 알고 있었지만, 가만히 있었다. 어차피 나도 부를 것이라는 걸 알고 있다.

모두 일하는 척하는 와중에 김 과장이 돌아왔다. 잔뜩 찌푸린 얼굴로 나를 보더니, 잠시 창밖으로 시선을 옮겼다가 한숨을 내쉬고 내게 다가와 말했다.

"다 해 먹어라."
"예?"
"모르는 척하긴~ 부장님한테 가봐."

부장님의 얼굴은 아직 붉었지만, 호흡은 좀 진정된 것 같았다. 책상에는 몇 가지 서류들을 펼쳐놓고 뭔가 찾아보던 흔적이 남아있었다. 나를 세워두고도 잠시 고민하던 부장님이 서류 한 장을 들어 보이면서 말했다.

"차 과장. 이 평가서가 네가 지난주에 올린 거잖아?"
"네."
"그리고 요 평가서는 오늘 아침에 김 과장이 올린 거고?"
"그렇습니까?"
"모르는 척하지 마. 장난해? 너희가 경쟁자라고 생각해? 같은 부서야. 서로 협력하고 일을 분담하라는 팀들이라고~ 김 과장이 이 평가서 준비하고 있던 거 알고 있었지?"

"아, 그랬군요."

"죽을래?"

알고 있었다. 같은 부서의 다른 팀이 뭘 하고 있는지 모르고 있다는 건 거짓말이다. 누군가 주지하지 않아도 자연스럽게 알게 되기도 하고, 일부러 뭘 하고 있는지 확인하기도 한다. 보통의 일들은 분담하여 배정받기 때문이지만, 간혹 개인적인 평가서나 팀의 의견서의 경우는 겹치는 일도 간혹 있긴 하다.

평가서나 의견서가 겹치더라도 서로 알게 되는 경우가 대부분이다. 도움을 주고받기 때문이기도 하고, 딱히 그런 거로 경쟁할 이유가 없다. 물론 회사 내규에 따르면 경쟁을 원한다는 걸 알 수 있는데, 관리하는 위에서도 별로 원하지 않고 우리도 서로 피곤하게 경쟁하고 싶지 않다. 상무 이상쯤은 되어야 그런 경쟁을 좋아하겠다.

그런 거로 경쟁하지 않더라도 충분히 피곤하고 어려우면서도 능력을 보여줄 만한 일들은 넘쳤다. 같은 부서의 팀들끼리 경쟁하겠다는 건, 왕따가 되겠다는 선언이거나 싸우자는 얘기다.

내가 그걸 했다.

"차 과장. 왜 그랬냐? 이런 스타일 아니잖아?"

"김 과장은 유부남이죠."

"그래서?"

"유부남은 가정에 충실해야 합니다."

"빨리 말해. 피곤해. 그래서 뭐?"

"김 과장이 우리 팀원에게 소개팅을 시켜주겠다고 했습니다."

"누구? 아, 송민아?"

"그렇습니다. 아시다시피 우리 팀원은 모두 총각들입니다. 김 과장은 우리 총각 중에 누구도 소개해주지 않았으면서, 송민아에게 소개팅을 시켜준답니다. 4년 전에 김 과장이 여직원에게 소개팅을 시켜준다고 했을 때, 무슨 일이 있었는지 부장님도 기억하실 겁니다."

"에이~ 그때는 김 과장 마누라가 임신 중이었잖아. 이해해주자고~."

"네. 그 여직원도 임신시킬 뻔했죠. 훌륭하네요. 그 여직원이 지금 어디에서 뭘 하고 있는지 알고 계십니까? 아마 모르실 겁니다. 저도 모르거든요. 송민아도 우리 기억에서 사라지게 될까요?"

"불륜은 당사자들의 책임이잖아. 그 일로 소란스러워지지는 않았던 거로 기억하는데?"

"깔끔한 마무리였죠. 그래서 더 걱정됩니다. 끝이 지저분했던 일이라면, 제가 송민아를 걱정하지도 않았을 겁니다. 다시 깔끔하게 끝날 수도 있거든요."

"하아~ 그래서~ 복수한 거야? 김 과장을 엿 먹여야겠다고 생각했어? 자네 송민아한테 관심 있어?"

"저는 총각입니다."

"시끄러워. 자네가 얼마나 많은 여자를 만나고 다녔는지 내가 전혀 모를 거 같아? 내가 알고 있는 게 전부 사실이 아니기만 바란다. 응?"

"저는 우리 팀원을 보호할 책임이 있습니다."

"됐고! 알았으니까. 김 과장은 내가 불러서 따로 얘기하는 대신, 이 평가서는 김 과장으로 가자."

"그래야 합니까?"

"그럼 싸울 거냐? 김 과장 마누라 둘째 임신했단다. 나도 주시하고 있으니까, 일 크게 만들지 말라고~ 아니 무슨 우리 부서 과장들은 죄다 이 모양이냐? 발정 난 개들도 아니고 참."

순간 뜨끔했지만, 허리 숙여 인사하고 부장님 방을 나왔다. 부장님도 내가 소개해준 직영매장의 여사님과 애인 사이가 되었다는 걸 알고는 있지만, 모르는 척하기로 했다.

사무실로 돌아왔더니, 어찌나 분위기가 냉랭한지 에어컨을 켜 놓은 것 같다. 김 과장이 나를 빤히 바라보기에 눈을 피해서 자리로 돌아와 앉았다. 다들 무슨 일이 일어나고 있는지 궁금해하는 것 같은데, 이 사건의 당사자인 김 과장과 나는 아무에게도 설명할 수 없다.

잠시 후에 김 과장이 전화를 받고 일어나 나갔다. 김 과장이 부장님을 만나러 나가자마자 송민아를 불러서 물어봤다.

"김 과장이 소개해준다고 했다며?"
"예? 아~ 네."
"어쩔 생각이야?"
"뭐 싫다고 말하기도 어렵고~ 한번 나가봐야겠죠."

소개팅을 나오기로 했던 남자는 존재하지도 않을 테고, 김 과장은 미안하다고 갑자기 그렇게 되었다며 자기가 대신 놀아주겠다고 하겠지. 송민아는 상사가 그렇게 나오는데 싫다 하기도 어렵겠고, 어차피 시간도 비워놓은 데다 유부남이니까 설마 하는 생각으로 같이 놀겠지.

치사한 녀석이다. 최소한 나는 그런 식으로 비겁하게 굴지는 않았다. 내가 총각이라서 가능한 일이기도 했지만, 아니 유부남이면 그럴 생각을 말아야 하는 거 아닌가.

김 과장이 돌아왔다. 이번엔 내가 김 과장을 빤히 바라봤지만, 김 과장이 내 눈을 피해서 자리로 돌아가다가 멈췄다. 갑자기 뭔가 생각이 났다는 것처럼 연기하며 송민아에게 다가가 말을 걸었다.

"송민아 씨."
"네?"
"아~ 이거 어쩌지? 소개해주기로 했던 녀석 있잖아? 최근에 여자친구가 생졌다네? 미안해. 내가 다음에 더 좋은 친구로 소개해줄게."

"앗. 그래요? 에이~ 일부러 불금에 시간도 비워뒀는데~ 책임지세요."

송민아는 김 과장에게 얘기하며 내 눈치를 봤다. 아니 분명하게 나를 보면서 그런 식으로 대답했다. 나를 놀리는 건가? 내가 어이없다는 얼굴로 씁쓸하게 웃으니까, 송민아가 김 과장에게 계속 말했다.

"김 과장님이 저 영화라도 보여주셔야 하는 거 아니에요?"

"왜 이래~ 나 유부남이야. 총각들 많잖아?"

그걸 아는 인간이 그러셨어? 이번엔 김 과장이 내 눈치를 보면서 대답했다. 그랬더니 송민아가 상준이에게 말을 걸었다.

"선배님. 우리 같이 영화라도 볼래요?"

"아~ 그럴까? 요즘 볼만한 영화가 있나?"

듣고 있던 박 대리가 마우스를 던지듯 밀어놓고 자리에서 일어났고, 나도 따라 일어났다. 박 대리는 내가 따라가는 줄도 모르고 빠르게 걷다가 엘리베이터 앞에서 나를 발견하고 깜짝 놀라며 말했다.

"담배 피우러 가십니까?"

"응. 너도?"

엘리베이터에 다른 사람들이 있어서 우리가 침묵했다. 흡연 장소에 도착하자마자 박 대리가 담배를 꺼내 물기에 내가 말했다.

"커피?"

"아. 예? 아니, 제가 뽑겠습니다."

"됐어. 나 동전 있어."

박 대리에게 커피를 건네고 나도 담배를 물며 말했다.

"요즘 애들은 위아래가 없어."

"아. 죄송합니다."

"아니~ 상준이랑 송민아 말이야. 우리 앞에서 대놓고 그래도 괜찮은 거냐?"

"좋을 때죠."

"박 대리는 만나는 여자 없지?"

"…"

"미안. 소개팅 할래?"

강보람에게 전화를 걸었다.

[시간 있어?]

[오빠가 만나자고 하면 있지.]

[혹시 소개해줄 친구 있어?]

[아. 섭섭한데요?]

[아니, 나 말고 아는 동생이 있는데 소개 좀 해주려고~.]

[휴~ 다행이다. 난 또~ 어떤 친구요? 아니, 어떻게 아는 동생인데요?]

[뭐 동생이라기보단, 내 부하 직원인데~ 외로워 보여서.]

[그럼 나는 어때?]

[아. 섭섭한데?]

[히힛 농담이에요. 그런데~ 요즘 내가 만나는 애들이 다들 좀 그래서, 좀 알아볼게요.]

[그래. 그럼 오늘 만날까?]

[오늘 어떻게 소개해줘요.]

[아니, 오늘은 우리 둘이 만나자고.]

사무실로 돌아와 일부러 송민아가 보는 앞에서 박 대리에게 말했다.

"박 대리. 주말에 소개팅 잡혔다? 시간 비워둬?"

"앗. 넵. 감사합니다. 과장님. 충성!"

"충성은 만나보고 해~"

퇴근을 준비하며 평소에 보람이를 만나러 갈 때처럼 택시를 부르려다 그만뒀다. 대신 레스토랑을 예약하고 보람이에게 전화를 걸었다.

[어디야? 데리러 갈게.]

[택시 타고 가면 돼요.]

[아니, 레스토랑 예약했는데~ 시간이 좀 있어. 드라이브나 같이하자.]

강보람을 만나면 보통 술을 마시고 자거나, 그냥 자기만 했다. 뭔가 용돈이라도 줘야 할 것 같아서 물어봤더니, 자기가 얼마나 버는지 아느냐고 했다.

내가 집 앞까지 가겠다고 했지만, 보람이는 근처 지하철역 근처에서 기다리겠다고 했다. 보람이를 태우고 시내를 운전했다. 말이 드라이브지, 막히는 도로 가운데서 그냥 대화를 나누는 것이다.

"지금부터 그냥 레스토랑으로 가도 시간이 대충 맞겠다."

"갑자기 무슨 레스토랑이에요? 거래처랑 만나려던 약속 같은 게 깨진 거예요?"

"아니야. 너랑 갈려고 예약했어. 귀걸이 예쁘네?"

"어머? 고마워요. 웬일이에요?"

"뭐가?"

"음~ 여기서 한번 빼줘요?"

강보람이 내 바지 벨트를 풀려고 하기에 그만두게 했다. 대신 강보람의 손을 잡고 왼손으로만 운전하며 말했다.

"아직, 그 알바 하고 있는 거야?"

"음. 사실~ 나 요즘 오빠 만나면서 안 나가요. 오빠 부담스러워 할까 봐 말 안 했어."

"…괜찮아. 모자라겠지만, 내가 생활비 정도는 보탤게."

"아뇨. 나 직장 구하려고~ 계속 이렇게 살 수는 없잖아."

"내가 도와줄까?"

"으응~ 그러지 마. 나 오빠하고는 그런 사이가 되는 거 싫어. 아아~ 미안. 부담스럽지? 참! 사랑받는 일은 잘 되고 있어요?"

"아니, 별로."

"다행이네요."

전에도 왔었지만, 근사한 레스토랑이다. 우리는 괜찮은 식사를 하고 와인도 마셨다. 난 강보람의 구두를 칭찬했고, 강보람은 즐거워 보였다. 근처의 호텔에서 서로를 만족시켰다.

자다가 깼는데, 강보람이 울고 있었다. 어쩔까 고민하다 계속 자는 척했다. 보람이 다시 내 품에 안기며 미안하다고 말했지만, 난 여전히 잠들어 있었다.

박 대리에게 소개팅을 시켜줄 여자애를 찾았다며 강보람에게 전화가 왔다. 사진이 어려 보여서 물어보니까, 아직 대학생이란다.

[여대생? 박 대리가 너무 좋아하겠는데?]

[왜요? 오빠도 탐나?]

[됐고~ 그럼 연락처 전해주면 되는 건가?]

[아니, 처음은 우리 다 같이 만났으면 좋겠다던데? 부담스러운가 봐.]

[그래? 뭐 난 상관없어.]

[좋아하는 거 같은데?]

[아니라니까~.]

박 대리와 함께 소개팅 장소로 나갔다. 이렇게 주선자가 되어 소개팅 장소에 함께 나가는 건 정말 처음이다. 우리가 도착한 지 얼마 지나지 않아 보람이가 어떤 여자애와 함께 들어왔다. 박 대리는 벌써 입가에 미소가 번지고 있었다. 보람이도 예쁘지만, 같이 온 여자애도 귀여웠다. 게다가 여대생이라니까 뭐 좋아할 만하다.

나와 강보람이 서로 먼저 인사를 나누고, 그 여대생이 자신을 소개했다.

"전 함지혜요."

귀여운 외모에 어울리지 않는 눈빛을 가진 여자애였다.

월요일 아침의 사무실 분위기는 큰 훈련을 기다리는 군인들로 가득한 내무반 같았다. 보통은 그랬다. 지루하고 답답한 기운으로 가득하며 약간의 긴장감이 감도는 게 일반적이었다.

오늘은 마치 소풍을 떠나기 직전의 초등학교 교실 같다. 제일 먼저 출근한 송민아가 도착하는 모두에게 반갑게 인사하며 미소를 보였고, 상준이는 밖에서 커피를 잔뜩 사 와서 돌렸다. 박 대리는 서류철을 펼치며 뭔가 노랠 흥얼거리기까지 했다.

박 대리가 함지혜라는 여자애와 꽤 잘된 모양이다. 박 대리는 이해할 수 있겠는데, 송민아와 상준이는 왜 저럴까? 설마 둘 사이가?
송민아가 상준이에게 커피를 받으며 말했다.

"선배 이제 잘 들어갔어요? 전 온몸이 쑤셔서 죽는 줄 알았어요."

홍얼거리던 박 대리도, 그들을 지켜보던 나도 깜짝 놀랐다. 칸막이 너머의 다른 팀원도 놀라 고개를 내밀 정도였다. 당연히 우리가 생각하는 그런 일은 아닐 것이라 생각하더라도, 관심이 생긴다.
송민아도 사람들의 시선을 느꼈는지, 배시시 웃으며 어제 상준이랑 놀이공원에 갔다고 했다.

"뭐야 너희 둘이 사귀냐?"
"네? 아니요?"
"사귀지도 않는 남녀가 어떻게 같이 놀이공원에 갈 수 있지?"
"꼭 사귀고 있어야 같이 놀이공원에 같이 가는 건가요?"

그럴 수도 있는 걸까? 의문을 해결하기 위해 가까운 표본들을 사용하기로 했다. 먼저 박 대리에게 물었다.

"박 대리. 너 몇 명의 여자들과 자봤냐?"
"예?"
"아, 월요일 아침에 하긴 불편한 질문이군. 너 여자랑 몇 번 사귀어봤냐?"
"두… 번?"
"한 번이군. 그럼 그 여자 중에 같이 놀이공원 간 여자는 몇이냐?"

"없는데요?"

상준이에게 질문하려다 그만두고, 다른 팀의 이 대리에게 물었다.

"이 대리, 이 대리는 여자들 좀 만났지? 몇이나 사귀어봤어?"
"뭐~ 흠. 사귀었다는 정의가 뭡니까? 차 과장님?"
"됐다. 이 대리는 같이 잤던 여자가 열 명은 넘지?"
"프라이버시입니다. 과장님."
"그렇게 말하면서 고개를 끄덕이는 건 또 뭐냐? 그럼 그중에 같이 놀이공원 간 여자는?"
"두~ 명? 아. 세 명? 놀이공원은 별로 좋아하지 않아서요."
"질문에만 대답해라. 오케이~ 알았어. 음 그럼?"

다른 남자 직원에게 질문하려다가, 최미영 씨와 눈이 마주쳤다.

"미영 씨?"
"세 명이요! 놀이공원은 두 명!"
"아~ 역시 미영 씨는 시원시원해서 좋아. 지금은 만나는 남자 없지?"
"시끄러워요~."
"미안."

표본을 충분히 얻었으니, 상준에게 말했다.

"내가 얻은 조사 결과에 따르면 너랑 송민아는 잤어야 하는 게 맞다."
"예?"
"네?"
"거봐 너한테 말했는데 송민아도 같이 대답하잖아. 호흡이 맞는다는 얘기지. 이 대리! 남녀가 호흡이 맞으려면 어떻게 해야 하나?"

"듀엣곡을 같이 불러야죠."

"…너 혹시라도 내 밑으로 오면 살해할 거야. 어쨌든 논리적으로 상준이랑 송민아는 최소한 사귀기라도 해야 하는 게 맞다. 다들 인정하지?"

야유를 받았다. 사무실 직원들의 야유에 손을 들어 감사를 표했다. 송민 아 이 귀여운 것이 내 질투를 사고 싶은 모양이지만, 내가 민효정을 어떻게 생각하는지 전혀 알지 못하고 있다.

난 민효정의 질투를 사기 위해 송민아를 이용할 생각이 없다.

아무리 분위기가 좋아도 월요일은 피곤하다. 소풍 가는 아침 같았던 사무 실이 중간고사 이틀 전의 분위기로 바뀌는 데 오래 걸리지 않았다. 박 대리 는 침착하게 상준의 자료를 찢어 쓰레기통에 넣었고, 상준은 송민아에게 설 명하다 한숨을 내쉬느라 책상이 꺼지겠다. 송민아는 내 눈치를 보느라 또 일 을 배우느라 눈동자가 바빠 보였다.

적당히 잔소리하고 충분히 일거리를 던져줬다. 팀원들이 지루한 하루를 보내지 않게 하는 게 팀장의 가장 중요한 업무다. 바쁜 하루를 보냈다는 생 각이 들 만큼 팀원들을 사용하고 마지막에만 사기를 북돋아 주면 된다.

"퇴근들 합시다. 상준아~ 일하는 척하지 말고~ 덮어. 내일 해! 아니, 집에 서 해~"

다들 퇴근을 준비하는 와중에 먼저 일어나 사무실을 나왔다. 시간을 확인하 며 민효정이 근무하는 사무실로 향했다. 다행히 민효정도 이제 퇴근을 준비하 고 있었다. 입사 동기인 해외영업팀 팀장이 나를 보고 깜짝 놀라 인사했다.

"어? 차준호~ 여긴 웬일이야?"

"응. 민효정 보러 왔어."

"헐. 뭐 그렇게 당당하냐. 이러려면 민효정 씨 부서는 왜 옮기게 했어?"

"아~ 그야 사랑하면 일을 시키기 불편해지잖아."

퇴근을 준비하던 해외영업팀의 팀원들이 모두 경악한 표정으로 나를 보고 있었다. 이 소리 없는 환호에 아까 우리 사무실에서처럼 손을 들어 감사를 표하고 싶었지만, 민효정을 생각해 참았다. 아니나 다를까 민효정이 어이가 탈출했다는 표정으로 나를 보고 있었다. 난 그런 민효정을 향해 손을 흔들어 줬다.

내 친절한 동기는 다른 직원들이 어서 퇴근하도록 독려했다. 해외영업팀이라 당직을 서야 하는 인원들까지도 내 동기가 데리고 나갔다. 민효정은 그때까지도 내가 처음 사무실에 들어왔을 때와 같은 자세로 서서 나를 보고 있었다.

민효정이 먼저 입을 열 때까지 기다렸다. 민효정과 눈싸움을 하는 건 부담스러워 창밖을 바라봤다. 빌딩 숲 너머로 노을이 생기고 있었다. 빌딩들의 유리창에 하루의 얼룩이 지며 세상이 물들고 있었다.

다시 바라본 민효정은…. 없다. 없네?

내가 창밖을 바라보는 사이에 민효정이 사무실을 먼저 나갔다. 창밖을 바라보며 폼 좀 잡아보려 했는데, 민효정이 감상할 가치는 없었던 모양이다. 급하게 민효정을 따라 복도로 나갔더니, 민효정이 멀리 가진 못했다.

복도에서 우릴 엿보려던 해외영업팀의 팀원들이 삐쭉거리며 달아나고 있었다. 민효정은 자신에게 인사도 없이 퇴근하는 동료들에게 꽤 섭섭했던 것 같다. 복도 천장을 바라보며 한숨을 내쉬고 있었다. 민효정을 불렀다.

"민효정."

"네. 차 과장님."

민효정이 나를 돌아봤다. 난 여자들의 저런 눈빛이 너무 좋다. 장난꾸러기를 나무라는 것 같으면서도 뭔가 복잡 미묘하다는 감정이 섞인 저 눈빛이 좋다. 나를 잘 모르겠다는 그 눈빛이 만족스러웠다.

"같이 저녁 먹자."
"뭐 하시는 거죠?"
"저녁을 같이 먹자는 얘기지. 우리가 계속 여기에서 이러고 있으면 더 많은 사람을 만날 수 있어…. 아~ 안녕?"

말이 씨가 되었는지, 다른 사무실의 직원들이 퇴근하며 내게 인사했다. 민효정과도 인사를 나누며 지나는 직원들이 우릴 힐끗거렸고, 민효정이 그들을 따라 엘리베이터로 향하기에 나도 따라갔다.
엘리베이터에 같이 탄 다른 직원들이 침묵했다. 그 침묵의 이유가 나와 민효정 때문이라는 사실을 잘 알고 있었다. 그래서 말했다.

"효정 씨. 우리 저녁 뭐 먹을까?"
"…과장님 먹고 싶은 거 먹어요."
"진짜? 와~ 이 시간에? 사람들 듣는데 그런 말을 하고 그래~."
"정말 재미없네요."

내 말에 픽~ 하고 웃었던 누군가가 민효정의 대답에 헛기침하며 억울해했다. 엘리베이터에서 내리자마자 민효정이 빠른 걸음으로 걷기 시작했고, 난 따라갔다. 같이 엘리베이터에 있던 다른 직원들은 우리의 이야기로 숙덕거릴 시간이 필요했던 모양이다. 아무도 우릴 뒤따르지 않았다.
회사를 나와서도 민효정은 고속으로 걷고 있었지만, 달린다고 해도 나를 따돌리지는 못할 것이다. 회사에서 충분히 멀어지고 나서야 민효정이 멈춰 서서 호흡을 가다듬고 있었다.

"숨차지? 천천히 걸어."
"악! 나한테 왜 그래! 나보고 어쩌라고!"

민효정의 비명 같은 외침에 주변에 길 가던 사람들의 이목이 쏠렸다. 이럴 때 머릴 긁적이는 건 굉장히 없어 보이겠다는 생각을 떠올리는데, 이미 난 머릴 긁적이고 있었다. 민효정은 이글거리는 눈빛으로 나를 노려봤다. 잠시 우릴 관전하고 싶었던 행인들이 다시 제각기 갈 길들을 갈 때까지, 우리는 그대로 서로를 보고 있었다.

입술을 꽉 깨물고 있던 민효정이 뭔가 말하려는 듯 입술을 열었다가 다시 닫았다. 이글거리던 민효정의 눈빛은 점점 슬퍼지고 있었다. 민효정이 한숨을 내쉬고 슬픈 목소리로 말했다.

"나랑 자고 싶어요?"

대답하지 않았다. 아니, 대답하지 못했다. 내가 전혀 상상도 하지 못했던 말이다. 민효정은 왜 내게 저렇게 말하는 걸까. 이유는 모르겠어도 명치 왼편이 저렸다.

이번엔 내가 어금니를 꽉 깨물게 되었다. 민효정을 따라오면서도 숨이 차지 않았는데, 지금 막 숨이 가빠오는 것 같다. 그런 나를 바라보던 민효정이 넌더리가 난다는 눈빛으로 외쳤다.

"나랑 하고 싶냐!"

다시 지나는 행인들의 발목을 잡았겠지만, 이제 그런 건 상관없었다. 어금니를 어찌나 세게 깨물고 있었는지, 턱이 저리는 것 같다. 왜 그런지 모르겠는데 이런 민효정의 뺨을 후려치고 싶기도 했고, 안아주고 싶기도 하면서, 또 괴로웠다.

가까스로 호흡을 가다듬으며 말했다.

"밥 먹자. 같이 저녁 먹자. 우리 같이 저녁도 먹고, 놀이공원도 같이 가고 싶어. 너랑 같이."

"개새끼."

최근 많이 듣게 된 것 같다. 어릴 때는 흔하게 하던 욕이었는데, 나이가 들면서 친한 친구들과도 하지 않게 된 욕이다. 며칠 전 송민아가 날 개 같다고 했었다. 아니, 강아지 같다고 했는데, 이제야 민효정에게 분명한 의미의 욕을 듣게 되었다.

혹시라도 민효정이 눈물을 보이면 안아줘도 괜찮을지 생각했다. 드라마나 영화에선 그랬던 것 같은데, 내가 그래도 괜찮을지 궁금했다.

민효정은 울지 않았다. 멀리 짙어지기 시작한 노을을 바라보고 있었다. 잠시 그러던 민효정이 나를 돌아보며 말했다.

"이제 책임져요."

"고마워."

"…배고파요."

"뭐 먹을래?"

"팀장님?"

나를 먹겠다는 얘기는 아니었다. 민효정이 한 말도 아니다. 나와 민효정은 거리의 한복판에서 영화를 찍고 있었고, 나를 부른 건 상준이었다. 상준이와 송민아가 함께 퇴근하다 우릴 발견한 모양이다. 퇴근도 같이하나?

"너희 정말 사귀냐?"

"아뇨. 미영 선배가 저랑 민아 밥 사준다고 해서요."

"아~ 그래? 너희끼리도 어울리는구나. 대리는 안 끼워주고?"

상준이하고만 대화를 나누고 있는 게, 여직원들의 심기를 불편하게 한 것 같다. 민효정과 송민아가 굉장한 표정으로 서로를 노려보고 있었다. 지금이 겨울이었나? 심상찮은 분위기를 깨려고 다시 상준에게 말했다.

"박 대리는?"

"어? 누구 만나러 간다고 했는데요."

"아~ 함지혜? 이름 못 들었어? 내가 지난 주말에 박 대리 소개시켜줬잖아."

이번엔 내가 관심을 끌었나 보다. 민효정이 경악스럽다는 눈빛으로 나를 보기 시작했고, 이제 송민아도 나를 노려보기 시작했다. 여자들의 시선에 이렇게 오싹해지긴 처음인 것 같다.

뭔가 이상한 기분이 들어 하늘을 바라봤지만, 멀쩡히 노을이 지는 평범한 저녁이었다. 다시 민효정과 송민아를 돌아봤는데, 그녀들은 여전히 나를 노려보고 있었다.

"상준아."

"네?"

"우리도 같이 놀까?"

여자들의 시선들이 비수가 되어 나를 찢는 느낌이 든다.

납득하기 어려웠다. 가까스로 퍼즐을 거의 맞추고 피스가 하나 남았는데, 마지막 자리에 맞지 않았다. 이미 맞춰진 퍼즐들을 확인해봐도 어색한 구석이라고는 없는 게 더 문제였다. 모양과 그림의 색상까지 모두 잘 맞아 떨어지는데, 남은 하나의 피스와 남은 자리가 어울리지 않았다.

나답지 않게 남자답게, 또 솔직하게 민효정을 대하기로 했고, 인간관계를 형성하는 가장 긍정적인 요소는 진심을 보이는 것이라는 말을 믿기 보기로 했었다.

보기 좋게 실패했다.

민효정과 나는 같이 저녁을 먹을 줄 알았다. 거기까지 완성되어 있었다. 마지막 피스만 놓으면 끝날 일이었는데, 민효정이 돌아서 가버렸다. 붙잡으려 했더니 뿌리치기까지 하는 민효정을 따라갈 수 없었다.

그런 광경을 지켜보던 송민아가 말했다.

"과장님은 민효정을 좋아하는군요."
"뭐가 문제야?"
"항상 민효정이 문제에요. 전에도 그렇고 지금도 그러네요."
"무슨 소리냐? 알아듣게 말해."
"얘기가 길어요."

담배를 꺼내 물려다가 주변에 지나는 행인들 때문에 그만뒀다. 대신 상준에게 말했다.

"너 혼자 가서 미영 씨랑 만나도 되겠냐?"

"아. 네. 뭐~ 상관없어요."

"미영 씨가 연상인가?"

"아니요. 선배이긴 해도 저랑 동갑이요."

"잘됐네. 그~ 좀 전의 상황들은…. 아니다. 어차피 이미 다 소문나고 있겠다."

망했다. 아까 회사에서의 상황을 비롯해서 좀 전의 거리에서까지 있었던 일들은, 내 솔직함이 만든 최악의 결과물이 되었다. 마지막 퍼즐을 놓지도 못했는데, 이미 기념사진을 찍어 SNS에 올리고 온 동네방네 소문을 내고 다닌 격이다.

퍼즐을 부수고 다시 시작할 수 있을까.

송민아와 가까운 술집에 갈 생각을 했다가 접었다. 여긴 회사에서 가깝다. 또 누군가를 만나고 다른 이야깃거리를 만들어주고 싶지는 않다. 택시를 잡아 송민아를 태우고 적당히 떨어진 번화가로 향했다.

택시에서 내려 적당한 술집에 들어가 자리에 앉을 때까지 우리는 아무런 대화도 나누지 않았다. 대충 안주를 고르고 소주가 나오자마자 잔에 따라 마셨다. 송민아도 잔을 채워주자마자 마셨고, 그제야 입을 열었다.

"과장님은 민효정을 어쩌다 좋아하게 되셨죠?"

"그건 왜?"

"걔는 먼저 남자를 붙잡아 두고, 그냥 붙잡고만 있거든요. 과장님에게도 그러지 않았나요? 과장님이 다가가려고 하면 멀어지지 않았나요?"

"몇몇 여자들이 애매한 남자들과 관계를 형성할 때, 흔히 그러지 않나?"

"아뇨 달라요. 그냥 붙잡고만 있진 않잖아요. 민효정은 밀지도 당기지도 않아요. 그냥 붙잡고만 있어요."

"무슨 소린지 모르겠지만, 그래. 그래서 민효정이 싫은 거야? 뭐 네가 좋아한 남자를 민효정이 붙잡고 있기라도 했어?"

"민효정이 어떤 애인지 더 궁금하지 않아요?"

"그런 얘기 들어서 뭐 해? 네 생각일 뿐이잖아. 그냥 네가 민효정을 왜 그렇게 생각하는지 얘기해봐."

송민아가 잔을 만지작거리기에 다시 채워줬더니, 단숨에 마시고 이야기를 시작했다. 어느새 안주가 나왔지만, 우리는 안주에 손을 대지도 않았다. 가끔 서로의 잔을 채우고 비우기를 반복하며 송민아가 이야기하고 나는 들었다.

요약하자면 그런 얘기였다. 학창시절 송민아의 친한 친구였던 남자애가 민효정과 가까이 지내고 있었는데, 그 시점에 송민아는 남자친구가 있었단다. 송민아가 딱히 민효정을 싫어할 만한 정당한 이유는 하나도 없었고, 단지 자신의 소꿉친구에게 다른 여자친구가 생기는 꼴이 보기 싫었다는 얘기다. 게다가 그런 관계가 대학에 가서까지 이어졌단다.

최대한 객관적으로 이해하려고 해봐도 송민아가 민효정을 증오할 만한 이유는 떠오르지 않았다. 내가 민효정에게 들은 이야기로 판단한 것도 아니고, 송민아에게 들은 이야기로 판단했다. 송민아가 이런저런 민효정의 눈빛이나 태도들을 설명했지만, 그런 말들을 머릿속에서 지워낼 정도의 능력은 있었다. 영업팀 과장 정도 되면, 남이 하는 이야기들 속에서 사실과 추측을 구분해 이해할 수준은 된다.

송민아는 그 소꿉친구라는 남자애를 좋아했다는 얘기다. 게다가 송민아도 민효정과 똑같이 그 소꿉친구라는 남자애를 붙잡고만 있었다는 말이다.

빈 소주병이 네 개가 되었다. 송민아는 이제 억울해하고 있었다. 그 소꿉친구라는 남자애에게 민효정이 없었다면, 지금의 자신이 달라졌을 것이란다. 그야 당연히 그랬겠지.

"그럼 넌 왜 당기거나 밀지 못했어?"

"남자친구가 있었다니까요?"

"…남자친구가 있었던 네가 네 소꿉친구를 붙잡고 있었다는 이유로 민효정을 미워하는 거야?"

"과장님은 여자를 몰라요."

"너는 남자를 아냐?"

"사람의 마음이라는 게 그렇게 단순하지는 않잖아요. 이미 너무 늦었는데, 버스는 이미 출발했는데 타고 싶은 적 없어요? 어쩌면… 택시라도 잡아타고 따라가서 탈 수도 있겠는데, 지금 서 있는 자리에 미련이 남는 그런 복잡한 마음을 몰라요?"

"그 말은…. 넌 네가 애쓰면 버스를 탈 수도…. 아니다. 네가 하기에 따라서 그 남자애의 마음을 가질 수도 있었다는 얘기잖아. 그럴 수 있었는데 그러지 않았고, 버스를 세워두고 있었던 민효정을 싫어하는 거야?"

"민효정 걔는 왜 버스를 세워두고 있었을까요?"

"버스가 서 있었는지도 모르지."

내게 필요한 것을 얻을 수는 없었다. 민효정의 이야기를 듣고 싶었는데, 송민아의 유년기 추억 같은 이야기만 실컷 들었다. 내게는 너무 시시해서 짜증이 날 정도였다. 물론 여자들이 굉장히 재미있고 흥미로운 이야기들은 남자들에게 해주지 않는다는 걸 알고는 있지만, 송민아는 너무 심했다. 이렇게 구멍이 듬성듬성 난 이야기는 이야기가 아니다.

백설공주가 난쟁이들과 놀아나다 시체애호가 왕자님과 만나 사랑에 빠진다고 하거나, 신데렐라가 발 페티시가 있는 왕자를 유혹했다고 하거나, 인어공주가 가슴만으로는 왕자를 유혹하기 어려워 인간이 되었다고만 이야기해준다면, 누가 그녀들을 이해해줄 수 있을까.

지금 더 짜증 나는 건, 송민아가 점점 취하고 있다는 점이다.

"제가 결혼했었다는 걸 알고 계시죠? 그 남자가 저를 너무나 사랑했거든요. 호주에서 만난 우리는 첫눈에 우리가 사랑하게 되리라는 걸 알고 있었어요. 걔는 왜 그러지 못했을까요? 민효정은 왜 그러지 않았을까요?"

"너는 왜 그러지 않았는데?"

"호주에서 그는…. 제게 손을 내밀어줬어요. 전 잡기만 하면 되는 거였죠. 진심으로 저를 사랑해줬어요. 거짓이나 위선 없이 진실 된 사랑만 있었어요."

"그리고 이혼했지."

"사랑이 끝났으니까요. 충분하잖아요. 그렇게 사랑할 수 있었다면 좋았을 거예요. 저도 민효정도…. 민효정이라도 그럴 수 있었다면, 우리가 이렇게 되진 않았을 거예요."

"거짓과 위선의 끝이었겠지. 진실이 드러나고 사랑이 끝났다고 믿고 싶었던 거겠지. 너나 민효정이나 그 소꿉친구라는 녀석은 모두가 거짓과 위선이 부족해서 사랑하지 못한 거야."

"…그럼 과장님은 민효정을 거짓과 위선으로 대하는 건가요?"

"내가 솔직하게 달려갔다가 어떻게 되었는지 좀 전에 봤잖아? 사람이 사람을 거짓과 위선으로 대하지 않는다면 사랑하기도 어려운 거니까."

"바보 같네요. 거짓과 위선으로 대해야 사랑한다니요."

"진실은 거짓과 위선의 토대 위에 만들어지는 거야. 다들 그 진실의 껍데기를 벗기고 싶지 않을 뿐이지. 난 이미 민효정에게 껍데기를 벗겨 보였고 그걸로 실패한 거야. 조금 더 기다리며 거짓말과 우연을 가장한 인연으로 운명처럼 꾸몄어야 하는 건데, 내가 그러질 못했다. 알겠냐? 너희들은 모두 솔직해서 그 모양이었던 거야! 호주에서 네가 만나 결혼했다는 그 남자는 온통 거짓말로 너를 속였던 거고!"

"아뇨. 그 순간에는 그 모든 게 진실이었어요."

"웃기시네. 진실이 뭔지 가르쳐줘? 네가 지금 술을 마실 때마다 드러나는 목을 내가 핥고 싶다는 게 진실이야. 지금 네가 입고 있는 블라우스를 찢고

네 가슴을 쥐고 싶다는 사실이 진실이라고. 내가 변태인 것 같아? 나만 그럴 거 같아? 우리 팀의 박 대리나 상준이는 다를 거 같지? 아니야. 걔들도 너와 만날 때마다 네 가슴을 만지고 싶을 걸? 하지만 걔들은 그런 얘기를 절대로 너에게 할 수 없지. 네가 싫어할 걸 너무나도 잘 아니까. 거짓말을 하는 거라고! 네게 날씨 얘기나 관심 없는 어제 얘기를 떠드는 건 죄다 거짓말이야. 네가 만나는 모든 남자는 네 가슴을 만지고 네 가랑이 사이를 관찰하고 싶다는 게 진실이야."

"정말 바보 같은 얘기네요."

"그래. 이런 진실이 가장 바보 같은 이유는, 너도 그런 걸 너무나 잘 알고 있다는 사실이지. 만난 남자들이 너와 자고 싶을 거라는 걸 너도 알고 있지만, 교양 있는 척하느라 모른 척하고 있을 뿐이지. 대부분의 사람은 진실을 무시하는 쪽을 선택해. 진실은 불편하니까!"

"솔직해져 본 적이 있긴 해요?"

"하~ 송민아. 똑똑한 줄 알았더니, 진짜 말귀 못 알아먹는구나? 아니, 지금 내가 말하고 있는 것들이 진실이라는 걸 모르겠어?"

"…그럼 이제 어떻게 될까요."

"너도 부서를 옮겨야겠지. 나와 민효정에 대한 소문을 잠재우려면 어쩔 수 없겠다. 이제 내 팀에 여직원을 넣어주지는 않을 거야. 난 아무나 건들고 다니는 인간이라는 소문이 나겠는데, 뭐 이미 그럴지도. 난 민효정에게 찝쩍거리고 동시에 너도 건든 거야. 그쪽이 나아. 그래야 희망이라도 생기지. 민효정에게 까였다는 식으로 소문이 돌면 회복이 어려울 테니까."

"민효정과 말이죠?"

"당연하지. 민효정이 나를 깠다는 소문이 나면 민효정과 내가 다시 만날 기회가 생길 수 있겠냐? 이대로 영영 끝낼 수는 없어. 퍼즐을 다시 시작해야지."

"민효정을 정말 좋아하시는군요. 민효정이 과장님을 싫어하는 이유가 뭐죠?"

"자기를 감당할 수 있겠냐고 하더군."

"아~."

"뭔가 아는 게 있어?"

송민아는 대답 대신 다시 술잔을 들어 마셨다. 술을 더 시키려는 걸 내가 막았다. 고민해야 할 앞으로의 일들도 너무 많았고, 어쨌거나 아직 송민아는 내 팀원이다. 내일의 회사 일들도 걱정됐다.

빈 술잔을 만지작거리던 송민아가 다시 입을 열었다.

"과장님은 마치 세상을 다 아는 것처럼 말하면서 여자는 정말 모르시네요."

"나랑 잤던 많은 여자에게 미안해지는군."

"여자를 알아야 잘 수 있는 건 아니겠죠. 감당할 수 있겠냐는 말은 감당해 달라는 말이라는 걸 몰라요?"

그랬을까? 모르겠다. 취한 송민아의 의견일 뿐이다. 안주도 많이 남아있는데 술을 더 시켜볼까? 아니, 난 이미 감당할 의지가 있었다. 하지만 내가 그랬나? 민효정의 마음을 가질 생각만 했지, 민효정을 감당할 고민을 하지는 않았다.

송민아가 화장실에 다녀오겠다며 일어났다. 나도 일어나 계산을 마치고 나와 담배를 물었다. 술기운에 아득해지는 정신을 붙잡으며 민효정에 대한 내 퍼즐들을 고민하는 와중에 송민아도 가게를 나왔다.

담배를 끄고 가려는데, 송민아가 말했다.

"그럼 이제. 전 부서를 옮겨야 하고~ 과장님이 건든 또 한 명의 여직원이 되는 건가요?"

"그렇겠지."

"억울하네요. 실제로 과장님이 절 어쩌진 않았는데 말이죠."

콧방귀가 나오려는 걸 참았다. 난 여자들이 솔직해지는 슈가들을 안다. 도대체 언제 왜 그러는지는 정말 모르겠는데, 솔직해지는 그 순간만큼은 정확히 알아챈다. 아니나 다를까 송민아가 말했다.

"저 감당할 수 있겠어요?"

망설이거나 후회하기 전에 가까운 모텔로 향했다.

시계의 초침이 점점 느려지는 것 같다. 내가 앉은 소파에서 보이는 시계는 기다리는 사람을 괴롭히려고 가져다 놓은 모양이다. 다섯 명쯤 더 들어와 있어도 전혀 비좁아 보이지 않을 넓은 사무실의 커다란 소파에 앉아 기다리고 있다.

10분 정도가 지났을 뿐인데, 10시간이 지난 것처럼 지루하고 좀도 쑤시고 슬슬 짜증도 나려고 한다. 기다리는 일에는 꽤 익숙해졌다고 생각했지만, 내 손에 스마트 폰이나 책이 들려 있을 때 이야기였다. 가만히 앉아서 아무것도 하지 못하고 기다리려니 고문을 받는 기분이 들었다.

방음이 잘된 방이다. 외부의 소리는 거의 들리지 않았다. 가끔 서류를 넘기는 소리와 펜이 종이를 긁는 사인 소리가 크게 들릴 정도였다. 이제는 시계의 초침이 지나는 소리도 들리기 시작했다. 너무 조용하다.

경영지원의 박 부장님이 서류철을 덮고 마우스를 클릭하는 소리가 들렸다. 이제 내 차례가 오는 줄 알았는데, 다른 서류철을 펴는 소리가 들린다. 잠깐 돌아볼까 갈등했지만, 일하는 상사를 훔쳐보는 느낌이 들어 참기로 했다.

다행히 방금 펼친 서류를 지금 검토할 생각은 아닌 모양이다. 다시 서류철을 덮는 소리와 함께 박 부장님이 일어나는 소리가 들렸다. 그제야 나도 돌아보며 자리에서 일어나려 했다.

"아니, 됐어요. 앉아 있어요."

"아, 예."

"오래 기다렸죠? 뭐 마실래요?"

160이 될까 말까 한 왜소한 몸에 작은 얼굴, 무테안경이 잘 어울리는 짙은 쌍꺼풀에 단발머리. 40대 중반이라는 게 믿기지 않는 동안의 여성인 박 부장님이 천천히 티 테이블에 다가가며 뭘 마시겠냐고 물었다.

물을 마시겠다고 했더니, 두 잔 따라서 맞은편에 앉았다. 내가 박 부장님이 건넨 물 잔을 들어 목을 좀 축이고, 잔을 내려놓자마자 박 부장님이 말했다.

"요즘 차 과장의 소문이 대단하더군요."

"죄송합니다."

"제가 뭘 들었다고 생각하기에 죄송하다고 하나요?"

좀 치사하다. 이미 인사팀장에게 내 이야기를 들었기에 부른 것이면서, 말장난으로 나를 골려주려는 것 같다. 무테안경 너머의 짙은 쌍꺼풀 아래 큰 눈이 담담하게 나를 바라보는 게 부담스럽다. 어쩐지 나도 담담한 태도로 대답해야만 할 것 같은 압박이 느껴졌다.

"제 사생활에 문제가 있다는 것 알고 있습니다."

"사내 여직원들과의 관계니까, 완전한 사생활이라 할 수는 없겠네요. 인정하나요?"

"아뇨. 업무에 영향을 미치지는 않았다고 생각합니다."

"직원들을 부서 이동시키고 거래처 여직원들과의 개인적인 관계가 생기는 게 업무에 영향을 미치지 않는다고 생각하나요?"

역시 이미 다 알고 있었다. 예전에 거래처 여직원들과 만났던 일들까지 알고 있다. 인사팀장이 어디까지 떠들어 댔을지 모르겠지만, 박 부장이 모든 걸 알고 있다고 생각해야겠다.

"개인적인 감정이 업무에 영향을 미치지 않도록 주의했습니다. 직원들의 인사이동을 요청한 것도 일에 영향을 주지 않으려는 일환이었습니다. 오해받을 상황을 만들지 않으려고 했습니다."

"차 과장. 조금 전에 저를 얼마나 기다렸지요?"

"14분 정도 기다렸습니다."

"그걸 비용으로 환산하면 얼마나 될까요? 우린 지금 회사에 있잖아요? 차 과장의 연봉으로 14분의 시간을 비용처리 해보면 어떨까요?"

"죄송합니다."

"죄송할 일을 만들지 말아요. 자신을 변호하고 싶은 마음은 알겠는데, 전 지금 차 과장을 나무라려고 부른 게 아니에요. 전 그런 식으로 일을 하지 않아요. 차 과장을 나무랄 생각이 있다면 징계위원회를 여는 게 낫다고 생각하는 쪽입니다."

그럼 왜 불렀냐는 표정으로 그녀를 바라봤다. 박 부장은 그런 나를 찬찬히 바라보다 물을 좀 마시고 다시 말했다.

"딱히 징계할 만한 요건이 없더군요. 관계가 있으리라고 짐작되는 여직원들도 딱히 차 과장에게 미련이 없는 것 같은 데다, 그 누구도 문제 삼고 싶어 하지 않더군요. 아~ 차 과장과 관계가 있으리라고 추측되는 모든 여직원과 면담하지는 않았어요. 너무 많아서 시간상의 문제가 있겠더군요. 좀 전에 말했죠? 시간과 비용의 문제? 알겠어요? 차 과장은 비공식적으로 회사의 많은 시간을 소비하게 하고 있어요. 인정하나요?"

"네."

"우리 인사팀장과 의논해봤는데, 차 과장에 대한 효용 가치가 아직도 최소 4년 이상 남았다는 평가를 했어요. 우리가 차 과장을 최소 4년 이상을 붙잡아둬야 여태까지 투자한 가치도 회수할 수 있고, 쓸모를 이용할 수 있겠다는 거예요. 차 과장이 그냥 과장으로만 있을 때를 가정한 거니까, 진급하면 당연히 늘어나겠죠?"

"다행이군요."

"다행이 아닙니다. 우리는 차 과장을 더 쓸 수 있다는 것을 아니까요. 차 과장이 결혼했다는 가정을 평가에 더하면, 최소 8년의 쓸모가 있다고 예상했어요. 역시 차 과장이 그냥 과장일 때로 분석한 거예요. 그냥 과장으로 있어도 그 정도의 쓸모가 있는 인력이라는 얘기죠."

"과장으로 8년이라니 끔찍하네요."

"전 지금 차 과장과 농담하려는 게 아니에요. 이제 제가 왜 불렀는지 알겠어요? 차 과장은 그 복잡한 사생활을 가지고도 영업팀을 잘 이끌고 있다는 얘기고, 우린 그런 차 과장을 잘 사용하고 싶어요."

"박 부장님도 미혼인 것으로 알고 있습니다."

"불편한 진실이지만, 여자와 남자는 결혼의 유무가 평가에 거의 반대로 적용돼요. 잘 알겠지만, 예상은 항상 이미 일어난 과거의 사실을 사용하기 때문이죠. 유부녀도 오래오래 직장 생활을 잘할 것이라고 예상하기는 어렵다는 게 사실이에요."

"그럼 저랑 결혼하시겠습니까?"

박 부장의 얼굴에 처음으로 표정이라는 게 드러났다. 화가 나거나 짜증이 난다는 얼굴은 아니었다. 피곤하다는 눈빛으로 안경을 만지작거린 박 부장이 작게 한숨을 내쉬고 말했다.

"결혼 생각이 없습니까?"

"부장님은 지금 제가 결혼하길 바란다는 말씀을 하고 계십니다. 그래서 당연히 농담인 줄 알았습니다. 원하면 할 수 있는 결혼이라면, 제가 박 부장님과 결혼해도 괜찮은 거 아닙니까? 일의 편의와 회사의 이익을 위해서?"

"차 과장은 제 타입이 아니에요."

"진심이시군요? 아니, 제가 왜요? 어떤 타입을 좋아하세요?"

"음. 차 과장."

"네."

"인사팀은 언제나 마이너스 이익을 내고 있다는 걸 알고 있죠? 우린 다양한 이유로 필요 없는 인원들 때문에 손해를 감수합니다. 약간의 손해를 더 낸다고 해서 별로 특별할 것은 없어요. 손해를 보더라도 차 과장을 해고할 방법을 찾을 수 있다는 얘기입니다."

"친절하고 부드러운 협박 감사합니다."

"권유입니다."

"부드러운 말투로 얘기한다고 해서 옆구리에 칼을 찔러 넣고 말하는 게 협박이 아닌 건 아닙니다. 아니, 그럼 진짜 부장님이랑 제가 결혼하는 게 최선의 결과를 내지 않겠습니까? 회사의 이익 때문이라면, 전 부장님도 괜찮습니다. 제가 부장님 타입이 아니라고 하셨는데, 어떤 타입을 좋아하시는지 말씀해 주시면 제가 노력해보겠습니다."

"야."

"네?"

"내 애인이 190에 100키로 나가는 흑인 트레이너야."

"와~."

"자식이. 까불고 있어."

"진짜예요?"

"꺼져."

"네."

송민아까지 인사이동을 요청했던 게 문제였다. 덕분에 민효정과의 관계는 해프닝이 되었지만, 난 회사에서 카사노바 비슷한 존재가 되었다. 나에 대한 소문들이 돌기 시작하면서 내 과거의 행적들이 파헤쳐졌고, 있지도 않았던 일들까지 더해졌다.

많은 시기를 받았다. 남자 직원들의 시기를 받는 건 이해하겠는데, 여직원들까지 나를 욕하는 건 이해하기 어려웠다. 그런 여직원들의 입을 닫게 하려고 내가 역으로 소문을 내기도 했다. 개인적으로 만나 본 적도 없었던 여직원들까지 나랑 놀아났다는 소문을 냈다.

그 대가로 이렇게 경영지원의 부장님과 면담까지 했다. 소문으로만 돌던 부장님의 애인 유무를 알아내긴 했지만, 자신의 소문에 대해 알고 있는 부장님의 농담일지도 모른다. 아니, 박 부장님이 농담이라는 걸 할 수 있다는 게 믿기지 않으니, 사실이겠다.

흑인 애인이라니, 굉장하다.

작은 체구의 박 부장님이 거대한 흑인과 놀아나는 모습을 상상할 여유가 없었다. 나에 대한 소문 때문이라도 난 일을 잘해야만 했다. 언제나 적당히 하려던 내가 최근 들어 정말 최선을 다해봤다. 지금도 박 부장님과의 면담으로 빼앗긴 시간을 회복해야 했다.

좀 전에 들었던 것처럼 회사는 일을 잘하면, 사생활로 제재를 가하기 어려워진다. 많은 월급 도둑들보다 훨씬 괜찮은 성과를 내려고 노력했다. 난 최소한 회사에서는 그 누구보다 많은 일을 하고 있었다. 덕분에 우리 팀원들이 좀 힘들어졌지만, 걔들은 내가 놀아도 힘들게 했을 것이다.

내가 그토록 열심히 일을 하는 건, 사생활을 자제할 생각이 없기 때문이다.

물론, 직장의 다른 여직원들을 더 건들고 다니겠다는 건 아니다. 회사 밖에선 강보람을 만나고, 안에선 송민아를 만나고, 민효정에게 계속 접근할 것이다.

"박 대리. 함지혜라는 친구는 어때?"

"네?"

"너 요즘 계속 만나고 있는 거 아니야? 어떤 친구야?"

"음~ 좀 조용한 편이긴 한데~ 착해요."

"잤냐?"

"네? 아뇨? 그런 친구 아니에요. 진도는 천천히 나가고 있습니다."

"아직도? 흠. 주말에 약속 좀 잡아 봐. 우리 커플이랑 같이 만나보자."

"강보람 씨요?"

"그럼 누구?"

"아~ 송민아랑은? 아~ 아닙니다."

박 대리가 나와 송민아에 대해 의심을 하는 건 당연했다. 내가 최근 일들을 바쁘게 하면서 박 대리를 사용할 일이 잦아졌고, 그러다 보니 가끔 송민아와 통화하는 모습을 들키기도 했다. 그리고 그 의심이 잘못된 건 아니었다.

송민아는 내가 민효정을 좋아한다는 이유로 나를 좋아했다. 처음엔 뭐 이런 애가 다 있는 건가 싶었지만, 몇 번 같이 자면서 들었던 그 소꿉친구라는 존재가 민효정과 송민아 사이에 저울 같은 녀석이었고, 어쩌다 보니 내가 그 저울을 대신하게 된 모양이다.

나쁘지 않았다.

[쏭. 퇴근했어?]

[쏭이라고 부르지 마세요. 지금 지하철역 지나고 있어요.]

[2분 뒤에 지나가니까 골목으로 들어와 있어. 회사 사람들이랑 마주치지

않게 조심하고.]

출장을 다녀오면서 퇴근하는 송민아를 차에 태웠다. 송민아를 내 차에 태우자마자 허벅지를 쓰다듬었다. 이제 송민아는 치마가 구겨지는 대신 스스로 벗어 내가 만지기 좋게 해줬다. 퇴근 시간의 막히는 도로 위는 서로를 애무하기 좋은 장소였다.

송민아의 가랑이 사이로 손을 넣으며 말했다.

"경영지원 박 부장이 나보고 결혼하래."
"과장님에게는 어려운 요구겠네요."
"그렇지. 그런데 나 결혼하고 싶어."
"누구하고요?"
"민효정."

운전하느라 전방주시를 해야 한다는 게 아쉬울 정도로, 억울함과 분노가 뒤섞인 송민아의 표정을 보는 게 좋았다. 내 손가락으로 안쪽을 긁히면서도 송민아는 거부하지 못했다. 송민아의 액체가 잔뜩 묻은 손가락을 송민아의 입안에 넣었다.

곧이어 손가락 대신 다른 걸 송민아의 입안에 넣었다.

적당히 기분을 풀고 송민아를 집 근처까지 데려다줬다. 송민아가 흐트러진 옷가지를 추스르며 내게 물었다.

"그냥 가시게요?"
"응. 좀 바빠."
"누구 만나러 가요?"
"애인."

놀리려고 한 말이 아니다. 난 강보람을 만나러 갔다.

완벽했지만, 행복하진 않았다.

함지혜는 지루한 아이였다. 그럭저럭 귀여운 외모에 매력 있는 눈빛을 갖고 있지만, 내게는 무척 지루한 여자였다. 아니, 그냥 보통의 여자애였다. 내가 지금 만나고 있는 여자들이 워낙 특별했기에 지루하게 느껴졌을지도 모른다.

"아~ 네. 지혜 씨. 그 그룹 이름은 들어봤어요. 해외에서 엄청 난리라고?"

"오~ 과장님도 BTS는 아시는군요?"

"전부터 알았어요. 방탄소년단이잖아요? 처음 듣고 어이가 없어서 기억했어요. 작명 센스가 너무~."

보이 그룹을 좋아하는 지극히 평범한 여자애였다. 걸 그룹에도 관심이 없는 나는 온통 알아먹기 어려운 말들을 떠들고 있었다. 아니, 그런 여자애가 왜 박 대리를 만나주는 건지 이해하기 어렵다. 박 대리는 아무리 좋게 봐줘도 조폭 영화의 단역이 어울릴 얼굴이다.

아쉽게도 나만 지루해하고 있었다. 강보람과 박 대리도 함지혜와 함께 한류에 대해 떠들고 있었다. 트와이스의 노래들은 나도 좋아하지만, 이게 무슨 가치에 대한 논의가 가능할 것이라고는 상상도 못 했다.

아이돌에 대한 이야기들을 실컷 듣느라, 식사를 한 건지 돌을 씹은 건지 모르겠다. 이런 함지혜의 이름을 듣고 민효정이 내 전화도 받지 않는 이유도 모르겠다.

식사를 마치고 자리를 이동하면서, 자연스럽게 커플끼리 걷게 되었다. 내 피곤한 표정을 눈치챘는지, 강보람이 말했다.

"재미없죠?"

"아니, 뭐 세대 차이가 느껴진다고 해야 하나? 난 어릴 때도 음악은 대강 들어서."

"사실 저도 좀 지루해요. 아니 이상해요. 지혜 쟤가 저런 애가 아니거든요."

"그래?"

"좀 침착하게 변태적인 애라고 해야 하나? 그랬는데~ 뭐. 박 대리님이 꽤 마음에 들었나 봐요. 잘 보이려는 거 같아요."

자릴 옮겨서는 아이돌 대신에 드라마 얘기들을 했다. 뭔가 대단하다는 얘기들을 하고 있는데, 아무리 생각해도 최근 내게 일어나고 있는 일들이 더 대단했다. 역시 난 지루함에 술만 축내고 있었다.

함지혜와 잘도 떠들던 박 대리가 화장실을 간다며 일어났다. 순간 함지혜의 매력적인 눈빛이 빛난다는 느낌이 들더니, 함지혜가 내게 말했다.

"민효정을 알고 계시죠?"

"내가 속한 세계관에선 BTS보다 더 유명한 여자죠."

"…잘 지내나요?"

"잘 먹고 잘 자는지는 잘 모르겠고, 한 남자의 구애를 받으면서도 다른 남자들을 잘 만나고 다니는 것 같아요."

함지혜가 놀랐다는 표정으로 나와 강보람을 돌아봤고, 난 차마 강보람의 얼굴을 볼 수 없었다. 함지혜가 곧 알겠다는 얼굴로 고개를 끄덕이더니 말했다.

"민효정에게 잘 어울리는 남자네요."

"효정 씨랑 어떤 관계죠? 아니, 어떤 관계였죠?"

"내가 민효정을 사랑했어요."

"그렇군요. 네? 아. 흠."

"맞아요. 전 여자도 사랑할 수 있어요. 민효정도 마찬가지겠죠?"

"…끝이 좋진 않았던 모양이군요."

"네. 이렇게 아는 사람을 만나게 될 줄도 몰랐어요."

"내 입에서 지혜 씨 이름이 나오자마자 기겁하고는 내 전화도 받질 않습니다. 무슨 죽을죄라도 지었습니까?"

"죽을 죄라…. 죽이고 싶긴 했던 것 같아요."

"…민효정 씨도 당신을 사랑했나요?"

"그 언니가 누굴 사랑할 수 있을지 모르겠네요. 그럼 보람 언니는 과장님과 어떤 사인가요?"

"…친구죠."

함지혜가 슬픈 눈으로 강보람을 바라봤다. 난 여전히 강보람을 볼 수 없었다. 함지혜가 다시 나를 보며 말했다.

"힘들겠네요."

강보람에게 해야 할 말 같은데, 분명히 나를 보고 말했다. 강보람의 한숨 소리를 들을 수 있었고, 곧 강보람이 자리에서 일어나 나갔다. 나도 따라 나가려 했지만, 어느새 다가온 함지혜가 내 손목을 잡고 말했다.

"그냥 둬요. 보람 언니도 평범하고 좋은 사람을 만나게 해줘요. 이렇게 말하면 더 따라가고 싶어지겠죠? 가서 잡아 봐요."

박 대리가 화장실에서 나오고 있었다. 함지혜가 다시 자리에 앉으며 내게 말했다.

"박 대리님은 평범하고 좋은 사람이에요. 제 이야기는 비밀로 해줄래요?"

의아해하는 박 대리에게 간단히 손을 들어 보이고 가게를 나갔다. 강보람이 택시를 잡으려고 기다리고 있었다. 그런 강보람에게 달려가는데, 마침 도착한 택시에 강보람이 탔다. 택시가 바로 내 옆을 지나갔지만, 강보람은 내 쪽으로 시선을 돌리지 않았다.

떠난 강보람에게 전화를 걸려다가, 민효정에게 전화를 걸었다. 역시 벨 소리만 계속 울리고 있었다. 다시 강보람에게 전화를 걸려다가, 민효정에게 메시지를 보냈다.

〈함지혜와 방금 만났다. 네가 행복하길 바란다고 하더라.〉

담배를 피울 만한 골목을 찾아 들어가 담배를 꺼내 물었다. 복잡한 생각들이 머릿속을 가득 채우고 있는데, 정리할 엄두가 나질 않는다. 가슴 한구석에 짜증만 가득 웅어리져 썩어가는 기분이 들었다.
메시지가 왔다. 민효정에게서 온 답장은 아니었다. 송민아에게서 메시지가 왔다.

〈우리 이제 그만해요.〉

어이가 없어서 콧방귀가 나왔다. 뭘 그만하자는 건지 웃겼다. 답장이나 통화를 하려다 그만뒀다. 도무지 정상적인 사고가 가능할 것 같지 않았다.
당장 기분을 풀어야 했다. 그제야 강보람에게 다시 연락할 생각을 했는데, 민효정에게서 전화가 왔다.

[지금 함지혜와 함께 있나요?]
[아니. 혼자 있어.]
[만날까요?]

당연히 좋다. 기다렸던 일이고 흥분돼야 할 일인데, 이상하게 만나러 가는 길이 기쁘지 않았다.

민효정과 만났다.

"함지혜는 어떤 거 같나요."

"솔직히 잘 모르겠어. 너를 사랑했고, 네가 잘 지내길 바란다고 하더군. 자기처럼."

"과장님이 함지혜를 어떻게 알 게 된 건가요?"

"내가 아는 친구에게 박 대리. 알지? 그 친구 소개팅을 시켜달라고 했는데, 함지혜가 나왔어."

"…그렇군요. 함지혜는 그런 식으로 만날 수 있는 아이가 아닌데, 함지혜가 변했거나 과장님이 특별한 사람을 만나고 있었겠군요."

"이제. 내가 널 책임져도 괜찮겠어?"

"…저랑 어떤 미래를 생각하시는 건가요."

"말했잖아. 같이 밥 먹고, 같이 놀러 가고 같이 살고 싶어."

"우선…. 우리 얘기를 좀 해야겠어요."

송민아에게 들었던 이야기들과 비슷했다. 역시 그 저울이었던 송민아의 소꿉친구가 등장했다. 송민아에게 들었던 것처럼 지루하진 않다. 민효정은 단순하게 그 녀석을 짝사랑한 것 같았지만 그래도 지루하지 않았다. 송민아가 많은 걸 감추고 구멍이 숭숭 난 이야기를 했다면, 민효정은 내가 가슴이 아파질 만큼 자신의 솔직한 이야기들을 했다.

"그 친구를 대학까지 따라갔으면서 왜 솔직한 감정을 말하지 못한 거야?"

"말했잖아요. 우리 엄마가 죽고…. 사랑 대신 위로받고 싶지 않았어요."

"그리고 송민아가 있었군."

"그게 전부는 아니죠. 다 이야기하기엔 제가 좀 힘들겠네요. 차 과장님의 이야기도 듣고 싶어요."

"나는…. 난 어디서부터 얘기해야 할까."

내겐 형이 있다. 잊고 지냈으면서 지금도 잊고 싶은 형이 있다. 그런 얘기를 해도 괜찮을까. 아니, 할 수 있을까? 솔직한 내 이야기들을 꺼내는 대신, 모든 이야기들에서 형을 빼고 했다. 민효정이 알아채는 데 오래 걸리진 않았다.

"과장님에게도 송민아가 있군요."

"…그렇지."

"아직도 떠올리고 싶지 않은 모양인데, 그만하세요. 반찬 없이 맨밥을 먹는 것 같아요."

"미안해. 난 아직도 죽이고 싶을 정도니까."

"원한은 남자들이 더 오래 기억한다더군요. 단지 여자들처럼 갚으려고 하지 않을 뿐이라고."

"갚으려면 죽여야 하니까."

"그렇군요. 전 송민아를 지하실 같은데 가둬두고 염산 같은 걸로 조금씩 고문하는 상상까지 했어요."

"차라리 죽이는 게 낫겠다."

술을 많이 마시진 않았다. 대신 우리가 나눈 대화에 취하는 기분이 들었다. 우리는 술집을 나와서 조금 걸었고, 번화가에서 빠져나와 한적한 주택가에 있는 모텔 앞에 섰다. 민효정이 말했다.

"생각이 있으면 같이 들어갈 수 있어요."

"그래."

"원한다면 제 옷을 벗길 수 있어요."

"알아."

그제야 민효정이 왜 그런 말을 하는지 알았다. 내가 망설이고 있었다. 이제 다 끝나가는 것 같은데, 강보람과 송민아가 떠올랐다. 이제야 결승점이 보이는데, 어쩐지 탈진할 것처럼 지쳐버렸다.

⁂

다음날 출근하자마자 송민아를 불렀다. 이미 부서를 옮기기로 결정되었지만, 박 부장의 농간으로 여태 우리 팀에 붙어있는 송민아에게 새로운 거래처에 가자고 했다. 박 대리와 상준이가 의아한 눈으로 나를 바라봤다.

"이 거래처와 거래가 될지 확신할 수 없거든. 계속 맡아서 진행해야 할 너희들보다 송민아를 데려가는 게 여러모로 안전하지. 이제 우리 팀에 여직원은 없을 거 같으니까, 부드러운 이미지를 보일 수 있는 마지막 기회이기도 하고~. 뭐 또 내가 더 어떻게 변명해야 하나?"

박 대리와 상준이가 나를 외면했다. 송민아가 낯빛이 어두워지긴 했어도 침착하게 나를 따라갈 준비를 했다.
송민아를 차에 태우자마자 말했다.

"뭘 이제 그만하자는 얘기야?"
"정신 나간 짓들이요."
"내가 강요했나?"
"그럼 이제 저만 그만두면 되겠네요."
"나 어제 민효정과 잤다."
"상관없어요."

아쉽다. 아쉬움에 마지막으로 송민아의 허벅지 위에 손을 올려봤다. 송민아는 미동도 하지 않고 눈으로만 나를 노려보며 말했다.

"하지 마요."

하지 않았다.

새로운 거래처에 도착했더니, 젊은 친구가 마중을 나와 있었다. 아직 갑과 을이 어느 쪽이 될지도 정해지지 않았는데, 꽤 저자세거나 예의가 있는 업체 같다.

차를 주차하고 내렸는데, 송민아가 차에서 내리지 않았다. 나 때문에 상당히 열 받아 있는 모양이다. 아니, 스스로에게 화가 나야 하는 게 맞으니, 후회하고 있는지도 모르겠다. 어차피 송민아가 필요한 일도 아니었고, 나와 송민아의 관계가 어떤 결말이 된 것인지 확인하려고 함께 왔었다.

송민아는 신경 쓰지 않기로 하고, 마중 나온 젊은 친구와 인사했다.

"차준호입니다."
"반갑습니다. 차 과장님. 유성현입니다. 저희 사장님이 기다리고 계십니다. 일행이 있으십니까?"

젊은 친구가 내 차의 조수석에 있는 송민아를 봤던 모양이다. 차의 선팅이 짙어서 잘 보이진 않겠지만, 여자가 타고 있다는 것 정도는 보였을 것이다. 나는 송민아 쪽을 잠시 바라보다 포기하고 말했다.

"저 친구는 내리지 않을 겁니다."
"아. 예. 그럼 여성분이 편히 기다릴 수 있는 곳으로 안내해 드릴까요?"
"괜찮을 거 같습니다만, 뭐 그래 주시기 바랍니다."

유성현이라는 젊은 친구가 알겠다며 나를 멀뚱멀뚱 보고 있었다. 아~ 여자를 내리게 하라고? 그래야 자기가 기다릴 만한 장소로 안내해준다는 얘기겠는데, 송민아보고 내리라고 말하고 싶지 않았다.

"아. 차 안에서 뭔가 할 일이 있는 모양입니다. 일단 우리는 사장님을 뵈러가죠."
"그럼 말씀들이 길어지시면 제가 따로 와서 안내해드리겠습니다."
"네, 고맙습니다."

꽤 살갑고 친절하면서도 부담스럽지 않은 친구였다. 젊은 친구가 이런 일에 익숙했는지, 전혀 어색함 없이 편하게 해줬다. 쓸데없이 날씨나 교통상황에 대해 떠드는 대신, 즐거운 대화가 되길 바란다는 애매한 말로 인사를 대신하고 작은 회의실을 나갔다.
곧 거래처의 비서로 보이는 젊은 여자가 회의실에 들어왔다. 비서인 줄 알았는데, 그녀가 내 앞에 앉더니 말했다.

"안녕하세요. 김은진입니다."
"아. 사장님이시군요?"
"예. 과장님을 안내해 준, 그 친구도 제 직원이라기보단, 동료에 가깝습니다."
"젊은 회사라는 건 알고 있었습니다."
"어리죠."
"미인 사장님과 만나게 돼서 반갑습니다."

웃으면 좋을 것 같은데, 미소도 없었다. 그래도 계약은 꽤 잘될 것 같았다. 새로운 거래처가 생기겠다. 송민아를 데리고 올 만큼 별 기대가 없었는데, 좋은 결과를 얻었다.

차에 돌아왔는데, 송민아가 보이질 않는다.

～～ ～～

구름이 바로 머리 위까지 내려와 있었다. 보고 있으면 속이 답답해질 것 같은 먹구름이 하늘을 가득 메웠다. 어쩐지 공기도 무겁게 느껴지는 날씨였고, 지구의 중력까지 강해진 것 같다. 내딛는 걸음이 힘겹다.

회사에 출근하며 아는 사람들을 만나는 일이 불편해졌다. 내게 말을 걸기 어려운 사람들이 내 눈치를 보는 것도 신경 쓰였고, 그럭저럭 친한 사람들이 내게 쓸데없는 인사를 건네는 것도 귀찮다.

"차 과장. 아직 경찰서에서 연락 없어?"

"무슨 소리야?"

"고소당할 때도 된 거 같은데? 아직 아니야?"

"아이~진짜."

"미투든 혼인빙자간음이든 뭐든 걸리면 얘기 좀 해줘. 내기 금액이 이제 상당해졌거든?"

"…혼인빙자간음죄 사라진 거 모르냐?"

"민사는 가능하잖아? 아무튼 뭐든 하나 걸리면 얘기해주는 거다?"

"…내기 내용이 뭔데?"

"응? 간단해. 차 과장이 올해 안에 고소를 당하느냐 마느냐. 민사 형사 상 관없이!"

"하아~ 넌 어디에 걸었냐?"

"난 당연히 그럴 일이 없다는 쪽에 걸었지. 5만 원!"

"자식. 그래도 동기라고~."

"아니~ 고소를 당하는 쪽에는 걸어봤자 판돈이 적어서."

민효정을 팀원으로 데리고 있는 해외영업팀 팀장 동기 놈이 피식 웃으며 도망을 쳤지만, 쫓아갈 힘도 없다. 사무실로 향하는 엘리베이터를 기다리는 동안, 또 엘리베이터를 타고 올라가는 내내 모두 나를 힐끗거리는 것 같다.

송민아가 아직 출근하지 않았다. 어제부터 전혀 연락이 안 되었는데, 결국 무단결근하는 모양이다. 내가 어제 송민아에게 뭘 하진 않았지만, 이미 그 전에 있었던 일들 때문일지도 모른다. 어쩌면 내 동기 놈이 5만 원을 잃게 될지도 모르겠다.

아니, 여태 아무런 문제가 없었는데, 왜 이제 와서 이러는 걸까. 내가 민효정과 잤다는 얘기에 모든 걸 포기하고 나를 엿 먹이기로 한 걸까? 내가 사람을 잘못 봤을까? 내가 아는 송민아는 절대로 그런 여자가 아니었지만, 아무리 생각해도 모르겠다.

출근 시간이 한 시간쯤 지나면서, 사무실의 직원들이 나를 힐난의 눈초리로 바라보기 시작했다.

"야. 나 아니라고~ 진짜 아니야. 아무 일도 없었거든?"

내 외침에 아무도 대답하지 않았다. 믿었던 박 대리도 고개를 가로젓고는 내게 시선을 주지 않았다.

"그래. 일이나 하자. 일!"

어차피 내가 막을 수 없는 일이라면, 내가 뭘 할 수 있는 일이 아니라면, 필요한 일을 하기로 했다. 최악의 경우에 회사에서 잘릴 수도 있겠다는 걱정도 들었지만, 지금 할 수 있는 일을 해야 했다. 할 수 있는 게 일밖에 없다.

어제 방문한 회사는 요즘 최악의 레드오션으로 분류되는 의류 벤처였다.

어떻게 유통망을 확보했는지 의문이 들긴 했어도, 겨우 2년 사이에 상당히 탄탄하게 성장해왔다. 재무 구조에도 문제가 없었고, 아직 예측 결과를 내긴 어려워도 우리가 잡아주면 성장 가능성이 상당해 보였다.

내 사생활이 어쨌든 간에 일은 잘 돌아가게 했다. 이 업체에 대한 자료들을 모으고 향후 계약에 대한 보고서를 준비했다. 박 대리가 이젠 이쪽 일에 능숙해져서 상당히 쓸모가 있었다. 진행되고 있던 다른 계약들을 살피고 진행하는 일에도 빈틈이 없도록 했다. 송민아가 빠진 자리 따윈 티가 나지 않게 했다.

송민아는 여전히 연락받지 않았고, 다음날도 출근하지 않았다. 점심시간에 민효정에게 전화를 걸었다.

[과장님. 회사에서는 연락하지 않기로 했잖아요.]
[알아. 혹시 송민아 소식 알아?]
[오늘도 출근 안 했어요?]
[…저녁에 뭐 해?]
[끊어요.]

민효정이 평일에는 만나지도 말고 연락도 하지 말자고 했다. 이제 민효정과 진지한 관계로 발전하게 될 줄 알았는데, 내 생각과는 많이 달랐다. 게다가 여태 쉽게 만나오던 여자들이 죄다 내 곁을 떠났다.

강보람도 연락을 받지 않았다. 조용히 박 대리를 불러 물어봤다.

"지혜 씨랑은 잘 지내고 있지?"
"과장님. 저도 드릴 말씀이 있는데요."
"뭔데?"
"지혜 씨가 그러더라고요. 강보람 씨에게 연락 그만하시라고, 이제 놓아주시라고."

　직접 듣는 것도 아니고, 제삼자. 아니, 박 대리에게 이런 말을 들어야 하는 건가. 마치 내가 매달렸던 같다. 내가 그랬었나? 아무리 생각해도 아니어서 어처구니가 없다.

　오후에는 경영지원의 박 부장에게 불려갔다.

"차 과장. 송민아 씨는 오늘도 출근하지 않았다고요?"
"네."
"뭐~ 다른 데서 온 소식 같은 건 없나요?"
"어디요? 경찰서요? 없습니다. 고소 같은 건 당하지 않았습니다."
"그렇군요."
"부장님은 어느 쪽에 거셨습니까? 그리고 그런 일이 있더라도 박 부장님 대신, 우리 부서의 부장님에게 먼저 보고 해야 할 일입니다."
"올해는 고소당하지 않는 쪽에 걸었어요. 고소를 당하더라도 내년이나 그 이후가 되겠죠. 그래서 말인데요. 이미 그쪽 부장님과는 얘기가 됐어요. 송민아 씨가 출근하지 않고 있는 데다 민효정 씨와 요즘 다시 만난다면서요?"
"그런 얘기도 박 부장님과 나눌 이유가 없습니다."
"아뇨. 인사이동에 관한 문제니까. 저와도 대화가 필요해요. 차 과장의 팀을 해체하고 조정할 생각입니다."
"또요?"
"문제아들은 문제아들끼리 모아놓는 게 여러모로 편리하겠죠. 회사의 이곳 저곳에 폭탄을 심어둘 수는 없잖아요? 그쪽 부장님도 동의한 일이니까 통보만 해도 괜찮겠지만, 차 과장의 의사를 듣고 싶었어요. 차 과장. 결혼하라고 한 거 기억하죠?"
"노력하고 있습니다."

"누구하고 결혼하려고 노력하고 있습니까? 송민아 씨에요? 민효정 씨? 아니면 또 다른 여자?"

"…"

"반년의 시간을 줄게요. 차 과장이 회사 밖의 누군가와 결혼한다면 세 사람 모두 직장 생활을 계속할 수 있어요. 송민아 씨나 민효정 씨와 결혼 한다면, 남은 한 명을 해고하겠어요. 반년 안에 차 과장이 결혼하지 않는다면 차 과장을 포함한 셋 중에 두 명을 해고하겠어요."

"…장난이시죠?"

"문서화할 수는 없으니까, 알아서 생각하세요. 요즘 일거리가 좀 많은 편이었죠? 일 년 이상 진행되어 관리가 용이한 거래들은 죄다 새로운 팀에서 맡아줄 겁니다. 차 과장의 팀에서는 최근에 신규로 계약된 거래들만 관리하도록 해요. 박 대리를 새로운 팀으로 옮겨서 일을 인계받기 용이하게 돕도록 할게요. 대신 윤 대리가 차 과장 팀으로 갈 겁니다."

"윤 대리요? 송민아는 출근도 안 하고 있는데요?"

"그래서 민효정 씨를 다시 차 과장 팀에 넣어 줄 생각이에요. 문제아들끼리 모아둬야죠. 참! 상준 씨? 아~ 그 친구도 박 대리와 함께 팀을 옮길 거니까. 이번에야말로 차 과장의 능력을 보여줄 수 있겠네요."

"그러니까. 윤 대리랑 민효정, 송민아와 함께 팀을 만들라는 얘기군요? 진짜 장난하시는 거 같은데요? 민효정과 송민아가 어떤 사이 이인 줄 모르시는군요?"

"네. 그건 관심 없고, 차 과장이 윤 대리랑 어떤 관계였는지 알아요. 인원이 부족하면 의심이 가는 다른 여직원들도 팀에 넣어줄까요?"

"차라리 제가 그만두겠습니다."

"그건 좋지 않아요. 우린 아직 차 과장이 필요하다고 했잖아요. 차 과장이 그만두면, 윤 대리와 민효정, 송민아뿐만이 아니라, 의심이 가는 모든 여직원을 불러서 차 과장을 고소하도록 독려할 생각입니다. 그녀들 중에 해고당하는 걸 감수하면서도 차 과장을 고소하지 않을 여자가 몇이나 될까요?"

"제가 벌을 받는 건가요?"

"미모의 여직원들을 셋이나 팀에 넣어주는 게 벌인가요. 차 과장? 오늘부터 바로 준비하세요. 다음 주중에 발령이 날 겁니다."

박 부장의 방에서 나오자마자 화장실에 들어가 토했다. 사무실로 돌아가 멍하니 앉아있는데, 덩치만 크지 중요한 일은 경영지원의 박 부장에게 모두 맡기는 우리 부장이 찾아왔다. 며칠 전 다녀온 신규 업체에 대한 계약 승인이 났단다. 내가 상당히 불량스러운 자세로 듣고 있는데도 별말을 하지 않다가 말했다.

"따라와."

"왜요? 패시게?"

"너 좀 맞아야 하긴 하겠는데, 지금은 아니니까 따라와."

우리 부장을 따라 방에 들어갔다. 부장은 뭐 마시고 싶으면 알아서 마시라고 했지만, 나는 그냥 소파에 쓰러지듯 앉았다. 내가 소파에 늘어지듯 불량하게 앉아있는데도, 우리 부장은 아무 말 없이 자기 책상의 서류들을 들고 내 맞은편에 와서 앉았다.

나는 턱을 들고 머리를 소파에 기댄 채 부장을 바라봤다. 우리 부장이 그런 나를 보고 피식 웃더니 말했다.

"담배 피울래?"

"부장님 담배 끊지 않았어요?"

"너도 끊었잖아?"

"참았죠."

"나도 그래."

부장이 테이블 밑에 서랍을 뒤적이더니 재떨이를 꺼냈다. 내가 놀라서 보고 있으니까, 부장이 담배를 꺼내서 물며 말했다.

"너도 펴. 담배 없어?"

나도 담배를 꺼내서 물고 불을 붙였다. 캬~ 부장이 좋구나. 자기 방에서 담배도 피울 수 있는 건가? 담배를 피우며 부장이 뭔가 얘길 꺼낼 줄 알았는데, 담배를 다 피울 때까지도 아무 말이 없었다.
부장이 꽁초를 재떨이에 비벼 끄고서야 말했다.

"넌 개 쓰레기야."
"뭘 또 새삼스럽게."
"적당히 아무 여자나 골라서 허위 결혼이라도 해라. 아니면 회사의 모든 여자랑 자."
"예? 으하하하. 으하하하하. 으하하하하하."

내가 미친 사람처럼 웃기 시작하니까 부장이 다시 담배를 물었다. 내가 간신히 웃음을 멈추고 말했다.

"박 부장하고도 자면 해결될까요?"
"아니. 청소하시는 아줌마하고도 자고, 최 상무님하고도 자야겠지. 넌 우리 회사 모든 여직원의 공공의 적이야. 그런 게 불가능하니까 허위 결혼이라도 하라는 거야."
"절 내보내 줄 수는 없는 겁니까?"
"널 영웅이나 순교자로 만들어줄 수는 없잖아."
"그렇게 됩니까?"
"응. 지금까지 네가 건든 여직원 중에 누구라도 문제를 삼았다면, 널 관리하기 쉬웠을 텐데 아니잖아. 그런 널 해고하면~ 뭐. 그렇게 되는 거지. 그리고 너 일 잘해. 아주 잘해 왔어. 운도 좋았겠지만, 네가 생각하는 것보다 너는 회사에 쓸모가 있다."

"어쩌면 되는 겁니까?"

"결혼하라니까? 너 같은 인간도 결혼해서 한 여자에게 헌신하며 행복하게 잘 살 수 있다는 걸 보여줘. 너 빼고 모두가 만족할 거야. 운이 좋으면 너도 만족할 수 있지 않겠냐? 한잔할래?"

"지금요?"

부장이 위스키를 한 잔 따라서 내게 주며, 인사이동에 관한 것들은 자기가 애들을 따로 불러 설명하겠다고 했다. 대낮에 부장님 방에서 마시는 위스키는 달았다. 그렇게 쓰고 독했던 양주가 달게 느껴졌다. 참! 아버지가 전에 그러셨지. 인생이 달면 술이 쓰고, 인생이 쓰면 술이 달다고.

한 잔 더 마시면 좋겠는데, 부장님은 가서 남은 일을 하라며 병을 치웠다. 입맛을 다시며 부장님 방을 나와 사무실로 향했다.

영업 A팀장이었던 내가 C팀장이 된다. 김 과장의 B팀이 A팀이 되고, B팀은 새로운 과장이 박 대리와 상준이를 데리고 팀장이 된다. 원래 C팀은 부장 예하에 두고 특수한 상황에만 운영이 되는 편이었는데, 이제 내가 C팀장이 되어 상시 운영하게 되었다. 윤 대리와 민효정과 송민아와 함께. 참나.

사무실에 돌아왔더니, 송민아가 와 있었다.

"어? 쏭? 왔네?"

"쏭이라고 부르지 말라니까요."

"응. 그래 잘 왔어. 오자마자 할 일이 있다. 엊그제 다녀온 업체 있지? 거기 계약승인 났다. 미팅 잡아."

"…저 못하겠어요."

"아~ 그만둘 거야? 잘됐네. 안녕~."

"아뇨. 그 업체에 관련된 일들을 못 하겠어요."

"왜? 아니다. 됐다. 그럼 경위서든 시말서든 죄다 써 와. 징계는~ 나도 모르겠으니까 일단. 흠~ 박 대리. 네가 내 밑에서 할 마지막 업무다. 미팅 잡고 계약 준비해라."

박 대리가 의아해하며 내게 다가왔다가, 술 냄새를 맡은 모양이다.

"과장님 술 마셨습니까?"

"응. 딱 한잔했다. 나 오늘 일하기가 좀 그러니까 박 대리 네가 알아서 좀 해라. 난 나가서 술이나 더 해야겠다."

퇴근 시간은 아직 한참 남았지만, 회사를 나왔다.

민효정에게 전화를 걸었다. 아~ 회사에서 연락하지 말라고 했는데….

꙳ ꙳ ꙳

며칠째 우중충하던 날씨가 드디어 묵힌 습기를 세상에 뿌릴 모양이다. 찔끔찔끔 내리던 빗방울이 굵어지기 시작했다. 빗방울이 굵어지긴 했는데, 무슨 행주 물을 쥐어짜는 것 같다. 굵은 빗방울들이 떨어지는 간격들이 엉망이다. 이걸 비가 내린다고 봐야 하나.

이제 민효정도 연락을 받지 않는다.

다음 주면 같은 팀이 되어 매일 볼 수 있겠는데, 지금 당장 민효정이 전화를 받지 않는다는 게 열 받는다. 아니, 외롭다.

외롭고 열 받고 피곤하고 짜증 나는데, 뭘 어떻게 풀어야 할지 전혀 모르겠다.

문제가 발생하면 항상 요인을 찾아 하나씩 제거하며 문제를 해결했다. 방해하는 요소를 차근차근 찾아 제거하며 일이 성사되도록 했다. 모든 일을 잘할 생각은 애초에 하지 않았다. 가장 중요한 계약이나 일에만 초점을 맞추고, 곁다리들을 하나씩 잘라냈었다. 가끔은 미래의 성장 가능성을 담보로 우리의 이익을 제외하기도 했고, 때론 보장 가능한 우리의 지원을 빌미로 계약당사자의 마진을 무시하기도 했다. 대체 가능한 중간관리업체를 빼고 진행하기도 했고, 원활한 유통을 위해 연 매출 일억짜리 거래를 파기시키기도 했다.

언제나 새로운 계약을 진행해야 하는 영업팀의 팀장이 하는 일이다. 얼핏 항상 신규 계약을 만들어내는 창조자로 보일 수도 있겠지만, 경영학을 조금이라도 공부한 사람들은 영업이 모든 걸 파괴한다는 사실을 알 것이다. 거래를 위해 많은 것들을 제외하고 제거했다. 그게 사람이든 산업이든 구조든 상관없었다.

창조자는 생산자다. 경영은 창조자의 생산물을 파괴하기(소비하기) 좋은 상품으로 바꾼다. 실무자들은 경제학보다 물리학과 철학에서 유용한 정보를 얻는다. 경제학은 경영자에게나 유용하다. 실무자는 물리학에서처럼 정확하게 예측할 수 있고 증명이 된 힘의 논리나 가속도의 법칙이 미래를 예측하는 데 편리하다. 소비자의 심리를 예측하는 일도 미시, 거시적 논리보다 철학이 훨씬 소비자 본위에 가까이 있다. 물론 경제학도 물리학과 철학의 위에 만들어진 학문이지만, 잘난 이들이 워낙 아는 체들을 하느라 복잡하고 현실과 먼 곳에 있다. 물리학과 철학이 훨씬 친절하다.

일을 가장 방해하는 요소를 찾아 하나씩 제거한다. 그게 실무자 경영의

본질이다. 뭔가 새로 만드는 게 아니다. 목적은 위에서 정해주는 것이고, 실무자는 목적을 위해 다른 것들을 파괴한다. 얼핏 뭔가 새롭게 만드는 것으로 보이기도 하지만, 시스템이 가져다준 결과물일 뿐이다.

언제나 제거하는 쪽이 나였는데, 지금 내가 제외되고 있다.

잘해왔고 잘하고 있는 줄 알았다. 그토록 잡고 싶었던 민효정도 바로 코앞에 있는 줄 알았다. 실제로 다음 주면 현실의 코앞에서 마주치게 될 것인데, 그 어느 때보다 멀리 쫓겨난 기분이다.

택시를 잡아타고 클럽의 매니저에게 전화를 걸어 예약을 잡았다. 작은 공원에 들어갔다가 한 시간 만에 내 월급의 네 배를 날리고 일어났다. 매니저가 나를 안내해주며 말했다.

"잃기도 하시는군요? 다른 놀이터에 참여하시겠습니까?"

"아니요. 제 예치금이 얼마나 남았죠?"

"그냥 즐기실 생각이라면 확인이 불필요할 정도입니다. 환급해 드릴까요?"

"아뇨. 그냥 놀게요."

"오늘은 비가 내려서 실내 비키니 파티가 있습니다. 새로운 신분이 필요하시면 그것도 맞춰드릴 수 있습니다. 의사나 변호사도 가능합니다. 필요한 대학의 교수님과 적당한 동기들의 이름과 함께 학교 근처의 가게들까지 브리핑 가능합니다. 10분만 투자하시면 더 재미있게 놀 수 있습니다."

"그런 파티는 비나 눈이 내려야 열리는 모양이군요? 대체 어떤 사람들이 참가합니까? 죄다 자기 신분들을 속이고 나오는 겁니까?"

"그렇지는 않습니다만, 가면무도회를 아십니까?"

"아~ 남자들은 신분으로 가면을 쓰고, 여자들은 비키니로 가면을 쓰나요?"

"가면무도회는 외면을 감추려는 것보다 내면을 감추려는 목적이 더 크다고 합니다."

"그렇군요."

"그럼 참석해보시겠습니까?"

"흠. 아뇨 그냥 술이나 한잔하고 싶어요."

"안내해드리겠습니다."

전에는 여기서 강보람을 만났다. 오늘은 어떤 여자를 만날 수 있을까. 비키니 파티가 열리고 있어서 그런지, 한산하고 전보다 물이 좋지 않아 보였다. 바텐더에게 술을 받아 마시고 있는데, 한 여자애가 다가와 말을 걸었다.

"안 좋은 일 있죠?"

"좋은 일이 있는데 이런 데서 혼자 술을 마실 이유가 없잖아요."

"하긴. 그러네요. 같이 마실래요?"

"수술하는 데 얼마나 들었어요?"

"쳇. 티 나요? 본판이 좋아서 얼마 안 들었어요."

"우리 올라가서 할래요?"

"네? 급하시네. 여기 그런 데는 아닌 거로 아는데요?"

"알아요. 별로 대화할 상대는 아닌 거 같으니까. 시간 낭비하지 말고 그냥 올라가서 하는 게 서로 좋지 않나?"

"음~ 이건 아닌 거 같아요. 다른 친구들도 좀 만나봐요."

이런 데서도 까일 수 있다는 걸 처음 알았다. 그때부터 만나는 모든 여자에게 올라가서 떡이나 치자고 했다. 몇몇은 말도 없이 그냥 일어났고, 몇몇은 고개를 절레절레 흔들며 일어났다.

이제 술에 좀 취할 거 같은데, 매니저가 나를 찾아왔다.

"응? 아가씨는 키가 너무 큰 거 같은데요?"

"매니저입니다. 마사지를 받으러 가는 건 어떻습니까? 아니면 원하는 방식의 주점으로 안내해드릴 수 있습니다."

"제가 진상을 부리고 있나요?"

"저희 클럽의 회원등급은 돈보다 매너로 결정됩니다."

"재벌이 이 클럽을 사겠다고 한다면?"

"이런 클럽의 주인이 누구일 것 같습니까?"

"돈과 권력이 충분하다 못해 방탕한 것도 지루해진 고집불통?"

"그런 사람이 누가 있을까요?"

"짜증 나네. 그냥 술이나 좀 더 마시고 갈게요."

무슨 일이 있었는지 기억이 안 난다. 일어났더니, 어떤 호텔의 방이었다. 침대 옆에는 커다란 가방과 함께 메모가 있었다. 클럽의 방문을 불허한다는 메모였다. 다시 클럽을 방문하기 위해선 신용할 수 있는 보증인이 어쩌고저쩌고…. 메모를 구겨 버리고 가방을 열었다.

5만 원짜리 현금 뭉치들이 들어있었다. 대강 봐도 몇천만 원은 되겠다. 그동안 꽤 많은 돈을 따긴 했었던 모양이다. 가방 안에는 작은 상자도 들어있었다. 상자를 열어보니 시가가 들어있었는데, 시가는 잘 몰라도 꽤 비싸 보였다.

영화에서처럼 시가를 입에 물고 5만 원짜리 한 장에 불을 붙였다. 5만 원짜리를 태워 시가에 불을 붙여봤다.

"콜록콜록! 이런 걸 왜 피우는 거야?"

나도 모르게 혼자 중얼거리고 일어나 샤워를 했다. 샤워하고 나왔더니, 전화가 울리기 시작했다. 클럽의 매니저였다.

[저 이제 그 클럽에 방문 못 한다면서요?]

[보증인이 있으면 다시 방문할 수 있습니다.]

[우리 부장님에게 다시 데려가 달라고 해야 하나요?]

[메모를 다 읽지 않으셨군요. 한번 보증인이 되셨던 분은 다시 보증인이 될 수 없습니다. 새로운 보증인이 있어야 합니다.]

[그럼 앞으로 제가 방문할 가능성은 없겠네요.]

[스스로 신용할 수 있는 보증인이 될 수 있습니다.]

[그게 무슨 소리예요?]

[애인이나 와이프와 함께 방문하시면 됩니다. 그럼 스스로 신용할 수 있는 보증인이 됩니다.]

[거기를요? 아니, 제가 데려간 여자가 애인이나 와이프인지 어떻게 알아요?]

[저희는 압니다.]

[…제가 일어나서 샤워하고 나온 건 어떻게 알고 전화했죠? 감시당하고 있나요?]

[영화를 너무 많이 보셨군요. 한 시간 전에도 전화를 걸었었습니다. 받지 않으면 한 시간 뒤에 전화를 걸 생각이었습니다.]

[아. 그렇군요. 그런데 전 이제 거기 방문할 생각이 없어요. 수고하세요.]

[예치금의 절반은 아직 지급되지 않았습니다. 방문하셔야 나머지를 받을 수 있습니다.]

[그런 게 어디 있어요?]

[저희 클럽의 방침입니다. 반성의 기회를 주고 매너를 회복할 기회를 드리는 겁니다.]

이놈이나 저놈이나. 아니, 한 명은 놈이 아니구나. 아무튼 다들 나보고 결혼을 하라고 한다. 아니, 꼭 결혼이 아니더라도 정착할 누군가를 찾으라는 얘기겠지. 누군 그럴 생각이 없나?

호텔에서 회사로 바로 출근했다. 우리 사무실로 가지 않았다. 이제 다음 주면 같은 사무실을 쓰겠지만, 아직은 다른 부서에 있는 민효정의 사무실로 향했다. 몇몇 직원들이 나를 발견하자마자 또 재미있는 일이 생기겠다며 눈들을 반짝였다.

그들의 기대를 만족시켜 줬을지 모르겠다. 애써 무표정한 얼굴로 나를 바라보는 민효정에게 말했다.

"민효정 씨. 나랑 결혼합시다."
"싫어요."
"그럼 나랑 합시다."
"왜요?"

민효정 앞에 가방을 열어 돈다발을 쏟아냈다. 민효정이 내 뺨을 후려치는 데 오래 걸리지 않았다. 시원하다. 내가 여태 해왔던 일이다. 방해 요소를 찾아 파괴한다. 내 삶과 일에 방해가 되는 최대 요소인 민효정을 파괴하기로 했다. 민효정을 파괴하면 내가 사랑할 사람도 없어질 테니까.

그제야 다른 직원들이 수군거리는 소리가 들리기 시작한다. 미친 게 아니냐는 의견들이 주류를 이루는 것 같지만, 어떻게 하냐는 걱정들도 들렸다. 민효정이 나를 노려보다 사무실을 나갔다.

동기 녀석이 다가와 내게 말을 걸었다.

"차 과장. 적당히 좀 해. 촌스럽게 이게 뭐냐?"
"…나 이제 어쩌지?"
"여긴 걱정하지 말고 네 사무실로 돌아가서 평소처럼 일해. 회사잖아. 그게 싫으면 나가서 죽어버려. 그럼 이 돈은 내가 장례비로 잘 쓸게."
"남을 텐데?"

해외영업팀장인 동기 녀석이 한숨을 내쉬고 사무실의 직원들을 모았다. 웅성거리면서도 직원들이 팀장의 주변으로 모였고, 동기 녀석이 자기 볼펜을 꺼내 들더니 말했다.

"자~ 여기 제 볼펜을 잘 보세요. 제가 버튼을 누르면 여러분의 기억이 지워집니다. 알았죠? 우린 아무것도 못 본 거예요. 여기 영화 《맨 인 블랙》 못 본 사람들은 지금 내가 무슨 소리 하는 건지 다른 직원들에게 물어보시고~ 어이~ 조 대리! 내가 볼펜 버튼 누르면 사무실 등 전부 다 껐다가 다시 켜. 알았지? 뭐야. 자네도 《맨 인 블랙》 몰라? 아~ 진짜 답답하네. 아무튼 이제 다들 잊는 겁니다! 민효정 씨 돌아와도 아무 티 내지 않는 거야? 알겠지? 다들 프로잖아. 거짓말하고 연기하는 게 일이니까 잘할 수 있죠? 우린 해외영업팀이잖아!"

그런다고 사실이 사라지진 않겠지만, 정말 소문이 나진 않았다. 아무래도 소문이 나기에 너무 황당한 사건이었던 모양이다. 내가 돈뭉치 하나를 동기 녀석에게 던지고 나왔던 것도 효과가 있었던 것 같다.

내 파괴적인 행동이 별로 효과를 본 것 같지는 않았다. 민효정은 다시 멀쩡히 돌아왔고, 나도 사무실로 돌아가 일을 했다.

윤 대리와 민효정이 우리 팀에 들어와서도 마찬가지였다. 이 직장이 얼마나 마음에 들기에 다시 내 밑에서 일할 생각을 할 수 있는지 모르겠다. 윤 대리는 내가 세상 반갑다는 태도까지 보였고, 송민아는 침착하게 민효정한테 자기소개를 했다.

민효정이 송민아에게 말했다.

"됐어요, 송민아 씨. 우리 서로 알잖아요. 일이나 잘합시다."
"저는 이미 차 과장님 팀이었으니까 제가 도울 수 있는 게 있으면 말씀해

주세요."

"제가 차 과장님이랑 더 오래 일했던 것 같네요. 알아서 할게요."

"더 오래 알았다고 더 잘 아는 건 아닌 거 같아요. 민효정 선배."

"그런가요? 송민아 씨? 저는 그게 항상 아쉬웠는데요."

"일에 사적인 감정은 포함하지 않았으면 좋겠어요. 민효정 선배."

"제가 할 말이네요."

멍하니 두 사람의 대화를 바라보다 내 혼이 빠져나가기 전에 윤 대리를 불렀다. 지난주에 신규로 진행하기로 했던 계약은 윤 대리에게 맡겨야겠다. 민효정과 송민아 둘 중에 누굴 시키기는 너무 부담스러웠다. 아니 무서웠다.

"윤 대리. 오후에 그쪽에서 방문하기로 했거든? 유성현인가? 그 친구가 올 거야. 직급이 뭔지 모르겠어. 공동대표라는데~ 아무튼 그 친구 오면, 나랑 부장님이 기다리고 있을 테니까 자네가 안내 좀 해줘. 간단히 브리핑도 해주는 거 알지?"

"걱정 마세요."

하긴 윤 대리는 벌써 4년 차 대리다. 아니구나. 5년 차였나? 이젠 같은 팀이 되었는데 팀원의 신상도 잘 모르겠다. 이 팀원들 모두와 잤는데, 그녀들의 신상은 잘 모르겠다는 게 웃겼다. 혼자 피식 웃고 있는데, 민효정과 송민아가 나를 노려보고 있었다.

아니, 팀장이 웃지도 못하나. 젠장.

계약은 예상대로 잘되었다. 전 같으면 회식이라도 해야겠지만, 우리 팀이 그럴 꼴이 아니라는 건 누구보다 내가 제일 잘 알았다. 대신 퇴근하면서 민효정을 붙잡았다.

"오늘 신규 계약 잘되었는데, 우리 같이 밥이라도 먹자."

"싫어요."

"대체 왜 그러는 거야? 내가 너를 위해서 여태 해온 일들을 봐. 나한테 이 정도 자격은 있잖아?"

"아무튼 오늘은 싫어요."

짜증 났다. 비도 내리고 술 마시기 좋은 날씨였는데, 민효정 너 때문에 지금 내가 어떤 꼴이 되어 있는데, 매몰차게 거부하는 민효정이 짜증 났다.

"뭐가 문제야! 네 말대로 했잖아! 말을 해주던가!"

"사람과 사람 사이에 꼭 문제가 있어야 하나요?"

"아~ 좋아하고 싫어하는 데는 이유가 없다고? 장난해? 이유를 만든 사람이 누군데?"

돌아서 가려는 민효정의 팔목을 잡았다. 민효정이 뿌리치려는 걸 더 세게 잡았는데, 뒤에서 누군가 말을 했다.

"어이. 여자가 싫다고 하잖아."

"넌 뭐야? 어? 자네. 유성현?"

너 왜 반말이냐?

비가 내린다.

"…여자가 싫다고 하잖아요. 그만하시죠."

"이봐. 신경 끄고 그냥 가~ 자네가 신경 쓸 일이 아니야."

빗발이 조금 굵어졌다. 비를 맞는 것도 싫었고, 민효정이 내게 힘겨운 표정을 짓는 것도 싫었고, 엉뚱한 방해꾼이 나타난 것도 싫었다. 여러모로 짜증 나는 날이다.

다시 민효정의 팔목을 잡으려 했지만, 민효정이 뒷걸음쳤다. 화가 치밀어 오르는 걸 간신히 참으며 물러서는 민효정의 팔을 잡았다.

"야. 민효정. 창피하게 우리 이러지 말고 다른 데 가서 얘기 좀 하자."
"…놔요."
"여기서 이럴 거야?"

그때, 유성현이 내 어깨를 잡았다. 이제 겉옷들이 젖을 만큼 비가 내리기 시작했다. 내 어깨를 꽉 쥔 유성현의 악력이 나를 미치게 할 것 같다.

"야, 너 이거 안 놔?"
"당신이나 그 손 놓으시지?"
"뭐? 당신? 하~ 참."

민효정의 팔을 놓고, 유성현에게 잡힌 어깨를 풀어냈다. 이 사리분간 못 하는 정의의 사도는 대체 왜 이 순간에 나타난 것일까. 어린 애들은 이게 문제다. 낄 때 끼고 빠질 때 빠지는 법을 모른다.

"어이. 유성현 씨. 일 보셨으면 가셔야지. 왜 우리 회사 근처를 배회하고 있어?"
"차 과장님. 효정이가 싫다고 하잖아요. 보내주세요!"
"뭐? 효정이? 너 얘 알아? 아니. 민효정! 너 유성현 알아?"

이제 빗줄기가 이마를 타고 흐른다. 민효정이 비에 젖은 머리칼을 쓸어 넘기며 유성현을 노려봤다. 분명히 나를 보는 게 아니라 유성현을 보고 있었다. 회사 건물 옆에 좁은 골목의 어둠 속으로 비가 내린다.

"민효정! 내가 묻잖아! 너 얘 알아? 요즘 만나는 애야? 그래서 이러는 거야?"
"유성현. 가. 가라고"

민효정이 내게 대답하는 대신 유성현에게 나지막하게 말했다. 빗속이라, 내 뒤에 있는 유성현에게 들렸을지 모르겠다. 내가 다시 유성현을 돌아보며 말했다.

"자네. 가라고 하잖아. 어? 안 들려?"
"민효정. 괜찮아?"

이것들이 사람을 가운데 두고 자기들끼리 대화를 나누고 있다. 그 꼴을 더보고 있을 생각이 없다. 다시 민효정의 팔을 붙잡아 당겼다. 이번엔 민효정이 힘없이 내게 끌려왔지만, 유성현이 다시 내 어깨를 잡았다.
이젠 참기 어렵다. 유성현의 팔을 쳐내고 가슴을 밀치며 말했다.

"야. 꺼져. 이거 뭐 하는 자식이야? 죽고 싶어?"
"쳇."

거기까지만 들렸다. 유성현이 뭐라 중얼거린 것 같은데, 듣지 못했다. 유성현의 주먹이 내 턱에 박혔다. 빗속이라 피하기 어려웠다. 내가 방심만 안 했어도 대단찮은 주먹이었는데, 턱에 제대로 꽂힌 게 문제였다. 비가 내리고 있으니 실제로 물주먹이긴 했다.

정수리에 떨어지던 빗방울들이 얼굴에 떨어지고 있었다. 내가 쓰러져 길바닥에 누웠다는 사실을 인지하고 일어나려 했으나, 유성현의 발이 내 옆구리를 강타했다. 숨이 막힐 것 같은데, 이제 다시 소리가 들린다. 떨어지는 빗소리, 근처를 지나는 자동차들 소리, 멀리 지나는 사이렌 소리, 다시 내 옆구리에 유성현의 발등이 박히는 소리, 민효정의 목소리….

"그만해! 유성현 그만해!"

그만하라잖냐. 그만 좀 해라. 아프다. 빗방울이 더 이상 얼굴에 떨어지지 않았다. 비가 그친 건 아니었다. 유성현이 내 배 위에 올라타 비를 가리고 있었다. 곧이어 유성현의 주먹이 내 얼굴의 물기를 없애기 시작했다. 잘 들린다. 유성현의 주먹이 내 안면을 강타하는 소리가 너무 또렷하고 아프다.

얼굴을 맞고 있는데, 콘크리트 바닥에 부딪히는 뒤통수도 아프다. 이렇게 맞아보는 건 생전 처음이다. 내 배 위에 남자가 올라탄 것도 생전 처음이다.

민효정. 너 뭐하냐. 좀 적극적으로 말려라. 내 배 위에 올라타야 하는 건 너잖아. 네 자리를 뺏겼으니, 제발 유성현 좀 말려라. 자꾸 맞으니까 머리뼈가 울리면서 머릿속에 뭔가 고이는 느낌까지 든다.

머릿속이 아니라 입안에 피가 고였던 모양이다. 고통뿐만 아니라 숨쉬기도 곤란해졌다. 기도가 막히기 전에 피를 좀 뱉어야겠는데, 유성현은 나를 죽이려는 모양이다.

어렵지 않겠다. 아마도 난 곧 죽을 것 같다. 아직 죽어본 적은 없지만, 이제 곧 죽겠다는 느낌은 알 수 있었다. 내 몸이 식는 기분은 비에 젖어서 그런 게 아니다. 극심한 고통은 사람의 정신을 잃게 하는 줄 알았는데, 나는 죽는 그 순간까지 고통을 느껴야 하는 모양이다. 여덟 번째인가 아홉 번째 유성현의 주먹이 내 광대뼈를 부수는 느낌이 든다.

난 셈을 잘하는 편이었다. 산수에 관한 이야기가 아니다. 내가 가져올 수 있는 이익과 손해를 가늠하는 데 능했다. 더 잘할 수 있는 것에 대한 노력의 가치가 내 여유와 시간에 미치는 손해를 적당히 나눠서 살아가는 법을 알고 있다고 생각했다.

고통 속에서도 몸은 본능적으로 절명할 수 있는 급소를 피한다는 걸 안다. 그런 내 육체의 결정이 생존은 좀 더 가능하게 하겠지만, 더 길어질 고통이 끔찍했다. 여태 유성현의 주먹을 막으려 버둥거리던 내 팔을 멈췄다. 내 얼굴을 향해 떨어지는 유성현의 주먹을 향해 관자놀이의 각도를 맞췄다.

생존을 위해 이 고통을 견딜 가치가 없다. 내 계산은 꽤 정확한 편이었다. 마지막 한 방을 위한 선택은 내가 했다. 끝장나는 게 내 쪽이라는 게 문제였지만, 계산이 틀리진 않았다.

"제발 그만해! 그만하라고!"

마지막으로 듣는 목소리의 주인공이 민효정이라는 사실은 마음에 들었지만, 대사가 별로다.

죽었구나.

죽었는데 왜 난 사무실에 있는 걸까. 아니, 죽지 못했나 보다. 어느새 물기는 말라 있었고, 난 사무실의 소파에 길게 누워 있었다. 우리 사무실에는 소파가 없었는데, 부장님 사무실에서 소파를 가져온 걸까?

다시 시작될 고통이 두려웠지만, 머리만 조금 띵 했다. 통증보다 너무 밝아서 괴로웠다. 눈을 뜨기 어려울 정도로 너무 밝다. 누가 불을 좀 꺼줬으면 좋겠다. 몸을 일으키려고 하는데, 누군가 말했다.

"좀 더 쉬세요."

"너무 밝다. 윤 대리. 불 좀 꺼줘."
"그럴 수 없어요."

왜 그럴 수 없냐. 일어나서 스위치 몇 개만 끄면 되는 거 아니냐. 왜 지금 윤 대리 목소리가 들리는 건지도 모르겠다. 여태 퇴근 안 하고 뭐 했냐. 일어나 앉았더니 실오라기 하나 걸치지 않은 윤 대리가 곁에 있었다.

"뭐 하는 거야? 아니, 너희들까지 왜?"

민효정과 송민아도 같이 있었다. 역시 나신의 그녀들이 나를 내려다보고 있었다. 너무 밝아서 바라보기 힘들었지만, 그녀들은 모두 벗고 있는 게 확실했다.

아. 죽었구나. 그럼 여긴 천국일까 지옥일까. 여자들이 벗고 있으니 천국 같은데, 마음이 찢어지는 기분이 드는 건 지옥 같다. 송민아가 걱정스러운 얼굴로 내게 말했다.

"괜찮아요?"
"죽은 사람에게 할 말이냐?"
"우리 인연이 참 놀랍죠?"
"그건 네가 할 대사가 아니라 민효정이 해야 할 말이야."
"아뇨. 성현이랑 나를 얘기하는 거예요."
"아~ 그랬군."
"역시 머리가 좋으시네요. 이해하신 거예요?"
"유성현이 너희 저울이었군."

몸을 일으켜 보려는데, 할 수 없었다. 여자들이 셋이나 벗고 있는데 몸을 가눌 수 없는 걸 보니까, 확실히 지옥이 맞는 것 같다. 그럼 이제 난 어떤 고

문을 받게 될까?

민효정이 웃으며 내게 다가왔다. 민효정이 웃는 모습을 오랜만에 본다. 죽어서라도 그녀의 미소를 볼 수 있다니, 어떤 무명 시인의 엉성한 구절 같다. 민효정이 내 얼굴을 만지려고 했다. 이런 고문인 건가? 나는 움직이지 못하면서 만져지는?

고통스럽다. 정말 아프다. 가슴이나 마음이 아니라 얼굴이 아프다.

"괜찮아요?"

괜찮을 리가 없잖아! 고함을 치려는데 목소리가 나오지 않는다. 아니, 고통 때문에 입이 잘 벌어지지 않는다. 얼굴과 머리 전체의 욱신거리는 통증에 눈알이 튀어나올 것 같다. 죽어서도 두들겨 맞은 통증을 느껴야 하는 건가?

여전히 너무 눈부시다. 그런 걸로 고문할 게 아니라면 불은 좀 꺼줘! 지옥 주제에 천국 코스프레라도 하려는 거냐! 정말 유치하기 짝이 없다. 지옥에도 좀 세련된 감각이 필요하겠다.

"진통제를 더 달라고 해볼게요."

아니. 아니! 뭐야? 방금 그 목소리는 한수진이잖아? 살아서 만났던 모든 여자들과 마주치게 되는 건가? 좀 전에 지옥을 비난한 건 취소하겠다. 정말 세련된 방식이군! 그럼 한수진도 전부 벗고 있는 거야? 보여줘! 그냥 보기만 해도 좋겠어!

"으~ 왜 당신은 옷을 입고 있나요."
"오랜만에 만나서 처음 하는 질문치고는 철학적이군요. 게다가 당신의 상황에 어울리지도 않고요."

"으으…. 여긴 천국인가요?"

"그렇다면 제가 벗고 있어야겠죠. 여긴 병원이에요."

"하지만…. 으…. 하지만 당신 전혀 늙지 않았잖아."

"…그렇다더군요. 진통제는 필요 없겠군요. 참아 봐요."

아니! 왜! 칭찬한 거잖아! 난 진통제가 필요해! 지옥이라 놀리는 게 아니라
면 이 고통 좀 멈춰줘!

한수진이 놀린 거였다. 곧 간호사가 와서 링거 줄에 연결된 기계의 버튼을
눌렀다. 링거와 나를 번갈아 보더니 간호사가 한수진에게 말했다.

"가족이세요?"

"아뇨."

"환자분과 관계가 어떻게 되시죠?"

"옛 애인이요."

"…정신 든 거 같으니까, 곧 소변이 마려울 거예요."

"도와줄게요."

간호사가 소변이라는 단어를 언급하자마자 소변이 마려웠다. 간호사가 소
변 통을 한수진에게 건넸지만, 몇 년 만에 만난 한수진에게 그런 걸 부탁할
수는 없었다.

"제가 알아서 할게요."

"그럴 수 없을 텐데요."

전혀 움직일 수 없었다. 가슴 쪽에 통증이 어마어마했다. 한수진이 담담한

말투로 내 갈비뼈가 몇 개 부러졌다고 했다. 그제야 내가 살아있다는 게 믿겼다. 소변이 곧 나올 것 같을 정도로 생생했다.

"저⋯. 저 지금."
"아. 예."

한수진이 무표정한 얼굴로 소변 통을 살피더니, 사용방법을 이해한 모양이다. 내 환자복 바지를 벗겨 주고 내 손에 소변 통을 쥐여 주었다. 간신히 손만 움직여 위치를 잡았는데, 한수진이 가만히 있어서 억울한 얼굴로 바라봤다. 한수진이 말했다.

"아. 나가줘요?"
"네."

다시 돌아온 한수진이 소변 통을 치워주고 환자복 바지를 다시 올려줬다. 내 것이 고무줄에 걸리지 않도록 꽤 세심하게 해줘서 감사했다. 그 와중에도 그게 반응을 했지만, 한수진은 별로 신경 쓰지 않고 잔여물을 닦아주기까지 했다. 나가달라고 할 필요도 없었겠다.
약간의 침묵이 흐르고 간신히 내가 먼저 말했다.

"왜 여기에 계신 거죠?"
"제가 유성현과 민효정의 교사였어요."
"⋯그 친구들이 교사의 도움을 받을 청소년으로 보이진 않았는데요."
"지금은 그냥 친구라도 해두죠."
"굉장한 인연이네요."
"만나는 모두가 그렇죠."
"어떻게 된 상황인가요?"

"당신이 죽도록 맞았고, 유성현은 유치장에, 민효정은 집에, 당신은 병원에 있어요. 유성현이 제게 연락을 했고, 전 당신을 다시 만나게 되었네요."

"별로 놀랍지 않은 것 같네요?"

"지금 당신의 얼굴 모양은 놀랍네요. 사람 얼굴이 그렇게 될 수도 있군요."

"그렇게 끔찍한가요?"

"당신을 다시 만난 것만큼은 아니에요."

"졸리네요."

"약 때문일 거예요. 좀 더 쉬세요."

죽지 않아 다행이다.

침약

사랑?

난 사춘기가 없었다. 열두 살 때 생리를 시작했고, 열세 살 때 삼촌이 잠자고 있던 나를 만졌다.

당시 삼촌은 아빠의 사업을 돕느라 우리 집에서 같이 살았다. 우리 부모님보다 나와 놀아주는 시간이 길었고, 나도 삼촌을 좋아했다. 특히 친구들에 관한 이야기는 부모님보다 삼촌과 하는 게 편했다. 멍청한 남자애들의 어처구니없는 행동들을 이해하는 데 도움이 됐다.

주체하기 어려워진 호르몬 때문에 그 나이의 남자애들이 그 모양이라는 것은 이해했지만, 어른 남자에 대한 위험은 감지하지 못했다. 삼촌과 거실에서 영화를 보다가 내가 잠들었고, 삼촌이 내 바지 속으로 손을 넣었다.

여전히 생생히 기억난다. 영화의 내용까지도 기억난다. 난 영화가 지루해서 잠든 척했다. 죽은 남자친구와 이름이 같은 여자에게 민폐를 끼치는 영화였다. 영화 내내 추운 풍경이 마음에 들지 않았고, 아직 진지하게 영화를 감상하기에도 어린 나이였다.

내가 잠들면, 삼촌도 지루해할 줄 알았다. 어린애 같은 사고방식이었지만, 삼촌의 손이 내 바지 속으로 들어오는 게 잘못됐다는 건 알았다. 굉장히 큰 잘못이라는 걸 알았는데, 너무 놀라서 전혀 움직이지 못했다. 내 잘못이 아니라는 것도 알았고, 멈추게 해야 한다는 것도 알았다.

부끄럽다는 게 가장 큰 문제였다. 삼촌의 손가락이 깊은 틈까지 파고들고 나서야 삼촌의 손목을 잡았다. 삼촌의 얼굴은 볼 수 없었다. 제발 멈춰주길 바라는 마음으로 삼촌의 손목만 잡았다.

전혀 잊지 않았다. 삼촌의 손이 아주 천천히 내 바지 속에서 나오는 그 모든 순간을 기억한다. 난 여전히 삼촌을 볼 수 없었고, 삼촌은 아무 사과도 없이 일어나 방으로 들어갔다.

그걸로 끝이었다. 내 소중했던 소녀의 시간은 끝났다. 난 더 이상 부모님과 주변의 어른들에게 애교부리는 여자애가 아니게 되었다. 누구에게도 말하지 못했다. 혼자 비밀을 간직하기엔 아직 어린 나이라 힘들었지만 견뎠다.

"형수. 수진이 요즘 사춘기에요? 엄청 까칠해졌네?"
"나도 모르겠어. 집에만 오면 방에 틀어박혀서 나올 생각을 안 해."

삼촌이 뻔뻔하게 엄마와 이런 대화를 나눈다는 사실이 끔찍했다. 나만 빼고 모두 평소와 같다는 게 슬펐다. 내가 잘못한 게 아닌데, 나만 힘들어야 한다는 게 괴로웠다.

결국 엄마에게 털어놓을 용기를 내기로 했다. 삼촌이 우리 집에 머물게 하고 싶지 않았다. 삼촌이 집에 없을 시간에 엄마에게 말할 생각이었다. 아빠가 사업 때문에 출장을 가면 삼촌도 같이 가니까. 그때 말하려 했다.

일단 말을 꺼내기 시작하면 너무 많이 울게 될 것 같았다. 엄마에게 말하려는 중에, 혹은 말을 하고 나서 삼촌을 만나고 싶지 않았다. 엄마가 삼촌에게 불같이 화를 내는 모습을 떠올리는 일도 힘들었다.

아빠가 부산으로 2박 3일 출장을 다녀온다고 했다. 삼촌도 같이 간다. 난 그날 아침부터 각오를 다지며 엄마에게 말할 준비를 했다. 학교에서 내내 엄마에게 어떻게 말할 수 있을지 생각했다. 그러다 보면 울고 싶어져서 화장실에 다녀왔다. 어떻게 말해야 엄마가 충격받지 않을지 고민하고 또 했다. 내 잘못이 아니라는 것을 아는데도, 엄마에게 그런 말을 하게 되는 게 미안하고 마음이 아파서 자꾸 눈물이 나려고 했다. 울지는 않았다. 눈물은 털어놓은 뒤로 미뤘다.

학교가 끝나고 학원을 가는 대신 집으로 향했다. 현관문을 열면서부터 눈물이 나려는 걸 애써 참았는데, 현관에 삼촌의 신발이 있다.

"형수. 좀 있으면 수진이 오지 않아?"
"괜찮아. 학원 갔다가 오려면 아직도 두어 시간은 있어야 해. 좀 쉬다가 가."
"쉬는 건 부산 가는 기차에서 쉬면 되지."
"또 하게?"

그런 말들을 듣고도 이해하지 못했다. 거실 바닥에 떨어져 있는 삼촌과 엄마의 옷가지들을 보고도 이해할 수 없었다. 열린 안방 문틈으로 그 모습을 보고도 이해하지 못했던 나이였다.

조용히 집을 나와 학원을 갔다. 울음이 나오거나 슬프지도 않았다. 멍하니 앉아 수업을 듣고 집으로 돌아왔다. 집에는 당연히 엄마만 있었다. 엄마가 씻고 밥 먹으라 했지만, 대답하지 않고 방에 들어갔다. 평소의 엄마라면 또 이런저런 잔소리들을 했을 텐데, 그날은 기분이 좋아 보였다.
엄마가 내게 무슨 일 있냐며 걱정했다. 난 비밀이 두 개로 늘었다.

사람들은 내게 사춘기가 왔다고 했다. 그때 내게 사춘기가 시작된 것이라면, 아직도 끝나지 않았겠다. 난 울지도 웃지도 않았다. 엄마를 미워하지도 않았다. 그런 감정을 가지면 살 수 없을 것 같았다.

집에서 생긴 외로움은 밖에서 지웠다. 남자애들의 애정 공세를 모두 거절하는 대신 모두에게 여지를 줬다. 웃어주지도 않았고, 연애편지는 모두 찢어버리면서도 남자애들과 가까이 지냈다. 중학생 남자애들은 딱히 사귀어주지 않아도 괜찮았다. 그러니 난 어느새 여왕 비슷한 존재가 되어 있었다.

"수진이? 너 내가 좋아하는 여자애와 이름이 똑같네?"
"흔한 이름이니까요."
"이야~ 듣던 대로 까칠하구나? 아무하고도 사귀지 않는다며? 왜?"
"별로 맘에 들지 않으니까요."
"나는 어때?"
"좋아하는 애가 있다면서요."
"너도 좋아하면 되잖아."

다니는 학원이나 독서실에서 만난 고등학생 오빠들이 내게 말을 걸었다. 길 가다 보면 대학생들도 내게 말을 걸었다. 그들 중에는 괜찮은 남자도 있었다. 좋아하는 여자애와 내 이름이 똑같다던 그 오빠는 독서실에서 만났다. 외모도 괜찮았고, 듣자 하니 공부도 잘한단다.

주위 여자애들의 시기와 질투에 많이 피곤해져 있었다. 적당히 아무하고나 사귄다고 해버리면 괜찮겠다는 생각이 들 정도였다. 사귄다고 별로 달라질 건 없다고 생각했다. 사귄다고 선언해버리는 것 그 이상의 무엇도 할 생각은 없었다.

멍청한 친구들과 수준을 맞춰주려면 그럴 필요가 있다고 생각했다. 좋아하는 애가 있으면서 나도 좋아하겠다는 그 오빠의 태도가 마음에 들었다. 그 오빠와 사귄다고 해버리면 귀찮은 일들이 많이 줄어들 줄 알았다.

"우리 사귀기로 한 거 아니었어? 키스 정도는 해야 하는 거 아니야?"

"그래서 손은 잡고 있잖아요."

"수진아. 네가 잘 모르는 것 같은데~ 요즘 키스 정도는 아무것도 아니야. 내 친구는 콘돔도 가지고 다녀."

"아직 그러고 싶지 않아요."

"그럼 다음에 만날 때는 키스 정도는 해줄 생각을 해라."

귀찮은 일이었다. 첫 키스를 중요하게 생각하거나 그러지는 않았다. 마음에도 없는 일을 하는 게 귀찮았을 뿐이었다. 그 오빠는 내가 키스를 해줄 생각이 있을 때까지 만나지 않겠다고 했다.

난 상관없었다. 그 오빠와 사귀고 있다는 타이틀만 가지고 있어도 괜찮았다. 오히려 귀찮은 일들이 줄었다고 생각했는데, 내게 다른 소문이 돌기 시작했다.

내가 차였다는 소문이었다. 내가 듣기엔 웃긴 얘기였는데, 다들 나도 차일 수 있다는 사실에 만족하는 눈치였다.

"한수진~ 너 차였다며?"

"아. 그래?"

"쿨한 척하기는? 그럼 자존심이 좀 지켜져?"

더 이상 여왕이 아니었다. 그런데도 여자애들의 시기와 질투는 더 심해졌다. 내가 딱히 남자애들과 가까이 지내려 하지 않아도 남자애들이 먼저 다가왔을 뿐인데, 난 그 오빠에게 차이자마자 남자애들에게 꼬릴 치고 다니는 여자애가 되었다.

바보 같은 수준을 맞춰줘야 했다. 그 오빠에게 전화 걸어 만나자고 했다.

[왜? 이제 키스할 마음이 생겼어?]

[그게 그렇게 중요한가요?]

[그럼 넌 뭐가 중요해? 싫으면 그냥 계속 남자들에게 꼬리나 치고 다녀.]

키스 정도는 해줄 생각이었다. 그 오빠의 얼굴이라면 참고 할 수 있을 것 같았다. 그 오빠가 집으로 오라고 했지만, 그건 무서워서 싫었다. 그랬더니 오빠가 나오라고 했다.

그 오빠를 만나러 나가면서도 두 번이나 남자들이 말을 걸어왔다. 토요일 오후였고, 중학생 여자애가 돌아다니기 불편한 거리였다. 약속 장소에서 그 오빠를 만났는데, 막상 만나니까 키스할 마음이 완전히 사라졌다. 아무리 생각해도 너무 바보 같은 짓이다. 그 오빠가 노래방을 가자고 했지만, 난 배가 고프다고 했다.

"그래? 뭐 먹을래? 맛있는 거 사줄게."
"아뇨. 오늘은 제가 살게요."

내가 밥을 사주고 적당한 핑계를 대며 돌아갈 생각이었다.

"이런 날은 오빠가 사는 거야. 응? 뭐 먹고 싶어?"
"아뇨. 항상 오빠가 샀잖아요. 오늘은…."
"왜? 아는 사람이야?"

잘 아는 사람이다. 아주 잘 알지만, 또 너무 모르는 사람을 만났다. 아빠가 젊은 여자와 골목을 나오고 있었다. 그 골목 위로 시선을 옮기니 모텔 간판이 눈에 들어왔다. 그 흔한 밥집의 간판도 없는 골목이었다. 그 골목에는 모텔과 유흥주점의 간판만 있었다.

아빠도 나를 보고 놀란 눈치였다. 차라리 나를 발견하자마자 인사라도 해 줬다면 좋았겠다. 이미 아빠가 나를 반가워할 타이밍을 놓쳤다. 아빠가 나를 모른척하며 젊은 여자와 함께 거리의 군중 사이로 사라졌다.

"오빠."

"왜?"

"우리 노래방 가자."

"진짜?"

"혹시 우리 술도 마실 수 있어?"

"술? 그건 여기서 안 돼. 다른 노래방 가면 술 주는 데 있어."

태어나서 처음으로 술을 마셨다. 술을 마시고 처음으로 키스해봤다. 별로 대단하진 않았다. 생각만큼 더럽지도 않았다. 난 이미 더 더러운 것들을 알고 있었다. 오빠가 키스하며 내 몸의 이곳저곳을 만졌지만, 반사적인 저항을 제외하면 딱히 막지도 않았다.

오빠가 내 브라를 들추고 가슴을 만지는데도 가만히 있으니까, 가랑이 사이로도 손을 넣으려 했다. 거기에 손이 닿으니 삼촌이 그랬던 게 떠올랐다. 오빠의 손목을 붙잡고 울었다.

"야. 너 왜 그래?"

"…"

"알았어. 안 할게. 야. 그만 울어."

미안하다는 오빠에게 괜찮다고 했다. 난 괜찮으니까 걱정하지 말라며 계속 울었다.

오빠가 집에 데려다주겠다는 걸 혼자 가겠다고 했다. 집으로 향하는데 아빠한테 전화가 왔다. 진동이 울리는 휴대폰을 바라보기만 했다. 결국 전화는 받지 못했다.

한동안 아빠가 내 눈치를 봤다. 난 또 비밀이 늘었다.

바보 같은 행동으로 귀찮은 일들이 줄어들 줄 알았는데, 더 이상한 소문이 돌고 있었다.

"몠어?"

"무슨 소리야?"

"뭐야~ 소문 다 났어. 너 지지난 주말에 그 오빠랑 노래방 갔다며? 술 주는 노래방 말이야. 거기서 뗀 여자애들이 백 명은 넘을 걸? 아니 천 명? 그 노래방에 가면 한다며?"

"그렇구나."

난 하지 않았지만, 그냥 인정해버렸다. 그쪽이 편할 거 같았다. 그게 덜 귀찮을 줄 알았는데, 실수였다. 오히려 별 시답잖은 양아치들이 내게 접근해왔다. 그 오빠의 친구들인 줄 알았는데, 아니었던 모양이다.

"야. 한수진~ 너 수민이랑 했다며? 우리랑은 언제 하냐?"

"아직 헤어지지 않았는데요?"

"그게 무슨 상관이야? 우린 수민이 동생도 같이 돌려먹었는데?"

"네?"

그 오빠의 배다른 여동생 이름도 수진이었다.

사랑?

우리 부모님은 평범한 사람들이다. 아니, 다른 사람들은 우리 부모님을 좋은 사람들이라고 했다. 엄마는 시에서 진행하는 지역 봉사활동에 자주 참가하셨고, 아빠는 나라에서 주는 좋은 기업인상을 받기도 했다. 그럭저럭 유복한 집안이었지만, 엄마는 과소비와 거리가 멀었고 아빠는 국산 승용차만 샀다.

내가 집안의 골칫거리였다. 어른들의 눈에 나는 날라리들과 어울리는 여중생이었다. 담임선생님이 상담실로 나를 불렀다.

"수진아. 공부도 잘하고 얼굴도 예쁜 애가 왜 그런 애들이랑 어울리니? 너희 집도 잘 살잖아. 부모님에게 반항이라도 하고 싶은 거야?"

"저랑 비슷한 애들이랑 어울리는 거예요. 그럼 누구랑 어울릴까요? 나쁜 머리로 되지도 않는 공부만 하는 애들? 종일 만화책 얘기만 하는 애들? 남자애처럼 굴며 여자애들한테 잘 보이려는 애들?"

"걔들이랑 어울리는 것도 한때라는 거야. 평생 의리 있을 거 같지? 절대 아니야. 고등학교만 가도 생각나지 않을 애들이라고~ 그런데~ 그런 애들이랑 어울리다 사고 치면 후회는 평생 간다?"

"선생님. 제가 걔들을 좋아해서 어울리는 거 같아요? 아니에요. 걔들이 아니면 힘들어서 그래요. 의리요? 저도 걔들에게 의리 같은 거 지킬 생각 없어요. 중학교 때 친구는 오래 가지 못한다고요? 그렇겠죠. 제 생각에도 그럴 거 같아요. 그런데요. 지금 외로운 건 어쩌죠?"

결국 엄마의 귀에도 이야기가 들어갔고, 엄마는 아빠와 삼촌이 함께 있는 식사자리에서 나를 나무랐다.

"너 요즘 이상한 애들이랑 어울린다며? 우리가 너한테 뭘 잘못했니? 왜 그러는 거야? 여보! 얘한테 뭐라고 말 좀 해봐요."

"…애들이 한때 그럴 수도 있지."

아빠가 그렇게 나오니까, 엄마는 삼촌에게도 도움을 요청했다. 당연히 삼촌도 내게 별말을 하진 못했다. 난 엄마의 잔소리보다 아빠와 삼촌의 그런 태도가 역겨웠다. 숟가락을 놓고 내 방으로 들어갔더니, 엄마가 용돈을 끊겠다고 했지만 상관없었다. 어차피 지금까지 받은 용돈도 다 쓰지 못할 만큼 많았다.

게다가 난 돈을 쓸 일이 별로 없었다. 주변의 날라리들은 내게 뭘 주지 못해서 안달이었다. 내가 이미 첫 경험을 했다는 헛소문이, 자기들도 나를 가질 수 있다는 희망을 준 것 같다.

수민 오빠도 그런 소문을 즐기는 모양이다.

"야. 우리가 이미 했다는 소문이 돌던데~ 이왕 이렇게 된 거 그냥 할까?"
"그냥 나를 가졌다는 소문으로 만족하시죠."
"너 무슨 트라우마 같은 거 있는 거야? 그때 왜 그랬어?"
"알 거 없어요. 그거 소문내지 않은 건 고맙게 생각해요. 그런데 진짜 동생이랑 했어요?"
"아이~ 정신 나간 놈들. 또 헛소리했지? 내가 그랬겠냐? 난 안 했어."
"좋아한다면서요?"
"에이~ 씨. 그게 그 의미가 아니잖아."

사실을 알아볼 기회는 없었다. 우리는 신축 아파트로 이사를 하였고, 아빠가 삼촌의 집도 마련해줬다. 지금 와서 생각해보면, 그때 아빠가 뭔가 눈치를 챘던 것 같다. 나 때문에 이사를 간 게 아니라, 엄마 때문에 이사를 간 것이다.

어쨌거나, 다른 지역의 중학교로 전학을 가서도 별로 달라지진 않았다. 외로움을 달래기 위해 날라리들과 가까이 지냈다. 수민 오빠는 내가 전학을 가서도 한동안 찾아오기도 했고 전화도 계속했다. 그런 오빠와 어울리니까, 전학 간 동네의 날라리들과 쉽게 친해질 수 있었다.

전처럼 무력하게 날라리들에게 끌려다니지 않았다. 억지로 남자친구를 만들 필요도 없었다. 다른 동네의 고등학생 오빠를 사귀는 내게 함부로 구는 애들은 없었고, 쉽게 껄떡거리는 오빠들도 없었다.

독해 보이려고 예쁘장한 여자애들을 따돌리기도 했다. 먼저 그렇게 나오는 내게 누구도 까불지 못했다. 별로 어려운 일은 아니었다. 멍청한 날라리들이 겁내는 게 뭔지 너무 잘 알았다. 걔들도 나처럼 외로워지는 걸 가장 무서워했다. 먼저 다가가되, 다가오지 않는 애들은 철저히 따돌렸다. 먼저 시작하면 무조건 이길 수 있는 싸움이었다. 대신 끊임없이 싸움을 걸어야 했다. 누군가 계속 따돌려야만 나를 무서워하고 내 곁에 있으려 했다. 난 정말 나쁜 애였다.

덕분에 고등학교는 기숙학교에 가야 했다. 그 학교에 가기에 성적이 살짝 모자랐지만, 아빠가 손을 쓴 것 같았다.

좋았다. 부모와 떨어져 지낼 수 있다는 게 가장 좋았다. 게다가 그 학교에는 양아치도 날라리도 없었다. 자랑거리는 공부밖에 없는 애들로 가득했다. 나도 할 수 있는 건 공부밖에 없는 학교인 줄 알았다.

사람이 모여 있으면 사랑을 한다는 게 문제다.

사랑의 가장 큰 문제는 자신이 하는 정신 활동이라는 것이다.

사랑은 내가 하는 것이다. 사랑은 내가 하는 일이기에 이기적이고 때론 폭력적이며 상처를 주기도 한다. 얼핏 사랑한다는 말이 아름답게 들릴 수 있겠지만, 엄청나게 이기적인 생각이다.

특히 타인의 감정에 대한 배려가 적은 청소년기에는 더더욱 위험하다. 사랑한다는 이유로 뭐든 해도 괜찮다고 생각하는 머저리들이 많았다. 나를 사랑하는 멍청이들이 있었다. 서로 사랑한다는 게 얼마나 어려운 일인지 모르는 바보들이 있다.

내가 만날 수 있는 평균적인 사람들이라는 건, 바보 멍청이들이라는 걸 깨달아야 했다. 우리가 아는 고등학생의 평균적인 수학 과정을 세상의 10%도 이해하지 못한다는 걸 알아야 했다. 파라과이가 어디에 붙어있는지는 알면서도 무게가 힘에 미치는 영향을 모르는 사람이 넘쳐나며, 피타고라스의 정리는 이해하면서 최인훈의『광장』을 읽어본 적도 없는 사람이 많다는 걸 알아야 했다.

세상은 저마다 가진 상식의 수준이 다르다는 이유로 자신의 무식함을 변호하려는 사람들로 가득했다. 게다가 인터넷이라는 도구를 통해 점점 더 멍청함을 배려받으며 무식함이 이해받고 있었다. 많은 사람은 자신의 상식을 반성하는 대신, 잘난 체를 경계하고 비난하는 쉬운 선택을 한다. 상식으로 여겨지는 것들이 비난의 대상이 되었다.

상식적인 대접을 원하면서 상식적으로 존경받을 노력은 하지 않는다.

"네가 날 사랑한다는 걸 알겠는데, 지금 네가 그렇게 내게 고백하는 건 폭력이야. 난 너를 전혀 모르고 알고 싶지도 않은데, 넌 나를 사랑한다는 이유로 날 힘들게 하고 있어."

"그게 사랑이잖아. 나보고 어쩌란 말이야. 널 사랑해서 너무 힘들고 괴롭단 말이야."

"네 고통이 내게 폭력이 될 이유를 사랑으로 변명하는 거야."

이 정도는 양호한 편이었다. 복도를 지나고 있는데, 뒤에서 달려와 나를 안고는 도망가며 사랑한다고 외친 정신 나간 녀석도 있었다. 이유는 나를 사랑한다는 것이다.

공부 좀 한다는 애들이 모인 사립 기숙 고등학교에서도 이 꼴이었다.

나도 외롭지만, 사랑이 필요한 건 아니다. 날라리들이 없어서 외로움을 달래줄 친구들을 만들기도 어려웠다. 이기적인 멍청이들로만 가득했다. 난 어느새 재수 없이 잘난 체하는 여자애가 되어있었다.

이해시키려는 노력 대신 입을 닫았다.

사람이 사람의 모든 접근을 무시할 수는 없겠지만, 최선을 다해 숨고 피하며 거절했다. 공부에 미친 학생으로 보이는 게 나았다. 그럴수록 외로움이 주는 고통은 더 커졌어도 점점 견딜 만했다.

머릿속에 나만의 세상을 만들었다. 내가 아는 상식의 더미 위에 모르는 것들로 쌓아 올린 세상은 만족스러웠다. 알아야 하고 알고 싶은 모든 것들은 내가 만든 세상 속에서 이뤄졌다. 친구를 만드는 것도 상상 속에서 연습이 가능했고, 실제로 시도해본 결과가 나쁘지도 않았다.

나도 멍청해지면 됐다.

"아니~ 그런 사람이 어떻게 정치인이 됐는지 모르겠다니까? 뜬금없이 독재 정권을 찬양하지를 않나~ 일본이 우릴 어떻게 생각하는지가 그렇게 중요해? 그 사람 친일파 아니야?"

"그래? 그 사람? 잘사는 동네 국회의원 아니야?"

"오~ 한수진. 너 정치에는 관심 좀 있는 거야? 맞아. 그런 동네에서 그런 사람을 국회의원으로 뽑아줬다는 게 놀랍지 않니? 창피하지도 않나?"

정치가 우리에게 보이는 것이 전부가 아니라는 것쯤은 알고 있다. 정치인들이 내뱉는 헛소리가 얼마나 많은 계산속에서 나오는 것인지 예상할 수 있다. 지역구의 계층과 선호 정당에 따른 발언이었다는 걸 안다. 다음 선거에서도 그 국회의원은 당선될 가능성이 크다는 걸 안다. 그 수많은 국회의원 중에 언급이 되는 사람이 몇이나 될지 계산해보면 된다. 아무것도 안 하고 정당의 위세로 출마하는 수많은 정치인보다, 국민의 반응을 살피고 끊임없이 필요한 논의 거리를 찾는 그 사람이 다시 당선될 가능성이 크다. 소속 당의 지지율이 바닥을 치고 자신이 잊히고 있다면 뭐라도 하는 게 맞다.

막연한 비난보다 어째서 그런 무모함을 감수했는지 분석해야 할 텐데, 언론도 정치인들도 모든 국민이 그러길 바라지 않는다. 국민이 현명해질수록 정치와 언론은 쓸모없어진다. 끊임없이 이해할 수 없는 논리들로 자신도 너희처럼 멍청하다는 사실을 알려야 한다. 사실은 멍청하지 않더라도 멍청해 보여야 할 필요가 있다. 그래야 국민이 안심하며 욕이나 하다가 또 다음 선거에 여행을 다녀온다.

최소 고교 시절에는 그렇게 생각했지만, 난 쓸데없는 소릴 설명하는 대신 같이 멍청한 척했다. 아는 척하기보다 모르는 척하기가 더 어려웠어도, 친구를 만들긴 좋았다. 차라리 멍청해질 필요 없이 친구가 될 수 있는 양아치 날라리들이 주변에 있었더라면 더 편했겠다.

필요하면 친구를 만들 수 있다는 걸 알았고, 다음은 사랑이라는 이기적인 감정을 알고 싶었지만, 그 시절 내가 생각한 사랑은 죄다 성교와 연결되는 연애였다. 때문에 매번 삼촌의 손이 내 몸을 만지던 걸 떠올릴 수밖에 없었다.

해결이 필요했다. 딛고 넘어서야 할 문제였다. 매일 한 시간씩 삼촌에게 복수할 방법을 고민했다. 완전범죄를 연구하기도 했지만, 시간이나 비용이 너무 많이 들거나 믿을만한 사람들이 필요했다.

매일매일 삼촌을 죽일 방법을 연구하는 것이 효과는 있었다. 나는 이미 상상 속에서 삼촌을 수백 번 살해하고 다양한 방법들로 시체를 처리하기까지 했었다. 나중에는 꽤 성공 가능성이 큰 방법들까지 떠올릴 수 있었고, 내가 계획한 살인을 역으로 추적해봐도 미궁으로 빠질 정도의 추리함정을 만들 수 있었다.

그걸로 충분했다. 내가 선택만 하면 복수할 수 있다는 사실로도 꽤 괜찮은 쾌감을 얻을 수 있었다. 수십 수백만의 목숨을 빼앗을 수 있는 핵폭탄을 만든 사람은 어떨까? 이미 그럴 방법을 만든 사람이라면, 충분한 죄책감을 느껴야 할 것이다. 난 반대로 그럴 수 있었기에 만족했다.

다행히 내 계획을 실행으로 옮길 고민은 하지 않아도 괜찮았다. 삼촌이 아빠와 낚시를 다녀오다가 국도에서 추락사했다. 녹화된 블랙박스에 의하면, 도로 위에 나타난 고라니를 피하다가 추락했단다. 사냥을 좋아하는 아빠가 낚시도 좋아하는 줄은 몰랐고, 둘이 낚시를 다녀오면서 따로 차를 이용한 이유도 모르겠고, 유해 조수 사냥철이었는데 고라니가 도로 위에까지 나타난 이유도 알 수 없었다.

내가 생각한 계획보다 훨씬 엉성한 사건으로도 사람이 죽을 수 있고, 아무런 의심을 받지 않을 수 있다는 걸 알았다. 난 아빠를 의심하지 않았다. 대신 치밀하고 완전한 사건보다 엉성해야 더 의심받지 않는다는 걸 배웠다. 역시 삶은 멍청함에 더 친절하다.

공부와 고백을 거절하는 이외의 시간에 할 게 별로 없었다. 남는 시간을 채우고 외로움을 채울 고민이 항상 필요했다.

다른 대부분은 내가 만든 상상의 세계 속에서 가능했다. 생각해본 것들을 실제로 테스트해 볼 멍청이들도 주변에 널려 있었다. 사람을 이해하고 다루는 고민 따위는 간단히 해결할 수 있었다.

성교는 그 궁금증의 크기를 무시할수록 점점 더 관심이 생겼다. 그게 당연하다는 것도 알고 있었다. 본능은 무시할수록 더 위험해진다. 배변의 욕구는 참고 무시할수록 더 끔찍해진다. 배가 점점 아파 온다는 사실을 무시한다고 해결되진 않는다.

팬티에 지리기 전에 화장실에 가야 한다.

"너 나랑 할래?"

내가 평범하지 않다는 건 이미 잘 알고 있다. 그래도 남자애가 기절할 줄은 몰랐다.

다른 방법을 찾았다.

꿈 ❦ ꕥ

이제 애들이 나를 보고 수군거리는 일은 많이 줄었다. 아직도 몇몇 여자애들은 나를 힐끗거리기를 멈추지 않았지만, 나와 눈이 마주치는 애들은 별로 없었다.

나와 같은 반이었던 애들은 그래도 나를 인정하고 무시해주는 편이었는데, 다른 반 애들이나 남자애들은 그러지 않았다. 아직도 끈질기게 내게 말을 걸어보려는 애들도 있었고, 한 녀석이 건넨 연애편지를 받아 서랍에 넣는 중에, 다른 녀석이 다가와 연애편지를 건네기도 했다.

원하지 않는 동아리 활동을 해야 한다는 게 문제였다. 수업은 죄다 남녀가 따로 듣게 하면서, 동아리는 남녀가 함께해야 했다. 아무런 동아리 활동도 원하지 않았던 나는, 나 같은 애들이 흔히 모이는 영화감상 동아리에 들어갔다. 물론 내가 가입신청서 따위를 쓰진 않았다. 아무런 동아리에도 가입신청서를 내지 않았더니, 내 앞에 영화감상동아리의 가입신청서가 놓여있었다. 꽤 곤란한 표정의 반장이 와서 사인하라기에 했을 뿐이다.

내가 일학년 때 처음 가입했었던 영화감상 동아리는 무척 조용했다. 영화감상이 가능한 교실에 모여 커튼을 치고, 빔프로젝터로 영화를 틀어줬다. 영화를 감상하고 다음 동아리 시간까지 감상문을 제출하면 됐다.

몇몇 남자애들과 여자애들이 연애편지를 건네기도 하고, 선배들이 다가와 말을 걸기도 했지만, 조금만 견디면 되는 일이었다. 영화가 시작하면 충분히 쉴 수 있었다.

2학기에는 영화감상 동아리의 인원이 두 배로 늘었고, 내가 2학년에도 영화감상 동아리를 유지했더니….

"이제 영화감상동아리는 소강당에서 모입니다."

"거긴 댄스 동아리가 사용하지 않나요?"

"이 인원을 수용하려면 어쩔 수 없어요. 댄스 동아리가 일반 교실을 치우고 사용할 거예요. 누구 때문인지는 알죠? 양심 있는 남학생들은 댄스 동아리 회장에게 가서 사과하세요."

모두의 시선이 내게 향했지만, 오래 머물지는 않았다. 난 그들의 시선을 피하지 않았고 나를 향산 시선들을 하나하나 천천히 마주했다. 그러면 다들 내 시선을 피했다. 난 다수의 시선이 내게 향하는 건 두렵지 않았다. 한두 명이 나를 보는 게 되레 걱정되었다.

영화가 시작하기 전에 연애편지 한두 통을 받는 건 일상이었다. 쉬는 시간에도 또 받았다. 누가 줬는지도 모르겠다. 어느 부끄러움 많은 아이는 영화를 감상하는 중에 몰래 주고 사라지기도 했다.

보통은 몇 번 그러다 포기하는 편이었지만, 간혹 끈질긴 애들도 있었다.

"저기요, 누나. 편지들 놓고 가셨는데요?"

"아."

일학년 남자애가 나를 불렀다. 가방에 담고 남은 연애편지들을 의자 밑에 그냥 두고 일어난 모양이다. 그중에 녀석이 건넨 편지도 있었겠지. 나는 연애편지들을 주워 가방에 쑤셔 넣었다.

기숙학교라서 큰 가방은 필요 없을 줄 알았는데, 좀 더 큰 가방이 필요하겠다. 나를 불렀던 아이가 내게 종이가방을 내밀며 말했다.

"여기에 담으세요."

"아. 고마워."

"누나. 이거 다 읽어요?"

"그럴 수 있겠니?"

"그럼 왜 받아요?"

"보는 앞에서 찢어버릴 수는 없잖아. 그래도 괜찮을까?"

녀석이 내가 흘린 연애편지들을 주워 종이가방에 담아줬다. 내 가방을 빠져나오려는 연애편지들도 종이가방에 담고 가려는데, 남자애가 다시 말을 걸었다.

"제가 몇 번이나 편지를 줬는지 아세요?"

"알겠니?"

"오늘이 열 번째에요. 열 번 찍어 넘어가지 않는 나무가 없다는 말은 틀린 것 같네요."

"도끼가 허공을 열 번 가르는데 나무가 쓰러질 수는 없잖아."

"…그럼 지금이 첫 번째 도끼질이 되겠네요. 저 누나 좋아해요."

"왜? 예뻐서?"

녀석이 내 질문에 대답하지 못했다. 그 나이 남자애는, 아니 그 이후로도 많은 남자가 결국 그냥 예쁜 여자를 선택할 뿐이다. 내 인성이 어떤지 알 수 없는 노릇이고 나를 알 방법도 없었다.

그런 것들이 사람의 사랑을 비참하게 한다. 뭔가 의미를 담아보고 특별한 감상을 포함하려 해봤자, 눈에 예쁜 사람을 선택했을 뿐이다. 그런 주제에 까였다고 실망할 필요는 없는 것이다. 당신이 내가 예뻐서 좋아할 수 있다면,

난 당신이 못생겨서 싫어할 수 있다.

여드름이 좀 남아있긴 했어도 이 아이가 못생기지는 않았다. 키는 나보다 커도 그럭저럭 귀엽게 생긴 아이였다. 그러나 이 아이가 나를 모르는 것처럼, 나도 이 아이를 전혀 모른다. 이 아이는 연애편지에 뭐라고 썼을까. 어쩌다 나를 보고 좋아하게 됐는지, 그런 상황들을 그럴듯하게 묘사하느라 노력했겠지. 나를 전혀 모르니, 자기 이야기를 잔뜩 써 놨을지도 모른다.

"너 이름이 뭐니?"
"네?"
"아니. 됐다. 네가 준 편지가 어떤 거니."

그 아이가 종이가방에서 자기 편지를 찾았다. 하늘색 봉투였다. 녀석이 건넨 편지를 받아 들고, 내 가방에 담겨 있던 편지들을 모두 꺼내 종이가방에 담았다. 그런 내 모습을 멀뚱멀뚱 바라보고 있던 그 아이에게 종이가방을 건네며 말했다.

"네가 이걸 처리해."
"네?"
"그럴 수 있겠니?"
"네!"
"괜찮을까?"

꽤 많은 숫자의 남자애들이 나와 그 아이를 지켜보고 있었다. 내가 그 아이의 편지를 들고 나머지 편지들이 담긴 종이봉투를 녀석에게 건네는 것도 보고 있었다. 그제야 사태의 심각성을 알아차린 아이가 당황하는 것 같았다.
난 모두 보란 듯이 그 아이의 파란색 편지만 들고 소강당을 나왔다.

다음 주 동아리 시간까지 기다릴 수 없었던 아이들이 많았다. 몇몇 노골적인 녀석들은 내가 그 녀석을 선택한 것이냐는 질문을 했고, 몇몇 생각 없는 녀석들은 그 녀석의 뭐가 마음에 들었냐는 말도 했다. 효과가 나쁘진 않았다. 연애편지가 대폭 줄었다. 쓰레기 버릴 수고를 덜 수 있었다.

영화감상 동아리의 인원이 아닌 애들도 소강당 주변에 모여 있었다. 이미 전교에 소문이 난 모양이다. 분명히 나와 그 아이를 보고 싶어서 모였으면서, 내게 시선도 맞추지 못하는 녀석들이 한심했다.

그 아이는…. 상태가 많이 나쁘진 않았다.

눈가에 멍이 있었고 입술이 조금 터진 것 같았어도, 어디 부러지거나 하진 않은 모양이다. 내가 일찍 도착하면 소란이 생길까 봐, 일부러 조금 늦게 도착했지만 별로 소용은 없었다. 동아리 담당 교사가 복도에 모인 아이들을 쫓아내야 했고, 아이들이 웅성거리는 걸 나무랐다.

"조용! 나도 소문은 들었다. 길었던 전쟁이 끝나가고 있다는 소식이냐? 아니면 진짜 전쟁이 이제 시작한다는 거냐?"

애들이 깔깔거리며 웃었다. 몇몇 아이들과 선생님의 시선이 잠깐 내게 머물렀지만, 난 상관없다는 듯 천장을 보고 있었다. 불이 꺼지고 영화가 시작되었다. 영화에는 나만 관심이 있었던 것 같다. 쉬는 시간이 되자마자 모든 시선이 그 아이에게 향했다.

그 아이가 내게 다가오기 시작할 때는, 우릴 보는 눈동자들이 구르는 소리가 들리는 것 같았다. 그 아이가 앉아 있는 내 곁에 섰다. 말이 없기에 내가 먼저 말했다.

"어떻게 했어?"
"편지들이요?"

"그래."

"분리수거장에 가져다 버렸어요."

"그럼. 그건 분리수거장에서 생긴 거니."

내가 올려다보며 말하니까, 그 아이가 멋쩍게 멍든 눈가를 만지다가 말했다.

"네. 이건 그랬고, 입술은 오늘 아침이에요."

"그 정도였니."

"물풍선도 맞았고요. 제 노트를 누가 찢어버리기도 했고요. 체육복에 구멍이 생겼어요. 2학년 교실에 불려가서 밝히기도 했고요."

"그랬구나."

"울면서 너는 아니라고 말한 선배도 있었어요. 약간의 협박들도 있었고…."

"알았어. 지금은 어떤 거 같니. 내가 좋아?"

"네."

"다음 주말에 너도 집에 다녀오지?"

"네."

"그때 만나자. 아. 좀 더 수고해. 오래 걸리진 않을 거야."

그 아이는 남은 영화감상을 마칠 수 없었다. 몇몇 남학생들에게 끌려나갔다는 걸 알 수 있었지만, 내가 해줄 수 있는 거로 보상이 될지 모르겠다.

일요일 낮에 만났다. 상처가 늘지 않았다고 하니까, 얼굴을 잘 가렸단다. 예매되는 아무 영화나 예매해서 그 아이와 함께 봤다. 캄캄한 영화관에서 그 아이의 손을 잡았더니, 조금 떨기까지 하는 것 같았다. 영화관을 나와서는 한적한 장소를 찾고 싶었지만, 그런 곳은 없었다. 어딜 가도 사람이 많았고, 우린 그냥 별말 없이 걷다가 아이스크림 가게에 가서 아이스크림을 먹었다.

그 아이가 꽤 조심스럽게 말했다.

"저랑 사귀는 건가요?"

"아니. 우린 서로를 잘 모르잖아."

"그런데 말이 너무 없으시네요."

"별로 할 말이 없으니까. 왜 싫어?"

"아뇨. 저도 이러는 건 처음이라."

"뭘 하려고 하지 마. 내가 알아서 할게."

"무서워요."

"뭐가?"

"지금 이렇게 누나랑 있는 게 너무 좋은데, 이게 언젠가 끝날 거라는 게 무서워요."

"흠. 이리 와봐."

테이블을 가운데 두고 마주 앉았던 그 아이를 내 옆자리로 불렀다. 아이스크림 가게에는 적잖은 사람들이 있었고, 나를 힐끗거리는 남자 어른들도 있었다. 내 옆에 앉아 멀뚱거리는 그 아이에게 말했다.

"눈 감아."

그 아이의 입술에 내 입술을 맞췄다. 그냥 댔다가 떼진 않았다. 조금 오래 머물렀다. 훔쳐보던 몇몇 사람들이 황급히 시선을 거두고 있었다. 그 아이는 믿기지 않는다는 표정으로 여전히 눈을 감고 있었다.

"눈 뜨고 네 자리로 돌아가."

난 다시 아이스크림을 떠먹었다. 그 아이가 뭔가 질문하려 입을 뻐끔거리는 걸 막았다.

"아무 말도 하지 마. 아이스크림 먹어."

대화를 나눌 수 있는 공간이 아니었다. 키스하는 것보다 부끄러운 대화를 하게 될 것 같았다. 아이스크림을 먹고 나와서도 우린 별로 말이 없었지만, 이제 그 아이에게 별로 불만이 없어 보였다.

이제 막 노을이 지기 시작했다. 내가 집에 가겠다고 했더니, 데려다준단다. 한 번에 가는 버스가 있었지만, 지하철을 타고 가기로 했다. 이 구간의 지하철은 언제나 사람들로 붐벼서 잘 이용하지 않았었다.
이 아이와 바짝 붙어 서게 되었다. 생각보다 승객이 적어서 떨어지려고 마음먹으면 공간을 만들 수도 있겠는데, 그냥 가까이 섰다. 이 아이의 얼굴이 빨개지는 게 귀여웠다. 다음 정거장에서 사람들이 많이 타면서, 고의가 아니라 정말로 바짝 붙어 서게 되었다.

"죄송해요."
"뭐가? 아."

아래에서 다른 감촉이 내 배에 닿는 걸 느꼈다. 이 아이가 허릴 빼려고 했지만, 내가 이 아이의 허릴 잡았다. 놀란 아이가 빨개진 얼굴로 나를 보기에 나도 빤히 녀석을 바라봤다. 녀석이 시선을 돌렸다. 난 뒤꿈치를 들어 이 아이의 것이 내 얇은 바지의 그 근처에 닿게 했다.
지하철에서 내려 버스를 타고 이동하면서도 당연히 말이 없었다. 우리 집 근처로 향하다가, 한적한 골목을 찾아 들어갔다.

내가 말하지도 않았는데, 이 아이가 먼저 눈을 감기에 입술을 맞췄다. 이 아이는 여전히 입술을 벌릴 생각은 하지 않았다. 그러다 이 아이가 먼저 입술을 뗐다. 내가 의아한 표정으로 녀석을 바라보니 말했다.

"누나 가슴 만져도 돼요?"

모든 걸 가르칠 필요는 없는 모양이다.

❦

토요일 저녁에는 그 아이의 부모님이 항상 모임에 가신다고 했다. 내가 토요일 저녁에 시간을 빼는 게 문제였다. 기숙학교에서 집에 돌아오는 날에는 부모님이 항상 집에 계셨다. 내가 어떤 친구들을 만났는지 아는 엄마는, 내가 친구들을 만나러 나간다는 걸 허락하지 않을 것이다.

아빠에게 부탁을 해봤다.

[엄마하고도 가끔은 외식도 하고 그러셨으면 좋겠어요.]
[…집을 비워줘야 하니.]
[아뇨.]
[11시 전에는 들어와라.]

우리 엄마와 아빠가 외식 같은 걸 같이 하지 않는다는 걸 알고 있다. 엄마는 보통 지역 모임에 나가는 편이었고, 아빠는 같이 외식할 다른 여자들이 있다. 삼촌이 죽고 나서는 두 분 사이가 더 좋지 않았다.

아빠는 내가 뭘 하고 다녀도 괜찮다고 생각하는 걸까. 아니면 들킨 당신의 치부 때문에 나를 경계하는 걸까. 나에 대해 얼마나 알고 있을까. 내게 관심이 있기는 하는 걸까.

내 성격은 아빠를 많이 닮았다. 나를 근거로 아빠의 생각을 추측하자면, 아빠는 미래에 대한 걱정이 별로 없는 사람이다. 걱정보다는 해결에 많은 시간을 투자하고, 고민보다는 실행에 집중하는 사람이다. 아빠는 아마 나를 걱정하지는 않을 것이다. 어쩌면 이미 나에 대한 파악을 마치고, 발생할 문제에 대한 대처가 준비되어 있을 수도 있다.

그렇다면, 나는 과연 예측 가능한 미래에 대한 준비가 되어 있을까? 난 그 아이를 통제할 수 있다고 자신할까? 발생할 변수들을 통제할 수 있을까?

몰라서 흥미로웠다. 다음 중간고사의 출제범위를 예측하거나, 제도화된 교육과정 안에서 만나는 친구들의 행동을 예상하거나, 오랫동안 함께 해온 가족의 사고방식을 가늠하는 것과는 달랐다.

모든 걸 이미 알고 있다면 사람이 사람을 만날 이유가 없다.

그 아이를 만나기 전에 난 꽤 많은 준비를 했다. 여자 약사가 있는 약국을 찾아 피임에 대한 준비도 했다. 약간의 노력으로 영상을 통한 예습까지 마친 상태였다. 옷 위였긴 해도 그 아이는 이미 내 가슴도 만져봤으니, 이제 내 궁금증을 해결할 모든 준비가 되어있었다.

문제가 발생했다.

"저. 누나가 진심으로 좋아요."

"알아."

"누나는 아니잖아요. 왜 이러시는 거죠?"

"그래서 싫은 거니."

"아뇨. 너무 좋아요. 제가 얼마나 좋은지 모를걸요? 제가 상상만 했던 것들을 누나와 하게 될 수 있을 줄은 몰랐어요. 상상이 현실이 되고 있다고요."

"그럼 뭐가 문제니."

"상상이 현실이 되고 있다는 게 문제에요! 말이 안 되잖아요? 네? 갑자기 하늘이 열리면서 외계 우주선이 내려와 내게 초능력을 준다는 게 말이 돼요? 한강을 지나는데, 용이 나와서 내 소원을 들어주겠다는 게 말이 돼요? 제게 시간을 멈추는 초능력이나 순간 이동할 수 있는 초능력이 생기는 것이랑 같다고요. 문제가 뭐냐고요? 밸런스 파괴란 말이에요. 만화책이나 무협에서도 자제하는 능력이잖아요."

"…알아듣게 말해."

"저는 누나를 좋아하는데, 누나는 저를 좋아할 가능성이 전혀 없는 거죠?"

"그래."

"그럼 지금 이 상황은 누나가 저를 그냥 호기심의 도구로 사용하겠다는 거고요?"

"비슷해."

"제가 하지 않는다면, 누나는 다른 도구를 찾으면 그만이겠죠?"

"아마도."

이 아이의 집에 들어가자마자 키스를 했다. 이번엔 이 아이가 입술을 벌려줘서 다행이었다. 이번에도 입술로만 키스하면 자세한 설명을 동반한 요구를 할 생각이었다. 이 아이의 머뭇거리는 혀가 조금 불만스러웠어도 생각보다 자극적이었다.

한참을 음미하고 있는데, 이 아이가 갑자기 입술을 떼고 나를 힘겹게 바라보다 말했었다. 그러니까, 이 아이는 내 마음도 갖고 싶다는 얘기인 것 같았다. 간단한 추첨도 거치지 않고 운이 좋아 선택된 주제에 욕심도 많다.

너는 지금 선한 외계 우주선을 만난 게 맞고, 용이 나타나 소원을 들어주고 있는 거고, 초능력 비슷한 능력이 생긴 게 맞는다는 설명을 해주려다 말았다. 심각한 표정으로 고민을 마친 아이가 다시 내게 말했다.

"제가 누나의 사랑을 받을 방법은 없을까요?"

"힘들 거야."

"제발요. 뭐든 할게요!"

"…다시 태어나. 아마 여러 번 다시 태어나야 할 거야. 넌 운이 좋은 편인

거 같으니까, 그럼 기회가 생길지도 모르지."

"그렇군요. 그럼 전 못하겠어요. 처음은 사랑하는 사람과 하고 싶어요."

"날 사랑한다며."

"아뇨! 서로 사랑하는 사이 말이에요!"

"그럴 수 있을까."

내가 셔츠를 벗고 브라를 다 풀기도 전에 이 아이가 나를 안았다. 마음이 바뀐 줄 알았더니, 제발 그만하라기에 이 아이의 사타구니를 쥐었다. 생각보다 단단하다는 걸 느낄 겨를도 없이 이 아이가 내게서 떨어지며 말했다.

"왜 이러는 거예요?"

"내가 할 말이야."

"진짜 할 생각이군요?"

"그래."

"…제 뺨 한번 때려주시겠어요?"

"내가 처음이라 잘 하지 못할 거야."

"저도 당연히 처음이라고요!"

"아니, 뺨 때리는 거. 아. 물론 그것도 처음이긴 해. 남자 뺨 때리는 건 별로 상상하지도 않았다는 얘기야."

"아. 네. 아무튼 제 뺨 좀 때려주세요!"

"혹시 피학적 취미 같은 게 있는 거니."

"아뇨! 이게 꿈인지 생신지 아무튼!"

"알았어. 아쉽네."

"네?"

"아니. 그럼 때릴게."

사실 지루해진 기분을 풀고 싶었다. 꽤 힘껏 휘둘러 그 아이의 뺨을 후려쳤다. 나름 정확하게 내 손바닥을 그 아이의 뺨에 적중시켰는데, 내 손바닥에 전해지는 느낌은 대단찮았다. 아마도 팔을 힘껏 휘두르다 말고 그 아이의 뺨에 내 손바닥이 닿는 그 순간에 멈췄던 것 같다. 순간 이 녀석의 뺨이 걱정되기도 했고, 내 손에 느껴질 통증도 걱정되었다.

분명히 엄청난 소리가 났다. 그 아이의 뺨에 내 손이 닿는 느낌은 있었으니, 때리긴 한 모양이다. 아니 이 아이가 과장된 몸짓을 하는 게 아니라면, 상당히 강한 충격을 준 것 같다.

"괜찮니?"

쓰러져 코피를 흘리고 있는 아이가 대답이 없었다. 걱정되어 이 아이의 가슴에 귀를 대고 심장이 뛰는지 확인해 봤다. 심장은 잘 뛰고 있었고, 숨도 잘 내쉬고 있었다. 코피를 닦아주고 잠시 지켜보다 코피가 멈춘 걸 확인했다. 흔들어 깨워봤지만 일어나지 않기에, 다시 호흡을 확인하고 그 아이의 집을 나왔다.

생각보다 연약한 아이였다. 그렇게 내 첫 도전은 실패했다. 내 의지만으로 간단히 끝날 줄 알았는데, 세상의 대부분의 일처럼 처음이 그리 쉬운 건 아닌 모양이다.

내가 이 아이와 사귀는 것으로 소문이 나진 않았다. 이 아이의 뺨에 생긴 커다란 멍 자국 때문이기도 했고, 같이 있을 기회가 거의 없기도 했다. 동아리 시간에도 가까이 붙어 앉거나 하지 않았다.

처음엔 내가 이 아이를 불러 말을 걸기만 해도 이 아이가 끌려나가곤 했었는데, 이젠 나와 이 아이의 관계가 그냥 주인과 애완견 정도의 사이로 보이는 모양이다. 그도 그럴 것이 이 아이가 내게 먼저 말을 거는 경우는 전혀 없었고, 항상 내가 불러 말을 거는 편이었다. 내가 부르면 무슨 종처럼 쪼르르 달려와 조아리는 모습이 전혀 연인으로 보이지는 않았겠다.

이 아이가 처음부터 저자세여서 몰랐던 것 같다.

"너 혹시 내가 무섭니."
"…네."
"설마. 그때 맞아서 그러니."
"저…. 많이 맞아본 편이거든요. 중학교 때는 불량한 애들한테 10분 넘게 맞아 본 적도 있어요. 그래서 어렵게 이런 고등학교에 진학한 거고요. 그런데요. 맞고 기절한 건 그때가 처음이었어요."

시험 삼아 손바닥을 들어봤더니, 애가 자지러지듯 몸을 움츠렸다. 이게 행운일지 불행일지 테스트가 필요하겠는데, 기숙학교라서 다시 만날 기회를 만드는 게 쉽지 않았다.
다시 집에 돌아가는 날에 약속을 잡아야 했다. 내가 부탁하지도 않았는데, 아빠는 내가 집에 오는 날에 엄마와 뮤지컬관람을 예약해 두셨다. 이번에도 전처럼 상당한 준비를 마치고 그 아이의 집에 갔다.

"그런데요. 형이 올지도 몰라요."
"지방대학교에 다녀서 자취하고 있다며?"
"대학생은 이제 방학 시작했잖아요."
"전화해봐."

대학생 형이 있다는 얘기는 얼핏 들었다. 형제의 경우에 성격이 서로 상당히 닮는 편이라고 했으니, 이 녀석처럼 유약한 사람일 것으로 생각하고 신경쓰지 않았다. 그래도 관계가 진행되는 중에 불청객이 나타나는 건 안 된다.

"전화 받지 않아요. 원래 서로 연락 같은 걸 잘 안 해서요."
"그럼 더 잘 받게 되는 거 아닌가."

"아뇨. 형은 제가 연락하는 거 싫어해요. 어릴 때 맞고 다니면 해결해주려고 와야 했는데, 되게 귀찮아했어요. 그러고 다니는 저를 엄청 싫어하기도 하고요."

"너희 형이 평소 주말에 집에 머무는 스타일이야?"

"아뇨. 거의 밖에서 놀죠. 저랑은 많이 달라요."

"그럼 빨리하자. 바지 벗어."

"예?"

내가 손바닥을 들었더니, 얘가 급하게 벨트를 풀었다. 아직도 이게 불행인지 행운인지는 모르겠지만, 효과는 상당히 유용했다. 이 아이가 바지를 벗고 머뭇거리기에 턱짓만 했는데도 팬티를 내렸다.

"작잖아."

"…긴장해서요."

"아, 그렇지."

치마를 입고 와서 다행이다. 내가 치마 속으로 손을 넣어 팬티를 벗으려는데 현관문이 열리는 소리가 들렸다. 이 아이는 그러는 와중에도 내 눈치를 보며 옷을 다시 입어도 괜찮은지 갈등하는 것 같았다. 입 모양으로만 입으라는 말을 하면서 손바닥을 들어 보이니까, 그제야 번개같이 옷을 입었다.

얘네 형이었다. 나와 자기 동생을 번갈아 보며 믿기지 않는다는 표정이었다.

"누구세요?"

"동아리 선배요."

"뭐? 이건~ 무슨 애들 괴롭히는 새로운 방식인가? 내 동생한테 뭘 어쩌려고?"

"그냥 놀러 왔어요."

"아~ 그러셔? 너같이 예쁜 여자애가 내 동생이랑 놀러 왔다는 걸 믿으라고? 쟤 얼굴을 보고도 내가 그걸 믿을 수 있겠어? 저 빙신 또 완전 쫄아 있네? 뭐 하려는 거야? 남자 놈들은 어디 있어? 밖에서 기다리나?"

그 아이에게 손바닥을 펼쳐 보이며 내가 웃으니까, 그 아이가 아무렇지도 않은 듯 웃으며 형에게 말했다.

"진짜 동아리 선배야. 어…그러니까 우리가 동아리에서…"
"발표하기로 했어요. 영화감상 동아리에서 팀을 만들어서 돌아가며 주제에 맞는 영화를 감상하고 발표하는 걸 하기로 했거든요. 제가 얘랑 같은 팀인데 오늘이 아니면 같이 준비할 시간이 없어서요."

내가 말을 가로채서 대신 설명했더니, 이 아이는 빠르게 고개를 끄덕이며 동조했다. 형이라는 인간은 아직도 의심스럽다는 표정이었지만, 내게 시선이 꽤 오래 머무르는 것 같았다. 난 오늘 벗기 편한 셔츠와 옅은 하늘색 치마를 입고 왔다. 셔츠는 약간 반투명한 재질이었고, 치마도 얇아서 내 몸매가 잘 드러날 것이다.
어깨를 으쓱이며 말했다.

"저 같은 애들도 남자애들 괴롭히고 다니고 그러는 것 같아요?"
"그러고 다니긴 좀 아깝네."
"아~ 조금이요?"
"그래. 너 예쁜 거 인정. 오케이. 인정해. 그런데 왜 내 동생이랑 다녀?"
"말했잖아요. 같이 영화를 감상하려는 거라고요."
"그래. 영화는 감상했고?"
"아뇨. 이제 보려고요."
"무슨 영환데?"

"《로미오와 줄리엣》이요."

"아~ 고전이네. 나도 못 봤는데"

"같이 볼까요?"

의심을 벗어나기 위한 제안이었을 뿐인데, 같이 영화를 보게 되었다. 이제 그런 영화를 보겠다고 하면 형이라는 인간이 나갈 줄 알았는데, 자기도 보겠다고 했다. 게다가 우리보고 술을 마셔봤냐고 했다. 술은 어른에게 배우는 거라면서 술까지 사 왔다.

"어른들 오시면요?"

"아~ 괜찮아. 우리 부모님 모임에서 온천 가셨어. 내일 오실 거야."

누가 그런 결말을 예상했을까.

안타까운 선택의 갈림길에서 헤어진 로미오와 줄리엣은 모두 죽었다. 단한 명이라도 운이 좋았더라면 둘 다 살 수도 있었겠고, 우리는 그런 이야기를 아무도 기억하지 못하겠지.

내가 말하고 싶지 않았던 첫 경험은 그 아이의 형이었다.

바람이 멈췄다.

하늘은 구름 한 점 없이 맑았고, 멈춰버린 바람은 세상의 소리 들을 삼켰다. 동쪽 하늘엔 노을 같은 여명이 짙게 밝아오고 있었다. 급하게 주홍빛으로 번지며 검푸른 하늘을 지워낸 붉은 태양의 빛깔이 변하기 시작했다. 이제 주홍빛은 붉어지기를 멈추고 눈부시게 하얀빛을 뿜어낸다.

해가 뜨고 멈췄던 바람이 다시 불기 시작할 즈음에야 자리에서 일어나 집으로 향했다.

일요일 아침치고는 평범하지 않은 집안 풍경이었다. 엄마는 아침을 준비하고 계셨고, 아빠는 거실에서 TV를 시청하고 계셨다. 모두 아직 자고 있어야 할 시간이었다.

새벽에 들어오는 딸에게 아빠가 말했다.

"왔냐."
"네."

밥을 하시던 엄마가 말했다.

"밥 먹을래?"
"아니요."

방에 들어가 침대에 누웠다. 밤을 꼬박 새웠지만, 잠이 오진 않았다. 멍하니 천장을 보고 있는데, 밖에서 부모님이 외출을 준비하는 소리가 들렸다. 곧이어 방 밖에서 아빠가 외출하겠다는 말을 하셨다. 엄마는 밥해놨으니까 배고프면 먹으라는 말을 하셨다.

좀 더 누워 있다가 방을 나와서 씻었다. 넓은 집에는 아무도 없었지만, 욕실을 나오면서 옷을 다 챙겨 입고 나왔다. 거실에 비치는 햇살이 너무 강해서 모든 블라인드와 커튼으로 햇볕을 가렸다.

배가 고프진 않는데, 밥솥에서 밥을 꺼내 먹었다. 반찬도 없이 밥만 먹었다. 목에 메어서 물을 말아 먹었다. 한 공기를 다 비우고 다시 밥을 떠서 또 먹었다.

양치를 하다가 역겨워졌다. 좀 전에 먹었던 밥을 변기에 토했다. 변기 물을 내리고 변기에 기댔다. 기운이 없어서 잠시 좀 그러고 있었다. 차가운 변기와 욕실 바닥으로 몸을 식혔다. 무릎에 닿는 욕실 타일의 차가운 느낌이 나쁘지 않았다.

뭔가 또 올라오려는 것 같아 숨을 참았다. 숨을 참는 것으로 모자라 어금니를 물었다. 턱이 아플 정도로 물고 버티며 올라오려는 걸 참았다. 눈을 감으면 다시 뜰 수 없을 것 같아 부릅떴다. 눈을 부릅뜨고 변기 물에 비친 나와 눈싸움을 했다. 견딜 수 있었다.

생각은 하지 않기로 했다.

아니, 그럴 수 없으니 다른 생각을 했다. 엄마는 삼촌이 죽고 아빠와 잘 지내는 것 같았다. 아빠는 애인이 따로 있으면서도 엄마에게 꽤 잘하고 있는 걸로 보였다. 가족들과 자주 마주치지 않으니까, 잘은 모르겠어도 겉으로는 괜찮은 부부로 보였다.

두 분은 지금 어디에서 뭘 하고 계실까. 밤새 내 걱정을 얼마나 했을까. 아니, 다른 생각을 골라야겠다. 다시 토할 것 같다.

간혹 나를 곤란하게 했던 어려운 수학문제집을 꺼냈다. 나쁘지 않은 선택이었다. 세상의 모든 현실적인 생각들은 잠시 잊을 수 있었다. 평소보다 더 풀기 어려웠다는 게 문제라면 문제였겠지만, 괜찮았다. 어려울수록 필사적으로 매달릴 수 있어 좋았다.

책상에 엎드려 잠들었던 것 같은데, 침대에 있었다. 부모님이 집에 들렀다가 다시 또 나가신 모양이다. 잠시 정신이 들었다가 또 잠들었고, 다시 깼을 때는 깊은 밤이었다.

결과적으로 나쁘진 않았다. 육체적 상처와 피로는 시간이 해결해 줄 것이다. 정신적 상처는 대수롭지 않은 일이라고 끊임없이 자신을 설득해야 했지만, 나쁘진 않았다. 제어할 수 없는 변수들에 대한 해석과 예측의 수준을 현실에 가까이 맞출 수 있었다.

　내가 아무리 잘난 척 해봤자. 난 육체적으로 꽤 연약하고 정신적으로도 쉽게 망가질 수 있다는 사실을 알았다. 위험을 감수하는 대가가 어떤 것인지도 배웠다. 현명함은 두뇌에서만 나오는 게 아니라는 것도 알 수 있었다.

　제일 먼저 술에 취해 잠들었던 그 아이는 아무것도 기억하지 못하는 것 같았다.

　"누나 미안해요. 언제 집에 갔어요?"
　"괜찮아."
　"형이 다음에 또 놀러 오라는데, 누나는 좀 그렇죠?"
　"아무래도."
　"다음에는 밖에서 볼까요?"
　"그래."

　내가 그 아이를 부르지 않으니까, 그 아이가 머뭇거리며 내게 먼저 다가와 말을 걸었다. 내가 좀 귀찮은 티를 냈더니, 불안해하는 눈치긴 했어도 뭘 아는 것 같진 않았다.
　어차피 마주칠 수 있는 시간은 극히 적었다. 일주일에 한 번 동아리 시간에나 만날 수 있었다. 난 이제 그 아이를 부르지 않았고, 그 아이는 몇 번이나 망설이다 어렵게 내게 말을 걸었다.

　"혹시 우리 형이랑 무슨 일 있었나요?"
　"아니."
　"그런데 왜 저랑 만나자고 하지 않아요?"
　"만나자."

다른 애들이 보는 앞에서 할 수 있는 대화가 아니다. 그 아이의 형이 혹시라도 무슨 말을 했는지도 궁금했다. 당연히 그 아이의 집으로 가지는 않았다. 커피숍에서 만났다.

이 아이가 무슨 얘기를 듣진 못한 것 같았다. 왜 갑자기 자신에게 싫증을 느낀 건지 걱정하는 눈치였다. 게다가.

"이제 누니기 절 좋아하지 않아도 괜찮아요. 상관없어요. 그냥 이렇게 만나기만 해도 좋겠어요."

"그래."

"마음대로 하세요. 이제 쓸데없는 소린 하지 않을게요."

"영화 볼까."

더 많은 대화를 나누기가 불편해서 그랬다. 이제 이 아이에게 남은 호기심은 없다. 방식은 달랐어도 난 이미 원하는 것을 얻었고, 충분히 후회했다. 이 아이에게 필요한 게 없다.

영화를 보다 말고 이 아이가 내 손을 잡기에 그냥 뒀다. 영화를 보고 나와서도 많은 이야기를 재잘거린 것 같은데, 별로 들리지 않았다. 이 아이가 나를 데려다주겠다는 것도 싫었지만, 그냥 뒀다.

우리 집 근처의 골목에서 이 아이가 키스하려는 것도 싫었는데, 거부하는 게 이상할 것 같았다. 내가 전과 같지 않다는 걸 전혀 느끼지 못하는 것 같았다. 되레 전보다 키스도 잘했지만, 난 그저 입술만 벌리고 있었다. 가슴을 만지려는 걸, 내가 손을 잡아 막고 말했다.

"여기 사람 많이 지나가."

"아. 그럼 어디 다른 데로 갈까요?"

"아니. 오늘은 그냥 들어가자."

그냥 끝낼 수 있는 다양한 방법들을 떠올릴 수 있었지만, 혹시라도 그 아이의 형과의 관계를 들킬까 봐 조금 더 기다렸다. 어차피 만날 기회가 적다는 게 지금은 좋았다.

다음에 집에 돌아갈 때는 몸이 좋지 않다는 핑계를 대야 했다. 집에서는 부모님께 보통의 고등학교로 전학 가고 싶다고 했다.

전학을 가서도 이 아이가 나를 찾아왔다. 왜 자기에게 말도 없이 전학 갔냐고 했다. 내가 대답이 없으니 나를 한참 노려보다 말했다.

"저 들었어요."

"그래."

"미안해요."

"그럼 날 이해해봐."

"아뇨! 전 상관없어요! 그래도 전 누나가 좋아요. 다 잊을 수 있어요! 제가 뭘 어떻게 해야 할까요! 네? 우리 형을 죽이라면 죽일게요! 제발! 제발 돌아와 줘요!"

"네게 있었던 적도 없어."

"아니잖아요! 네? 그런 거 아니잖아요! 그게 말이 돼요? 아무라도 괜찮았다고요? 아니잖아요! 제게 조금이라도 마음이 있었던 거잖아요. 제발 그렇게 말해줘요!"

"…"

"누나가 정말 제게 조금이라도 마음이 있었다면, 형을 용서할 수 없어요. 그렇지 않더라도 그랬다고 말해줘도 괜찮아요. 딱 한 마디면 돼요. 그럼 형을 죽일게요. 그랬다고 말해요!"

"아니야."

울고 있었다. 나는 그토록 괴로워하면서도 참았던 건데, 이 아이는 이렇게 쉽게 울었다. 이 아이가 가엽다고 생각했지만, 내가 위로할 수 있는 일이 아니다. 난 이미 처음부터 모든 걸 설명했다. 더 할 수 있는 설명도 없었다. 스스로 이해할 수 있어야 한다.

이 아이를 위해 마음이 아프지도 않았다. 난 그저 이 아이가 울음을 멈출 때까지 기다려줄 수밖에 없었다. 간신히 울음을 멈춘 아이는 나를 노려봤다. 나는 그런 그 아이의 시선을 받아줬다.

뭔가 말하려는 듯 입술을 오물거리다 결국 입을 열었다.

"미안해요."

"나도"

"아뇨. 누나는 지금 미안하지 않잖아요. 그런데 이제 미안해질 거예요."

"그럴까."

그 아이가 다시 나타나진 않았다.

어느 날 아침에 사립 기숙학교를 다니던 어떤 고교생이 투신자살했다는 뉴스가 나오고 있었다. 유서는 없지만, 최근 들어 급격히 떨어진 성적을 비관한 것으로 추측한다는 내용이었다. 매일매일 노인들이 그렇게 많이 자살해도 뉴스 한 줄 없으면서, 성적비관 따위로 자살하는 청소년의 뉴스는 비중 있게 다루고 있었다. 청소년 전문가라는 사람까지 불러서 성적 제일주의에 찌든 사립고교들을 비판했다. 공립고교들은 아니던가. 아니, 백 년 천 년 전에는 아니었을까. 문제를 해결할 방법도 없으면서 앵무새들처럼 같은 말들을 떠들고 또 한다.

난 그런 생각을 하며 지나칠 수밖에 없었다. 내가 기사를 찾아보게 될까 봐 두려웠다.

바보처럼 살기로 했다. 의대나 법대는 갈 수 없을 성적을 만들어 봤다. 친구들도 많이 사귀기 시작했다. 멍청하게 굴면 의외로 쉽게 만들 수 있었다.

이젠 남자애들의 접근을 거부하는 일에도 익숙해졌다.

"난 정말 잘생기고 돈도 많은 남자를 만나고 싶어."
"얼마나?"
"원빈 얼굴에서 순수함을 좀 빼고, 박보검 얼굴에서는 귀여움을 빼서 적당히 섞으면 그럭저럭 괜찮을 거 같아. 재력이야 뭐~ 그 정도 생겼으면 따라오지 않을까?"
"남자를 만나고 싶긴 한 거야?"

많은 남자애들이 좌절했다. 그래도 용기를 내는 애들에겐 거울 좀 보기 바란다고 했다. 무작정 내가 좋다며 매달리는 곤란한 애들이 있었지만, 친구들을 많이 만들어 둔 게 도움이 됐다. 나를 좋아하는 녀석들은 놀림감이 되는 편이었다.

영원히 그럴 수는 없었다. 대학에 가서는 적당한 남자를 만났다. 지루한 삶에 꽤 괜찮은 재미라는 걸 알았고, 그 때문에 또 다른 남자를 만날 수 있었다. 실수라고 보기엔 내 의지가 너무 많이 담겨 있었다.

남자들을 만나고 헤어지는 일에 익숙해질 무렵에 차준호를 만났다. 그의 형과 관계를 했다는 사실은 악몽 같은 기억들을 떠올리게 했다.

그때 유성현이 내게 위로가 됐다.
그 아이와 같은 순수함을 가졌는데, 달랐다. 처음엔 지능이 높은 줄 알았지만, 유성현은 환경이 그렇게 만들어 줬던 것 같았다. 평범한 가정에 좋은 친구들도 많았고 송민아라고 줄타기할 수 있는 이성 소꿉친구도 있었다.

부러웠다. 내가 갖지 못한 사랑이라는 감정을 아는 걸로 보이면서도, 항상 사랑에 의문을 갖는 사람이었다. 뜨거우면 사람을 데이게 한다는 것을 알았지만, 차가우면 들러붙는다는 건 모르는 사람이라는 것도 좋았다. 내가 가르쳐 줄 게 있으면서도 내가 배울 점이 있다는 게 좋았다.

스스로에게는 항상 아니라고 다짐해왔지만, 내 제자라는 사실이 싫을 만큼 유성현이 마음에 들었던 것 같다.

게다가 민효정이라는 다른 친구의 사랑을 받는 것도 부러웠다. 단순히 사랑하기보다 감정에 대한 탐구가 가능하다는 게 신기하고 좋았다. 난 전혀 알수도 없었던 것들을 보고 감상하게 해줘서 고마웠다.

난 내가 원하는 것들을 갖는 편이었다. 문제가 생기고 망가지더라도 일단 가져봐야 알 수 있다고 생각하며 살아왔다.

가질 수 없는 제자라면, 내가 유성현에게 필요한 사람이고 싶었다. 뜨거워져 데였을 때 생긴 상처와 차가워서 들러붙어 생긴 상처에 약이 되고 싶었다. 그럴 수 있길 바랐다.

문제는 내가 사랑의 약사로는 정말 어울리지 않는다는 점이었고, 잘못 만들어진 약은 독이 된다.

난 독약이었다.

그 아이도 내게 누나라고 했다.

"참. 아까 누나라고 부른 거 괜찮았어."

"잘 자요. 누나~."

"…하지 마."

유성현 때문에 차준호와 결혼을 서둘렀다. 유성현이 그 아이와 닮은 구석이라고는 순수함 정도밖에 없었지만, 잊고 싶었던 그 시절을 떠올리고 마음을 울리게 했다. 우리는 순전히 스승과 제자의 사이라는 사실 덕분에 가까워질 수 있었다. 사교적 관계라고는 볼 수 없었지만, 내 목적을 위해 그 아이에게 가까이 다가갔던 것과 별반 다르지 않았다.

서로가 필요해서 만났을 뿐이었다.

차이가 있다면 아주 큰 차이겠는데, 나는 처음부터 유성현에게 호감이 있었다. 유성현은 나를 전혀 어려워하지 않았고, 마치 친구처럼 대했다. 그 아이와는 전혀 다른 그런 유성현의 태도가 고마울 정도로, 유성현은 그 아이를 떠올리게 했다.

그런 유성현이 내게 누나라고 불렀을 때, 마음이 긁히는 기분이 들었다. 마음이 아파오는 게 힘들어서 하지 말라고 했지만, 다시 누나라고 불러줬으면 좋겠다는 생각도 같이 했다.

그날 유성현이 나를 붙잡아줬더라면. 아니, 한 번만 더 누나라고 불러줬더라면 좋았겠다.

그럼 차준호와 결혼을 그렇게 서두르지도 않았겠고, 내가 또 다른 형제와 관계가 있었다는 기억을 떠올리지도 않았겠고, 유성현의 삶을 방해하지도 않았을 것이다.

처음엔 유성현이 민효정과 잘되길 바랐다. 유성현을 향한 마음을 효정을 질투할 정도로 민효정의 마음을 잘 알고 있었다. 나름 좋은 교사의 역할을 자처하며 조언을 건네기도 했지만, 사랑을 모르는 약사가 사랑을 처방한 격이었다.

"내 덕에 유성현을 안아봤잖아. 그렇게 차근차근 시작하는 거야. 급하겠지만 별로 급할 게 없다고 하면 믿을까. 이런 말 하면 너무 늙어 보이겠지. 천천히 따라가 봐 그러다 보면 만날 날도 올 거야."

"그럼 선생님은…."

"나? 저런 어린애는 내 취향이 아니야."

거짓말을 했다. 사람은 누구나 거짓말을 하지만, 난 그때 효정이를 위한 약을 처방했다고 생각했다. 사람을 기다려 본 적도 없고, 사랑하지도 못했으면서 거짓말을 했다. 게다가 유성현이 내 취향이 아니라는 말은 스스로에게 창피했다.

차라리 모른 척했어야 했다. 민효정이 스스로 결정할 기회를 줬어야 했다. 유성현의 마음을 돌릴 수 없을지도 모른다는 걸 말해줘야 했다.

난 효정의 엄마가 돌아가셨을 때가 가장 두려웠다. 어쩌면 또 예상치 못한 일들로 사람들의 인생이 바뀌게 될지도 모른다고 생각했다. 사람은 바뀌지 않지만, 죽음은 사람을 바꾸게도 한다는 걸 알았다.

유성현과 민효정의 관계가 급진전할 수도 있었다. 민효정은 유성현을 대학까지 따라간 여자애였다. 게다가 유성현은 그런 민효정의 마음을 이미 알고 있는 것 같았다. 둘 사이가 잘되길 바랐으면서도 정말 좋은 기회가 찾아오니 두려웠다.

"효정이는 걱정하지 않아도 괜찮을 거야. 그보다 네가 더 걱정이다."

"제가 왜요?"

"효정이가 널 좋아한다는 걸 모르지는 않겠지. 그런데도 너는 지금까지 효정이랑 아무런 발전이 없었잖아. 지금 효정이의 상황이 걱정되는 마음이랑 호감이랑 헷갈리지 말라는 얘기야. 네가 이럴 때 효정이를 대하는 태도 때문에 서로에게 큰 상처가 될 수도 있으니까."

"그건 효정이를 걱정하는 거 아닌가요?"

"아니. 너를 걱정하는 거야. 효정이는 지금까지 널 좋아하면서도 견딘 아이지만, 넌 누굴 좋아해 본 적도 없잖아. 효정이가 뭘 원하는지 알게 되더라도 그게 네게 어떤 의미인지 잘 생각해보고 판단해."

"솔직히 무슨 말인지 잘 모르겠어요. 어려운데요?"

"괜찮아. 나도 잘 모르는 부분이니까. 난, 단지…. 네가 바보 같은 행동을 하지 않길 바라."

"뭘 하면 바보 같은 행동이 될까요?"

"아니다. 어차피 일어날 일이라면, 막을 수 없는 일이라는 걸 내가 잘못 생각한 거 같아. 앞으로 무슨 일이 있더라도 후회하지 않으면 되겠지."

"선생님. 사람이 바보 같은 행동을 하지도 않고, 후회하지도 않으며 살 수 있나요?"

내가 바보 같았다. 유치한 속내를 완전히 드러내 보였다. 너무 창피했는데, 유성현이 전혀 알아차리지 못한 것 같아서 다행스러웠고, 또 미안했다.

불편하더라도 내가 민효정의 곁에 있어 주는 게 옳은 일이었지만, 미안함에 유성현에게 민효정을 돌봐주라고 했다. 내가 유성현을 어떻게 생각하는지도 스스로 시험하고 싶었다. 유성현을 위한 것도 아니고, 민효정을 위한 것도 아니었다. 오로지 나를 위해 그런 선택을 했었다.

난 효정이를 걱정했다. 효정이를 위한 걱정이 아니다. 효정이가 엄마의 죽음으로 인해 많은 것들을 한 번에 선택할까 봐 걱정됐다. 따라가 보라는 내 말 때문에 평생을 망설이며 기다려야 했을 효정이가, 그날 밤 유성현을 선택할까 두려웠고, 내 그런 마음에 미안했다.

혼자 술을 마시는 게 드문 일은 아니었지만, 그렇게 나이가 많은 사람들로만 가득한 술집을 찾은 건 오랜만이었다. 그 아이를 지우려 나이 많은 교사와 만나고, 또 더 나이가 많은 학생 주임과 만났던 내가 쉴 수 있는 장소였다.

점잖은 중년의 남자들이 많이 있었고, 그들 중의 한 명을 고를 생각이었다. 내 유치하고 지저분한 선택을 반성하고 유성현을 지우고 싶었다.

술은 후회할 일을 쉽게 선택하는 데 많은 도움이 된다. 유성현에게 전화를 걸었다.

[뭐 하니?]
[친구랑 술 마시고 있어요. 어쩐 일이세요?]
[나도 술 마시고 있어. 도움이 필요해.]

정말 도움이 필요했다. 난 이제 곧 수렁으로 들어갈 생각이었다. 내가 그러기 전에 제발 붙잡아 줄 사람이 필요했다.

"이 아가씨의 친구시군요? 생각보다 어린 분이라 놀랐습니다. 같이 한잔하시겠습니까?"
"아~ 아뇨. 전…음. 누나를 데리러 왔어요."

내가 선택한 수렁이 되어줄 중년의 남자가 성현이에게 우리의 관계를 물었고, 유성현은 나를 누나라고 불렀다. 그때 난 유성현도 내 수렁이 되어줄 수 있겠다는 생각을 했다.

꽤 취했던 모양이다. 내가 유성현에게 아이스크림을 먹자고 했다. 함께 아이스크림을 먹으며 재잘거리던 그 아이가 떠올라서 한동안 입에도 대지 않았던 아이스크림이었다. 그 아이의 입술에선 아이스크림 맛이 났다.

"아이스크림 먹자."
"선생님 집에서요?"
"음. 너라면 괜찮겠지만, 내가 문제가 될 거 같아."

거짓이 일상이 되면, 솔직함은 농담이 된다. 유성현은 내 말을 농담으로 생각하는 것 같았고, 난 그런 유성현의 어깨에 기댔다.

놀랄 만큼 마음이 아팠다. 내 몸에 흐르는 모든 피를 뽑아내고 싶을 정도로 아팠다. 엄마는 아빠의 동생과 만났고, 아빠에겐 나보다 두 살 많은 애인이 있다. 그런 내가 제자를 사랑하게 된다는 사실이 끔찍했다. 사람의 운명이 날 때부터 정해지는 것이라면, 지금까지의 내 선택들은 죄다 뭐가 된다는 말인가. 그런 나를 향한 사람들의 선택은 또 뭐가 될까.

"그럼 어제 효정이랑 잤겠네."
"네? 아~ 뭐 같이 잔 건 맞는데. 에이~ 무슨 어제 효정이한테 무슨 일이 있었는지 아시잖아요."
"그래. 수십 수백 년 동안 변함없던 산도…. 단 한 번의 폭우로 산사태가 나기도 하고 그러면 없던 계곡이 생기고 또 새로운 길이 생기기도 하잖아. 큰 변화는 또 다른 새로운 변화들을 가져다주니까. 오히려 어제라면 이해할 수 있지."
"에이~ 저 그런 애 아니에요. 선생님이 그런 말 하니까 웃기네요."
"그래서 다행이야. 내가 아직 네 선생님이구나."
"한번 스승은 영원한 스승이라잖아요."
"그럼. 이 아이스크림도 먹어라. 난 다 못 먹겠어."

유성현은 그런 애가 아니었고, 난 유성현의 영원한 스승인 주제에 같이 아이스크림을 먹고 있었다. 유성현이 내 아이스크림도 먹는 동안 어깨에 기대 기다렸다. 유성현의 입술에서도 아이스크림 맛이 나겠지.
나도 모르게 유성현의 품으로 스며들었던 모양이다. 유성현이 움츠리기에 다시 어깨에 기대며 말했다.

"나 잠든 거 아니야. 그냥 좀 이러고 있을게."

"네."

"일일이 대답하지 마."

유성현이 대답하면 심장이 뛰는 소리가 들리지 않았다. 유성현은 살아있는 아이라는 걸 느끼고 싶었다. 조금 더 그렇게 있고 싶었는데, 유성현의 휴대폰이 진동했다.

"아마 민아일 거예요. 아까 민아랑 있었거든요."

"아. 또 헤어졌구나. 그 애랑 있다고 했으면 부르지 않았을 텐데."

"괜찮아요. 어차피 이제 또 자주 만나겠죠. 지가 심심하면 날 부를 거예요."

"부르면 만날 수 있는 친구가 있는 그 애가 부러워."

"어? 전 민아랑 있다가도 선생님이 부르니까 왔는데요?"

"그래. 조금 죄책감이 드네."

"아뇨~ 진짜 괜찮아요. 민아랑 선생님이 동시에 절 부르면 전 선생님을 만나러 갈 거예요."

"그렇지는 않을 거야. 힘들다. 이제 들어가야겠어."

술이 깼다. 유성현이 민효정과 별일이 없었다는 사실에 안도했고, 송민아가 또 남자친구와 헤어지고 유성현과 만난다는 사실에 조바심이 났다.

미련하게 다시 속내를 비쳤다.

"참. 아까 누나라고 부른 거 괜찮았어."

"잘 자요. 누나~."

"…하지 마."

그래. 수십 수백 년 동안 변함없던 산도 단 한 번의 폭우로 산사태가 나기도 하고, 그러면 없던 계곡이 생기고 또 새로운 길이 생기기도 한다. 큰 변화는 또 다른 새로운 변화들을 가져다준다.

효정이 엄마가 돌아가신 건, 효정이보다 내게 더 많은 변화를 가져다줬던 것 같다. 유성현이 누나라고 한 번 더 불러줬더라면, 혹시라도 나를 붙잡아줬더라면 그 자리에서 내 몸에 흐르는 피를 인정했겠다.

유성현은 그러지 않았다. 난 내 삶에 산사태를 만들고, 없던 계곡을 만들기로 했다. 원하는 것들을 포기하는 법을 배우고, 유성현의 삶에 맥을 짚어주는 침이 될 수 있길 바랐다.

차준호와 결혼을 서둘렀다.

신이 내게 선물하지 않은 평범함을 스스로 개척하려 했다. 차준호의 형과 내가 관계가 있었던 사실을 알기 전까지는 그랬다. 운명 따위 여전히 믿고 싶지 않지만, 어디엔가 존재하는 신이 나를 시험한다는 건 알겠다.

유성현을 차에 태우고 강릉으로 향했다.

그 아이와는 하지 못했던 걸 유성현과 했다.

유성현에게 내가 처음이었다는 사실이 특별하진 않았다. 오히려 아니었으면 더 좋았겠다. 어쩌면 유성현을 처음 만났을 때부터 정해져 있었을지도 모르는 운명처럼 느껴지는 게 싫었다. 유성현을 전혀 느낄 수 없었고, 마치 내가 처음 겪는 것처럼 힘들었다. 유성현이 다음날 변기에 토할지도 모른다는 걱정도 했다.

"그럼 이제 처음이 아니네요."

고마웠다. 유성현은 마치 내 마음을 아는 것처럼 말하며 다시 하려고 했다. 너무 기뻤다. 정말 기뻤지만 그런 표정을 들키고 싶지 않았다. 유성현이 그런 나를 배려하는 듯, 뒤에서 나를 안았다.

믿기지 않을 정도로 고마웠다. 그 아이 때문에 유성현의 키스를 피했었는데, 이제 피하지 않아도 괜찮았다. 유성현이 다시 내게 들어왔을 때, 키스를 허락했다. 유성현의 입술에선 파도 소리가 났다. 유성현을 느꼈다.

얼마 전 유성현이 송민아와 경포대에 왔었다는 걸 알았고, 둘이 당일치기로 다녀왔다는 사실에 안도했다. 딱히 그런 이유로 나도 유성현을 경포대로 데려온 건 아니지만, 또 전혀 상관하지 않았다는 말은 거짓말이 된다.

유성현의 삶을 맥을 짚어주는 침이 되어주진 못했어도, 혈을 뚫어주는 침이 되긴 했다.

우리가 송민아를 마주칠 것을 알고 있었다. 운명이 아니다.

많은 일을 벌이진 않았다. 유성현이 송민아와 경포대에 와서 이 모텔 앞을 지났다는 얘기를 들었고, 송민아가 남자친구와 다시 만난다는 말을 들었다. 송민아라는 애가 남자친구와 다시 만나게 된 시점과 유성현과 경포대에 왔었다는 시점을 더하고, 나라면 어쨌을지 간단히 섞어봤다.

내가 그 아이 대신에 유성현을 대하는 방식과 송민아의 방식을 찾으면 그만이었다. 남자친구가 있으면서도 꾸준히 유성현을 만났던 송민아가 어떤 방법을 찾을까.

특별한 선택을 한 게 아니다. 유성현이 말한 그 모텔에 가는 것으로 그렇게 될 것 같았다. 단지 서로의 시점이 문제였는데, 송민아나 내가 평일을 선택하지 않는 이상 만날 줄 알았다. 그래서 침착할 수 있었다.

물론, 그게 모텔 앞이 될 줄은 몰랐다.

난 유성현의 독약이었다.

"선생님! 이것 좀 보실래요?"

"어차피 보여줄 생각이잖아."

"진짜 신기한 거 발견했어요."

"그렇겠지."

　졸업한 유성현과 잤어도 난 여전히 교사고, 편집부에서 유성현의 후배들과 어울려야 했다. 성현이가 고3일 때 1학년이었던 애들이 2학년이 되었는데, 애들이 가끔 내 앞에서 유성현을 아는 척하곤 했다.

　유성현과 지금 2학년 편집부 애들이랑 어울릴 일은 별로 없었지만, 성현의 흔적이 곳곳에 남아있었다. 매월 발행되는 학교 신문의 중간쯤에 유성현의 진짜 기사가 포함되어 있었고, 교내에 일어난 사건을 유성현식으로 풀어낸 사설은 꽤 인기가 있었다.

　감수해야 하는 나나 다른 교사들이 읽고도 제재를 갈등하게 하는 수준의 줄타기가 일품이었다. 가끔은 철학적으로 모 여학생의 인기를 품평했고, 언젠가는 반 대항 축구시합에 대한 전망을 삼국지와 비유해 그럴듯하게 풀어내기도 했다. 나를 구미호와 비교하여 남학생들의 정신건강에 미치는 영향들을 집필하기도 했으나, 내가 허락했다는 이유로 다른 교사들의 제재를 전혀 받지 않았다.

　이전의 학교 신문에는 없던 방식의 진짜 칼럼이었다. 학교 신문은 몇몇 학생들의 건전한 시나 수필들을 포함하고 학교행사를 싣는 게 보통이었다. 가끔 시도하는 변화라고는 만화에 재주가 있는 학생의 매우 교육적인 만화를 싣거나 유치한 농담 정도가 전부였는데, 유성현의 사설은 매우 특별한 매력이 있었다.

유성현이 3학년이 되면서 몇몇 후배들이 시도했지만, 그 비슷한 수준도 표현해내지 못하고 결국 사라져버렸다. 사실 재미만 따지면 더 괜찮은 칼럼도 있었지만, 학교 신문에 신기엔 적절치 못했다. 덕분에 유성현은 후배들 사이에서 전설 비슷하게 되었고, 지금까지도 유성현이 쓴 칼럼에 대한 질문을 내게 하곤 했다.

당시엔 별로 신경 쓰지 못했는데, 나에 관한 칼럼이 꽤 많았다.

"이거 선생님 얘기 아니에요?"

"이미 너희들은 결정을 내리고 질문하는 것 같은데."

"조금만 읽어볼게요! 음. 인류는 별을 정복할 필요가 없게 되었다. 연인들은 별을 따러 하늘에 오르지 않아도 괜찮았다. 이미 우리의 곁에 있는 별이 하늘에 대한 그리움을 잊게 해줬을 뿐만 아니라 닿을 수 없는 현실적 감각을 선물해 줬다. 이렇게나 가까이에 있는데도 손닿을 수 없을뿐더러 바라보기도 힘든 존재의 등장은 우주에 관한 탐구 의지를 잃게 했다. 내 의견에 반대하는 사람이라면 잠시 고민해보길 바란다. 그녀를 만난 이후로 하늘의 별을 찾았던 기억이 있는가? 그녀를 만난 이후로 신화가 농담으로 들리지 않을 것이다. 신화가 우리의 곁에 다가와….'"

"그만. 그 사설 제목이 뭐였어?"

"'우주에 관한 과학적 탐구와 신화의 관계에 대한 고찰'이요."

"…그랬군."

"선생님 이야기 맞죠? 유성현 선배가 선생님을 짝사랑했나 봐요!"

"아닐걸. 그 이야기는 그냥 세상의 모든 짝사랑하는 사람들을 위한 변명 같은 얘기겠지. 너희도 누군가 정말 사랑하게 된다면 세상의 아름다운 그 무엇들에도 관심을 잃게 될 거야."

"에이~ 아무리 그래도 이건 너무 과하죠. 가까이에 있는데도 손닿을 수 없는 사람이라는 문구가 선생님을 말하는 거 아닌가요? 스승과 제자의 사이이기 때문에 이렇게 표현한 거 아니에요?"

"이루기 어려운 모든 사랑을 포함하는 거겠지. 큰일이다, 너희들. 편집부원이라는 애들이 문장 해석 능력이 이렇게 떨어져서 어쩌니. 선배의 사설을 읽기만 하는 거로는 우리 편집부에 전혀 도움이 안 되잖아. 너희들이 직접 써볼 생각을 해야지. 내일까지 각자 사설 하나씩 써오기로 하자."

"사설을 하루 만에 어떻게 써요?"

"일주일을 주면 쓸 수 있을까. 하루 만에 쓸 수 없을 이야기라면, 일주일이 걸려서도 쓰지 못해. 길게 쓰라는 게 아니니까. A4 두 장으로 내일까지."

유성현의 후배들이 내 부당한 요구에 불평했다. 사설이라는 게 쓰란다고 그냥 나오는 것도 아니고, 애들이 유성현의 사설들을 읽고 이런 판단들을 한 것에도 문제가 없었다. 학창 시절 유성현은 민효정의 의견을 적극 수렴해서 사설을 집필하는 편이었고, 그 내용에는 항상 민효정의 유성현에 대한 마음이 담겨 있었다. 단지 유성현이 글을 더 맛깔나게 쓸 수 있었을 뿐이다. 사랑에 관한 이런 내용은 죄다 민효정의 머릿속에서 나왔다는 걸 알고 있었다.

거기에 중의적으로 나를 포함했다는 것도 안다. 당시에는 단지 민효정의 귀여운 생각을 짝사랑 당사자가 이야기로 풀어냈다는 사실에 관심을 두느라 몰랐다. 이제야 느낄 수 있었다. 유성현의 독특한 사랑 타령에는 민효정의 짝사랑뿐만 아니라 나와 송민아도 포함되었다.

당사자들이 모두 졸업했으니 이제는 상관없을 수 있을 일이지만, 내가 유성현과 잤다는 게 문제였다. 내가 유성현과 잤다는 현실에 과거의 기억들이 자극을 주면, 미래에 대한 다양한 상상이 가능하게 했고, 그런 사고들은 너무 자극적이었다.

내가 유성현 후배들의 잡담거리가 되고 싶지 않았다기보다, 당장에 더 듣고 있기가 어려웠다. 지나친 자극에 힘겨웠고 해결할 방법이 필요했다. 그 아이들과 함께 더 있다가는 견디기 어려워질지도 모른다는 생각이 들 만큼 불편했다. 단순히 남자라는 이유로 내가 한 녀석을 끌고 가버릴 수도 있었다.

그럴 수 있다고 해서 그래서는 안 된다. 난 아직 유성현과 잤다는 사실과 그런 유성현이 송민아를 만나게 했다는 죄책감을 떨치지 못했다. 내 죄책감을 떠넘기고 이 자극을 만족시켜 줄 대상이 필요했다. 학생 주임. 아니, 이제 교감이 된 그에게 전화를 걸었다.

[교장 선생님은 내일 돌아오시나요.]
[아니. 한 선생이 학교에서 웬일이죠? 교장 선생님이 내일 오시기는 하는데, 월요일에 출근할 겁니다. 내일은 쉬시기로 했어요.]
[교장실 열쇠를 갖고 계시죠. 점심시간이 끝나면 교장실에 가서 기다리고 계세요. 전 5교시 수업이 없어요.]

사실 아직 정식 교감으로 발령이 나지는 않았다. 단지 원래 계시던 교감 선생님이 먼저 발령이 나서 교감 자리가 공석인데, 이 인간이 교감으로 불러 주는 걸 은근히 좋아했다.

여러모로 편리한 인간이었다. 약점이 많아서 이용하기에도 좋았고 젊은 남자들처럼 귀찮게 하는 편도 아니었다. 내가 필요한 순간에만 사용해도 불만이 없었을뿐더러 되레 내게 감사하는 편이었다.

내가 정상적인 관계들에서 별로 만족을 얻지 못하고 있다는 걸 이제는 안다. 대학 시절 그 선배와의 관계를 제외하면 죄다 결과적으로 평범함과는 거리가 멀었다. 평범한 줄 알았던 차준호와의 관계가 왜 만족스러웠는지도 이제는 이제 알겠다. 인지된 시점이 달랐을 뿐 애초에 평범하지 않았다.

5교시는 교무실의 수업이 없는 교사들도 졸리다. 점심시간의 분주함이 완전히 사라졌을 즈음에 교무실을 나왔다. 졸거나 다른 일을 하느라 아무도 나를 신경 쓰지 않았다. 복도에 나와 수업이 진행되는 교실들을 지나쳐 계단을 내려왔다.

교장실을 향하면서 아무도 근처를 지나지 않는다는 걸 확인했다. 교장실 문은 열려 있었고, 들어간 교장실의 소파에 곧 교감이 될 인간이 앉아 있었다. 내가 문을 잠그니까 교감이 말했다.

"전에 식당에서도 느꼈지만, 한 선생 정말 놀라운 사람이야."
"닥치세요. 더 떠들면 그냥 나가겠어요."

교감은 스스로 입에 지퍼를 채우겠다는 손짓을 하며 입을 닫았다. 나는 소파에 앉아 있는 그의 반대편에 있는 교장의 책상에 걸터앉았다.

등 뒤의 커튼은 이미 모두 닫혀있었지만, 은은한 빛이 스며들고 있었다. 적당한 조명이 되어 주었고, 난 자연의 부드러운 조명 아래서 조끼를 벗고 블라우스를 벗었다. 스트립 쇼걸처럼 천천히 벗진 않았다. 그럴 시간도 없었고 그럴 필요도 없었다.

브라를 벗으며 교감의 눈빛을 보고 만족했다. 옅은 어둠 속에서 그의 눈은 내 가슴을 향해 반짝이고 있었다. 내가 봐도 내 가슴은 예쁜 모양이었다. 이제 서른이 가까워지는 나이에도 하늘을 향한 모양에는 별로 변화가 없다.

나와 그가 내 가슴을 감상하고 있을 시간이 없었다. 교장의 책상에서 일어나 치마를 벗고 스타킹을 내렸다. 마지막 남은 속옷을 벗을 때는 그래도 조금 느려졌다. 내 의지와 상관없이 스며드는 대낮의 햇살이나 교장실이라는 환경이 약간은 저항했던 모양이다. 옷이 구겨지는 걸 원하지도 않았지만, 전부 벗는 게 오히려 다시 입기도 편하다는 걸 경험으로 안다.

이제 소파에 앉아 있는 교감은 안절부절못하는 게 눈에 띄었다. 꽤 많은 여자들을 건들고 다닌 데다 젊은 애인도 있는 중년의 남자답지 못했다. 내 나신에 눈을 떼지 못하며 다릴 벌렸다 오므리는 게 안달 났다는 티를 내고 있었다.

그런 그의 앞으로 다가가 섰다. 소파에 앉아 있는 그의 눈앞에 정확히 내 하복부가 닿고 있었다. 그가 참지 못하고 내 배꼽 아래에 얼굴을 파묻었고, 난 그런 그를 내버려뒀다. 아니, 그를 위해 다릴 조금 벌려줬다. 그의 까칠한 턱이 허벅지 안쪽에 스치며 그의 혀가 가랑이 사이에 닿았다.

"흐음."
"추릅 추읍 춥 추릅 추읍 춥 훕."

부끄러운 소리에 다리에 힘이 풀리기도 했지만, 시간도 부족했다. 천천히 무릎을 굽히는 내 몸을 따라오던 그의 혀가 배꼽을 지나 가슴을 물었다. 아기처럼 내 가슴을 머금고 핥는 그를 잠시 내려다보다 그의 머릴 잡아 그만두게 하며 무릎을 꿇었다.

그가 아쉬움에 고개를 들었고, 난 그런 그의 바지 벨트와 지퍼를 풀었다. 일어선 그의 바지와 속옷을 한 번에 내리고 그의 것을 혀끝으로 건드렸다. 그의 몸이 움찔거리는 걸 느끼며 그의 엉덩이를 쥐고 입에 넣었다.

조금 더 그럴 수 있었지만, 시간도 부족했고 이미 충분히 단단해져 있었다. 그를 소파에 눕혔다. 다 괜찮았어도 그의 얼굴을 바라보며 하고 싶진 않았다. 돌아앉으며 그의 것을 넣었다.

짜릿했다. 내가 학생들을 가르치는 학교의 교장실에서 이런 행위라는 사실이 가장 짜릿했다. 아니, 짜릿하기보다 미칠 것 같았다.

"아흡!"

간신히 스스로 입을 막았다. 아무리 누구도 오지 않을 교장실인 데다 5교시 수업시간 중이긴 했어도 소릴 낼 수는 없었는데, 더 미치게 하는 걸 발견했다.

커튼 틈 사이로 누군가의 눈동자가 보였다. 커튼에 드리워진 나무그림자 때문에 사람의 그림자를 발견하지 못했다. 순간 놀라서 허릴 멈췄지만, 절대로 학생은 아닐 것이라는 사실에 다시 허릴 움직였다. 분명히 나와 눈이 마주쳤다는 걸 그림자 속의 주인공도 알았을 텐데, 그 사람도 내게서 눈을 떼지 않았다. 자세를 바꿔 내가 소파에 엎드려 교감의 물건을 받는 중에도 그 사람과 나는 끊임없이 눈을 마주쳤다. 교감이 내 등 위에 뿌리는 중에는 한참이나 그 사람과 눈을 마주치고 있었다.

"헉헉. 한 선생. 다음엔 어디에서 할까. 응? 어디가 좋아?"
"시끄러워요. 더 떠들면 이게 마지막이에요."

교감도 나도 이게 마지막일 리가 없다는 걸 알고 있었다. 교감은 기다릴 줄 아는 사람이었고, 난 그런 그가 편리했다. 그나저나 누굴까? 내가 궁금해할 필요가 없었다. 그게 누가 되었든 내게 접근할 거라는 걸 안다. 접근할 기회만 내가 주면 된다. 교감을 먼저 내보내고 교장실을 나왔다.
곧 5교시 수업시간이 끝날 것이다. 양호실을 지나 매점의 반대편에 있는 복도로 향했다. 복도를 지나 계단을 오르기 직전에 그림자 속의 주인공이 나타났다. 학교 수위 아저씨였다. 그는 꽤 놀랍다는 얼굴로, 또 득의양양한 표정으로 나를 바라보고 있었다. 내가 먼저 말했다.

"아저씨군요."
"네. 저는 놀랐습니다. 그러니까… 아니, 한수진 선생님이 교감 선생님이랑 교장실에서 말이죠. 어떻게 그럴 수…."
"됐어요. 아저씨는 소문을 낼 수도 없고, 그걸로 제게 협박할 수도 없어요. 학교에서 저를 향한 소문들이 얼마나 많은지는 알 거예요. 아저씨가 소문을 내봤자, 다른 이상한 소문들과 섞여서 별로 달라질 것도 없어요. 협박하더라도 소용없어요. 아저씨가 해고되는 것 말고는 다른 결말이 떠오르지 않네요.

물론 저는 조금 전의 일이 소문으로 들리기만 해도 아저씨가 해고되도록 최선을 다하겠어요. 협박 비슷한 일이 있어도 마찬가지겠지요. 제가 조금 전에 누구와 있었는지 알고 있죠? 아저씨를 해고하는 일에 어려움이 없을 거예요."

"아니. 내가 뭘…."

"알아요. 당신에게도 방법이 있을 수 있다는 걸. 뭐 사진이라도 찍어놨을지도 모르고, 그게 아니더라도 나와 교감이 교장실로 향하는 CCTV를 찾아낼 수 있다는 것도 알아요. 그걸로 제가 약간은 곤란해질 수 있겠지만, 이렇게 말하는 제게 해결할 방법도 있겠다는 것을 아시겠죠? 당장 떠오르지 않더라도 조금만 고민해보면 무조건 제가 이길 싸움이라는 걸 알 수 있을 거예요. 그런 싸움을 걸 생각은 하지 않는 게 좋겠죠. 제게 생길 피해에 비례해서 아저씨에게 줄 수 있는 다양한 곤란함을 당장 떠올릴 수도 있어요. 전 당장 비명이라도 지르며 제 치마를 찢을 수 있어요. 괜찮아요. 제가 아저씨를 괴롭힐 생각은 전혀 없으니까요. 오히려 아저씨에게 도움 될 제안을 해주겠어요."

"네?"

"오늘 일은 잊어요. 이미 말했지만, 좀 전의 상황이 조금이라도 제 귀에 들리면 아저씨가 해고되도록 하겠어요. 대신 오늘 밤 11시에 수위실에 찾아가죠."

"아니. 무슨!"

"거절할 필요 없어요. 대신 모든 건 오늘로 끝이에요. 그게 대가예요. 다음의 그 무엇도 바라지 마요. 내일부터는 모든 게 평소로 돌아오는 거예요."

난 밤 11시에 수위실을 찾아가지 않았다. 수위 아저씨를 나오게 했다. 무슨 준비를 했을지 모를 수위실에 들어갈 수는 없었다. 그를 데리고 CCTV들을 피해 나와 내 차에 태우고 파출소 근처의 모텔로 향했다.

사실 그렇게까지 할 필요는 없다는 걸 안다. 파출소 근처의 모텔로 갈 필요까지도 없을 정도로 위험한 사람이 아니라는 것과 그냥 수위실에서 했어도 괜찮았을 것이라는 걸 안다. 게다가 수위 아저씨와 할 필요까지는 없다는 것도 안다.

단지. 낮에 교감과의 관계로는 조금 부족했다. 수위 아저씨에게 들키지 않았다면 그냥 만족했을지도 모르겠는데, 들키는 그 순간에 부족함이 생겨버렸다.

나를 두려워하게 할 방법이 되겠다는 생각을 하지 않은 것도 아니지만, 이럴 필요까지는 확실히 없었다. 대신에 그런 나를 위한 약간의 징벌을 준비했다. 모텔에 들어와서도 여전히 어리둥절하고 있는 수위 아저씨 앞에서 모든 걸 벗고 침대에 누워서 말했다.

"마음대로 하세요."

수위 아저씨는 기대했던 것보다 평범했다. 나를 두려워하는 것 같았다.

"선생님! 이것 좀 보실래요?"
"사설은 써 왔니."
"아! 네. 그러니까요. 오늘은 좀 달라요. 이것 좀 보세요."

유성현이 고교 시절 썼던 사설이라면 오늘은 읽고 싶지 않았다. 또 뭔가 나에 관한 이야기라며 우기고 싶은 것이라면 더더욱 싫었다. 어제의 일들을 씻을 시간이 필요했다. 내 그런 의사와 상관없이 애들은 내 눈앞에 학교 신문을 들이밀 것이고, 난 또 결국 읽어야 한다.

교사도 직장 생활이다. 세상의 모든 직장 생활들처럼 하고 싶은 것보다 하기 싫은 걸 더 잘해야 한다. 대수롭지 않은 일들에 놀랄 줄도 알아야 하고,

신기한 것들에 대단찮다는 태도를 보여줄 수 있어야 했다.

"유성현의 사설도 아니고, 내 이야기도 아니군."
"아니죠? 아니잖아요! 저희가 대단한 비밀을 발견했어요."
"항상 그래왔잖아."
"아뇨! 오늘은 더 특별하다니까요? 자~ 보세요?"

내가 보고 있는 건, 애들이 내민 옛 학교 신문의 끝자락이었다. 어제도 봤고 요즘 들어 자주 보게 되는 2년 전의 학교 신문이다. 난 아직도 별 특별함을 발견하지 못했는데, 내게 학교 신문을 내민 아이가 볼펜으로 동그라미를 치기 시작했다.

학교 신문의 마지막 단락은 항상 학교행사에 관한 소개나 비전 같은 걸 이야기하고, 꿈과 희망 따위를 가져보자는 흔한 이야기로 마무리되었다. 아이가 볼펜으로 동그라미를 친 글자들은 '유', '성', '현'이라는 초성들이었다.

"이건 좀 억지 같다."
"여긴 그런 거 같죠? 다른 학교 신문을 볼래요?"

초성을 세로로 읽어서 유성현이라는 이름이 만들어지긴 했는데, '유'와 '성현' 사이에 '민'이라는 글자가 끼어 있었다. 억지 같다고 했더니, 내민 다른 학교 신문의 끝자락에는 '유성'과 '현'자 사이에 '효'자가 끼어 있었다. 다시 다음 신문에는 '유'와 '성현' 사이에 '정'이 있었다.

월간으로 발행되는 학교 신문에 연속으로 그렇게 돼 있었다. 그뿐이 아니었다. 다음 학교 신문에서도 계속 이어졌다. 우연이 아니었다. 새삼 유성현과 민효정이라는 이름이 초성으로 쓰기 편리해 보였다.

- 유일한 방법은…. 유명한 누군가 말하길…. 유리한 이유는….

- 성공적인 학창 생활을 위해서…. 성패가 갈리며…. 성장기에….
- 현재에 충실하며…. 현명한 결정은…. 현대화에 앞장서며….
- 민족 최대의…. 민감한 사안…. 민간인들과….
- 효과적인 방법은…. 효율적으로…. 효과가….
- 정상에 올라…. 정상적으로…. 정을 가지고….

등등 적당히 골라 사용할 수 있는 이름이었고, 편집의 마무리는 민효정이 했다는 걸 떠올릴 필요도 없었다. 초성을 맞추기 어려운 자리에는 사진이나 작은 그림을 끼워 넣었다. 놀랍다기보다 귀엽다는 생각이 들었다. 일부러 대단찮다는 표정을 지은 건 아니었는데, 학교 신문 대신 일 년에 한 번 발행되는 교지를 내밀었다.

"교지에도 그랬니."
"아뇨. 쌤! 교지 마지막 단락을 봐요. 졸업생 방명록 말고요. 그 앞에 편집 후기요. 유성현 선배가 쓴 후기 말고~ 민효정 선배가 쓴 후기 끝자락을 봐요. 풉."

민효정이 쓴 편집후기의 마지막 단락 초성은 완벽하게 구미호 한수진으로 이어져 있었다.

- 구차하게 사소한 지원에 목매며….
- 미안한 마음이 들었지만….
- 호락호락하지 않았습니다.
- 한편 우리 편집부원들은….
- 수없이 많은 수정을 통해….
- 진정한 우정을 확인….

내 이름도 초성으로 사용하기 용이하다는 걸 알겠다. 이제 정말 놀랍다는 표정을 지어 보이면 될 타이밍이었는데, 조금 늦은 모양이다. 한 아이가 세상의 진실을 알게 된 것마냥 들뜬 목소리로 말했다.

"트라이앵글! 삼각관계! 각이 딱 나오잖아요? 그러니까~ 민효정 선배가 유성현 선배를 짝사랑했고~ 유성현 선배는 쌤을 짝사랑했기 때문에 이뤄지지 못한 사랑!"

"와…"

"후훗. 쌤 애써 그렇게 대수롭잖다는 태도를 보이실 필요 없어요. 여기 진실이 있잖아요."

"교사로서 할 얘기는 아니지만, 넌 소설가 재능은 없을 것 같아. 하나도 재미없을뿐더러 유치하기까지 하잖아. 현실이 훨씬 재미있는데 누가 그런 얘기를 좋아하겠니."

"에이~ 전 영화나 소설을 말하는 게 아니잖아요. 리얼! 현실! 다큐멘터리라고요~. 당연히 재미는 없겠죠. 하지만 다큐멘터리도 흥미로운 건 사실이잖아요?"

"그럴까."

"내셔널지오그래픽을 재미없다고 말하는 사람이 얼마나 될까요? 인기 있다니까요?"

"사바나나 북극에 가볼 수 없는 사람들에게 재미있겠지. 너처럼 아직 첫사랑을 해봤는지도 애매한 애들에게는 옆집 누나에게 남자친구가 생겼다는 얘기도 재미있겠지."

"뭐가 더 재미있는데요? 네? 뭐가 더 있는데요? 쌤이 유성현 선배랑 사귀기라도 했어요?"

"아니."

"거봐요~ 현실은 대단찮다니까요? 쌤은 유성현 선배가 쌤을 좋아했다는 걸 몰랐던 거고~ 민효정 선배는 유성현 선배를 좋아하니까 그런 마음을 볼 수 있었던 거잖아요~."

"사귀진 않았는데, 유성현이랑 잤어."

괜찮은 정적이었다. 입을 반쯤 벌리고 다물지 못하는 아이도 있었고, 턱이 떨어질까 봐 스스로의 입을 막는 아이도 있었다. 당연히 믿기지 않는 표정들로 내가 진실을 말한 것인지 눈알을 굴리고 있었다.

여기서 농담이라고 말하면 더 오히려 진실이 될 수도 있다. 난 어깨를 으쓱이며 말하고 일어났다.

"이쯤은 되어야 이야기가 되는 거야."

그제야 아이들은 세상이 멀쩡히 돌아가고 있다는 표정으로 안심하며 웃었다. 나 같은 사람도 그런 농담을 할 수 있다는 사실에 놀라워했고, 유성현이 나를 짝사랑했을 것이라는 의심은 버리게 되었다.

"민효정 선배랑~ 유성현 선배는요? 어떻게 됐어요?"

"아직 진행 중이지."

"사귀나요?"

"그럼 이야기가 금방 끝나잖아. 갈등과 예상 못 한 변수들 때문에 고생들하고 있어."

"쌤이 어떻게 그렇게 잘 알아요?"

"내가 그 이야기에 조연쯤 되거든."

유성현과 민효정의 이야기에는 내가 조연이겠지만, 내 이야기에서는 내가 조연일 수 없다. 어제의 일을 씻지도 않고 다시 유성현의 흔적을 묻히는 바람에 곤란해졌다. 주인공인 주제에 변두리만 돌고 있다는 생각도 들었다.

교감이나 수위 아저씨와의 일들은 아무리 좋게 생각해도 조연의 역할이었다. 적당히 자극적인 소재가 필요했을 때 캐릭터를 소비하는 쪽에 가까웠다. 짜증 난다. 내 삶의 주인인 내가 그런 식으로 낭비될 필요는 없었다.

물론, 나쁘지는 않다. 뒤탈이 염려되는 관계도 아니었다. 교감은 나랑 관계를 가지고 나면, 한동안 의식적으로 나를 피하는 것 같았다. 교감이 나보다 소문이 날 것을 더 두려워했다. 영리한 사람이었다. 그러니까 교감이 될 생각도 했겠고, 그 나이에 교감의 자리까지 갔겠지. 나에 대한 최선의 배려가 자신에게 이익이 된다는 걸 너무 잘 아는 사람이었다.

수위 아저씨는 그렇게 영리한 판단을 한 것 같지는 않지만, 아직도 나를 두려워했다.

"마음대로 하세요."

내가 그렇게 말했는데도, 수위 아저씨는 한동안 전혀 움직이지 않고 있었다. 발가벗은 채 눈을 감고 누워있던 내가 기다리다 눈을 떠봤더니, 그는 황홀한 눈으로 내 몸을 바라보고 있었다. 그에게 내가 어떤 모습으로 보일까. 나는 그가 만난 여자들 중에 몇 번째일까. 그가 잤던 여자들의 순서를 말하는 게 아니다. 그의 인생에 내가 최고의 미녀일지 궁금했다.

아마도 그럴 것 같았다. 그는 여전히 내 몸의 모든 모습을 외우겠다는 눈빛으로 바라보고 있었다. 내 가슴에서 배를 지나 소복이 난 삼각지까지 천천히 내려가던 시선이 발끝까지 닿았고, 다시 또 천천히 올라왔다. 그의 시선으로 애무를 받는 느낌이었다.

이제 가랑이 시이가 축축해진 지경인데, 그와 눈이 마주쳤다. 수위 아저씨는 내 눈을 마주치자마자 시선을 피하며 말했다.

"이래도 괜찮나요."

"천천히 하세요."

그를 배려할 생각으로 했던 말이었지만, 나를 위한 선택이기도 했다. 교감에게는 보일 수 없었던 모습을 수위 아저씨에게 보여주는 게 즐거웠다. 그가 나를 어떻게 대할지 궁금했다. 수위 아저씨의 혀가 발끝에 닿았을 때 온몸의 전기가 흐르는 것 같았다.

굉장히 느렸다. 마치 혀로 나를 구워삶을 것처럼 느렸다. 그곳에 그의 숨결이 닿았을 때는 내가 덮치지 않고 참아내기 힘들 정도였다. 수위 아저씨는 정말 정성껏 나를 대했지만, 정작 기대했던 본 게임에서 실망스러웠다. 아니, 평범한 정도였겠지만, 그 정도의 기대를 하게 했기 때문에 실망했다. 60이 가까운 남자에게 너무 많은 걸 기대했던 모양이다.

수위 아저씨가 거친 숨소리를 내쉬며 고맙다고 했는데, 난 끝났으면 비켜달라고 했다. 내가 일어나 씻고 나왔더니 수위 아저씨는 방에 없었다.

결과적으로 나쁘지는 않았지만, 꽤 지저분한 하루가 되었다.

이 기분을 지워내려면 며칠은 걸리겠는데, 또 유성현에 대한 이야기들을 듣게 되었다. 당장 유성현을 만나 뒹굴고 싶다는 생각을 했다. 그럼 깨끗이 씻어낼 수 있을 것 같았다.

당연히 그럴 수 없다는 걸 알고 있다. 민효정에게 미안했다. 정말 구미호가 되고 싶지도 않았고, 또 유성현과 섞였다가는 내가 미련을 버리지 못할 것이다. 그날의 일들은 유성현이 송민아보다 민효정에게 기울기를 바랐다는 핑계가 있어도, 지금 내가 유성현을 찾아가면 어린 남자애를 덮치고 싶다는 것밖에는 안 된다. 그 아이를 대했던 나로 돌아갈 수 없었다.

퇴근을 하려는데 유성현에게서 전화가 왔다.

진심으로 누군가를 깊이 생각하면 그에게서 연락이 온다고 했다. 당연한 일이다. 모든 시간에 그만 생각하고 있었으니, 당연하다. 그에게서 연락이 왔을 때도 그를 생각하고 있었을 뿐이다.

간신히 진정하고 전화를 받았다.

[선생님 술 좀 사줘요. 술이 엄청 땅기는데 주머니가 텅텅 비었어요.]

[그래. 술은 사줄 수 있어. 그런데 난 '당신이랑 자고 싶어요.'라고 들린다. 방법을 잘 모르면 솔직해지는 게 차라리 낫지.]

[…그런가요?]

[응. 우리 사이엔 어울리지 않는 일이니까, 너랑 어울리는 사람을 찾는 게 더 가능성이 높겠지. 너랑 나랑은 한번 잤을 뿐이잖아. 그냥 그뿐이었다는 걸 이해해봐.]

[그러면 또 그럴 수 있는 거 아니에요?]

[그렇지 않다는 걸 네가 알아야 해. 너도 누굴 사랑하지 못하는 것 같으니까. 다른 사람을 만날 수 있을 거야. 쉽게 사랑하는 사람들보다는 네가 쉽겠지. 어차피 하지도 못할 사랑은 치워두고 자고 싶은 여자를 찾으면 되잖아.]

[이미 찾은 거 같은데요?]

[내가 아니라고 하잖아. 그러면 아닌 거야. 서로 원해야 하는 거니까. 너를 원하는 사람을 찾으면 돼.]

[사랑하지도 않으면서요?]

[이미 사랑 같은 건 할 생각도 없잖아.]

스스로도 이해할 수 없는 얘길 유성현에게 했다. 아니, 내 마음을 그대로 말해버렸던 것 같다.

전화를 끊고 후회로 몸부림치는데, 수위 아저씨가 주변을 두리번거리며 다가왔다. 그러면 더 의심스러워 보인다는 걸 모르는 걸까. 혹시라도 누가 볼지도 모른다는 생각에, 내가 먼저 자연스럽게 인사를 건넸다.

수위 아저씨가 계속 의심스럽게 머뭇거리다 말했다.

"선생님. 정말 죄송한 말씀인데요."
"안 돼요."
"네? 아. 아니요. 아닙니다. 그런 게 아니라요. 꼭 하고 싶은 말이 있어서요."
"하지 마세요."
"…선생님. 사랑합니다. 진심이에요. 이 나이에 주책이겠지만, 아니 정말 죄송합니다. 평생 처음으로 정말 사랑할 수 있는 사람을 찾았어요. 죄송합니다."
"그러지 마세요."
"네. 뭐 압니다. 선생님이 저를 사랑할 수는 없겠다는 걸 압니다. 하지만 고백하고 싶었습니다. 그래야 후회하지 않을 것 같습니다."
"그런 고백은 제게 폭력이에요. 아저씨의 사랑이라는 이유로 저를 괴롭히는 거예요."
"압니다. 그래서 죄송합니다."

발이 땅속으로 꺼지는 기분이 들었다. 수위 아저씨를 매섭게 노려 볼 생각은 없었지만, 아무래도 그랬던 모양이다. 그가 나를 볼 엄두도 내지 못했다.
그런 그를 내버려두고 돌아섰다. 차에 시동을 걸자마자 유성현의 자취방으로 향했다.

주차할 만한 자리가 마땅치 않았다. 유성현이 자취하는 집 근처에는 도무지 차를 댈 자리가 없었다. 아무 데나 불법 주정차라도 할 자리가 없어서, 아직 문을 열지 않은 술집 앞에 차를 댔다.

조금 걷다가 큰길도 건너야 했다. 신호등을 기다리고 있는데, 건너편 버스 정류장에 멈춘 버스에서 민효정이 내렸다. 곧 신호등에 파란불이 들어왔지만, 난 건널 수 없었다. 민효정은 분명히 유성현의 자취방 쪽을 향해 걷고 있었다.

효정이가 시야에서 사라질 때까지 지켜보다 편의점에 들어갔다.

"담배 주세요."
"어떤 거 드릴까요?"
"아…. 아무 거나요."
"네?"

알바가 뭐 이런 여자가 다 있냐는 표정으로 눈을 껌벅였지만, 잠시 나를 바라보더니 미소를 지으며 말했다.

"담배는 몸에 해로워요."
"…저거 주세요."

그냥 아무거나 손가락으로 가리켰다. 알바가 조금 씁쓸한 표정으로 담배를 건네며 말했다.

"4,500원입니다. 라이터는 있어요?"
"아. 라이터도 주세요."

이제 알바가 나를 빤히 바라보고 있었다. 내가 왜 그러고 있냐는 표정을 지으니, 알바가 주머니를 뒤적여 쓰던 라이터를 꺼내주며 말했다.

"이거 쓰세요. 전 다른 라이터 있어요. 어차피 버릴 거잖아요?"

"아. 고마워요."

예쁘다는 건 여러모로 편리하다. 꽤 많은 상황에 이런 친절을 제공받는 편인데, 대신 귀찮은 일도 감수해야 한다. 알바가 담배를 계산해주며 말했다.

"혹시 모델이세요?"
"아뇨. 제가 모델 같나요."
"네. 뭐 미인이시니까. 이 근처에는 그런 분들도 많이 살고 그러니까요."
"아."

번화가에서 적당히 떨어진 원룸이 많은 동네였다. 모델이냐고 물었지만, 술집 여자냐고 물어본 것과 같은 의미겠다. 평소라면 그냥 감사해하며 편의점을 나왔겠는데, 평소와 기분도 다르고 시간을 때우고 싶기도 했다. 알바를 가만히 바라보고 있으니, 꽤 부담스러워하면서도 부끄러워하는 것 같은 표정이 귀여웠다. 내가 물었다.

"몇 살이세요?"
"24살이요. 얼마 전에 군대 전역했어요."
"전 몇 살처럼 보여요?"
"저랑 비슷할 거 같은데…"
"그럼 우리 친구 할래요?"
"예? 아~ 저야 좋죠."
"알바 하면서 손님이랑 따로 만나 본 적 있어요?"
"아뇨?"
"그럼 저랑 만나볼래요?"
"네?"
"알바 몇 시에 끝나요?"

"11시에 끝나요."

"그럼 그때 봐요. 참, 건강해요?"

"예?"

알바의 경악스러운 얼굴에 만족하며 편의점을 나왔다. 다니는 사람들이 많아 담배를 피우기엔 불편했다. 저녁에 출근하는 젊은 여자들이 지나고 있었다. 그런 동네인 모양이다. 신호등을 건너 유성현의 집으로 향했다. 조금 걷는데 민효정과 다시 마주쳤다. 민효정이 동네 놀이터의 벤치에 앉아 휴대폰을 만지작거리고 있었다.

그런 민효정을 멀리서 바라보며 담배를 물었지만, 여전히 담배는 피우기 어려웠다. 기침이 나오는 걸 참느라 힘들었다. 눈도 매워지는 것 같았는데, 그래도 천천히 연기를 마셔봤다. 민효정을 보고 있으니 그럴 수 있었다.

갑자기 민효정이 자리에서 일어나 내가 있는 방향으로 걸어오기 시작했다. 숨을 장소가 마땅치 않아 담배를 끄고 근처 국밥집으로 들어갔다.

"혼자 왔어요?"

"아. 네."

"순댓국 드려요?"

"…네."

아줌마에게 대강 대답하며 국밥집 앞을 지나는 민효정을 지켜봤다. 딱히 기운이 없어 보이거나 슬퍼 보이는 얼굴은 아니었다. 아니, 민효정은 원래 저랬다. 학창시절 내내 별다른 표정의 변화가 없었던 것 같다. 효정이네 집이 어려울 것이라고는 상상하기도 힘들 정도로 항상 일관된 태도를 유지했었다.

효정이가 지나갔다. 민효정이 얼마나 자주 유성현의 집을 찾아왔을지 궁금했다. 그냥 돌아가는 걸 보니, 성현이와 연락이 되지 않은 모양이다. 당연히 미리 약속 같은 걸 하지도 않았겠지. 나처럼 그냥 하고 싶은 생각으로 찾아오진 않았을 것이라는 생각에 마음이 불편해졌다.

난 지금 뭘 하고 있는 건지. 스스로에게 실망하고 있는데 국밥집 아줌마가 말했다.

"밥 안 먹어요?"
"아, 죄송해요. 얼마죠?"
"먹지도 않을 거면서 왜?"
"다음에 와서 먹을게요."

지갑에서 대충 만원을 꺼내 카운터에 놓고 가게를 나왔다. 아줌마가 됐다고 했지만, 난 빠른 걸음으로 걷기 시작했다. 뒤에서 아줌마가 다음에 와서 꼭 먹으라고 외쳐주기까지 했다.

민효정은 이미 시야에서 사라졌다. 민효정을 따라가 볼 이유는 없었는데, 걱정됐다. 엄마가 돌아가시고 어떻게 지내고 있는지, 또 왜 유성현과는 연락도 못 하고 이렇게 무작정 찾아와야 했었는지 걱정됐다.

휴대폰이 울려서 또 유성현인 줄 알았는데, 차를 빼달라는 전화였다.

[아니! 남의 가게 앞에 주차하면 어떻게요! 당장 빼지 않으면 신고합니다!]
[금방 갈게요.]

엄청 화가 난 목소리였다. 계속 빠르게 걸어 다시 신호등 앞에 섰다. 횡단보도 건너편의 편의점 알바가 가게 앞을 청소하고 있다가 나를 발견했다. 내가 무표정한 얼굴로 바라보고 있으니 약간 긴장한 얼굴로 부랴부랴 가게로 들어갔다.

　신호등에 파란 불이 들어왔다. 길을 건너며 계속 편의점 안의 알바에게 시선을 고정했다. 알바는 몇 번이나 내 눈을 피하면서도 계속 나를 지켜보고 있었다. 그런 알바에게 쓴웃음을 보였더니, 알바가 주변을 두리번거리며 다른 누군가를 찾기 시작했다.

　주차된 차에 갔더니, 작은 트럭이 내 차 앞에 세워져 있었다. 트럭 주인이 내게 버럭 화를 냈다.

"아니! 이 아가씨야! 차를 남의 가게 앞에…."
"죄송합니다."
"아…. 근처에 차 댈 곳이 없죠?"

　예쁘면 여러모로 편리하다. 30대 초중반으로 보이는 남자가 나를 보더니, 화를 내려다 말았다. 차를 빼려 시동을 걸었는데, 그가 다시 말했다.

"볼일은 다 보셨어요? 아직 볼일이 남았으면, 차를 좀 뒤로만 빼줘요. 트럭에 짐을 실어야 하거든요."
"아. 장사하실 거 아닌가요?"
"장사요? 아~ 여기 가게 정리하는 중이에요. 짐만 좀 옮기면 되니까. 차를 뒤로 좀만 빼줘요."

　이제 볼일도 없겠고 그냥 차를 출발시켜도 되겠는데, 차를 뒤로 조금 빼서 정차시켰다. 그가 차 뒤에서 수신호까지 해줬다. 어차피 후방카메라를 보고 있었지만, 그에게 감사해하며 차에서 내렸다.

　그가 내 얼굴과 몸을 수시로 옮겨가며 바라보다 말했다.

"새로 오픈할 가게 준비하느라 이제 왔거든요. 길이 어찌나 밀리던지. 뭐 그래도 이제 여기 짐만 좀 정리하고 나면 이제 이 가게랑 안녕이네요. 아~ 시원섭섭하네."

"장사가 잘돼서 확장하시나 봐요."

보통의 남자들은 내게 그런 편이었다. 내가 근처에 있기만 해도 친절을 베풀려 했고, 말을 걸어주면 하지 않아도 될 말까지 주절거렸다. 가게를 보아하니 작은 맥주집을 운영하고 있었던 모양이다.

그는 장사가 얼마나 잘됐는지 장황하게 떠들기 시작했다. 주말에는 자리가 없어서 기다리는 손님들도 있을 정도였단다. 동네 맥주를 마시려고, 아니 술을 마시려고 기다리는 손님이라니 믿기지 않았다. 그나저나 이 남자는 그렇게 떠들면서도 쉴 새 없이 내 몸을 훑어보느라 눈동자가 바빠 보였다.

그리 튀게 차려입지도 않았다. 학교에 출근하는 복장이었다. 무릎 근처까지 오는 단정한 진회색 치마에, 하얀 블라우스 위에 짙은 갈색 카디건을 걸치고 있었다. 그냥 내 몸이 야한 모양이다.

이런저런 말을 주절거리던 그가 또다시 내 전신을 훑어보며 물었다.

"생맥주 한번 마시러 오세요. 맛은 제가 보장할게요."

"아. 예."

"그런데 여긴 무슨 일로 오셨어요? 이 근처에 사는 분처럼 보이진 않는데."

아무 이유도 없었다. 그가 그렇게 주절거리고 내 몸을 훑어보는 데에는 이유가 없었다. 그냥 나를 보자마자 사랑에 빠진 것이다. 흔히 많은 남자들이 그러는 것처럼 그도 그랬을 뿐인데, 내가 그의 가게 앞에 불법 주정차를 했던 게 미안해서 기다려주고 있었다.

평소처럼 그냥 떠났으면 그만이다. 아까 차에 시동을 걸었을 때, 그냥 차를 출발시켰어도 괜찮았다.

난 유성현의 몸에 불법 주정차를 했다. 좀 전에 민효정의 뒷모습이 마치 나를 비난하는 것 같았다. 벤치에 앉아 있던 민효정의 쓸쓸한 모습이 나를 나무라고 있었다.

여전히 뭔가 떠들던 가게 주인이 이제야 생각났다는 듯 말했다.

"참, 볼일이 있는 거 아니에요? 제가 너무 오래 붙잡고 있었네요."
"아뇨. 사실 오늘 밤 여기에 주차 좀 해도 괜찮은지 궁금했어요."
"아! 그래요? 괜찮아요. 네, 뭐 상관없어요. 어디 가시나 봐요?"
"글쎄요⋯. 이 동네로 이사를 와야 할 거 같은데, 살 만한 동네인지 궁금해서요. 낮이랑 밤의 분위기는 다르잖아요. 오늘은 그냥 좀 돌아다니다가 근처 모텔에서도 자 보려고요."

어쩜 이런 거짓말이 이리도 술술 나오는 걸까. 단지 오늘 다른 계획이 없었을 뿐이다. 사실 유성현이 언제 돌아올지 궁금하기도 했다. 간단히 전화를 걸면 해결될 일이겠는데, 통화는 아까 이미 유성현과 했다. 유성현은 오늘 술이 마시고 싶다고 했고, 여자가 필요해 보였다. 그런 유성현이 민효정의 연락을 받지 않고 만나는 사람이 궁금했다.

뭘 하며 시간을 때울까.

"아니, 아가씨 같은 분도 모텔에서 혼자 자요?"
"보통은 그렇지 않죠. 그 동네 분위기를 알려면 모텔이 가장 적절하니까요."
"하하. 그런가요? 아가씨 오늘 운 좋으시네. 제가 이 동네에서 2년 장사했잖아요. 뭐가 궁금해요? 제가 도와줄게요."
"왜요. 모텔에 저랑 같이 가고 싶어서요?"

헛기침하면서도 굉장히 기대한다는 눈빛을 반짝였다. 나와 어떻게든 조금 더 같이 있고 싶다는 태도였다. 어쩜 이렇게 쉽게 사랑에 빠지는 걸까. 아니, 여자와 자고 싶어지는 걸까.

그를 비난하고 싶지는 않았다. 오래전부터 내게 그런 태도를 보이지 않는 남자는 없다시피 했다. 그냥 시간이나 때워야겠다.

"커피 있어요?"

내가 물어보기가 무섭게 가게 문을 열어주면서 들어오라고 했다. 이미 상당히 정리가 진행 중인 가게의 내부는 횅해서 앉을 만한 자리도 없었다. 그가 급하게 수건을 가져와 창가의 난간을 닦아줬다. 걸터앉기에 조금 높은 난간이라, 치마가 조금 말려 올라갔는데 그냥 뒀다. 어차피 충분히 긴 치마였다.

앞트임이었다는 게 조금 문제였던 것 같다. 벌어진 치마 사이로 드러난 내 허벅지에서 눈을 떼지 못했다. 그가 커피를 준비하며 조심스레 물었다.

"그~ 이 근처에서 일하시나요?"

이 근처에서 일하냐는 질문은 술집에서 일하냐는 것이겠지. 난 대답 대신 미소로 대답했고, 그는 꽤 놀랍다는 표정으로 고개를 끄덕였다.

이제 그가 나를 어떻게 생각할까.

누구나 남처럼 살아보고 싶다는 상상은 하지만, 실제로 그러기는 어렵다는 걸 안다. 술집 여자처럼 살아보는 건 어떨까. 나쁠 게 있을까? 지금 내 삶은 그녀들보다 낫다고 할 수 있을까.

"이 가게가 서향이라 좀 덥네요."
"아. 에어컨을 치웠는데 어쩌죠?"
"괜찮아요."

카디건을 천천히 벗으며 다시 말했다. 이제 그의 눈에서 불을 뿜을 것 같다.

"이 동네 월세가 싼 편이더라고요."
"비싼 거 아닌가요?"
"한 번이면 벌 수 있는데요. 뭘."
"…아, 역시 비싸네요."
"싸긴 싼 거예요."

그가 커피를 쏟았다.

～ ❦ ～

시간이나 때울 생각이었다.
술집 여자처럼 행동하면 나를 어떻게 대할지 궁금했다. 별다른 걸 기대하진 않았다. 그냥 재미있는 역할극이라 생각했다. 다시 커피를 타서 내게 가져다준 그가 지갑을 뒤적거리더니, 수표를 꺼내 내게 내밀었다. 100만 원짜리 수표였다.

"뭐죠?"
"월세라며?"
"아~ 어쩌죠. 잔돈이 없는데."
"남는 건 가져."

역시 재미있었다. 여태 신사적으로 행동하던 그가 반말을 했다. 몸 파는 여자에게 돈을 지급하기로 결정한 이상 하대해도 괜찮다고 생각한 걸까. 수표를 만지작거리다 그에게 돌려주며 말했다.

"미안해요. 오늘은 영업하지 않아요."

"…출장은 더 비싼가?"

"꼭 쉬어야 하는 날이 있어요."

"아…."

그가 꽤 실망한 표정을 지으면서도 내가 내민 수표를 받지 않았다. 뭔가 고민하고 갈등하는 듯싶더니 다시 말했다.

"살살 할게."

"그런 게 아니에요. 설명하기 곤란한데, 치료를 받고 있어요."

"아… 병 같은 거야?"

"…"

대답하지 않았더니, 그가 입맛을 다시며 수표를 받았다. 병에 걸린 거라고 대답했어도 거짓말은 아니겠다. 신체적 질환이라기보다 정신적 질환에 가깝겠지만, 병은 병이다. 그가 수표를 지갑에 넣으려다 말고 다시 말했다.

"그럼 혹시 입으로… 아. 입으로도 감염이… 그럼 손으로는 얼마야?"

어이가 없어서 웃었다. 간혹 내 욕구가 남자들 못지않다고 생각했는데, 세상의 남자들에게 사죄해야겠다. 그는 내 웃음에 꽤 창피해진 모양이지만, 놀랍게도 아직 포기하지 않았다.

"혼자 할게. 나 혼자 할 테니까. 그~ 있잖아. 스트립쇼 같은 거 해줄 수 있어? 그건 얼마야?"

"다시 미안해요. 사실 저 그런 여자 아니에요. 이 동네를 좀 다니다 보니까, 그런 분들이 좀 보이기에 따라해 보고 싶었어요. 역할극이라고 아세요?"

"뭐? 아니. 무슨 그런. 진짜 아니야?"

"아니에요. 근처에 만날 사람이 있어서 왔다가 시간이 좀 남았어요."

"…멀쩡하게 생긴 사람이 뭐 이런 장난을 치나?"

"아저씨가 험상궂게 생겼거나 위험해 보였다면 그러지 않았을 거예요. 저를 처음 보자마자 반한 것처럼 행동하는 게 신기해서 장난을 치고 싶어졌어요."

"…아가씨 보고 반한 것처럼 행동하는 사람이 내가 처음은 아닐 거잖아."

"제가 이런 장난을 치는 것도 처음은 아니에요."

"하…. 어이. 아니, 아가씨. 그러지 마. 사람 마음 가지고 장난치면 천벌 받아."

"마음 가지고 장난을 친 걸까요? 당신의 욕구를 가지고 장난을 친 걸까요? 조금 전까지 아저씨는 저를 돈으로 사려고 했어요. 제가 안 된다고 했는데도 어떻게든 욕구를 풀 방법만 생각했잖아요. 그래도 충분히 당당하신가요?"

"아니! 그거야 당신이 그런 여자처럼 행동했잖아! 장사할 것처럼 간판 불을 켜놨으면서 내부 수리 중이라는 건 잘하는 거야? 난 물이라도 좀 달라고 한 거야. 아니! 내가 찾아왔어? 좀 전에 아가씨가 한 행동은! 방문판매원이 초인 종 눌러서 열어줬더니, 팔지 않겠데! 뭐야 이게? 아니, 자긴 사실 세일즈맨도 아니래! 말하다 보니까 열 받네. 젊은 여자가 겁도 없나?"

"…그러네요."

"그러네요. 그러네요? 와~ 사람이! 아니. 진짜 죽이고 싶네. 쌍!"

"재미없었나 보군요."

"야~ 이. 이기적인 여자야. 재미? 장난해? 나가. 나가!"

사실 그가 화를 내기 시작할 무렵부터 약간은 긴장했다. 내가 그런 여자가 아니라는 사실을 알게 된 그가, 나를 덮치지 않을까 생각했다. 내가 병에 걸리지도 않았다는 걸 알았겠고, 벗어주기라도 하면 스스로 하겠다는 남자였으니, 그럴 수도 있겠다는 기대와 걱정을 했다.

세상이 잘 굴러가고 있다는 증거다. 아무리 욕구에 목마른 사람이라도 지키고 싶은 윤리의 한계가 있는 것이다. 뉴스를 보고 있으면 세상에는 온통 강간범들과 변태성욕자들로 가득한 것 같지만, 실제로 그런 사람들은 극소수이기에 세상이 굴러간다. 얼핏 세상은 변절자들과 거짓말쟁이들로 가득해 보이겠지만, 정의와 진실에 굴레에서 견디는 사람들이 훨씬 많다.

내가 그런 여자인 줄 알았을 때는 뭐든 하려던 그가, 지금은 자존심에 상처를 받았다. 내 앞에서 스스로 해결하겠다던 사람이 내 장난을 용서하지 못했다. 내가 나가지 않고 가만히 앉아 있으니까, 그가 씩씩거리며 다시 말했다.

"운 좋은 줄 알아. 그러고 다니다 무슨 꼴을 당할 거 같아? 사람이 왜 죽는지 알아? 객기 부리다 죽는 거야. 아가씨는 이러는 게 재미있었는지 몰라도 말이야. 죽는다고! 알아?"
"누가 운이 좋은 걸까요."
"뭐?"

시간이나 때우려 했다.

자리에서 일어나 문으로 향했다. 그는 내가 가려는 줄 알고 내 카디건을 집어주려 했다. 그렇게 화를 내면서도 내가 카디건을 놓고 갈까 봐 걱정하는 모양이다. 참 아이러니한 윤리방정식이다.
문을 걸어 잠그고 돌아왔다. 그가 카디건을 내게 건넸지만, 난 카디건을 선반 위에 올려놓았다. 내가 블라우스의 단추를 풀기 시작하니까 그가 말했다.

"뭐 하는 거야?"
"재미없었다면서요."
"꽃뱀이야, 변태야?"
"어느 쪽이든 보기만 하는 거라면 상관없잖아요."

난 독약이다. 지금부터 내가 할 행동들은 그에게 독이 될 거라는 걸 이제 안다. 아니, 여태 내가 남자들에게 줬던 것들 모두가 독이 되었다는 것도 알겠다. 그런 걸 확인시켜준 그에게 작은 선물을 줄 생각이다.

그가 더 떠들거나 하진 못했다. 이제 난 마지막 남은 속옷을 벗고 있었다. 전라가 되어 서 있는 나를 멍하니 바라보던 그가 메인 목소리로 말했다.

"아니. 썅! 이러면 안 돼! 크흡!"

기도로 침을 삼켰는지 콜록거리기까지 한 그가, 기침을 하는 와중에도 믿기지 않는다는 표정으로 나를 바라봤다. 요즘 남자들 앞에서 벗는 일이 잦아진 것 같다. 그가 간신히 기침을 멈추고 다시 말했다.

"평생 만나 본 여자들 중에 최고의 여자가 변태라니. 뭐 이런 개 같은 경우가 다 있어!"

그가 운이 좋은 남자라고 생각했던 내가 우스웠다. 독약을 건네면서 운이 좋을 것이라고 생각하다니, 내가 생각해도 잔인했다. 그러면서도 그가 독약을 삼킬 수 있을지 시험하고 싶었다. 그저 바라보기만 하는 그를 향해 한 걸음 다가서며 말했다.

"보기만 할래요?"
"에이 썅! 모르겠다. 먹고 죽자!"

독약을 앞에 둔 사람의 대사로 적절했다. 그가 내 입술을 핥으며 바지를 벗기 시작했다. 내 몸 이곳저곳을 거칠게 주무르며 핥았다. 나쁘진 않았는데 시작하기 전처럼 좋지는 않았다. 그가 나를 난간으로 밀어붙이고 한쪽 다릴 들어 넣었을 때도 잠깐은 좋았지만, 막상 할 때는 그리 좋지 못했다. 자세가 불편해 뒤로 하는 게 낫겠다 싶었는데, 그는 내 얼굴을 보고 싶어 했다.

"미안."
"…괜찮아요."

그가 안에 해버리고 미안해하면서도 빼지 않았다. 괜찮은 날이긴 해도 불안함을 지울 수는 없는데, 그는 이왕 안에 했으니 계속하고 싶은 모양이다.

"또 해도 돼?"
"불편해요."

자세가 불편하다는 얘기였다. 내가 난간을 잡고 엎드리니 그가 다시 들어왔다. 건물 사이 좁은 골목을 향한 어두운 창밖에는 아무것도 보이지 않았다. 검은 창에는 엎드려있는 나와 뒤에 그가 비쳤다. 그 모습을 보고 있으니, 이제 좀 좋아지는 것 같다.

좀 전에는 아무 말 없이 행위에만 몰두하던 그가 이번엔 자꾸 좋으냐고 물었다. 간신히 신음을 참는 것으로 대답을 대신했고, 내 가슴을 만지작거리던 그가 허릴 붙잡더니 점점 빨라졌다.

그가 휴지를 건네주며 물었다.

"그럼 여긴 정말 왜 온 거야?"
"…남자친구 만나러 왔어요."
"참나. 살면서 너처럼 예쁜 여자도 처음 봤지만, 너 같은 여자도 처음이다. 같은 건가? 남자친구는 뭐하는데?"
"…요 앞에 편의점에서 알바해요. 11시에 끝난다고 했어요."
"횡단보도 앞에 편의점? 참나. 아니, 그런데 왜 이렇게 일찍 왔어?"

"시간이나 때우려고요."

흘러내리는 걸 닦고 있는데, 그가 어이없다는 듯 나를 바라보다 다시 안으며 말했다.

"내가 오래 살진 않았는데, 이런 기회가 또 올 거 같지가 않아."
"그렇겠죠."
"11시라면 아직 시간은 충분하잖아?"

또 했다. 그가 가쁘게 숨을 내몰아쉬며 말했다.

"하다 죽어도 좋겠다. 진짜 그래. 너라면 그래도 좋겠어. 다시 볼 수 없을까?"
"다시 볼 사람이라면 제가 이랬을까요."
"뭐 어쩌면 되겠어? 너도 좋았잖아? 응? 매달리지 않을게."
"그럼 위험해져요. 이럴 수 있는 여자가 얼마나 위험해질 수 있을지 생각해봐요."
"쳇. 죽어도 좋겠다니까? 죽는 것보다 위험한 게 있어?"
"궁금하면 매달려 봐요. 알 수 있을 테니까."
"무섭네. 너 되게 똑똑해 보여서 더 무섭다."

천천히 옷을 챙겨 입는데, 그가 미련을 버리지 못하고 다시 나를 안았다. 또 하려는 줄 알고 시간을 확인했는데, 그건 아니었다. 내가 옷을 다 입고도 또 나를 안았지만, 그냥 뒀다. 잠시 그를 기다리다 그의 가슴을 밀어냈다. 그가 다시 하려고 했다면 했겠는데, 이러고 있는 건 싫었다.
그는 아쉬움 가득한 표정으로 뭔가 더 말하려 했고, 난 돌아서 걷기 시작했다. 내가 잠긴 문을 여는 중에도 그는 아무 말 하지 못했다. 잠깐 그를 기다렸다가 문을 열고 나왔다. 밤바람이 시원했다. 문을 다시 닫기 전에 그에 게 인사했다.

"차는 여기에 좀 둘게요."

대답은 없었지만, 상관없겠지.

다시 신호등을 건너 유성현의 자취방으로 향했다. 아직도 불은 꺼져 있었 다. 유성현에게 전화를 걸려다 민효정이 앉아있던 벤치에 가서 앉았다. 어제 오늘 내 미친 행동들에 후회는 없었다. 적당히 지저분해질 수 있어서 차라리 괜찮았다.

유성현이 돌아오는 걸 기다릴 생각은 아니었다. 11시가 다 되어가고 있었 고, 난 남자친구가 일하는 편의점으로 향했다. 알바가 놀라서 내 뒤를 살피 며 말했다.

"저 사실 렌즈 끼고 있어요. 감기도 자주 걸리는 편이고요. 장이 약해서 밀 가루로 된 음식도 잘 못 먹어요."
"그 정도면 꽤 건강한 건데."
"장난이죠?"
"대체 무슨 생각을 하고 있는 거야."
"장난 같긴 한데, 진짜로 올 줄은 몰랐어요. 그런데 왜 반말해요?"
"24살이라며. 친구 하자고 했잖아. 밥 먹으러 가자."

편의점 알바가 교대하길 기다렸다. 방금 도착한 야간 알바는 나를 보고 믿 기지 않는다는 표정이었다. 둘이 뭔가 수군거렸지만, 신경 쓰지 않았다.
교대를 마친 알바가 나와서 물었다.

"어…. 진짜 밥 먹으러 가? 나랑?"

"넌 그냥 계속 존대해라. 사실 내가 더 나이 많아."

"네."

"밥 먹으러 가자."

아까 오후에 들렀던 국밥집으로 향했다. 아주머니는 내가 남자애를 데리고 오는 모습에 조금 놀란 것 같았지만, 프로답게 말했다.

"국밥 둘?"

"네."

"4000원 더 내야 해."

"네."

알바가 뭔가 궁금한 게 아주 많다는 표정으로 말을 걸려고 했는데, 내가 고개를 흔들어 못하게 막았다. 묵묵히 국밥을 기다려 먹을 때까지도 입을 열지 않았다. 말을 너무 잘 들어서 신기했다.

"내가 말하지 말라고 해서 말 안 하는 거야?"

"네."

"괜찮아? 이상하지 않아?"

"그냥 보고만 있어도 좋은데요. 누나? 누나라고 불러도 돼요?"

"…아니. 그러지 마."

"그럼 뭐라고 불러요?"

"둘이 있을 때는 호칭을 부르지 않아도 아무 문제 없잖아. 그게 어려워?"

"그러네요. 누나."

"…하지 말라고 했어."

"네."

난 최대한 국밥을 천천히 먹었다. 이 국밥집은 유성현의 자취방으로 향하는 길목에 있었다. 혹시라도 유성현이 지나간다면 발견할 수 있을 것이다.

아무런 대화도 하지 않고 국밥을 천천히 먹기도 어려웠다.

"너 술 마셔?"
"네."
"그럼 마시자."

술을 시켜 조금 마시고 있는데, 유성현이 나타났다.

어떤 여자애와 함께.

유성현이 국밥집 앞을 지나가는 데 5초나 걸렸을까. 유성현과 함께 걷는 여자애를 파악하기엔 충분하지 못했다. 나와 비슷한 키에 비슷한 몸매….

급하게 일어나 국밥집을 나왔다. 유성현과 여자애가 저 앞에 걸어가는 게 보이는데, 여자애의 얼굴을 꼭 보고 싶은데 그럴 수 없다. 나와서 보니까 나보다 조금 말라 보였다.

알바가 따라 나오기에 들어가라는 손짓을 했다. 알바가 의아한 표정을 지으면서도 다시 들어갔다. 역시 말을 잘 듣는다. 이제 조금 멀어지고 있는 유성현과 그 여자애를 따라가 봤더니, 둘이 함께 유성현의 자취방으로 들어갔다. 유성현의 방에 불이 켜지는 걸 확인하고 담배를 꺼내 물었다.

여전히 불편한 연기에 조금 애를 먹었어도 피울 순 있었다. 담뱃불을 끄고 다시 국밥집으로 돌아갔다.

편의점 알바 녀석은 얌전히 나를 기다리고 있었다.

"기다렸어?"

"소주가 좀 남아서요."

"이제 다 마셨네. 더 마실래?"

"네."

이 녀석은 '아니요'라는 말을 할 수 없는 걸까? 술을 더 시키니까, 아줌마가 국물을 더 담아주시겠다며 국밥 그릇을 가져갔다.

"너 내가 시키는 일 좀 할 수 있어?"

"네. 뭔데요?"

"…내가 뭘 시킬 줄 알고 할 수 있다고 하니?"

"그렇게 예쁜 얼굴로 뭔가 이상한 걸 시킬 것 같지는 않아요."

"내가 누굴 죽이라면 죽일 수 있겠어?"

"그런 걸 시킬 것 같지 않다니까요?"

"'네', '아니요'로만 대답해. 죽이라면 죽일 수 있겠어?"

"네."

녀석은 정말 그런 걸 시키지는 않을 것이라는 게 당연하다는 듯 생글생글 웃으며 대답했다. 이 녀석에게 '아니요'라는 대답을 듣길 궁리하기보다 시킬 만한 일이 있었다.

유성현의 자취방에 가서 초인종을 누르거나 문을 두드려서, 아무튼 사람이 나오게 하고 사람이 나오면 그릇 찾으러 왔다고 대충 둘러대라고 했다. 이상한 일을 시켰는데 질문도 안 하고 알았단다.

"왜 이런 일을 시키는지 궁금하지 않아?"

"어쩐지 그런 걸 시킬 것 같았어요. 질문해도 돼요?"

"아니. 그냥 다녀와."

"네."

혼자 소주 두어 잔을 마셨을 때, 녀석이 돌아왔다. 녀석이 나를 보며 굉장히 흥미롭다는 표정으로 말했다.

"남자친구는 아닌 거 같던데, 누구에요? 남동생?"

"내 질문에만 대답해."

"네."

"문 열어주기 전에 불이 켜져 있었어?"

"네."

"…불이 꺼져 있었냐고 물어볼 걸 그랬다."

"네?"

"아니야. 혼자 있는 것 같진 않았지?"

"네."

"…혼자 있는 거 같았냐고 물어볼 걸 그랬다."

"네?"

"질문하지 말라고 했어."

"네."

"뭐 하고 있었던 것 같아?"

녀석이 대답 대신 발그레 웃으며 여자와 있는 것 같다고 했다. 내가 술을 마시니까 따라 마신 녀석이 말했다.

"뭔가 탐정놀이 하는 기분도 들고 재미있네요."

"여자 얼굴을 못 봤지? 아니, 봤어?"

"네?"

"봤냐고."

"못 봤어요."

"'아니요'라고 대답해."

"네."

"…"

국밥집을 나왔다. 녀석은 이제 뭘 할지 궁금하다는 얼굴로 나를 기다렸지만, 난 녀석을 실망시켰다.

"이제 집에 가자."

"네."

"붙잡지 않아?"

"꿈꾸고 있는 거 같아서요. 꿈을 붙잡는다고 깨지 않는 건 아니잖아요."

"그래. 난 대리를 불러야겠다. 이리 와봐."

녀석을 안아줬다. 녀석이 가만히 내게 안겨 있다가 말했다.

"진짜 꿈 같네요."

"그러니."

"네. 평생 처음 보는 미녀가 밥이랑 술도 사주고 안아주기까지 했잖아요."

"…한 잔 더할래?"

"네."

"너 꽤 재미없다는 소리 많이 듣는 편이지? 아. 됐어. 대답하지 마."

"우리 아지트가 있는데 한 번 가볼래요?"

"너도 남자구나? 음흉하네?"

"뭐. 꼭 그런 생각은 아닌데요. 시간도 늦어서 술 마시기 적당한 장소가 없잖아요."

녀석과 함께 녀석이 일하는 편의점에 들러 술과 안줏거리를 좀 샀다. 야간 알바가 우리를 번갈아 보더니, 녀석에게 매우 의심스럽다는 표정을 지어 보였다.

아지트라는 곳은 녀석의 친구 부모님이 해외로 장기여행을 떠나면서 비워 둔 집이었다. 집주인 친구는 뭐 하냐고 했더니, 조금 전에 만난 야간 알바가 집주인이란다.

"괜찮은 거야? 아니, 괜찮으니까 가자고 했겠지. 대답하지 마."
"그 친구 야간 알바를 제 소개로 넣어줬거든요. 괜찮아요."
"편의점 알바도 소개해주고 그래?"
"네."
"…너 이제 '네'라는 대답은 빼고 말해."
"어~ 그러니까. 요즘 시급을 제대로 주는 편의점은 꽤 인기가 있는 편이고요. 방금 거기 편의점은 야간 수당까지 챙겨줘요. 알바 공고 같은 걸 낼 필요가 없는 편의점이란 얘기죠. 아는 친구들끼리 서로서로 이어주고 그러거든요. 알바 자리가 그렇게 흔한 게 아니라서요."
"그럼 쟤도 지금 우리가 자기 집에 가는 걸 알아?"
"말은 안 했어도 눈치챈 거 같아요."
"그래?"
"어~ 그러니까. 방금 안줏거리랑 술을 봉투에 담아주면서 다른 걸 넣어줬어요."
"다른 거? 아~ 콘돔? 필요 없는데."
"죄송해요. 오해했나 봐요."
"아니. 그런 뜻이 아니야."
"네?"
"'네'라고 말하지 말랬지."

야간 알바의 집이 그리 멀진 않았다. 2층짜리 단독주택이었고, 1층은 세를 주고 2층을 사용한다고 했다. 계단을 올라갔더니, 녀석이 자기 집처럼 비밀번호를 눌러 문을 열었다.

아지트라고 해서 많이 지저분하고 그럴 줄 알았는데, 담배꽁초가 담긴 페트병과 문 앞에 술병들이 쌓여있는 걸 제외하면 별로 더럽진 않았다.

막상 들어오니까 지금 내가 뭘 하고 있는 건지 한심했다. 이틀 사이에 세 명의 남자와 몸을 섞었는데, 또 다른 남자애와 이런 공간에 제 발로 들어왔다. 이제 자정이 넘었으니 이틀 사이에 네 명의 남자와 놀아나는 건 아닌 걸까. 별로 중요한 건 아닌데 자극적이긴 했다.

유성현 후배들이 가져온 유성현의 이야기에서 시작했다. 그 틈에 민효정이 있었지만, 결국 유성현 때문에 내가 여기까지 왔다. 물론 바보같이 유성현을 원망하거나 그러지는 않는다. 모든 건 발정 난 내가 선택한 일들이었다.

결국 이 녀석과도 하게 될까? 난 그 정도로 제정신이 아닌 걸까. 아니, 그러면 만족할 수 있을까. 이런 생각을 하는 순간에도 유성현이 좀 전의 그 여자애와 하고 있을 게 상상이 된다.

미치겠다. 내가 유성현을 사랑하는 것도 아니고, 난 민효정의 유성현에 대한 사랑이 이뤄지길 바라면서도 유성현에게 일어나는 모든 걸 질투하고 있었다. 내 사고는 분명히 아니라고 말하고 있었지만, 어제오늘. 아니, 자정이 넘었으니 그제부터 내가 벌인 일들은 확실히 유성현에 대한 욕구불만이었다.

내가 멍하니 소파에 앉아있는 동안, 녀석이 술자리를 세팅하며 물었다.

"그~ 좀 늦은 거 같은데, 이름이랑 연락처를 물어봐도 돼요?"
"아니."
"그럼 여전히 꿈꾸고 있는 게 맞네요."

"나 좀 씻을게."

"아~ 그…. 진짜요?"

"그냥 씻는 거야. 목욕탕에 수건 있어?"

녀석이 한참이나 뒤적거려 깨끗한 수건을 찾아와 내게 건넸다. 욕실이 좁지도 않았고, 작은 창문도 달려있었다. 창문으로 건너편 건물의 벽만 보였을 뿐, 누가 엿보기는 힘든 구조였다. 창문을 열어두고 샤워를 했더니, 금방 욕실이 수증기로 가득해졌다.

아무것도 보이질 않는다는 게 마음에 들었다. 가득한 수증기 속에서 샤워를 마치고 물을 잠갔는데, 밖에서 다른 남자 목소리가 들렸다.

"구라 까지 마! 저 안에 지금 천사가 있다고? 죽을래? 누구냐? 어떤 쉐리가 샤워를 하냐? 나 지금 오줌 쌀 거 같으니까 빨리 나오라고 해!"

"아. 진짜 여자가 있다니까. 좀 기다려봐. 아니면 나가서 해결하고 와."

"여자가 있다고? 여기에 여자가 왔다고? 네가 여자를 데려왔다고? 뒈질래? 누군데? 어? 어떤 개념 없는 쉐리가 자기 집 놔두고 여기서 샤워를 하는 건데?"

불청객이 찾아온 모양이다. 녀석이 말리는 것 같았지만, 불청객이 이제 욕실 문을 두드리며 나오라고 외치기 시작했다. 수건으로 몸을 닦는 중에도 계속 두드리고 있었고, 이러다 문이 부서지지 않으면 다행이겠다.

가득한 수증기 때문에 옷을 찾아 입기도 힘들겠다는 생각이 들 무렵. 난 옷을 찾아 입는 대신, 문을 열며 말했다.

"좀 기다려!"

술 취한 불청객 하나가 찾아와 소란을 피우는 줄 알았는데, 눈앞에만 서너 명의 남자애들이 있었다. 문을 열자마자 순식간에 수증기가 빠져나가며 술 취한 남자애들의 휘둥그레진 얼굴들을 볼 수 있었다.

재빨리 다시 문을 닫았다. 녀석의 친구인 것 같은 불청객을 놀래어 줄 생각이었다. 보통은 유유상종이라니까, 녀석과 비슷한 성향의 친구일 것이라 생각했다. 약간의 술도 마셨고 어제오늘의 일들도 있어서 두려움도 없었던 모양이다.

얼핏 봤어도 녀석보다 훨씬 덩치가 큰 녀석이 둘이나 있었고, 다들 인상이 더러웠다. 게다가 모두 술에 취해 있는 걸로 보였다.

오후에 술집 주인과 있었던 일 때문에 샤워하고 싶었다. 난 이 녀석과 하게 될 것이라는 생각을 했고, 내 몸에 남은 흔적을 녀석에게 들키고 싶지 않았다. 만 이틀 사이에 네 명의 남자와 하게 될 줄 알았는데, 어쩌면 여덟 명의 남자와 하게 될지도 모르겠다.

위험하다. 전에는 정신을 잃은 상태였지만, 지금은 그렇지 않다. 아니, 그런 이유가 아니더라도 통제 불가능한 상황에 상처를 입고 싶진 않았다.

두렵다. 두려운데 왜 자꾸 그 무서운 상황이 상상되는 걸까. 내가 어떤 모습으로 당할지 자꾸 머릿속에 떠올라 더 끔찍했다. 다행히 휴대폰을 가지고 욕실에 들어왔다. 이제 수증기가 점점 사라지며 내 휴대폰이 눈에 들어왔다.

뭐라고 신고를 해야 하나. 아니, 무슨 이유가 되었더라도 이 상황을 모면할 방법을 찾아야겠는데, 난 신고하는 대신 옷을 입고 욕실 문을 열었다.

좀 전에 문을 열었을 때보다 훨씬 가까이에 다가와 있는 남자애들이 모두 나를 보고 있었다. 녀석들의 술 냄새가 느껴질 정도로 가까웠다. 녀석들은 모두 충혈된 눈이었고, 나를 보면서도 믿기지 않는다는 표정으로 눈을 비비는 녀석도 있었다.

한 녀석이 다가왔다. 이제 시작인 걸까.

"잠시만요. 쫌!"

다가온 녀석이 급하게 나를 지나쳐 욕실로 들어갔다. 곧 뒤에서 소변보는 소리가 시원하게 들렸다. 다른 녀석들은 여전히 나를 뚫어지게 바라보고 있었고, 녀석들이 놀랍다는 목소리로 말했다.

"와. 여자다."
"아니야. 천사네."
"누구세요?"

대답하는 대신 걸어봤다. 혹시라도 나를 막아서기라도 하면 어떨지 두렵고 떨렸지만, 앞으로 걸어봤다. 녀석들이 내가 가는 길을 열어줬다. 남자애들은 나랑 같이 들어온 알바 녀석을 제외하고도 넷이었다.

술 냄새를 잔뜩 풍기는 녀석들 사이로 걸어가며, 다섯 명의 남자애들에 둘러싸인 나를 상상하게 되었다. 다리에 힘이 풀리는 것 같아 소파에 앉았다. 여전히 욕실 앞에 서서 나를 지켜보고만 있던 녀석들이 내가 앉아 있는 소파로 다가왔다. 이제 화장실에서 나온 녀석까지 모두가 내게로 다가와 앉았다.

내 옆자리에 앉는 녀석은 아무도 없었다. 덩치가 큰 녀석들이라 비좁아 보였는데도 내 맞은편에 옹기종기 모여앉아 내게서 눈을 떼지 못하고 있었다.

아직 비어있는 잔을 들었더니, 한 녀석이 급하게 술병을 따서 내 잔을 채워줬다. 녀석들이 내가 술을 마시는 모습을 지켜보고만 있기에, 말했다.

"너희 뭐니?"
"저희요? 우리 마피아 클럽인데요."

촌스러운 동네 건달 조직 이름인 모양이다. 애써 당당한 척 노력하기도 힘들 지경이었지만, 녀석들이 최소한 건달 같은 놈들이라는 걸 알게 된 이상 모든 걸 포기했다. 이제 될 대로 되라는 심정으로 다시 잔을 내밀었더니, 한 녀석이 술을 따라주며 말했다.

"마피아 게임 알아요?"

"네? 아니 뭐?"

"우리는 친구들끼리 알코올 마피아 게임을 하거든요. 해보셨어요? 진짜 재미있는데. 남자들끼리 맨정신에 하면 별로라…. 혹시 모르면 우리가 가르쳐줄게요. 여자랑 마피아 게임 같이 해보는 게 소원이었어요. 몰라요?"

"알… 알아."

"그럼 같이해요. 술은 이제 걸리면 벌칙으로 마시기로 해요."

소도둑같이 생긴 녀석들과 마피아 게임을 했다.

나중엔 걸리면 술 마시기보다 차라리 뭔가 특별한 별칙을 하고 싶을 정도로 지루했다. 뭐 좀 야한 벌칙 같은 걸로 바꾸지는 않을까 기대했지만, 이 녀석들은 결코 그러지 않았다.

게다가 난 마피아 게임에 굉장한 소질이 있었다. 이러다 나는 절대로 술을 마시지 못할 것 같았다. 정말 지루하고 피곤했는데, 이 녀석들이 너무 기뻐하고 있어서 빠지기 미안했다. 녀석들은 내 앞에서 자신들의 마피아 게임 실력을 자랑하려 했다.

차라리 이 녀석들 모두와 뒹구는 게 낫겠다 싶을 정도로 힘들었다.

"너 마피아지."

"와. 누님. 어떻게 아셨어요?"

"방금 내가 단추를 하나 풀었는데, 너만 못 보고 있었어."

"대단하세요. 누님. 당해낼 수가 없네요. 하하하."

미치겠다.

예상과 많이 빗나가긴 했지만, 남자애들 사이에 잠들어있긴 했다. 좁지 않은 거실의 이곳저곳 바닥에 흩어져 잠들어있는 남자애들 사이에, 난 소파에 누워 이불까지 덮고 있었다.

술을 그리 많이 마시진 않았어도 너무 늦게까지 놀았다. 잠에서 깨긴 했는데 일어나기 귀찮을 정도로 피곤했다. 시간을 확인하니 아직 출근을 준비하기에도 이른 시간이다.

여기가 내 방이 아니라는 게 문제긴 했어도, 넉넉히 잡아도 시간은 아직 충분했다. 멍하니 남의 집 천장의 무늬를 바라보고 있었다. 조금 서두른다면 집에서 옷을 갈아입고 출근하기에도 시간이 여유 있었다.

세 시간쯤 잔 걸까. 피로가 남아있긴 한데, 다시 잠들긴 어려울 것이다. 그쯤 생각하고 나서야 일어나 소파에 앉았다. 남자애들이 여기저기 널브러져 잠들어있는 모습이 눈에 들어왔다. 내가 이런 애들과 무슨 상상을 했던 걸까.

먹던 술자리를 치우고 내게 이불까지 덮어줬던 녀석들이, 방으로 들어가지 않고 거실에서 잤다. 자고 있는 나를 바라보던 시선들이 얼핏 기억난다. 애들이 할 수 있는 가장 큰 일탈이었을 것이다. 서로 눈치를 보느라 내게 접근할 녀석은 없었고, 차마 내 몸에 손을 댈 용기를 내는 건 불가능했겠다.

한 명이나 혹은 둘이었다면, 무슨 일이 생겼을지도 모르겠다. 내가 두려워했던 사실에 비해 이 아이들이 넘을 수 있는 윤리의 굴레는 너무 높았다.

물을 찾아서 마시고 있는데, 알바 녀석이 눈을 떴다. 바닥에 누운 채, 내게 말했다.

"일찍 일어나셨네요."
"응. 출근해야지."
"아. 그렇군요."
"화장실 먼저 쓸래?"
"고마워요."

누워있는 알바 녀석의 아랫도리가 불룩한 걸 보고 말했다. 남자들이 아침에 그러는 건 소변을 봐야 해결이 된다는 걸 안다. 녀석이 화장실에 들어가고 잠시 후에 물 내리는 소리가 들렸는데, 바로 나오질 않았다. 대신 세면대의 물이 쏟아지는 소리가 들렸다. 녀석이 세안을 하려는 것 같지만, 물소리를 들으니 나도 급했다.
화장실 문을 열고 들어갔더니, 역시 녀석이 세안을 하고 있다가 날 보고 말했다.

"아 죄송해요. 금방 나갈게요."
"아니. 괜찮아. 세수나 해."

내가 치마 올리는 모습을 보고서야 녀석이 급하게 다시 세안을 했다. 소변을 보고 일어나려는데, 녀석의 바지가 다시 불룩해졌다.

"그거. 방금 소변 봤는데도 그런 거니."
"아. 음~ 그렇잖아요. 아침부터 이렇게 예쁜 여자가 치마 벗는 걸 봤는데요."
"그렇겠네. 미안."
"아. 아뇨."

녀석이 수건으로 물기를 닦고 나가려는데, 내가 녀석의 벨트를 붙잡았다. 녀석이 의아한 표정으로 나를 바라보는 동안, 화장실 문을 걸어 잠그고 말했다.

"내가 도와줄게."
"네? 아. 아니. 아직도 꿈꾸고 있는 건가요?"
"웅. 대신 내 부탁 다시 들어줘."

대답 대신 신음을 흘렸다. 그리 오래 걸리진 않았다. 남자들도 여자들만큼이나 아침에 민감하다는 걸 안다. 녀석이 쏟아낸 걸 변기에 뱉고 말했다.

"어제 갔던 그 집에 가서 어제 두 사람이 아직 같이 있는지 알아보고 와."
"또 노크하거나 그러면 이상하게 생각할 거 같은데요."
"그래서 해줬잖아."

대답 대신 고개를 빠르게 끄덕인 녀석이 화장실을 나갔다. 나도 간단히 세안을 하며 결국 저질러버린 일을 씻으려 했지만, 지금부터 밖의 녀석들이 화장실에 한 명씩 들어오는 걸 상상했다.
물론, 그런 일이 일어나진 않았다. 내가 씻고 나와서 약간의 화장을 고치는 중에도 녀석들은 여전히 잠들어 있었다. 그중에 한 녀석의 아랫도리가 엄청 부풀어있는 것도 눈에 들어왔는데, 애써 시선을 피하며 알바 녀석을 기다렸다.

더 기다리다가는 출근에 늦어질지도 모르겠다는 생각이 들 무렵에야 녀석이 돌아왔다. 녀석의 얼굴이 발개진 게, 급하게 돌아오느라 그런 건 아니었다. 나를 보자마자 바지춤이 부풀어 올라선 모양이다.
뒤늦게 현실감각을 되찾고 자신이 얼마나 특별한 일을 겪은 것인지 깨달은 것 같았는데, 그뿐이 아니었다.

"그~ 하고 있더라고요."

"어떻게 알았어?"

"노크를 해보려고 했는데, 밖에서도 소리가 들렸어요."

"그렇구나. 그건 그 소릴 들어서 그런 거야. 나를 보고 그런 거야?"

"거기서 여기까지 거리가 있는데, 소릴 듣고 이래서 온 건 아니죠."

"그런데 난 지금 출근해야 해. 네 전화번호는 저장해뒀으니까. 전화해줄게."

"정말요?"

"네가 믿지 못해도 달라질 것은 없잖아."

"진짜 아직도 꿈같아서요. 믿기지가 않아요."

"그렇겠지."

돌아서 나오는데, 녀석이 뒤에서 안녕히 가시라고 했다. 내 차는 제자리에 잘 있었고, 그 앞에 트럭도 여전히 있었다. 차에 시동을 걸려다 가게 문을 열어봤더니, 잠겨있지 않았다. 어제 그 사장이 선반 위에 웅크리고 잠들어 있다가 인기척을 느끼고 깼다.

나를 보고 믿기지 않는다는 듯 눈을 비비며 말했다.

"다시 꼭 보고 싶었어."

"밤새 기다렸나요."

"아니. 당신 차바퀴에 잠금장치 걸어뒀어. 당신이 돌아오면 날 깨울 줄 알았지."

"어쩔 생각인가요. 저 출근하려면 시간이 없는데."

"하자는 얘기가 아니야. 다시 또 만나줄 수 없어? 나 지금도 믿기지 않아. 당신 같은 여자를 만났다는 게 꿈 같단 말이야."

"차라리 지각을 하더라도 지금 한 번 하는 게 낫겠네요."

"제발. 이렇게 부탁할게. 정상적으로 한 번만 만나주면 안 될까? 이렇게 말고! 응? 보통 사람들이 그러는 것처럼 같이 밥도 먹고 얘기도 좀 하고?"

"잠금장치 풀어주세요."

그가 시무룩한 얼굴로 다가왔다. 내 앞에 선 그가 나를 안거나 할 줄 알았는데, 그는 입술을 삐쭉거리며 슬픈 눈으로 나를 바라보기만 했다. 내가 그에게서 시선을 거두니, 그가 억울하다는 듯 외쳤다.

"나한테 왜 그런 거야! 너무하잖아! 오늘로 끝이라는 거잖아? 왜!"
"잠금장치 풀어요."

창밖을 보며 말했다. 그가 고갤 푹 숙이더니 밖으로 걷기 시작했다. 그러던 그가 갑자기 돌아서 나를 안았다. 그의 몸에선 먼지 냄새가 났다. 숨 막히게 나를 안고 있던 그가 말했다.

"밤새 남자친구랑 있었어? 밤새 남자친구랑 한 거야?"
"아뇨."

그가 내게서 떨어지며, 내 어깨를 붙잡고 이해할 수 없다는 표정으로 말했다.

"왜?"
"당신이랑 했으니까."
"뭐? 하~ 이런. 씨…. 엎드려."

어제의 그 난간을 짚고 엎드렸다. 그는 내 치마를 거칠게 걷어 올리고 속옷을 벗겨 내렸다. 그가 급하게 들어왔지만 괜찮았다. 단지 내가 아침부터 너무 민감해져 있다는 게 문제였다. 내 안의 그의 익숙한 모양이 느껴졌다.
하면서 그가 욕지거리를 했지만 별로 나쁘지 않았다. 여자를 비하하는 모든 욕을 하려는 것 같은데, 그가 사용하는 어휘들이 부족해 보였다. 이왕 늦게 된 거 충분하길 바랐지만, 그가 오래 걸리진 않았다.

끝난 거 같은데 그가 가만히 있어서 내가 뺐다. 그도 나만큼이나 만족하지 못한 모양이다. 굉장히 억울한 얼굴로 고개를 숙인 채 서 있었다. 다시 할 생각은 아닌 것 같았다. 난 좀 닦아야겠는데, 그가 내게 휴지를 찾아줄 생각도 없어 보였다. 찜찜했지만 속옷을 올려 입고 치마를 정리했다.

내가 가게를 나갈 때까지 그는 여전히 그렇게 볼썽사나운 꼴로 서 있었다. 차에 시동을 걸고 휴지를 찾아 닦았다. 속옷은 입기 어려운 상태라 벗어서 가방에 넣었다. 잠금장치는 내가 풀어야 했다.

차를 출발시켜 큰길로 나오다가 그 여자애를 봤다. 분명히 그 여자애였다. 다행히 신호가 걸려서 그 여자애가 횡단보도를 건너는 걸 볼 수 있었다. 유성현이 근처에 보이진 않았다. 그 여자애 혼자 정거장으로 향하고 있었다.

출근 시간이라 과속도 불가능했고, 오히려 예상보다 더 늦을 정도로 길이 막혔다. 지각은 했어도 내 수업시간에 늦진 않았다. 담임선생님들을 이미 교무실에 없었지만, 다른 교사들에게 미안하다는 인사를 하며 자리에 가서 앉았다.

숨 좀 돌리려는데 교감이 나를 불렀다. 먼저 나를 찾는 경우는 거의 없는 편이었는데, 내가 지각했으니 당당하게 나를 부르는 모양이다. 게다가 또 교장이 자릴 비웠는지, 교장실로 불렀다.

"한 선생. 혹시 그 소식 들었어?"

"어떤 소식이요?"

"김 씨 말이야. 우리 수위. 지난 새벽에 죽었다더라고 술을 마시다가 실족사한 것 같다던데, 오늘 아침에 경찰에서 다녀갔어."

"실족사요?"

"응. 술을 그렇게 마시는 사람으로 보이지는 않았는데, 수위실에서 술 마신 흔적은 있더라고 학교 앞에 공사 중인 건물 있잖아? 거긴 어떻게 갔는지. 아무튼 뭐 아는 거 없지?"

"네."

"아~ 아침부터 학교에 경찰들 찾아오고 난리를 좀 쳤더니 스트레스가 쌓이네. 한 선생 어때?"

"…전 별로 그런 기분 아니에요."

"아. 한 선생 김 씨랑 친했지? 미안. 어제도 퇴근하면서 한참 인사하던데."

"…"

내가 교장실 문을 잠갔다. 교감은 내가 속옷을 입고 있지 않다는 사실에 놀랐고, 나를 만지다가 또 놀랐다.

"아니 아침부터 누구랑 붙어먹은 거야? 그래서 지각한 거야? 이러면 곤란하지~"

"수업 있어요. 빨리 끝내기나 해요."

"그럼 나도 안에 한다?"

화장실을 들렀다 수업에 들어갔는데도, 조금 흘러내려서 위험했다. 오전 수업들을 마치고 오랜만에 아빠에게 전화를 걸었다.

[무슨 일이니.]

[어디 좀 투자 좀 하세요.]

[…얼마나?]

[그리 부담되는 건 아닐 거예요. 그리고 보름 뒤에 회수하시고 투자 포기하세요.]

[그런 짓을 하면 어떻게 되는지 알아?]

[네.]

[알았다.]

　전에 유성현과 여행을 다녀오면서 유성현의 부모님이 작은 사업을 시작한다는 얘길 들었다. 난 아버지에게 유성현의 부모님이 한다는 사업에 투자를 했다가 포기하라는 부탁을 했다. 그리 어려운 일은 아니었다. 아주 약간의 조사로도 유성현의 부모님이 어떤 사업을 하려는지 금방 알 수 있었다. 투자를 받는다면 쉽게 성장이 가능하겠지만, 덕분에 위험도 더 커질 것이다. 우리 아빠의 투자는 다른 투자도 부르겠는데, 우리 아빠가 포기하면 다른 투자자들도 포기하겠지.

　유성현의 삶에 약간의 고통을 줄 생각이었다. 작은 규모라도 그런 사업을 준비하는 정도라면, 생활 수준에 큰 영향을 주진 않으리라 생각했다. 단지 유성현이 지금처럼 고민 없이 사는 꼴을 보고 싶지 않았다.

　문제는 항상 그런 식으로 발생한다. 작은 모닥불이 산불이 될 줄 알고 불을 지피는 사람은 없을 것이다.

　유성현의 부모님이 송민아네 부모님과 함께하는 사업이었다. 나름 두 집안의 재산을 최대한 끌어모은 상태였고, 난 그런 사업을 망하게 한 꼴이었다. 게다가 그 일로 유성현의 아버지가 쓰러지면서 유성현의 부모님이 살던 집까지 포기하게 될 줄은 몰랐다.

　예상과 많이 빗나가긴 했지만, 유성현의 삶이 매우 곤란해졌다.

　"흐읍!"

잠자리에서 벌떡 일어나 앉았다. 물에 빠졌던 사람처럼 가쁘게 숨을 내쉬며 호흡을 진정시켰다. 답답한 가슴이 쉽게 풀리지 않았다. 어깨를 펼치고 가슴을 크게 내밀어 숨을 내쉬어봤다. 간신히 내 숨소리가 잦아들기 시작했다.

아직 꿈의 기운이 지배하는 새벽이었다. 그래 꿈을 꾸고 있었다. 악몽을 꾸고 있었던 모양인데 기억이 나진 않는다.

다시 누웠더니, 차가웠다. 베개와 이부자리가 내 식은땀으로 축축이 젖어 있었다. 그제야 내 이마에서 흐르는 땀이 느껴졌다.

욕실에 들어가 샤워기에 물을 틀고 거울을 보며 기다렸다. 방금 식은땀을 흘리다 잠에서 깬 사람으로 보이지 않을 정도의 미녀가 나를 보고 있었다.

거울에 김이 서리며 내 모습이 사라졌다. 손을 뻗어 거울에 서린 김을 닦아냈다. 아직 그 안에는 내가 있었다. 조금 더 바라보고 싶은데 그러기는 힘들겠다. 무표정하게 나를 바라보는 초점 없는 그 눈빛에 말을 걸고 싶었지만, 그럴 수 없다.

샤워를 하고 한참이나 머리카락을 말리고 나서야 창밖의 어스름한 기운이 옅어지고 있었다. 소파에 멍하니 앉아 시계를 바라보고 달력을 봤다. 오늘이 가사도우미 아줌마가 오는 날이라 다행이다. 몸이 식으며 추워졌다. 담요를 가져와 소파에 다시 앉았다가 누웠다.

잠이 온다.

꿈을 꾸고 있었던 모양이다. 잠이 들기 무섭게 호흡이 가빠지기 시작했다. 분명히 다시 꿈에 빠져들고 있다는 걸 알겠는데, 벗어날 수 없다. 악몽이라는 걸 알겠는데, 이미 난 꿈속에 있었다.

얼굴을 알아볼 수 없는 사람들이 나를 둘러싸고 있었다. 그들은 침묵하고 있었지만, 난 그들의 생각을 읽을 수 있었다. 나를 둘러싼 사람들은 나를 욕하고 있었다. 돌을 던지고 싶지만 그럴 수 없는 것 같았다. 그들은 내게 손가락질하기 시작했고, 누군가 갑자기 다가와 분노어린 눈동자를 보였다. 얼굴들이 희미해서 누군지 알아볼 수 없었다.

이게 꿈이라는 걸 알아서 다행이다. 이제 곧 깰 수 있을 것이라는 걸 알고 있다. 이렇게 분명히 인식하기 시작하면 꿈에서 깨야 하는 게 맞는데, 여전히 사람들은 나를 둘러싸고 욕하고 있다.

그러다 또 누군가 내게 다가와 얼굴을 들이밀었다. 이번엔 알아볼 수 있는 얼굴이었다.

"네 말대로 했잖아! 넌 다 아는 척했잖아! 뭘 알고 있었던 거야! 넌 대체 뭘 한 거야!"

일그러진 민효정의 얼굴이 다가와 내게 고함쳤다. 그래 이제 꿈에서 깨야 한다. 머리가 울리고 있었다. 이런 자극이라면 꿈에서 깨는 게 맞는데, 깨지 않는다.

반대 방향으로 고갤 돌렸더니, 또 다른 누군가의 얼굴이 눈앞에 나타났다. 이번에도 아는 얼굴이다.

"어디 걸레 주제에 도도한 척은 다 하고 있어? 뭐 잘났다고 그냥 떠났냐? 그게 내 잘못이었냐? 그 잘난 몸 함부로 굴리고 다닌 거 아니야! 네가 자초한 거라고!"

이번엔 피하지 않았다. 이를 악물고 눈을 부릅뜨며 차준호를 마주했다. 꿈에서 깨려고 그랬다. 이 지독한 악몽이 그만 끝나길 바랐다. 그러나 누군가 차준호를 비켜내고 얼굴을 들이밀었다. 송민아였다.

"아니! 내가 뭘 잘못했어? 내가 너한테 뭘 어쨌는데? 아니! 내가 무슨 잘못을 했냐고! 나한테 왜 그런 거야! 나를 알기나 해? 나를 아냐고!"

버틸 수 없었다. 이제 꿈에서 깨야 하는 게 맞다. 이성을 되찾으려고 노력
했다. 꿈이니까. 이게 꿈이라면 그래야 깰 수 있다. 흐릿한 송민아의 얼굴이
일그러지며 유성현의 얼굴로 변했다.

"고마워! 다 네 덕이야! 너 때문에 사는 재미를 알았다! 그래! 사는 게 참
웃기지? 아니! 세상이 웃기지? 넌 이 세상이 재미있지? 이제 나도 그래! 아주
힘들어 미치겠어! 얼마나 재미있냐!"

아니다. 내가 그런 게 아니다. 나도 모르게 꿈이라는 사실을 잊고 변명하
려 했다. 다시 고갤 들어 유성현을 바라봤는데, 유성현 대신 흐릿한 얼굴의
여자가 있었다. 이젠 모르는 사람까지 나를 욕하려는 걸까.

"어쩌려고? 왜? 내가 싫어? 나 때문인 것 같아? 남 탓 좀 그만하는 게 어
때? 난 최소한 모두 내버려두고 있어! 너처럼 끼어들려고 하지 않는다고!"

모르는 여자가 아니다. 내 뇌 속에 그녀의 얼굴만 없었을 뿐이다. 유성현
과 만나던 그 여자겠다. 그래 그럼 이제 꿈에서 깨겠구나. 인식의 한계가 보
이는 줄 알았는데, 그녀가 누군가를 불러냈다.

"또 만났네? 날 알지? 알 거야. 모르진 않겠지. 응? 그래? 아니야? 그래! 우
린 알아! 안다고! 그래 또 만나게 될 거야! 넌 그럴 거야! 왠지 알아? 그냥 지
나칠 줄을 모르니까! 알겠어?"

꿈에서 깼다.
소파와 테이블 사이에 담요를 뒤집어쓴 채 웅크리고 있었다. 다시 식은땀

을 잔뜩 흘려서 또 샤워해야겠다. 굉장히 오랜 시간 꿈을 꾼 것 같은데, 여전히 새벽이었다. 다행이다. 다시 샤워하고도 시간이 충분하겠다.

샤워를 하는데 눈물이 날 거 같은 기분이 들었다. 그런 내 자아에 콧방귀를 껴주고 싶었지만, 내게 그럴 필요는 없다. 스스로에게 흘리는 눈물은 비겁한 정신적 도피이며, 마음에 대한 거짓말이다. 인간은 자신의 나약함을 눈물로 덮으려 한다. 난 그리 나약하지도 않고 인간답지도 못했다.

눈물 따위 흘릴 자격이 없다.

대신 꿈의 마지막에 나타난 인물을 떠올려봤다. 유성현이 만난 여자까지 알아봤는데, 마지막의 그는 기억할 수 없었다. 결국 샤워를 마칠 때까지 떠올릴 수 없었고, 그쯤에서 포기하기로 했다. 악몽 따위에 매달리고 싶지 않다.

다시 머리카락을 말려야 한다. 훨씬 생산적이고 당장 내게 필요한 일이다.

결국 내 비겁하고 나약한 자아가 이겼다. 화장대 거울 속의 내가 울고 있었다. 쳇.

나름 생산적이고 필요한 일들을 해왔다고 생각했다. 스스로를 너그럽게 평가하는 것처럼 삶에 유리한 덕목이 있겠냐만, 난 그게 좀 과했다고 생각한다. 아니, 그럴 수밖에 없지 않았을까. 이런 외모로 태어나 불편함 없는 지능을 가지고 있었는데, 내가 결정하고 판단한 것들을 후회하는 데 시간을 낭비할 필요가 있었을까.

민효정을 위해 유성현을 방해했다. 아니, 내 마음이 자꾸 유성현으로 향하는 걸 그만두기 위해서 그랬다. 아니, 유성현이 세상을 대수롭잖게 대하는 꼴이 보기 싫었다.

소꿉친구 송민아에게 마음이 있는 주제에 어떻게든 시간이 해결해주길 기다리고, 민효정이 자신을 좋아하는 걸 알면서도 운명이 결정주길 믿고, 나에 대한 경험으로 여자를 알았으면서 내게 전혀 매달리지 않는 유성현에게 세상을 가르쳐주고 싶었다. 내가 교사니까.

삶이 어려워지면 비슷한 수준의 민효정과 더 가까워질 줄 알았는데, 송민아와 동거를 시작하는 유성현에게 실망했다. 송민아의 남자친구가 송민아가 유성현과 동거한다는 사실을 알게 된 것도 나 때문이었다. 별로 어려운 일은 아니었다. 편의점 알바 녀석과 그 친구들을 약간 이용했다. 송민아 남자친구의 친구를 찾아내는 일도 어렵지 않았고, 비밀을 흘리는 건 더 쉬웠다.

민효정이 먼저 알게 될 걸 예상하지 못했다. 뭐 그런 걸 예상하지 못한 것 정도는 괜찮았다. 모든 일을 망친 송민아가 다시는 유성현에게 가까이 못 가게 할 생각이었다. 송민아가 알바 하는 가게의 사장까지 포섭했는데, 덕분에 송민아는 전 남자친구와도 완전히 끝나버렸다.

아! 기억났다. 꿈의 마지막에 등장했던 남자가 송민아의 남자친구였군. 이름이 뭐였더라.

당연히 벌어진 일들을 복구할 의지도 있었다. 아빠에게 다시 투자를 부탁했고, 실제로 투자하는 것이기에 액수는 적었어도 도움이 되었다. 유성현에게 삶을 배울 기회는 줄 수 있었는데, 문제는 민효정이었다.

생존 그 자체에 매달리며 스스로를 파괴하려는 민효정을 구원할 생각이었다. 지저분한 당구장 같은 곳에서 남자들을 만나는 민효정에게 뚱쟁이 언니를 소개했다. 되레 이게 어려웠다. 뚱쟁이 언니는 지나치게 환경이 어려웠던 여자애들이 다루기 어렵다고 했다. 클럽의 물을 흐릴 수 있다는 얘기였지만, 민효정이 삶을 개선해 온 과정을 설명하고 다니는 대학 수준이 적절해서 내 부탁을 들어주었다.

사람이 사람을 재미로 만날 수 있으며, 관계 그 자체보다 더 나은 것들이 있다는 걸 가르쳐 줄 생각이었다. 뚱쟁이 언니의 우려대로 민효정이 망가져 다루기 어려워졌다.

다행히 유성현을 개입시킬 수 있었다. 유성현은 분리수거 되지 않는 감정의 쓰레기통 같은 아이였다. 나만큼이나 본능에 충실한 주제에 윤리와 정의 따위도 함께 담아두는 녀석이다. 그게 싫어서 민효정이 깨어 있다는 걸 알면서도 병실에서 유성현을 가졌다. 아니, 욕심이었다. 동시에 내 노력의 대가이기도 했다.

곧 머리카락이 타버리겠다.

출근할 준비를 모두 마치고 다시 거실의 소파에 앉았다. 블라인드 사이로 옅은 햇살이 스며들기 시작했다. 별로 배가 고프진 않았지만, 시간이 남아서 식빵을 구웠다. 배가 고프진 않았다. 그래도 식빵을 구웠다. 식빵이 다 구워지면 또 다른 식빵을 구웠다. 모든 식빵을 죄다 구워버리고 커피를 마셨다.

오랜만에 TV를 틀었다. 아침 뉴스가 나오고 있었다. 오늘도 여전히 여기저기 죄다 막히고 있단다. 현 정권을 찬양하는 수출 증가에 대한 뉴스에 이어 현 정권을 비난하는 최악의 출산 전망에 대해 떠들고 있었다. 꽤 공평한 언론이라는 생각이 들기도 전에 연예인 스캔들을 떠들기 시작했다. 정치나 경제 뉴스에 비해 훨씬 비중 있게 다뤄진다.

재미있다. 연예인이란 이유로 모든 사생활이 파헤쳐져 비난받고 있었다. 잘생기고 예쁜 젊은 남녀가 모인 공간에서 무슨 일들이 벌어질지 아무도 상상하지 않는 걸까.

팬들에게 엄청난 사랑을 받기 때문에 사랑이 뭔지 잘 아는 사람들이다. 게다가 그 사랑을 돈으로 환산하는 능력이 있는 사람들이다. 사랑하면 약자가 된다는 걸 너무나도 잘 알기에 받는 쪽을 선택하는 연예인이다.

물론, 법을 어기거나 윤리적으로 문제될 만한 일들은 충분히 비난받아야 마땅하겠지만, 평소 그녀가 얼마나 많은 남자들을 만나고, 그가 얼마나 많은 여자들을 만났을지 추측하는 꼬락서니들은 역겨웠다. 범죄와 문란한 사생활이 무슨 상관이란 말인가. 충분히 가진 자들이 법 위에서 문란한 사생활을 즐길 것이라는 게 전혀 모를 비밀일까.

인간의 욕심에 끝이 없다는 건 진실이다. 반박은 지능이 낮거나 능력이 부족한 자들이 한다. 존경받는 성인들은 진실을 인정하고 스스로를 통제한다.

저들에게 돌을 던지는 자들이 방구석에서 혼자 수음하며 상상 가능한 모든 윤리적 파괴를 시도하겠지만, 평범한 그들은 특별한 저들처럼 그러지 못하는 걸 괴로워한다.

커피가 식었다.

출근할 시간이다.

교감이 심장마비로 사망하고 새로운 교감의 취임식이 있는 날이다. 아마도 취임식은 간략하게 진행될 것이다. 전임 교감의 일도 그렇고, 최근 고3 여학생이 자살하는 등 학교의 분위기가 심상찮았다.

굿이라도 하자는 제안이 있었지만, 교장 선생님이 교회 장로라 무시되었다. 당연히 우리 편집부 애들도 분위기가 좋진 못했다. 학교 신문을 추도문으로 채워야 할 애들의 마음이 편할 리가 없다.

그래도 수업을 하고 편집부 일을 관리하고 퇴근을 하는 직장이다. 취임식은 간단히 끝냈어도 기념 회식을 조촐하게 진행하기로 했다. 아무리 분위기가 그래도 새로운 교감 입장에선 필요한 일이었다.

연말도 아닌데, 나쁜 것들은 털고 가자는 건배사들이 오고 가고 몇 잔의 술들을 마셨다. 평소의 회식처럼 1차가 끝나자마자 나왔는데, 새로운 교감에게서 전화가 왔다.

[한 선생. 언제 시간 내서 저하고 얘기 좀 하시죠.]

[⋯그냥 학교에서 말씀하시면 됩니다.]

[아뇨. 조금 개인적인 의문이라.]

[그럼, 별로 관심 없어요.]

[그래요? 전임 교감이 어쩌다 심장마비로 죽었는지 제가 조금은 알고 있어서요.]

[⋯그래서요.]

[전화로 나눌 얘긴 아닌 거 같은데, 한 선생님이 편집부를 좀 오래 맡고 계시더군요. 담임은 아직도 안 하고 계신 거죠?]

[교감 선생님.]

[네. 한 선생.]

[뭘 원하시든, 뭘 알고 계시든, 마음대로 하셔도 됩니다. 저도 이제 담임이 해보고 싶다는 생각도 드는군요. 무슨 생각인지 몰라도, 원하시는 걸 하시길 바랍니다. 제 의지나 능력을 알고 싶다면 그렇게 하세요. 그 나이에 심장마비는 우연히 생길 수 있는 일이겠죠.]

대답이 없기에 전화를 끊었다. 같은 실수를 반복하고 싶지 않다. 내가 원한다면 얼마든지 통제 가능한 관계를 만들 수 있는데, 딱히 위험을 감수하고 싶지 않다. 이미 경험한 위험은 전혀 쾌락이 되질 않는다.

회식 자리에서 술이 모자랐던 모양이다. 대리기사님이 차를 주차하는 데 말했다.

"죄송한데, 다시 나가주실 수 있나요?"

"아, 다음 콜 잡았는데요?"

"두 배로 드릴게요."

"어디로 모실까요?"

"어디로 가면 혼자 술 마시기 좋을까요?"

"와. 이런 미녀가 혼자 술을 마신다고요?"

대리기사님이 룸 밀러로 나를 바라보다 돌아보며 웃었다. 아는 얼굴이다.
아! 이제 이름이 기억났다.

"박해진?"

운명이 존재한다는 걸 믿어야 한다면, 내가 예지몽을 꿀 수 있다는 것도
믿어야 한다.

"그럼 이제 처음이 아니네요."

전에 있었던 일을 반복해서 다시 겪는 데자뷔 현상이 살면서 처음은 아니
다. 실은 뇌에서 저장한 기억의 오류라는 것도 잘 알고 있다. 유사한 기억들
을 당장의 경험에 비추어 떠올렸을 뿐인데, 다른 감각적 기억들과 더해져 똑
같은 일을 다시 겪는 것으로 느껴진다.
분명히 다른 기억 속에 존재했던 다른 유사한 일과 비슷했을 뿐이다. 당혹
스러운 감정에 비슷한 사건이 더해졌을 텐데, 도무지 전의 기억이 떠오르지
않는다. 그런 걸 떠올릴 수 있다면 기시감을 느끼지도 않았겠지.

박해진의 말에 잠시 멍하니 있다가 간신히 대답했다.

"비슷한 기분을 느꼈던 것 같아요."
"수진 씨가 몇 년 전에 저를 만났었다고 했잖아요."
"아뇨. 지금 우리가 이렇게 만나서 대화하고 있는 걸 말하는 거예요. 이미
있었던 일을 다시 겪고 있다는 기분이 들어요."
"아~ 데자뷔 현상을 말하는 거예요?"

"네."

"저도 비슷한 현상을 느껴본 적이 있어요. 모두가 같은 시간대에 살고 있는 건 아니니까. 그럴 수도 있다고 생각해요."

"무슨 말이에요?"

"고통스러운 누군가에게는 시간이 느리게 흐르고, 행복한 누군가는 시간이 빠르게 지날 거예요. 그러니까 우린 같은 시간대에 있지 않잖아요. 어떤 기억이 누구에게는 먼 기억일 수 있어도, 또 누구한테는 엊그제 일처럼 느껴지기도 하겠죠."

"다양한 과학적 근거로 반박할 수 있겠지만, 그냥 들을게요. 그래서요."

"다차원세계라고 혹시 알아요?"

"어쩐지 박해진 씨가 알고 있는 다차원세계는 만화책에서 설명하는 수준일 것 같지만, 저도 알아요."

"큭. 뭐~ 맞는 얘긴데요. 우리의 영혼은 하나인데, 육체는 다양한 차원에 존재하며 정신을 공유하고 있을 것 같다는 얘기에요. 그러다 보니 특정 사건에 대한 기억이 충돌하는 일도 생기고~ 그래서 데자뷔 현상이 생기지 않을까요?"

"역시 만화책에서나 나올 내용이네요. 왜 어째서 그런 세상이 존재하는 이유는 설명이 없겠죠."

"세상을 창조할 수 있는 신이 그런 재미를 놓쳤을 것 같지가 않아요. 게임도 다양한 방식으로 진행하면 다른 재미를 느낄 수 있거든요. 그런 게임을 동시에 다양한 방법으로 진행할 수 있다면 재미있지 않겠어요?"

한숨이 나올 정도로 유치한 논리였지만, 데자뷔 현상을 먼저 꺼낸 건 나였다. 애초에 증명이 불가능한 이야기니까, 만화책 수준의 이유라도 말이 되지 않을 이유는 없다.

마찬가지로 나도 만화책 수준의 이야기를 할 생각이다.

"그렇다면 박해진 씨는 운명이나 예지몽으로 느껴지는 것들도 다른 차원의 내가 경험한 것들이 정신적으로 공유되기 때문이라고 생각하는 건가요."

"어~ 그럴 수도 있겠죠? 다른 차원의 세계에는 이미 지금의 일들을 겪은 내가 존재할 거예요. 차원도 우주처럼 무한하다면 충분히 가능한 일이겠죠? 그렇게 다른 차원의 어떤 내가 겪었던 특별한 사건이 경고하거나 축복하는 일일지도 몰라요."

"이미 일어난 사건을 미리 알려주는 일이라면, 경고에 가깝겠네요. 축복을 미리 해줘서 크게 기뻐할 일을 망치고 싶진 않을 테니까요."

"그런 생각은 안 해봤지만, 그렇지 않을까요? 흠~ 보통 영화나 드라마에서 나오는 데자뷔 현상은 별로 좋지 않은 미래를 예견하는 편이잖아요? 막 사고가 나기 직전이나 위험이 닥치기 전에 주인공들이 데자뷔 현상을 겪었던 것 같아요."

"그럼 전 이미 경고를 받은 모양이군요."

박해진은 처음에 나를 못 알아봤다. 내가 이름을 불렀더니, 자기가 나 같은 미녀를 기억하지 못한다는 게 말이 안 된다고 했다. 내가 송민아의 이름을 꺼내고 나서는 되레 나를 의심스러운 눈으로 바라봤다. 경포대에서의 일을 얘기하고 나서야 놀라며 그랬다.

"아. 그 유성현의 애인?"

"애인은 아니었어요."

"아니. 참. 그럼 제자랑~ 아. 선생님이잖아요?"

"기억하는군요. 그때 당신은 송민아랑 있었죠."

"네. 맞아요. 유성현의 애인도 아니라며 민아뿐만 아니라, 제 이름까지 기억하는군요?"

"당신의 얘길 들을 기회가 많았죠."

"그럼 이제 처음이 아니네요."

"…우리 사이에 그게 중요한 건 아닌 것 같은데요."

"저한테 중요해요. 반복된 만남이 얼마나 끔찍해지는지 이제 알 것 같으니까."

"비슷한 기분을 느꼈던 것 같아요."

박해진이 술잔을 만지작거리다 마시더니 말했다.

"이 술 맛있네요. 비싼 거죠?"

"제가 살게요."

"당연히 그래야죠. 운명이 경고까지 한 만남을 하고 있는데요."

"그 운명은 제게 경고했어요."

"아뇨. 수진 씨가 제게 그 사실을 말하는 순간부터 제게도 경고를 한 거예요. 잘못된 만남이라는 얘기잖아요."

"지금 당장 일어나더라도 원망하진 않을게요."

박해진이 대답 대신 빙긋이 웃더니, 술병을 들어 자신의 잔을 채웠다. 그 모습을 바라보며 나도 술잔을 비웠고, 박해진이 내 잔에도 술을 따라주며 말했다.

"오랜만에 비싼 술도 마시고, 이런 미녀와 대화도 나눌 수 있는 데다 오늘 일당도 이미 당신에게 받았으니, 운명이 뭐라는지 알아나 봅시다. 저를 얼마나 아시죠?"

"유성현에게 소꿉친구 이상의 감정이 있는 송민아와 여러 번 헤어졌다가 다시 만났던 남자."

"…유성현과 무슨 관계였나요?"

"교사와 제자."

"푸핫! 재밌네요. 송민아가 유성현은 그냥 동네 친구라고 말한 거랑 똑같네요?"

"저도 그러길 바랐어요."

"어느 쪽이요? 교사와 제자 사이이길 바랐다는 거예요? 송민아와 유성현이 그냥 소꿉친구로 남길 바란 거예요?"

"어느 쪽이든."

"하아~ 솔직히 말해도 돼요?"

질문 같지 않은 질문에 대답하지 않았다. 여태 솔직하지 않았거나 앞으로 솔직하지 않을 것이라는 말이 아니라는 건 알았지만, 박해진이 무슨 말을 할지 조금은 예상할 수 있었다. 남자들은 보통 그러는 편이니까 이해할 수는 있다.

이렇게 예상할 수 있는 것과 예지의 차이는 뭘까. 내가 박해진을 만날 것을 예상할 방법은 없었다. 오늘 새벽의 꿈은 분명히 지금 박해진을 만날 예지몽이었다. 어쩌면 선후 관계가 바뀌었을지도 모른다. 오늘 우연히 박해진을 만났을 뿐이고, 우연한 새벽의 꿈은 지금 내가 생각하는 것과 달랐을 수 있다. 지금의 상황에 비슷한 꿈을 연결했는지도 모르겠다.

아무래도 그런 식으로 자신을 납득시키긴 어려웠다. 나는 평소 꿈을 자주 꾸는 사람도 아니고, 이렇게 오래 꿈을 기억하지도 않았다. 대체로 내가 꾸는 꿈은 한나절이 지나기도 전에 잊었다.

내가 유성현을 만나고, 민효정이 유성현을 만난 것처럼 그저 운명이었다면, 예지몽 따위를 꾸지 말았어야 했다.

묵묵히 박해진을 바라보고 있으니, 박해진이 다시 술을 마시고 말했다.

"솔직히 조금 전까지는 우연히 행운이 찾아왔다고 생각했어요. 당신이 내 일당도 줬고, 당신 같은 미녀가 술까지 산다고 했으니까. 나를 안다는 것 따위 아무래도 상관없었죠. 어차피 내가 만난 여자들이 워낙 많았으니까. 그럴 수 있어요. 오랜만에 당신 같은 미녀와 잘 수도 있겠다는 상상도 했어요."

"다들 그렇더군요."

"당신의 꿈이 뭘 경고했는지 이제 알겠어요. 당신이랑 엮이지 말라는 얘기군요."

"저도 그럴 생각은 없어요."

"아뇨. 당신의 꿈은 당신을 통해 나에게 경고했다니까요."

어쩌면 굿이라도 하자는 얘기가 나올지도 모르겠다. 이제부터 샤머니즘에 대한 진지한 토론이 시작될 수 있겠다는 생각을 하려는데, 박해진이 다시 말했다.

"당신 나와 송민아에게 뭘 했죠?"

"난 두 사람이 계속 잘 지내길 바랐어요."

"아~ 그래요? 그래서 어떻게 했어요?"

"별로 말하고 싶지 않네요."

"그렇죠? 그렇잖아. 뭔가 개입했잖아요? 그러니까 말하고 싶지 않겠죠. 지금 수진 씨는 아무것도 하지 않았다고 대답했어야 해요. 스스로 그렇게 말할 자격은 없다는 걸 알았던 거죠."

그랬다. 내가 아무것도 하지 않았다는 말은 할 수 없었다. 난 일부러 유성현과 함께 송민아의 앞에 나타났고, 두 사람이 동거할 계기를 만들어주기까지 했으며, 결과적으로 박해진과 완전히 결별할 사건을 유도했다.

그렇다면 지금 난 박해진을 만나 고해성사를 하고 죗값을 치러야 하는 걸까. 새벽의 꿈은 그런 걸 의미했던 걸까. 아무래도 내가 그럴 수는 없을뿐더러 그럴 필요도 없다. 모든 미래에 대한 선택은 당사자들이 하는 것이다.

"박해진 씨는 지금 제가 사람들의 인생을 바꿔놓았다는 얘길 하고 있어요.

제가 그럴 수 있는 사람으로 보여요? 아니 사람이 사람의 인생을 바꾼다는 걸 믿어요? 자신의 인생을 자신이 선택할 수 없다고 생각하나요."

"뭘 했죠?"

"자신이 처한 상황을 남 탓으로 돌리는 거예요. 당신의 인생의 모든 결정은 당신이 내렸어요. 결과는 스스로 책임질 수 있어야죠."

"수진 씨. 뭘 했어요?"

"…난 당신들이 잘되길 바랐어요."

"우리 부모도 그렇게 말하더군요. 내가 태어나고 싶어서 태어났어요? 내 인생의 모든 결정을 내가 책임져야 하나요? 결정하지 못한 것은 어쩌죠? 길이 하나밖에 없었는데 무슨 결정을 해요! 뭘 했냐고요!"

할 수 있는 대답이 없었다. 다른 손님들과 바텐더의 시선이 잠시 우리에게 향했지만, 곧 무시당할 수 있었다. 박해진이 다시 술잔을 비우고 한숨을 내쉬더니 말했다.

"뭐. 제가 이 꼴로 살고 있어서 남 탓을 하는지도 몰라요. 제가 좀 더 열심히 살았다면, 집안의 문제에 이 정도로 영향을 받진 않았겠죠. 제가 제 인생을 위해 뭘 하지 않았던 대가를 치르는 중이에요. 수진 씨 말이 맞아요. 다 내 잘못이겠죠."

"송민아를 아직 그리워하나요."

"네? 하아~ 수진 씨 정말 나쁜 사람이군요? 그걸 궁금해하면 안 되는 거예요?"

"아니. 전 송민아에게 미안했어요. 잘되길 바랐던 일들이 송민아와 유성현에게 심한 상처를 줬다는 걸 알았어요. 송민아가 원하는 걸 해주고 싶었고, 절대로 송민아가 모르게 도움을 줬어요."

"무슨 짓을 한 거죠?"

"…잠시 한국을 떠나고 싶어 하더군요. 워홀 방식으로 유학을 가도록 도왔어요. 모르게 하는 일이 어렵지는 않았어요. 딱히 금전적으로 도움을 준 것도 아니에요. 단지 방법과 기회를 제공한 거죠."

"그래서요?"

"당신에게도 도움을 주고 싶네요. 박해진 씨에게 가장 필요한 일이 뭔가요."

"시간을 되돌리는 거요."

"불가능한 걸 원하시는군요."

"수진 씨가 제발 아무것도 하지 말라는 얘기에요."

사람은 같은 실수를 반복한다고 했다. 나도 사람다운 일을 할 수 있었다. 같은 실수를 반복하기로 했다. 내 잘못으로 인한 악몽에서 벗어날 기회를 얻고 싶었다. 용서받을 수도, 용서받을 이유도 없겠지만, 이대로 죗값을 짊어지고 살 순 없었다.

송민아가 호주에서 만난 남자와 결혼할 줄은 몰랐다. 그런 건 송민아의 선택이지 내 잘못이 아니다. 아니, 결혼했다는 걸 잘못으로 보기도 어렵다. 그런 송민아와 예전으로 돌아가고 싶어 하는 박해진에게 비행기 값과 약간의 체재 비용을 선물했을 뿐이다. 박해진이 호주 경찰에 체포될 일을 저지르고, 송민아가 이혼하기를 내가 바랐을 리는 없다.

결과들이 별로 좋지 못했을 뿐이다. 내가 타인의 관계를 개선시키거나 바꿔주긴 어렵다는 것은 잘 알고 있었다. 단지 서로가 가진 문제점들을 해결할 기회를 주고 싶었다.

아빠가 유성현의 부모님 사업에 차명계좌로 투자하는 일에는 한계가 있었다. 보다 직접적인 도움을 주고 싶어서 대학 졸업을 앞둔 유성현을 만났다. 고난을 헤치고 사실상 스스로의 힘으로 대학을 졸업한 유성현에게 상을 주고 싶었다.

오랜만에 만난 유성현이 내게 말했다.

"선생님. 왜 신이 인간에게 자유의지를 줬는지 알아요?"

난 신의 생각을 알 수 없다.

"넌 요즘 어떻게 지내?"
"뭐 그냥 열심히 살고 있어요."
"딱히 특별한 목표가 생기거나 하진 않았고?"
"제가 뭘 잘하는 게 있어야죠. 그래도 나름 사람들 만나는 일에 부담이 없는 것 같으니까. 그런 쪽으로는 갈만한 직장이 많잖아요. 저를 골라주기만 하면 취직해서 그냥 또 열심히 사는 거죠."
"괜찮네. 넌 잘할 거 같아. 네가 고른 일이라면 뭐든 잘 할 수 있을 거야."
"선생님한테 그런 말 들으면 기분이 좋아야 하는데, 이젠 별로 그렇지는 않네요."
"어른이 되어갈수록 칭찬을 듣고 감사하는 일에도 인색해지니까."
"그런가요. 선생님도 미인이라는 얘기를 듣는 일이 지겹나요?"
"그건 그냥 사실이잖아. 누구나 죽는다는 사실을 이야기하더라도 딱히 어떤 감정이 들거나 하진 않잖아."

유성현은 내 말을 농담으로 들은 모양이다. 누구나 죽는다는 사실에 딱히 어떤 감정이 들거나 하진 않았다. 내가 미인이라는 소릴 듣는 일이나, 경제가 어렵다는 얘기나, 요즘 젊은 애들은 문제가 있다는 것과 다르지 않다.
사람은 결국 모두 죽는다. 세상에 영원한 것은 없다. 제아무리 애써봤자 소용없다.

문제가 발생하면 원인을 찾아 해결했다. 해결이 어렵다면 최소한의 가능성을 찾았고, 가능성을 찾지 못하면 희망이라도 구했다. 잘못된 것들을 고치려 했을 뿐이다. 절대로 망칠 생각은 없었는데, 퍼즐이 맞지 않았다.

삶은 퍼즐이 아니더라. 제자리를 찾아 맞춰 넣었더라도 전혀 예상 못 한 새로운 퍼즐 조각이 등장하고, 사라지는 조각도 있다.

함지혜가 위험한 아이라는 건 알고 있었다.

난 박해진에게 감당하기 어려운 여자를 만나봤냐고 물었고, 박해진이 나를 지목하기에 나를 제외하고도 있느냐고 물었다. 박해진의 설명으로는 그냥 강한 성욕에 시달리는 여자애인 줄 알았다. 아니, 남자 같은 욕망을 가진 여자애로 들렸다.

민효정이 평범한 학교 선배를 잘 만나다 평범한 이별을 경험하길 바랐는데, 이상한 후배 녀석과 어울리게 되었다는 얘길 들었다. 편의점 알바 친구들을 조금 이용했다. 그저 가끔 술을 사주고 마피아 게임을 같이 해주는 것으로도 내 부탁을 잘 들어줬다. 녀석들을 통해 함지혜가 내 생각보다 더 위험하다는 것도 알게 되었다. 한 녀석이 함지혜와 잤다고 했다. 녀석들이 급격히 지저분해지기 시작했고, 내가 녀석들을 사용하려면 나도 지저분해져야 했다.

지저분해지는 게 큰 문제가 될 것 같지는 않았지만, 내가 그럴 필요는 없었다. 녀석들의 윤리를 깨준 건 내가 아니라 함지혜였다. 굳이 위험을 감수할 필요가 없었기에, 난 녀석들에게 마지막 부탁을 했었다. 민효정이 이상한 후배 녀석과 떨어지도록 함지혜를 만나게 해달라고 했다.

함지혜가 독이 될 줄은 몰랐다. 게다가 민효정이 그 이상한 후배 녀석과 어울렸던 계기가 유성현일 줄도 몰랐다. 민효정은 내가 생각했던 것보다 스스로가 원하는 것을 잘 찾을 수 있던 아이였고, 유성현도 나름의 사정이 있었다.

편의점 알바 친구들에게 다시 한 번 부탁해야 했다. 이제 녀석들 중에 둘이나 함지혜와 잤다는데, 술을 사주거나 같이 마피아 게임을 해주는 걸로 부탁할 수는 없었다. 알바 녀석과 잤고, 내가 다른 녀석들과도 잘 수 있을지 모른다는 분위기를 풍겼다. 그걸로 충분했다.

물론 마무리는 유성현에게 맡겼다.

"선생님. 효정이가 위험한 건 어떻게 아셨어요?"

"곧 망가질 자동차가 달리는 소리는 멀리서도 들을 수 있어."

"…글쎄요. 제가 아는 선생님은 주변 소리에 귀 기울이는 사람이 아니에요. 오히려 세상이 조용하면 의심하고 연주하려는 사람이겠죠."

"내가 너희를 연주하지는 않았어."

"우리 앞에 악기와 악보를 가져다 놓으셨겠죠. 선생님이 연주하지는 않았더라도, 지휘는 하셨겠죠."

"내가 그랬다고 생각하지 않아."

"선생님. 왜 신이 인간에게 자유의지를 줬는지 알아요?"

"우리는 모두 죽으니까."

함지혜는 정말 위험했다. 편의점 알바 친구들이 아니었다면, 정말 위험해졌을지도 모른다. 효정이가 기절하는 바람에 유성현에게 연락해야 했다. 물론, 내가 하진 않았다. 민효정의 휴대폰으로 편의점 알바 녀석에게 전화하도록 했다.

유성현이 내게 연락하길 기다렸다. 이 모든 일들의 배경이 나라는 사실을 제발 모르길 바랐지만, 어쩐지 알고 있다는 느낌도 받았다. 군대를 다녀온 유성현은 어느새 많이 성장해 있었다. 이제 소년 같은 느낌은 없었다.

담담하게 자신의 일들을 말하는 유성현은, 마치 필요 없는 말들을 꺼내는 것 같았다. 이미 당신도 다 알고 있을 것 같다는 투로 말했고, 나는 아무것도 모른다는 태도로 유성현의 말들을 들었다.

"다시 한 번 고마워요. 갑자기 도움을 요청할 사람이 떠오르지 않았어요."

"아니. 내게도 책임이 있어. 나도 너처럼 연락을 기다리고 있었는지도 모르니까. 네가 내게 연락을 하지 못하는 이유는 알고 있었어도, 나도 내게 그러는 게 옳지 않다고 생각했으니까."

"제가 선생님에게 연락 못 하는 이유가 뭔지 알아요?"

"단순하잖아. 나는 너랑 잤으니까. 너는 나를 다시 만나면 자게 되길 기대할 거잖아. 그런 게 죄책감이 되겠지. 나도 마찬가지고."

"…효정이는 언제 일어날까요."

"화제를 돌리는 걸 보니까, 여전히 나랑 자고 싶은 모양이구나. 건강하네."

유성현과의 대화는 전희였다. 유성현은 이미 많은 것들을 눈치채고 있으면서 굳이 사실을 캐려고 하지 않았다. 내가 유성현에게 처음을 선물했지만, 멀리서 맴도는 사이에 남자가 되어있었다.

소년처럼 모든 걸 알고 싶어 하지도, 모든 이야기들을 꺼내지도 않았다. 말하지 않아도 이미 알고 있다는 태도는 성인 남자들과 같았다.

여자들이 탄생에 많은 걸 알고 있다면, 남자들은 죽음에 익숙한 유전자를 가지고 있다. 자신의 유전자를 지키고 세대를 이어나가기 위해 목숨까지 바칠 수 있었던 남자들은 이미 죽음을 알고 있었다. 죽음에 대한 두려움을 너무 잘 알고 있기에 현실의 본능에 더 충실했다. 내가 그렇게 죽음들을 겪으면서도 익숙해질 수 없었던 공포를 남자들은 이미 안다. 사내들은 당장에 겪을 수 있는 위험이 죽음과 상관없다면 견딜 줄 알았다. 유성현은 그런 남자가 되어 있었다.

내가 자신에게 뭘 했는지 궁금해하기보다 이미 경험했던 내 몸에 관심을 보였다. 본능에 충실하기 위해 현실에 매달리는 남자였다.

문제는 이미 깨어있을 민효정이었다.

"이제 조금 알았으면 좋겠다."

민효정의 뺨을 어루만지며 속삭였다. 가볍게 감겨 있어야 할 민효정의 눈꺼풀이 질끈 닫혔다.

일어나 유성현의 허릴 안았다. 유성현이 놀라면서도 나를 안으며 말했다.

"여기서요?"
"효정이는 괜찮을 거야."

괜찮을 거다. 이걸로 나와 유성현에 대한 빚을 지울 수 있을 것이다. 차라리 증오해줄 수 있겠다면 더 좋겠지만, 민효정이 그럴 수 있을 것 같지는 않다.

함께 병실 화장실에 들어간 유성현의 입술에 키스했다. 유성현은 조금도 머뭇거리지 않고 내 입안에 혀를 넣었다. 오래전 경포대에서와는 많이 달랐다. 유성현이 내게 키스하며 내 엉덩이를 쥐는 게 마음에 들었다.

유성현의 벨트를 푸르고 벗기기도 전에 손을 넣었다. 내 손에 유성현의 단단해진 것이 잡혔다. 유성현의 입술에서 새어 나온 신음이 내 입안에 번졌다. 유성현이 입술을 떼고 나를 바라보는 시선도 좋았다. 처음 보는 유성현의 그 눈빛에 심장이 빨라졌다.

이제 내가 뭘 하지 않아도 괜찮았다. 유성현이 나를 엎드리게 했다.

그렇게 모든 게 끝났다고 생각했다.

난 유성현이 그 여자와 시작하는 작은 사업에 투자했고, 아빠 친구들을 통해 약간의 도움을 받도록 했다. 호주에서 돌아온 송민아는 스스로를 복구하기 시작했고, 죗값을 치르고 돌아온 박해진에게는 일자리를 소개해줬다.

민효정은 괜찮은 회사에 취직했으니 이제 모두 끝났다고 생각했다.

세상에 영원한 것은 없었다. 모두 알아서 잘 살다가 수명이 다해서 죽었다는 걸로 이야기가 끝날 줄 알았다.

민효정이 다니는 회사에 송민아가 들어가고, 유성현의 사업이 그 회사와 연결되고, 그 회사에는 차준호가 있었다.

전에 박해진이 말했던 이야기들을 믿어야 할 것 같다. 다양한 차원에 살고 있는 우리들의 가장 끔찍한 관계가 모두 한자리에 모였다. 신의 존재도 믿어야겠다. 신은 우리가 도무지 지루하길 바라지 않는 모양이다.

재미있었다. 모든 게 끝난 줄 알았는데, 다시 시작하고 있었다.

결국 내가 끝내야 한다.

박해진을 다시 만났다.

"일은 좀 어때요."

"먹고 사는 데 지장은 없어요."

"다행이네요."

"다행? 재미있는 여자네. 내가 당신을 죽이고 싶다는 걸 알잖아요?"

"이 모든 일들의 원인을 찾았어요. 그걸 끝낼 수 있어요. 나를 말고 다른 사람을 죽이는 건 어때요?"

"이미 알고 있었지만, 당신 미쳤군?"

"어떤 방법을 사용해도 괜찮아요. 완전범죄를 기획할 수 있다면 좋겠네요. 성공한다면 당신이 내게 원하는 모든 걸 드릴게요. 돈이든 시간이든 나를 가져도 상관없어요."

"웃기고 있네. 진짜."

"제가 착각하고 있었어요. 결국 모든 걸 끝내는 건 죽음뿐이에요. 죽지 않으면 끝도 없이 이어질 거예요. 모든 걸 바꾸는 것도 죽음뿐이에요. 이제 끝내요."

"당신이나 끝내."

"일단 당신의 직업을 바꿔야겠어요. 어떤 회사의 관리인으로 이직시켜 줄 게요. 보수는 그럭저럭 나쁘지 않겠지만, 청소부 비슷한 역할이라 불편할 거 예요. 이건 당신이 선택할 수 없어요. 다음 주부터는 그 회사로 출근해야 할 테니까요. 범죄자 신분인 당신이 고를 수 있는 직장이 별로 없다는 건, 이미 잘 알고 있을 테니까 따로 설명하지 않을게요."

박해진이 나를 미친 사람 취급했지만, 꽤 갈등하고 있다는 걸 안다. 박해 진은 내가 얼마나 약속을 잘 지키는지 알고 있으며, 내가 원하는 걸 어떻게 해결하는지 알고 있다. 내가 정말로 박해진을 이직시켰을 때는 방법을 찾는 것 같기도 했다. 그런 박해진에게 착수금을 건넸는데, 민효정에게서 전화가 왔다.

[사…사람이 죽은 거 같아요.]

[경찰을 불러야지.]

[아니…성현이가….]

[유성현이 죽어?]

[성현이가 사람을 죽인 거 같아요!]

[누굴?]

[차준호 과장이요!]

신이 인간에게 자유의지를 선물한 진짜 이유를 알겠다.

재미있으니까.

진짜 재미있는 건, 내가 괴롭다는 것이다. 죽이고 싶었던 차준호가 죽었다 는 사실에 마음이 아팠다.

그런데, 죽지 않았더라.

～～ ❦ ～～

"왜 여기에 계신 거죠?"

"제가 유성현과 민효정의 교사였어요."

"…그 친구들이 교사의 도움을 받을 청소년으로 보이진 않았는데요."

"지금은 그냥 친구라도 해두죠."

"굉장한 인연이네요."

"만나는 모두가 그렇죠."

"어떻게 된 상황인가요?"

"당신이 죽도록 맞았고, 유성현은 유치장에, 민효정은 집에, 당신은 병원에 있어요. 유성현이 제게 연락을 했고, 전 당신을 다시 만나게 되었네요."

"별로 놀랍지 않은 것 같네요?"

"지금 당신의 얼굴 모양은 놀랍네요. 사람 얼굴이 그렇게 될 수도 있군요."

"그렇게 끔찍한가요?"

"당신을 다시 만난 것만큼은 아니에요."

"졸리네요."

"약 때문일 거예요. 좀 더 쉬세요."

내가 왜 차준호를 죽이려 했을까. 그가 잘못한 게 뭘까. 차준호는 단지 형보다 늦게 태어났을 뿐이다. 차준호는 단지 형보다 늦게 나를 만났을 뿐이다. 그게 그의 잘못이다.

그가 형보다 나를 먼저 만났더라면, 내가 유성현과 자는 일이 생기지 않았겠지. 유성현은 송민아와 잘될 수도 있었겠지. 아니, 박해진이 계속 송민아와 잘 지냈을지도 모른다. 민효정은 지금도 유성현을 사랑하고 있을 것이고, 난 차준호와 결혼하지 않았을까.

　모르는 일이다. 나와 결혼한 차준호가 민효정과 바람을 피워서 이혼했을 수도 있다. 박해진과 결혼한 송민아가 유성현을 잊지 못해 파국으로 치달았을 가능성도 높다. 아니, 누구라도 서로 사랑했더라면 지금보다는 낫지 않았을까.

　아무도 서로 사랑하지 못했다.

　차준호 때문이다. 정확히 따지자면 차준호 형 때문이라고 해야겠지만, 한 여자와 관계한 형제에게 공동의 책임을 물리는 게 부당하지는 않겠다. 아무라도 서로 사랑할 기회가 있었고 계속 사랑할 수 있었는데, 차준호와 나의 관계가 끝나며 모든 게 망가졌다.

　나 때문인 걸까. 나 때문일지도 모른다는 사실이 두려워 차준호를 죽이고 싶었던 걸까.

　나 때문이라고? 아니야. 난 삼촌에게 당한 기억 때문에 그 아이를 만났어. 호기심 때문이 아니라고. 어른에 대한 두려움을 지우려고 그 아이를 만났는데, 그 아이의 형에게 당한 거잖아. 내가 술에 취하긴 했어도 그 아이의 형에게 꼼짝도 하지 못한 건, 삼촌의 기억으로 인한 두려움 때문이었던 거잖아. 내 잘못이 아니라고, 나도 평범하게 연애하고 싶었어. 나름 노력도 했는데, 차준호의 형을 만났고, 학생 주임의 앞에서 꼼짝하지 못했던 거라고. 내가 그렇게 연약한 사람이라는 걸 인정하고 싶지 않았어. 내가 원해서 살아가고 있다는 걸 믿고 싶었다는 말이야.

　삼촌도 죽고, 학생 주임도 죽었다. 그 아이와 수위 아저씨가 죽는 건 예상할 수 없었는데, 바꿀 수 없는 과거를 잊게 해줬다. 내가 그들을 죽였을까? 어쩌면 맞는 말이겠지만, 내가 살인자라는 건 인정할 수 없다. 정당방위였다.

　차준호가 죽었다면, 아니 없어진다면 잊을 수 있는 과거가 되겠다.

"변호사가 왔는데요."

내가 잠든 차준호를 바라보고 있는 줄 알았는데, 나도 모르게 일어나 차준호의 목에 손을 올리고 있었다. 다행히 간호사는 내가 차준호의 담요를 정리해주는 걸로 보였나 보다.

변호사를 만났다.

"어. 그러니까. 한수진 씨가 피해자 차준호 씨의 옛 애인이며 보호자라는 말씀이시죠?"

"네."

"그리도 동시에 가해자 유성현의 변호인을 신청하셨고요?"

"네."

"…유성현 씨와는 어떤?"

"성현이 고등학교 교사예요."

"졸업한 지는 한참 지난 걸로 아는데요."

"친구이기도 해요."

"아…. 네. 우리 법률사무소에 여성 변호사를 불러드릴까요?"

"괜찮아요. 성현이를 만날 수 있나요?"

유성현을 만났다.

"왜 그랬니?"

"그러게요."

"그럴 것까지는 없었잖아."

"민아를 만났어요."

"그래. 그 회사에 송민아도 다니지."

"그날 박해진도 만났어요."

"그랬구나."

"관리인으로 일하기에 너무 젊은 사람이라 금방 알아볼 수 있었어요. 박해진도 나를 알아보더군요."

"무슨 얘길 했니."

"제게 화를 내더군요."

유성현이 어깨를 으쓱이며 더 말하기 곤란하다는 태도를 보였다. 면회실에서 나눌만한 대화가 아니라면, 박해진이 꽤 많은 것들을 떠들었던 모양이다.

내가 추측할 수 있는 걸 말했다.

"네가 두 여자를 구했구나."

"셋이 아니라면 한 명이겠죠."

"왜 그렇게 생각하니."

"박해진도 민아를 만났더군요. 그러니 셋이겠고, 그게 아니라면 한 명을 구한 거예요."

"나."

"많은 생각들을 할 수 있었어요. 왜 그랬을까. 물론, 제가 아니라요. 왜 이러는 걸까."

"그래서."

"미칠 것 같더군요. 내가 생각한 것들이 사실이 아니길 바랐어요. 우리가 그 정도로 복잡하게 얽혔다는 게 믿기지 않았거든요. 그런데 아무리 생각해도 말이 안 되는 거예요. 차준호 씨가 선생님이 결혼할 뻔했다는 그 남자가 아니라면 말이죠."

"그래서 정의의 사도가 되기로 한 거니."

"아뇨. 좀 지겨워서요."

"뭐가."

"음. 가시덤불에도 벌레나 새들이 숨어 살고 있잖아요? 아니, 꽤 끔찍한 도

시들로 알려진 곳에서도 사람들은 살고 있잖아요? 뭐 멕시코나 아프리카의 어떤? 그런 곳들이 있잖아요. 그래도 다들 살아가거든요. 벗어나려 애쓰는 사람들도 있겠지만, 그냥 인정하고 살아가는 사람들도 있어요. 우린 왜 그러지 못할까요?"

　면회실에서의 대화라, 유성현이 직접적인 표현을 삼가는 건 알겠다. 내 생각엔 별로 상관없을 것 같기도 한데, 대부분의 일에 조심스러운 유성현다웠다. 워낙 조심스러운 아이라 차준호도 죽지 않을 정도로 정성껏 묵사발을 만들어놓은 모양이다. 조금만 조심성이 없었어도 난 지금 살인 용의자를 면회하고 있었겠지.
　유성현이 면회실 내부를 둘러보고 다시 말했다.

　"비가 내리면 좀 맞아보자고요. 아니, 우산을 펴는 정도라면 이해하겠어요. 비 내리는 하늘 전부를 가릴 수는 없잖아요. 아니, 구름을 치워버리려는 건 좀 과하잖아요."
　"그래서 차준호를 부서 놨니?"
　"그 사람은 좀 어때요?"
　"시간이 좀 지나면 멀쩡해질 거야."
　"미안하다고 전해줘요."
　"위로되겠네."
　"이제 어쩌실 생각이에요."
　"네가 마무리하지 못한 걸 내가 마무리할까 생각하고 있었어."

　오랜만에 유성현의 미소를 볼 수 있었다. 유성현이 피식 웃더니 말했다.

　"담배 좀 피울 수 있어요?"
　"너도 담배 피우니?"

"선생님도 피우잖아요. 들어올 때부터 냄새났어요. 그 냄새를 맡을 수 있을 정도로 오래 피우지 못했다는 얘기에요."

면회실을 지키는 사람에게 괜찮으냐고 물었더니, 인상을 찌푸리며 고개를 살짝 끄덕여줬다. 유성현에게 담배와 라이터를 건넸다. 유성현이 담배를 입에 물며 말했다.

"의외네요. 꽤 독한 담배를 피우시네요?"
"그래? 아. 어쩐지…."
"선생님."
"응"
"변호사 선임해주셔서 고마워요."

이번엔 내가 웃었다. 오랜만에 웃을 수 있었다. 내가 웃으니 유성현도 웃다가 다시 말했다.

"참고 견디란 얘기가 아니에요. 그냥 좀 살아봐요. 사실 꽤 많은 사람들이 그렇게 살고 있거든요. 이유와 원인을 찾고 해결하려고 하지 마요. 비가 내리는데 꼭 이유가 필요하겠어요?"
"이제 나한테 조언도 해주는구나."
"예전에도 그랬어요. 선생님만 그렇게 생각하지 않았겠죠."

집에 들렀다가 병원으로 돌아갔더니, 아는 사람이 와 있었다.

"안녕하세요. 박 부장님?"
"아. 별로 안녕하진 않지만. 한수진 씨. 오랜만에요."
"우리 엄마는 어떻게 지내요?"

"재밌는 인사네요. 잘 지내시고 있어요. 이러다 정계에 진출하는 건 아닌지 모르겠어요."

"그러진 않을 거예요. 그냥 외로워서 사람들 만나는 게 좋은 거겠죠. 무슨 욕심이 있지는 않을걸요."

"그 속을 누가 알겠어요. 그리고 정치는 하고 싶은 사람이 하는 게 아니라. 사람들이 원하는 사람이 하더군요."

"그렇겠네요. 하긴 저도 엄마를 잘 몰라요."

"그나저나 차 과장이랑은 얼마나 알고 지낸 거예요?"

"그냥. 옛날 친구예요."

"훗. 그래요? 꽤 못된 친구를 두셨네요?"

"나쁜 남자가 인기라잖아요."

"사실. 내가 한수진 씨 어머님은 오래 알아왔지만, 한수진 씨를 만나게 될 줄은 몰랐어요. 게다가 한수진 씨가 차 과장을 알고 있었다니, 정말 놀랍네요. 매력적인 사람들끼리 어울리는 세상이 따로 있나 봐요?"

"차준호가 매력 있는 사람인가요?"

"끔찍할 정도죠. 이 꼴을 봐요. 이 정도로 박살 날 수 있는 남자 중에 별 볼 일 없는 남자는 없을 걸요?"

"그런가요. 그럼 이제 어떻게 되나요."

"퇴원하면 밀린 일을 해야겠죠."

"그뿐인가요? 다른 친구들은."

"팀장이 없으니까. 다시 인사이동이 필요하겠네요. 다른 건 제 소관이 아니에요. 아마도 한수진 씨가 해야 할 일인 것 같은데요."

"맞아요."

"참 차준호 씨를 우리 회사와 협약이 된 병원으로 옮겨도 될까요? 임원용 병실을 쓸 수 있어요. 임원 중에 아픈 사람이 아무도 없거든요."

박 부장이 그렇게 말하며 빙긋이 웃었다. 마치 모든 걸 다 알고 있다는 미소였지만, 아무것도 모르더라도 그렇게 웃는 게 직업인 사람이다.

그녀를 배웅하고 돌아왔더니, 차준호가 내게 말했다.

"굉장하네."

"세상은 원래 신기하고 놀라운 일들로 가득해요. 살아있어서 다행인가요?"

"한수진 씨. 당신은 어떤 사람입니까?"

"글쎄요."

"이제 저는 어떻게 되는 겁니까?"

"회복하면 돌아가서 밀린 일을 하게 된다더군요."

"아니, 저를 어쩔 거예요?"

"아무것도."

"그런가요?"

"그 꼴을 보고 있으니, 마음이 아프네요. 그래서 충분하단 생각을 했어요."

"전부 당신 짓인 거야?"

"그럴 리가요. 약간은 알고 있었고 조금 개입한 정도였어요. 제가 다녀온 사이에 많은 생각을 하셨나 보네요. 어떻게 그런 생각을 했죠?"

"송민아가 면회 왔어요."

"…송민아는 얼마나 알고 있나요."

"제가 아는 만큼."

"그렇군요. 그럼 이제 제가 당신에게 물을 차례군요. 유성현을 어떻게 하길 원하나요."

"당신 뜻대로 하세요."

"네. 고마워요. 내일 변호사가 찾아올 테니까. 적절한 방법을 찾아보도록 하세요. 유성현이 나오면 당신도 퇴원할 수 있을 거예요."

말을 마치고 병실을 나오려 했다. 모든 게 끝났다고 생각했다. 유성현의 말처럼 이제 난 가시덤불에서 사는 벌레가 될 생각이다. 이제 모두가 서로의 사정을 알 수 있을 것이다. 시간은 아무것도 해결해주지 않겠지만, 문제가 뭔지는 알게 해줄 것이다.

아무런 문제도 없었다는 사실을 알게 될 날도 언젠가 오겠지.

"수진 씨!"

"네."

"잘 살아요."

"웃기네요. 아직도 모르겠어요? 우린 또 만날 거예요."

"그렇겠군요."

병실을 나가려다 문을 걸어 잠그고 돌아왔다. 의아해하는 차준호에게 말했다.

"이상하게 생각할 거 없어요. 그냥 하고 싶은 거예요."

"전 갈비뼈가 부러진 상태인데요."

"참아 봐요."

그가 고통과 쾌락 중에 어떤 걸 더 느꼈을지 모르겠지만, 상관없었다. 어차피 둘 다 내가 주던 것들이다.

정

좋아하는 사람이 생겼습니다.

아아. 제 소개부터 해야겠군요. 저는 그럭저럭 전망 있는 의류 벤처의 공동
대표면서 상무이자 영업부장이며 실무과장이기도 합니다. 정식 직함이 마땅
치 않아 명함을 여러 개 파두긴 했는데, 보통은 팀장이라고 불리는 편입니다.

"유 팀장."
"네."
"포곡 공장에서 품질검사 답신 좀 빨리 달라는데요."
"3시에 보내기로 했으니까. 3시까지 보낸다고 해요."
"자기들 다른 계약이 있어서 빨리 좀 마무리해주면 안 되겠냐고 투덜거리
는데?"
"됐어요. 괜히 까탈 부리는 거예요. 간 보는 거 같으니까. 제가 알아서 할
게요."
"그 사람들 건달 같아서 좀 무섭던데."
"에이~ 별거 아니에요."
"멋지네요."

피식 웃어 보이는 그녀를 좋아하고 있습니다. 제가 지금까지 만났던 여자
들과는 아주 다른 사람이에요. 뭐 제가 딱히 많은 여자를 만난 것 같지는 않
아도, 나름 여자들에 대해선 잘 안다고 생각합니다. 사실이 아니라면 뭐 어
때요. 여러분이 확인할 방법은 없잖아요.

누구나 거짓말을 합니다.

대부분의 사람이 20대에 들어서면서부터 그리고 20대를 지나며, 감당하기 어려울 정도로 새로운 경험을 하게 되잖아요. 많은 사람이 스스로 솔직하다고 말하겠지만, 의도와는 다르게 혹은 의도적으로 거짓말을 합니다.

운이 나빠 그런 대학에 갔다는 거짓말은 소소한 편이겠는데, 가끔은 모든 대학에 떨어져 재수하면서도 원하는 대학이 있다는 식으로 얘기하기도 합니다. 첫 경험은커녕 여자와 10분 이상 대화를 나눠본 적도 없으면서 카사노바인 척 굴기도 해요. 자신의 빈곤함을 감추려고 이런저런 핑계를 만들기도 하지만, 반대로 스스로에 대한 과장된 비하로 자신의 게으름을 속이려는 친구들도 있습니다.

아! 물론 당신은 분명히 깨끗할 것이라고 생각합니다. 솔직함이 자신의 유일한 무기라고 믿는 당신은 절대로 남을 속이지 않을 겁니다. 제가 이렇게 말하는 것도 거짓말이죠. 우리는 어떤 식으로든 거짓말을 합니다. 엄마에게 항상 잘 지낸다고 말하잖아요.

저는 그래도 정말 여자를 잘 알아요.

그녀가 특별하다는 것도 정말 잘 알거든요.

그녀를 처음 만난 건 제가 불미스러운 일로 유치장에 다녀온 이후였습니다. 설명하기 상당히 복잡하고 어려운 감정들 때문에 사람을 때렸어요. 다행히 제가 그런 일을 하도록 원인을 제공했던 사람이 모든 걸 해결해줬습니다.

당연히 그 사람도 여자인 데다 제 고등학교 은사님이세요. 재미있는 일이죠. 믿기지 않겠지만, 전 그 선생님과 잤어요. 여러분이 상상할 수 있는 최고의 미녀인 데다 제 스승인 여자와 잤다니까요? 이런 제가 여자를 잘 모른다고 할 수 있겠어요?

그뿐이 아니에요. 고등학교 내내 저를 좋아했던 여자애가 있었고, 그 여자애는 저를 따라 같은 대학에 진학하기까지 했습니다. 게다가 그 여자애와 사귀지도 않았으면서 잤어요. 어떻게 그럴 수가 있었느냐고요? 저는 좋아하는 여자애가 있었거든요. 이건 말하기 창피한 일인데, 그 여자애는 남자친구가 있었어요. 그래서 마음으로만 좋아해야 했죠. 저 같은 남자는 사귀지도 않는 여자와 잘 수 있거든요. 제가 좋아하는 사람이 다른 사람과 사귀면서 저를 좋아한다는 사실을 아는 남자는 그럴 수 있습니다.

남녀관계가 잘되면 결혼을 하겠지만, 꽤 복잡하게 엮이면 이런저런 여자들과 많이 잘 수 있습니다. 믿기지 않는다고요? 당신도 이런저런 여자들과 복잡하게 엮이길 바랍니다. 그럴 수 있을지는 모르겠지만요. 일단은 누군가 당신을 사랑해야 할 텐데 그게 제일 어렵겠네요.

어쩐지 제 자랑을 하는 것 같은데요. 그렇지는 않아요. 나름 힘들었거든요. 사랑받을 수도 없고 사랑할 수도 없는 상황에 부닥치면 누구나 힘들 거예요. 네, 이런 말도 당신들을 위해서 하는 거짓말입니다.

내가 좋아했던 여자애는 돌싱이 되어 돌아왔고, 나를 좋아하던 여자애는 이상한 놈들과 어울리고, 내가 존경했던 여자는 엄청난 부잣집 딸이면서 남들을 속이고 대강 살고 싶어 했던 여자예요.

좋았겠다고 생각하겠죠? 전 감옥에 갈 뻔했습니다.

다행히 그러진 않았다는 사실에 감사해야겠지만, 전 한수진 선생님이 진짜 어떤 사람일지 너무 궁금했어요. 제가 선배와 시작한 사업이 흥하도록 지원해주고 유통망을 확보해줄 수 있을 정도의 사람이라는 게 믿기지 않았어요.

한수진 선생님의 진짜 능력을 알려면 사고를 치는 수밖에 없었죠. 왜 그래야만 했냐고요? 제가 아는 최고의 미녀인 데다 제가 처음 잤던 여자라니까요? 저를 사랑해줄 것 같지도 않고 저와 어울리지도 않는 그녀를 사랑할 것 같았어요. 그런 문제는 해결해야 하지 않겠어요?

왜 해결해야 하냐고요? 지금 제가 하는 사업의 공동대표이자 선배인 여자와도 잤거든요. 이대로 가면 아무런 사랑도 없이 그녀와 결혼할 것 같았어요. 은진 선배는 충분히 그럴 수 있는 여자였거든요. 뭐든 필요와 합리성에 충족하면 진행할 수 있는 사람이에요. 필요와 합리성에 따르는 여자라니! 믿기세요?

"내일 오전 H 마켓 담당자랑 미팅 있으니까 확인하고, 난 오후에 홈쇼핑 방송시간에 맞춰서 다녀올 테니까. 네가 안산 공장에 직접 가서 확보된 물량 다시 한번 체크해."

"그 정도는 알아서 하는 거 알잖아요."

"내가 그걸 네게 전달해야 하는 게 일이니까. 너도 내게 보고해야 할 일이 있지 않아?"

"이미 선배 책상 위에도 있고 메일에도 넣어뒀고 지금 보고 할 생각이었죠."

"그래. 참. 우리 호칭을 좀 정리해야겠다. 언제까지 나를 선배라고 부를 생각이야. 대표라든가 그렇게 불러야 하지 않아?"

"남들 앞에서 실수하지는 않았잖아요. 우리끼리 있을 때는 선배라고 부르는 게 친근한 느낌이 들어서 좋거든요. 우리끼리 있어도 대표님이라고 불러드릴까요?"

"네가 알아서 해도 괜찮아. 친근한 느낌을 유지하는 일도 중요하니까. 그럼 이제 오늘 우호 스케줄은 적당히 정리된 거지?"

"신규납품 건 디자인팀에서 확답받고 우리가 결정할 일이 남아있죠."

"간단한 일이잖아. 요즘 우리 바빠서 스트레스도 많이 쌓였고 뭐. 좀 지금 시간도 있으니까 어때?"

"차 대기시켜 놓고 기다릴 테니까 5분쯤 뒤에 나오세요."

우리 회사의 대표인 은진 선배는 이런 사람입니다. 저는 그녀가 원할 때면 회사를 나와서 모텔을 가는 사이입니다. 어떻게 그럴 수 있냐고요? 뭐 상관없어요. 저도 이런 사이가 믿기지 않으니까요.

　그러면 은진 선배와 결혼하는 것도 나쁘지 않겠다고요? 나뿐만 아니라 세상의 모든 사람에게 합리적으로만 대하는 여자와 결혼할 수 있겠어요? 은진 선배는 합리적으로 필요한 일이라면 거래처 말단 직원과도 잘 수 있는 여자입니다. 실제로 그러진 않겠지만, 혹시 모르는 일이죠. 제가 알 방법이 없잖아요?

　이쯤 되면 문제는 제게 있다는 걸 아실 겁니다. 맞아요. 전 단순히 사랑하지 못하고 순순히 사랑받지도 못하는 사람입니다. 그걸 전부 제 탓이라고 말하는 건 너무 가혹해요. 제가 그런 식으로 살아올 수밖에 없었던 길고 지루한 얘기를 다시 떠들어야 하거든요.
　다행히 제가 유치장에 다녀오면서 모든 게 바뀌었습니다.

　은진 선배는 합리적인 사람이라고 했잖아요. 위험한 폭력을 휘두를 수 있는 저를 점점 멀리했습니다. 상관없었어요. 필요에 의해 저와 일을 계속하리라는 것을 아니까요.
　효정이는 저를 두려워하기 시작했습니다. 이젠 정말 저에 대한 감정이 사라져버린 모양이에요. 제가 유치장에서 나와서도 연락은커녕 저를 만나주지도 않더군요. 이제는 다시 출근한다는 얘기를 들은 것 같은데, 차마 제가 찾아갈 순 없습니다.
　민아는 제가 미안해서 만날 수 없습니다. 자신에게 일어난 모든 일들이 나 때문이라고 생각하는 민아에게 제가 사죄할 방법도 없고 그럴 생각도 없어요. 미안하긴 해도 억울하니까요. 내가 민아를 좋아했던 게 제 잘못은 아니잖아요?
　한수진 쌤은 제게 고마워했습니다. 유치장에서 빼내 줘서 제가 고마워해야 하겠는데, 내가 모든 걸 끝내줬다며 감사해하더군요. 여러모로 매력적인 사람이지만, 이해하기도 어려운 사람입니다. 나는 이제 시작인데, 다 끝났다며 제가 잘 되길 바란답니다.

제가 왜 이런 얘기를 떠들고 있었죠? 아! 좋아하는 사람이 생겼습니다.

"유 팀장. 그~ 내가 좀 곤란한 질문 좀 해도 돼요?"

"이미 곤란해졌어요."

"아. 그렇겠네요. 소문에~ 유 팀장이 대표님이랑 진지한 사이라던데 맞아요?"

"음~ 보통은 그런 질문을 하지 않고. 그냥 그렇게 믿는 편인데, 질문을 하셨네요."

"미안해요. 그래도 제가 이제 두 분의 비서 역할을 해야 하니까. 두 사람의 관계 정도는 파악하고 있어야 하지 않나 해서…"

제가 유치장에 있는 동안, 은진 선배는 자기 일을 도울 사람이 필요해서 임시 비서를 고용했습니다. 없던 자리가 생겼지만, 필요와 합리성에 입각한 사람답게 제가 돌아오고 나서도 계속 일을 맡기게 되었습니다. 편리하다는 걸 알았거든요.

처음엔 뭐 이런 사람을 비서로 고용했나 싶을 정도로 경험이 없는 여자였어요. 대부분의 사무적 업무를 가르쳐야 했는데, 은진 선배가 왜 고용했는지 금방 알게 되었습니다. 사람의 마음을 잘 이해하고 맞춰주는 사람이었습니다.

"글쎄요. 제가 아니라고 해도 소문 때문에 의심할 것 같고요. 사실이라고 하면 우리를 이상한 눈으로 볼지도 모르겠네요. 그렇죠?"

"아니요. 저는 단지 두 분이 어떤 사이라도 제 눈치를 볼 필요는 없었으면 해서요. 저는 비서니까."

"아무런 사이도 아니에요. 사람들이 대표님과 제가 특별한 사이라고 생각하는 것 같아도 딱히 변명할 필요가 없어서 신경 쓰지 않았을 뿐이에요."

"사람들은 자신을 적극적으로 변명하지 않으면, 자기 방식대로 판단해버리는데."

"그래서 비서님도 제게 반말과 존대를 섞어서 사용하나요? 제가 딱히 따지지 않아서?"

"앗. 미안해요. 제가 또 그랬군요. 저보다 어리기도 하시고 너무 편하게 대해주시니까 저도 모르게 그랬나 봐요. 조심할게요."

"거봐요. 제가 적극적으로 나서니까. 우리 사이가 불편해지잖아요. 제가 괜히 저와 대표님에 대한 소문을 바꾸려고 노력했다면, 다른 직원들과 사이가 불편해지지 않겠어요? 게다가 약간의 추문은 서로를 편하게 생각하는 데 도움이 돼요."

"진짜 아무 사이도 아니군요? 다행이네요."

"왜 다행이죠?"

"아~ 두 분이 사귀는 사이라면 제가 어떻게 대해야 할지 모르겠거든요. 어렵잖아요. 두 사람 사이에 어떤 감정적인 문제가 있을지도 모르는 상황에서 두 사람의 밑에서 일한다는 게."

"그렇군요. 전 비서님이 제게 관심 있는 줄 알았어요."

"네? 아니~ 뭐 꼭 그런 얘기는 아니지만. 왜 그렇게 생각하시죠?"

"그랬으면 좋겠으니까."

사회에서 처음으로 가진 직장에서 만난 직원과 사랑에 빠진다는 게 우스운 일은 아닐 거예요. 그녀는 여러모로 효정이랑 닮았다는 게 문제였어요. 외모는 너무 닮았는데 밝은 분위기라는 것도 문제였죠. 제가 효정이를 사랑하지 못한 가장 큰 이유가 없으니까요.

전 저를 좋아했던 효정이에게 조금 더 잘하지 못한 걸 항상 후회했어요. 그러니 그런 짓들도 저질렀겠죠. 과거는 되돌릴 수 없었고, 효정이와 저는 서로가 넘을 수 없는 담을 쌓아왔습니다.

나이는 나보다 많지만, 상관없어요. 우리 대표도 마찬가지였어요. 게다가 전 선생님과도 잤던 녀석이라니까요? 제게는 나이가 많은 쪽이 오히려 편했던 것 같기도 해요.

전 그녀를 사랑하게 될 것 같습니다.

"보람 씨. 이렇게 말하면 이상하게 들리겠지만, 우리 친하게 지내요."
"쳇. 그렇게 말해서 넘어간 여자가 있었나요?"
"더 친해지다 보면 재미있는 일도 생기고 그럴 거 같아요."

보람 씨가 어쩔 줄 몰라 하는 모습이 귀여웠습니다. 어쩐지 잘될 것 같다는 느낌이 들었어요. 확실히 그런 기분이었습니다. 그런 기분은 처음이었으니까요.

휴대폰이 울려서 분위기를 망쳤습니다. 한수진 선생님이네요.

[잘 지내?]
[네. 덕분에요. 방해만 하지 않으신다면.]
[내가 방해했니.]
[어쩌면요.]

어쩌면 처음 겪는 일이 아닐지도 모르겠습니다. 사람이 사는 게 다 그렇잖아요? 거짓말이 아니에요.

독

세상을 사는 건 꽤 힘든 일이에요. 특히나 세상이 쳇바퀴처럼 돌아가고 있다고 느낄 때면 더 그렇죠. 도무지 창의적이지 못한 세상은 사람에게 매번 비슷한 시련을 주는 편이에요. 특히 저한테는 그랬습니다.

박해진을 또 만났습니다.

"송민아."
"지독하다, 우리 진짜."
"걱정하지 마. 내가 뭘 하려는 건 아니니까."
"오빠. 오빠가 지금 내 앞에 나타난 게 이미 뭘 한 거잖아."

이 남자와 몇 번이나 헤어졌는지 다섯 번까지 세다가 그만뒀습니다. 이 남자로 얼룩진 제 삶을 닦아내려 호주까지 가서도 만났어요.

전 호주에서 결혼했습니다. 과거형이죠. 지금은 이혼했으니까요.
괜찮은 남자를 만났었어요. 꽤 잘사는 집안의 그럭저럭 착한 남자였어요. 문제가 있었다면, 그에게 이미 결혼을 앞둔 애인이 있었다는 겁니다. 그런 그가 나를 보자마자 반했다고 했어요.

호주에서 소개받은 일자리는 너무 더럽고 힘든 일이었거든요. 돈은 좀 덜 벌더라도 편한 일자리를 찾았는데, 돈은 더 벌 수 있고 더 더러운 일만 알게 되었습니다. 제가 영어를 편하게 구사할 정도는 아니라는 게 가장 큰 문제였죠.
한 달쯤 지났을 때, 다시 한국으로 돌아가고 싶어졌습니다. 외롭기도 했고 이런 삶이라면 차라리 한국의 지방에서 사는 게 낫겠다는 생각을 했어요. 우울함을 달래려 찾아간 바닷가를 걷고 있다가 그를 만났어요.

한국 사람끼리 서로를 금방 알아본다는 건 이미 알고 있었어요. 그도 그랬고, 인사를 건네더라고요. 흔한 이야기에요. 서로의 외로움에 대해 이런저런 얘기를 나누다가 함께 술을 마시고 나에게 반했다는 그와 잤어요.

나를 사랑한다며 어떤 도움이든 주고 싶다고 했습니다. 그는 내게 좋은 일자리를 소개해주고 괜찮은 방도 얻어줬어요. 전 사실 그를 사랑하는지 어떤지 몰랐는데, 그가 주는 편안함이 너무 좋았습니다. 떠나고 싶지 않았어요.

그에게 이미 다른 여자가 있다는 사실은 금방 알았어요. 그런 걸 금방 눈치채지 못할 여자는 별로 없을 거예요. 눈치채고도 모른 척하거나 아니라고 믿고 싶을 뿐일 겁니다. 그가 주는 안락함을 떠나고 싶지 않았어요.

그런 그가 제게 청혼을 했을 때는 너무 놀랐어요. 그보다 그의 애인이 찾아왔을 때 더 놀랐습니다. 울면서 그를 제발 보내달라는 그녀에게 아무 말도 하지 못했어요.

우리는 결혼했죠.

너무 갑작스러운 일이라 집에서도 황당해했지만, 한국과 호주를 오가며 결혼을 마치고 신혼 생활을 시작했어요. 제가 호주에 온 지 반년도 채 안 돼서 이 모든 일이 일어났습니다.

박해진이 호주에 나타날 줄은 정말 꿈에서도 생각하지 못했어요.

"뭐 어쩌다 그런 놈이랑 결혼을 했냐?"

"무슨 상관이야."

"그 자식 다른 여자 만나는 건 알아?"

"뭐?"

나와 결혼한 그가 또 다른 여자에게 반했다더라고요. 박해진이 저를 찾아온 건 제 주변을 상당히 관찰한 이후였습니다. 해진이 오빠가 왜 여태 내게 미련이 남았는지는 모르겠는데, 말로는 내가 잘 지내는 걸 확인하고 싶었답니다. 그럼 그냥 사라져주는 게 가장 좋은 것 아닌가요?

덕분에 나는 그의 전 애인과 같은 처지라는 걸 알게 되었습니다. 그래도 난 결혼을 했으니까, 다시 돌아와 주길 기다렸는데 그가 제게 이혼하자더군요.

해진이 오빠가 왜 그랬는지 모르겠어요. 싸움도 못 하면서 그에게 덤볐어요. 해진이 오빠가 훨씬 많이 맞았는데 체포된 건 해진이 오빠였습니다. 주거침입죄도 있었고 먼저 공격한 건 해진이 오빠가 맞으니까요.

덕분에 저는 남편처럼 다른 애인이 있는 여자가 되었어요. 참 웃기는 일이죠. 내 남편이었던 작자에게 큰소릴 칠 수 없는 입장이 되었습니다. 다른 여자가 생겨서 이혼하자는 남자에게 아무것도 요구할 수 없었죠. 단지 그가 박해진을 용서해주는 조건으로 이혼해야 했습니다.

"이제 우리 정말 마주치지 말자."

"내 덕에 그런 인간이랑 끝나게 된 줄 알아."

"오빠, 내가 알아서 할 일이었어. 오빠가 지금 무슨 짓을 저질렀는지 아직도 모르는 거지?"

"미안한데! 정말 미안한데. 넌 남자 보는 눈 좀 길러야 해."

"내가 누굴 제일 오래 만났는지 몰라?"

한국에 돌아와서는 박해진이 내 앞에 나타나지 않았습니다. 호주에서 범죄자가 된 해진이 오빠에게 불쌍한 마음이 들었지만, 내 사정이 더 곤란해졌습니다. 전 호주에서 이혼녀가 되어 돌아온 대학생이었으니까요.

정말 놀라울 정도로 아무나 찝쩍대더군요. 꽤 불편한 시선들을 감수하며 살아야 하는 줄 알았는데, 되레 제가 원하기만 하면 누구라도 만날 수 있는 상황이 되었습니다. 웃기는 일이죠. 아무도 절 사랑할 생각은 없는데 만나고는 싶어 하더라고요.

그런 녀석들에게 철벽을 쳤냐고요? 아니요? 제가 왜 그래야 하죠? 제게 접근하는 녀석들은 남들의 시선을 신경 쓰지 않거나 혹은 완벽한 비밀로 만들고 싶어 했는데요. 아무도 모르게 몇몇 녀석들을 만났습니다. 외로움을 달래는 일이 어렵지 않았어요.

집안 사정은 그럭저럭 나아졌지만, 독립하기 위해 노력도 많이 했어요. 학교에선 호주에서 돌아온 이혼녀가 독하게 공부한다는 평가를 받고, 주말 밤이면 제가 원하는 방식으로 외로움을 지워냈습니다.

박해진만 만나지 않을 수 있다면 괜찮았어요.

"헉헉, 쑝! 너 왜 이렇게 잘하냐? 외국물 먹은 애라 확실히 다르네?"
"야, 너 나한테 쑝이라고 부르지 말라고 했지."
"쑝쑝쑝! 지금 네 속으로 들어가는 소리가 그렇게 들리지 않아?"

내 위에서 열심히 움직이던 녀석이 끝날 때까지 기다렸습니다. 외제 스포츠카를 타고 다니는 데다 몸 관리도 잘하는 녀석으로 보여서 만났는데, 잠자리 매너가 영 아니었어요. 다시 만나자고 조르는 녀석에게, 자꾸 그러면 네 신입생 여친에게 나랑 만났다는 얘길 해주겠다며 손절했습니다.

언제든지 자신의 이미지를 바꿀 각오가 되어 있다면, 지금을 살아가는 일이 별로 어렵지 않아요. 게다가 저는 어느새 과거를 잊고 열심히 살아가는 여자애가 되었거든요. 보통의 친구들은 제가 주말 밤마다 어떤 녀석들을 만나고 다니는지 알 방법이 없으니까요.

괜찮은 회사에 취직하며 저를 바꿀 생각이었습니다. 이제 좀 멀쩡히 살아갈 생각을 했던 것 같은데, 민효정을 만났어요.

믿다.

다른 설명은 필요 없어요. 처음부터 민효정을 싫어했어요. 유성현에게 꼬리 치더니, 제 첫 직장에서 만난 상사에게도 꼬리 치더군요. 내 친구를 빼앗아간 민효정에게서 그를 뺏고 싶었어요. 민효정도 제게 같은 생각을 하고 있으리라는 생각은 못 했습니다.

정말 미운 여자애예요.

"민아 씨. 저녁에 같이 밥이나 먹을까요?"
"아뇨. 오늘 저녁에는 일이 있어요."

상준 선배가 제게 밥을 먹자더군요. 좋은 사람이에요. 그냥 좋은 사람일 뿐이라는 게 가장 큰 문제긴 하지만, 어쨌든 좋은 사람입니다. 몇 번 같이 어울려 줬더니 저랑 꽤 진지해지고 있다고 착각하는 것 같아요.

차라리 상준 선배가 단 한 번이라도 고백을 하던가, 아니면 술에 취한 척 모텔에 가자고 했더라면 나았을지 모르겠습니다. 그는 확신이 서기 전에 고백 같은 걸 할 수 없는 사람이었고, 제가 술을 많이 마시면 걱정하는 사람입니다.

전 오늘 저녁에 차 과장님을 만나러 갑니다. 민효정 때문에 유성현에게 박살 난 차 과장님이 내일 퇴원하거든요. 그 끔찍한 민효정에게서 이제 벗어날 준비가 되어있는지 궁금했습니다. 전에도 병문안을 가서 대화를 나누긴 했지만, 이 모든 일들이 민효정이 아니라 한수진이라는 사람 때문이라는 건 믿을 수 없었으니까요.

차 과장님이 유성현의 선생님인 한수진 씨를 이미 알고 있었고, 그런 한수진 씨가 해진이 오빠를 알고, 또 민효정과 차 과장님이 엮였다는 건 아무래도 웃기잖아요.

택시에서 내려 병실에 올라가다가, 내려오는 이 대리님을 만났습니다.

"어? 송민아 씨? 차 과장님 면회 가?"

"네."

"내일 퇴원인데 무슨 면회야?"

"내일 퇴원이니까요."

"이~ 아직 면회 한 번도 가지 않았구나? 어쩌지 늦었어."

"왜요?"

"지금 차 과장님 다른 손님 만나느라 바쁘거든."

"기다리죠."

"흠. 이런 얘기 해줘야 하나? 차 과장님이 바람둥이로 유명한 건 알지?"

"그래서요? 지금 여자랑 있나요? 혹시 민효정인가요?"

"무슨 소리야. 민효정 씨가 차 과장님을 만나겠어?"

"그럼 혹시 한수진? 키 크고 서양인처럼 생긴 여자 아니에요?"

"아니야. 다 틀렸어. 간호사야."

"네?"

"이거 비밀이다? 바람둥이끼리도 지켜야 할 윤리가 있으니까."

황당해서 고개를 갸우뚱하고 있는데, 이 대리님이 웃으며 저녁 먹지 않았으면 같이 밥이나 먹자고 했습니다.

차 과장님이 입원해 있는 동안, 나는 이 대리님의 팀으로 이동하게 되었거든요. 대리가 팀장이 되는 놀라운 일이 일어났지만, 이 대리는 딱히 곤란해하지도 좋아하지도 않는 사람이었습니다. 생각보다 빨리 과장이 되겠다는 정도의 소감을 밝히는 정도였어요.

제 새로운 상사와 저녁이나 같이 먹는 게 어려운 일은 아니잖아요. 딱히 성공을 바라는 것 같지도 않은데, 적당히 성공적인 직장 생활을 하는 미혼의 상사가 불편할 일은 없습니다. 단지 이 대리님이 차 과장님 못지않은 카사노바로 소문이 나 있다는 게 문제이긴 한데, 제가 그런 남자를 만나서 부끄러울 정도로 순진하지는 않으니까요.

"그러니까 지금 차 과장님이 병원의 간호사와 병실에서 개인적으로 만나고 있다는 얘기죠?"

"내 팀원으로 일하려면 그렇게 이미 아는 사실을 반복 확인하는 버릇은 고쳐줘."

"제가 잘 이해했는지 확신이 들지 않아서요."

"왜? 차 과장님에게 관심이 있는 거야?"

"전혀 아니었다고는 말하기 어렵네요."

"괜찮아. 난 송민아 씨가 팀장을 사랑할 수 있는 성격이었으면 좋겠거든?"

"무슨 말씀이세요?"

"나도 이제 팀장이니까 팀장을 사랑할 수 있는 사람이라면, 나도 기회가 있는 거잖아?"

"네?"

"농담이야, 밥 먹어."

이 대리님이 바람둥이라는 소문은 확실히 과장되지 않은 모양이네요. 처음으로 저와 단둘이 밥을 먹는 자리에서 저런 말을 꺼내는 팀장이라니, 듣고 있으면서도 믿기지 않았습니다. 얼마나 자신 있으면 이럴 수 있을까요?

속으로 비웃어주는 대신 스스로를 반성하게 되더군요. 내가 어떻게 보였기에 이 남자가 이럴 수 있을까. 그래도 재미있었어요. 난 차 과장님을 박살낸 유성현을 만나고 해진이 오빠를 다시 만났어도 견딘 여자니까요.

사랑 따윈 모르겠으니까.

"팀장님. 그럼 밥 먹고 호텔에 갈래요?"

그가 먹던 음식을 뿜었어요. 내 얼굴까지 튀는 바람에 냅킨으로 좀 닦아야 했습니다. 이 대리님이 황당한 표정으로 나를 바라봤지만, 난 묵묵히 그가 뿜은 흔적들을 치우며 다시 말했습니다.

"식욕이 별로 없으면, 지금 당장 가도 괜찮아요."

"아니. 송민아 씨. 난 그런 의미가 아니었어."

"그럼 어떤 의미가 있어서 그런 말을 했어요?"

"미안해. 민아 씨는 지금 상준이랑 진지하게 만나는 거지?"

"전혀 아닌데요."

"그런 것 같더라. 그래도 심술이 났어. 오랜만에 처음 보자마자 마음에 든 여자였는데, 다른 상사에게 관심을 보이고 다른 직원과 놀이공원도 다녀오는 게 싫더라고."

"바람둥이에게 그런 말을 들으니까. 전혀 감동적이지 않네요."

"응. 알아 그래서 나도 좀 창피해. 그럼 우리 놀이공원에 갈래?"

"네?"

"뭐~ 전혀 믿지 않겠지만, 난 그냥 민아 씨랑 같이 놀이공원에도 가고 진심으로 서로를 알아갔으면 좋겠거든."

"네. 전혀 믿기지 않아요."

"그렇겠지. 그럼 뭐~ 어때? 호텔에 가는 대신 놀이공원에 갈래?"

처음엔 이 대리님이 무슨 생각으로 이러는지 이해하기 어려웠습니다. 정말로 같이 야간 개장하는 놀이공원에 가서 함께 솜사탕을 사 먹고 놀이기구를 타게 될 줄은 몰랐어요.

"민아 씨. 나 저 롤러코스터 타고 싶은데, 같이 타줄 사람이 없어서 말이야."

"팀장님이요?"

"응. 여자들이 나 같은 바람둥이에게 기대하는 건 이런 게 아니니까. 놀이공원에 오자고 하는 말도 좀 웃기잖아."

"저는 저거 타봤어요."

"그래? 그럼 같이 탈래?"

롤러코스터가 정상에 다다르고 이제 추락을 시작하려는 시점에 이 대리님이 내 손을 잡았습니다. 저도 이 대리님 손을 꽉 붙잡고 놓지 않았어요.

어쩌면 처음 겪는 일이 아닐지도 모르겠습니다. 사람 사는 게 다 그렇잖아요? 독이 될 건 없어요.

여름이 또 시작됐습니다.

추위는 잊은 지 오래고 따스한 봄날은 언제 찾아왔는지도 모르게 지나쳐 버렸습니다. 거리의 아스팔트가 끓어오르고, 도심의 수많은 에어컨들이 일제히 가동을 시작했어요. 길을 오가는 행인들의 이마에는 땀이 맺히고, 무거운 더위의 침묵이 세상을 내리누르는 것 같습니다.

아직 장마도 시작하지 않았는데 벌써 이렇게 덥다면, 이번 여름의 더위는 꽤 기대되겠습니다. 저와는 별로 상관없는 일이겠지만요.

전 그럭저럭 규모 있는 회사의 본사 건물 관리자입니다. 대부분의 시간을 실내에서 보내는 편이고, 사실 창문도 없는 사무실이라 밖의 사정은 별로 관심이 없습니다. 일 년 내내 거의 비슷한 기온이 유지되는 사무실이거든요. 각종 전자 장비들의 성능을 유지하려면 어쩔 수 없답니다.

더위나 추위는 저와 별 상관이 없습니다. 뜨거운 사랑이나 차가운 이별이 저와 별 상관이 없는 것과 같아요. 제가 일하는 공간이 제 현실입니다. 사람들과 관계를 끊고 혼자 시간을 보내며 모니터로 사람들을 관찰합니다.

다른 관리직원들과의 관계가 있지 않느냐고요? 사실 제가 낙하산이거든요. 낙하산을 타고 내려오긴 했는데, 적지에 떨어진 낙하산입니다. 저를 인정해줄 사람은 아무도 없고 제 자리가 언제까지 보장될지도 전혀 알 수 없는 낙하산이거든요. 대부분의 다른 직원들은 저를 없는 사람 취급합니다. 차라리 제가 말단으로 들어왔다면 나았을지도 모르겠네요.

"박해진 씨."
"네."

"점심 먹고 오셔야죠."

"네."

저를 부른 사람은 사실 저의 지휘를 받아야 하는 직원입니다. 저보다 4살인가 많은 보안업체 출신 직원인데, 제가 오는 덕에 당분간 진급이 막혀버린 사람이에요. 당연히 저를 싫어하죠. 그래서 일부러 점심시간이 한참 지나고 나서야 제 사무실에 찾아와 저렇게 놀립니다.

제가 구내식당에 가지도 않고, 밖에 나가서 점심을 먹지 않는다는 걸 알거든요. 전 이 회사에 마주치고 싶지 않은 사람들이 있습니다. 점심시간에는 절대로 사무실을 나가지 않아요. 출근할 때 준비해온 샌드위치나 간식거리로 간단히 요기를 합니다.

왜 이러고 사냐고요? 제가 사실 대학 중퇴에 전과자라서요. 이 직장을 버릴 수가 없습니다. 여길 떠나면 반드시 힘들어지니까요. 얼핏 감옥 같아도 퇴근은 할 수 있잖아요. 여기에서 조금 더 버텨볼 생각입니다.

모니터들을 관찰합니다. 문제가 발생하면 적절한 관리직원을 호출해 해결하게 하는 게 제 일입니다. 회사 내부뿐만 아니라, 회사 근처의 도로와 골목에 연결된 CCTV도 확인합니다. 정말 할 일이 별로 없다는 얘기입니다. 매우 심심하죠.

가끔 찾아보는 녹화 영상이 있습니다. 유성현이라는 녀석이 차준호라는 과장을 두들겨 패는 영상인데, 그냥 보고 있으면 시원합니다. 원래는 허가 없이 시청할 수 없는 게 원칙이지만, 저는 매우 한가하다고 했잖아요. 방법을 찾아내는 데 그리 오래 걸리지 않았습니다.

그 영상을 볼 때마다 민아가 떠오른다는 게 문제이긴 한데, 덕분에 통쾌함도 더 커지니까 상관없어요. 유성현과 차준호의 역할이 바뀌어도 좋았겠지만, 지금의 영상도 나쁘지 않아요. 두 남자 모두가 송민아와 영원히 멀어지는 계기가 되었으니까요. 송민아와의 관계라면 저와 별반 다르지 않잖아요.

"삐익! 삐익! 삐익! 삐이이이익!"

이놈의 호출 소리 좀 바꿨으면 좋겠습니다. 뭔가 신경을 거스르는 호출 소리에 놀라서 영상을 끄고 인터폰을 받았습니다.

[박 팀장. 뭐 해요? 정문 앞 좀 확인해줘요.]

[네.]

문제가 발생하면 저를 팀장으로 부릅니다. 자기들이 해결하기 귀찮은 일이라는 얘기죠. 저는 당연히 그들에게 일을 시킬 권한이 있습니다만, 지금 제가 모니터로 보니까 그런 종류의 일이 아니네요. 이상한 사람이 나타나 문제를 일으킨 것도 아니고 거대한 쓰레기가 나타난 것도 아니었습니다.

작은 구식 승합차가 회사 정문 앞에 서 있습니다. 보안직원들을 보내서 해결해도 괜찮겠는데, 가만 보니까 이미 보안직원들이 도착해 있더군요. 보안직원들의 권한으로 해결하기 곤란한 일인 모양입니다.

출근해서 화장실을 다녀오는 걸 제외하곤 처음으로 사무실을 나왔습니다. 게다가 건물 밖으로 나오기까지 했네요. 아직 장마가 오기 전이라 건조하고 따가운 햇살이 저를 후려칩니다. 저절로 미간을 잔뜩 찌푸리게 되네요. 귀찮고 짜증 나서 그런 게 아닙니다.

"무슨 일이시죠?"

"죄송합니다. 저희 차가 고장이 났는데, 아픈 친구가 있거든요. 앰뷸런스랑 보험회사에서 올 때까지만 기다려 주시겠어요?"

차가 고장 난 장소가 하필 우리 회사 건물 앞이었고, 아픈 사람이 있다고 합니다. 앰뷸런스와 보험회사가 도착하면 해결될 일이겠는데, 하필 회사 VIP

진입로입니다. 임원들 중에 누구라도 지금 도착한다면, 우리와 함께 차를 견인해줄 보험회사를 기다려야겠네요.

저를 부른 이유가 있었습니다. 제가 어떻게 해결하는지 보고 싶었던 것 같아요. 혹시라도 임원이 도착했을 때 저와 마주치게 하고 싶기도 했겠죠. 일단 사설 견인업체를 불러서 차를 빼게 했습니다. 보험회사보다는 훨씬 빠르니까요. 진입로를 확보했으니까 제 할 일은 끝난 줄 알았어요. 그분들이 수녀들만 아니라면 말이죠.

아프다는 분이 차에서 내리질 못하더군요. 얼핏 보니까 상당히 고통스러워 보였어요.

"괜찮으세요?"

그 수녀분이 대답 대신 피를 토했습니다. 그 순간 상무님의 차가 진입하고 있었어요. 상무님이 무슨 일이냐고 하시기에, 차 좀 빌리자고 했습니다.

"뭐?"
"수녀님이 아픈데, 지금 당장 병원에 가야겠어요. 앰뷸런스 기다릴 시간이 없습니다."
"다른 차 써~."
"지금 당장 출발해야 합니다."
"아이~ 씨. 뭐냐 너?"

투덜거리면서도 상무님이 내렸습니다. 수녀님들을 차에 태우고 기사님에게 출발하자고 했어요. 기사님이 상무님의 눈치를 보니까, 상무님이 손을 휘휘 저으며 가보라고 했습니다. 일단 출발하니까, 기사님이 운전 실력을 보여주시더군요.

"꽉 잡으세요."

대낮의 도심을 질주하기 시작했습니다. 기사님이 왜 상무님의 전용 기사 노릇을 하고 있는지 의문이 들 정도였어요. 레이서가 적성이겠다는 생각이 들 정도로 놀라운 질주였습니다. 비상 깜박이를 켜고 눈앞의 모든 차들을 추월하며 달렸습니다.

"기사님, 이래도 괜찮은 거예요?"
"우리 뒷자리에 피를 토한 수녀분이 계시죠?"
"네."
"누가 우릴 막을 수 있겠습니까? 언젠가 제게 이런 기회가 올 줄 알았습니다."

아니나 다를까 경찰차가 뒤에 따라붙었지만, 기사님은 응급실에 도착할 때까지 멈추지 않았습니다. 응급실 앞에 도착해서는 제가 피를 토한 수녀님을 둘러업고 달렸습니다. 기사님은 도착한 경찰에게 저를 손가락으로 가리키더군요.

피를 토한 수녀님이라는 게 상당히 충격적인 모습이었나 봅니다. 그 복잡한 응급실에서도 모두의 관심을 끄는 데 성공했어요. 간호사와 의사가 그렇게 빨리 달려오는 건 처음 봤습니다. 침대에 눕힌 수녀님을 확인한 의사가 굉장히 심각한 표정으로 수술실 잡으라고 외치는 것도 실제로는 처음 봤어요. 드라마나 영화에서만 일어나는 일은 아닌 모양이네요.
몇몇 사람들이 사진과 동영상을 찍더군요. 저는 수녀님이 토한 피를 잔뜩 묻힌 채, 또 땀을 뻘뻘 흘리며 그 자리의 주인공이 되었습니다.

언젠가 사람을 죽여 달라는 사주를 받았던 제가, 수녀님을 구한 영웅이 되었습니다. 제가 아는 모든 언론에서 저를 다뤘고, 차를 빌려준 상무님도 인터뷰에서 저를 칭찬했습니다.

"원래 믿고 있던 직원이었습니다. 그래서 그 친구가 차를 달라고 요구했을 때, 심각한 상황이라는 걸 바로 알아챌 수 있었죠. 제 차에 수녀님의 피가 좀 묻는 건 아무런 문제가 되지 않습니다. 얼마나 성스러운 희생입니까."

상무님이 저를 알았을 리도 없고, 그때 상당히 투덜거렸다는 건 비밀이 되었습니다. 우리 관리팀의 다른 직원들도 인터뷰했더군요.

"좋은 사람이에요. 항상 묵묵히 자기 일을 하는 분이시죠. 어린 나이에 관리팀장이 된다는 게 쉬운 일은 아니잖아요? 다 이유가 있으니까 그런 거죠. 우리 회사의 관리팀은 언제나 회사의 보안보다 사회와의 상생을 우선으로 생각한다고 말씀하신 분입니다."

아마도 누군가 대신 인터뷰 내용을 써 준 것 같습니다. 제가 저런 말을 한 기억도 없을뿐더러, 인터뷰한 그 직원과는 1분 이상 대화를 나눠볼 기회도 없었습니다.

영웅이 된다는 건 꽤 좋은 일입니다.

"관리 책임자가 종일 모니터를 보고 있어야 한다는 게 말이 됩니까? 교대 인원을 새로 채용하고 우리 박해진 팀장은 관리를 하세요. 관리자 아닙니까?"
"아니. 부장님. 전 괜찮은데요."
"어차피 용역업체와 계약이 곧 끝납니다. 정규직이 몇 명 더 늘어날 뿐이에요. 결국 관리 인원은 전과 같아질 겁니다. 그냥 그렇게 하세요."

인사팀의 박 부장님이 직접 찾아와 신규인력을 충원하라고 했습니다. 좋은 일이에요. 제가 직접 사람을 뽑아 쓰라고 했거든요. 이제 아무도 저를 무시할 수 없게 되었습니다.

"참. 박 팀장님. 팀장님이 구한 우리 수녀님을 병문안 가셔야 하지 않겠습니까? 이제 잘 회복하고 있다고 합니다. 가능하면 회사 로고가 박힌 유니폼을 입고 가셨으면 좋겠는데…. 유니폼을 새로 준비하라고 할게요. 아니, 아니에요. 그 유니폼은 어쩐지 느슨한 느낌이 드니까 몸에 딱 맞는 옷으로 맞춰봅시다."

"유니폼을 맞춰서 입는다고요?"

"네. 미용실을 하나 소개해 줄 테니까 꼭 들렀다가 가시고, 차는 그때 그 상무님의 차를 그대로 사용하도록 합시다. 일단은 언론을 피해 조용한 만남을 진행한다고 소문을 내겠습니다."

"언론을 피해 소문을 낸다는 말이 무슨?"

"업계용어에요. 좋은 일은 엉성하게. 나쁜 일은 더 나쁘게. 애매하면 꼼꼼하게."

"아. 네. 뭐. 모르겠네요."

박 부장님에게는 아쉬운 일이겠지만, 수녀회의 요구로 우리는 정말 조용한 만남을 가져야 했습니다. 굉장히 보수적인 수녀회라는데, 카르멜인가 가르멜인가? 전 잘 모르겠습니다. 얼핏 듣기로 외부와의 만남을 완전히 차단하고 헌신하는 삶을 살아야 한답니다. 저런 미녀가 그런 수녀님이라는 사실이 안타까울 정도였어요.

"안녕하세요. 수녀님."

"저를 구해주신 영웅이시라더군요."

"아뇨. 뭐. 누구라도 그랬겠죠. 수녀님이 괜찮으셔서 다행입니다."

"사실. 전 아직 수녀가 아니에요. 서원하기 전입니다."

"그게 뭐가 다른지 전 잘 몰라요."

"평생 주님의 종이 되기로 결정하기 전이라는 말이에요."

"역시 잘 모르는 얘기지만, 뭔가 대단한 일이겠네요. 평생이라니."

"잘 모르시는군요."

"네. 뭐~ 제가 지금 수녀님들과 별반 다르지 않게 살고 있어서 그런지도 몰라요. 저도 최근 사람들과 거의 차단된 삶을 살고 있거든요. 물론, 수녀님을 구한 덕분에 이젠 그러지 않겠지만."

"그렇군요. 저 그때 당신의 등에 업혀 있을 때도 의식이 있었어요."

"그랬던 것 같아요. 수녀님이 제 목을 감아주셔서 쉽게 달릴 수 있었으니까요."

"사람들은 저를 보면 왜 수녀가 될 생각인지 궁금해 하던데, 영웅께서는 그렇지 않은 모양이네요."

"아. 뭔가 대단한 일이 있었던 거 아닐까요? 신을 만났다든가 하는 특별한 경험을 해야 그렇게 종교에 귀의할 수 있는 거 아닌가요? 수녀님 같은 미인이라면 특히나 더~. 죄송합니다."

"괜찮아요. 전 수녀가 될 수 없을 것 같아요."

"왜요?"

"글쎄요."

제가 물을 수 있는 질문도 아니었지만, 수녀님이 제게 그런 말을 해주는 이유도 모르겠습니다. 간단히 안부 인사나 나누게 될 줄 알았는데, 굉장히 어색해져 버렸습니다. 수녀님이 창밖을 잠시 바라보다 다시 말했어요.

"영웅님. 우리 이제 기자님들에게도 기회를 줘야겠죠?"

"제 이름은 박해진이에요."

"알아요. 영웅님."

기자들이 들어와 사진을 찍게 허락했어요. 우리가 더 이상의 대화를 나누진 못했습니다. 이제 그걸로 제 영웅 놀이는 끝난 줄 알았어요. 약간의 표창장을 받고 모든 일들이 마무리될 줄 알았습니다.

장마가 시작된 첫 주말이었습니다. 누가 찾아와서 문을 열어줬더니, 제가 구한 수녀님이네요.

"안녕하세요. 영웅님?"
"네?"
"제가 수녀가 되려고 했던 이유를 말해주고 싶었어요."
"아…. 왜요?"
"영웅이 하셔야 할 일이에요."

이제 정말 여름이 시작되고 있어요.

지

오늘은 제가 마지막으로 상담을 받기로 한 날입니다. 저는 한 달쯤 전에 괜찮아졌다는 생각을 했고, 선생님도 2주 전쯤에 좋아졌다는 판단을 했어요. 우리는 아쉬움에 조금 더 만나고 있었던 겁니다.

"민효정 씨. 치료가 아니더라도 언제든지 연락해요."
"그래도 괜찮아요?"
"솔직히 연락이 오면 조금은 걱정을 하겠죠."
"그래요?"
"우리는 환자와 의사 관계니까요."

친구가 되고 싶다는 말을 하고 싶었는데, 선생님에게 부담을 주고 싶지 않았습니다. 얼마나 많은 사람들이 정신과 의사와 친구가 되고 싶겠어요. 제가 그러지 않을 것을 아니까, 언제든지 연락하라는 인사를 해줬을 겁니다.
조금 더 어렸을 때 그녀를 만날 수 있었더라면 참 좋았을 겁니다. 아마도 제 인생이 달라졌을지도 몰라요.

"선생님을 좀 더 일찍 만났으면 좋았을 텐데요."
"효정 씨가 아파서 저를 만난 거예요."
"어릴 때도 아팠어요."
"그래서 지금 절 만났죠. 그때 아프지 않았다면, 지금도 아프지 않을 테고요."
"그러네요. 과거를 바꿀 수는 없겠네요."
"아쉬움도 남겠고, 후회도 많겠지만, 지금을 바꾸는 건 과거가 아니라 미래에요."

"그걸 모르는 사람은 없을 텐데, 미래를 알 수 있는 사람도 없으니까요."

"돌부리에 걸리면 넘어진다는 정도는 우리가 알 수 있겠죠."

"조심하는 수밖에 없다는 얘기군요."

"언제라도 넘어질 수 있다는 얘기에요."

"고마워요. 선생님."

"그럼 효정 씨는 제게 친구가 되고 싶다는 얘길 해줬어야 해요."

나는 밝게 웃었고, 선생님은 쓸쓸하게 미소 지었습니다. 나는 치료가 끝난 줄 알았는데, 선생님은 우리가 다시 만날 수 있겠다고 하셨어요. 나는 괜찮다고 했더니, 선생님은 그러길 바란다고 했습니다.

창밖에는 비가 내리고 있었습니다. 일어나는데 선생님이 우산이 있냐고 했어요. 가방에 있던 작은 우산을 꺼내 보였더니, 선생님이 창밖에 내리는 비를 바라보며 말했어요.

"우산이 너무 작잖아요."

"저도 작아서 괜찮아요."

"음~ 효정 씨 소개팅 할래요?"

"왜요? 우산이 너무 작아서요?"

"괜찮은 친구가 있어요."

"큰 우산을 가지고 있나요?"

선생님이 웃으며 고개를 끄덕이더니 말했습니다.

"제 오래된 친구인 남자예요."

"아…. 소꿉친구인가요?"

"풉. 우리는 동거하지도 않았고 절대로 그럴 계획도 없어요. 아! 제게는 오래 사귄 남자친구가 있지도 않아요. 괜찮나요?"

"키는…?"

"네? 아~ 키요. 신장을 말하는 거죠? 네, 아마 180은 안 될 거예요. 음~ 대신 머리숱은 풍성하고 집이 좀 살아요. 어때요?"

"선생님도 미혼이시고~ 지금 만나는 남자가 없다고 했잖아요. 왜 제게 괜찮은 남자를 소개해 주는 거죠?"

"만나보면 알아요."

만나보니 알게 되었습니다. 그녀는 불교 신자였는데, 선생님의 친구라는 남자는 독실한 기독교인이었어요. 게다가 선교사랍니다. 왜 그의 직업을 말해주지 않았는지도 알겠네요.

사실 그가 자신의 직업을 말해주기 전에는 절대로 선교사라고는 생각할 수 없었어요. 아니, 평범한 직장인으로도 보이지 않았습니다. 밖에는 비가 내리는데 선글라스를 끼고 나타났거든요. 신부님들처럼 검은 슈트를 입긴 했는데, 별로 점잖은 핏은 아니었습니다. 물론 자리에 앉자마자 선글라스는 벗었어요. 뭐 그럭저럭. 네.

"비도 오는데 선글라스 끼고 다니면 답답하지 않아요?"

"주님의 은총으로 가득한 세상이 눈부셔서요."

"아…"

"농담입니다. 멋있잖아요. 뭔가 비밀요원 같은 기분이 드는 것도 좋고요."

"선글라스를 끼면 더 눈에 띌 텐데요."

"맞아요. 사실 농담이 아니에요. 전 지금도 주님의 아름다운 피조물을 바라보느라 눈이 부시거든요."

"신께서 거짓말의 권능을 허락하셨나요?"

"하하하! 효정 씨 정말 재미있는데요?"

"아뇨. 전 진심이에요. 진심으로 당신이 사기꾼 비슷하게 보여요."

그가 미소를 정돈하며 점잖게 슈트 단추를 고쳐 맸어요. 단정히 자세를 잡더니, 어깨를 으쓱이고는 말했습니다.

"주님은 저를 사랑하십니다. 물론, 당신도 사랑할 겁니다."
"부담스럽네요."
"이렇게 사기 치는 사기꾼이 있겠어요? 사기를 치려면 조금 더 그럴듯한 언변이 필요하겠지요."
"한 번도 사기에 성공하지 못한 사기꾼도 있지 않을까요?"
"저는 확실히 아닙니다. 저는 이미 많은 형제들을 구원의 길로 인도했거든요."
"놀랍네요. 오랜 친구라는 선생님은 구원하지 못한 것 같은데요."
"하하. 그 친구도 곧 구원받을 날이 올 겁니다."
"불교가 얼마나 관대한 종교인지 알겠네요. 두 분이 아직도 친구 사이라는 거잖아요?"
"주님의 은혜죠."
"…광신도를 실제로 만나는 건 처음이에요."

그의 얼굴은 미소로 가득했어요. 사실 사기꾼으로 보긴 어려운 얼굴이긴 합니다. 저렇게 싱글벙글 웃으며 누굴 속일 수 있겠어요? 선글라스를 끼고 다니는 것도 이제 이해가 됩니다. 그의 미소에 다른 사람들이 불편해할까 봐 배려하는 거였어요.

"선교사라면서요. 그럼 해외에 있어야 하는 거 아닌가요?"
"꽤 많은 시간을 아프리카에 있는 편입니다."
"그런데도 소개팅에 나오시다니, 이기적이시네요."
"사랑은 원래 이기적입니다."

"이기적인 종교네요."

"네. 아낌없이 이기적인 종교입니다. 사랑하면 약자가 된다는 걸 너무나도 잘 아니까요. 우리는 주님을 사랑하는 것으로 약자가 됩니다. 또 서로를 사랑하는 것으로 약자가 됩니다. 스스로 낮은 자가 되어 사랑을 전파합니다."

"선생님에게 제 이야기를 전혀 듣지 못하셨군요?"

"의사는 절대로 환자와 상담내용을 타인에게 말해서는 안 되잖아요."

"전 약자가 되고 싶지 않거든요."

"불가능합니다."

"왜요?"

그가 턱을 들어 내 머리와 내 뒤를 살피고 싶다는 시선을 보냈습니다. 제가 미간을 찌푸리며 뭐하느냐는 표정을 지었더니, 그가 말했어요.

"머리에 뿔도 없고, 꼬리도 없군요. 그렇다면 확실히 불가능합니다."

"…제가 악마인지 살피셨군요."

"사탄의 자식이 아니어야 제가 사랑할 수 있으니까요."

"누구나 사랑하시잖아요?"

"저는 인간입니다. 더 사랑하고 덜 사랑할 수 있어요."

"선생님이 왜 당신을 제게 소개해줬는지 이제 알겠어요. 종교전쟁이군요."

"아닐 겁니다. 그 친구가 왜 불교 신자가 된 건 저 때문입니다."

"선교사 아니세요?"

"제가 선교사가 되기 전입니다. 제가 그 친구에게 고백했고, 그 친구는 저를 거절하는 의미로 절에 다니기 시작했습니다."

"굉장하네요."

역시 그랬습니다. 이성 간에 어느 한쪽이라도 호감이 없이 친구가 될 수는 없는 거겠죠. 선생님은 왜 이 사람을 제게 소개해 줬을까요. 사랑받지 못할 사람을 사랑한 제게서 이 사람의 감정을 느꼈던 걸까요? 비슷한 사람끼리 어울리라는 얘기는 아닐 것 같은데요.

꽤 대단한 이야기를 꺼내면서도, 여전히 싱글벙글 웃고 있는 그가 다시 말했습니다.

"그 친구를 구원하려면 제가 다른 사랑을 찾아야 했습니다. 쉽지 않더군요. 그래서 모두 사랑할 수 있는 선교사가 되었습니다만, 그 친구는 지금도 저를 만나면 불경을 얘기합니다."

"아. 여전히 선생님을 사랑하시나요?"

"물론이지요. 전 주님이 창조한 세상을 사랑합니다. 이제는 그 친구를 이성적으로 사랑하기를 포기했지만, 그 친구는 아직도 저를 불편해합니다."

"왜죠?"

"그 친구가 우리 형이랑 헤어지자마자 제가 고백했거든요."

"아니, 어떻게 그럴 수 있어요?"

"그 친구가 선택한 건 우리 형이었지만, 제가 형보다 먼저 그 친구를 사랑했다는 걸 그 친구도 알아요."

"…선생님이 절에 다닌 이유가 설명이 되네요."

"제가 여태 다른 여자들을 만나지 않는 것도 이유가 되겠네요."

"정말 굉장하네요. 소개팅에는 왜 나오신 거죠?"

"그 친구가 제게 여자를 소개해주겠다는 건 처음이거든요. 이제는 정말로 모든 게 끝났다는 걸 알 수 있었습니다."

"선생님이 왜 그러셨을까요?"

"이제부터 당신의 이야기를 들어보면 알 수 있겠죠."

술 한 잔 마시지 않고 그렇게 많은 대화를 나눌 수 있을 줄은 몰랐어요. 선생님과 상담할 때보다도 훨씬 많은 얘기들을 나눴어요. 제가 살아온 이야기들을 담담하게 얘기했습니다. 이상했어요. 별로 슬프지도 고통스럽지도 않았거든요. 항상 제 과거를 떠올리면 힘들어졌는데, 선생님과 상담할 때도 조심스러웠는데, 이 남자에게 얘기하는 건 어렵지 않았습니다.

그는 언젠가부터 대화 중에 유성현의 입장을 설명해주기도 하고, 제 감정에 공감하면서 유성현이 그럴 수밖에 없었을 변명도 대신 해줬어요. 마치 유성현과 대화를 나누는 기분이 들 정도였습니다.

애초에 남자 선생님을 만나볼걸 그랬다는 후회가 들 정도로 쉬웠습니다. 나중엔 제 과거를 통해 그에게 농담도 했어요.

"면회 갔을 때 성현이가 제게 사귀자고 했다면, 더 끔찍했을 거예요. 화장실 고백이 되거든요."

"화장실에서 하셨군요?"

"선교사가 그런 말을 해도 괜찮아요?"

"선교사에게 이런 얘기들을 하는 건 괜찮을까요?"

"그럼 이제 우리 지옥의 불구덩이에 빠져서 악마들이 막 옆에서 꼬챙이로 옆구리 찌르고 그렇게 되는 건가요?"

"우린 구원받을 수 있습니다."

"배고파요."

"오. 주여. 여태 당신이 그 말을 해주길 간절히 기도한 보람이 있군요. 우리 밥 먹으러 가요."

"술은 마실 수 없죠?"

"아니요. 마실 수 있습니다만, 제가 못 마십니다. 제가 선교사가 되기로 한 이유이기도 합니다. 술을 못 마신다는 게 편리한 직업은 흔치 않거든요."

"다음 선교 일정은 어떻게 되세요?"

"다음 주에 에티오피아에 갑니다."

"거기 안전은 어떤가요?"

"절반쯤은 이슬람국가입니다."

"위험하겠네요."

"다들 그렇게 생각하겠지만, 전 거기서 성경 말씀 이야기를 절대로 꺼내지 않습니다. 대부분의 선교사들도 그래요. 우리는 그저 봉사만 합니다."

"언제라도 기회가 되면 하셔야 하잖아요."

"주님이 결정하실 일이죠."

"편하겠네요. 모든 걸 신께 맡기다니."

"저는 주님을 사랑한다고 했지요. 사랑하는 주님을 불편하게 하고 싶지는 않습니다. 많은 타협이 필요한 일이죠."

"그렇게 관대한 종교가 아니지 않아요?"

"우리 기독교가 얼마나 많은 타협을 해왔는지 설명하고 싶지만, 배가 고픕니다."

"…에티오피아에는 얼마나 머물게 되나요?"

"6개월 있을 예정입니다."

"그럼 우리가 왜 만난 거죠?"

"효정 씨와 6개월 뒤에 다시 만나려면, 지금 만나야 하는 게 맞습니다."

그는 6개월 뒤에 돌아왔고, 우리는 다시 만났습니다. 제가 다른 선교사들을 만나 본 적은 없지만, 그는 꽤 훌륭한 선교사인 것 같아요.

제게 종교가 생길 것 같습니다. 나쁠 건 없잖아요.

마

마녀 같은 간호사가 있습니다.

"차준호 씨? 일어나세요."
"두고 가세요."
"일어나세요. 약을 먹고 눈곱도 떼고 씻어요. 아침은 또 안 먹었군요. 곧 선생님 회진 있으니까 자리 지키세요."
"알았으니까. 좀 두고 가시라고요."
"일어나시라고요."

오늘은 버텨보기로 했습니다. 예뻐서 말을 잘 들었더니, 이젠 저를 어린애 다루듯 합니다. 최소 나보다 열 살은 어려 보이는 간호사가 엄마처럼 구네요. 베개에 머리를 처박고 버텼습니다. 간호사가 한숨을 내쉬는 소리가 들렸는데, 무시했어요.

창문의 블라인드를 여는 소리가 들렸습니다만, 제겐 담요가 있습니다. 담요를 뒤집어쓰고 버텼어요. 간호사가 내 담요를 잡아당기는 것 같기에 더 꼭 붙잡고 버텼습니다. 제가 아무리 갈비뼈가 부러져 회복하는 중이라도 여자는 이길 수 있겠죠.

"윽!"

반칙입니다. 간호사가 제 옆구리를 간질이며 담요를 당겼어요. 아무리 간호사라도 성인 남자의 옆구리를 간질이다니요. 게다가 전 갈비뼈가 부러진 사람이라고요. 힘이 빠질 수밖에 없었고, 간호사는 그 틈을 놓치지 않고 제

담요를 당겼습니다.

"아! 진짜! 좀!"
"차준호 씨? 일어나서 약 먹어요."
"두고 가시라고요!"

간호사의 기계 같은 대꾸를 기대했는데, 아무런 말도 없기에 눈을 떠봤습니다. 간호사가 창밖을 바라보고 있었지만, 창밖에 뭔가 대단한 게 있진 않았어요. 간호사는 마치 창밖에 나타난 외계 우주선이라도 바라보는 표정이었는데 말이죠.

아. 저 때문이었습니다. 담요를 빼앗겨 드러난 내 몸은 반라였거든요. 지난밤 또 심심함을 못 이겨 술을 마셨고, 환자복 상의는 입었는데 바지는 입지 않고 잠들었습니다. 수분을 잔뜩 섭취하고 잠든 다음 날의 아침답게 속옷이 불쑥 솟아있었네요.

제 그것 때문에 시선을 피하는 간호사라니, 귀여웠습니다. 어쩐지 간호사라면 이런 일에 무덤덤할 줄 알았거든요. 마녀 같은 간호사가 저러니까 더 귀엽네요. 곤란하게 해주고 싶어 허릴 들썩여봤습니다.

간호사가 인상을 잔뜩 찌푸리며 말했어요.

"뭐 하세요?"
"아침 운동이요."
"성추행이거든요."
"제가요? 뭘 했는데요?"

저를 싸늘하게 노려보기에 다시 허릴 흔들어봤습니다. 간호사가 애써 하찮다는 표정을 지어 보이더니 제게 약을 내밀었어요.

"먹어요."

"먹여줘요."

"입 벌려요."

"네?"

간호사가 제 입에 약을 집어넣었습니다. 제가 어이없다는 표정으로 바라보니까, 간호사가 컵에 물을 따라 제게 내밀며 말했습니다.

"마셔요."

"전 물 없이도 약 잘 먹어요."

제가 약을 꿀꺽 삼키며 대답했더니, 간호사가 들고 있던 컵의 물을 제 얼굴에 던졌습니다. 황당해서 물을 뒤집어쓴 채 가만히 있었습니다. 눈가에 물을 닦아내고 눈을 떠보니까, 간호사는 이미 병실을 나가고 있더군요.

간호사의 등에 대고 말했습니다.

"세수시켜줘서 고마워요! 다음엔 목욕도 시켜줘요!"

"쾅!"

대답 대신 병실 문이 세게 닫혔습니다.

눈도 부시고 물도 뒤집어썼으니, 다시 잠들긴 어렵겠네요. 멍하니 일어나 앉아 주변을 둘러봤습니다. 아침 햇살에 병실 안의 것들이 반짝이고 있었어요. 테이블 위에 먹다 남은 치킨과 맥주병, 소주병, 종이컵, 바닥에 벗어둔 내 옷가지들, 여기저기 구르고 있는 신발과 슬리퍼.

제 생각보다 지저분한 것 같아서 좀 치웠어요. 샤워를 하고 있는데 의사 선생님이 오셨습니다.

"차준호 씨?"

"네! 곧 나가요!"

"됐어요. 별로 불편한 거 없죠?"

"있어요! 간호사 선생님 좀 바꿔주세요!"

"병원을 옮기세요. 이제 바꿔줄 간호사 선생님도 없어요. 그리고 그건 제 소관이 아니라고요. 퇴원은 언제 하실래요?"

"조금만 더 쉬다 나갈게요!"

"여기 호텔 아니에요."

제게는 호텔 같았어요. 끼니마다 밥도 주고 옷과 이부자리까지 세탁해주는 VIP 병실은 호텔과 다를 게 없었습니다. 답답하지 않느냐고요? 외출도 자유롭답니다. 어차피 지금 퇴원해도 회사로 돌아갈 수 없어요. 제가 진행하던 모든 영업 과정들이 모두 인수인계된 상태에다, 팀들도 새로 구성되어서 제 자리가 없답니다.

박 부장님이 적당히 좀 더 쉬다가 돌아오라고 했어요. 제가 이렇게 빨리 회복할 줄은 몰랐답니다.

"난 차 과장이 거의 죽은 줄 알았으니까요."

"반쯤 그랬어요."

"의사 선생님들도 최소 한 달은 넘게 입원해야 한다고 했거든요."

"이제 한 달은 있었잖아요."

"우린 의사 선생님들이 그렇게 말하면 두 달쯤은 기다리는 게 보통이니까요. 건강하시네요. 차준호 씨."

"제가 평소 꾸준한 운동을…. 하지는 않았군요. 아무튼 그래도 꾸준히 뭐. 어쨌든 건강을 위한 것은 아니었어도 말이죠. 제가 이런저런 육체적인 활동을~. 흠."

"됐어요. 알아들었으니까. 우리가 부를 때까지 좀 쉬세요."

"저 잘리거나 그런 건 아니죠?"

"차 과장을 자를 좋은 방법이 있으면 얘기 좀 해줘요."

"그럼 이제 퇴원해서 집에 있나요?"

"알아서 하세요. 애도 아니고~."

VIP 병실에 머물기로 했습니다. 회복했다고 해도 아직 집에 돌아가서 스스로 세탁하고 청소할 정도로 멀쩡해지는 않거든요. 낮에는 외출해서 서울 시내의 고궁을 구경 다니기도 하고, 평소 다녀볼 수 없었던 박물관도 다녔습니다.

너무 좋았어요. 그 마녀 같은 간호사만 아니라면 말이죠.

"차준호 씨. 여기 놀러 오셨나요? 괜찮아졌으면 차라리 퇴원하세요."

"저한테 왜 그러세요?"

"네? 차준호 씨가 간호사 선생님들 교체 요청을 몇 번이나 하셨고, 얼마나 진상을 부렸는지 모르세요? 병실에서 술이라니요. 이게 정상이라고 생각하세요?"

"상관없잖아요. VIP 병실이잖아요. 우리 회사에서 이 병원에 얼마나 많은 돈을 투자하고 있는지 알고 있어요. 제가 없어도 이 병실은 비어있으리라는 것도 알아요. 편하지 않아요? 이런 병실을 유지하고 있기 때문에 몇 명에게 편한 직장이 생기는 겁니까?"

"차준호 씨. 간호사 선생님들이 편한 일을 원해서 이 직업을 선택했다고 생각해요?"

"아~ 그래요? 그러시구나. 인류애겠죠. 아프고 힘든 사람들을 보살피고 헌신하려고 그 직장을 선택하셨겠죠. 적당히 성적에 맞춰 진로를 결정하다 보니까 간호대학에 갔을 리는 없겠죠. 덕분에 적당한 존경도 받고 남자들의 호기심을 자극할 만한 직장을 다니고 있다는 생각을 하셨을 리가 절대로 없겠죠?"

"…정말 나쁜 사람이군요?"

"왜요? 제가 어차피 비어있을 병실을 지저분하게 사용하고 병원 규칙을 어기고 있어서요? 아니면 간호사의 직업을 모독해서요?"

"여기는 종합병원이에요. 오늘도 휠체어에 타고 퇴원한 환자가 넷이에요. 목발을 짚고 퇴원한 환자들은 몇이나 될 것 같아요? 누가 봐도 병실에서 더 진료를 받아야 할 환자도 움직일 수만 있다면 퇴원을 요청받아요. 스스로 퇴원을 원하는 환자들도 있지만, 병실이 모자라서 퇴원을 강요당하는 환자들로 넘쳐나요. 응급실은 어떨 거 같아요? 베드가 모자라서 대기하는 환자가 몇이나 될 것 같아요? 지금 차준호 씨가 누리는 호사가 어떤 건지 아세요?"

"그게 제 잘못입니까? 우린 자본주의 국가에 살고 있잖아요. 우리 회사가 이 VIP 병실을 유지하기 위해 얼마나 많은 돈을 지불하고, 그 돈으로 얼마나 많은 사람들을 살리고 있을지는 생각하지 못하시나요?"

"알아요. 알아서 더 끔찍해요. 많은 환자들이 옆 베드의 배변 냄새를 맡으며 또 서로를 불편하게 하지 않으려고 조심하는데, 누군 병실에서 여자와 뒹굴고 있잖아요. 그게 자본주의잖아요. 윤리나 도덕보다 많은 돈이 주는 혜택 말이에요. 부자라서 그렇게 좋아요?"

"아, 들켰나요?"

"호출 버튼을 누르셨더군요. 네 뭐, 실수로 그랬겠지요. 이런 병실에서 그러는 게 특별했을 테니까 이해는 해요. 다음에는 음악이라도 틀어 두세요."

"미안해요. 그럴 일이 이젠 없을 거예요. 그리고 제가 부자는 아니에요."

"아~ 그러세요? 이런 병실이 보험 처리된다는 얘긴 듣지 못했는데요."

"얘기가 길어요. 흠. 들어보실래요?"

"약 먹어요."

매번 그 마녀 같은 간호사가 찾아오는 건 아니었습니다. 다른 간호사 선생님들도 다녀가셨는데, 그분들은 저를 딱히 나무라지 않았어요. 그게 정상입니다. 이런 VIP 병실을 제멋대로 쓰는 환자가 저뿐은 아닐 거잖아요. 어차피 다시 만날 일도 없는데, 제게 그럴 필요가 없었습니다.

마녀 간호사가 한동안 보이질 않았습니다. 다른 간호사님들은 그냥 약을 두고 가는 편이었어요. 간혹 친절한 분들도 있었습니다만, 기계적인 친절이었어요. 나흘이나 지나고 나서야 마녀 간호사가 나타났습니다.

　보통은 노크를 하고 제가 대답이 없으면 그냥 들어오는 편인데, 들어오지 않기에 들어오라고 외쳤습니다. 이상하게도 마녀 간호사가 쭈뼛거리며 들어오더군요.

"왜 그러세요?"
"음악을 틀어 두셨잖아요."
"네? 아. 그랬네요. 아~ 그래서 들어오질 못하셨구나."

　그냥 음악을 틀어뒀던 건데, 전에 했던 얘기 때문에 들어오지 못한 모양입니다. 제가 여자랑 뒹굴고 있는 줄 알았나 봐요. 제가 음악을 끄려 하니까 마녀 간호사가 말했습니다.

"괜찮아요. 그냥 두세요. 노래가 있는 게 낫네요."
"아. 이 노래 알아요?"
"가수 박지윤 노래 아닌가요?"
"박지윤 누나를 알아요? 그럴 나이로 보이지는 않는데요?"
"…아빠가 좋아하는 가수에요."
"와우. 그렇군요. 그러고 보니 닮았네요?"
"네~ 많이 들었어요. 약 먹어요."
"오늘은 잔소리 안 해요? 저 지금 외출하려고 하는데?"

　병원에서 술을 마시는 건 눈치가 보여 나갔다 올 생각이었습니다. 이미 환자복을 벗고 사복을 꺼내 입은 상태였는데, 마녀 간호사가 제게 아무 잔소리를 안 하네요. 대신 이상한 말을 했습니다.

"전에는 미안했어요. 좋은 일 많이 하시는 분이라더군요. 하지만 재벌 2세라는 얘기는 저도 믿지 않아요. 뭔가 이상하잖아요? 밤의 정의를 수호하는 재벌 2세라니요. 그렇게 두들겨 맞은 것도 어떤 여자를 지키다가 그랬다는데 맞나요?"

"네? 아, 하하."

저에 대한 이상한 소문이 돌고 있다는 건 알고 있었습니다. 반죽음이 되어서 들어온 환자가 금방 회복해서는 밤마다 외출을 일삼고 미녀들이 들락거리니까, 이상한 소문이 돈다는 걸 알았어요. 아무리 그래도 제가 다크 나이트라니요. 간호사 선생님들의 상상력이 정말 대단한 모양입니다.

VIP 병실을 쓰는 환자들은 늙은 부자인 경우가 일반적인데, 제가 있으니까 다양한 시나리오들이 탄생한 것 같네요. 제가 다크 나이트가 되는 것도 좋겠지만, 세상에 그런 건 없잖아요. 솔직히 말하기로 했습니다.

"저 그런 사람 아니에요. 평범한 직장인입니다."

"네, 알았어요. 이제 시비 걸지 않을게요."

"진실을 알고 싶으세요?"

"알아요. 미녀 여자친구가 있다는 것도 비밀로 할게요."

"여자친구 아니에요. 어쩌면 다시는 볼 수 없을지도 모를 여자예요."

"혹시 그럼 그 여자를 구한 건가요?"

"네? 아니. 자길 구해줬다고 자 주러 병원까지 찾아오는 여자가 있답니까?"

"영화에서 봤어요."

이 아가씨가 대체 어떤 영화를 보고 다니는 건지 상상하기도 힘들었습니다. 마녀인 줄 알았는데 그냥 20대 중반의 귀여운 아가씨였네요. 중반이 맞는지도 모르겠습니다. 더 어릴지도 모르겠네요.

"선생님. 오늘 몇 시에 끝나요?"

"11시에 끝나요."

"그럼 밖에서 기다릴게요. 진실이 궁금하면 저랑 만나요."

"음. 병원에서 나가면 11시 반이 넘을 거예요."

"상관없어요. 저 시간 많아요."

호기심 가득한 간호사 선생님을 밖에서 만났습니다. 제 진실을 얘기해줘도 별로 믿지 못하더군요. 오히려 제가 다크 나이트라는 게 더 믿기겠답니다.

"아니 그런 인연들이 말이 돼요?"

"그러게요. 그래서 지금 치료받고 있잖아요."

"그러니까. 그냥 차 과장님이시라는 얘기잖아요? 평범한 바람둥이 회사원?"

"바람둥이라고 하실 것까지야…"

병원은 이제 곧 퇴원해야겠습니다. 회사에서 출근하라는 얘기가 나온 건 아니에요.

그녀가 야간 근무하는 날이었거든요. 새벽 3시쯤에 병실에 찾아왔어요. 걸리기 전에 병원을 퇴원해야겠습니다.

"헉헉. 조금만 천천히요. 저 아직 갈비뼈가."

"어머. 미안해요. 괜찮아요?"

"하나만 확인할게요. 혹시 우리 형 알아요?"

"네? 형이 있어요? 제가 어떻게 알아요?"

"모르죠?"

"이렇게 나이 차이 크게 나는 남자는 오빠가 처음이에요."

"됐어요! 그럼 이제 제가 위에서 할게요."

"갈비뼈는요?"

"괜찮을 것 같아요!"

사랑해요!

요

요즘 많이 바빴습니다.

아빠는 내가 정말 교직에 관심이 있다면, 재단인수를 검토하겠다고 했습니다. 엄마는 전망이 없어도 사회 환원에서의 목적이라면 나쁘지 않겠다고 했습니다만, 전 반대했어요.

"과소비에요."
"투자라고 생각할 수도 있지 않겠니."
"취미 생활쯤으로 보일 거예요. 아무리 깨끗하게 접근하더라도 문제가 될 수 있어요."
"경영에 참여하지만 않는다면 괜찮을 거다."
"여태 계속 그래왔기에 견제받지 않았겠지만, 손대는 곳이 많아지면 의심하는 사람도 많아질 거예요."
"그래. 그럼 네가 왜 여태 교사를 하고 있는지 설명해 봐라."
"딱히 하고 싶은 게 없었으니까요."
"그렇다면, 나도 딱히 하고 싶은 게 없다는 이유로 그럴 수 있겠구나."

학교에 사표를 냈습니다.
부모님의 요구로 교사를 그만두게 되었어요. 우리 부모가 제게 원하는 게 거의 없었지만, 그들이 원하는 걸 얻으려 할 때 어쩌는지 잘 아니까요. 위험을 감수할 정도로 교직에 미련이 남지도 않았습니다.

"한 선생. 그러지 말고 힘든 일이 있으면 휴직을 하는 게 어때?"

"아뇨. 그러면 더 힘들어질 것 같아요."

"내가 담임을 맡으라고 해서 그런 건 아니지?"

"학교에 작은 선물을 하고 싶어요."

"한수진 선생이 계속 있어주는 게 선물이야."

"편집실을 리모델링 해주고 싶어요. 조건은 제가 한 게 아니라, 졸업한 유성현과 민효정의 이름으로 기부하고 싶어요."

"꽤 큰돈이 들어갈 텐데, 어디 재벌한테 시집이라도 가?"

그런 건 우리 부모님이 원하지 않을걸요, 그러지 않더라도 집안의 부는 잘 유지될 거예요. 집안의 부는 어차피 외가에서 외가로 이어져오는 방식이라 제가 딱히 걱정할 필요는 없습니다. 되레 어중간한 재벌과 이어졌다가 귀찮고 위험한 일이 생길 수 있을 거예요.

이 집안의 부가 언제부터 이어져왔는지 가늠이 되지도 않아요. 대강 고려 말에서부터라고 추측하는 편인데, 딱히 집안의 내력을 공개할 생각은 없습니다. 조선 후기를 버티고 일제 강점기에는 광복군을 지원하면서 동시에 친일을 했던 것으로 보여요. 그 기나긴 시간 동안 절대로 남들의 입에 오르지 않아왔습니다.

필요에 의한 은닉이 가장 중요한 덕목이었습니다. 스스로를 잘 감출 줄 아는 게 집안의 내력이에요. 그런 집안이었으니, 최근 제가 벌인 일들은 조금 문제가 되었습니다.

교사는 그만두고 잠시 여행을 다녀오기로 했습니다. 아무도 나를 알아볼 수 없는 유럽으로 여행을 가기로 했어요. 비행기에 올라 구름 속에 나를 담기로 했습니다. 낯선 하늘과 만나기로 했어요.

"안녕하세요."

"네. 안녕하세요."

긴 여행의 잠에 빠지기 전에, 창밖에 구름이 스치는 모습을 잠시 바라볼 생각이었어요. 이 거대한 강철 덩어리가 나를 태우고 하늘에 오른다는 걸 느끼려는데, 옆자리의 남자가 말을 걸었습니다.

흔히 겪었던 일이니까. 무심히 인사하고 귀찮다는 티를 내면 됩니다. 약간 한숨을 내쉬고 다시 창밖으로 시선을 옮기면, 보통은 이해해주는 편입니다.

간혹 끈질긴 남자들이 있긴 했지만, 대개는 지금 이 남자처럼 포기해 줍니다.

비행기가 이제 지루한 구름 위를 날기 시작했어요. 저는 이제 의자에 몸을 담아 잠들 시간입니다. 깊은 잠을 자려 했어요.

"12시간 동안 잘 수 있어요?"
"…"

끈질긴 남자였나 봅니다. 이 비행기가 최소 12시간 이상 날아간다는 걸 알고 있으니, 시간은 충분하다고 생각한 모양이네요. 담요를 덮으려는 제게 다시 말을 걸었습니다. 이번엔 확실히 귀찮다는 의사 표현을 하기로 했어요. 대답 없이 물끄러미 그를 바라봤습니다.

잠시 멋쩍어하는 것 같았는데, 곧바로 웃어 보이며 다시 말했어요.

"영화 싫어하세요?"
"아니요."

부정의 의사를 전달하는 것이니까, 대답을 했습니다. 영화를 싫어하진 않지만, 당신이 귀찮게 하는 건 싫다는 의사 표현이었어요.

꽤 자신만만한 남자인 모양이네요. 내 대답이 이상하다는 표정이었거든요. 여자들을 상대로 별로 실패해 본 경험이 없나 봅니다. 제가 그에게 실패를 선물해줄 필요가 있겠다는 생각을 하는데, 그가 머릴 긁적이며 말했습니다.

"한국 영화는 싫어하시나 봐요?"
"아니요. 아."

그의 태도를 이해하게 되었습니다. 이 남자 영화배우였네요. 이 남자가 나온 영화도 몇 편이나 봤는데, 영화에서보다 많이 늙었네요.

이제야 제가 알아보는 것 같으니까, 그가 기쁜 표정이 되었다가 곧바로 다시 멋쩍어합니다. 그가 기죽기 전에 내가 먼저 얘기해줬어요.

"영화배우라는 걸 알아요."
"아, 알아봐 주셔서 감사합니다."
"영화배우가 먼저 말을 걸어줄 것이라는 생각을 평소에 하고 살긴 어렵잖아요."
"전혀 놀란 것 같진 않은데요."
"놀라운 인연들에 꽤 지쳤거든요."
"지쳐서 여행 가시는 건가요?"
"네."
"…아, 저도 비슷해요."
"네."

내가 당신에게 전혀 관심이 없다는 태도가 그를 실망시킨 모양이네요. 별 관심도 없어 보이는 잡지를 꺼내며 제게 좋은 여행 되시라고 했습니다.

저는 다시 고개를 돌리고 잠들기로 했어요. 그가 더 방해하진 않을 것 같았습니다. 중간에 별로 깨지도 않았습니다. 전 식사도 하지 않고 잠만 잤어요. 이렇게 길게 잠든 건 정말 오랜만이었습니다. 중간에 잠깐 깼을 때, 승무원이 제게 괜찮으냐고 물을 정도였어요.

도착할 때가 되었지만, 하늘은 여전히 똑같아 보였습니다. 멍하니 창밖을 바라보고 있는데, 아까 그 영화배우가 다시 말을 걸었어요.

"12시간을 잘 수 있군요?"
"…그러네요."
"배고프지 않아요?"
"괜찮아요."

이제야 그가 포기한 모양입니다. 비행기에서 내릴 때도 더 이상 내게 말을 걸지 않더군요. 혹시 누가 알아볼 수 있을지 몰라 그랬을지도 모릅니다. 어쨌든 잘 도착했네요.

낯선 풍경과 다른 공기가 나를 반겼습니다. 차 창밖 풍경을 멍하니 바라보며 호텔로 향했어요. 비행기에서 그렇게 오래 잤는데도 호텔에서 식사를 마치고 나니까, 다시 잠이 오더군요. 그날은 밤이 될 때까지 또 잤습니다.
깼을 때는 비가 내리고 있었습니다. 비 내리는 파리 시내의 야경을 바라보다 외투를 걸쳐 입고 우산을 받아 나왔어요. 택시를 타고 나서야 내가 불어를 못한다는 걸 떠올렸습니다만, 다행히 영어를 알아듣더군요.

유명하다는 식당에 들러 음식을 주문하는 일도 어렵지 않았습니다. 모두제게 친절했어요. 혼자냐고 몇 번이나 물어보는 남자들이 귀찮을 정도로 친절했습니다. 음식을 주문하고 기다리는 중에도 몇몇 남자들이 내게 말을 걸어왔어요.
딱히 말을 알아듣지 못해도 괜찮았습니다. 무표정한 얼굴로 바라보다 먼곳을 응시하며 무시해줬어요. 좋은 식당이라 그런지 다들 신사적으로 굴어야 한다는 게 불편해 보일 지경이었습니다.
이제 식사를 하려는데, 또 누군가 다가오더군요.

"괜찮아요?"

"아. 영화배우."

"제가 아니더라도 충분히 귀찮아 보이더군요."

"혼자 오셨나요?"

"네. 합석해도 괜찮을까요?"

"이미 합석하셨잖아요."

그가 웃으며 직원을 불러 와인을 주문했습니다. 그가 합석해준 게 나쁘지 않았어요. 대화가 어려운 외국인들보다 영화배우가 조금 낫겠네요. 내가 그를 무시하고 음식을 먹기 시작하니까 그가 말했어요.

"와인 마셔요?"

"여기 한국 사람들도 많이 오는 식당이라던데, 괜찮아요?"

"저야 당연히 괜찮아요. 그쪽은~ 아. 성함이?"

"한수진."

"네. 저는~."

"됐어요. 알아요. 20년 전에 오토바이 타고 달리던 모습은 멋졌어요. 당신 이름을 누가 모르겠어요."

"아까 비행기에서는 못 알아보시기에."

"설마 영화배우가 먼저 말을 걸 줄은 몰랐죠. 자주 이러시나요?"

"네? 아. 설마요. 이젠 저보다 제가 만나는 여성분이 불편해지잖아요. 조심해야죠. 이런 식으로 만나거나 하지는 않아요."

"저는 불편해져도 괜찮다는 건가요?"

"미안해요. 이러면 안 된다는 걸 아는데, 이미 저질러버렸네요. 이젠 차라리 우리가 자연스러운 게 나을 거예요. 그러는 게 나중에 한수진 씨도 편하실 거예요."

"그렇겠군요."

그의 시선이 향한 곳에 한국인으로 보이는 사람들이 있다는 걸 알았습니다. 제가 바보처럼 그쪽으로 고갤 돌리진 않았어요. 그에게 가볍게 고개를 끄덕여 보이니, 그가 만족한 듯 웃었습니다. 와인을 조금 마신 그가 다시 말했어요.

"도와줘서 고마워요."

"저를 위한 거예요."

"혹시나 해서 묻는 건데요. 결혼했나요? 초면에 무례한 질문 죄송해요. 제겐 좀 민감한 거라."

"결혼했거나 남자친구가 있냐고 묻는 게 아니군요?"

"유부녀이거나 애인이 있는데, 혼자 여기까지 올 사람으로 보이지는 않으니까요."

"그런데, 결혼했는지는 왜 물어보시죠?"

"아. 제 과거를 모르시는군요?"

"영화배우의 사생활에는 별로 관심이 없어요. 아. 제가 가수와 결혼했던 적은 없어요."

"아~ 그렇군요. 감사합니다. 제 20년 전 영화를 보셨어요? 그럴 나이로 보이지는 않는데요."

"그 영화를 본 건 아니에요. 오토바이를 타는 그 장면이 워낙 유명해서 보게 되었죠."

"그렇군요. 제가 먼저 이런 질문을 하는 편은 아닌데, 혹시 제 영화 중에 마음에 들었던 영화가 있나요?"

"《변견》?"

"네? 아~ 네. 그렇군요."

그는 전혀 톱스타답지 않았습니다. 일부러 그런 태도를 보이려고 노력했는지는 모르겠지만, 저를 대하는 방식이 연기라면 평소 연기를 훨씬 더 잘했어야 하는 게 맞겠네요. 나이에 비해 순수해 보이는 태도도 신기했습니다.

홍미롭다는 듯 나를 바라보는 눈빛은 어른스러운데, 입으로 꺼내는 말들은 순진한 옆집 청년 같았어요. 저보다 10살도 훨씬 많은 나이라는 게 믿기지 않을 정도로 편했습니다.

다른 사람들의 눈이 있으니까, 우리가 식당에 오래 머물진 못했어요. 적당히 와인을 마시고 각자의 호텔로 향했습니다. 내가 머무는 호텔을 물어봤어도 가르쳐줬을 것 같은데, 그는 내게 묻지 않았어요.

"수진 씨. 첩보영화 좋아해요?"
"별로 관심 없어요."
"내일 우리 루브르 박물관 앞에서 만날래요?"
"거기에서 우리가 만나자고요?"
"검은 모자에 검은 외투를 입고 있을게요."
"그 키에 그러고 거기 서 있으면 정말 눈에 안 띄겠네요."
"아마 전 꽤 구석진 곳이나 으슥한 곳에 있어야 할 거예요."
"저보고 찾으란 말이군요."
"재미있지 않을까요?"
"빨간 레인코트를 입은 저를 찾으세요."

그가 나를 찾는 건 어렵지 않았어요. 전혀 첩보영화 같지 않았습니다. 요즘엔 보기 힘든 멜로영화였어요.

우리 부모님이 싫어할 것이라는 게 마음에 들었습니다.

Lockdown

겨울의 흔적이 사라지고 있다.

거리의 성급한 몇몇 총각들은 벌써 반바지에 멋진 운동화를 뽐내기 시작했고, 지난주 봄 신상품 쇼핑을 마친 처녀들은 하늘거리는 치마를 입었다.

아직 일교차가 크다는 게 문제다. 도무지 어울리기 힘든 외투도 함께 어울려야 했다. 봄 치마에 겨울 스웨터를 걸치는 건 그래도 괜찮았다. 반바지에 점퍼를 걸친 친구들이나 샌들에 코트를 걸친 아가씨들이 거리에 다양성을 부여했다.

포근해지는 햇살과 차가운 바람이 어울려 겨울을 지우고 봄날을 가져온다. 길가에 개나리꽃이 피기 시작하고 목련꽃이 눈송이처럼 가지 사이에 맺히며 벚꽃이 피기 시작한다는 소식이 들려온다.

그럭저럭 설레는 마음과 상관없이 또 올해도 이만큼이나 왔다는 생각에 바빠지기도 하고, 지루한 일상에 어울릴만한 새로운 구상을 하며, 혹시라도 내게 찾아올지 모를 인연을 기대하기도 한다.

축복받은 봄날을 즐기는 사람들이 있다.

유성현에게는 매우 바쁜 아침이었다. 주거래 업체에서 신규유통업체와의 계약 전에 검토해야 할 독점계약확인서가 아직 도착하지 않았다. 물론 주거래 업체에서 독점결정을 반대할 경우와 찬성할 경우에 대한 모든 대비가 되어있긴 했지만, 어떤 결정이라도 나와야 유성현 측에서 일을 진행할 수 있었다.

곧 회신하겠다는 대답을 두 번쯤 들었는데, 거기에 대고 독촉을 할 수는 없는 노릇이었다. 주거래 업체를 압박할 수도 없고, 그런 기분이 들게 해서도 안 된다.

게다가 신상품의 품질에 꽤 곤란한 문제가 발생했다. 디자인 과정에서 발생한 문제라 제조과정에 앞선 모든 순서를 되짚어 이유를 찾아야 했다. 그뿐이 아니었다. 디자인팀의 팀장이 과도한 업무로 인해 쓰러져버렸다. 당장 대체할 책임자를 구할 수는 없더라도, 진행하던 일을 맡길 사람은 결정해야 했다.

유성현이 아침부터 땀을 뻘뻘 흘린 건, 일련의 업무적 과정들 때문은 아니었다. 아직은 작은 회사의 임원이라기보다는 책임자들과 정신없는 회의를 방금 끝냈기 때문도 아니다.

"아 혹! 바쁘다며?"
"응. 정말 바쁘니까 빨리할게요."
"미쳤어. 정말. 누구 오면 어쩌려고~."
"다들 바쁘다니까? 바쁜데 누가 오겠어?"

좁은 비품창고에서 유성현은, 그와 공동사업자인 김은진의 비서이자 매니저인 강보람의 속옷을 벗겼다. 유성현은 걷어 올리기 힘든 강보람의 보수적이고 깐깐한 치마가 마음에 들었다. 무릎 근처까지 오는 스커트를 강보람의 허리까지 말아 올린 유성현이 강보람을 엎드리게 했다.

회의를 진행하는 와중에 강보람이 서류를 건네기도 하고 자료화면을 여느라 자리에서 일어났었다. 그럴 때마다 유성현은 강보람의 치마에 가려진 엉덩이를 바라봤다. 무릎까지 내려오지만 타이트한 강보람의 스커트는 훌륭한 몸매를 강렬하게 드러냈다. 강보람이 매우 굉장한 가슴의 소유자라는 사실보다 당장에 보이는 저 커다란 골반과 엉덩이에서 눈을 뗄 수 없었다.

강보람의 타이트하고 긴 스커트에 불평할 수 없었다. 되레 그 긴 스커트를 걷어 올리는 과정이 전희가 되었고, 유성현은 회의 시간 내내 바라보던 강보람의 엉덩이를 파고들었다.

오래 걸리진 않았다. 강보람은 만족스러워 보이지 않았지만, 유성현은 그런 강보람의 태도가 더 마음에 들었다. 당장의 욕구보다 부끄러움과 불편함에 투덜거리는 강보람이 너무 귀여웠다. 다시 안아줄 시간이 없다는 게 괴로울 지경이었다.

옷매무새를 다듬는 강보람에게 유성현이 말했다.

"미안. 나머진 밤에 채워줄게요."
"뭐야. 반말했다 안 했다 그래? 그리고 우리 너무 이러는 거 좀 그렇잖아요."
"내가 보람 씨 어떻게 생각하는지 모르시는구나."
"어떻게 알아."
"그렇다면, 그게 더 미안하네요. 제가 보람 씨를 얼마나 좋아하는지 꼭 확인시켜 드릴게요."
"그러지 마요. 요즘 너무 자주 해서 좀 힘들어요."
"네? 아뇨! 그걸 말하는 게 아니라. 진짜 제 마음을 전할 거예요."

창고에서 더 오래 있긴 어려웠다. 유성현은 지금 당장 많은 얘기들을 해주고 싶었지만, 해결해야 할 많은 일거리들이 있다. 오늘밤 유성현은 강보람에게 고백을 할 생각이었다. 이미 사랑한다는 고백은 여러 번 해왔다. 오늘 밤 유성현은 강보람에게 결혼 생각을 물어보고 싶었다.

유성현이 먼저 창고에서 나왔다가 김은진과 마주쳤다. 김은진은 눈짓으로 창고 문을 가리켰고 유성현이 고개를 끄덕였다. 김은진은 창고 안의 강보람이 들으라는 듯 조금 큰 목소리로 말했다.

"유성현. 지금 당장 봐야 할 서류가 있으니까 나 좀 따라와!"

"네!"

김은진은 강보람이 창고에서 편히 나올 수 있도록 도와준 것이다. 일부러 유성현을 데리고 사무실로 향하며 말했다. 창고 안의 강보람은 두 사람이 멀어지고 있다는 걸 알 수 있었다.

사무실에 도착한 김은진이 유성현에게 말했다.

"나로서는 아쉬운 일이지만, 네게는 잘된 것 같네."

"미안해요."

"아니. 괜찮아. 공동대표가 사귀는 것보다 사내 연애가 차라리 낫겠지. 단지 네가 일에는 영향을 주지 않을 줄 알았는데, 이러는 건 조금 문제가 있지 않아?"

"주의할게요."

"나하고 이러지는 않았잖아? 보람 씨랑 얼마나 깊은 사이야?"

"결혼까지 생각하고 있어요."

"…그렇구나. 좋은 일이네."

"우리 사이의 일들은…"

"당연히 비밀이지. 나보다 네가 더 지켜줘야 할 일 아니겠니. 나도 괜찮은 남자 만나서 결혼도 해야 하지 않겠어?"

"죄송합니다."

"아니야. 난 괜찮은 남자를 만나서 결혼하겠다고 했잖아. 내 기준에 넌 그런 남자가 아니니까."

"다행인 건가요?"

"아쉬운 일이지. 아무튼 입조심하고, 충분히 괜찮은 거짓말들로 좋은 사람이 되도록 노력해봐. 보람 씨는 좋은 사람 같으니까. 사실. 나도 네게 괜찮은 여자가 될 수는 없잖아. 그건 그렇고 일을 좀 해라. 지금 상황이 많이 바쁘잖아? 디자인 쪽 일은 내가 해결할 테니까, 독점계약확인서를 어서 받아와."

유성현이 사무실을 나오다 돌아오는 강보람과 마주쳤다. 긴장해서 창백해진 강보람의 얼굴을 보니까 다시 안아주고 싶은 마음이 굴뚝같았지만, 뒤통수가 간질거려서 그럴 수 없었다. 그저 가볍게 인사하며 지나치려던 유성현이 결국 참지 못했다. 강보람의 손을 잡아당겨 입술에 키스했다. 강보람의 부끄러움이 입술로 전해지는 게 좋았다.

뒤에서 김은진의 목소리가 들렸다.

"강보람 씨. 일 좀 합시다. 오전 회의 정리되는 대로 제게 좀 주세요."
"네!"

강보람이 유성현을 째려보고 빠른 걸음으로 사무실에 들어갔다. 유성현은 기쁜 마음으로 회사를 나왔다. 바쁘고 정신없는 하루가 되겠지만, 어쩐지 모든 일들이 잘될 것 같았다. 차에 걸리는 시동 소리도 경쾌하게 들렸다. 햇살이 눈부셔 강보람이 사준 선글라스를 끼고 차를 출발했다.

주거래 업체의 주차장 입구에 도착했더니, 경비가 유성현을 경계하는 표정으로 바라봤다. 유성현이 한숨을 내쉬고 경비에게 말했다.

"누굴 두들겨 패러 온 게 아니에요. 일이 있어서 왔어요."
"키 맡기고 올라가세요. 누굴 패려면 회사 안에서 하세요. 경찰 출동하면 귀찮으니까."
"넵!"

유성현이 차를 주차하고 로비로 올라오다 한수진을 만났다. 서로를 발견한 유성현과 한수진은 한숨을 내쉬며 끈질긴 인연을 지겨워했다. 서로에게 쑥

쓸한 미소를 보내던 두 사람 중에 유성현이 먼저 인사했다.

"안녕하세요. 선생님."

"이제 선생님 아니야. 그만뒀어."

"아. 얘기 들었어요. 아니, 뉴스에서 봤어요. 외모만으로도 두 분 잘 어울리더군요."

"시끄러워."

"그런데 그분이랑은 나이 차이가 좀 나는 거 아닌가요?"

"시끄럽다고 했잖아. 여긴 웬일이야."

"조용히 하라니까. 여전히 선생님 같네요. 전 일이 있어서 왔어요. 선생님은요? 참. 주차장에서 못 봤는데, 택시 타고 왔어요?"

"난 그냥 정문에다 차를 두고 내려도 괜찮아. 나도 일이 있어서 왔어. 넌 무슨 일인데?"

"아~ 좀 복잡한 일인데, 저희가 진행하는 일에 필요한 서류가 있어서요. 빨리 좀 받았으면 좋겠는데, 좀 늦어지네요. 선생님은요?"

"이제 선생님 아니라고 했잖아. 난 여기 사장으로 취임해도 괜찮은 상황인지 살피러 왔어."

"아. 네. 사장님? 예? 아니 왜요?"

"돈 많고 늙은 영화배우와 결혼하려는 여자로 보이고 싶지 않아. 뭐 실제로 돈이 그렇게 많은 것 같지는 않지만."

유성현의 턱이 빠질 듯 튀어나왔다. 한수진은 그런 유성현을 무시하고 도착한 엘리베이터에 먼저 탔다. 여전히 입을 벌리고 있는 유성현의 모습에 한수진이 한숨을 내쉬고 손짓했다.

"안 타니."

"아. 네. 예. 뭐. 그분이 그 정도로 늙어 보이지는 않는데요."

"메이크업하지 않은 얼굴을 보면 생각이 달라질 거야."

"아니, 그보다 참. 여기 사장이 되시겠다고요? 뭐든 하고 싶으면 할 수 있는 건가요? 대통령이 되는 건 어때요. 선생님? 아니, 사장님?"

"귀찮을 것 같아."

"그렇군요? 와. 굉장하네요."

"난 11층으로 가는데, 넌 어디로 가니. 아직 층을 누르지도 않았잖아."

엘리베이터는 어느새 5층을 지나고 있었다. 그제야 유성현이 아직 담당자에게 전화도 걸지 않았다는 걸 떠올리고 전화를 걸려고 했다. 한수진이 이번엔 고개를 가로젓고는 말했다.

"됐어. 난 시간이 충분하니까. 내가 도와줄게. 무슨 서류데?"

"아. 선생님이 도와주신다니까 무서운데요. 선생님의 도움은 위험하잖아요."

"…종알거리는 건 여전하구나. 널 삼키지 않을 테니까 걱정 마."

"독점계약확인서인데요. 이미 서류는 준비되어 있을 텐데 무슨 이유에서인지 아직 저희에게 넘겨주질 않네요."

"흠. 차준호가 아직 네게 감정이 남아있는 모양이네."

"아. 그쪽을 차준호 과장이 담당하고 있나요? 제가 아는 담당자는 다른 사람인데요? 아~ 일부러? 그럼 그럴 만도 하네요."

"아니. 네 잘못은 아니야. 역시 내가 도와야 할 일이었나 보다. 따라와."

한수진이 11층을 취소하고 다른 층의 버튼을 눌렀다. 유성현은 한수진이 놀랍다는 눈빛으로 입까지 반쯤 벌리며 바라보고 있었다. 한수진은 그런 유성현을 발견하고 다시 한숨을 내쉬었다. 가볍게 입술을 깨문 한수진이 말했다.

"물어보고 싶은 게 있으면 물어봐."

"우주는 어떻게 탄생했어요?"

"…백여 개 원소면 만들 수 있어."

"아~ 역시 누군가 창조한 거군요?"

"시끄러워."

"선생님이 만들었어요?"

"…됐다. 여기에 문서보관소가 있으니까. 찾아서 복사해가면 돼."

"아무나 가능해요?"

"당연히 아니지. 나한테 출입증이 있으니까 내가 같이 가서 찾아줄게."

"고마워요."

한수진과 유성현이 문서보관소의 문 앞에 섰는데, 갑자기 건물이 흔들리는 느낌을 받았다.

"뭐죠?"

"지진인가?"

이번엔 조금 더 강한 진동이 왔다. 천장의 등이 깜박일 정도로 흔들거렸다. 유성현이 불안한 표정으로 천장을 바라보니, 한수진이 대수롭잖다는 듯 말했다.

"괜찮아. 이런 빌딩이 오히려 지진에 잘 견딜 수 있어."

"역시. 선생님이 저를 도운다니까 지진까지 일어나는군요?"

"시끄러워."

한수진이 출입증을 스캐너에 가져다 대서 문을 열었다. 한수진과 유성현이 입장하고 두 번째 문을 열려는데, 문이 닫히며 다시 진동이 왔다. 이번엔 훨씬 큰 진동이었다. 그와 동시에 알람이 울리기 시작하고 천장의 등들이 꺼져버렸다. 한수진과 유성현이 서 있기 힘들 정도의 진동이었다.

유성현이 한수진을 부축하며 물었다.

"대피 알람인가요?"
"아니야. 이건 도난 알람인데?"

곧이어 건물 내 안내방송이 나오기 시작했다.

[건물 내 중요 도난 발생. 도난 발생. 건물 내 모든 인원들은 현 위치를 지켜주십시오. 경찰이 도착할 때까지 모든 인원들은 보안요원들의 명령에 따라주서야 합니다. 지위를 막론하고 모두에게 적용됩니다. 현 위치를 지키십시오. 이건 훈련 상황이 아닙니다. 반복합니다. 건물 내 중요 도난 발생. 도난발생…]

한수진이 문서보관소의 문을 열려고 했지만, 문은 폐쇄되었다.

"아. 선생님의 도움을 받는 게 아니었는데."
"시끄러워."
"우리 갇힌 건가요?"
"아마도."

아침저녁으로는 아직 적당한 외투가 필요한 날씨겠지만, 송민아는 더 이상 두꺼운 외투를 걸치지 않았다. 매일매일 이 팀장을 만나는 송민아에게 추위는 이미 오래전 이야기였다.

"송민아 씨. 저 좀 잠깐 봐요."

"네. 팀장님."

겨우 넷이서 하는 팀원 회의였다. 오래 걸릴 이유가 없었고, 일의 목적과 필요에 대한 설명만으로 간단히 끝낼 회의다. 가끔은 일을 분담하는 걸로 마무리될 정도였는데, 회의가 길어졌다. 아직 막내인 송민아가 멍하니 이 팀장만 바라보고 있었다.

이 팀장은 몇 번이나 주의를 주려다 그만뒀다. 다른 팀원들도 이미 모두 눈치채고 있었지만, 곤란해하는 이 팀장의 표정 때문에 참고 있었다. 송민아는 그런 이 팀장의 표정 변화를 눈치채지 못할 정도로 사랑에 빠져버렸다.

"송민아 씨. 짧은 회의잖아요. 집중해야죠."

"아. 집중하고 있었는데."

"저 말고 회의요."

"아…"

"송민아 씨 수요일 밤에 시간 있어요?"

"네."

"우리 수요일에 만나요."

송민아가 정상 상태를 되찾았다. 이 팀장의 만나자는 약속은 송민아의 아주 작은 걱정을 지워줬다. 송민아가 이 팀장에게 꼭 듣고 싶었던 말은 아니더라도, 필요했던 이야기였다.

이 팀장과 송민아는 이미 세 번을 만났다. 첫 만남에서 손을 잡았던 이 팀장이었지만, 세 번을 만날 때까지 키스도 하지 않았다. 송민아는 이제 롤러코스터에서 손을 잡았던 일은 잊어야 할 것 같았다. 바람둥이인 이 팀장만의 여자를 다루는 방식일지도 모른다는 생각도 들었다. 기다리면 언젠가 때가 올 것을 알았는데, 송민아는 점점 기다리기 힘들어졌다.

분명히 여자를 잘 알고 있을 이 팀장이 자신을 가지고 노는 것일지도 모른다는 걱정도 했다. 어쩌면 너무 쉽게 접근이 가능했다는 생각에 벌써 질려버렸을지도 모른다고 생각했다. 송민아는 이 팀장이 자신을 어떻게 생각하고 있는지 너무 궁금해져버렸다.

사랑하면 사랑받기 어렵다는 걸 너무나도 잘 아는 송민아였기에, 이런 상황이 걱정되었다. 아직은 이 팀장을 사랑하고 있지 않다고 노력해봤자 소용없다는 게 불편했다.

제발 어장 속의 물고기가 된 게 아니길 바라며 수요일에 이 팀장을 만났다.

퇴근을 같이해도 괜찮겠지만, 송민아는 따로 퇴근해서 만나자고 했다. 다른 직원들이 눈치챌지도 모른다는 송민아의 말에, 이 팀장이 조금 웃어 보이는 것도 불편했다.

송민아는 하늘거리는 원피스를 골라 입었다. 가슴이 깊게 파이고 어깨가 드러나는 원피스를 입기엔 아직 저녁 바람이 쌀쌀했지만, 상관없었다. 가벼운 재킷을 걸치고 굽이 높은 구두를 골라 신었다.

이 팀장은 그런 송민아에게 예쁘다는 말 한마디를 하지 않았다. 이 팀장은 춥지 않으냐고 물었고, 송민아는 대답 대신 재킷을 벗어 의자에 걸쳤다. 드러난 송민아의 가슴골이나 어깨에 이 팀장의 시선이 아주 잠깐 시선이 스쳤을 뿐이다.

"민아 씨. 저 다음 주에 과장으로 진급해요."

"…축하해요."

"뭐 예상했던 일이긴 해도 좀 이르네요. 팀장이 대리라는 게 다들 불편했나 봐요."

"빠르면 빠를수록 더 좋은 일 아닌가요?"

"글쎄요. 제가 진급하면서 다른 대리가 팀원으로 들어올 거래요. 그래서 지금 팀원 중의 한 명이 다시 팀을 이동해야 해요. 아마도 송민아 씨가 될 거예요."

"그렇군요."

"차라리 잘된 일인지도 몰라요. 우리가 같은 팀에 있으면 아무래도 서로 불편해질 수도 있고 다른 직원들의 눈치도 보일 테니까요."

"그랬나요? 불편해하고 눈치를 본 건 저뿐인 줄 알았는데요."

"이미 우리가 사귀고 있다는 소문이 다 났어요."

"우리가 사귀는 게 맞나요?"

식사가 도착하는 바람에 대화가 끊겼다. 이 팀장은 잠시 고민하는 표정이었으나, 송민아는 아랑곳하지 않고 식사를 시작했다. 그런 송민아를 지켜보던 이 팀장이 자리에서 일어났다. 송민아는 그런 이 팀장을 무시하며 식사를 계속했고, 이 팀장은 송민아에게 다가가 어깨에 손을 올렸다.

그제야 송민아가 이 팀장을 올려다보니, 이 팀장이 송민아의 입술에 입을 맞췄다. 송민아는 이 팀장과 키스하며 입안의 스테이크 조각을 삼켰다.

자리로 돌아간 이 팀장이 묵묵히 식사를 시작했고, 송민아도 아무 일도 없었던 것처럼 식사를 계속했다. 주변의 사람들의 시선이 잠시 두 사람에게 머물렀으나, 곧 자신들의 이야기로 돌아갔다.

다시 시선들을 가져오는 데 오래 걸리지 않았다. 손이 떨렸던 송민아가 물컵을 들다가 떨어뜨렸고, 송민아의 원피스가 젖어버렸다. 종업원이 수건을 가져다주고 바닥을 치우는 동안 이 팀장이 송민아를 부드럽게 바라보고 있었다.

종업원이 떠나고 이 팀장이 송민아에게 뭔가 말하려 했지만, 송민아가 고개를 가로저었다. 이 팀장이 고개를 끄덕여주고 식사를 계속했다. 스테이크를 절반쯤 먹은 송민아가 손을 들어 종업원을 불렀다.

"와인 주세요. 아, 아니, 샴페인 주세요."

이 팀장이 미소 지었고 송민아도 웃었지만, 송민아의 미소는 꽤 곤란해 보였다. 송민아는 차마 밝게 미소 짓지 못하고 입술을 우물거려야 했다. 그런 송민아를 충분히 기다렸던 이 팀장이 샴페인이 도착하고 나서야 말했다.

"제가 너무 조심스러웠다는 걸 인정할게요. 지나쳤어요. 오히려 평소처럼 굴었어야 하는 게 맞겠다는 생각을 이제야 하게 되네요. 민아 씨. 불편했죠?"

송민아가 고개를 끄덕이니, 이 팀장이 미소 지으며 다시 말했다.

"복잡하게 굴려는 건 아니었어요. 단지 제가 민아 씨를 쉽게 대할까 봐 걱정되었어요. 진지해지고 싶었거든요. 사람의 마음을 가지려는 일인데 쉬워서는 안 되잖아요."
"이 팀장님."
"네."
"저 지금 숨 막혀 죽을 거 같아요."
"샴페인 마셔요."

이 팀장은 송민아의 과거를 한마디도 꺼내지 않으면서도, 과거 때문에 걱정하지 않아도 괜찮다는 얘기들을 할 수 있었다. 이 팀장이 많이 준비했다는 걸 송민아가 느낄 수 있을 정도였다.
그동안 서로 조심하느라 나누지 못했던 대화들이 길게 이어졌고, 송민아와 이 팀장 모두가 안심할 수 있는 시간을 얻었다.

식당을 나오며 이 팀장이 송민아의 손을 잡았다. 이 팀장의 집으로 향하는 내내 두 사람은 손을 놓지 않았고, 방에 들어가자마자 이 팀장이 송민아에게 키스했다.

송민아는 마치 이런 일을 처음 겪는 소녀처럼 부끄러워했다. 이 팀장이 송민아의 원피스를 벗길 때는 고개도 들지 못했다. 이 팀장은 그런 송민아의 입술에 다시 키스했고, 송민아가 이 팀장의 손에 침대에 눕혀져 말했다.

"왜 아직도 어색하죠?"
"저도 그래요."
"하지만 좋아요."
"그런데 민아 씨. 분위기 깨서 미안한데~ 저 지금 콘돔이 없어요."

이 팀장의 말에 송민아가 웃었다. 송민아는 이 팀장의 그 말이, 이제 바람둥이이길 그만뒀다는 얘기로 들려서 좋았다. 송민아가 미리 준비한 건 아니지만, 우연히 들어맞은 이 순간을 축복하는 선물을 하기로 했다.

송민아가 이 팀장의 시선을 부끄럽게 피하며 말했다.

"오늘 안전한 날이에요."
"…확인해야겠어요."
"어떻게요?"
"보면 알아요."

물론 말도 안 되는 얘기라는 걸 송민아가 모르진 않았다. 깊은 어떤 곳을 살필 수 있을 정도로 방 안이 밝지도 않았다. 이 팀장의 시선 대신 입술이 송민아의 가랑이 사이를 파고들었다. 송민아는 숨을 크게 들이켰다.

두 사람 모두에게 상당히 만족스러운 밤이었다. 영원히 서로를 탐해도 질리지 않을 것 같았다.

덕분에 송민아는 지각을 하게 되었다. 이 팀장은 간신히 지각을 면했지만, 송민아는 그런 원피스 차림으로 출근을 할 수는 없었다.

"송민아. 지각했네?"
"우리 최선을 다해서 마주치지 말자고 했잖아."

송민아가 로비에서 박해진을 마주쳤다. 무척 좋았던 밤을 보낸 다음 날 마주칠 수 있는 최악의 남자였다. 송민아는 박해진을 무시하고 지나치려 했지만, 박해진이 다시 송민아를 불러 세웠다.

"네가 지각하지 않았으면 마주치지 않았겠지. 혹시라도 너랑 마주칠까 봐! 난 이 시간에만 로비에 나오니까!"
"아~ 네. 지각해서 죄송합니다."
"…좋아 보여서 다행이다."
"…."

송민아는 박해진을 무시하며 엘리베이터에 탔다.

이 팀장이 일부러 송민아를 나무랐지만, 다른 팀원들은 아무도 그가 진심이라고 믿지 않았다. 송민아는 아침에 박해진을 만난 것 때문에 표정이 좋지 않았는데, 이 팀장은 그런 송민아가 삐친 줄 알고 달래주려 했다.

"민아 씨. 미안해요. 다른 팀원들이 보고 있으니까 저도 어쩔 수 없이…."
"아니요. 팀장님 때문이 아니에요."
"무슨 일 있어요?"
"음. 뭐~ 배가 고파서 그런 것 같아요. 팀장님은 뭐 좀 드셨어요?"

사실 이 팀장은 아침에 출근하자마자 구내식당에 내려가 간단히 식사했다. 이 팀장은 자기만 그렇게 배를 채운 게 미안해서, 송민아에게 뭐라도 먹고 오라고 했다. 지난밤 그렇게 서로의 체력을 소비했으니, 배가 고픈 게 당연했다.

이 회사는 효율적인 업무를 위해 구내식당을 상시 운영하고 있었다. 송민아는 간단히 자신의 업무만 확인하고 구내식당으로 내려갔다.

오전이라 한가한 구내식당에서 또 박해진을 만났다. 이번엔 박해진이 애써 송민아를 피하려 했지만, 송민아가 먼저 말했다.

"그럴 필요까진 없어. 오빠. 아침에 내가 그런 건 미안해."

"아니, 뭐 나도 잘한 건 없지."

"우리 어차피 자주 마주치게 될 건데, 그냥 서로 자연스럽게 지나치고 그러자."

"그래."

"내가 뭘 잘못한 것도 아닌데, 억지로 서로 피하고 다니고 그러는 건 너무 불편하잖아."

"그럼 난 뭘 잘못했냐?"

"하아, 됐어. 오빠. 일이나 봐."

"난 밥 먹으러 왔거든? 넌?"

"내가 식당에 뭘 하러 왔겠어? 유명인 관리팀장 쯤 되면 이 시간에 구내식당에서 밥도 먹나 봐?"

"아~ 그래서 넌 지각한 직원답게 아침은 구내식당에서 해결하냐? 난 점심시간에 바빠져서 미리 먹는 거다. 뭘 알기나 하냐?"

"그러시구나. 인기인이라 점심시간에 사람들이 사인이라도 해달라고 찾아오나 봐?"

"야. 점심시간에 사람들이 워낙 들락거리니까 그런 거잖아. 아니다 됐다. 내가 왜 너한테 이런 걸 설명하고 있냐. 밥이나 먹어라."

"난 저쪽 구석에서 먹을 테니까. 오빠는 반대쪽에서 먹어."

"나한테 이래라저래라 하지 마."

"오~ 관리팀장도 팀장이라 평직원이 뭐라 하는 건 듣기 싫다 이거지?"

"뭐?"

어차피 구내식당에는 송민아와 박해진밖에 없었다. 둘이 아무리 떨어져 앉아봤자 서로를 의식하지 않을 방법은 없었다. 결국 송민아가 숟가락을 놓고 먼저 자리에서 일어났다.

"아. 도저히 못 먹겠다. 많이 드시고 가세요."

"와. 진짜 송민아, 너."

박해진도 결국 숟가락을 놓고 일어나는데, 건물을 흔들리는 느낌이 들었다. 박해진이 식기를 놓칠 뻔했고, 송민아는 비틀거렸다.

"뭐야? 지진인가?"

이번엔 조금 더 큰 진동이 오며 송민아가 쓰러지려는 걸, 박해진이 붙잡아줬다. 송민아가 그런 박해진을 신경질적으로 뿌리치며 바로 서려는데, 천장에 등들이 꺼지고 보안 등이 켜졌다.

[건물 내 중요 도난 발생. 도난 발생. 건물 내 모든 인원들은 현 위치를 지켜주십시오. 경찰이 도착할 때까지 모든 인원들은 보안요원들의 명령에 따라주셔야 합니다. 지위를 막론하고 모두에게 적용됩니다. 현 위치를 지키십시오. 이건 훈련 상황이 아닙니다. 반복합니다. 건물 내 중요 도난 발생. 도난 발생…]

송민아가 한숨을 내쉬며 말했다.

"와 진짜. 내가 오늘 오빠를 만나서 별일을 다 당하는구나."
"시끄러워."

～∿∾～

"민효정 씨 커피 마시죠?"
"네."

박 부장이 직접 커피를 잔에 따랐다. 쪼르르 흐르는 커피 소리가 멈추고, 다시 또 쪼르르 흐르는 소리가 박 부장의 방안에 울렸다. 커피잔 두 개를 채운 박 부장이 쟁반을 들고 돌아섰다.

소파에 반듯이 앉아있던 민효정의 엉덩이가 들썩였지만, 박 부장은 고개를 가볍게 가로저어 가만히 있으라는 눈치를 줬다. 부장에게 커피를 대접받는 상황이 민효정에게는 몹시 불편하고 어려웠다.

천천히 소파를 돌아 걸어온 박 부장이 민효정에게 커피를 건네고 맞은편 소파에 앉았다. 박 부장이 커피잔을 들어 입으로 가져가니, 민효정도 커피잔을 입에 댔다. 박 부장이 커피잔을 내려놓으며 말했다.

"이런 자리가 불편하겠지만, 효정 씨도 이럴 수밖에 없다는 걸 이해하시죠?"
"아. 네…."
"그래요. 회사를 그만두고 뭘 할지는 계획했나요?"
"일단은 조금 쉬고 싶어요."
"동시에 인연의 굴레에서 벗어나고?"
"…네."

민효정이 고개를 숙여 커피잔을 바라보니, 박 부장은 그런 민효정을 부드럽게 바라봤다. 잠시 그렇게 침묵을 견디던 박 부장이 일어났다. 책상에서 민효정의 사표 봉투를 가져와 다시 앉은 박 부장이 말했다.

　"우리도 예상은 했던 일이긴 하지만, 그래도 서로 부담스러운 상황이라는 건 마찬가지겠지요. 물론 민효정 씨가 그러지는 않을 것이라는 걸 아는데, 회사는 가능한 모든 위험에 대비해야 하니까요."

　"괜찮아요. 아무 일도 없을 거예요."

　"알아요. 하지만 우리는 몇 가지 제안을 할 수 있어요. 물론 모든 제안은 회사에서 있었던 일들을 외부에 발설하지 않는다는 조건이 붙어요. 어쨌든 회사 내부에서 일어난 불미스러운 일이었으니, 새어나가면 문제가 될 수 있으니까요."

　"…그냥 직원들 사이에 개인적인 문제 아니었나요?"

　"혹시라도 소문이 난다면 우리는 그렇게 대답할 것입니다만, 아무 일도 없었던 것으로 덮고 싶은 겁니다. 여태 우리가 아무런 조치도 취하지 않았다면, 이미 모모 회사직원들 사이의 폭력 사태라는 이름으로 기사가 났을 수 있어요. 어쨌든 차 과장과 유성현 씨는 모두 관련된 인물들이니까요. 게다가 유성현 씨는 우리 거래처잖아요. 많은 사람들의 다양한 상상력을 자극할 수 있는 소재가 됩니다. 그런 걸 막으려고요."

　"그렇군요."

　"먼저 민효정 씨가 정말 쉴 생각이라면, 일 년 치의 연봉을 지급해줄 겁니다. 퇴직금이 아니에요. 민효정 씨는 지금부터 일 년 뒤까지 우리 회사직원으로 근무한 경력을 인정해 줄 수 있어요. 그 이후에 퇴직금도 계산해서 모두 지급해 드립니다. 혹시 민효정 씨가 다른 직장을 얻을 생각이라면, 저희가 줄 수 있는 최고의 추천서와 함께 적당한 회사를 소개해줄 것이고, 동시에 적절한 보상을 준비해 드릴 생각이에요. 어느 쪽을 선택한다고 해도 상관하지 않습니다."

"어느 쪽도 필요하지 않아요."

"…차 과장도 그럴 것이라고 예상하더군요. 하지만, 우리가 안심할 수 있도록 도와주는 일이 되기도 합니다. 민효정 씨가 아무것도 선택하지 않으면 우리가 불편해지거든요."

"왜죠?"

"사람의 마음이라는 게 항상 같지 않잖아요. 혹시라도 민효정 씨가 변심할지 모른다는 걱정으로 우리는 민효정을 뒷조사하게 될지도 몰라요. 그럼 역시 상당한 비용이 소모되겠지요. 하지만 저희가 드리는 혜택을 민효정 씨가 받는다면 우린 마음 편히 모든 걸 잊을 수 있습니다. 보상이라는 게 원래 그래요."

박 부장은 거짓말을 하고 있었다. 민효정이 보상을 받지 않더라도 뒷조사 따윈 하지 않아도 괜찮다는 것도 알고, 그럴 생각도 없었다. 이 사건은 이미 경찰과 경찰서에 상주하는 기자들을 입막음한 것으로 모두 끝났다. 민효정에게 정신과 상담을 지원하고 휴직 대신 정상 근무를 인정해준 것으로 보상은 충분했다.

민효정이 뭘 하지도 않겠지만, 뭘 해도 상관없는 상황이다. 그럼에도 민효정이 이런 보상을 받도록 강요하는 것은, 순전히 한수진이 원했기 때문이다.

박 부장이 다시 커피를 마시니, 민효정도 커피잔을 들어 입술로 가져갔다. 커피로 입술을 적신 민효정이 말했다.

"당장 선택해야 하나요?"

"아니죠. 충분히 고민해도 괜찮아요. 어차피 이 사표는 일 년 뒤에 수리되거나, 민효정 씨가 다른 직장에 출근하기 직전에 수리될 테니까요."

"감사합니다. 오늘 오후까지 선택할게요."

"아. 다음 주나 다음 달이 되어도 괜찮다는 말이었어요."

"아니요. 부탁 하나만 들어주시면 오후까지 선택할 수 있어요."

"말씀하세요. 민효정 씨."

"차 과장님 좀 불러주세요. 미안하다는 말을 하고 싶어요."

"괜찮을까요? 민효정 씨가 미안할 일이 있나요?"

"마음에 두고 살고 싶지 않아요."

"알았어요."

박 부장은 전화를 거는 대신 차준호에게 메시지를 보냈다. 곧이어 답장이 도착했고, 박 부장이 일어나며 말했다.

"차 과장이 곧 여기로 올 거예요. 제가 같이 있어 줄 필요는 없겠죠?"

"네."

"커피가 어디 있는지는 알겠죠? 혹시 술이 필요하다면, 제 책상 제일 아래 서랍에 위스키가 한 병 있어요. 아~ 제가 마시는 건 아니고, 그냥 가끔 필요 할 때가 있어서 준비해둔 거예요."

"아. 네."

"두 번째 서랍에는 전기충격기도 있어요."

"음~ 차 과장님에게 위스키를 먹이고 전기충격기로 고문하면 되는 건가 요?"

"농담도 하네요? 그건 고문이 아니죠. 위스키를 뿌리고 전기충격기로 고문 하는 거예요."

"참고할게요."

"이건 개인적인 이야기인데, 민효정 씨. 괜찮아 보여서 다행이에요."

"고맙습니다."

"우리끼리 하는 얘긴데, 민효정 씨. 혹시 남자친구가 생겼나요?"

"이미 알고 계시는 줄 알았는데요."

민효정의 말에 박 부장이 빙긋 웃었다. 민효정이 바보는 절대로 아니겠지만, 그냥 어린 여자애도 아니다. 민효정에게 상담을 지원해준 게 박 부장이었다. 민효정이 상담사의 친구와 만나고 있다는 사실을 모를 리 없었다.

박 부장은 또 실수를 범했다고 자책했지만, 민효정 앞에서 표정으로 드러내진 않았다. 나이가 들수록 어린 친구들을 자꾸 무시하게 되는 실수를 저질렀다. 돌이켜보면 성인이 되기 전부터 이미 사고의 능력은 완성된 것이나 마찬가지다. 단지 어린 친구들이 가진 정보가 부족할 뿐이라는 걸 자꾸 잊게 된다. 같은 정보를 갖고 있다면, 오히려 어린 친구들이 더 좋은 생각을 떠올리기도 한다. 다른 정보에 방해받을 일이 적으니 확률적으로 그럴 가능성이 더 크다.

자리에서 일어나던 박 부장이 뭔가 생각났다는 듯 말했다.

"위스키가 있는 서랍에는 콘돔도 있어요. 그건 제가 쓰는 게 맞아요. 젊은 친구들은 준비성이 부족한 편이니까."

이번엔 민효정이 대답하지 못하고 입만 반쯤 벌렸다. 여태 그냥 꼰대인 줄 알았던 박 부장의 말에 한 방 먹은 표정이었다. 박 부장은 마지막 반격에 스스로 만족했고, 민효정은 조금 더 존경하는 마음을 갖기로 했다.

박 부장이 문을 열고 나오려는데, 차준호가 문 앞에 노크하려는 자세로 서 있었다. 차준호는 박 부장에게 가볍게 목례하며 비켜섰고, 박 부장이 그런 차준호에게 고개를 가로저어 보이며 나왔다. 박 부장은 차준호의 등을 밀어 들어가게 하고 문을 닫았다.

민효정이 차준호에게 인사했다.

"차 과장님 커피 마시죠?"

"응."

좀 전에 박 부장이 그랬던 것처럼, 민효정도 천천히 커피잔에 커피를 따랐다. 역시 쪼르르 흐르는 소리가 박 부장의 방안에 울렸다. 차 과장이 소파에 앉으며 말했다.

"난 우리가 만나는 게 다음 달이나, 혹은 다음 주말. 아니면 최소한 오늘 저녁이 될 줄 알았어."

"바쁘신가요?"

"아니. 뭐 이제 복귀해서 딱히 중요한 일도 없어. 아직 내 팀도 없는데 뭐. 박 부장이 부르자마자 달려왔잖아."

"소문이 자자하던데요. 병원에서도 쉬지 않으셨다고."

"아. 효정 씨도 들었구나."

"대단하시네요."

"효정 씨는 선교사를 만나고 있다고?"

"역시 알고 계시는군요."

"그렇지 뭐. 아~ 커피보단 술이 필요한데 우리 나갈까?"

"낮술을 마시자고요?"

"뭐 어때. 우리가 뭘 하든 누가 뭐라겠어."

"박 부장님이 그래서 그랬군요."

"응?"

민효정이 커피를 두고 박 부장의 책상으로 걸음을 옮겼다. 차 과장은 그런 민효정을 의심스러운 표정으로 바라보고 있었다. 민효정이 박 부장의 제일 아래 서랍을 열면서 말했다.

"박 부장님이 여기 위스키가 있다고 했어요."

"응? 아니! 잠깐 열었어?"

"네? 왜요? 여기 정말 위스키 있는데요?"

"아니! 그러면 안 된다고! 그 서랍을 그냥 열면 안 돼!"

그 순간 천장의 등이 꺼졌다. 어차피 창밖이 밝아서 상관없었지만, 방범등이 들어왔다. 차 과장이 급하게 박 부장의 책상으로 달려와 말했다.

"아. 이 서랍에는 보안이 걸려 있단 말이야. 그냥 열면 도난 경보 울린다고 ~ 손잡이를 당기는 대신 밀어 넣었다가 열어야 해."

"아니. 잠겨있지도 않았는데요?"

"잠겨 있으면 도난 경보가 있다는 걸 알 수 있잖아. 누군가 몰래 열어보게 하려면 열려 있어야지!"

"그게 뭐예요?"

"도난 방지용이 아니라, 도둑 검거용이란 말이야! 아 됐고! 1분 안에 비밀번호 입력하지 않으면 건물 전체에 도난 알람 울린다고!"

"그럼 어서 입력해요!"

"아~ 번호가 뭐더라? 젠장! 기억이 안 나! 알았었는데!"

"박 부장님에게 전화해서 물어보면 되잖아요!"

"그런 건 빨리 말해야지! 아니 네가 어서 전화해 봐!"

"제가요?"

"에잇! 내가 할게!"

"아니. 박 부장님은 왜 내게 위스키가 있다는 말을 해준 거예요!"

"농담이었겠지! 아니! 내가 꺼낼 줄 알았겠지! 설마 효정 씨가 술을 꺼낼 줄 알았겠어?"

"전화나 빨리해요!"

"하고 있잖아! 말이나 시키지 마! 받아라. 받아라. 박 부장 뭐 하나?"

박 부장이 전화를 받자마자 차준호가 외치듯 말했다.

[비밀번호! 비밀번호 뭐예요! 책상 비밀번호요!]
[357*6969.]

차준호가 곧바로 비밀번호를 누르려는데, 건물이 흔들렸다. 민효정이 놀라며 말했다.

"뭐예요. 이것도 보안 시스템인가요?"
"건물이 흔들리는 게? 장난해?"

다시 차준호가 비밀번호를 누르려는데, 이번엔 건물이 더 크게 진동하는 바람에 비틀거려야 했다. 결국 1분이 다 지난 모양이다.

[건물 내 중요 도난 발생. 도난 발생. 건물 내 모든 인원들은 현 위치를 지켜주십시오. 경찰이 도착할 때까지 모든 인원들은 보안요원들의 명령에 따라주셔야 합니다. 지위를 막론하고 모두에게 적용됩니다. 현 위치를 지키십시오. 이건 훈련 상황이 아닙니다. 반복합니다. 건물 내 중요 도난 발생. 도난 발생…]

민효정이 바닥에 주저앉아 말했다.

"지진인가요?"
"효정 씨. 지금 그게 문제가 아닌 거 같다."

다시 진동이 왔다. 결국 차준호도 주저앉아야 했고, 민효정이 책상 밑으로 숨으며 말했다.

"지진인데요?"

～⁓〰🙖〰⁓～

인터폰이 신호는 가는데 아무도 받지 않았고, 지진 때문인지 휴대폰도 불통이었다. 유성현이 이미 힘으로 문을 열 수 없다는 걸 확인했지만, 한수진은 혹시라도 누군가 밖에서 듣길 바라며 문을 두드렸다. 한수진이 쾅쾅거리는 소릴 기다리던 유성현이 말했다.

"이제 그만해요."

"갇혔는데 딱히 할 일도 없잖아."

"기다리면 누군가 확인하러 올 거예요."

"그렇겠지. 우리가 여기 있다는 걸 한참 늦게 알게 될지도 모르지."

"설마 우리가 여기 갇혀서 무슨 일을 당할지도 모른다는 생각을 하시는 거예요?"

"그럴 가능성은 적겠지만, 너도 지진을 느꼈잖아. 밖에서 무슨 일이 일어나고 있는지 알 수 없으니까."

"천장의 등도 다시 들어왔고, 이런 건물이 내진 설계는 더 잘되어있다면서요. 우리가 어디 지하나 땅굴에 갇힌 게 아니잖아요."

"그럼 우리가 뭘 할 수 있을까? 좋은 생각이 있니?"

"왜 우리가 뭘 꼭 해야 한다고 생각하시죠? 그렇게 두드리면 손 아프지 않아요?"

"가만히 기다리자고?"

바닥에 주저앉아 있던 유성현이 일어나 인터폰을 들고 호출 버튼을 눌렀다. 좀 전처럼 신호만 가고 받는 사람은 없었다. 한수진이 한숨을 내쉬는 걸 보면서도 유성현은 계속 인터폰을 들고 기다렸다. 결국 누군가 받았다.

[네! 문서보관소입니까?]

[네. 지금 여기 갇혔는데, 좀 꺼내주세요.]

[아~ 네. 안내방송 듣지 못하셨나요? 지금 회사에 도난이 발생해서 모두 자릴 지켜 주셔야 합니다. 곧 꺼내드릴 테니 조금만 기다려주십시오.]

[좀 전에 지진이 있었던 것 같은데, 그건 괜찮은 건가요?]

[지진이요? 아! 네. 괜찮습니다. 안전한 곳에 계시길 바랍니다.]

[그럼 저기~.]

상당히 바쁜 모양인지, 유성현이 뭔가 다시 질문하기 전에 인터폰이 끊겼다. 유성현은 한수진을 바라보며 어깨를 으쓱였고, 한수진이 다가와 다시 인터폰을 들려고 했다. 유성현이 인터폰을 손으로 덮으며 말했다.

"기다리면 된다니까요."

"내가 말하면 바로 꺼내주러 올 거야."

"선생님도 들으셨잖아요. 바쁜 사람들을 괴롭혀야겠어요? 우리가 지금 저 사람들보다 중요할까요? 회사에 도난도 발생하고 지진도 일어났어요. 그냥 기다려줘요."

"…."

한수진이 벽에 등을 기대고 바닥에 앉으니까, 유성현도 같이 바닥에 주저 앉았다. 모르는 사람이 본다면, 한수진이 상당히 침착해 보일 수 있겠지만, 유성현은 한수진이 엄청 불안해하고 있다는 걸 느꼈다. 한수진은 머리까지 벽에 기대고 천장 모서리를 바라보며 눈꺼풀을 쉴 새 없이 깜박였다. 한수진에게 폐소 공포증이 있는 건 아닐지 걱정될 정도였지만, 그런 걸 물어보는 게 더 불안하게 할 수 있었다.

유성현은 말을 거는 대신 한수진의 손을 잡았다. 한수진이 자신의 손을 붙잡은 유성현의 손을 내려다보다 말했다.

"고마워."

"그분은 어떤 사람이에요?"

"누구? 아. 그 사람…"

"한 시대를 풍미한 슈퍼스타를 만나고 계신 거잖아요. 얘기 좀 해줘요."

"뭐. 그냥 좀 유명한 사람이지."

"모르는 사람이 더 적을 사람은 흔치 않잖아요."

"오스트리아에선 아무도 모르더라."

"호주 말고 유럽 오스트리아 말하시는 거죠?"

"응. 우리는 오스트리아에 갔어."

"와~ 거긴 어때요?"

"아름다운 곳이지."

지진 때문에 지하의 식당 문이 조금 뒤틀렸는지 열리질 않았다. 박해진이 몇 번 힘을 써봤지만 꿈쩍하지 않았고, 송민아가 힘을 더해도 소용없었다. 송민아가 의자에 앉으며 말했다.

"아니, 무슨 관리팀장이라는 사람이 무전기도 없어?"

"휴대폰이 있는데, 요즘 누가 그런 걸 가지고 다녀?"

"이제 그런 게 필요하다는 걸 알겠네."

"우리나라에서 지진이 날 걸 대비하고 다니라는 거냐?"

"오빠 항상 그런 식이었지. 뭐든 세상이 문제라는 거잖아. 오빠 책임은 하나도 없고?"

"너는 항상 내가 문제였지. 동거하다 걸려도 내가 문제였고, 이상한 놈이랑 결혼했던 것도 내가 문제였고 그렇지?"

"하. 참 나 진짜 어이가 없다. 아직도 오빠 잘못은 하나도 없다고 생각하는 거야?"

"그럼 넌 아직도 전부 내 탓이라는 거냐?"

"됐어. 이런 데 갇혀서 그런 얘기 하다가는 돌아버릴 거 같으니까. 그만하자."

"항상 이런 식이지. 넌 네 할 말만 하고 내 이야기는 듣고 싶지 않잖아. 항상 너만 힘들고 어렵고 고민이 있지."

"그만하자고 했어, 오빠."

박해진이 짜증을 못 참고 의자를 걷어차려는데, 식당의 인터폰이 울렸다. 정수기와 커다란 화분 사이에 인터폰이 있는 줄도 몰랐다. 박해진이 뛰어가 인터폰을 받았다.

[네~ 저 박 팀장인데요. 여기 식당인데, 문이 열리지 않네요. 네, 갇혔어요. 아. 그렇군요. 그럼 경찰은? 아~ 예. 되는 대로 내려와서 문 좀 확인해주세요. 뭔가 도구가 있어야 할 거 같아요. 네. 지진 때문에…. 네. 수고하세요.]

송민아가 박해진을 한심하다는 듯 바라보며 말했다.

"관리팀장이라는 사람이 식당에 인터폰이 있는 줄도 몰랐던 거야?"

"…그래 몰랐다. 식당에 인터폰이 있는 걸, 아는 사람이 몇이나 되겠냐?"

"다른 사람들은 몰라도 오빠는 알아야 했던 거 아니야? 이게 말이 돼? 우리가 여태 뭐 하고 있었는지 알아?"

"몰랐으니까! 몰랐으니까 그랬잖아. 알았다면 그랬겠어?"

"하아~ 진짜. 어이가 없다. 어쩜 그렇게 당당해?"

"미안해! 미안하다! 내가 인터폰이 있는 줄도 모르고 문을 두드려대고 너랑 있어서 미안해!"

"소리 지르지 마. 창피해!"

"너나 소리 지르지 마!"

주방에서 아주머니들과 영양사가 황당하다는 얼굴로 박해진과 송민아가 싸우는 모습을 지켜보고 있었다. 박해진은 허리에 손을 올리고 씩씩거리며 시선을 피했고, 송민아가 정수기에서 물을 따르며 말했다.

"그래도 관리팀장이 여기 있으니까 금방 찾으러 오겠네."
"아~ 그래도 나 때문에 괜찮은 일도 있어서 다행이다. 응?"
"물이나 마셔."

박해진이 송민아가 건넨 물을 받아 마셨고, 송민아는 자신이 마실 물을 따랐다. 그 순간 다시 인터폰이 울렸다. 박해진이 다시 인터폰을 받았다.

[네. 박해진입니다. 네? 아…. 네. 여긴 뭐 물도 있고 먹을 것도 있고 식당이니까요. 아…. 네. 오래 걸리나요? 아…. 그렇군요.]

이번엔 송민아뿐만이 아니라 주방 아주머니들과 영양사의 시선을 받고 있었다. 박해진이 조금 곤란해하며 송민아에게 말했지만, 지켜보는 모두에게 하는 말이었다.

"엘리베이터는 아직 점검 중이고, 식당으로 내려오는 계단의 방화문도 잠겨서 해체 중이라네. 도난 알람 때문에 여러 시스템이 꼬였나 봐. 지금 소방서랑 보안업체에서도 출발은 했는데, 알잖아, 지진 때문에…"
"그래서 얼마나 오래 걸린데?"
"그~ 상층부의 임원들도 몇몇이 갇혔나 봐. 거기부터 좀 해결해야…"
"알았어. 그건 오빠 잘못도 아니잖아."

주방 아주머니들과 영양사의 걱정스러운 눈빛을 발견한 송민아가 박해진을 위로하듯 말했다. 박해진은 송민아의 말에 용기를 내서 주방 아주머니들과 영양사에게 다시 설명했다. 가스를 사용할 수 없으니, 음식을 준비하기도 어려워진 주방 아주머니들과 영양사가 모두 식당으로 나와 의자에 앉았다.

그분들과 어울려 있기 불편했던 박해진과 송민아는 식당의 구석 자리로 가서 함께 앉았다.

마주 앉기는 했지만, 박해진과 송민아가 대화를 나누진 않았다. 여전히 휴대폰이 되질 않는다는 걸 다시 한 번 확인하고, 박해진이 천장을 노려봤다. 송민아는 그런 박해진을 바라보다 한숨을 내쉬었다. 두 사람이 그러고 있는데, 영양사가 다가와 커피를 마시겠냐고 했다.

"커피가 돼요?"
"…정수기가 있잖아요."

영양사가 커피를 가져다주고 나서야 송민아가 박해진을 놀리듯 말했다.

"커피가 돼요? 에휴~."
"시끄러워."
"오빠는 대체 어떻게 살고 있는 거야?"
"넌. 잘 지내는 것 같더라?"
"알아?"
"이 대리랑 만나는 거 아니야?"
"이제 이 과장이야."
"좋겠네."
"오빠는 만나는 사람 없어?"
"나야 뭐."
"있구나? 오빠가 그런 식으로 대답하는 건 항상 있다는 얘기지. 없으면 화를 내며 없다고 했겠지."

"에휴~ 그래 있다."

"누군데?"

"…수녀님."

차준호가 박 부장의 사무실에서는 뭘 해결할 수 없다는 걸 깨닫고 나오려 했지만, 보안직원이 차준호를 제지했다. 차준호가 설명해도 소용없었다.

"여기서 일어난 일이라니까요. 관리팀장을 불러오면 금방 해결할 수 있을 거예요. 아니 박 부장님이 오셔도 해결될 일이니까 나가게 해줘요."

"안 됩니다. 기다리세요. 지금 지진 때문에 시스템에 문제가 생겼습니다. 관리팀장님은 지하 식당에 갇힌 상태고요. 경찰이 올 때까지 조금만 기다려 주십시오. 규정상 아무도 현 위치를 떠날 수 없습니다."

"아니. 이 문제를 일으킨 사람이 나라니까요. 도난 알람이 나 때문에 울렸 다고요. 누구든 책임자를 여기로 불러주시면 다 해결될 일이라니까요? 관리 팀장이 아니더라도 누가 올 수 있을 거 아니에요. 여기만 해결하면 다 괜찮 아진다고요. 지진이 났잖아요. 그 문제도 해결해야 하지 않아요?"

"네. 지진 때문에 문제가 조금 복잡해졌습니다. 지금 두 개 팀에서 각 사무 실을 직접 스캔하며 이동 중이니 여기도 곧 도착할 겁니다. 그때까지만 좀 기다려 주십시오."

"두 개 팀? 이 회사에 사무실이 몇 갠데요? 진짜 말을 못 알아들으시네."

이제 슬슬 차준호가 짜증을 내려 했고, 차준호를 상대하던 보안직원도 화 를 참고 있는 것 같았다. 민효정이 차준호에게 다가와 고개를 가로저으며 말 했다.

"그냥 기다려요."

"그래야 하나?"

"그게 낫겠어요."

차준호가 문을 닫으니, 그제야 보안직원이 안심하며 이동했다. 민효정이 먼저 소파에 가서 앉았고, 차준호도 맞은편의 자리에 앉았다가 다시 일어나 며 말했다.

"오래 기다려야 할 것 같아. 진짜 술이 필요하겠어."
"좀 있다가 자초지종을 설명해야 할 텐데요."
"아. 그러네. 그럼 뭐 하지?"
"우리가 만난 이유가 있잖아요."
"그랬군."
"…좋아 보여서 다행이에요."
"효정 씨도."
"미안해요."
"효정 씨가 미안할 게 있나."
"차 과장님께 송민아에 대해서 그런 걸 요구하는 건 아니었어요."
"송민아도 비슷한 걸 요구했어. 평생 그런 일을 겪을 수나 있겠어? 괜찮아."
"저한테는 진심이었다는 걸 알았는데도 그랬어요. 그래서 미안해요."
"…나한테 조금은 마음이 있었군."
"거의 넘어갈 뻔했죠."
"아쉬운 일이야."
"그래도 결국 우린 아니었다는 걸 알았어요. 그래서 미안해요."
"…그래 나도 한수진 씨에게 들었어. 수진 씨는 어떻게 알았을까?"
"선생님은 제가 나온 학교를 아니까요. 그리고 한수진 선생님도 그를 아니 까요."
"…이 모든 일들이 우리 형 때문이었을까?"
"사람들 사이에는 무슨 일이든 생길 수 있으니까요."

"그냥 우리가 운이 없었던 건가?"
"미안해요."

민효정이 눈물을 보이진 않았다. 차준호가 눈물을 글썽였다.

～♈～

자신의 이야기를 하는 한수진이 신기했다. 유성현이 기억하는 한수진의 이미지와 어울리지 않았다. 자신의 이야기를 재잘재잘 떠드는 타입이 아니었는데, 한수진이 그분을 만나서 오스트리아로 여행을 다녔던 이야기들을 하고 있었다.

특별한 그녀만의 철학이 담긴 여행기라면 이해할 수도 있었겠지만, 한수진은 정말로 보통의 여자애들처럼 시시콜콜한 이야기들을 했다.

"가을 단풍에 겨울의 하얀 눈을 뿌려 봄에 가져다 놓은 것 같은 풍경이었어."

한수진은 감수성 풍부한 소녀처럼 표현했고, 유성현은 그런 한수진을 찬찬히 바라보며 듣고 있었다. 여전히 한수진과 유성현은 손을 잡고 있었지만, 서로가 그러고 있다는 걸 전혀 의식하지 못했다.

오스트리아 어느 도시의 거리 모습들과 벽돌의 색깔, 식당의 귀엽고 고풍스러운 간판들, 햇살이 내린 작은 광장의 풍경. 한수진이 말하는 것들은 마치 유성현이 보고 있는 것처럼 생생했다.

유성현이 한수진의 손을 조금 세게 쥐었고, 한수진이 천천히 돌아보며 말했다.

"지루하지?"
"아뇨. 선생님이 사랑에 빠질 수 있다는 게 신기해요."

"그런 것 같니."

"아닌가요."

"모르겠어."

한수진이 유성현에게서 슬며시 손을 뺐다. 유성현은 그런 한수진의 태도에 미소 지으며 물었다.

"선생님은 절 어떻게 생각하셨어요?"

"우리는…. 정치적인 관계였지."

"그렇군요."

"아. 이해가 돼?"

"아뇨. 전혀 모르겠다는 대답이었어요."

생글거리는 유성현을 바라보던 한수진이 무릎에 팔을 괴며 기댔다. 뭔가 생각한다는 듯 정면을 응시하던 한수진이 여전히 앞을 바라보며 말했다.

"사람들에게 왜 정치가 필요하다고 생각하니?"

"아. 별로 생각하지 못했던 분야네요. 다수의 의견을 모으려면 대표자가 필요하니까…. 아, 이건 그냥 민주주의 얘기네요. 나라를 다스리기 위해서? 사회질서를 위해?"

"다 맞아. 관계들을 정리해 줄 필요가 있으니까. 서로가 합리적이라고 생각할 수 있는 최선의 선택을 도모하려면 정치가 필요한 거야."

"우리가 왜 정치적인 관계였죠?"

"네게 송민아와 민효정이 있었지. 내게는 네가 모를 다른 남자들이 있었어. 넌 송민아와 민효정 사이에서 합리적인 선택을 갈등했고, 나도 다른 남자들 사이에서의 합리적인 선택이 필요했지. 그래서 우린 정치적인 관계였다는 거야."

"제가 민아랑 효정이 사이에서 갈등하느라 선생님을 만났다고 해도, 그게 왜 정치적인 관계가 되나요. 선생님과 저 사이에 어떤 합리적인 선택이 필요했을까요?"

"인간관계는 모두 작은 정치야. 호감을 얻으려는 과정에서 의도와 다르게 미움을 받기도 하고, 거짓말을 하게 되고, 저지른 잘못을 해결하려 노력하는 모든 일이 정치와 같아. 네가 민아에게 호감을 얻으려는 과정에서 미움을 받고, 효정이가 네게 마음을 보이려다 잘못을 저지르고, 내가 문제를 해결하려던 모든 노력이 정치였어. 난 너흴 다스리려 했던 것 같아."

"절 통치하려 했군요."

"그랬던 모양이야. 사람들을 통치받는다고 말하는 걸 좋아하지 않으면서도 항상 지도자를 원하지. 누군가 나서주길 기다리고 또 따르기 마련이야. 하지만 모든 통치자가 성공하진 못하잖아."

"실패가 훨씬 많겠죠."

"꼭 실패라고 말하긴 어려운 일이야. 세상의 모든 독재자가 실패했다고 말할 수 없고, 합리적이었던 정치인들이 성공하긴 더 어려운 게 정치니까."

"우리는 모두 성공하고 있다고 말할 수도 있지 않을까요. 실패를 반면교사 삼을 수 있다면 말이에요."

"그럴까. 역사가 반복되고, 실패한 사랑은 반복해서 실패한다는 걸 생각한다면 말이야. 모두가 생각하는 올바른 정치가 실패하고, 순수하고 진정한 사랑이 실패하잖아. 왜 그럴까?"

"선생님이 절 통치하는 일에 실패했다는 얘긴가요?"

"아니야. 내가 너를 다스리려 했다는 건, 정치적인 인간관계가 되었다는 얘기지 너를 정말 통치하려고 했다는 말이 아니야. 우리는 순수하게 서로를 원해서 가까워졌다고 보기 어렵잖아. 서로의 필요 때문에 선택되었다는 얘기지. 마치 정치처럼 말이야."

"윤리와 도덕 위에 군림하려는 정치처럼 말이죠?"

"선과 악을 상관하지 않는 정치처럼 말이지."

"사실 지금 제가 잘 이해하고 있지 못하면서 대화하고 있다는 걸 인정해야 겠어요. 그러니까 선생님과 저의 관계는 순수하지도 윤리적이지도 못했다는 얘기가 맞나요? 선생님뿐만 아니라 저도 그랬다는 얘기고요?"

"그래. 우린 정치적 올바름을 지키지 못했다는 얘기야."

"정치처럼 필요했다는 얘기도 되겠네요."

"옳고 그름을 판단할 수 없다는 얘기지."

"쓰레기네."

"난 네게 항상 그랬지."

"수녀님을 구한 게 아니었네?"

"신께서 그녀까지 가질 이유가 있을까?"

박해진이 자신이 구한 수녀와 만나고 있다는 사실에 송민아가 경악했다. 경멸스럽다는 눈빛으로 박해진을 바라보기 시작했고, 박해진은 그런 송민아 의 눈빛을 견디다 못해 말했다.

"나 때문에 수녀가 되기로 결심했던 여자였어."

"더 쓰레기네."

"하나님이 그녀를 내게 돌려 보내기로 결정하신 모양이지."

"나도 가끔 신이라는 존재가 악마와 별반 다르지 않다는 생각은 하고 있었어."

"…내 잘못을 뉘우칠 기회를 주신 거지."

"그럼 평생 내 노예가 된다든가 송민아를 위해 평생 봉사한다든가 그래야 하는 거 아니야?"

"그럼 좋겠냐? 응? 만족하겠어? 말이 되는 얘기를 좀 해라. 넌 지금도 내가 끔찍하다며"

"알 수 없는 일이야. 왜 세상은 잘못에 대한 대가를 제멋대로 정하는 거지? 피해자를 구제할 구체적인 보상이 우선되어야 하는 거 아니야?"

"누가 그걸 정해줄 수 있는데? 네가 결정하면 세상이 따라야 할까?"

"오빠. 내가 오빠에게 바란 게 뭐였는지 전혀 떠올리지 못하는 거야? 내 앞에 나타나지 말라고 했잖아. 그게 그렇게 어려운 일이었어? 내가 그걸 세상에 요구했어?"

"그래. 그럼 딱 하나만 물어보자. 너 왜 유성현과 동거했냐?"

"그게 지금 할 말이야?"

"네가 그토록 당당하니까. 꺼내는 말이야. 여전히 아무런 죄책감이 없는지 궁금하다. 남자친구가 있는 여자애가 남자친구가 군대 간 사이에 남자애와 동거했던 일이 아무런 잘못도 없다는 거야?"

"내가 말했잖아. 우린 그런⋯."

"정말 아무 일도 없었어? 그게 거짓말이라면 당장 지옥에 떨어져 죽는다고 해도? 아니, 아무런 감정도 없었어? 평생을 알아온 남자애와 한 방에 사는 일이?"

"진짜 수녀랑 만나고 있나 보네."

"비겁해 송민아. 난 그때 정말 너 사랑했어."

"그럼! 내 말을 믿어줬어야지! 내가 뭘 하든 믿고 기다려줬어야지! 내가 뭘 어째야 했는데! 내가 그걸 몰랐는지 알아? 나도 알았어! 그래서 내가 얼마나 힘들었는지 알아?"

"내가 널 사랑한 게 죄냐?"

식당에 모여 있던 주방 아주머니들과 영양사가 흥미진진하다는 얼굴들로 송민아와 박해진을 지켜보고 있었다. 그들은 좀 전에 있었던 지진과 식당에 갇혔다는 걱정은 모두 잊은 것 같았다. 뒤늦게 시선들을 느낀 송민아가 식탁에 고갤 처박았고, 박해진이 신경질적으로 일어나 정수기에서 물을 떠 마셨다.

여태 심상찮은 상황을 함께 즐기던 영양사가 나서서 주방 아주머니들을 이끌었다. 아주머니들은 아쉬움에 투덜거리면서도 영양사를 따라 주방으로 들어갔다. 물론 그들이 송민아와 박해진의 프라이버시를 보호해주려고 그런 건 아니다. 좀 더 편히 엿듣기 좋은 환경을 만들고 싶었다.

주방의 적당한 위치에 숨어있던 그들은, 박해진의 목소리가 다시 들리자 침묵으로 환호했다.

"사랑은 내가 하는 거잖아. 내가 널 사랑한 거잖아. 원래 사랑은 이기적인 거잖아. 넌 날 사랑하긴 했냐?"

"난…. 말하고 싶지 않아."

숨은 관객들이 실망했다.

＊＊＊

자리에서 일어난 차준호가 박 부장의 술병을 만지작거리다 내려놓았다. 민효정은 여전히 소파에 앉아 있었고, 차준호는 그런 민효정을 바라보다 다시 맞은편 소파에 앉아 말했다.

"선교사를 만나고 있다며? 회사를 그만두면 같이 선교활동이라도 떠날 생각이야?"

"아마도 그럴 것 같아요."

"신앙을 가지게 된 거야?"

"아직 확신은 없어요. 하지만 그에 대한 확신이 들어요."

"나에 대해선 확신이 들지 않았었나?"

"차 과장님은…. 매력적인 사람이에요."

"왜?"

"제가 좋아했으니까요."

"왜? 익숙함 때문에? 내게 익숙한 느낌이 있었어?"

"그렇게 말하지 마요. 저도 떠올리고 싶지 않은 기억이에요."

"그래. 그래서 난 신을 믿지 않아. 아니, 신이 있더라도 우릴 사랑한다는 건 믿지 않아. 신은 우릴 괴롭히고 가지고 노는 걸로 쾌감을 느끼는 존재일 거야."

"…차 과장님은 지금 만나는 분을 사랑하잖아요. 어떻게 그럴 수 있을까요?"

"그게 신의 축복이라는 거야? 신이 우릴 사랑해서 내가 그녀를 사랑한다는 거야? 장난해? 그럼 신은 우리 형을 세상에 내보내지 말았어야 해!"

"지금의 그녀를 위해서 이 모든 일이 있을 수도 있었겠죠."

"하. 민효정. 선교사에게 제대로 세뇌되었구나? 지금 이 순간에도 신의 이름으로 얼마나 많은 사람들이 서로 총질을 하는지 알아? 신의 존재를 고민하기도 어려운 수많은 아이들이 죽는 건 어때? 멀리 갈 것도 없잖아? 그 배에는 신을 믿는 아이가 아무도 없었나?"

"제게 아직 신앙의 확신이 없는 이유 중에 하나기도 해요. 하지만 그런 모든 일들이 우리가 가진 자유의지에 대가라는 생각은 해요."

"그놈의 자유의지! 그러면서 신을 사랑하래! 자유롭게 서로를 죽일 권한을 줬으면 대가를 치르게도 해야 할 거 아니야! 우리 형은 멀쩡히 잘살고 있다고! 아니 독재자들이 평균 수명보다 오래 사는 건 알아?"

"우리가 살고 있는 시간이 세상 전부가 아닐 수도 있겠죠. 제가 차 과장님과 이런 대화를 더 나누기는 어려워요. 저도 차 과장님이 의심하는 것들을 여전히 의심하고 있으니까요. 저도 이미 알고 있는 사실로 저를 괴롭히지 마세요."

"민효정 씨 같은 사람이 신앙을 갖게 될지도 모른다니까 하는 얘기야."

"그런데도 차 과장님이 다시 사랑하고 있다니까 하는 말이에요."

"…내가 지금 사랑하는 게 신의 축복이라면, 나를 조금 더 신경 써줘야 할 거야."

"하나님이 대가를 바라고 대가를 치르게 하지는 않을 것 같아요. 그랬다면 우리가 더 끔찍해지지 않을까요. 차 과장님은 신을 상대로 그렇게 당당할 수 있는 삶을 살아왔나요?"

"신이 우릴 사랑한다니까 하는 소리야."

"다행이라고 생각해요."

"…우리가 왜 이런 대화를 나누는 거지?"

"사랑했으니까요."

차준호는 쓸쓸하게 웃었지만, 민효정은 웃지 못했다.

한수진은 자존심이 상했고, 유성현은 죄책감을 덜었다.

유성현에게 한수진은 여신 같았다. 애써 비교하지 않으려 노력했지만, 한수진에게 수도 없이 송민아에 대한 이야기들을 꺼냈다. 누구에게도 드러내지 않았던 송민아에 대한 마음을, 한수진에게만큼은 꺼내어 이야기했다. 여신과 비교했다.

한수진 덕분에, 이미 남자친구가 있는 송민아에게 쓸 마음을 덜어냈다. 한수진 같은 여자와 대화할 수 있다는 것만으로도 위로가 되었고, 스스로의 바보 같은 마음을 납득할 수 있었으며, 아무것도 선택하지 못한 현실에 후회하지 않았다.

유성현이 성인이 되고 맞이한 첫 봄날의 첫 경험이 한수진이었다. 그건 망상이나 꿈이 아니라 분명한 사실이었다. 도무지 현실이 될 리 없었던 복권에 당첨된다든가, 천사의 강림을 마주한다든가, 하늘을 나는 초인이 되는 것과 달랐다.

상상만 했던 일이 현실 되었을 때, 유성현은 한수진을 갖고 싶었다.

그럴 수 없다는 사실을 깨닫는데 그리 오래 걸리지 않았다. 유성현은 한수진으로밖에 채울 수 없는 마음의 구멍을 내버려 두지 못했고, 결국 아무것도 선택하지 못한 현실들을 후회하기 시작했다.

유성현은 송민아와 민효정을 그런 식으로 대한 걸, 한수진을 탓했다. 한수진이 아니었다면 자신이 그런 선택을 하지 않았으리라 생각했다. 그런데도 기회가 있으면 또 한수진과 이어질 수 있다는 현실에 만족했다.

결국 유성현에게 한수진은 절대로 사랑할 수 없는 사람이었는데, 그런 한수진이 자신과 만남이 정치적인 관계였다고 했다.

"선생님과 저는 목적과 수단이 뒤바뀐 관계였겠네요."
"세상의 많은 정치인들과 비슷하지."
"단순히 섹스 파트너라고 부르는 것보단 낫네요."
"그렇게 말하는 건 너무 가혹하잖아."

유성현은 죄책감을 덜었지만, 한수진은 자존심이 상했다.

아무리 아니었다고 말해봤자, 한수진은 유성현을 사랑했다. 누군가 물어봐 줄 사람도 없겠고 한수진의 태도를 지켜본 사람도 없겠지만, 한수진은 스스로에게 유성현을 사랑했다고 설명할 수밖에 없었다. 사랑이 아니었다면 아무것도 설명하지 못한다.

차준호로 겪은 상처를 아물게 해준 것도 유성현이었고, 학생 주임과 계속 어울리게 한 것도 유성현이었으며, 송민아와 민효정을 견제하게 한 것도 유성현이었다. 그 수많은 욕구불만의 이유가 유성현이었는데 그걸 말해줄 수는 없었다.

유성현 때문에 그렇게 계속 나이 많은 남자들을 만났다.

후회 대신 스스로를 용납할 만한 이유를 애써 만들어 냈는데, 유성현이 만족한다는 사실에 자존심이 상했다. 유성현이 단 한마디라도 그게 아니었다고 말해줬더라면 좋겠다는 게 더 자존심 상했고, 우리가 사랑했더라면 어땠을지 지금도 궁금하다는 게 마음 아팠다.

"우리가 사랑은 하지 않았더라도 그렇게 말하는 건 가혹해."

"사랑이 그렇게 어려웠을까요."

"우리라면 충분히 그랬잖아."

"다행이에요. 선생님이 이제라도 그분을 만나서."

"넌 지금 강보람을 만나고 있다며?"

"대체 선생님이 모르는 건 뭐예요?"

"나를 잘 모르겠는데"

한수진은 너를 잘 모르겠다는 대답을 하려다 마음을 바꿨다. 어쨌든 사실이었고, 솔직한 대답이라 후련했다. 한수진이 고갤 돌려 유성현을 바라보니, 유성현이 알 수 없는 눈빛으로 자신을 바라보고 있었다.

유성현은 항상 어른스러웠던 한수진이 오늘따라 소녀처럼 보인다는 사실에 마음이 아렸다. 그런 한수진이 자신을 돌아보자 어쩐지 마음에 울컥한 기분이 들었다. 바로 곁에 있는 한수진이 매우 멀리 있는 것처럼 보였다. 유성현이 아쉬움에 애써 웃어 보였고, 한수진은 쏩쓸한 미소를 피해 유성현의 어깨에 기댔다.

"마지막으로…"

"그래 마지막으로."

"사랑했었지."

"…다행이네."

"오빠를 사랑했으니까 만났지. 당연한 거잖아. 그렇게 바람을 피우는 남자를 사랑하지도 않으면서 다시 만날 수 있었겠어?"

"미안해."

"됐어, 이제 와서 할 말이 아니야."

사실, 더 미안한 건 송민아였고, 박해진은 후회하고 있었다.

송민아는 그날의 일들을 모두 생생히 기억했다. 그토록 여러 번 헤어지길 반복했던 박해진이 평생 내 곁에 있을지도 모르겠다는 생각이 처음으로 들었던 날이었다. 군대 가기 직전의 박해진은 전에 알던 박해진과 달라져 있었다.

어쩌면 이런 박해진이라면 믿을 수 있겠다고 생각했다. 언제 다시 헤어질지 모를 박해진이 아니었다. 박해진과 함께할 현실적인 미래들을 떠올리게 되면서, 마음에 남은 유성현의 흔적이 드러났다.

여러모로 곤란했던 상황들이나 유성현이 처했던 문제들에 대한 연민이 아니었다. 그런 건 모두 핑계라는 걸 송민아 스스로 알고 있었다. 평생을 함께해야 할지도 모를 남자를 선택하기에 앞서 생긴 갈등이었다. 그렇게 한 남자의 여자가 될지도 모른다는 불안이었다.

그 모든 감정의 이유들을 박해진의 탓으로 돌린 게 미안했다.

"오빠. 우리가 처음 헤어졌을 때 기억나?"

"그런 걸 지금 얘기하고 싶냐?"

"그때 말이야. 다른 보통의 연인들처럼 그냥 헤어졌더라면 어땠을까?"

"…그냥 끝났겠지"

"아니. 곧바로 다시 만나는 게 아니라 이만큼의 시간이 지나서 우리가 다시 만났다면 말이야. 난 나쁘지 않았을 것 같아."

"그냥 오래된 추억처럼 느껴졌겠지 뭐."

"오빠도 나를 계속 다시 만나온 게 후회되지?"

박해진은 계속 헤어지게 되었던 모든 일들을 후회했고, 송민아는 박해진에게 그런 질문을 했다는 게 또 미안했다. 송민아는 아직도 모든 걸 박해진의 탓으로 돌리고 싶었다.

식탁에 팔을 괴고 기댄 박해진이 송민아를 물끄러미 바라봤다. 송민아는 그런 박해진의 눈을 마주 보다 시선을 돌리며 다시 말했다.

"오빠가 날 얼마나 좋아했는지는 알아."

"너도 날 좋아했잖아. 좋았던 날들은 없었냐?"

박해진도 세상의 많은 남자들처럼, 그녀 같은 여자를 다시 만날 수 없다는 것을 알았다. 세상의 모든 남자들이 후회하는 것처럼, 송민아와 있었던 모든 순간들을 아쉬워했다. 다시는 되돌릴 수 없는 그 시간들을 후회했다. 한순간도 놓치지 말아야 했을 그 시간들을 낭비했던 걸 후회했다.

단 한순간이라도 송민아가 행복했던 시간이 있길 바랐다.

"그런 걸 기억해서 뭐 해?"

"하긴 그러네. 이 마당에 그런 걸 기억한다는 게 웃기지."

"…내 방에서 처음으로 키스했던 날."

"나도 그 순간은…"

"내 방이었잖아. 그러니 잊을 수 없지. 내 방에 들어갈 때마다 오빠가 있는 것 같았으니까. 침대에 앉아 있으면 오빠랑 키스하던 게 떠올랐거든."

"우리 그땐 참 순수했지."

"그 순수함이 별로 오래 가진 못했지?"

"그랬지?"

빅해진이 바보처럼 웃으니, 송민아가 지겹다는 미소를 지으며 말했다.

"순수한 걸 싫어하는 줄 알았는데, 수녀님은 어떻게 꼬신 거야?"

"넌 순수한 걸 좋아해서 유명한 바람둥이를 만나냐?"

"인정하고 싶진 않지만, 난 계속 오빠 같은 사람들을 만나는 것 같아."

"그럼 또 헤어질 계획이야?"

"이별하면 행복해지겠어? 그런 걸 미리 생각하고 누굴 만나?"

"이번엔 잘됐으면 좋겠다."

"그래… 오빠는 나하고 언제가 제일 좋았어?"

"나는 너랑 있었던 모든 시간이 좋았던 것 같아. 정말 그랬어."

"그랬겠지. 만나면 하기만 했으니, 하는 게 좋았다는 얘기잖아. 지겨워."

다시 박해진이 바보처럼 웃었다. 송민아는 넌더리가 난다는 표정을 지어 보였지만 작게 미소 지으며 말했다.

"오빠. 이제 우리 그만 미안해하자."

박해진이 뭔가 대답하려는데, 인터폰이 울려서 일어나 받았다. 작업이 늦어져서 미안하다는 얘기였고, 이제 곧 식당 문을 열 수 있을 것이란다. 이런 저런 상황을 설명했지만, 박해진의 귀에는 별로 들리지 않았다. 그저 알았다며 대답하는 박해진을 뒤에서 송민아가 안았다.

"마지막으로 우리 오빠 한 번 안아보자."

"이미 안았잖아."

"미안해서 그래."

"그만 미안해하자며."

"사랑했다는 얘기야."

"사랑은 내가 했지."

"저도 사랑했어요. 차 과장님이 아니었을 뿐이죠."

"가슴 아픈 얘기네."

"그렇지 않아요. 덕분에 제가 견디고 차 과장님이 견디고 있으니까요."

"신앙에 대한 이야기라면 이제 그만했으면 좋겠어. 주님께는 내가 따로 용서를 구할게."

"차 과장님을 위로하고 싶어요."

차준호는 짜증이 났고, 민효정은 슬펐다. 여전히 차준호의 눈가가 촉촉이 젖어있었지만, 정작 슬픈 건 민효정이었다. 차준호는 자신의 사랑들을 형 때문에 포기한 것들에 화가 났다. 민효정은 사랑했던 사람에게 사랑받지 못하고, 사랑해준 사람을 사랑하지 못해서 슬펐다.

위로라는 말에 차준호가 넌더리를 냈다. 차준호가 위로를 구하지도 않았고, 끝내 얻지 못한 사랑에 후회하고 싶지도 않았다. 어차피 사랑은 본능의 연장이다. 사랑이라고 그럴싸하게 말해야 짐승과 조금 달라진다.

사랑은 결국 이별하기 위해 하는 것이다. 평생을 사랑해온 부부도 마지막 순간에는 결국 이별을 맞이한다. 이번엔 다르다고 자신을 속여 봤자, 이별 없는 사랑 따윈 존재하지 않는다.

민효정은 그런 차준호를 알기에 슬펐다. 사랑해도 사랑받지 못하고, 사랑받아도 사랑할 수 없다는 사실에 익숙한 민효정이었다. 당장 사랑할 수 있다는 것만으로도, 축복받은 사람이라는 걸 모르는 차준호 때문에 마음이 아팠다.

차준호가 간신히 짜증을 억누르며 말했다.

"효정 씨가 날 위로할 필요도 없고, 미안해할 필요도 없어. 사랑은 나 혼자 했으니까."

"사랑은 언제나 혼자 하는 거잖아요."

"주님은 서로 사랑하라지 않았어?"

"사랑받는 건 내가 결정할 수 없는 일이잖아요. 그러니 결국 서로 사랑하더라도 내가 사랑을 해야죠."

"그래. 난 이제 다른 사랑을 하고 있어. 효정 씨는 그 선교사를 사랑하는 거야?"

"네."

"하긴. 그러니까 선교활동까지 같이 떠날 생각을 하겠지."

"그래서 조금 두려워요."

"스스로 선택할 문제잖아. 두려움을 이겨내든가, 포기하든가."

"제가 알던 모든 것들을 포기하고 그만 보고 따라나서는 일이잖아요. 문명 세계를 떠나는 거예요. 두려운 게 당연한 일이잖아요."

"두려운 게 당연하니까 괜찮다는 얘기로 들리는군."

"아니요. 사랑처럼, 두려움도 당연한 건 없어요. 위로받을 수 있으면 좋은 거예요."

"그래서 날 위로할 생각이었어?"

"위로받고 싶어요."

민효정이 차준호의 곁에 다가와 앉았다.

끝나간다.

죄책감과 자존심이 모두 사라진다.

문서보관소의 바닥이 더럽지 않아 다행이었다. 한수진의 구두가 바닥을 구르는 것은 상관없었다. 한수진의 스타킹과 팬티는 어차피 버릴 것이다. 유성현이 바닥에 누워도 괜찮을 만큼 깨끗해서 다행이다.

벽에 기대 있던 한수진은 유성현의 얼굴을 보고 싶었다. 유성현은 그런 한수진을 눕히는 대신 자신이 바닥에 누웠다. 한수진은 유성현의 배려에 감사하며 유성현의 위에 앉았다. 한수진의 길고 가느다란 손가락이 유성현의 것을 집어넣었다.

유성현의 얼굴을 보려던 것이었지만, 그러기는 어려웠다. 한수진은 천장을 바라볼 수밖에 없었고, 유성현이 그런 한수진의 허릴 당겨 안았다. 한수진의 거친 호흡이 유성현의 입안에 번지는데, 문이 열렸다.

"괜찮습니까?"
"들어오지 마요!"

이 건물에서만 8년째 관리인으로 일하고 있는 김 씨는, 문서보관소 안쪽에서 무슨 일이 일어나고 있는지 이미 알았다. 간신히 참고 있는 여성의 거친 숨소리와 살과 살이 닿았다 떨어지는 소리를 들을 수 있었다.

"정리하세요. 다 끝났습니다."

김 씨는 문밖에서 상황을 전달할 정도의 매너는 있는 사람이었다. 세 명의 관리팀장이 교체되는 동안에도 문제없이 자릴 지켰던 관리인다운 행동이었다. 물론 훔쳐보고 싶은 마음이 굴뚝같았지만, 전에도 기회가 있었고 다음에도 또 기회가 있을 것이다. 지금은 그러기에 좀 바빴다.

바빠도 낙하산으로 들어온 관리팀장이 갇혀 있다는 건, 관리팀에겐 좋은 일이었다. 일을 잘해보려다 더 복잡하게 만드는 관리팀장이 있는 것보다, 매뉴얼대로 움직이는 게 훨씬 좋다. 평소 모습을 드러낼 일이 없는 관리팀장들은 무슨 일만 생기면 튀고 싶어 했고, 그런 관리팀장들 덕분에 여러 번 곤란을 겪었다. 차라리 좀 바쁜 게 낫다.

특히나 지진과 도난사건처럼 이렇게 큰일일수록 영웅보다 평소 훈련된 매뉴얼을 따르는 게 편하고 확실했다. 젊은 남녀가 문서보관소나 창고 같은 곳에서 저럴 수 있다는 것도 관리팀장이 없기 때문이다. 뉴스에까지 나왔던 영웅 관리팀장이 설치고 다녔다면, 저들이 안심하고 사랑을 나누기는 어려웠겠다.

어쨌거나, 고장으로 경보해제 방송이 어려워졌다. 이미 몇몇 성격 급한 직원들이 사무실을 나와 돌아다니고 있긴 해도, 모든 사람에게 문제가 끝났다는 소식을 전해야 한다.

대부분은 각 층의 한 사무실에만 소식을 전해도 되겠지만, 혼자 사무실을 쓰는 부장 이상의 높으신 분들이 문제다.

박 부장님의 방을 노크했는데, 남자가 들어오라고 대답했다. 관리인 김 씨는 여기에서도 사랑이 이뤄지고 있었다는 걸 직감적으로 알 수 있었다. 조심스럽게 문을 열었더니, 방안의 열기가 굉장했다.

"상황 해제되었습니다. 단순 사고였다고 하네요."
"네. 저희도 알아요. 수고하세요."

얼핏 봤지만, 박 부장은 없었고 대신 차 과장과 옷매무새를 다듬는 젊은 여자가 있었다. 여긴 이미 끝낸 모양이다. 좋은 시간을 보낸 모양인지, 젊은 여자의 얼굴에 보기 좋은 홍조가 있었다. 그보다 그 젊은 여자의 몸매가 장난 아니었다. 역시 차 과장답다.

관리인이 문을 닫고 나서야, 민효정이 옷매무새를 다듬는 대신 물티슈로 재킷에 튄 차준호의 그걸 닦았다. 잘 닦이지 않았는지 민효정이 조금 투덜거리며 말했다.

"들어오라고 하면 어떻게요!"
"응? 다 정리된 거 아니었어?"
"닦고 있는 거 안 보여요? 눈치채면 어쩌려고 그래요?"
"괜찮잖아. 이제 다 끝난 일인데."

짜증과 슬픔이 모두 끝났다.

박 부장실의 소파는 매우 훌륭했다. 어지간한 침대보다 좋았다. 차준호가 민효정의 만류에도 옷을 모두 벗겨버릴 정도로 좋았다. 사실 민효정의 큰 가슴을 마지막으로 본다는 아쉬움이 더 컸다. 덕분인지 짜증과 슬픔은 모두 사라졌다. 대신 차준호가 너무 흥분한 나머지 마무리를 조절하는 데 애를 먹었다. 뿜어져 나온 차준호의 것이 민효정의 얼굴뿐만 아니라 벗어둔 옷에까지 튀었다.

당황한 차준호의 표정을 보며, 그걸 뒤집어쓴 민효정이 헛웃음이 나올 정도였다. 다행히 관리인이 도착하기 전에 끝났다.

관리인 김 씨는 전에 읽었던 3류 잡지의 내용이 떠올랐다. 지진이 자주 일어나는 일본에서 큰 지진 이후에 출산율이 급상승한다는 이야기였다. 그런 하찮은 기사에도 어쩌면 뭔가 인과관계가 있을지도 모르겠다.

어쩌면 다른 장소에서도 꽤 많은 일들이 있을 수 있겠다는 생각이 들었다. 혹시나 하며 열어봤던 창고에서 급하게 옷을 입느라 곤란해 하는 남녀를 발견하고는, 사람이 없을 것 같은 장소의 문을 열 때마다 더 열심히 노크하기로 했다.

고의는 아니었지만, 관리팀장이 갇혀있다는 식당에는 제일 늦게 도착했다. 이미 문도 열렸겠고 관리팀장이 아직도 거기에 있을 것 같지는 않았는데, 주방 아주머니들과 영양사에게 상황 해제를 알리러 내려갔다.

의아하게도 주방 아주머니들과 영양사가 식당 밖에 나와 있었다. 이미 상황이 해제되었다는 것을 아는 모양인데, 왜 나와 있는 건지 궁금해 영양사에게 물어봤다.

"왜 밖에 나와 계시죠?"

"…오늘 점심은 늦어질 것 같아요."

"예. 알아요. 주변 식당들은 괜찮길 바라야겠네요. 그런데 왜 다들 나와 계시죠?"

"조금만 기다려 주세요. 아~ 끝났나 보네요."

얼굴이 발개진 영양사가 식당 문이 열리는 걸 보며 말했다. 관리팀장과 여직원이 쭈뼛거리며 나오고 있었다. 관리팀장이 김 씨를 발견하고 어색하게 웃으며 말했다.

"별일 없죠?"

"지진도 있었고, 도난경보도 있었지만, 다 끝났어요. 여기도 끝난 모양이네요."

"수고했어요. 뭐~ 전 좀 다른 일이 있어서."

"네. 수고하셨겠네요. 다른 곳들도 여기랑 비슷했습니다. 별다른 건 없었고~ 경찰은…."

박해진이 어색해하며 상황 설명을 듣는 동안 송민아가 고개도 들지 못하고 빠져나갔다. 송민아의 블라우스가 치마 밖으로 삐져나왔다는 걸, 모두가 발견했지만 아무도 말해주지 못했다.

미안함과 후회는 남지 않았다.

송민아는 박해진이 돌아섰을 때 이미 예감했다. 박해진이 키스할 줄 알고 있었다. 박해진을 뒤에서 안았을 때부터 이미 알았지만, 우리가 왜 그러는지는 알지 못했다.

주방에서 아주머니들과 영양사가 놀란 눈으로 지켜보고 있다는 건, 조금 늦게 알았다. 이미 박해진의 손이 송민아의 가슴 위에 있었고, 송민아의 손이 박해진 바지 속으로 들어가 있었다. 서로를 급하게 밀어내며 옷매무시를 단정히 하는데, 아주머니들과 영양사가 주방에서 나왔다.

그녀들이 웃음을 참지는 못했지만, 애써 외면해주며 식당 문으로 향했다. 영양사가 식당 문이 열리지 않는다는 사실에 미안한 표정을 지었는데, 그 순간 문이 열렸다. 식당 문을 열어준 소방관이 눈앞에 보이는 영양사에게 물었다.

"별일 없죠?"
"네. 아니. 아~ 네. 뭐. 없을 거예요."
"네?"
"바쁘시지 않아요?"

소방관이 바쁘다는 대답 대신 급하게 몸을 돌려 올라갔고, 영양사는 주방 아주머니들을 인솔해 식당을 빠져나왔다. 조금 짓궂은 아주머니들이 뭐라 말했지만, 신경 쓰는 사람은 없었다.

송민아와 박해진의 머쓱함이 오래 가진 않았다. 이번엔 박해진이 먼저 송민아를 안았고, 잠시 견디던 송민아가 박해진의 허릴 안았다. 박해진의 가슴에 얼굴을 기대고 있던 송민아가 고갤 들었을 때, 다시 박해진의 입술이 다가올 것을 알았다.

서로가 서로를 너무 잘 알았다. 박해진이 송민아의 허릴 붙잡기도 전에 송민아가 식탁에 몸을 기대며 엎드렸다. 서로에게 익숙한 것들이 섞이며 쉽게 느낄 수 있었다. 송민아는 마치 박해진의 것을 만지는 것처럼 모양을 알 수 있을 정도였고, 박해진은 잘 알고 있는 송민아의 깊은 곳에서 추억을 느꼈다.

"민아야. 옛날처럼 해도 돼?"
"말 좀 하지 마, 오빠."

다른 건 필요하지 않았다. 먼저 느낀 송민아가 박해진의 상태를 알아챘다. 박해진이 허릴 빼자마자 송민아가 돌아서 그것을 머금었다.
끝냈다.

연예인들이 포토라인에 섰고, 기자들이 사진을 찍었다. 유성현은 그 모습을 구경하고 싶었지만, 강보람이 유성현의 옷자락을 당기며 말했다.

"나중에 인터넷으로 보는 게 더 잘 보이겠어."
"아니, 그래도…."

유성현과 강보람이 식장으로 들어가다 송민아와 이 과장을 만났다. 송민아가 어색하게 인사했고, 유성현이 어색함을 깼다.

"쏭~ 살찐 거 같다?"
"그게 인사냐?"
"아니, 팩트 폭행이지."
"임신했다. 됐냐?"
"누구 아이야?"

유성현의 말에 이 과장이 어금니를 깨물며 웃었다. 그제야 유성현이 전혀 미안하지 않은 얼굴로 미안해하며 이 과장에게 인사했다.

"급하셨네요."
"성현 씨가 너무 느린 거죠."
"제가 뭐든 좀 느린 편이긴 해요."

그때 민효정이 나타나서 모두 놀랐다. 제일 놀란 유성현이 민효정에게 인사했다.

"민효정? 아프리카에 있는 거 아니었어?"
"너무 덥더라고."
"아~ 아프리카가? 그래서 돌아왔어?"
"응. 선교사의 아내가 되는 건 체질에 맞지 않는다는 걸 깨닫기도 했으니까. 내가 그 정도로 착한 애는 아니었나 봐. 너흴 만나니까 한국에 돌아온 실감이 난다."
"아직 그러긴 이르지."
"왜?"
"차 과장님도 오셨네."

"…다시 아프리카로 가야 하나?"

차준호가 그들을 발견하고 다가왔다. 차준호도 민효정의 등장에 놀란 얼굴이었다. 민효정이 먼저 차준호에게 인사했다.

"잘 지내셨어요?"
"별로. 상견례까지 했는데 신부 될 사람이 의사랑 바람을 피워서 헤어지셨거든."
"아…그 간호사 선생님?"
"응."
"여전하시네요."
"그것도 내 탓이야?"

민효정과 차준호가 대화를 나누는 와중에 유성현이 또 아는 사람을 발견했다. 강보람도 그를 발견하고 유성현의 팔을 붙잡았지만, 유성현이 괜찮다고 고개를 끄덕여줬다.
유성현이 박해진에게 다가가 인사했다.

"안녕하세요?"
"그럭저럭. 넌 좋아 보이네."
"요즘 야간대학에 다닌다는 얘기 들었어요."
"응. 뭔가 다른 걸 하려면 학위가 필요하더라고. 계속 낙하산으로 지낼 수는 없으니까."
"그~ 수녀님은? 아니, 수녀가 되려던 분은?"
"아니. 수녀님이 맞아. 다시 수녀가 되려고 돌아갔어."
"왜요?"
"응. 내가 고해성사를 했거든. 괜한 짓이었나 봐. 내 이야기를 듣고는 다시 수녀가 되겠다더라."

"별로 아쉬워 보이진 않네요."

"이별에 익숙해질 만도 하잖아."

"그게 익숙해질 수 있어요?"

"말이 그렇다는 얘기야. 허세지 뭐."

"같이 식사하자는 얘긴 못하겠네요."

"괜찮아. 연예인들 구경이나 하러 왔어."

"그럼 또 봬요"

"싫어."

여기저기 모여 있던 사람들이 식장으로 들어가기 시작했다.
하얀 드레스를 입은 한수진이 입장했다.

사랑?